D1069430

COLLECTION FOLIO

Stendhal

De l'Amour

*Édition présentée, établie
et annotée par V. Del Litto*

Professeur
à l'Université de Grenoble

Gallimard

© *Éditions Gallimard, 1980*
pour la présente édition revue et complétée.

INTRODUCTION

De l'Amour est l'un des livres à la fois les plus célèbres et les moins bien compris de Stendhal. Pour en saisir la signification, la valeur intrinsèque et la portée, il est indispensable de connaître l'époque de la vie de l'auteur où il a été conçu, le contexte biographique étant indissoluble de sa genèse et de sa structure.

En 1818, Stendhal résidait à Milan depuis bientôt quatre ans. Lors de son arrivée, en 1814, il n'était rien, la chute de l'Empire ayant entraîné, pour lui, la fin de sa carrière et de toutes ses ambitions. Après une pénible période d'isolement moral, accru par l'abandon d'Angela Pietragrua, il avait retrouvé son équilibre grâce au travail, ayant repris et achevé un ouvrage mis en chantier plusieurs années auparavant, l'Histoire de la peinture en Italie. Aussitôt après un nouveau livre avait été entrepris, Rome, Naples et Florence *en 1817, auquel avait succédé une* Vie de Napoléon. *Henri Beyle n'était plus alors un étranger inconnu sans aucun lien avec la bonne société. Il fréquentait désormais tout ce que la capitale de la Lombardie possédait de plus distingué dans les lettres et dans les arts, et, comme l'on se réunissait alors non pas dans des salons, mais dans les loges de la Scala, le charme d'entendre de la bonne musique et des chanteurs réputés, d'assister aux ballets de Salvatore Viganò, se doublait, pour*

Stendhal, de celui, aussi indispensable, de participer à de vivifiantes conversations. D'autant que dans ces cercles on ne s'entretenait pas que de littérature ou de beaux-arts ; on était féru de libéralisme, et les idées « romantiques » qui commençaient à se faire jour portaient fortement l'empreinte d'une orientation politique qui n'était pas pour déplaire au futur romancier, adversaire farouche des régimes issus de la Restauration.

Vers la fin de l'hiver de 1818, un libéral de ses amis, le Piémontais Giuseppe Vismara, prit l'initiative de présenter Stendhal à une Milanaise qui menait une vie assez retirée : Mme Dembowski.

Matilde Viscontini, de son nom de jeune fille, n'était plus très jeune ; elle avait vingt-huit ans, ce qui, à l'époque, était pour une femme presque le seuil de la vieillesse. A l'âge de dix-sept ans, elle avait épousé un officier polonais, Jan Dembowski, entré d'abord au service de la France, et établi ensuite en Italie. Elle avait probablement été séduite par sa prestance militaire, mais elle dut vite déchanter. Son mari, de vingt ans son aîné, se révéla coureur, irascible, brutal. Lasse de supporter ses scènes et ses mauvais traitements, et malgré la naissance de deux enfants — deux garçons —, elle se décida à demander la séparation et se réfugia en Suisse. Les bonnes langues de Milan ne manquèrent pas d'insinuer, à cette occasion, qu'il ne pouvait pas ne pas y avoir anguille sous roche, et de laisser entendre qu'un poète fort en renom, Ugo Foscolo, résidant à cette époque précisément en Suisse, lui avait fait d'ardentes déclarations auxquelles elle ne serait pas restée insensible...

La jeune femme, déjà meurtrie par son expérience conjugale, fut vivement affectée par ces médisances. Son ombrageuse fierté naturelle s'accentua. En même temps qu'elle apprit à se méfier de son entourage, son expression se teinta de mélancolie.

Le seul portrait d'elle qui ait été conservé la représente avec les traits pensifs et graves, deux bandeaux de cheveux noirs encadrant l'ovale un peu allongé du visage. Stendhal verra en elle l'incarnation même de la beauté lombarde, telle que Léonard de Vinci la dépeint dans ses tableaux :

« *... comment exprimer le ravissement mêlé de respect que m'inspirent l'expression angélique et la finesse si calme de ces traits qui rappellent la noblesse tendre de Léonard de Vinci ? Cette tête qui aurait tant de bonté, de justice et d'élévation, si elle pensait à vous, semble rêver à un bonheur absent. La couleur des cheveux, la coupe du front, l'encadrement des yeux, en font le type de la beauté lombarde. Ce portrait, qui a le grand mérite de ne rappeler nullement les têtes grecques, me donne ce sentiment si rare dans les beaux-arts : ne rien concevoir au-delà. Quelque chose de pur, de religieux, d'antivulgaire, respire dans ses traits...* »

Mais Matilde n'était pas que belle. Sous un extérieur timide, une attitude discrète et un peu distante, elle cachait un caractère noble, courageux. On le vit à quelques années de là. Comme elle avait trempé dans ce qu'on appellerait aujourd'hui le mouvement de libération nationale, elle fut arrêtée par la police autrichienne et soumise à des interrogatoires longs et serrés. Or jamais, dans ces graves circonstances, elle ne se départit de son calme. Non seulement elle ne laissa pas échapper une seule parole compromettante pour ses amis, mais encore elle sut si bien s'y prendre qu'on fut obligé de la remettre en liberté.

La femme d'un patriote impliqué lui aussi dans la même affaire, Federico Confalonieri, s'exprima en ces termes sur son compte : « ... *femme angélique qui* [réunit] *en elle toutes les perfections d'une adorable sensibilité à l'énergie qui rend capable des actions les plus sublimes* ». *De son côté, un* carbonaro *français, Alexandre-Philippe Andryane, qui la connut à Milan, où il conspira, a recueilli dans ses* Mémoires *ce vibrant hommage que rendit à Matilde, lors de sa mort (1825), la comtesse Frecavalli : «* ... *Elle est morte à trente-cinq ans, morte dans mes bras, alors que, belle encore, tout devait la conserver à deux fils qu'elle idolâtrait* [...].

Mais elle aimait aussi la gloire de son pays et les hommes qui pouvaient l'illustrer, et son âme énergique eut trop à souffrir de son asservissement et de sa perte. Et pourtant que de bonté, que d'angélique douceur dans ce cœur si noble !... »

Ce furent ses qualités autant, sinon plus que la beauté de Matilde[1] qui captivèrent le cœur de Stendhal. Et ce fut là aussi la raison de son échec, comme on va le voir.

D'emblée, il « cristallisa »; ce qui veut dire que d'emblée la timidité le paralysa et l'amena à multiplier les gaucheries, à rendre son attitude incompréhensible, incohérente. Matilde était trop femme pour ne pas s'apercevoir de cette adoration silencieuse. Elle en fut touchée. Elle crut que ce gros Français, si peu favorisé par la nature, était trop différent de ces hommes vantards et beaux parleurs qui la fatiguaient tous les jours de leurs grossiers compliments. Un ami commun, témoin de ce qui se passait, dit un jour à Henri Beyle : « Elle est à vous. Ferez-vous le scélérat ? »

Ce dernier n'eut pas à se poser la question, car un revirement soudain se produisit. Matilde devint brusquement de glace. Que s'était-il passé? D'après Stendhal, il fut victime de la calomnie. La cousine de Matilde, Mme Francesca Traversi, qui détestait les Français, fit entendre à demi-mot à la jeune femme qu'elle avait tort de se fier à cet adorateur, qui était, en fait, un individu peu recommandable, un vulgaire don Juan, dont la seule ambition était d'inscrire son nom sur la liste des femmes qui avaient eu la faiblesse de lui céder. Et elle voyait une preuve de mauvaise foi dans le fait que, en la quittant, il allait achever ses soirées chez des femmes peu farouches.

---

1. Stendhal s'est toujours servi de la forme *Métilde*. Est-ce, comme l'a écrit, non sans ambiguïté, Henri Martineau, parce qu'il s'est plu « à cette prononciation anglaise de son nom »? En fait, ainsi que l'a rappelé le regretté Bruno Pincherle, Matilde elle-même et son entourage milanais prononçaient *Metilde*. Obéissant au fétichisme des amoureux, Stendhal s'est empressé de faire sienne cette prononciation. Mais il n'y a pas de raison pour que nous l'adoptions à notre tour.

Surpris et navré par le brusque changement de Matilde à son égard, Stendhal multiplia les marques d'amour. Les lettres pathétiques qu'il lui adressa alors, et qui nous ont été conservées, si elles ne réussirent pas à détruire les préjugés de Mme Dembowski, eurent tout de même un résultat : sans se départir de sa méfiance, elle continua à le recevoir.

Ainsi se passa l'hiver. Au printemps de 1819, survint un événement catastrophique qui réduisit à néant tout espoir. L'aventure semblerait bouffonne si le cœur de Stendhal n'avait pas saigné. Au mois de mai, Matilde se rendit en Toscane pour voir ses deux fils pensionnaires du collège San Michele de Volterra[2]. Son absence devait durer plusieurs semaines. A peine est-elle partie que Stendhal souffre le martyre. La perspective d'être loin d'elle pendant longtemps lui est insoutenable. L'idée germe donc dans son esprit de la rejoindre, mais en gardant le plus strict incognito. Il lui suffisait de vivre dans la même ville, de respirer le même air, de l'entrevoir un instant au coin d'une rue. Aussitôt dit, aussitôt fait. Il monte dans la diligence, non sans prendre des précautions pour ne pas être reconnu : il change d'habit et chausse des lunettes vertes !

Hélas ! en débarquant à Volterra — une toute petite ville où, aujourd'hui encore, l'arrivée d'un étranger ne passe pas inaperçue —, la première personne qu'il rencontra fut Matilde. A sa vue, elle a un mouvement de surprise et de colère. Lui, il s'arrête, pétrifié. Matilde, qui est en compagnie de ses hôtes, fait, en femme du monde, les présentations, sans arriver à dissimuler son irritation. Après quelques mots de politesse, il prend congé et se dirige vers son auberge. On lui apporte bientôt un billet. Il l'ouvre en tremblant. « Monsieur, lui écrivait en substance Matilde, je n'aurais jamais cru que vous manquiez à ce point de délicatesse et de discrétion, et que

---

2. Ce collège existe toujours. Dans le hall sont affichées les listes de tous les élèves depuis la fondation. Entre autres, on lit les noms de Carlo et Ercole Dembowski (*Stendhal Club*, n° 18, 15 janvier 1963).

vous essaieriez de me compromettre. Votre conduite est indigne d'un homme d'honneur... »

Stendhal se rend compte seulement alors de l'étendue de son erreur. Il brûle de revoir Matilde, de lui dire que ses soupçons sont infondés, qu'il n'a jamais failli à l'honneur, qu'il l'aime trop pour vouloir la compromettre... Il la revoit, en effet. Mme Dembowski est aimable, coupe court à ses tentatives d'explications et parle d'autre chose. Il sent qu'elle ne reviendra pas sur ses soupçons, et que tout est fini. Pour que les gens ne jasent pas, il demeure trois jours à Volterra, trois mortelles journées où il erre sans rien voir du site si pittoresque, des monuments, des antiquités étrusques ; le matin du quatrième jour, il fuit cette ville maudite.

De Florence où il se réfugie il écrit lettre sur lettre pour clamer sa bonne foi, pour protester contre l'infamante accusation de manquer de délicatesse. Rien n'y fait. Lorsque Matilde enfin lui répond, c'est pour le prier sèchement de mettre fin à ses assiduités. Obligé de se rendre à Grenoble par suite du décès de son père, il lui écrit de nouvelles lettres où il lui donne la plus grande preuve d'amour qui existe : le renoncement. Cependant, lors de son retour à Milan, Matilde lui ménage, pour reprendre son expression, « a cool reception ». Le visage rouge de colère, elle lui reproche les lettres qu'il a « osé » lui écrire. Néanmoins elle consent, sans doute pour sauver les apparences et ne pas offrir un nouvel aliment à la malignité, à le recevoir encore, mais pas plus de deux fois par mois et à la condition expresse qu'il ne serait jamais plus question d'amour.

Ne pouvant désormais ni parler à cœur ouvert ni s'exprimer par lettre, assuré comme il l'était que ses missives ne seraient pas lues et même qu'elles lui seraient retournées sans avoir été ouvertes, Stendhal imagine d'avoir recours à un moyen détourné : la fiction romanesque. Sous le titre délibérément vague de Roman, il entreprend de raconter son propre drame. Les personnages de cette esquisse dont on *trouvera le texte dans les Documents du présent volume sont ceux-là mêmes qui ont joué un rôle dans l'aventure : la* contessina *Bianca est Matilde ; Poloski, Stendhal ; la* duchesse d'Empoli, *Mme Francesca Traversi ; Zanca, Giuseppe Vismara. Quant au lieu de la scène où elle est censée se dérouler, le nom de Bologne cache, en fait, celui de Desio, localité proche de Milan où Mme Traversi possédait une maison de campagne et où Matilde avait l'habitude de se rendre. Détail significatif : dans cette toute première approche du roman, on décèle, à l'état embryonnaire, les procédés essentiels de la création romanesque stendhalienne : la présence constante de l'élément autobiographique, la transposition de la réalité sur le plan de la fiction, le recours à la cryptographie et au symbole. Ainsi, si le personnage principal porte un nom à consonance polonaise, Poloski, c'est parce que ce nom est destiné à évoquer la nationalité du mari de Matilde. Avec ceci de particulier que, par suite d'un transfert inattendu, c'est l'amant qui porte ce nom, devenant ainsi une sorte d'amant/mari.*

Cependant, après quatre heures de travail, le 4 novembre 1819, le découragement s'empare de l'apprenti romancier. En dépit des masques, il se rend compte que le voile de la fiction était par trop transparent. Comment, dans ces conditions, être franc et véridique ? Comment espérer passer inaperçu ? Le subterfuge se révélait vain. Aussitôt le Roman connu, *son auteur deviendrait la fable de tout Milan et Matilde aurait raison de réagir avec plus de violence qu'à Volterra. Plus grave encore, quel dénouement donner à ce Roman ? Une* happy end *étant peu vraisemblable, il ne restait qu'un dénouement tragique. Mais Stendhal n'en était pas alors à concevoir le meurtre libérateur. Ce n'est que dix ans plus tard, dans une « chronique » insérée, à la date du 11 décembre 1828, dans les* Promenades dans Rome, *qu'il racontera, avec une sobriété digne du Code civil, comment un amant déçu donne un coup de poignard à sa maîtresse infidèle et se tue aussitôt après. Fait divers banal qui ne mériterait pas d'être retenu si la maîtresse infidèle ne se prénommait pas Métilde et n'habitait pas à la même adresse que Matilde à Milan. En réalité, c'est la hantise du souvenir de la femme aimée que Stendhal a voulu anéantir ainsi, car lorsqu'il insérera cette « chronique » dans les* Promenades *Matilde était morte depuis trois ans.*

Sur ces entrefaites, une idée « de génie » — c'est son expression — traversa soudainement son esprit : il n'avait qu'à noyer le personnel dans l'impersonnel, autrement dit parler de sa passion malheureuse par le truchement d'idées plus générales. Voilà comment, le 29 décembre 1819, « day of genius », est né De l'Amour.

« *J'ai appelé cet essai un* livre d'idéologie. *Mon but a été d'indiquer que, quoiqu'il s'appelât* l'Amour, *ce n'était pas un roman...* »; « *... Je suis obligé de supprimer ici, dans un* livre d'idéologie, *ce qui tombe souvent sous la plume de Mme de Sévigné...* »; « *... la passion dont nous essayons une* monographie... » *C'est en ces termes que Stendhal présente son livre. Pourquoi ne pas le prendre au mot ? Pourquoi ne pas croire que son intention a réellement été d'écrire un ouvrage philosophique ? Pourquoi ne pas adopter le sous-titre proposé par l'auteur au verso du frontispice de* La Chartreuse de Parme : « Du même auteur : De l'Amour et des diverses phases de cette maladie »?

Pendant un siècle on n'a pas mis en doute ce dessein scientifique. « C'est une collection de faits et de raisonnements », a écrit Romain Colomb en 1853; « ... le livre De l'Amour *est la physiologie complète de la divine et infernale passion », ne craint pas d'affirmer, la même année, Paulin Limayrac. Mais comme, d'autre part, maintes pages du livre sont dépourvues de toute rigueur dialectique, on en a conclu que Stendhal a eu tort de se prendre pour un continuateur authentique des idéologues, et qu'il s'était livré, une fois de plus, à la bizarrerie de son caractère. Le passage qu'un grave historien — Arthur Chuquet, membre de l'Institut — a consa-*

cré à De l'Amour *en 1902 est fort significatif à cet égard :*

« *Stendhal était* [...] *et se croyait bon juge en amour. Mais l'œuvre qu'il composa sur le sujet est singulièrement décousue. Elle offre tantôt une suite de pensées détachées, tantôt une série de morceaux d'assez longue haleine. Même dans les passages étendus la liaison fait défaut, les paragraphes se succèdent en désordre ; l'auteur a mis ses notes bout à bout sans prendre la peine de les unir les unes aux autres.*

« *Au manque d'ordonnance se joint, surtout au commencement de l'ouvrage, un bizarre appareil d'érudition. Stendhal traite de l'amour comme le physiologiste traite d'une maladie. En certains endroits, il divise et subdivise sa matière avec une minutie ridicule...* »

Et, en guise de conclusion :

« *A tant de défauts s'ajoute un air très choquant de fatuité militaire. Stendhal affecte d'écrire en soldat pour des soldats...* »

Que reste-t-il aujourd'hui de ces appréciations ? Il faut bien le dire : rien. De l'Amour, de même qu'il n'est pas un ouvrage philosophique, n'appartient pas davantage au genre érotique — les quelques anecdotes un peu lestes figurant dans le brouillon au titre de « l'amour-physique » ont été retranchées lors de l'impression —, de même que, et c'est là un point capital, loin d'avoir été composé à la diable, il trahit, à l'analyse, une solide structure.

Le nom de Matilde est écrit en filigrane tout au long du livre. Certaines allusions sont à peine camouflées ; d'autres, au contraire, sont dissimulées sous des noms de lieux et sous des dates[3]. *On est parti de là pour appeler De l'Amour « le livre de Matilde ». Il faut bien s'entendre sur le sens à donner à cette définition. On a souvent avancé que l'intention secrète*

---

3. Comment un éminent stendhalien tel que Henri Martineau a-t-il pu écrire que « les dates de ce livre ne signifient à peu près rien » ? C'est s'arrêter par trop à la surface, et sacrifier toujours au mythe de la « bizarrerie » de Stendhal.

de Stendhal était de rentrer en grâce auprès de Mme Dembowski.

L'hypothèse ne résiste pas à l'examen. C'est ne tenir compte ni de la situation ni de la psychologie des deux protagonistes. En réalité, la présence continuelle de Matilde doit être rapprochée d'un autre thème omniprésent dans le livre : celui de l'autojustification. Oui, Stendhal a toujours été sincère à l'égard de Matilde. Non, à aucun moment il n'a voulu forcer la porte de ce cœur qui se refusait. Sa faute, son unique faute, a été d'avoir agi avec maladresse à force d'amour. Les peines qu'il a endurées sont le meilleur garant de son absolue sincérité. Et d'opposer l'amour à la Werther à Don Juan. Autant il affiche sa réprobation à l'égard de Don Juan, être pitoyable plus que méprisable, autant il s'identifie à Werther, dont il partage la tendresse et la confiance, la disgrâce et la souffrance. Comme Werther, il a aimé avec un abandon total, son seul bonheur étant la présence de Matilde : « Tout l'art d'aimer [...] se réduit à dire exactement ce que le degré d'ivresse du moment comporte, c'est-à-dire, en d'autres termes, à écouter son âme. Il ne faut pas croire que cela soit facile ; un homme qui aime vraiment, quand son amie lui dit des choses qui le rendent heureux, n'a plus la force de parler. »

Mais qui se justifie accuse implicitement ; en faisant sonner très haut son innocence, l'incompréhension dont il a été victime ressort plus vivement et paraît plus cruelle et plus injustifiée.

Voici donc l'autre volet du diptyque : l'orgueil féminin. En le qualifiant de vulgaire don Juan. Matilde s'est laissé aveugler par l'orgueil : « De l'orgueil féminin naît ce que les femmes appellent les manques de délicatesse... L'amant le plus tendre peut être accusé de manque de délicatesse. » « Les femmes, avec leur orgueil féminin, se vengent des sots sur les gens d'esprit, et des âmes prosaïques, à argent et à coups de bâton, sur les cœurs généreux... » « Peut-être que les femmes sont principalement soutenues par l'orgueil de faire une belle défense, et qu'elles s'imaginent que leur amant

met de la vanité à les avoir; idée petite et misérable : un
homme passionné qui se jette de gaieté de cœur dans tant de
situations ridicules a bien le temps de songer à la vanité! »

Il y a, dans ces paroles, moins d'aigreur et de ressentiment
que d'amertume et de tristesse.

Stendhal a su se dominer. De l'Amour *ne respire pas la
vengeance; cependant l'auteur ne cherche pas non plus à
attendrir. Il est conscient d'une situation irréversible.* « Il
faut que l'amour meure » : *cette petite phrase glissée au
chapitre* XXXVI *n'a pas été écrite à la légère. Sa fierté à lui
aussi s'est cabrée. Il veut que Matilde sache que tous les torts
ne sont pas de son côté, et qu'il ne mérite pas cette épithète
outrageante de* « prosaïque » *dont elle l'a gratifié.*

De l'Amour *est donc foncièrement une confession. Toutefois ce caractère* « égotiste » *du livre n'en exclut pas les idées
générales. Bien au contraire, ceci est le fruit naturel de cela,
Stendhal étant surtout et avant tout un moraliste. Les
chapitres où sont passées en revue les différentes phases de
l'amour-passion,* De la naissance de l'amour, Des différences entre la naissance de l'amour dans les deux sexes,
De la première vue, De l'engouement, Des coups de
foudre, De la pudeur, *renferment des aperçus qui sont
dictés à l'auteur par sa propre expérience et qui, en même
temps, transcendent son cas individuel. Une remarque analogue peut être faite pour ce qui est des chapitres* De l'éducation des femmes, Du mariage, Situation de l'Europe à
l'égard du mariage : *on y trouve des idées pénétrantes sur le
rôle social de la femme et sur la question si épineuse des
rapports entre les sexes que la morale et la religion sont venues
compliquer en multipliant les interdits, les barrières, les
tabous. Stendhal a été, en ce domaine, précurseur et prophète.
Féministe convaincu, il a écrit ces lignes qui méritent
réflexion :* « L'admission de la femme à l'égalité parfaite
serait la marque la plus sûre de la civilisation; elle doublerait

les forces intellectuelles du genre humain et ses chances de bonheur. »

Cependant, quel que soit l'intérêt intrinsèque de ces vues, on aurait tort d'oublier le tronc sur lequel elles sont greffées. Quand bien même Stendhal eût voulu écrire un traité scientifique sur « la maladie appelée amour », il ne l'aurait pu : en 1820, il était sous le coup du chagrin et du marasme sentimental.

On a souvent cité les trois phrases que comporte le chapitre IX, le plus bref du livre :

« Je fais tous les efforts possibles pour être sec. Je veux imposer silence à mon cœur qui croit avoir beaucoup à dire. Je tremble toujours de n'avoir écrit qu'un soupir, quand je crois avoir noté une vérité. »

Certes, ces lignes ont une résonance extraordinaire. Méfions-nous pourtant de mal les interpréter. Elles ne trahissent pas l'impuissance à se maintenir sur le plan de la dialectique. Elles sont l'aveu d'une douleur qui un instant déborde et le submerge. Elles sont aussi l'aveu non déguisé que ce prétendu traité n'en est pas un.

Qu'on ne cherche donc pas dans De l'Amour ce qui n'y est pas, et ne peut y être. Il n'est pas plus un « essai d'idéologie » qu'un recueil de fragments disparates mal amalgamés. Sa véritable place est ailleurs, à côté des œuvres autobiographiques : le Journal, les Souvenirs d'égotisme, la Vie de Henry Brulard. Autant que dans ces écrits intimes, Stendhal a fouillé dans la partie la plus secrète et la plus sensible de son moi. Avec toutefois une différence essentielle. Le Journal est la dissection attentive, minutieuse de ses pensées et de ses actions quotidiennes, les Souvenirs d'égotisme la chronique d'un passé récent ; la Vie de Henry Brulard la recherche émue, angoissée, passionnée du temps perdu. De l'Amour est la confession d'un sentiment actuel saisi sur le vif, mais où tout le contingent, l'accidentel s'estompe au profit d'une réalité plus profonde. Loin d'être une lourde et artificielle superstructure, le recours au masque permet à Stendhal de mieux descendre dans son âme, de mieux la mettre à nu. De l'Amour, *tout imprégné du charme subtil et inépuisable des choses secrètes, donne la clef de la vraie personnalité de Stendhal.*

C'est pourquoi De l'Amour *réclame un commentaire. Ce n'est pas là le moindre paradoxe de cet écrivain qui depuis plus d'un siècle n'a pas cessé d'intriguer et de fasciner ses lecteurs : la nécessité du décryptage. L'écriture stendhalienne est dense, elle va toujours au-delà de la lettre. Stendhal a continuellement fait appel à la cryptographie : lui-même n'a-t-il pas passé à la postérité sous un pseudonyme ? Si tous ses ouvrages, y compris ses romans, ont besoin d'être traduits en clair — on n'a pas fini, par exemple, de discuter sur la signification d'un de ses romans les plus célèbres,* Le Rouge et le Noir — *cette exigence est plus particulièrement sensible en ce qui concerne* De l'Amour, *livre fourmillant d'alibis et d'allusions. Nous nous sommes efforcé de fournir les clés principales, sans accabler le lecteur sous le poids d'une érudition encombrante.*

V. Del Litto

De l'Amour

> That you should be made a fool of
> by a young woman, why, it is many
> an honest man's case.
> *The Pirate,* tome III, page 77 [1].

PRÉFACE

C'est en vain qu'un auteur sollicite l'indulgence du public, le fait de la publication est là pour démentir cette modestie prétendue. Il a meilleure grâce de s'en remettre à la justice, à la patience et à l'impartialité de ses lecteurs. Mais c'est surtout à cette dernière disposition que l'auteur du présent ouvrage en appelle. Ayant souvent ouï parler en France d'écrits, d'opinions, de sentiments *vraiment français,* il a raison de craindre que présentant les faits vraiment comme ils sont, et ne montrant d'estime que pour les sentiments et les opinions *vrais partout,* il n'ait armé contre lui cette passion exclusive que nous voyons ériger en vertu depuis quelque temps, quoique son caractère soit fort équivoque. En effet, que deviendraient l'histoire, la morale, la science même, et les lettres, s'il les fallait vraiment allemandes, vraiment russes ou italiennes, vraiment espagnoles ou anglaises, aussitôt qu'on aurait franchi le Rhin, les montagnes ou la Manche ? Que penser de cette justice et de cette vérité géographique ? Lorsque nous voyons des expressions telles que celle de *dévouement vraiment espagnol, vertus vraiment anglaises* employées sérieusement dans les discours des patriotes étrangers, il serait bien temps de se défier du sentiment qui en dicte autre part de toutes semblables. A Constantinople et chez tous les peuples barbares, cette partialité aveugle et exclusive pour son pays est une fureur qui veut du sang; chez les peuples lettrés, c'est une vanité souffrante, malheureuse, inquiète, aux abois dès qu'on la blesse le moins du monde.

Extrait de la préface du *Voyage en Suisse,* de M. Simond, pages 7 et 8 [1].

LIVRE PREMIER

CHAPITRE PREMIER

DE L'AMOUR

Je cherche à me rendre compte de cette passion dont tous les développements sincères ont un caractère de beauté.

Il y a quatre amours différents :

1º L'amour-passion[1], celui de la religieuse portugaise, celui d'Héloïse pour Abélard, celui du capitaine de Vésel, du gendarme de Cento[2].

2º L'amour-goût, celui qui régnait à Paris vers 1760, et que l'on trouve dans les mémoires et romans de cette époque, dans Crébillon, Lauzun, Duclos, Marmontel, Chamfort, Mme d'Epinay, etc., etc.

C'est un tableau où, jusqu'aux ombres, tout doit être couleur de rose, où il ne doit entrer rien de désagréable sous aucun prétexte, et sous peine de manquer d'usage, de bon ton, de délicatesse, etc. Un homme bien né sait d'avance tous les procédés qu'il doit avoir et rencontrer dans les diverses phases de cet amour; rien n'y étant passion et imprévu, il a souvent plus de délicatesse que l'amour véritable, car il a toujours beaucoup d'esprit; c'est une froide et jolie miniature comparée à un tableau des Carraches, et tandis que l'amour-passion nous emporte au travers de tous nos intérêts, l'amour-goût sait toujours s'y conformer. Il est vrai que, si l'on ôte la vanité à ce pauvre amour, il en reste bien peu de chose; une fois privé de

vanité, c'est un convalescent affaibli qui peut à peine se
traîner.

3º L'amour-physique.

A la chasse, trouver une belle et fraîche paysanne qui
fuit dans le bois. Tout le monde connaît l'amour fondé sur
ce genre de plaisirs ; quelque sec et malheureux que soit le
caractère, on commence par là à seize ans.

4º L'amour de vanité.

L'immense majorité des hommes, surtout en France,
désire et a une femme à la mode, comme on a un joli
cheval, comme chose nécessaire au luxe d'un jeune
homme. La vanité plus ou moins flattée, plus ou moins
piquée, fait naître des transports. Quelquefois il y a
l'amour-physique, et encore pas toujours ; souvent il n'y a
pas même le plaisir physique. Une duchesse n'a jamais
que trente ans pour un bourgeois, disait la duchesse de
Chaulnes ; et les habitués de la cour de cet homme juste, le
roi Louis de Hollande, se rappellent encore avec gaieté
une jolie femme de La Haye, qui ne pouvait se résoudre
à ne pas trouver charmant un homme qui était duc ou
prince. Mais, fidèle au principe monarchique, dès qu'un
prince arrivait à la cour, on renvoyait le duc : elle était
comme la décoration du corps diplomatique.

Le cas le plus heureux de cette plate relation est celui où
le plaisir physique est augmenté par l'habitude. Les
souvenirs la font alors ressembler un peu à l'amour ; il y a
la pique d'amour-propre et la tristesse quand on est quitté ;
et les idées de roman vous prenant à la gorge, on croit être
amoureux et mélancolique, car la vanité aspire à se croire
une grande passion. Ce qu'il y a de sûr, c'est qu'à quelque
genre d'amour que l'on doive les plaisirs, dès qu'il y a
exaltation de l'âme, ils sont vifs et leur souvenir entraî-
nant ; et dans cette passion, au contraire de la plupart des
autres, le souvenir de ce que l'on a perdu paraît toujours
au-dessus de ce qu'on peut attendre de l'avenir.

Quelquefois, dans l'amour de vanité, l'habitude ou le

désespoir de trouver mieux produit une espèce d'amitié la moins aimable de toutes les espèces ; elle se vante de sa *sûreté*, etc. *.

Le plaisir physique, étant dans la nature, est connu de tout le monde, mais n'a qu'un rang subordonné aux yeux des âmes tendres et passionnées. Ainsi, si elles ont des ridicules dans le salon, si souvent les gens du monde, par leurs intrigues, les rendent malheureuses, en revanche elles connaissent des plaisirs à jamais inaccessibles aux cœurs qui ne palpitent que pour la vanité ou pour l'argent.

Quelques femmes vertueuses et tendres n'ont presque pas d'idée des plaisirs physiques ; elles s'y sont rarement exposées, si l'on peut parler ainsi, et même alors les transports de l'amour-passion ont presque fait oublier les plaisirs du corps.

Il est des hommes victimes et instruments d'un orgueil infernal, d'un orgueil à l'Alfieri. Ces gens, qui peut-être sont cruels, parce que, comme Néron, ils tremblent toujours, jugeant tous les hommes d'après leur propre cœur, ces gens, dis-je, ne peuvent atteindre au plaisir physique qu'autant qu'il est accompagné de la plus grande jouissance d'orgueil possible, c'est-à-dire qu'autant qu'ils exercent des cruautés sur la compagne de leurs plaisirs. De là les horreurs de *Justine*[4]. Ces hommes ne trouvent pas à moins le sentiment de la sûreté.

Au reste, au lieu de distinguer quatre amours différents, on peut fort bien admettre huit ou dix nuances. Il y a peut-être autant de façons de sentir parmi les hommes que de façons de voir, mais ces différences dans la nomenclature ne changent rien aux raisonnements qui suivent. Tous les amours qu'on peut voir ici-bas naissent, vivent et

---

* Dialogue connu de Pont de Veyle avec Mme Du Deffand, au coin du feu[1].

meurent, ou s'élèvent à l'immortalité, suivant les mêmes
lois *.

CHAPITRE II

DE LA NAISSANCE DE L'AMOUR

Voici ce qui se passe dans l'âme :

1º L'admiration.

2º On se dit : Quel plaisir de lui donner des baisers,
d'en recevoir, etc. !

3º L'espérance.

On étudie les perfections ; c'est à ce moment qu'une
femme devrait se rendre, pour le plus grand plaisir
physique possible. Même chez les femmes les plus
réservées, les yeux rougissent au moment de l'espérance ;
la passion est si forte, le plaisir si vif qu'il se trahit par des
signes frappants.

4º L'amour est né.

Aimer, c'est avoir du plaisir à voir, toucher, sentir **par**
tous les sens, et d'aussi près que possible un objet aimable
et qui nous aime.

5º La première cristallisation[1] commence.

On se plaît à orner de mille perfections une femme de
l'amour de laquelle on est sûr ; on se détaille tout son
bonheur avec une complaisance infinie. Cela se réduit à
s'exagérer une propriété superbe, qui vient de nous

---

* Ce livre est traduit librement d'un manuscrit italien de M. Lisio
Visconti, jeune homme de la plus haute distinction, qui vient de mourir à
Volterra, sa patrie. Le jour de sa mort imprévue, il permit au traducteur de
publier son essai sur l'Amour, s'il trouvait moyen de le réduire à une
forme honnête.

Castel Fiorentino, 10 juin 1819[5].

tomber du ciel, que l'on ne connaît pas, et de la possession de laquelle on est assuré.

Laissez travailler la tête d'un amant pendant vingt-quatre heures, et voici ce que vous trouverez :

Aux mines de sel de Salzbourg[2], on jette, dans les profondeurs abandonnées de la mine, un rameau d'arbre effeuillé par l'hiver; deux ou trois mois après on le retire couvert de cristallisations brillantes : les plus petites branches, celles qui ne sont pas plus grosses que la patte d'une mésange, sont garnies d'une infinité de diamants, mobiles et éblouissants; on ne peut plus reconnaître le rameau primitif.

Ce que j'appelle cristallisation, c'est l'opération de l'esprit, qui tire de tout ce qui se présente la découverte que l'objet aimé a de nouvelles perfections.

Un voyageur parle de la fraîcheur des bois d'orangers à Gênes, sur le bord de la mer, durant les jours brûlants de l'été : quel plaisir de goûter cette fraîcheur avec elle!

Un de vos amis se casse le bras à la chasse : quelle douceur de recevoir les soins d'une femme qu'on aime! Etre toujours avec elle et la voir sans cesse vous aimant ferait presque bénir la douleur; et vous partez du bras cassé de votre ami, pour ne plus douter de l'angélique bonté de votre maîtresse. En mot, il suffit de penser à une perfection pour la voir dans ce qu'on aime.

Ce phénomène, que je me permets d'appeler la *cristallisation,* vient de la nature qui nous commande d'avoir du plaisir et qui nous envoie le sang au cerveau, du sentiment que les plaisirs augmentent avec les perfections de l'objet aimé, et de l'idée : elle est à moi. Le sauvage n'a pas le temps d'aller au delà du premier pas. Il a du plaisir, mais l'activité de son cerveau est employée à suivre le daim qui fuit dans la forêt, et avec la chair duquel il doit réparer ses forces au plus vite, sous peine de tomber sous la hache de son ennemi.

A l'autre extrémité de la civilisation, je ne doute pas

qu'une femme tendre n'arrive à ce point, de ne trouver le
plaisir physique qu'auprès de l'homme qu'elle aime *.
C'est le contraire du sauvage. Mais parmi les nations
civilisées la femme a du loisir, et le sauvage est si près de
ses affaires, qu'il est obligé de traiter sa femelle comme
une bête de somme. Si les femelles de beaucoup d'animaux sont plus heureuses, c'est que la subsistance des
mâles est plus assurée.

Mais quittons les forêts pour revenir à Paris. Un
homme passionné voit toutes les perfections dans ce qu'il
aime ; cependant l'attention peut encore être distraite, car
l'âme se rassasie de tout ce qui est uniforme, même du
bonheur parfait **.

Voici ce qui survient pour fixer l'attention :

6º Le doute naît.

Après que dix ou douze regards, ou toute autre série
d'actions qui peuvent durer un moment comme plusieurs
jours, ont d'abord donné et ensuite confirmé les espérances, l'amant, revenu de son premier étonnement et
s'étant accoutumé à son bonheur, ou guidé par la théorie
qui, toujours basée sur les cas les plus fréquents, ne doit
s'occuper que des femmes faciles, l'amant, dis-je, demande
des assurances plus positives, et veut pousser son bonheur.

On lui oppose de l'indifférence ***, de la froideur ou
même de la colère, s'il montre trop d'assurance ; en
France, une nuance d'ironie qui semble dire : « Vous vous

---

* Si cette particularité ne se présente pas chez l'homme, c'est qu'il n'a
pas la pudeur à sacrifier pour un instant.
** Ce qui veut dire que la même nuance d'existence ne donne qu'un
instant de bonheur parfait ; mais la manière d'être d'un homme passionné
change dix fois par jour.
*** Ce que les romans du XVIIᵉ siècle appelaient le *coup de foudre*, qui
décide du destin du héros et de sa maîtresse, est un mouvement de l'âme
qui, pour avoir été gâté par un nombre infini de barbouilleurs, n'en existe
pas moins dans la nature ; il provient de l'impossibilité de cette manœuvre
défensive. La femme qui aime trouve trop de bonheur dans le sentiment
qu'elle éprouve, pour pouvoir réussir à feindre ; ennuyée de la prudence,
elle néglige toute précaution et se livre en aveugle au bonheur d'aimer. La
défiance rend le coup de foudre impossible.

croyez plus avancé que vous ne l'êtes. » Une femme se conduit ainsi, soit qu'elle se réveille d'un moment d'ivresse et obéisse à la pudeur, qu'elle tremble d'avoir enfreinte, soit simplement par prudence ou par coquetterie.

L'amant arrive à douter du bonheur qu'il se promettait ; il devient sévère sur les raisons d'espérer qu'il a cru voir.

Il veut se rabattre sur les autres plaisirs de la vie, il *les trouve anéantis*. La crainte d'un affreux malheur le saisit, et avec elle l'attention profonde.

7º Seconde cristallisation.

Alors commence la seconde cristallisation produisant pour diamants des confirmations à cette idée :

Elle m'aime.

A chaque quart d'heure de la nuit qui suit la naissance des doutes, après un moment de malheur affreux, l'amant se dit : « Oui, elle m'aime » ; et la cristallisation se tourne à découvrir de nouveaux charmes ; puis le doute à l'œil hagard s'empare de lui, et l'arrête en sursaut. Sa poitrine oublie de respirer ; il se dit : « Mais est-ce qu'elle m'aime ? » Au milieu de ces alternatives déchirantes et délicieuses, le pauvre amant sent vivement : « Elle me donnerait des plaisirs qu'elle seule au monde peut me donner. »

C'est l'évidence de cette vérité, c'est ce chemin sur l'extrême bord d'un précipice affreux, et touchant de l'autre main le bonheur parfait, qui donne tant de supériorité à la seconde cristallisation sur la première.

L'amant erre sans cesse entre ces trois idées :

1º Elle a toutes les perfections ;

2º Elle m'aime ;

3º Comment faire pour obtenir d'elle la plus grande preuve d'amour possible ?

Le moment le plus déchirant de l'amour jeune encore est celui où il s'aperçoit qu'il a fait un faux raisonnement et qu'il faut détruire tout un plan de cristallisation.

On entre en doute de la cristallisation elle-même.

CHAPITRE III

DE L'ESPÉRANCE

Il suffit d'un très petit degré d'espérance pour causer la naissance de l'amour.

L'espérance peut ensuite manquer au bout de deux ou trois jours, l'amour n'en est pas moins né.

Avec un caractère décidé, téméraire, impétueux et une imagination développée par les malheurs de la vie :

Le degré d'espérance peut être plus petit ;

Elle peut cesser plus tôt sans tuer l'amour.

Si l'amant a eu des malheurs, s'il a le caractère tendre et pensif, s'il désespère des autres femmes, s'il a une admiration vive pour celle dont il s'agit, aucun plaisir ordinaire ne pourra le distraire de la seconde cristallisation. Il aimera mieux rêver à la chance la plus incertaine de lui plaire un jour que recevoir d'une femme vulgaire tout ce qu'elle peut accorder.

Il aurait besoin qu'à cette époque, et non plus tard, notez bien, la femme qu'il aime tuât l'espérance d'une manière atroce et le comblât de ces mépris publics qui ne permettent plus de revoir les gens.

La naissance de l'amour admet de beaucoup plus longs délais entre toutes ces époques.

Elle exige beaucoup plus d'espérance, et une espérance beaucoup plus soutenue, chez les gens froids, flegmatiques, prudents. Il en est de même des gens âgés.

Ce qui assure la durée de l'amour, c'est la seconde cristallisation pendant laquelle on voit à chaque instant qu'il s'agit d'être aimé ou de mourir. Comment, après cette conviction de toutes les minutes, tournée en habitude par plusieurs mois d'amour, pouvoir seulement soutenir la pensée de cesser d'aimer ? Plus un caractère est fort, moins il est sujet à l'inconstance.

Cette seconde cristallisation manque presque tout à fait dans les amours inspirées par les femmes qui se rendent trop vite.

Dès que les cristallisations ont opéré, surtout la seconde, qui de beaucoup est la plus forte, les yeux indifférents ne reconnaissent plus la branche d'arbre ;

Car, 1° Elle est ornée de perfections ou de diamants qu'ils ne voient pas ;

2° Elle est ornée des perfections qui n'en sont pas pour eux.

La perfection de certains charmes dont lui parle un ancien ami de sa belle, et une certaine nuance de vivacité aperçue dans ses yeux, sont un diamant de la cristallisation* de Del Rosso[3]. Ces idées aperçues dans une soirée le font rêver toute une nuit.

---

* J'ai appelé cet essai un livre d'idéologie[1]. Mon but a été d'indiquer que, quoiqu'il s'appelât l'*Amour*, ce n'était pas un roman, et que surtout il n'était pas amusant comme un roman. Je demande pardon aux philosophes d'avoir pris le mot *idéologie* : mon intention n'est certainement pas d'usurper un titre qui serait le droit d'un autre. Si l'idéologie est une description détaillée des idées et de toutes les parties qui peuvent les composer, le présent livre est une description détaillée et minutieuse de tous les sentiments qui composent la passion nommée l'*amour*. Ensuite je tire quelques conséquences de cette description ; par exemple, la manière de guérir l'amour. Je ne connais pas de mot pour dire, en grec, discours sur les sentiments, comme idéologie indique discours sur les idées. J'aurais pu me faire inventer un mot par quelqu'un de mes amis savants, mais je suis déjà assez contrarié d'avoir dû adopter le mot nouveau de *cristallisation*, et il est fort possible que si cet essai trouve des lecteurs, ils ne me passent pas ce mot nouveau. J'avoue qu'il y aurait eu du talent littéraire à l'éviter ; je m'y suis essayé, mais sans succès. Sans ce mot qui, suivant moi, exprime le principal phénomène de cette folie nommée amour, *folie* cependant qui procure à l'homme les plus grands plaisirs qu'il soit donné aux êtres de son espèce de goûter sur la terre, sans l'emploi de ce mot qu'il fallait sans cesse remplacer par une périphrase fort longue, la description que je donne de ce qui se passe dans la tête et dans le cœur de l'homme amoureux devenait obscure, lourde, ennuyeuse, même pour moi qui suis l'auteur : qu'aurait-ce été pour le lecteur ?

J'engage donc le lecteur qui se sentira trop choqué par ce mot de

Une repartie imprévue qui me fait voir plus clairement une âme tendre, généreuse, ardente, ou, comme dit le vulgaire, *romanesque**, et mettant au-dessus du bonheur des rois le simple plaisir de se promener seule avec son amant à minuit, dans un bois écarté, me donne aussi à rêver toute une nuit**.

Il dira que ma maîtresse est une prude ; je dirai que la sienne est une *fille*.

CHAPITRE IV

Dans une âme parfaitement indifférente, une jeune fille habitant un château isolé au fond d'une campagne, le plus petit étonnement peut amener une petite admiration, et,

---

cristallisation à fermer le livre. Il n'entre pas dans mes vœux, et sans doute fort heureusement pour moi, d'avoir beaucoup de lecteurs. Il me serait doux de plaire beaucoup à trente ou quarante personnes de Paris que je ne verrai jamais, mais que j'aime à la folie, sans les connaître. Par exemple, quelque jeune Mme Roland[2], lisant en cachette quelque volume qu'elle cache bien vite à moindre bruit, dans les tiroirs de l'établi de son père, lequel est graveur de boîtes de montre. Une âme comme celle de Mme Roland me pardonnera, je l'espère, non seulement le mot de *cristallisation* employé pour exprimer cet acte de folie qui nous fait apercevoir toutes les beautés, tous les genres de perfection dans la femme que nous commençons à aimer, mais encore plusieurs ellipses trop hardies. Il n'y a qu'à prendre un crayon et écrire entre les lignes les cinq ou six mots qui manquent.

* Toutes ses actions eurent d'abord à mes yeux cet air céleste qui sur-le-champ fait d'un homme un être à part, le différencie de tous les autres. Je croyais lire dans ses yeux cette soif d'un bonheur plus sublime, cette mélancolie non avouée qui aspire à quelque chose de mieux que ce que nous trouvons ici-bas, et qui, dans toutes les situations où la fortune et les révolutions peuvent placer une âme romanesque

> ... *Still prompts the celestial sight,*
> *For which we wish to live, or dare to die.*

> *Ultima lettera di Bianca a sua madre.* Forli, 1817[4].

** C'est pour *abréger* et pouvoir peindre l'intérieur des âmes, que l'auteur rapporte, en employant la formule du *je*, plusieurs sensations qui lui sont étrangères, il n'avait rien de personnel qui méritât d'être cité.

s'il survient la plus légère espérance, elle fait naître l'amour et la cristallisation.

Dans ce cas, l'amour plaît d'abord comme amusant.

L'étonnement et l'espérance sont puissamment secondés par le besoin d'amour et la mélancolie que l'on a à seize ans. On sait assez que l'inquiétude de cet âge est une soif d'aimer, et le propre de la soif est de n'être pas excessivement difficile sur la nature du breuvage que le hasard lui présente.

Récapitulons les sept époques de l'amour ; ce sont :

1° L'admiration.

2° Quel plaisir, etc.

3° L'espérance.

4° L'amour est né.

5° Première cristallisation.

6° Le doute paraît.

7° Seconde cristallisation.

Il peut s'écouler un an entre le n° 1 et le n° 2.

Un mois entre le n° 2 et le n° 3 ; si l'espérance ne se hâte pas de venir, l'on renonce insensiblement au n° 2, comme donnant du malheur.

Un clin d'œil entre le n° 3 et le n° 4.

Il n'y a pas d'intervalle entre le n° 4 et le n° 5. Ils ne sauraient être séparés que par l'intimité.

Il peut s'écouler quelques jours suivant le degré d'impétuosité et les habitudes de hardiesse du caractère entre les n°s 5 et 6 ; et il n'y a pas d'intervalle entre le 6 et le 7.

CHAPITRE V

L'homme n'est pas libre de ne pas faire ce qui lui fait plus de plaisir que toutes les autres actions possibles *.

---

* La bonne éducation, à l'égard des crimes, est de donner des remords qui, prévus, mettent un poids dans la balance.

L'amour est comme la fièvre, il naît et s'éteint sans que la volonté y ait la moindre part. Voilà une des principales différences de l'amour-goût et de l'amour-passion, et l'on ne peut s'applaudir des belles qualités de ce qu'on aime, que comme d'un hasard heureux.

Enfin, l'amour est de tous les âges : voyez la passion de Mme Du Deffand pour le peu gracieux Horace Walpole. L'on se souvient peut-être encore à Paris d'un exemple plus récent, et surtout plus aimable.

Je n'admets en preuve des grandes passions que celles de leurs conséquences qui sont ridicules. Par exemple, la timidité, preuve de l'amour ; je ne parle pas de la mauvaise honte au sortir du collège.

CHAPITRE VI

LE RAMEAU DE SALZBOURG

La cristallisation ne cesse presque jamais en amour. Voici son histoire : Tant qu'on n'est pas bien avec ce qu'on aime, il y a la cristallisation à *solution imaginaire :* ce n'est que par l'imagination que vous êtes sûr que telle perfection existe chez la femme que vous aimez. Après l'intimité, les craintes sans cesse renaissantes sont apaisées par des solutions plus réelles. Ainsi le bonheur n'est jamais uniforme que dans sa source. Chaque jour a une fleur différente.

Si la femme aimée cède à la passion qu'elle ressent et tombe dans la faute énorme de tuer la crainte par la vivacité de ses transports*, la cristallisation cesse un instant, mais quand l'amour perd de sa vivacité, c'est-à-

---

* Diane de Poitiers, dans *La Princesse de Clèves.*

dire de ses craintes, il acquiert le charme d'un entier abandon, d'une confiance sans bornes ; une douce habitude vient émousser toutes les peines de la vie, et donner aux jouissances un autre genre d'intérêt.

Etes-vous quitté, la cristallisation recommence ; et chaque acte d'admiration, la vue de chaque bonheur qu'elle peut vous donner et auquel vous ne songiez plus, se termine par cette réflexion déchirante : « Ce bonheur si charmant, je ne le reverrai *jamais !* et c'est par ma faute que je le perds ! » Que si vous cherchez le bonheur dans des sensations d'un autre genre, votre cœur se refuse à les sentir. Votre imagination vous peint bien la position physique, elle vous met bien sur un cheval rapide, à la chasse, dans les bois du Devonshire* ; mais vous voyez, vous sentez évidemment que vous n'y auriez aucun plaisir. Voilà l'erreur d'optique qui produit le coup de pistolet.

Le jeu a aussi sa cristallisation provoquée par l'emploi à faire de la somme que vous allez gagner.

Les jeux de la cour, si regrettés par les nobles, sous le nom de légitimité, n'étaient si attachants que par la cristallisation qu'ils provoquaient. Il n'y avait pas de courtisan qui ne rêvât la fortune rapide d'un Luynes ou d'un Lauzun, et de femme aimable qui ne vît en perspective le duché de Mme de Polignac. Aucun gouvernement raisonnable ne peut redonner cette cristallisation. Rien n'est anti-imagination comme le gouvernement des Etats-Unis d'Amérique. Nous avons vu que leurs voisins les sauvages ne connaissent presque pas la cristallisation. Les Romains n'en avaient guère l'idée et ne la trouvaient que pour l'amour physique.

La haine a sa cristallisation ; dès qu'on peut espérer de se venger, on recommence de haïr.

---

* Car, si vous pouviez imaginer là un bonheur, la cristallisation aurait déféré à votre maîtresse le privilège exclusif de vous donner ce bonheur.

Si toute croyance où il y a de l'*absurde* ou du *non-démontré* tend toujours à mettre à la tête du parti les gens les plus absurdes, c'est encore un des effets de la *cristallisation*. Il y a cristallisation même en mathématiques (voyez les newtoniens en 1740), dans les têtes qui ne peuvent pas à tout moment se rendre présentes toutes les parties de la démonstration de ce qu'elles croient.

Voyez en preuve la destinée des grands philosophes allemands dont l'immortalité, tant de fois proclamée, ne peut jamais aller au delà de trente ou quarante ans.

C'est parce qu'on ne peut se rendre compte du *pourquoi* de ses sentiments, que l'homme le plus sage est fanatique en musique.

On ne peut pas à volonté se prouver qu'on a raison contre tel contradicteur.

CHAPITRE VII

DES DIFFÉRENCES ENTRE LA NAISSANCE DE L'AMOUR DANS LES DEUX SEXES

Les femmes s'attachent par les faveurs. Comme les dix-neuf vingtièmes de leurs rêveries habituelles sont relatives à l'amour, après l'intimité ces rêveries se groupent autour d'un seul objet ; elles se mettent à justifier une démarche aussi extraordinaire, aussi décisive, aussi contraire à toutes les habitudes de pudeur. Ce travail n'existe pas chez les hommes ; ensuite l'imagination des femmes détaille à loisir des instants si délicieux.

Comme l'amour fait douter des choses les plus démontrées, cette femme qui, avant l'intimité, était si sûre que son amant est un homme au-dessus du vulgaire, aussitôt qu'elle croit n'avoir plus rien à lui refuser, tremble qu'il n'ait cherché qu'à mettre une femme de plus sur sa liste.

Alors seulement paraît la seconde cristallisation qui, parce que la crainte l'accompagne, est de beaucoup la plus forte *.

Une femme croit de reine s'être faite esclave. Cet état de l'âme et de l'esprit est aidé par l'ivresse nerveuse que font naître des plaisirs d'autant plus sensibles qu'ils sont plus rares. Enfin une femme, à son métier à broder, ouvrage insipide et qui n'occupe que les mains, songe à son amant, tandis que celui-ci, galopant dans la plaine avec son escadron, est mis aux arrêts s'il fait faire un faux mouvement.

Je croirais donc que la seconde cristallisation est beaucoup plus forte chez les femmes parce que la crainte est plus vive : la vanité, l'honneur sont compromis, du moins les distractions sont-elles plus difficiles.

Une femme ne peut être guidée par l'habitude d'être raisonnable, que moi, homme, je contracte forcément à mon bureau, en travaillant, six heures tous les jours, à des choses froides et raisonnables. Même hors de l'amour, elles ont du penchant à se livrer à leur imagination, et de l'exaltation habituelle ; la disparition des défauts de l'objet aimé doit donc être plus rapide.

Les femmes préfèrent les émotions à la raison ; c'est tout simple : comme, en vertu de nos plats usages, elles ne sont chargées d'aucune affaire dans la famille, *la raison ne leur est jamais utile,* elles ne l'éprouvent jamais bonne à quelque chose.

Elle leur est, au contraire, *toujours nuisible,* car elle ne leur apparaît que pour les gronder d'avoir eu du plaisir

---

* Cette seconde cristallisation manque chez les femmes faciles qui sont bien loin de toutes ces idées romanesques.

hier, ou pour leur commander de n'en plus avoir demain.

Donnez à régler à votre femme vos affaires avec les fermiers de deux de vos terres, je parie que les registres seront mieux tenus que par vous, et alors, triste despote, vous aurez au moins le *droit* de vous plaindre, puisque vous n'avez pas le talent de vous faire aimer. Dès que les femmes entreprennent des raisonnements généraux, elles font de l'amour sans s'en apercevoir. Dans les choses de détail, elles se piquent d'être plus sévères et plus exactes que les hommes. La moitié du petit commerce est confié aux femmes, qui s'en acquittent mieux que leurs maris. C'est une maxime connue que si l'on parle d'affaires avec elles, on ne saurait avoir trop de gravité.

C'est qu'elles sont toujours et partout avides d'émotion : voyez les plaisirs de l'enterrement en Ecosse [1].

CHAPITRE VIII

This was her favoured fairy realm, and here she erected her aerial palaces.

Lammermoor, I, 70 [1].

Une jeune fille de dix-huit ans, n'a pas assez de cristallisation en son pouvoir, forme des désirs trop bornés par le peu d'expérience qu'elle a des choses de la vie, pour être en état d'aimer avec autant de passion qu'une femme de vingt-huit.

Ce soir j'exposais cette doctrine à une femme d'esprit qui prétend le contraire.

— L'imagination d'une jeune fille n'étant glacée par aucune expérience désagréable, et le feu de la première jeunesse se trouvant dans toute sa force, il est possible qu'à propos d'un homme quelconque, elle se crée une image ravissante. Toutes les fois qu'elle rencontrera son amant, elle jouira, non de ce qu'il est en effet, mais de cette image délicieuse qu'elle se sera créée.

« Plus tard, détrompée de cet amant et de tous les hommes, l'expérience de la triste réalité a diminué chez elle le pouvoir de la cristallisation, la méfiance a coupé les ailes à l'imagination. A propos de quelque homme que ce soit, fût-il un prodige, elle ne pourra plus se former une image aussi entraînante ; elle ne pourra donc plus aimer avec le même feu que dans la première jeunesse. Et comme en amour on ne jouit que de l'illusion qu'on se fait, jamais l'image qu'elle pourra se créer à vingt-huit ans n'aura le brillant et le sublime de celle sur laquelle était fondé le premier amour à seize, et le second amour semblera toujours d'une espèce dégénérée.

— Non, Madame, la présence de la méfiance qui n'existait pas à seize ans, est évidemment ce qui doit donner une couleur différente à ce second amour. Dans la première jeunesse, l'amour est comme un fleuve immense qui entraîne tout dans son cours, et auquel on sent qu'on ne saurait résister. Or une âme tendre se connaît à vingt-huit ans ; elle sait que si pour elle il est encore du bonheur dans la vie, c'est à l'amour qu'il faut le demander ; il s'établit, dans ce pauvre cœur agité, une lutte terrible entre l'amour et la méfiance. La cristallisation avance lentement ; mais celle qui sort victorieuse de cette épreuve terrible, où l'âme exécute tous ses mouvements à la vue continue du plus affreux danger, est mille fois plus brillante et plus solide que la cristallisation de seize ans, où par le privilège de l'âge, tout était gaieté et bonheur.

« Donc l'amour doit être moins gai et plus passionné*. »

Cette conversation (Bologne, 9 mars 1820[2]) qui contredit un point qui me semblait si clair, me fait penser de plus en plus qu'un homme ne peut presque rien dire de

---

* Epicure disait que le discernement est nécessaire à la possession du plaisir.

sensé sur ce qui se passe au fond du cœur d'une femme tendre; quant à une coquette c'est différent : nous avons aussi des sens et de la vanité.

La dissemblance entre la naissance de l'amour chez les deux sexes doit provenir de la nature de l'espérance qui n'est pas la même. L'un attaque et l'autre défend; l'un demande et l'autre refuse, l'un est hardi, l'autre très timide.

L'homme se dit : « Pourrai-je lui plaire? voudra-t-elle m'aimer? »

La femme : « N'est-ce point par jeu qu'il me dit qu'il m'aime? est-ce un caractère solide? peut-il se répondre à soi-même de la durée de ses sentiments? » C'est ainsi que beaucoup de femmes regardent et traitent comme un enfant un jeune homme de vingt-trois ans; s'il a fait six campagnes, tout change pour lui, c'est un jeune héros.

Chez l'homme, l'espoir dépend simplement des actions de ce qu'il aime; rien de plus aisé à interpréter. Chez les femmes, l'espérance doit être fondée sur des considérations morales très difficiles à bien apprécier. La plupart des hommes sollicitent une preuve d'amour qu'ils regardent comme dissipant tous les doutes; les femmes ne sont pas assez heureuses pour pouvoir trouver une telle preuve; et il y a ce malheur dans la vie, que ce qui fait la sécurité et le bonheur de l'un des amants, fait le danger et presque l'humiliation de l'autre.

En amour, les hommes courent le hasard du tourment secret de l'âme, les femmes s'exposent aux plaisanteries du public; elles sont plus timides, et d'ailleurs, l'opinion est beaucoup plus pour elles, car *sois considérée, il le faut* *.

Elles n'ont pas un moyen sûr de subjuguer l'opinion en exposant un instant leur vie.

---

* On se rappelle la maxime de Beaumarchais : « La nature dit à la femme : sois belle si tu peux, sage si tu veux, mais sois considérée, il le faut [3]. » Sans considération, en France point d'admiration, partant point d'amour.

Les femmes doivent donc être beaucoup plus méfiantes. En vertu de leurs habitudes, tous les mouvements intellectuels qui forment les époques de la naissance de l'amour, sont chez elles plus doux, plus timides, plus lents, moins décidés; il y a donc plus de dispositions à la constance; elles doivent se désister moins facilement d'une cristallisation commencée.

Une femme, en voyant son amant, réfléchit avec rapidité ou se livre au bonheur d'aimer, bonheur dont elle est tirée désagréablement s'il fait la moindre attaque, car il faut quitter tous les plaisirs pour courir aux armes.

Le rôle de l'amant est plus simple; il regarde les yeux de ce qu'il aime, un seul sourire peut le mettre au comble du bonheur, et il cherche sans cesse à l'obtenir *. Un homme est humilié de la longueur du siège; elle fait au contraire la gloire d'une femme.

Une femme est capable d'aimer et, dans un an entier, de ne dire que dix ou douze mots à l'homme qu'elle préfère. Elle tient note au fond de son cœur du nombre de fois qu'elle l'a vu; elle est allée deux fois avec lui au spectacle, deux autres fois elle s'est trouvée à dîner avec lui, il l'a saluée trois fois à la promenade.

Un soir, à un petit jeu, il lui a baisé la main; on remarque que, depuis, elle ne permet plus, sous aucun prétexte et même au risque de paraître singulière, qu'on lui baise la main.

Dans un homme, on appellerait cette conduite de l'amour féminin, nous disait Léonore [5].

Quando leggemmo il disiato riso
Esser baciato da cotanto amante,
Questi che mai da me non fia diviso,
La bocca mi baciò tutto tremante.

DANTE, *Francesca da Rimini* [4].

CHAPITRE IX

Je fais tous les efforts possibles pour être *sec*. Je veux imposer silence à mon cœur qui croit avoir beaucoup à dire. Je tremble toujours de n'avoir écrit qu'un soupir, quand je crois avoir noté une vérité[1].

CHAPITRE X

Pour preuve de la cristallisation, je me contenterai de rappeler l'anecdote suivante *.

Une jeune personne entend dire qu'Edouard, son parent qui va revenir de l'armée, est un jeune homme de la plus grande distinction; on lui assure qu'elle en est aimée sur sa réputation; mais il voudra probablement la voir avant de se déclarer et de la demander à ses parents. Elle aperçoit un jeune étranger à l'église, elle l'entend appeler Edouard, elle ne pense plus qu'à lui, elle l'aime. Huit jours après, arrive le véritable Edouard, ce n'est pas celui de l'église, elle pâlit, et sera pour toujours malheureuse si on la force à l'épouser.

Voilà ce que les pauvres d'esprit appellent une des déraisons de l'amour.

Un homme genéreux comble une jeune fille malheureuse des bienfaits les plus délicats; on ne peut pas avoir plus de vertus, et l'amour allait naître, mais il porte un chapeau mal retapé, et elle le voit monter à cheval d'une manière gauche; la jeune fille s'avoue, en soupirant,

---

* Empoli, juin 1819[1].

qu'elle ne peut répondre aux empressements qu'il lui témoigne.

Un homme fait la cour à la femme du monde la plus honnête; elle apprend que ce monsieur a eu des malheurs physiques et ridicules : il lui devient insupportable. Cependant elle n'avait nul dessein de se jamais donner à lui, et ces malheurs secrets ne nuisent en rien à son esprit et à son amabilité. C'est tout simplement que la cristallisation est rendue impossible.

Pour qu'un être humain puisse s'occuper avec délices à diviniser un objet aimable, qu'il soit pris dans la forêt des Ardennes[2] ou au bal de Coulon[3], il faut d'abord qu'il lui semble parfait, non pas sous tous les rapports possibles, mais sous tous les rapports qu'il voit actuellement; il ne lui semblera parfait, à tous égards, qu'après plusieurs jours de la seconde cristallisation. C'est tout simple, il suffit alors d'avoir l'idée d'une perfection pour la voir dans ce qu'on aime.

On voit en quoi la *beauté* est nécessaire à la naissance de l'amour. Il faut que la laideur ne fasse pas obstacle. L'amant arrive bientôt à trouver belle sa maîtresse telle qu'elle est, sans songer à la *vraie beauté*.

Les traits qui forment la vraie beauté lui promettraient, s'il les voyait, et si j'ose m'exprimer ainsi, une quantité de bonheur que j'exprimerai par le nombre un, et les traits de sa maîtresse tels qu'ils sont lui promettent mille unités de bonheur.

Avant la naissance de l'amour, la beauté est nécessaire comme *enseigne;* elle prédispose à cette passion par les louanges qu'on entend donner à ce qu'on aimera. Une admiration très vive rend la plus petite espérance décisive.

Dans l'amour-goût, et peut-être dans les premières cinq minutes de l'amour-passion, une femme en prenant un amant tient plus de compte de la manière dont les autres femmes voient cet homme que de la manière dont elle le voit elle-même.

De là les succès des princes et des officiers *.

Les jolies femmes de la cour du vieux Louis XIV étaient amoureuses de ce prince.

Il faut bien se garder de présenter des facilités à l'espérance, avant d'être sûr qu'il y a de l'admiration. On ferait naître la fadeur, qui rend à jamais l'amour impossible, ou du moins que l'on ne peut guérir que par la pique d'amour-propre.

On ne sympathise pas avec le *niais,* ni avec le sourire à tout venant; de là, dans le monde, la nécessité d'un vernis de rouerie; c'est la noblesse des manières. On ne cueille pas même le *rire* sur une plante trop avilie. En amour, notre vanité dédaigne une victoire trop facile, et, dans tous les genres, l'homme n'est pas sujet à s'exagérer le prix de ce qu'on lui offre.

CHAPITRE XI

Une fois la cristallisation commencée, l'on jouit avec délices de chaque nouvelle beauté que l'on découvre dans ce qu'on aime.

Mais qu'est-ce que la beauté? C'est une nouvelle aptitude à vous donner du plaisir.

Les plaisirs de chaque individu sont différents, et

---

* *Those who remarked in the countenance of this young hero a dissolute audacity mingled with extreme haughtiness and indifference to the feelings of others, could not yet deny to his countenance that sort of comeliness which belongs to an open set of features, well formed by nature, modelled by art to the usual rules of courtesy, yet so far frank and honest, that they seemed as if they disclaimed to conceal the natural working of the soul. Such an expression is often mistaken for manly frankness, when in truth it arises from the reckless indifference of a libertine disposition, conscious of superiority of birth, of wealth, or of some other adventitious advantage totally unconnected with personal merit.*

Ivanhoe, tome I, p. 145 *.

souvent opposés : cela explique fort bien comment ce qui est beauté pour un individu est laideur pour un autre (exemple concluant de Del Rosso et de Lisio, le 1er janvier 1820).

Pour découvrir la nature de la beauté, il convient de rechercher quelle est la nature des plaisirs de chaque individu ; par exemple, il faut à Del Rosso une femme qui souffre quelques mouvements hasardés, et qui, par ses sourires, autorise des choses fort gaies ; une femme qui, à chaque instant, tienne les plaisirs physiques devant son imagination, et qui excite à la fois le genre d'amabilité de Del Rosso, et lui permette de la déployer.

Del Rosso entend par amour apparemment l'amour-physique, et Lisio l'amour-passion. Rien de plus évident qu'ils ne doivent pas être d'accord sur le mot beauté *.

La beauté que vous découvrez étant donc une nouvelle aptitude à vous donner du plaisir, et les plaisirs variant comme les individus, la cristallisation formée dans la tête de chaque homme doit porter la *couleur* des plaisirs de cet homme.

La cristallisation de la maîtresse d'un homme, ou sa BEAUTÉ, n'est autre chose que la collection de TOUTES LES SATISFACTIONS de tous les désirs qu'il a pu former successivement à son égard.

CHAPITRE XII

SUITE DE LA CRISTALLISATION

Pourquoi jouit-on avec délices de chaque nouvelle beauté que l'on découvre dans ce qu'on aime ?

---

* Ma *beauté*, promesse d'un caractère utile à mon âme, est au-dessus de l'attraction des sens ; cette attraction n'est qu'une espèce particulière. 1815.

C'est que chaque nouvelle beauté vous donne la satisfaction pleine et entière d'un désir. Vous la voulez tendre, elle est tendre ; ensuite vous la voulez fière comme l'Emilie de Corneille, et, quoique ces qualités soient probablement incompatibles, elle paraît à l'instant avec une âme romaine. Voilà la raison morale pour laquelle l'amour est la plus forte des passions. Dans les autres, les désirs doivent s'accommoder aux froides réalités ; ici, ce sont les réalités qui s'empressent de se modeler sur les désirs ; c'est donc celle des passions où les désirs violents ont les plus grandes jouissances.

Il y a des conditions générales de bonheur qui étendent leur empire sur toutes les satisfactions de désirs particuliers.

1º Elle semble votre propriété, car c'est vous seul qui pouvez la rendre heureuse.

2º Elle est juge de votre mérite. Cette condition était fort importante dans les cours galantes et chevaleresques de François Iᵉʳ et de Henri II, et à la cour élégante de Louis XV. Sous un gouvernement constitutionnel et raisonneur, les femmes perdent toute cette branche d'influence.

3º Pour les cœurs romanesques, plus elle aura l'âme sublime, plus seront célestes et dégagés de la fange de toutes les considérations vulgaires les plaisirs que vous trouverez dans ses bras.

La plupart des jeunes Français de dix-huit ans sont élèves de J.-J. Rousseau ; cette condition de bonheur est importante pour eux.

Au milieu d'opérations si décevantes pour le désir du bonheur, la tête se perd.

Du moment qu'il aime, l'homme le plus sage ne voit plus aucun objet *tel qu'il est*. Il s'exagère en moins ses propres avantages, et en plus les moindres faveurs de l'objet aimé. Les craintes et les espoirs prennent à l'instant quelque chose de *romanesque* (de *wayward*[1]). Il n'attribue plus rien au hasard; il perd le sentiment de la probabilité; une chose imaginée est une chose existante pour l'effet sur son bonheur *.

Une marque effrayante que la tête se perd, c'est qu'en pensant à quelque petit fait, difficile à observer, vous le voyez blanc, et vous l'interprétez en faveur de votre amour; un instant après vous vous apercevez qu'en effet il était noir, et vous le trouvez encore concluant en faveur de votre amour.

C'est alors qu'une âme en proie aux incertitudes mortelles sent vivement le besoin d'un ami; mais pour un amant il n'est plus d'ami. On savait cela à la cour. Voilà la source du seul genre d'indiscrétion qu'une femme délicate puisse pardonner.

CHAPITRE XIII

DU PREMIER PAS, DU GRAND MONDE, DES MALHEURS

Ce qu'il y a de plus étonnant dans la passion de l'amour, c'est le premier pas, c'est l'extravagance du changement qui s'opère dans la tête d'un homme.

Le grand monde, avec ses fêtes brillantes, sert l'amour comme favorisant ce *premier pas*.

Il commence par changer l'admiration simple (n° 1) en admiration tendre (n° 2) : Quel plaisir de lui donner des baisers, etc.

---

* Il y a une cause physique, un commencement de folie, une affluence du sang au cerveau, un désordre dans les nerfs et dans le centre cérébral. Voir le courage éphémère des cerfs et la couleur des pensées d'un *soprano* [2]. En 1922, la physiologie nous donnera la description de la partie physique de ce phénomène. Je le recommande à l'attention de M. Edwards [1].

Une valse rapide, dans un salon éclairé de mille bougies, jette dans les jeunes cœurs une ivresse qui éclipse la timidité, augmente la conscience des forces et leur donne enfin l'*audace d'aimer*. Car voir un objet très aimable ne suffit pas ; au contraire, l'extrême amabilité décourage les âmes tendres ; il faut le voir, sinon vous aimant *, du moins dépouillé de sa majesté.

Qui s'avise de devenir amoureux d'une reine, à moins qu'elle ne fasse des avances ** ?

Rien n'est donc plus favorable à la naissance de l'amour que le mélange d'une solitude ennuyeuse et de quelques bals rares et longtemps désirés ; c'est la conduite des bonnes mères de famille qui ont des filles.

Le vrai grand monde tel qu'on le trouvait à la cour de France ***, et qui, je crois, n'existe plus depuis 1780 ****, était peu favorable à l'amour, comme rendant presque impossibles la *solitude* et le loisir, indispensables pour le travail des cristallisations.

La vie de la cour donne l'habitude de voir et d'exécuter un grand nombre de *nuances,* et la plus petite nuance peut être le commencement d'une admiration et d'une passion *****.

* De là la possibilité des passions à origine factice, celles-ci, et celle de Bénédict et Béatrix (Shakespeare)[1].

** Voir les amours de Struenzée dans *les Cours du Nord,* de Brown, 3 vol., 1819[2].

*** Voir les *Lettres* de Mme Du Deffand, de Mlle de Lespinasse, les *Mémoires* de Besenval, de Lauzun, de Mme d'Epinay, le *Dictionnaire des Etiquettes* de Mme de Genlis, les *Mémoires* de Dangeau, d'Horace Walpole.

**** Si ce n'est peut-être à la cour de Pétersbourg.

***** Voir Saint-Simon et *Werther*. Quelque tendre et délicat que soit un solitaire, son âme est distraite, une partie de son imagination est employée à prévoir la société. La force de caractère est un des charmes qui séduisent le plus les cœurs vraiment féminins. De là le succès des jeunes officiers fort graves. Les femmes savent fort bien faire la différence de la violence des mouvements de passion, qu'elles sentent si possibles dans leurs cœurs, à la force de caractère ; les femmes les plus distinguées sont quelquefois dupes d'un peu de charlatanisme en ce genre. On peut s'en servir sans nulle crainte, aussitôt que l'on s'aperçoit que la cristallisation a commencé.

Quand les malheurs propres de l'amour sont mêlés d'autres malheurs (de malheurs de *vanité,* si votre maîtresse offense votre juste fierté, vos sentiments d'honneur et de dignité personnelle[3] ; de malheurs de santé, d'argent, de persécution politique, etc.), ce n'est qu'en apparence que l'amour est augmenté par ces contretemps ; comme ils occupent à autre chose l'imagination, ils empêchent, dans l'amour espérant, les cristallisations, et, dans l'amour heureux, la naissance des petits doutes. La douceur de l'amour et sa folie reviennent quand ces malheurs ont disparu.

Remarquez que les malheurs favorisent la naissance de l'amour chez les caractères légers ou insensibles ; et qu'après sa naissance, si les malheurs sont antérieurs, ils favorisent l'amour en ce que l'imagination, rebutée des autres circonstances de la vie qui ne fournissent que des images tristes, se jette tout entière à opérer la cristallisation.

CHAPITRE XIV

Voici un effet qui me sera contesté, et que je ne présente qu'aux hommes, dirai-je, assez malheureux pour avoir aimé avec passion pendant de longues années, et d'un amour contrarié par des obstacles invincibles.

La vue de tout ce qui est extrêmement beau, dans la nature et dans les arts, rappelle le souvenir de ce qu'on aime, avec la rapidité de l'éclair. C'est que, par le mécanisme de la branche d'arbre garnie de diamants dans la mine de Salzbourg, tout ce qui est beau et sublime au monde fait partie de la beauté de ce qu'on aime, et cette vue imprévue du bonheur à l'instant remplit les yeux de larmes. C'est ainsi que l'amour du beau et l'amour se donnent mutuellement la vie.

L'un des malheurs de la vie, c'est que ce bonheur de voir ce qu'on aime et de lui parler ne laisse pas de souvenirs distincts. L'âme est apparemment trop troublée par ses émotions pour être attentive à ce qui les cause ou à ce qui les accompagne. Elle est la sensation elle-même. C'est peut-être parce que ces plaisirs ne peuvent pas être usés par des rappels à volonté, qu'ils se renouvellent avec tant de force, dès que quelque objet vient nous tirer de la rêverie consacrée à la femme que nous aimons, et nous la rappeler plus vivement par quelque nouveau rapport *.

Un vieil architecte sec la rencontrait tous les soirs dans le monde. Entraîné par le *naturel* et sans faire attention à ce que je lui disais **, un jour je lui en fis un éloge tendre et pompeux, et elle se moqua de moi. Je n'eus pas la force de lui dire : « Il vous voit chaque soir ! »

Cette sensation est si puissante qu'elle s'étend jusqu'à la personne de mon ennemie [2] qui l'approche sans cesse. Quand je la vois, elle me rappelle tant Léonore, que je ne puis la haïr dans ce moment, quelque effort que j'y fasse.

L'on dirait que par une étrange bizarrerie du cœur, la femme aimée communique plus de charme qu'elle n'en a elle-même. L'image de la ville lointaine [3] où on la vit un instant *** jette une plus profonde et plus douce rêverie que sa présence elle-même. C'est l'effet des rigueurs.

La rêverie de l'amour ne peut se noter. Je remarque que je puis relire un bon roman tous les trois ans avec le même plaisir. Il me donne des sentiments conformes au genre de goût tendre qui me domine dans le moment, ou me procure de la variété dans mes idées, si je ne sens rien. Je puis aussi écouter avec plaisir la même musique, mais il ne

---

* Les parfums [1].
** Voir la note ** de la page 36.
*** ... *Nessun maggior dolore*
    Che ricordarsi del tempo felice
    Nella miseria.

    DANTE, *Francesca* [4].

faut pas que la mémoire cherche à se mettre de la partie. C'est l'imagination uniquement qui doit être affectée ; si un opéra fait plus de plaisir à la vingtième représentation, c'est que l'on comprend mieux la musique, ou qu'il rappelle la sensation du premier jour.

Quant aux nouvelles vues qu'un roman suggère pour la connaissance du cœur humain, je me rappelle fort bien les anciennes ; j'aime même à les trouver notées en marge. Mais ce genre de plaisir s'applique aux romans, comme m'avançant dans la connaissance de l'homme, et nullement à la rêverie qui est le vrai plaisir du roman. Cette rêverie est innotable. La noter, c'est la tuer pour le présent, car l'on tombe dans l'analyse philosophique du plaisir ; c'est la tuer encore plus sûrement pour l'avenir, car rien ne paralyse l'imagination comme l'appel à la mémoire. Si je trouve en marge une note peignant ma sensation en lisant *Old Mortality* à Florence, il y a trois ans [5], à l'instant je suis plongé dans l'histoire de ma vie, dans l'estime du degré de bonheur aux deux époques, dans la plus haute philosophie, en un mot, et adieu pour longtemps le laisser-aller des sensations tendres.

Tout grand poète ayant une vive imagination est timide, c'est-à-dire qu'il craint les **hommes** pour les interruptions et les troubles qu'ils peuvent apporter à ses délicieuses rêveries. C'est pour son *attention* qu'il tremble. Les hommes, avec leurs intérêts grossiers, viennent le tirer des jardins d'Armide, pour le pousser dans un bourbier fétide, et ils ne peuvent guère le rendre attentif à eux qu'en l'irritant. C'est par l'habitude de nourrir son âme de rêveries touchantes, et par son horreur pour le vulgaire, qu'un grand artiste est si près de l'amour.

Plus un homme est grand artiste, plus il doit désirer les titres et les décorations, comme rempart.

CHAPITRE XV

L'on rencontre, au milieu de la passion la plus violente et la plus contrariée, des moments où l'on croit tout à coup ne plus aimer; c'est comme une source d'eau douce au milieu de la mer. On n'a presque plus de plaisir à songer à sa maîtresse; et, quoique accablé de ses rigueurs, l'on se trouve encore plus malheureux de ne plus prendre intérêt à rien dans la vie. Le néant le plus triste et le plus découragé succède à une manière d'être agitée sans doute, mais qui présentait toute la nature sous un aspect neuf, passionné, intéressant.

C'est que la dernière visite que vous avez faite à ce que vous aimez vous a mis dans une position sur laquelle, une autre fois, votre imagination a moissonné tout ce qu'elle peut donner de sensations. Par exemple, après une période de froideur, elle vous traite moins mal, et vous laisse concevoir exactement le même degré d'espérance, et par les mêmes signes extérieurs, qu'à une autre époque; tout cela peut-être sans qu'elle s'en doute. L'imagination trouvant en son chemin la mémoire et ses tristes avis, la cristallisation * cesse à l'instant.

---

* On me conseille d'abord d'ôter ce mot, ou, si je ne puis y parvenir, faute de talent littéraire, de rappeler souvent que j'entends par *cristallisation* une certaine fièvre d'imagination, laquelle rend méconnaissable un objet le plus souvent assez ordinaire, et en fait un être à part. Dans les âmes qui ne connaissent d'autre chemin que la vanité pour arriver au bonheur, il est nécessaire que l'homme qui cherche à exciter cette fièvre mette fort bien sa cravate et soit constamment attentif à mille détails qui excluent tout laisser-aller. Les femmes de la société avouent l'effet, tout en niant ou ne voyant pas la cause.

CHAPITRE XVI

*Dans un petit port dont j'ignore le nom
près de Perpignan, 25 février 1822*[1].*

Je viens d'éprouver ce soir que la musique, quand elle
est parfaite, met le cœur exactement dans la même
situation où il se trouve quand il jouit de la présence de ce
qu'il aime; c'est-à-dire qu'elle donne le bonheur apparemment le plus vif qui existe sur cette terre.

S'il en était ainsi pour tous les hommes, rien au monde
ne disposerait plus à l'amour.

Mais j'ai déjà noté à Naples, l'année dernière[3], que la
musique parfaite, comme la pantomime parfaite**, me fait
songer à ce qui forme actuellement l'objet de mes rêveries,
et me fait venir des idées excellentes; à Naples, c'était sur
le moyen d'armer les Grecs.

Or, ce soir, je ne puis me dissimuler que j'ai le malheur
of being too great an admirer of milady L[5].

Et peut-être que la musique parfaite que j'ai eu le
bonheur de rencontrer, après deux ou trois mois de
privation, quoique allant tous les soirs à l'Opéra, n'a
produit tout simplement que son effet anciennement
reconnu, je veux dire celui de faire songer vivement à ce
qui occupe.

4 mars, huit jours après.

Je n'ose ni effacer ni approuver l'observation précé-
dente. Il est sûr que, quand je l'écrivais, je la lisais dans
mon cœur. Si je la mets en doute aujourd'hui, c'est peut-
être que j'ai perdu le souvenir de ce que je voyais alors.

---

* Copie du journal de Lisio[2].
** *Othello* et *la Vestale*, ballets de Viganò, exécutés par la Pallerini et
Molinari[4].

L'habitude de la musique et de sa rêverie prédispose à l'amour. Un air tendre et triste, pourvu qu'il ne soit pas trop dramatique, que l'imagination ne soit pas forcée de songer à l'action, excitant purement à la rêverie de l'amour, est délicieux pour les âmes tendres et malheureuses : par exemple, le trait prolongé de clarinette, au commencement du quartetto de *Bianca e Faliero,* et le récit de la Camporesi, vers le milieu du *quartetto*[6].

L'amant qui est bien avec ce qu'il aime, jouit avec transport du fameux duetto d'*Armida e Rinaldo* de Rossini[7], qui peint si juste les petits doutes de l'amour heureux, et les moments de délices qui suivent les raccommodements. Le morceau instrumental qui est au milieu du duetto, au moment où Rinaldo veut fuir, et qui représente d'une manière si étonnante le combat des passions, lui semble avoir une influence physique sur son cœur, et le toucher réellement. Je n'ose dire ce que je sens à cet égard; je passerais pour fou auprès des gens du Nord.

CHAPITRE XVII

LA BEAUTÉ DÉTRÔNÉE PAR L'AMOUR

Albéric rencontre dans une loge une femme plus belle que sa maîtresse; je supplie qu'on me permette une évaluation mathématique : c'est-à-dire dont les traits promettent trois unités de bonheur au lieu de deux (je suppose que la beauté parfaite donne une quantité de bonheur exprimée par le nombre quatre).

Est-il étonnant qu'il leur préfère les traits de sa maîtresse, qui lui promettent cent unités de bonheur? Même les petits défauts de sa figure, une marque de petite-vérole, par exemple, donnent de l'attendrissement à l'homme qui aime, et le jettent dans une rêverie profonde, lorsqu'il les aperçoit chez une autre femme; que sera-ce chez sa maîtresse? C'est qu'il a éprouvé mille sentiments en présence de cette marque de petite-vérole, que ces sentiments sont pour la plupart délicieux, sont tous du plus haut intérêt, et que, quels qu'ils soient, ils se renouvellent avec une incroyable vivacité, à la vue de ce signe, même aperçu sur la figure d'une autre femme.

Si l'on parvient ainsi à préférer et à aimer la *laideur*, c'est que dans ce cas la laideur est beauté*. Un homme aimait à la passion une femme très maigre et marquée de petite-vérole; la mort la lui ravit. Trois ans après, à Rome, admis dans la familiarité de deux femmes, l'une plus belle que le jour, l'autre maigre, marquée de petite-vérole, et par là, si vous voulez, assez laide, je le vois aimer la laide au bout de huit jours qu'il emploie à effacer sa laideur par ses souvenirs; et, par une coquetterie bien pardonnable, la moins jolie ne manqua pas de l'aider en lui fouettant un peu le sang, chose utile à cette opération**. Un homme rencontre une femme, et est choqué de sa laideur; bientôt, si elle n'a pas de prétentions, sa physionomie lui fait oublier les défauts de ses traits, il la trouve aimable et conçoit qu'on puisse l'aimer; huit jours après il a des espérances, huit jours après on les lui retire, huit jours après il est fou.

---

* La beauté n'est que la *promesse* du bonheur[1]. Le bonheur d'un Grec était différent du bonheur d'un Français de 1822. Voyez les yeux de la Vénus de Médicis et comparez-les aux yeux de la Madeleine de Pordenone (chez M. de Sommariva).

** Si l'on est sûr de l'amour d'une femme, on examine si elle est plus ou moins belle; si l'on doute de son cœur, on n'a pas le temps de songer à sa figure.

CHAPITRE XVIII

On remarque au théâtre une chose analogue envers les
acteurs chéris du public; les spectateurs ne sont plus
sensibles à ce qu'ils peuvent avoir de beauté ou de laideur
réelle. Le Kain, malgré sa laideur remarquable, faisait des
passions à foison[1]; Garrick aussi, par plusieurs raisons[2];
mais d'abord parce qu'on ne voyait plus la beauté réelle de
leurs traits ou de leurs manières, mais bien celle que
depuis longtemps l'imagination était habituée à leur
prêter, en reconnaissance et en souvenir de tous les plaisirs
qu'ils lui avaient donnés; et, par exemple, la figure seule
d'un acteur comique fait rire dès qu'il entre en scène.

Une jeune fille qu'on menait aux Français pour la
première fois pouvait bien sentir quelque éloignement
pour Le Kain durant la première scène; mais bientôt il la
faisait pleurer ou frémir; et comment résister aux rôles de
Tancrède* ou d'Orosmane? Si pour elle la laideur était
encore un peu visible, les transports de tout un public, et
l'effet *nerveux* qu'ils produisent sur un jeune cœur**,
parvenaient bien vite à l'éclipser. Il ne restait plus de la
laideur que le nom, et pas même le nom, car l'on entendait

---

* Voir Mme de Staël, dans *Delphine*, je crois : voilà l'artifice des
femmes plus jolies.

** C'est à cette sympathie nerveuse que je serais tenté d'attribuer l'effet
prodigieux et incompréhensible de la musique à la mode (à Dresde[1], pour
Rossini, 1821). Dès qu'elle n'est plus de mode, elle n'en devient pas plus
mauvaise pour cela, et cependant elle ne fait plus d'effet sur les cœurs de
bonne foi des jeunes filles. Elle leur plaisait peut-être aussi, comme
excitant les transports des jeunes gens.

Mme de Sévigné (lettre 202, le 6 mai 1672) dit à sa fille : « Lully avait
fait un dernier effort de toute la musique du roi; ce beau *Miserere* y était
encore augmenté; il y eut un *Libera* où tous les yeux étaient pleins de
larmes. »

On ne peut pas plus douter de la vérité de cet effet que disputer l'esprit
ou la délicatesse à Mme de Sévigné. La musique de Lully qui la charmait
ferait fuir à cette heure; alors cette musique encourageait la *cristallisation*,
elle la rend impossible aujourd'hui.

des femmes enthousiastes de Le Kain s'écrier : « Qu'il est beau! »

Rappelons-nous que la *beauté* est l'expression du caractère, ou, autrement dit, des habitudes morales, et qu'elle est par conséquent exempte de toute passion. Or c'est de la *passion* qu'il nous faut; la beauté ne peut nous fournir que des *probabilités* sur le compte d'une femme, et encore des probabilités sur ce qu'elle est de sang-froid; et les regards de votre maîtresse marquée de petite-vérole sont une réalité charmante qui anéantit toutes les probabilités possibles.

CHAPITRE XIX

SUITE DES EXCEPTIONS
A LA BEAUTÉ

Les femmes spirituelles et tendres, mais à sensibilité timide et méfiante, qui le lendemain du jour où elles ont paru dans le monde repassent mille fois en revue et avec une timidité souffrante ce qu'elles ont pu dire ou laisser deviner; ces femmes-là, dis-je, s'accoutument facilement au manque de beauté chez les hommes, et ce n'est presque pas un obstacle à leur donner de l'amour.

C'est par le même principe qu'on est presque indifférent pour le degré de beauté d'une maîtresse adorée, et qui vous comble de rigueurs. Il n'y a presque plus de cristallisation de beauté; et quand l'ami guérisseur vous dit qu'elle n'est pas jolie, on en convient presque, et il croit avoir fait un grand pas.

Mon ami, le brave capitaine Trab[1], me peignait ce soir ce qu'il avait senti autrefois en voyant Mirabeau.

Personne en regardant ce grand homme n'éprouvait par

les yeux un sentiment désagréable, c'est-à-dire ne le trouvait laid. Entraîné par ses paroles foudroyantes on n'était attentif, on ne trouvait du plaisir à être attentif qu'à ce qui était *beau* dans sa figure. Comme il n'y avait presque pas de traits *beaux* (de la beauté de la sculpture, ou de la beauté de la peinture), l'on n'était attentif qu'à ce qui était *beau* d'une autre beauté*, de la beauté d'expression.

En même temps que l'attention fermait les yeux à tout ce qui était laid, pittoresquement parlant, elle s'attachait avec transport aux plus petits détails passables, par exemple, à la *beauté* de sa vaste chevelure; s'il eût porté des cornes on les eût trouvées belles **.

---

* C'est là l'avantage d'être à la mode. Faisant abstraction des défauts de la figure déjà connus, et qui ne font plus rien à l'imagination, on s'attache à l'une des trois beautés suivantes :

1º Dans le peuple, à l'idée de richesse;

2º Dans le monde, à l'idée d'élégance ou matérielle ou morale;

3º A la cour, à l'idée : je veux plaire aux femmes. Presque partout à un mélange de ces trois idées. Le bonheur attaché à l'idée de richesse se joint à la délicatesse dans les plaisirs qui suit l'idée d'élégance, et le tout s'applique à l'amour. D'une manière ou d'autre, l'imagination est entraînée par la nouveauté. L'on arrive ainsi à s'occuper d'un homme très laid sans songer à sa laideur [a] et à la longue, sa laideur devient beauté. A Vienne, en 1788, Mme Viganò, danseuse, **la femme à la mode**, était grosse, et **les** dames portèrent bientôt des petits ventres *à la Viganò*. Par les mêmes raisons retournées, rien d'affreux comme une mode surannée. Le mauvais goût, c'est de confondre la mode qui ne vit que de changements, avec le beau durable, fruit de tel gouvernement, dirigeant tel climat. Un édifice à la mode, dans dix ans, sera à une mode surannée. Il sera moins déplaisant dans deux cents ans quand on aura oublié la mode. Les amants sont bien fous de songer à se bien mettre; on a bien autre chose à faire en voyant ce qu'on aime, que de songer à sa toilette; on regarde son amant et on ne l'examine pas, dit Rousseau. Si cet examen a lieu, on a affaire à l'amour-goût et non plus à l'amour-passion. L'air brillant de la beauté déplaît presque dans ce qu'on aime; on n'a que faire de la voir belle, on la voudrait tendre et languissante. La parure n'a d'effet en amour, que pour les jeunes filles qui, sévèrement gardées dans la maison paternelle, souvent prennent une passion par les yeux.

Dit par L. [3], 15 septembre 1820.

a. Le petit Germain [2], *Mémoires de Gramont.*

** Soit pour leur poli, soit pour leur grandeur, soit pour leur forme; c'est ainsi, ou par la liaison de sentiments (voir plus haut les marques de

La présence de tous les soirs d'une jolie danseuse donne de l'attention forcée aux âmes blasées ou privées d'imagination qui garnissent le balcon de l'Opéra. Par ses mouvements gracieux, hardis et singuliers, elle réveille l'amour physique, et leur procure peut-être la seule cristallisation qui soit encore possible. C'est ainsi qu'un laideron qu'on n'eût pas honoré d'un regard dans la rue, surtout les gens usés, s'il paraît souvent sur la scène, trouve à se faire entretenir fort cher. Geoffroy disait que le théâtre est le piédestal des femmes. Plus une danseuse est célèbre et usée, plus elle vaut : de là le proverbe des coulisses : « Telle trouve à se vendre qui n'eût pas trouvé à se donner [5]. » Ces filles volent une partie de leurs passions à leurs amants, et sont très susceptibles d'amour *par pique*.

Comment faire pour ne pas lier des sentiments généreux ou aimables à la physionomie d'une actrice dont les traits n'ont rien de choquant, que tous les soirs l'on regarde pendant deux heures exprimant les sentiments les plus nobles, et que l'on ne connaît pas autrement ? Quand enfin l'on parvient à être admis chez elle, ses traits vous rappellent des sentiments si agréables, que toute la réalité qui l'entoure, quelque peu noble qu'elle soit quelquefois, se recouvre à l'instant d'une teinte romanesque et touchante.

« Dans ma première jeunesse, enthousiaste de cette ennuyeuse tragédie française [*], quand j'avais le bonheur

---

petite-vérole) qu'une femme qui aime s'accoutume aux défauts de son amant. La princesse russe C. s'est bien accoutumée à un homme qui en définitif n'a pas de nez. L'image du courage, et du pistolet armé pour se tuer de désespoir de ce malheur, et la pitié pour la profonde infortune, aidées par l'idée qu'il guérira, et qu'il commence à guérir, ont opéré ce miracle. Il faut que le pauvre blessé n'ait pas l'air de penser à son malheur.

Berlin, 1807 [4].

    * Phrase inconvenante, copiée des *Mémoires* de mon ami, feu M. le baron de Bottmer [6]. C'est par le même artifice que Feramorz plaît à Lalla-Rookh. Voir ce charmant poème [7].

de souper avec Mlle Olivier[8], à tous les instants je me
surprenais le cœur rempli de respect, à croire parler à une
reine ; et réellement je n'ai jamais bien su si auprès d'elle
j'avais été amoureux d'une reine ou d'une jolie fille. »

CHAPITRE XX

Peut-être que les hommes qui ne sont pas susceptibles
d'éprouver l'amour-passion sont ceux qui sentent le plus
vivement l'effet de la beauté ; c'est du moins l'impression
la plus forte qu'ils puissent recevoir des femmes.

L'homme qui a éprouvé le battement de cœur que
donne de loin le chapeau de satin blanc[1] de ce qu'il aime,
est tout étonné de la froideur où le laisse l'approche de la
plus grande beauté du monde. Observant les transports
des autres, il peut même avoir un mouvement de chagrin.

Les femmes extrêmement belles étonnent moins le
second jour. C'est un grand malheur, cela décourage la
cristallisation. Leur mérite étant visible à tous, et formant
décoration, elles doivent compter plus de sots dans la liste
de leurs amants, des princes, des millionnaires, etc. *.

CHAPITRE XXI

DE LA PREMIÈRE VUE

Une âme à imagination est tendre et *défiante,* je dis
même l'âme la plus naïve**. Elle peut être méfiante sans

---

* On voit bien que l'auteur n'est ni prince ni millionnaire. J'ai voulu
voler cet esprit-là au lecteur.
** La fiancée de Lammermoor, miss Ashton[1]. Un homme qui a vécu
trouve dans sa mémoire une foule d'exemples d'*amours*, et n'a que

s'en douter; elle a trouvé tant de désappointements dans la vie! Donc tout ce qui est prévu et officiel dans la présentation d'un homme, effarouche l'imagination et éloigne la possibilité de la cristallisation. L'amour triomphe, au contraire, dans le romanesque à la première vue.

Rien de plus simple; l'étonnement qui fait longuement songer à une chose extraordinaire, est déjà la moitié du mouvement cérébral nécessaire pour la cristallisation.

Je citerai le commencement des amours de Séraphine (*Gil Blas*, tome II, p. 142). C'est don Fernando qui raconte sa fuite lorsqu'il était poursuivi par les sbires de l'inquisition... « Après avoir traversé quelques allées dans une obscurité profonde, et la pluie continuant à tomber par torrents, j'arrivai près d'un salon dont je trouvai la porte ouverte; j'y entrai, et quand j'en eus remarqué toute la magnificence... je vis qu'il y avait à l'un des côtés une porte qui n'était que poussée; je l'entr'ouvris et j'aperçus une enfilade de chambres dont la dernière seulement était éclairée. « Que dois-je faire? » dis-je alors en moi-même... Je ne pus résister à ma curiosité. Je m'avance, je traverse les chambres, et j'arrive à celle où il y avait de la lumière, c'est-à-dire une bougie qui brûlait sur une table de marbre, dans un flambeau de vermeil... Mais bientôt jetant les yeux sur un lit dont les rideaux étaient à demi ouverts à cause de la chaleur, je vis un objet qui s'empara de toute mon attention, c'était une jeune femme qui, malgré le bruit du tonnerre qui venait de se faire entendre, dormait d'un profond sommeil... Je m'approchai d'elle...

---

l'embarras du choix. Mais s'il veut écrire, il ne sait plus sur quoi s'appuyer. Les anecdotes des sociétés particulières dans lesquelles il a vécu sont ignorées du public, et il faudrait un nombre de pages immense pour les rapporter avec les nuances nécessaires. C'est pour cela que je cite des romans comme généralement connus, mais je n'appuie point les idées que je soumets au lecteur sur des fictions aussi vides, et calculées la plupart plutôt pour l'effet pittoresque que pour la vérité.

Je me sentis saisi... Pendant que je m'enivrais du plaisir de la contempler, elle se réveilla.

« Imaginez-vous quelle fut sa surprise de voir dans sa chambre et au milieu de la nuit un homme qu'elle ne connaissait point. Elle frémit en m'apercevant, et jeta un cri... Je m'efforçai de la rassurer, et mettant un genou en terre : « Madame, lui dis-je, ne craignez rien... » Elle appela ses filles... Devenue un peu plus hardie par la présence de cette petite servante, elle me demanda fièrement qui j'étais, etc., etc., etc.[2] »

Voilà une première vue qu'il n'est pas facile d'oublier. Quoi de plus sot, au contraire, dans nos mœurs actuelles, que la présentation officielle et presque sentimentale du *futur* à la jeune fille! Cette prostitution légale va jusqu'à choquer la pudeur.

« Je viens de voir, cette après-midi, 17 février 1790 (dit Chamfort, IV, 155), une cérémonie de famille, comme on dit, c'est-à-dire des hommes réputés honnêtes, une société respectable, applaudir au bonheur de Mlle de Marille, jeune personne belle, spirituelle, vertueuse, qui obtient l'avantage de devenir l'épouse de M. R., vieillard malsain, repoussant, malhonnête, imbécile, mais riche, et qu'elle a vu pour la troisième fois aujourd'hui en signant le contrat.

« Si quelque chose caractérise un siècle infâme, c'est un pareil sujet de triomphe, c'est le ridicule d'une telle joie, et, dans la perspective, la cruauté prude avec laquelle la même société versera le mépris à pleines mains sur la moindre imprudence d'une pauvre jeune femme amoureuse. »

Tout ce qui est cérémonie, par son essence d'être une chose affectée et prévue d'avance, dans laquelle il s'agit de se comporter d'*une manière convenable,* paralyse l'imagination et ne la laisse éveillée que pour ce qui est contraire au but de la cérémonie, et ridicule ; de là l'effet magique de la moindre plaisanterie. Une pauvre jeune fille, comblée de timidité et de pudeur souffrante durant la présentation

officielle du futur, ne peut songer qu'au rôle qu'elle joue;
c'est encore une manière sûre d'étouffer l'imagination.

Il est beaucoup plus contre la pudeur de se mettre au lit
avec un homme qu'on n'a vu que deux fois, après trois
mots latins dits à l'église, que de céder malgré soi à un
homme qu'on adore depuis deux ans. Mais je parle un
langage absurde.

C'est le p[apisme] qui est la source féconde des vices et
du malheur qui suivent nos mariages actuels. Il rend
impossible la liberté pour les jeunes filles avant le mariage,
et le divorce après, quand elles se sont trompées, ou plutôt
quand on les a trompées dans le choix qu'on leur fait faire.
Voyez l'Allemagne, ce pays des bons ménages; une
aimable princesse (Mme la duchesse de Sa[gan] vient de
s'y marier en tout bien et tout honneur pour la quatrième
fois, et elle n'a pas manqué d'inviter à la fête ses trois
premiers maris avec lesquels elle est très bien[3]. Voilà
l'excès; mais un seul divorce, qui punit un mari de ses
tyrannies, empêche des milliers de mauvais ménages. Ce
qu'il y a de plaisant, c'est que Rome est l'un des pays où
l'on voit le plus de divorces[4].

L'amour aime, à la première vue, une physionomie qui
indique à la fois dans un homme quelque chose à respecter
et à plaindre.

CHAPITRE XXII

DE L'ENGOUEMENT

Des esprits fort délicats sont très susceptibles de
curiosité et de prévention; cela se remarque surtout dans
les âmes chez lesquelles s'est éteint le feu sacré, source des
passions, et c'est un des symptômes les plus funestes. Il y
a aussi de l'engouement chez les écoliers qui entrent dans

le monde. Aux deux extrémités de la vie, avec trop ou trop peu de sensibilité, on ne s'expose pas avec simplicité à sentir le juste effet des choses, à éprouver la véritable sensation qu'elles doivent donner. Ces âmes trop ardentes ou ardentes par accès, amoureuses à crédit, si l'on peut ainsi dire, se jettent aux objets au lieu de les attendre.

Avant que la sensation, qui est la conséquence de la nature des objets, arrive jusqu'à elles, elles les couvrent de loin et avant de les voir, de ce charme imaginaire dont elles trouvent en elles-mêmes une source inépuisable. Puis, en s'en approchant, elles voient ces choses, non telles qu'elles sont, mais telles qu'elles les ont faites, et, jouissant d'elles-mêmes sous l'apparence de tel objet, elles croient jouir de cet objet. Mais, un beau jour, on se lasse de faire tous les frais, on découvre que l'objet adoré *ne renvoie pas la balle;* l'engouement tombe, et l'échec qu'éprouve l'amour-propre rend injuste envers l'objet trop apprécié[1].

CHAPITRE XXIII

DES COUPS DE FOUDRE

Il faudrait changer ce mot ridicule; cependant la chose existe. J'ai vu l'aimable et noble Wilhelmine, le désespoir des *beaux* de Berlin, mépriser l'amour, et se moquer de ses folies[1]. Brillante de jeunesse, d'esprit, de beauté, de bonheurs de tous les genres, une fortune sans bornes, en lui donnant l'occasion de développer toutes ses qualités, semblait conspirer avec la nature pour présenter au monde l'exemple si rare d'un bonheur parfait accordé à une personne qui en est parfaitement digne. Elle avait vingt-trois ans; déjà à la cour depuis longtemps, elle avait éconduit les hommages du plus haut parage; sa vertu modeste, mais inébranlable, était citée en exemple, et désormais les hommes les plus aimables, désespérant de lui plaire, n'aspiraient qu'à son amitié. Un soir elle va au bal chez le prince Ferdinand, elle danse dix minutes avec un jeune capitaine.

« De ce moment, écrivait-elle par la suite à une amie *, il fut le maître de mon cœur et de moi, et cela à un point qui m'eût remplie de terreur, si le bonheur de voir Herman m'eût laissé le temps de songer au reste de l'existence. Ma seule pensée était d'observer s'il m'accordait quelque attention.

« Aujourd'hui la seule consolation que je puisse trouver à mes fautes est de me bercer de l'illusion qu'une force supérieure m'a ravie à moi-même et à la raison. Je ne puis par aucune parole peindre, d'une manière qui approche de la réalité, jusqu'à quel point, seulement à l'apercevoir, allèrent le désordre et le bouleversement de tout mon être. Je rougis de penser avec quelle rapidité et quelle violence j'étais entraînée vers lui. Si sa première parole, quand enfin il me parla, eût été : « M'adorez-vous ? » en vérité je n'aurais pas eu la force de ne pas lui répondre : « Oui. » J'étais loin de penser que les effets d'un sentiment pussent être à la fois si subits et si peu prévus. Ce fut au point qu'un instant je crus être empoisonnée.

« Malheureusement vous et le monde, ma chère amie, savez que j'ai bien aimé Herman : eh bien ! il me fut si cher au bout d'un quart d'heure, que depuis il n'a pas pu me le devenir davantage. Je voyais tous ses défauts, et je les lui pardonnais tous, pourvu qu'il m'aimât.

« Peu après que j'eus dansé avec lui, le roi s'en alla ; Herman, qui était du détachement de service, fut obligé de le suivre. Avec lui tout disparut pour moi dans la nature. C'est en vain que j'essayerais de vous peindre l'excès de l'ennui dont je me sentis accablée dès que je ne le vis plus.

---

* Traduit *ad litteram* des *Mémoires* de Bottmer [2].

Il n'était égalé que par la vivacité du désir que j'avais de me trouver seule avec moi-même.

« Je pus partir enfin. A peine fermée à double tour dans mon appartement, je voulus résister à ma passion. Je crus y réussir. Ah! ma chère amie, que je payai cher ce soir-là, et les journées suivantes, le plaisir de pouvoir me croire de la vertu! »

Ce que l'on vient de lire est la narration exacte d'un événement qui fit la nouvelle du jour, car au bout d'un mois ou deux la pauvre Wilhelmine fut assez malheureuse pour qu'on s'aperçût de son sentiment. Telle fut l'origine de cette longue suite de malheurs qui l'ont fait périr si jeune, et d'une manière si tragique, empoisonnée par elle ou par son amant. Tout ce que nous pûmes voir dans ce jeune capitaine, c'est qu'il dansait fort bien; il avait beaucoup de gaieté, encore plus d'assurance, un grand air de bonté, et vivait avec des filles; du reste, à peine noble, fort pauvre, et ne venant pas à la cour.

Non seulement il ne faut pas la méfiance, mais il faut la lassitude de la méfiance, et pour ainsi dire l'impatience du courage contre les hasards de la vie. L'âme, à son insu, ennuyée de vivre sans aimer, convaincue malgré elle, par l'exemple des autres femmes, ayant surmonté toutes les craintes de la vie, mécontente du triste bonheur de l'orgueil, s'est fait, sans s'en apercevoir, un modèle idéal. Elle rencontre un jour un être qui ressemble à ce modèle, la cristallisation reconnaît son objet au trouble qu'il inspire, et consacre pour toujours au maître de son destin ce qu'elle rêvait depuis longtemps *.

Les femmes sujettes à ce malheur ont trop de hauteur dans l'âme pour aimer autrement que par passion. Elles seraient sauvées si elles pouvaient s'abaisser à la galanterie.

Comme le coup de foudre vient d'une secrète lassitude de ce que le catéchisme appelle la vertu, et de l'ennui que

---

* Plusieurs phrases prises à Crébillon, tome III¹.

donne l'uniformité de la perfection, je croirais assez qu'il doit tomber le plus souvent sur ce qu'on appelle dans le monde de mauvais sujets. Je doute fort que l'air Caton ait jamais occasionné de coup de foudre.

Ce qui les rend si rares, c'est que si le cœur qui aime ainsi d'avance a le plus petit sentiment de sa situation, il n'y a plus de coup de foudre.

Une femme rendue méfiante par les malheurs n'est pas susceptible de cette révolution de l'âme.

Rien ne facilite les coups de foudre comme les louanges données d'avance, et par des femmes, à la personne qui doit en être l'objet.

Une des sources les plus comiques des aventures d'amour, ce sont les faux coups de foudre. Une femme ennuyée, mais non sensible, se croit amoureuse pour la vie pendant toute une soirée. Elle est fière d'avoir enfin trouvé un de ces grands mouvements de l'âme après lesquels courait son imagination. Le lendemain elle ne sait plus où se cacher, et surtout comment éviter le malheureux objet qu'elle adorait la veille.

Les gens d'esprit savent voir, c'est-à-dire mettre à profit ces coups de foudre-là.

L'amour-physique a aussi ses coups de foudre. Nous avons vu hier la plus jolie femme et la plus facile de Berlin[4], rougir tout à coup dans sa calèche où nous étions avec elle. Le beau lieutenant Findorff venait de passer. Elle est tombée dans la rêverie profonde, dans l'inquiétude. Le soir, à ce qu'elle m'avoua au spectacle, elle avait des folies, des transports, elle ne pensait qu'à Findorff, auquel elle n'a jamais parlé. Si elle eût osé, me disait-elle, elle l'eût envoyé chercher ; cette jolie figure présentait tous les signes de la passion la plus violente. Cela durait encore le lendemain ; au bout de trois jours, Findorff ayant fait le nigaud, elle n'y pensa plus. Un mois après il lui était odieux.

CHAPITRE XXIV

VOYAGE DANS UN PAYS INCONNU [1].

Je conseille à la plupart des gens nés dans le Nord de
passer le présent chapitre. C'est une dissertation obscure
sur quelques phénomènes relatifs à l'oranger, arbre qui ne
croît ou qui ne parvient à toute sa hauteur qu'en Italie et
en Espagne. Pour être intelligible ailleurs, j'aurais dû
diminuer les faits.

C'est à quoi je n'aurais pas manqué, si j'avais eu le
dessein un seul instant d'écrire un livre généralement
agréable. Mais le ciel m'ayant refusé le talent littéraire, j'ai
uniquement pensé à décrire avec toute la maussaderie de
la science, mais aussi avec toute son exactitude, certains
faits dont un séjour prolongé dans la patrie de l'oranger
m'a rendu l'involontaire témoin. Frédéric le Grand ou tel
autre homme distingué du Nord, qui n'a jamais eu
d'occasion de voir l'oranger en pleine terre, m'aurait sans
doute nié les faits suivants et nié de bonne foi. Je respecte
infiniment la bonne foi, et je vois son pourquoi.

Cette déclaration sincère pouvant paraître de l'orgueil,
j'ajoute la réflexion suivante :

Nous écrivons au hasard chacun ce qui nous semble
vrai, et chacun dément son voisin. Je vois dans nos livres
autant de billets de loterie ; ils n'ont réellement pas plus de
valeur. La postérité, en oubliant les uns, et réimprimant
les autres, déclarera les billets gagnants. Jusque-là, chacun
de nous ayant écrit de son mieux ce qui lui semble vrai n'a
guère de raison de se moquer de son voisin, à moins que
la satire ne soit plaisante, auquel cas il a toujours raison,
surtout s'il écrit comme M. Courier à Del Furia [2].

Après ce préambule, je vais entrer courageusement dans
l'examen de faits qui, j'en suis convaincu, ont rarement été

observés à Paris. Mais enfin, à Paris, ville supérieure à toutes les autres, sans doute, l'on ne voit pas des orangers en pleine terre comme à Sorrento; et c'est à Sorrento, la patrie du Tasse, sur le golfe de Naples, dans une position à mi-côte sur la mer, plus pittoresque encore que celle de Naples elle-même, mais où on ne lit pas le *Miroir*[3], que Lisio Visconti a observé et noté les faits suivants :

Lorsqu'on doit voir le soir la femme qu'on aime, l'attente d'un si grand bonheur rend insupportable tous les moments qui en séparent.

Une fièvre dévorante fait prendre et quitter vingt occupations. L'on regarde sa montre à chaque instant, et l'on est ravi quand on voit qu'on a pu faire passer dix minutes sans la regarder; l'heure tant désirée sonne enfin, et quand on est à sa porte, prêt à frapper, l'on serait aise de ne pas la trouver; ce n'est que par réflexion qu'on s'en affligerait : en un mot, l'attente de la voir produit un effet désagréable.

Voilà de ces choses qui font dire aux bonnes gens que l'amour déraisonne.

C'est que l'imagination, retirée violemment de rêveries délicieuses où chaque pas produit le bonheur, est ramenée à la sévère réalité.

L'âme tendre sait bien que dans le combat qui va commencer aussitôt que vous la verrez, la moindre négligence, le moindre manque d'attention ou de courage sera puni par une défaite empoisonnant pour longtemps les rêveries de l'imagination, et hors de l'intérêt de la passion si l'on cherchait à s'y réfugier, humiliante pour l'amour-propre. On se dit : « J'ai manqué d'esprit, j'ai manqué de courage »; mais l'on n'a du courage envers ce qu'on aime qu'en l'aimant moins.

Ce reste d'attention que l'on arrache avec tant de peine aux rêveries de la cristallisation, fait que, dans les premiers discours à la femme qu'on aime, il échappe une foule de choses qui n'ont pas de sens ou qui ont un sens contraire à ce qu'on sent ; ou, ce qui est plus poignant encore, on exagère ses propres sentiments, et ils deviennent ridicules à ses yeux. Comme on sent vaguement qu'on ne fait pas assez d'attention à ce qu'on dit, un mouvement machinal fait soigner et charger la déclamation. Cependant l'on ne peut pas se taire à cause de l'embarras du silence, durant lequel on pourrait encore moins songer à elle. On dit donc d'un air senti une foule de choses qu'on ne sent pas, et qu'on serait bien embarrassé de répéter ; l'on s'obstine à se refuser à sa présence pour être encore plus à elle. Dans les premiers moments que je connus l'amour, cette bizarrerie que je sentais en moi me faisait croire que je n'aimais pas.

Je comprends la lâcheté, et comment les conscrits se tirent de la peur en se jetant à corps perdu au milieu du feu. Le nombre des sottises que j'ai dites depuis deux ans pour ne pas me taire me met au désespoir quand j'y songe [4].

Voilà qui devrait bien marquer aux yeux des femmes la différence de l'amour-passion et de la galanterie, de l'âme tendre et de l'âme prosaïque *.

Dans ces moments décisifs, l'une gagne autant que l'autre perd ; l'âme prosaïque reçoit justement le degré de chaleur qui lui manque habituellement, tandis que la pauvre âme tendre devient folle par excès de sentiment, et, qui plus est, a la prétention de cacher sa folie. Toute occupée à gouverner ses propres transports, elle est bien loin du sang-froid qu'il faut pour prendre ses avantages, et elle sort brouillée d'une visite où l'âme prosaïque eût fait un grand pas. Dès qu'il s'agit des intérêts trop vifs de sa passion, une âme tendre et fière ne peut pas être éloquente auprès de ce qu'elle aime ; ne pas réussir lui fait trop de mal. L'âme vulgaire, au contraire, calcule juste les chances de succès, ne s'arrête pas à pressentir la douleur de la défaite, et, fière de ce qui la rend vulgaire, elle se moque

* C'était un mot de Léonore [5].

de l'âme tendre, qui, avec tout l'esprit possible, n'a jamais l'aisance nécessaire pour dire les choses les plus simples et du succès le plus assuré. L'âme tendre, bien loin de pouvoir rien arracher par force, doit se résigner à ne rien obtenir que de la *charité* de ce qu'elle aime. Si la femme qu'on aime est vraiment sensible, l'on a toujours lieu de se repentir d'avoir voulu se faire violence pour lui parler d'amour. On a l'air honteux, on a l'air glacé, on aurait l'air menteur, si la passion ne se trahissait pas à d'autres signes certains. Exprimer ce qu'on sent si vivement et si en détail, à tous les instants de la vie, est une corvée qu'on s'impose, parce qu'on a lu des romans, car si l'on était naturel on n'entreprendrait jamais une chose si pénible. Au lieu de vouloir parler de ce qu'on sentait il y a un quart d'heure, et de chercher à faire un tableau général et intéressant, on exprimerait avec simplicité le détail de ce qu'on sent dans le moment; mais non, l'on se fait une violence extrême pour réussir moins bien, et, comme l'évidence de la sensation actuelle manque à ce qu'on dit, et que la mémoire n'est pas libre, on trouve convenables dans le moment et l'on dit des choses du ridicule le plus humiliant.

Quand enfin, après une heure de trouble, cet effort extrêmement pénible est fait de se retirer des jardins enchantés de l'imagination, pour jouir tout simplement de la présence de ce qu'on aime, il se trouve souvent qu'il faut s'en séparer.

Tout ceci paraît une extravagance. J'ai vu mieux encore, c'était un de mes amis qu'une femme qu'il aimait à l'idolâtrie, se prétendant offensée de je ne sais quel manque de délicatesse qu'on n'a jamais voulu me confier, avait condamné tout à coup à ne la voir que deux fois par mois [6]. Ces visites, si rares et si désirées, étaient un accès de folie, et il fallait toute la force de caractère de Salviati pour qu'elle ne parût pas au dehors.

Dès l'abord, l'idée de la fin de la visite est trop présente pour qu'on puisse trouver du plaisir. L'on parle beaucoup sans s'écouter; souvent l'on dit le contraire de ce qu'on pense. On s'embarque dans des raisonnements qu'on est obligé de couper court, à cause de leur ridicule, si l'on vient à se réveiller et à s'écouter. L'effort qu'on se fait est si violent qu'on a l'air froid. L'amour se cache par son excès.

Loin d'elle l'imagination était bercée par les plus charmants dialogues; l'on trouvait les transports les plus tendres et les plus touchants. On se croit ainsi pendant dix ou douze jours l'audace de lui parler; mais l'avant-veille de celui qui devrait être heureux, la fièvre commence, et redouble à mesure qu'on approche de l'instant terrible.

Au moment d'entrer dans son salon, l'on est réduit, pour ne pas dire ou faire des sottises incroyables, à se cramponner à la résolution de garder le silence, et de la regarder pour pouvoir au moins se souvenir de sa figure. A peine en sa présence, il survient comme une sorte d'ivresse dans les yeux. On se sent porté comme un maniaque à faire des actions étranges, on a le sentiment d'avoir deux âmes; l'une pour faire, et l'autre pour blâmer ce qu'on fait. On sent confusément que l'attention forcée donnée à la sottise rafraîchirait le sang un moment, en faisant perdre de vue la fin de la visite et le malheur de la quitter pour quinze jours.

S'il se trouve là quelque ennuyeux qui conte une histoire plate, dans son inexplicable folie, le pauvre amant, comme s'il était curieux de perdre des moments si rares, y devient tout attention. Cette heure qu'il se promettait si délicieuse, passe comme un trait brûlant, et cependant il sent, avec une indicible amertume, toutes les petites circonstances qui lui montrent combien il est devenu étranger à ce qu'il aime. Il se trouve au milieu d'indifférents qui font visite, et il se voit le seul qui ignore tous les petits détails de sa vie de ces jours passés. Enfin il sort; et, en lui disant froidement adieu, il a l'affreux sentiment d'être à quinze jours de la revoir; nul doute qu'il souffrirait moins à ne jamais voir ce qu'il aime. C'est dans le genre, mais bien plus noir, du duc de Policastro, qui tous les six mois faisait cent lieues pour voir un quart d'heure, à Lecce, une maîtresse adorée et gardée par un jaloux[7].

On voit bien ici la volonté sans influence sur l'amour: outré contre sa maîtresse et contre soi-même, comme l'on se précipiterait dans l'indifférence avec fureur! Le seul bien de cette visite est de renouveler le trésor de la cristallisation.

La vie pour Salviati[8] était divisée en périodes de quinze jours, qui prenaient la couleur de la soirée où il lui avait été permis de voir Mme ...[9]; par exemple, il fut ravi de bonheur le 21 mai, et le 2 juin[10] il ne rentrait pas chez lui, de peur de céder à la tentation de se brûler la cervelle.

J'ai vu ce soir-là que les romanciers ont très mal peint le moment du suicide. « Je suis altéré, me disait Salviati d'un air simple, j'ai besoin de prendre ce verre d'eau. » Je ne combattis point sa résolution, je lui fis mes adieux, et il se mit à pleurer.

D'après le trouble qui accompagne les discours des amants, il ne serait pas sage de tirer des conséquences trop pressées d'un détail isolé de la conversation. Ils n'accusent juste leurs sentiments que dans les mots imprévus; alors c'est le cri du cœur. Du reste, c'est de la physionomie de l'ensemble des choses dites que l'on peut tirer des inductions. Il faut se rappeler qu'assez souvent un être très ému n'a pas le temps d'apercevoir l'émotion de la personne qui cause la sienne.

CHAPITRE XXV

LA PRÉSENTATION

A la finesse, à la sûreté de jugement avec lesquelles je
vois les femmes saisir certains détails, je suis plein
d'admiration; un instant après, je les vois porter au ciel un
nigaud, se laisser émouvoir jusqu'aux larmes par une
fadeur, peser gravement comme trait de caractère une
plate affectation. Je ne puis concevoir tant de niaiserie. Il
faut qu'il y ait là quelque loi générale que j'ignore.

Attentives à *un* mérite d'un homme, et entraînées par *un*
détail, elles le sentent vivement et n'ont plus d'yeux pour
le reste. Tout le fluide nerveux est employé à jouir de cette
qualité, il n'en reste plus pour voir les autres.

J'ai vu les hommes les plus remarquables être présentés
à des femmes de beaucoup d'esprit; c'était toujours un
grain de prévention qui décidait de l'effet de la première
vue.

Si l'on veut me permettre un détail familier, je conterai
que l'aimable colonel L. B. allait être présenté à
Mme Struve de Kœnigsberg[1]; c'est une femme de premier ordre. Nous nous disions : « *Farà colpo?* (fera-t-il
effet?). » Il s'engage un pari. Je m'approche de
Mme de Struve, et lui conte que le colonel porte deux
jours de suite ses cravates; le second jour, il fait la lessive
du Gascon; elle pourra remarquer sur sa cravate des plis
verticaux. Rien de plus évidemment faux.

Comme j'achevais, on annonce cet homme charmant.
Le plus petit fat de Paris eût produit plus d'effet.
Remarquez que Mme de Struve aimait; c'est une femme
honnête, et il ne pouvait être question de galanterie entre
eux.

Jamais deux caractères n'ont été plus faits l'un pour

l'autre. On blâmait Mme de Struve d'être romanesque, et il n'y avait que la vertu, poussée jusqu'au romanesque, qui pût toucher L[a] B[édoyère]. Elle l'a fait fusiller très jeune.

Il a été donné aux femmes de sentir, d'une manière admirable, les nuances d'affection, les variations les plus insensibles du cœur humain, les mouvements les plus légers des amours-propres.

Elles ont à cet égard un organe qui nous manque; voyez-les soigner un blessé [2].

Mais peut-être aussi ne voient-elles pas ce qui est esprit, combinaison morale. J'ai vu les femmes les plus distinguées se charmer d'un homme d'esprit qui n'était pas moi, et tout d'un temps, et presque du même mot, admirer les plus grands sots. Je me trouvais attrapé comme un connaisseur qui voit prendre les plus beaux diamants pour des strass, et préférer les strass s'ils sont plus gros.

J'en concluais qu'il faut tout oser auprès des femmes. Là où le général Lassale [3] a échoué, un capitaine à moustaches et à jurement réussit *. Il y a sûrement dans le mérite des hommes tout un côté qui leur échappe.

Pour moi, j'en reviens toujours aux lois physiques. Le fluide nerveux, chez les hommes, s'use par la cervelle, et chez les femmes par le cœur; c'est pour cela qu'elles sont plus sensibles. Un grand travail obligé, et dans le métier que nous avons fait toute la vie, console, et pour elles rien ne peut les consoler que la distraction.

Appiani, qui ne croit à la vertu qu'à la dernière extrémité, et avec lequel j'allais ce soir à la chasse des idées [5], en lui exposant celles de ce chapitre, me répond :

« La force d'âme qu'Eponine employait avec un dévouement héroïque à faire vivre son mari dans la caverne sous terre, et à l'empêcher de tomber dans le désespoir, s'ils eussent vécu tranquillement à Rome, elle l'eût employée à lui cacher un amant; il faut un aliment aux âmes fortes. »

* Posen, 1807 [4].

CHAPITRE XXVI

DE LA PUDEUR

Une femme de Madagascar laisse voir sans y songer ce qu'on cache le plus ici, mais mourrait de honte plutôt que de montrer son bras. Il est clair que les trois quarts de la pudeur sont une chose apprise. C'est peut-être la seule loi, fille de la civilisation, qui ne produise que du bonheur.

On a observé que les oiseaux de proie se cachent pour boire, c'est qu'obligés de plonger la tête dans l'eau, ils sont sans défense en ce moment. Après avoir considéré ce qui se passe à Otaïti *, je ne vois pas d'autre base naturelle à la pudeur.

L'amour est le miracle de la civilisation. On ne trouve qu'un amour physique et des plus grossiers chez les peuples sauvages ou trop barbares.

Et la pudeur prête à l'amour le secours de l'imagination, c'est lui donner la vie.

La pudeur est enseignée de très bonne heure aux petites filles par leurs mères, et avec une extrême jalousie, on dirait comme par esprit de corps; c'est que les femmes prennent soin d'avance du bonheur de l'amant qu'elles auront.

Pour une femme timide et tendre rien ne doit être au-dessus du supplice de s'être permis, en présence d'un homme, quelque chose dont elle croie devoir rougir; je suis convaincu qu'une femme, un peu fière, préférerait mille morts. Une légère liberté, prise du côté tendre par l'homme qu'on aime, donne un moment de plaisir vif**;

---

* Voir les voyages de Bougainville, de Cook, etc. Chez quelques animaux la femelle semble se refuser au moment où elle se donne. C'est à l'anatomie comparée que nous devons demander les plus importantes révélations sur nous-mêmes.

** Fait voir son amour d'une façon nouvelle.

s'il a l'air de la blâmer ou seulement de ne pas en jouir avec transport, elle doit laisser dans l'âme un doute affreux. Pour une femme au-dessus du vulgaire, il y a donc tout à gagner à avoir des manières fort réservées. Le jeu n'est pas égal; on hasarde contre un petit plaisir ou contre l'avantage de paraître un peu plus aimable, le danger d'un remords cuisant et d'un sentiment de honte, qui doit rendre même l'amant moins cher. Une soirée passée gaiement, à l'étourdie et sans songer à rien, est chèrement payée à ce prix. La vue d'un amant avec lequel on craint d'avoir eu ce genre de torts, doit devenir odieuse pour plusieurs jours. Peut-on s'étonner de la force d'une habitude à laquelle les plus légères infractions sont punies par la honte la plus atroce?

Quant à l'utilité de la pudeur, elle est la mère de l'amour; on ne saurait plus rien lui contester. Pour le mécanisme du sentiment rien n'est si simple; l'âme s'occupe à avoir honte, au lieu de s'occuper à désirer; on s'interdit les désirs, et les désirs conduisent aux actions.

Il est évident que toute femme tendre et fière, et ces deux choses, étant cause et effet, vont difficilement l'une sans l'autre, doit contracter des habitudes de froideur que les gens qu'elles déconcertent appellent de la pruderie.

L'accusation est d'autant plus spécieuse qu'il est très difficile de garder un juste milieu; pour peu qu'une femme ait peu d'esprit et beaucoup d'orgueil, elle doit bientôt en venir à croire qu'en fait de pudeur, on n'en saurait trop faire. C'est ainsi qu'une Anglaise se croit insultée si l'on prononce devant elle le nom de certains vêtements. Une Anglaise se garderait bien, le soir à la campagne, de se laisser voir quittant le salon avec son mari; et ce qui est plus grave, elle croit blesser la pudeur si elle montre quelque enjouement devant tout autre que ce mari*. C'est peut-être à cause d'une attention si délicate

---

* Voir l'admirable peinture de ces mœurs ennuyeuses, à la fin de *Corinne*; et Mme de Staël a flatté le portrait.

que les Anglais, gens d'esprit, laissent voir tant d'ennui de leur bonheur domestique. A eux la faute, pourquoi tant d'orgueil *?

En revanche, passant tout à coup de Plymouth à Cadix et Séville, je trouvai qu'en Espagne la chaleur du climat et des passions faisait un peu trop oublier une retenue nécessaire. Je remarquai des caresses fort tendres qu'on se permettait en public, et qui, loin de me sembler touchantes, m'inspiraient un sentiment tout opposé. Rien n'est plus pénible [1].

Il faut s'attendre à trouver *incalculable* la force des habitudes inspirées aux femmes sous prétexte de pudeur. Une femme vulgaire, en outrant la pudeur, croit se faire l'égale d'une femme distinguée.

L'empire de la pudeur est tel qu'une femme tendre arrive à se trahir envers son amant plutôt par des faits que par des paroles.

La femme la plus jolie, la plus riche et la plus facile de Bologne [2], vient de me conter qu'hier soir, un fat français, qui est ici et qui donne une drôle d'idée de sa nation, s'est avisé de se cacher sous son lit. Il voulait apparemment ne pas perdre un nombre infini de déclarations ridicules dont il la poursuit depuis un mois. Mais ce grand homme a manqué de présence d'esprit; il a bien attendu que Mme M. eût congédié sa femme de chambre et se fût mise au lit, mais il n'a pas eu la patience de donner aux gens le temps de s'endormir. Elle s'est jetée à la sonnette, et l'a fait chasser honteusement au milieu des huées et des coups de cinq ou six laquais.

— Et s'il eût attendu deux heures? lui disais-je.

— J'aurais été bien malheureuse : Qui pourra douter, m'eût-il dit, que je ne sois ici par vos ordres **?

---

* La Bible et l'aristocratie se vengent cruellement sur les gens qui croient leur devoir tout.

** On me conseille de supprimer ce détail : « Vous me prenez pour une femme bien leste, d'oser conter de telles choses devant moi. »

Au sortir de chez cette jolie femme, je suis allé chez la femme la plus digne d'être aimée que je connaisse. Son extrême délicatesse est, s'il se peut, au-dessus de sa beauté touchante. Je la trouve seule et lui conte l'histoire de Mme M. Nous raisonnons là-dessus : — Ecoutez, me dit-elle, si l'homme qui se permet cette action, était aimable auparavant aux yeux de cette femme, on lui pardonnera et par la suite on l'aimera.

J'avoue que je suis resté confondu de cette lumière imprévue jetée sur les profondeurs du cœur humain. Je lui ai répondu au bout d'un silence :

— Mais, quand on aime, a-t-on le courage de se porter aux dernières violences ?

Il y aurait bien moins de vague dans ce chapitre si une femme l'eût écrit. Tout ce qui tient à la fierté de l'orgueil féminin, à l'habitude de la pudeur et de ses excès, à certaines *délicatesses,* la plupart dépendant uniquement d'*associations de sensations**, qui ne peuvent pas exister chez les hommes, et souvent *délicatesses* non fondées dans la nature ; toutes ces choses, dis-je, ne pourraient se trouver ici qu'autant qu'on se serait permis d'écrire sur ouï-dire.

Une femme me disait, dans un moment de franchise philosophique, quelque chose qui revient à ceci :

— Si je sacrifiais jamais ma liberté, l'homme que j'arriverais à préférer apprécierait davantage mes sentiments, en voyant combien j'ai toujours été avare même des préférences les plus légères.

C'est en faveur de cet amant qu'elle ne rencontrera peut-être jamais, que telle femme aimable montre de la froideur à l'homme qui lui parle en ce moment. Voilà la

---

* La pudeur est une des sources du goût pour la parure ; par tel ajustement une femme se promet plus ou moins. C'est ce qui fait que la parure est déplacée dans la vieillesse.

Une femme de province, si elle prétend à Paris suivre la mode, se promet d'une manière gauche et qui fait rire. Une provinciale arrivant à Paris doit commencer par se mettre comme si elle avait trente ans.

première exagération de la pudeur; celle-ci est respectable, la seconde vient de l'orgueil des femmes; la troisième source d'exagération c'est l'orgueil des maris.

Il me semble que cette possibilité d'amour se présente souvent aux rêveries de la femme même la plus vertueuse, et elles ont raison. Ne pas aimer, quand on a reçu du ciel une âme faite pour l'amour, c'est se priver soi et autrui d'un grand bonheur. C'est comme un oranger qui ne fleurirait pas de peur de faire un péché; et remarquez qu'une âme faite pour l'amour ne peut goûter avec transport aucun autre bonheur. Elle trouve, dès la seconde fois, dans les prétendus plaisirs du monde un vide insupportable; elle croit souvent aimer les beaux-arts et les aspects sublimes de la nature, mais ils ne font que lui promettre et lui exagérer l'amour, s'il est possible, et elle s'aperçoit bientôt qu'ils lui parlent d'un bonheur dont elle a résolu de se priver.

La seule chose que je voie à blâmer dans la pudeur, c'est de conduire à l'habitude de mentir; c'est le seul avantage que les femmes faciles aient sur les femmes tendres. Une femme facile vous dit : « Mon cher ami, dès que vous me plairez je vous le dirai, et je serai plus aise que vous, car j'ai beaucoup d'estime pour vous. »

Vive satisfaction de Constance, s'écriant après la victoire de son amant :

— Que je suis heureuse de ne m'être donnée à personne depuis huit ans que je suis brouillée avec mon mari!

Quelque ridicule que je trouve ce raisonnement, cette joie me semble pleine de fraîcheur.

Il faut absolument que je conte ici de quelle nature étaient les regrets d'une dame de Séville abandonnée par son amant. J'ai besoin qu'on se rappelle qu'en amour tout est signe, et surtout qu'on veuille bien accorder un peu d'indulgence à mon style*.

---

* Note ** de la page 82.

. . . .

Mes yeux d'homme croient distinguer neuf particularités dans la *pudeur*.

1º L'on joue beaucoup contre peu, donc être extrêmement réservée, donc souvent affectation; l'on ne rit pas,
par exemple, des choses qui amusent le plus; donc il faut
beaucoup d'esprit pour avoir juste ce qu'il faut de
pudeur *. C'est pour cela que beaucoup de femmes n'en
ont pas assez en petit comité, ou, pour parler plus juste,
n'exigent pas que les contes qu'on leur fait soient assez
gazés, et ne perdent leurs voiles qu'à mesure du degré
d'ivresse et de folie **.

Serait-ce par un effet de la pudeur et du mortel ennui
qu'elle doit imposer à plusieurs femmes, que la plupart
d'entre elles n'estiment rien tant dans un homme que
l'effronterie? ou prennent-elles l'effronterie pour du caractère?

2º Deuxième loi : Mon amant m'en estimera davantage.

3º La force de l'habitude l'emporte même dans les
instants les plus passionnés.

4º La pudeur donne des plaisirs bien flatteurs à
l'amant; elle lui fait sentir quelles lois l'on transgresse
pour lui.

5º Et aux femmes des plaisirs plus *enivrants;* comme ils
font vaincre une habitude puissante, ils jettent plus de
trouble dans l'âme. Le comte de Valmont se trouve à
minuit dans la chambre à coucher d'une jolie femme, cela
lui arrive toutes les semaines, et à elle peut-être une fois
tous les deux ans; la rareté et la pudeur doivent donc

---

* Voir le ton de la société à Genève, surtout dans les familles *du haut ;*
utilité d'une cour pour corriger par le ridicule la tendance à la pruderie;
Duclos faisant des contes à Mme de Rochefort : « En vérité, vous nous
croyez trop honnêtes femmes [3] ». Rien n'est ennuyeux au monde comme la
pudeur non sincère.

** Eh! mon cher Fronsac, il y a vingt bouteilles de champagne entre le
conte que tu nous commences et ce que nous disons à cette heure [4].

préparer aux femmes des plaisirs infiniment plus vifs*.

6° L'inconvénient de la pudeur, c'est qu'elle jette sans cesse dans le mensonge.

7° L'excès de la pudeur et sa sévérité découragent d'aimer les âmes tendres et timides**, justement celles qui sont faites pour donner et sentir les délices de l'amour.

8° Chez les femmes tendres qui n'ont pas eu plusieurs amants, la pudeur est un obstacle à l'aisance des manières, c'est ce qui les expose à se laisser un peu mener par leurs amies qui n'ont pas le même manque*** à se reprocher. Elles donnent de l'attention à chaque cas particulier, au lieu de s'en remettre aveuglément à l'habitude. Leur pudeur délicate communique à leurs actions quelque chose de contraint; à force de naturel, elles se donnent l'apparence de manquer de naturel; mais cette gaucherie tient à la grâce céleste[7].

Si quelquefois leur familiarité ressemble à de la tendresse, c'est que ces âmes angéliques sont coquettes sans le

---

* C'est l'histoire du tempérament mélancolique comparé au tempérament sanguin. Voyez une femme vertueuse, même de la vertu mercantile des religions (vertueuse moyennant récompense centuple dans un paradis) et un roué de quarante ans blasé. Quoique le Valmont des *Liaisons dangereuses* n'en soit pas encore là, la présidente de Tourvel est plus heureuse que lui tout le long du roman; et, si l'auteur, qui avait tant d'esprit, en eût eu davantage, telle eût été la moralité de son ingénieux ouvrage.

** Le tempérament mélancolique, que l'on peut appeler le tempérament de l'amour. J'ai vu les femmes les plus distinguées et les plus faites pour aimer donner la préférence, faute d'esprit, au prosaïque tempérament sanguin. Histoire d'Alfred, Grande Chartreuse, 1810.

Je ne connais pas d'idée qui m'engage plus à voir ce qu'on appelle mauvaise compagnie.

(Ici le pauvre Visconti se perd dans les nues.

Toutes les femmes sont les mêmes pour le fond des mouvements du cœur et des passions; les *formes* des passions sont différentes. Il y a la différence que donne une plus grande fortune, une plus grande culture de l'esprit, l'habitude de plus hautes pensées, et par-dessus tout, et malheureusement, un orgueil plus irritable.

Telle parole qui irrite une princesse ne choque pas le moins du monde une bergère des Alpes. Mais une fois en colère, la princesse et la bergère ont les mêmes mouvements de passion.)

                                              (Note unique de l'Editeur[5].)

*** Mot de M...[6].

savoir. Par paresse d'interrompre leur rêverie, pour s'éviter la peine de parler, et de trouver quelque chose d'agréable et de poli, et qui ne soit que poli, à dire à un ami, elles se mettent à s'appuyer tendrement sur son bras *.

9º Ce qui fait que les femmes, quand elles se font auteurs, atteignent bien rarement au sublime, ce qui donne de la grâce à leurs moindres billets, c'est que jamais elles n'osent être franches qu'à demi : être franches serait pour elles comme sortir sans fichu. Rien de plus fréquent pour un homme que d'écrire absolument sous la dictée de son imagination, et sans savoir où il va.

RÉSUMÉ

L'erreur commune est d'en agir avec les femmes comme avec des espèces d'hommes plus généreux, plus mobiles, et surtout avec lesquels il n'y a pas de rivalité possible. L'on oublie trop facilement qu'il y a deux lois nouvelles et singulières qui tyrannisent ces êtres si mobiles, en concurrence avec tous les penchants ordinaires de la nature humaine, je veux dire :

L'orgueil féminin, et la pudeur, et les habitudes souvent indéchiffrables filles de la pudeur.

CHAPITRE XXVII

DES REGARDS

C'est la grande arme de la coquetterie vertueuse. On peut tout dire avec un regard, et cependant on peut

---

* Vol. Guarna⁸.

toujours nier un regard, car il ne peut pas être répété textuellement.

Ceci me rappelle le comte G, le Mirabeau de Rome[1] : l'aimable petit gouvernement de ce pays-là lui a donné une manière originale de faire des récits, par des mots entrecoupés qui disent tout et rien. Il fait tout entendre, mais libre à qui que ce soit de répéter textuellement toutes ses paroles, impossible de le compromettre. Le cardinal Lante[2] lui disait qu'il avait volé ce talent aux femmes, je dis même les plus honnêtes. Cette friponnerie est une représaille cruelle, mais juste, de la tyrannie des hommes.

CHAPITRE XXVIII

DE L'ORGUEIL FÉMININ[1]

Les femmes entendent parler toute leur vie, par les hommes, d'objets prétendus importants, de gros gains d'argent, de succès à la guerre, de gens tués en duel, de vengeances atroces ou admirables, etc. Celles d'entre elles qui ont l'âme fière sentent que, ne pouvant atteindre à ces objets, elles sont hors d'état de déployer un orgueil remarquable, par l'importance des choses sur lesquelles il s'appuie. Elles sentent palpiter dans leur sein un cœur qui, par la force et la fierté de ses mouvements, est supérieur à tout ce qui les entoure, et cependant elles voient les derniers des hommes s'estimer plus qu'elles. Elles s'aperçoivent qu'elles ne sauraient montrer d'orgueil que pour de petites choses, ou du moins que pour des choses qui n'ont d'importance que par le sentiment, et dont un tiers ne peut être juge. Tourmentées par ce contraste désolant, entre la bassesse de leur fortune et la fierté de leur âme, elles entreprennent de rendre leur orgueil respectable par la vivacité de ses transports, ou par l'implacable ténacité avec laquelle elles maintiennent ses arrêts. Avant l'intimité, ces femmes-là se figurent, en voyant leur amant, qu'il a entrepris un siège contre elles. Leur imagination est employée à s'irriter de ses démarches qui, après tout, ne peuvent pas faire autrement que de marquer de l'amour, puisqu'il aime. Au lieu de jouir des sentiments de l'homme qu'elles préfèrent, elles se piquent de vanité à son égard; et enfin, avec l'âme la plus tendre, lorsque sa sensibilité n'est pas fixée sur un seul objet, dès qu'elles aiment, comme une coquette vulgaire, elles n'ont plus que de la vanité.

Une femme à caractère généreux sacrifiera mille fois sa vie pour son amant, et se brouillera à jamais avec lui pour une querelle d'orgueil, à propos d'une porte ouverte ou fermée. C'est là leur point d'honneur. Napoléon s'est bien perdu pour ne pas céder un village.

J'ai vu une querelle de cette espèce durer plus d'un an. Une femme très distinguée sacrifiait tout son bonheur plutôt que de mettre son amant dans le cas de pouvoir former le moindre doute sur la magnanimité de son orgueil. Le raccommodement fut l'effet du hasard, et, chez mon amie, d'un moment de faiblesse qu'elle ne put vaincre, en rencontrant son amant, qu'elle croyait à quarante lieues de là, et le trouvant dans un lieu où certainement il ne s'attendait pas à la voir. Elle ne put cacher son premier transport de bonheur; l'amant s'attendrit plus qu'elle, ils tombèrent presque aux genoux l'un de l'autre, et jamais je n'ai vu couler tant de larmes; c'était la vue imprévue du bonheur. Les larmes sont l'extrême sourire.

Le duc d'Argyle donna un bel exemple de présence d'esprit en n'engageant pas un combat d'orgueil féminin dans l'entrevue qu'il eut à Richemont, avec la reine Carolin *. Plus il y a d'élévation dans le caractère d'une femme, plus terribles sont ces organes :

---

* *The Heart of Midlothian*, tome III [2].

As the blackest sky
Foretells the heaviest tempest.

D. *Juan*[3].

Serait-ce que plus une femme jouit avec transport, dans le courant de la vie, des qualités distinguées de son amant, plus dans ces instants cruels où la sympathie semble renversée, elle cherche à se venger de ce qu'elle lui voit habituellement de supériorité sur les autres hommes? Elle craint d'être confondue avec eux.

Il y a bien du temps que je n'ai lu l'ennuyeuse *Clarisse;* il me semble pourtant que c'est par orgueil féminin qu'elle se laisse mourir et n'accepte pas la main de Lovelace[4].

La faute de Lovelace était grande; mais puisqu'elle l'aimait un peu, elle aurait pu trouver dans son cœur le pardon d'un crime dont l'amour était cause.

Monime, au contraire, me semble un touchant modèle de délicatesse féminine. Quel front ne rougit pas de plaisir en entendant dire par une actrice digne de ce rôle :

Et ce fatal amour, dont j'avais triomphé,
. . . .
Vos détours l'ont surpris et m'en ont convaincue.
Je vous l'ai confessé, je le dois soutenir ;
En vain vous en pourriez perdre le souvenir ;
Et cet aveu honteux, où vous m'avez forcée,
Demeurera toujours présent à ma pensée.
Toujours je vous croirais incertain de ma foi ;
Et le tombeau, Seigneur, est moins triste pour moi
Que le lit d'un époux qui m'a fait cet outrage,
Qui s'est acquis sur moi ce cruel avantage,
Et, qui, me préparant un éternel ennui,
M'a fait rougir d'un feu qui n'était pas pour lui.

RACINE.[5]

Je m'imagine que les siècles futurs diront : Voilà à quoi la monarchie* était bonne, à produire de ces sortes de caractères, et leur peinture par les grands artistes.

Cependant, même dans les républiques du moyen âge, je trouve un admirable exemple de cette délicatesse, qui semble détruire mon système de l'influence des gouvernements sur les passions, et que je rapporterai avec candeur.

Il s'agit de ces vers si touchants de Dante :

> *Deh! quando tu sarai tornato al mondo,*
> . . . .
> *Ricordati di me, che son la Pia :*
> *Siena mi fe' : disfecemi Maremma ;*
> *Salsi colui, che innanellata pria*
> *Disposando m'avea con la sua gemma.*
>
> *Purgatorio,* c. V**.

La femme qui parle avec tant de retenue, avait eu en secret le sort de Desdemona, et pouvait par un mot faire connaître le crime de son mari aux amis qu'elle avait laissés sur la terre.

Nello della Pietra obtint la main de *madonna* Pia, l'unique héritière des Tolomei, la famille la plus riche et la plus noble de Sienne. Sa beauté, qui faisait l'admiration de la Toscane, fit naître dans le cœur de son époux une jalousie qui, envenimée par de faux rapports et des soupçons sans cesse renaissants, le conduisit à un affreux projet. Il est difficile de décider aujourd'hui si sa femme fut tout à fait innocente, mais le Dante nous la représente comme telle.

Son mari la conduisit dans la maremme de Volterra[6],

---

* La monarchie sans charte et sans Chambres.

** Hélas! quand tu seras de retour au monde des vivants, daigne aussi m'accorder un souvenir. Je suis la Pia, Sienne me donna la vie, je trouvai la mort dans nos maremmes. Celui qui en m'épousant m'avait donné son anneau sait mon histoire.

célèbre alors comme aujourd'hui par les effets de l'*aria cattiva*. Jamais il ne voulut dire à sa malheureuse femme la raison de son exil en un lieu si dangereux. Son orgueil ne daigna prononcer ni plainte ni accusation. Il vivait seul avec elle, dans une tour abandonnée, dont je suis allé visiter les ruines sur le bord de la mer; là il ne rompit jamais son dédaigneux silence, jamais il ne répondit aux questions de sa jeune épouse, jamais il n'écouta ses prières. Il attendit froidement auprès d'elle que l'air pestilentiel eût produit son effet. Les vapeurs de ces marais ne tardèrent pas à flétrir ces traits, les plus beaux, dit-on, qui dans ce siècle eussent paru sur cette terre. En peu de mois elle mourut. Quelques chroniqueurs de ces temps éloignés rapportent que Nello employa le poignard pour hâter sa fin : elle mourut dans les maremmes, de quelque manière horrible; mais le genre de sa mort fut un mystère, même pour les contemporains. Nello della Pietra survécut pour passer le reste de ses jours dans un silence qu'il ne rompit jamais.

Rien de plus noble et de plus délicat que la manière dont la jeune Pia adresse la parole au Dante. Elle désire être rappelée à la mémoire des amis que si jeune elle a laissés sur la terre; toutefois, en se nommant et désignant son mari, elle ne veut pas se permettre la plus petite plainte d'une cruauté inouïe, mais désormais irréparable, et seulement indique qu'il sait l'histoire de sa mort.

Cette constance dans la vengeance de l'orgueil ne se voit guère, je crois, que dans les pays du Midi.

En Piémont, je me suis trouvé l'involontaire témoin d'un fait à peu près semblable; mais alors j'ignorais les détails. Je fus envoyé avec vingt-cinq dragons dans les bois le long de la Sesia, pour empêcher la contrebande. En arrivant le soir dans ce lieu sauvage et désert, j'aperçus entre les arbres les ruines d'un vieux château; j'y allai : à mon grand étonnement, il était habité. J'y trouvai un noble du pays, à figure sinistre; un homme qui avait six

pieds de haut, et quarante ans : il me donna deux
chambres en rechignant. J'y faisais de la musique avec
mon maréchal des logis; après plusieurs jours, nous
découvrîmes que notre homme gardait une femme que
nous appelions Camille en riant; nous étions loin de
soupçonner l'affreuse vérité. Elle mourut au bout de six
semaines. J'eus la triste curiosité de la voir dans son
cercueil; je payai un moine qui la gardait, et vers minuit,
sous prétexte de jeter de l'eau bénite, il m'introduisit dans
la chapelle. J'y trouvai une de ces figures superbes, qui
sont belles même dans le sein de la mort, elle avait un
grand nez aquilin dont je n'oublierai jamais le contour
noble et tendre. Je quittai ce lieu funeste; cinq ans après,
un détachement de mon régiment accompagnant l'empereur à son couronnement comme roi d'Italie, je me fis
conter toute l'histoire. J'appris que le mari jaloux, le
comte..., avait trouvé un matin, accrochée au lit de sa
femme, une montre anglaise appartenant à un jeune
homme de la petite ville qu'ils habitaient. Ce jour même il
la conduisit dans le château ruiné, au milieu des bois de la
Sesia. Comme Nello della Pietra, il ne prononça jamais
une seule parole. Si elle lui faisait quelque prière, il lui
présentait froidement et en silence la montre anglaise qu'il
avait toujours sur lui. Il passa ainsi près de trois ans seul
avec elle. Elle mourut enfin de désespoir dans la fleur de
l'âge. Son mari chercha à donner un coup de couteau au
maître de la montre, le manqua, passa à Gênes, s'embarqua, et l'on n'a plus eu de ses nouvelles. Ses biens ont
été divisés [7].

Si, auprès des femmes à orgueil féminin, l'on prend les
injures avec grâce, ce qui est facile à cause de l'habitude
de la vie militaire, on ennuie ces âmes fières; elles vous
prennent pour un lâche, et arrivent bien vite à l'outrage.
Ces caractères altiers cèdent avec plaisir aux hommes
qu'elles voient intolérants avec les autres hommes. C'est,
je crois, le seul parti à prendre, et il faut souvent avoir une

querelle avec son voisin, pour l'éviter avec sa maîtresse.

Miss Cornel, célèbre actrice de Londres[8], voit un jour entrer chez elle, à l'improviste, le riche colonel qui lui était utile. Elle se trouvait avec un petit amant qui ne lui était qu'agréable.

— M. un tel, dit-elle toute émue au colonel, est venu pour voir le poney que je veux vendre.

— Je suis ici pour toute autre chose, reprit fièrement ce petit amant qui commençait à l'ennuyer, et que depuis cette réponse elle se mit à réaimer avec fureur *.

Ces femmes-là sympathisent avec l'orgueil de leur amant au lieu d'exercer à ses dépens leur disposition à la fierté.

Le caractère du duc de Lauzun (celui de 1660) **, si le premier jour elles peuvent lui pardonner le manque de grâces, est séduisant pour ces femmes-là, et peut-être pour toutes les femmes distinguées ; la grandeur plus élevée leur échappe, elles prennent pour de la froideur le calme de l'œil qui voit tout et qui ne s'émeut point d'un détail. N'ai-je pas vu des femmes de la cour de Saint-Cloud soutenir que Napoléon avait un caractère sec et prosaïque ***? Le grand homme est comme l'aigle ; plus il s'élève

---

* Je rentre toujours de chez miss Cornel plein d'admiration et de vues profondes sur les passions observées à nu. Dans sa manière de commander si impérieuse à ses domestiques, ce n'est pas du despotisme, c'est qu'elle voit avec netteté et rapidité ce qu'il faut faire.

En colère contre moi au commencement de la visite, elle n'y songe plus à la fin. Elle me conte toute l'économie de sa passion pour Mortimer. « J'aime mieux le voir en société que seul avec moi. » Une femme du plus grand génie ne ferait pas mieux, c'est qu'elle ose être parfaitement *naturelle*, et qu'elle n'est gênée par aucune théorie. « Je suis plus heureuse actrice que femme d'un pair. » Grande âme que je dois me conserver amie pour mon instruction.

** La hauteur et le courage dans les petites choses, mais l'attention passionnée aux petites choses ; la véhémence du tempérament bilieux, sa conduite avec Mme de Monaco (Saint-Simon, V, 383) ; son aventure sous le lit de Mme de Montespan, le roi y étant sur elle. Sans l'attention aux petites choses, ce caractère reste invisible aux femmes.

*** *When Minna Troil heard a tale of woe or of romance, it was then her blood rushed to her cheeks, and shewed plainly how warm it beat*

moins il est visible, et il est puni de sa grandeur par la solitude de l'âme.

De l'orgueil féminin naît ce que les femmes appellent les *manques de délicatesse*[10]. Je crois que cela ressemble assez à ce que les rois appellent lèse-majesté, crime d'autant plus dangereux qu'on y tombe sans s'en douter. L'amant le plus tendre peut être accusé de manquer de délicatesse, s'il n'a pas beaucoup d'esprit, et, ce qui est plus triste, s'il ose se livrer au plus grand charme de l'amour, au bonheur d'être parfaitement naturel avec ce qu'on aime, et de ne pas écouter ce qu'on lui dit.

Voilà de ces choses dont un cœur bien né ne saurait avoir le soupçon, et qu'il faut avoir éprouvées pour y croire, car l'on est entraîné par l'habitude d'en agir avec justice et franchise avec ses amis hommes.

Il faut se rappeler sans cesse qu'on a affaire à des êtres qui, quoique à tort, peuvent se croire inférieurs en vigueur de caractère ou, pour mieux dire, peuvent penser qu'on les croit inférieurs.

Le véritable orgueil d'une femme ne devrait-il pas se placer dans l'énergie du sentiment qu'elle inspire? On plaisantait une fille d'honneur de la reine, épouse de François Ier, sur la légèreté de son amant qui, disait-on, ne l'aimait guère. Peu de temps après, cet amant eut une maladie et reparut muet à la cour. Un jour, au bout de deux ans, comme on s'étonnait qu'elle l'aimât toujours, elle lui dit :

— Parlez.

Et il parla.

---

notwithstanding the generally serious composed and retiring disposition which her countenance and demeanour seemed to exhibit. *The Pirate*, I, 33°.

Les gens communs trouvent froides les âmes comme Minna Troïl qui ne jugent pas les circonstances ordinaires dignes de leur émotion.

CHAPITRE XXIX

DU COURAGE DES FEMMES

> *I tell thee, proud templar, that not in*
> *thy fiercest battles hadst thou displayed*
> *more of thy vaunted courage, than has*
> *been shewn by woman when called upon to*
> *suffer by affection or duty.*
>
> Ivanhoe, tome III, page 220[1].

Je me souviens d'avoir rencontré la phrase suivante dans un livre d'histoire : « Tous les hommes perdaient la tête; c'est le moment où les femmes prennent sur eux une incontestable supériorité. »

Leur courage a une *réserve* qui manque à celui de leur amant; elles se piquent d'amour-propre à son égard et trouvent tant de plaisir à pouvoir dans le feu du danger le disputer de fermeté à l'homme qui les blesse souvent par la fierté de sa protection et de sa force, que l'énergie de cette jouissance les élève au-dessus de la crainte quelconque qui, dans ce moment, fait la faiblesse des hommes. Un homme aussi, s'il recevait un tel secours dans un tel moment, se montrerait supérieur à tout; car la peur n'est jamais dans le danger, elle est dans nous.

Ce n'est pas que je prétende déprécier le courage des femmes; j'en ai vu, dans l'occasion, de supérieures aux hommes les plus braves. Il faut seulement qu'elles aient un homme à aimer; comme elles ne sentent plus que par lui, le danger direct et personnel le plus atroce devient pour elles comme une rose à cueillir en sa présence *.

J'ai trouvé aussi, chez des femmes qui n'aimaient pas,

---

* Marie Stuart parlant de Leicester, après l'entrevue avec Elisabeth où elle vient de se perdre.

SCHILLER.

l'intrépidité la plus froide, la plus étonnante, la plus exempte de nerfs.

Il est vrai que je pensais qu'elles ne sont si braves que parce qu'elles ignorent l'ennui des blessures.

Quant au courage moral, si supérieur à l'autre, la fermeté d'une femme qui résiste à son amour est seulement la chose la plus admirable qui puisse exister sur la terre. Toutes les autres marques possibles de courage sont des bagatelles auprès d'une chose si fort contre nature et si pénible. Peut-être trouvent-elles des forces dans cette habitude des sacrifices que la pudeur fait contracter.

Un malheur des femmes, c'est que les preuves de ce courage restent toujours secrètes, et soient presque indivulgables.

Un malheur plus grand, c'est qu'il soit toujours employé contre leur bonheur : la princesse de Clèves devait ne rien dire à son mari, et se donner à M. de Nemours.

Peut-être que les femmes sont principalement soutenues par l'orgueil de faire une belle défense, et qu'elles s'imaginent que leur amant met de la vanité à les avoir ; idée petite et misérable : un homme passionné qui se jette de gaieté de cœur dans tant de situations ridicules a bien le temps de songer à la vanité[2] ! C'est comme les moines qui croient attraper le diable, et qui se payent par l'orgueil de leurs cilices et de leurs macérations.

Je crois que si Mme de Clèves fût arrivée à la vieillesse, à cette époque où l'on juge la vie, et où les jouissances d'orgueil paraissent dans toute leur misère, elle se fût repentie. Elle aurait voulu avoir vécu comme Mme de La Fayette[*].

* On sait assez que cette femme célèbre fit probablement en société avec M. de La Rochefoucauld le roman de *la Princesse de Clèves*, et que les deux auteurs passèrent ensemble dans une amitié parfaite les vingt dernières années de leur vie. C'est exactement l'amour à l'italienne.

Je viens de relire cent pages de cet essai ; j'ai donné une
idée bien pauvre du véritable amour, de l'amour qui
occupe toute l'âme, la remplit d'images tantôt les plus
heureuses, tantôt désespérantes, mais toujours sublimes, et
la rend complètement insensible à tout le reste de ce qui
existe. Je ne sais comment exprimer ce que je vois si bien ;
je n'ai jamais senti plus péniblement le manque de talent.
Comment rendre sensible la simplicité de gestes et de
caractères, le profond sérieux, le regard peignant si juste,
et avec tant de candeur, la nuance du sentiment, et
surtout, j'y reviens, cette inexplicable non-curance pour
tout ce qui n'est pas la femme qu'on aime ? Un *non* ou un
oui dit par un homme qui aime a une *onction* que l'on ne
trouve point ailleurs, que l'on ne trouvait point chez cet
homme en d'autres temps. Ce matin (3 août), j'ai passé à
cheval, sur les neuf heures, devant le joli jardin anglais du
marquis Zampieri, placé sur les dernières ondulations de
ces collines couronnées de grands arbres contre lesquelles
Bologne est adossée, et desquelles on jouit d'une si belle
vue de cette riche et verdoyante Lombardie, le plus beau
pays du monde. Dans un bosquet de lauriers du jardin
Zampieri qui domine le chemin que je suivais et qui
conduit à la cascade du Reno Casalecchio [3], j'ai vu le
comte Delfante [4] ; il rêvait profondément, et quoique nous
ayons passé la soirée ensemble jusqu'à deux heures après
minuit, à peine m'a-t-il rendu mon salut. Je suis allé à la
cascade, j'ai traversé le Reno ; enfin, trois heures après au
moins, en repassant sous le bosquet du jardin Zampieri, je
l'ai vu encore ; il était précisément dans la même position,
appuyé contre un grand pin qui s'élève au-dessus du
bosquet de lauriers ; je crains qu'on ne trouve ce détail
trop simple et ne prouvant rien : il est venu à moi la larme
à l'œil, me priant de ne pas faire un conte de son
immobilité. J'ai été touché ; je lui ai proposé de rebrousser
chemin, et d'aller avec lui passer le reste de la journée à la
campagne. Au bout de deux heures, il m'a tout dit : c'est

une belle âme; mais que les pages que l'on vient de lire sont froides auprès de ce qu'il me disait!

En second lieu, il se croit *non aimé;* ce n'est pas mon avis. On ne peut rien lire sur la belle figure de marbre de la comtesse Ghigi[5], chez laquelle nous avons passé la soirée. Seulement quelquefois une rougeur subite et légère, qu'elle ne peut réprimer, vient trahir les émotions de cette âme que l'orgueil féminin le plus exalté dispute aux émotions fortes. On voit son cou d'albâtre et ce qu'on aperçoit de ces belles épaules dignes de Canova rougir aussi. Elle trouve bien l'art de soustraire ses yeux noirs et sombres à l'observation des gens dont sa délicatesse de femme redoute la pénétration, mais j'ai vu cette nuit, à certaine chose que disait Delfante et qu'elle désapprouvait, une subite rougeur la couvrir tout entière. Cette âme hautaine le trouvait moins digne d'elle.

Mais enfin, quand je me tromperais dans mes conjectures sur le bonheur de Delfante, à la vanité près, je le crois plus heureux que moi indifférent, qui cependant suis dans une position de bonheur fort bien, en apparence et en réalité.

Bologne, 3 août 1818[6].

CHAPITRE XXX

SPECTACLE SINGULIER ET TRISTE[1]

Les femmes, avec leur orgueil féminin, se vengent des sots sur les gens d'esprit, et des âmes prosaïques, à argent et à coups de bâton, sur les cœurs généreux. Il faut convenir que voilà un beau résultat.

Les petites considérations de l'orgueil et des convenances du monde ont fait le malheur de quelques femmes, et par orgueil leurs parents les ont placées dans une position abominable. Le destin leur avait réservé pour consolation bien supérieure à tous leurs malheurs le bonheur d'aimer et d'être aimées avec passion; mais voilà qu'un beau jour elles empruntent à leurs ennemis ce même orgueil insensé dont elles furent les premières victimes, et c'est pour tuer le seul bonheur qui leur reste, c'est pour faire leur propre malheur et le malheur de qui les aime. Une amie qui a eu dix intrigues connues, et non pas toujours les unes après les autres, leur persuade gravement que si elles aiment, elles seront déshonorées aux yeux du public[2]; et cependant ce bon public, qui ne s'élève jamais qu'à des idées basses, leur donne généreusement un amant tous les ans, parce que, dit-il, c'est la règle. Ainsi l'âme est attristée par ce spectacle bizarre : une femme tendre et souverainement délicate, un ange de pureté, sur l'avis d'une catin sans délicatesse, fuit le seul et immense bonheur qui lui reste, pour paraître avec une robe d'une éclatante blancheur, devant un gros butor de juge qu'on sait aveugle depuis cent ans, et qui crie à tue-tête :

— Elle est vêtue de noir.

CHAPITRE XXXI

EXTRAIT DU JOURNAL DE SALVIATI[1]

> *Ingenium nobis ipsa puella facit.*
> Propert. II, I[2].

Bologne, 29 avril 1818[3].

Désespéré du malheur où l'amour me réduit, je maudis mon existence. Je n'ai le cœur à rien. Le temps est sombre, il pleut, un froid tardif est venu rattrister la nature qui, après un long hiver, s'élançait au printemps.

Schiassetti[4], un colonel en demi-solde, un ami raisonnable et froid, est venu passer deux heures avec moi.

— Vous devriez renoncer à l'aimer.

— Comment faire? Rendez-moi ma passion pour la
guerre.

— C'est un grand malheur pour vous de l'avoir connue.

J'en conviens presque, tant je me sens abattu et sans
courage, tant la mélancolie a aujourd'hui d'empire sur
moi. Nous cherchons ensemble quel intérêt a pu porter
son amie à me calomnier auprès d'elle; nous ne trouvons
rien que ce vieux proverbe napolitain : « Femme qu'amour
et jeunesse quittent se pique d'un rien. » Ce qu'il y a de
sûr, c'est que cette femme cruelle est *enragée* contre moi;
c'est le mot d'un de ses amis. Je puis me venger d'une
manière atroce[5]; mais contre sa haine je n'ai pas le plus
petit moyen de défense. Schiassetti me quitte. Je sors par
la pluie ne sachant que devenir. Mon appartement, ce
salon que j'ai habité dans les premiers temps de notre
connaissance et quand je la voyais tous les soirs, m'est
devenu insupportable. Chaque gravure, chaque meuble,
me reprochent le bonheur que j'avais rêvé en leur
présence, et que j'ai perdu pour toujours.

Je cours les rues par une pluie froide; le hasard, si je
puis l'appeler hasard, me fait passer sous ses fenêtres. Il
était nuit tombante, et je marchais les yeux pleins de
larmes fixés sur la fenêtre de sa chambre. Tout à coup le
rideau a été un peu entrouvert comme pour voir sur la
place et s'est refermé à l'instant. Je me suis senti un
mouvement physique près du cœur. Je ne pouvais me
soutenir : je me réfugie sous le portique de la maison
voisine. Mille sentiments inondent mon âme, le hasard a
pu produire ce mouvement du rideau; mais si c'était sa
main qui l'eût entrouvert!

Il y a deux malheurs au monde : celui de la passion
contrariée, et celui du *dead blank*[6].

Avec l'amour, je sens qu'il existe à deux pas de moi un

bonheur immense et au-delà de tous mes vœux, qui ne dépend que d'un mot, que d'un sourire.

Sans passion comme Schiassetti, les jours tristes, je ne vois nulle part le bonheur, j'arrive à douter qu'il existe pour moi, je tombe dans le spleen. Il faudrait être sans passions fortes et avoir seulement un peu de curiosité ou de vanité.

Il est deux heures du matin, j'ai vu le petit mouvement du rideau à six heures; j'ai fait dix visites, je suis allé au spectacle; mais partout silencieux et rêveur, j'ai passé la soirée à examiner cette question : « Après tant de colère et si peu fondée, car enfin, voulais-je l'offenser, et quelle est la chose au monde que l'intention n'excuse pas, a-t-elle senti un moment d'amour ? »

Le pauvre Salviati, qui a écrit ce qui précède sur son Pétrarque, mourut quelque temps après; il était notre ami intime à Schiassetti et à moi; nous connaissions toutes ses pensées, et c'est de lui que je tiens toute la partie lugubre de cet essai. C'était l'imprudence incarnée; du reste, la femme pour laquelle il a fait tant de folies est l'être le plus intéressant que j'aie rencontré. Schiassetti me disait :

— Mais croyez-vous que cette passion malheureuse ait été sans avantages pour Salviati?

D'abord, il éprouva le malheur d'argent le plus piquant qui se puisse imaginer. Ce malheur, qui le réduisit à une fortune très médiocre, après une jeunesse brillante, et qui l'eût outré de colère dans toute autre circonstance, il ne s'en souvenait pas une fois tous les quinze jours.

Ensuite, ce qui est bien autrement important pour une tête de cette portée, cette passion est le premier véritable cours de logique qu'il ait jamais fait. Cela paraîtra singulier chez un homme qui a été à la cour; mais cela s'explique par son extrême courage. Par exemple, il passa sans sourciller la journée du ..., qui le jetait dans le néant[7]; il s'étonnait là, comme en Russie, de ne rien sentir d'extraordinaire; il est de fait qu'il n'a jamais rien craint au point d'y penser deux jours. Au lieu de cette insouciance, depuis deux ans, il cherchait à chaque minute à avoir du courage ; jusque-là il n'avait pas vu de danger.

Quand, par suite de ses imprudences et de sa confiance dans les bonnes interprétations *, il se fut fait condamner à ne voir la femme qu'il aimait que deux fois par mois, nous l'avons vu ivre de joie passer les nuits à lui parler, parce qu'il en avait été reçu avec cette candeur noble qu'il adorait en elle. Il tenait que Mme ... et lui avaient deux âmes hors de pair, et qui devaient s'entendre d'un regard. Il ne pouvait comprendre qu'elle accordât la moindre attention aux petites interprétations bourgeoises qui pouvaient le faire criminel. Le résultat de cette belle confiance dans une femme entourée de ses ennemis fut de se faire fermer sa porte.

« Avec Mme ..., lui disais-je, vous oubliez vos maximes, et qu'il ne faut croire à la grandeur d'âme qu'à la dernière extrémité.

— Croyez-vous, répondait-il, qu'il y ait au monde un autre cœur qui convienne mieux au sien ?

— Il est vrai, je paye cette manière d'être passionnée qui me faisait voir Léonore en colère dans la ligne d'horizon des rochers de Poligny °, par le malheur de toutes mes entreprises dans la vie réelle ; malheur qui provient du manque de patiente industrie et d'imprudences produites par la force de l'impression du moment. »

On voit la nuance de folie.

Pour Salviati, la vie était divisée en périodes de quinze jours, qui prenaient la couleur de la dernière entrevue qu'on lui avait accordée. Mais je remarquai plusieurs fois que le bonheur qu'il devait à un accueil qui lui semblait moins froid était bien inférieur en intensité au malheur

---

* *Sotto l'usbergo del sentirsi puro.*
                                 DANTE⁸.

que lui donnait une réception sévère *. Mme ... manquait quelquefois de franchise avec lui : voilà les deux seules objections que je n'aie jamais osé lui faire. Outre ce que sa douleur avait de plus intime et dont il eut la délicatesse de ne jamais parler même à ses amis les plus chers et les plus exempts d'envie, il voyait dans une réception sévère de Léonore le triomphe des âmes prosaïques et intrigantes sur les âmes franches et généreuses. Alors il désespérait de la vertu et surtout de la gloire. Il ne se permettait de parler à ses amis que des idées tristes à la vérité auxquelles le conduisait sa passion, mais qui d'ailleurs pouvaient avoir quelque intérêt aux yeux de la philosophie. J'étais curieux d'observer cette âme bizarre ; ordinairement l'amour-passion se rencontre chez des gens un peu niais à l'allemande **. Salviati, au contraire, était au nombre des hommes les plus fermes et les plus spirituels que j'aie connus.

J'ai cru voir qu'après ces visites sévères, il n'était tranquille que quand il s'était justifié les rigueurs de Léonore. Tant qu'il trouvait qu'elle pouvait avoir eu tort de le maltraiter, il était malheureux. Je n'aurais jamais cru l'amour si exempt de vanité.

Il nous faisait sans cesse l'éloge de l'amour.

— Si un pouvoir surnaturel me disait : Brisez le verre de cette montre, et Léonore sera pour vous ce qu'elle était il y a trois ans, une amie indifférente ; en vérité, je crois que dans aucun moment de ma vie je n'aurais le courage de le briser.

Je le voyais si fou en faisant ce raisonnement, que je n'eus jamais le courage de lui présenter les objections précédentes.

Il ajoutait :

---

* C'est une chose que j'ai souvent cru voir dans l'amour, que cette disposition à tirer plus de malheur des choses malheureuses que de bonheur des choses heureuses.

** Don Carlos, Saint-Preux, l'Hippolyte et le Bajazet de Racine.

— Comme la réformation de Luther, à la fin du moyen âge, ébranlant la société jusque dans ses fondements, renouvela et reconstitua le monde sur des bases raisonnables, ainsi un caractère généreux est renouvelé et retrempé par l'amour.

« Ce n'est qu'alors qu'il depouille tous les enfantillages de la vie ; sans cette révolution, il eût toujours eu je ne sais quoi d'empesé et de théâtral. Ce n'est que depuis que j'aime que j'ai appris à avoir de la grandeur dans le caractère, tant notre éducation d'école militaire est ridicule.

« Quoique me conduisant bien, j'étais un enfant à la cour de Napoléon et à Moscou. Je faisais mon devoir ; mais j'ignorais cette simplicité héroïque, fruit d'un sacrifice entier et de bonne foi. Il n'y a qu'un an, par exemple, que mon cœur comprend la simplicité des Romains de Tite-Live. Autrefois je les trouvais froids, comparés à nos brillants colonels. Ce qu'ils faisaient pour leur Rome, je le trouve dans mon cœur pour Léonore. Si j'avais le bonheur de pouvoir faire quelque chose pour elle, mon premier désir serait de le cacher. La conduite des Régulus, des Décius était une chose convenue d'avance, et qui n'avait pas le droit de les surprendre. J'étais petit avant d'aimer, précisément parce que j'étais tenté quelquefois de me trouver grand ; il y avait un certain effort que je sentais, et dont je m'applaudissais.

« Et du côté des affections, que ne doit-on pas à l'amour ? Après les hasards de la première jeunesse, le cœur se ferme à la sympathie. La mort ou l'absence éloigne-t-elle des compagnons de l'enfance, l'on est réduit à passer la vie avec de froids associés, la demi-aune à la main, toujours calculant des idées d'intérêt ou de vanité. Peu à peu, toute la partie tendre et généreuse de l'âme devient stérile, faute de culture, et à moins de trente ans l'homme se trouve pétrifié à toutes les sensations douces et tendres. Au milieu de ce désert aride, l'amour fait jaillir une source de sentiments plus abondante et plus fraîche même que celle de la première jeunesse. Il y avait alors une espérance vague, folle et sans cesse distraite*; jamais de dévouement pour rien, jamais de désirs constants et profonds; l'âme, toujours légère, avait soif de nouveauté, et négligeait aujourd'hui ce qu'elle adorait hier. Et rien n'est plus recueilli, plus mystérieux, plus éternellement un dans son objet, que la cristallisation de l'amour. Alors les seules choses agréables avaient droit de plaire, et de plaire un instant; maintenant tout ce qui a rapport à ce qu'on aime, et même les objets les plus indifférents touchent profondément. Arrivant dans une grande ville, à cent milles de celle qu'habite Léonore, je me suis trouvé tout timide et tremblant : à chaque détour de rue, je frémissais de rencontrer Mme Alviza[10], l'amie intime de Mme ..., et amie que je ne connais pas. Tout a pris pour moi une teinte mystérieuse et sacrée, mon cœur palpitait en parlant à un vieux savant. Je ne pouvais sans rougir entendre nommer la porte près de laquelle habite l'amie de Léonore.

« Même les rigueurs de la femme qu'on aime ont des grâces infinies, et que l'on ne trouve pas dans les moments les plus flatteurs auprès des autres femmes. C'est ainsi que les grandes ombres des tableaux du Corrège, loin d'être comme chez les autres peintres, des passages peu agréables, mais nécessaires à faire valoir les clairs, et à donner du relief aux figures, ont par elles-mêmes des grâces charmantes et qui jettent dans une douce rêverie**.

« Oui, la moitié et la plus belle moitié de la vie est cachée à l'homme qui n'a pas aimé avec passion.

Salviati avait besoin de toute la force de sa dialectique pour tenir tête au sage Schiassetti, qui lui disait toujours :

---

* Mordaunt Merton, 1er vol. du *Pirate*.
** Puisque j'ai nommé le Corrège, je dirai qu'on trouve dans une tête d'ange ébauchée, à la tribune de la galerie de Florence, le regard de l'amour heureux; et à Parme, dans la Madone couronnée par Jésus, les yeux baissés de l'amour.

— Voulez-vous être heureux, contentez-vous d'une vie exempte de peines, et chaque jour d'une petite quantité de bonheur. Défendez-vous de la loterie des grandes passions.

— Donnez-moi donc votre curiosité, répondait Salviati.

Je crois qu'il y avait bien des jours où il aurait voulu pouvoir suivre les avis de notre sage colonel; il luttait un peu, il croyait réussir; mais ce parti était absolument au-dessus de ses forces; et cependant quelle force n'avait pas cette âme!

Un chapeau de satin blanc [11], ressemblant un peu à celui de Mme ..., qu'il voyait de loin dans la rue, arrêtait le battement de son cœur, et le forçait à s'appuyer contre le mur. Même dans ses plus tristes moments, le bonheur de la rencontrer lui donnait toujours quelques heures d'ivresse au-dessus de l'influence de tous les malheurs et de tous les raisonnements *. Du reste, il est de fait qu'à sa mort **,

*   *Come what sorrow can,*
It cannot countervail the exchange of joy
That one short moment gives me in her sight

                                       Romeo and Juliet [12].

** Peu de jours avant le dernier, il fit une petite ode qui a le mérite d'exprimer juste les sentiments dont il nous entretenait.

L'ULTIMO DI
Anacreontica

A ELVIRA

Vedi tu dove il rio
    Lambendo un mirto va,
    Là del riposo mio
    La pietra surgerà.
Il passero amoroso,
    E il nobile usignuol,
    Entro quel mirto ombroso
    Raccoglieranno il vol.
Vieni, diletta Elvira,
    A quella tomba vien,
    E sulla muta lira,
    Appoggia il bianco sen.
Su quella bruna pietra,
    Le tortore verran,
    E intorno alla mia cetra,

après deux ans de cette passion généreuse et sans bornes, son caractère avait contracté plusieurs nobles habitudes, et qu'à cet égard du moins il se jugeait correctement : s'il eût vécu, et que les circonstances l'eussent un peu servi, il eût fait parler de lui. Peut-être aussi qu'à force de simplicité, son mérite eût passé invisible sur cette terre.

> *O lasso !*
> *Quanti dolci pensier, quanto disio,*
> *Menò costui al doloroso passo !*

> *Biondo era e bello, e di gentile aspetto :*
> *Ma l'un de' cigli un colpo avea diviso* *.

> DANTE [14].

> *Il nido intrecceran.*
> *E ogni anno, il dì che offendere*
> *M'osasti tu infedel,*
> *Faro la sù discendere*
> *La folgore del ciel.*
> *Odi d'un uom che muore*
> *Odi l'estremo suon,*
> *Questo appassito fiore*
> *Ti lascio, Elvira, in don.*
> *Quanto prezioso ei sia*
> *Saper tu il devi appien;*
> *Il dì che fosti mia,*
> *Te l'involai dal sen.*
> *Simbolo allor d'affetto,*
> *Or pegno di dolor,*
> *Torno a posarti in petto.*
> *Quest' appassito fior.*
> *E avrai nel cuor scolpito,*
> *Se crudo il cor non è,*
> *Come ti fu rapito,*
> *Come fu reso a te.*

> S. RADAEL [13].

* Pauvre malheureux ! combien de doux pensers et quel désir constant le conduisirent à sa dernière heure. Sa figure était belle et douce, sa chevelure blonde, seulement une noble cicatrice venait couper un de ses sourcils.

CHAPITRE XXXII

DE L'INTIMITÉ

Le plus grand bonheur que puisse donner l'amour, c'est le premier serrement de main d'une femme qu'on aime.

Le bonheur de la galanterie, au contraire, est beaucoup plus réel, et beaucoup plus sujet à la plaisanterie.

Dans l'amour-passion, l'intimité n'est pas tant le bonheur parfait que le dernier pas pour y arriver.

Mais comment peindre le bonheur, s'il ne laisse pas de souvenirs?

Mortimer revenait tremblant d'un long voyage; il adorait Jenny; elle n'avait pas répondu à ses lettres. En arrivant à Londres, il monte à cheval et va la chercher à sa maison de campagne. Il arrive, elle se promenait dans le parc; il y court, le cœur palpitant; il la rencontre, elle lui tend la main, le reçoit avec trouble : il voit qu'il est aimé. En parcourant avec elle les allées du parc, la robe de Jenny s'embarrassa dans un buisson d'acacia épineux. Dans la suite, Mortimer fut heureux, mais Jenny fut infidèle. Je lui soutiens que Jenny ne l'a jamais aimé; il me cite comme preuve de son amour la manière dont elle le reçut à son retour du continent, mais jamais il n'a pu me donner le moindre détail. Seulement il tressaille visiblement dès qu'il voit un buisson d'acacia; c'est réellement le seul souvenir distinct qu'il avait conservé du moment le plus heureux de sa vie*.

Un homme sensible et franc, un ancien chevalier, me faisait confidence ce soir (au fond de notre barque battue par un gros temps sur le lac de Garde)**, de l'histoire de

---

* *Vie de Haydn*, page 228[1].
** 20 septembre 1811.

ses amours, dont à mon tour je ne ferai pas confidence au public, mais de laquelle je me crois en droit de conclure que le moment de l'intimité est comme ces belles journées du mois de mai, une époque délicate pour les plus belles fleurs, un moment qui peut être fatal et flétrir en un instant les plus belles espérances.

. . . . *

On ne saurait trop louer le *naturel*. C'est la seule coquetterie permise dans une chose aussi sérieuse que l'amour à la Werther, où l'on ne sait pas où l'on va ; et, en même temps, par un hasard heureux pour la vertu, c'est la meilleure tactique. Sans s'en douter, un homme vraiment touché dit des choses charmantes, il parle une langue qu'il ne sait pas.

Malheur à l'homme le moins du monde affecté! Même quand il aimerait, même avec tout l'esprit possible, il perd les trois quarts de ses avantages. Se laisse-t-on aller un instant à l'affectation, une minute après, l'on a un moment de sécheresse.

Tout l'art d'aimer se réduit, ce me semble, à dire exactement ce que le degré d'ivresse du moment comporte, c'est-à-dire, en d'autres termes, à écouter son âme. Il ne faut pas croire que cela soit si facile ; un homme qui aime vraiment, quand son amie lui dit des choses qui le rendent heureux, n'a plus la force de parler.

Il perd ainsi les actions qu'auraient fait naître ses

---

* « A la première querelle, Mme Ivernetta donna son congé au pauvre Bariac. Bariac était véritablement amoureux, ce congé le désespéra ; mais son ami Guillaume Balaon dont nous écrivons la vie lui fut d'un grand secours, et fit si bien qu'il apaisa la sévère Ivernetta. La paix se fit, et la réconciliation fut accompagnée de circonstances si délicieuses que Bariac jura à Balaon que le moment des premières faveurs qu'il avait obtenues de sa maîtresse n'avait pas été si doux que celui de ce voluptueux raccommodement. Ce discours tourna la tête à Balaon, il voulut éprouver ce plaisir que son ami venait de lui décrire, etc. » *Vie de quelques troubadours*, par Nivernois[2], tome I, page 32.

paroles *, et il vaut mieux se taire que de dire hors de temps des choses trop tendres; ce qui était placé, il y a dix secondes, ne l'est plus du tout, et fait tache en ce moment. Toutes les fois que je manquais à cette règle **; et que je disais une chose qui m'était venue trois minutes auparavant, et que je trouvais jolie, Léonore ne manquait pas de me battre. Je me disais ensuite en sortant: « Elle a raison; voilà de ces choses qui doivent choquer extrêmement une femme délicate; c'est une indécence de sentiment. Elles admettraient plutôt, comme les rhéteurs de mauvais goût, un degré de faiblesse et de froideur. N'ayant à redouter au monde que la fausseté de leur amant, la moindre petite insincérité de détail, fût-elle la plus innocente du monde, les prive à l'instant de tout bonheur et les jette dans la méfiance. »

Les femmes honnêtes ont de l'éloignement pour la véhémence et l'imprévu, qui sont cependant les caractères de la passion; outre que la véhémence alarme la pudeur, elles se défendent.

Quand quelque mouvement de jalousie ou de déplaisir a mis de sang-froid, on peut en général entreprendre des discours propres à faire naître cette ivresse favorable à l'amour; et si, après les deux ou trois premières phrases d'exposition, l'on ne manque pas l'occasion de dire exactement ce que l'âme suggère, on donnera des plaisirs vifs à ce qu'on aime. L'erreur de la plupart des hommes, c'est qu'ils veulent arriver à dire telle chose qu'ils trouvent jolie, spirituelle, touchante; au lieu de détendre leur âme de l'empesé du monde, jusqu'à ce degré d'intimité et de naturel d'exprimer naïvement ce qu'elle sent dans le

---

* C'est ce genre de timidité qui est décisif, et qui prouve un amour-passion dans un homme d'esprit.

** On rappelle que si l'auteur emploie quelquefois la tournure du *je*, c'est pour essayer de jeter quelque variété dans la forme de cet essai. Il n'a nullement la prétention d'entretenir ses lecteurs de ses propres sentiments. Il cherche à faire part avec le moins de monotonie qu'il lui soit possible de ce qu'il a observé chez autrui.

moment. Si l'on a ce courage, l'on recevra à l'instant sa récompense par une espèce de raccommodement.

C'est cette récompense aussi rapide qu'involontaire des plaisirs que l'on donne à ce qu'on aime, qui met cette passion si fort au-dessus des autres.

S'il y a le naturel parfait, le bonheur de deux individus arrive à être confondu*. A cause de la sympathie et de plusieurs autres lois de notre nature, c'est tout simplement le plus grand bonheur qui puisse exister.

Il n'est rien moins que facile de déterminer le sens de cette parole : *naturel,* condition nécessaire du bonheur par l'amour.

On appelle *naturel* ce qui ne s'écarte pas de la manière habituelle d'agir. Il va sans dire qu'il ne faut jamais non seulement mentir à ce qu'on aime, mais même embellir le moins du monde et altérer la pureté de trait de la vérité. Car si l'on embellit, l'attention est occupée à embellir, et ne répond plus naïvement, comme la touche d'un piano, au sentiment qui se montre dans ses yeux. Elle s'en aperçoit bientôt à je ne sais quel froid qu'elle éprouve, et à son tour a recours à la coquetterie. Ne serait-ce point ici la raison cachée qui fait qu'on ne saurait aimer une femme d'un esprit trop inférieur? C'est qu'auprès d'elle on peut feindre impunément; et, comme feindre est plus commode, à cause de l'habitude, on se livre au manque de naturel. Dès lors l'amour n'est plus l'amour, il tombe à n'être qu'une affaire ordinaire; la seule différence, c'est qu'au lieu d'argent on gagne du plaisir ou de la vanité, ou un mélange des deux. Mais il est difficile de ne pas éprouver une nuance de mépris pour une femme avec qui l'on peut impunément jouer la comédie, et par conséquent il ne manque pour la planter là que de rencontrer mieux à cet égard. L'habitude ou les serments peuvent retenir;

---

* A se placer exactement dans les mêmes actions.

mais je parle du penchant du cœur, dont le naturel est de voler au plus grand plaisir.

Revenant à ce mot *naturel*, naturel et habituel sont deux choses. Si l'on prend ces mots dans le même sens, il est évident que plus on a de sensibilité, plus il est difficile d'être *naturel*, car l'habitude a un empire moins puissant sur la manière d'être et d'agir, et l'homme est davantage à chaque circonstance. Toutes les pages de la vie d'un être froid sont les mêmes, prenez-le aujourd'hui, prenez-le hier, c'est toujours la même main de bois[3].

Un homme sensible, dès que son cœur est ému, ne trouve plus en soi de traces d'habitude pour guider ses actions; et comment pourrait-il suivre un chemin dont il n'a plus le sentiment?

Il sent le poids immense qui s'attache à chaque parole qu'il dit à ce qu'il aime, il lui semble qu'un mot va décider de son sort. Comment pourra-t-il ne pas chercher à bien dire? ou du moins comment n'aura-t-il pas le sentiment qu'il dit bien? Dès lors il n'y a plus de candeur. Donc il ne faut pas prétendre à la candeur, cette qualité d'une âme qui ne fait aucun retour sur elle-même. On est ce qu'on peut, mais on sent ce qu'on est.

Je crois que nous voilà arrivés au dernier degré de naturel que le cœur le plus délicat puisse prétendre en amour.

Un homme passionné ne peut qu'embrasser fortement, comme sa seule ressource dans la tempête, le serment de ne jamais changer en rien la vérité et de lire correctement dans son cœur; si la conversation est vive et entrecoupée, il peut espérer de beaux moments de naturel, autrement il ne sera parfaitement naturel que dans les heures où il aimera un peu moins à la folie.

Auprès de ce qu'on aime, à peine le naturel reste-t-il dans les *mouvements*, dont cependant les habitudes sont si profondément enracinées dans les muscles. Quand je donnais le bras à Léonore, il me semblait toujours être sur le point de tomber, et je pensais à bien marcher. Tout ce qu'on peut, c'est de n'être jamais affecté volontairement; il suffit d'être persuadé que le manque de naturel est le plus grand désavantage possible, et peut aisément être la source des plus grands malheurs. Le cœur de la femme que vous aimez n'entend plus le vôtre, vous perdez ce mouvement nerveux et involontaire de la franchise qui répond à la franchise. C'est perdre tous les moyens de la toucher, j'ai presque dit de la séduire; ce n'est pas que je prétende nier qu'une femme digne d'amour peut voir son destin dans cette jolie devise du lierre, qui *meurt s'il ne s'attache;* c'est une loi de la nature; mais c'est toujours un pas décisif pour le bonheur, que de faire celui de l'homme qu'on aime. Il me semble qu'une femme raisonnable ne doit tout accorder à son amant que quand elle ne peut plus se défendre, et le plus léger soupçon sur la sincérité de votre cœur lui rend sur-le-champ un peu de force, et assez du moins pour retarder encore d'un jour sa défaite*.

Est-il besoin d'ajouter que, pour rendre tout ceci le comble du ridicule, il suffit de l'appliquer à l'amour-goût?

CHAPITRE XXXIII

Toujours un petit doute à calmer, voilà ce qui fait la soif de tous les instants, voilà ce qui fait la vie de l'amour heureux. Comme la crainte ne l'abandonne jamais, ses plaisirs ne peuvent jamais ennuyer. Le caractère de ce bonheur, c'est l'extrême sérieux.

---

* *Hæc autem ad acerbam rei memoriam, amara quadam dulcedine scribere visum est... ut cogitem nihil esse debere quod amplius mihi placeat in hac vita.*
　　　　　　　　　　　　　　　　　　　PETRARCA, *Ed. Marsand* [4].

15 janvier 1819 [5].

CHAPITRE XXXIV

DES CONFIDENCES

Il n'y a pas au monde d'insolence plus vite punie que celle qui vous fait confier à un ami intime un amour-passion. Il sait, si ce que vous dites est vrai, que vous avez des plaisirs mille fois au-dessus des siens, et qui vous font mépriser les siens.

C'est bien pis encore entre femmes, la fortune de leur vie étant d'inspirer une passion et, d'ordinaire, la confidente aussi ayant exposé son amabilité aux regards de l'amant.

D'un autre côté, pour l'être dévoré de cette fièvre, il n'est pas au monde de besoin moral plus impérieux que celui d'un ami devant qui l'on puisse raisonner sur les doutes affreux qui s'emparent de l'âme à chaque instant, car dans cette passion terrible, *toujours une chose imaginée est une chose existante.*

« Un grand défaut du caractère de Salviati, écrivait-il en 1817, en cela bien opposé à celui de Napoléon, c'est que, lorsque dans la discussion des intérêts d'une passion, quelque chose vient à être moralement démontré, il ne peut prendre sur lui de partir de cette base comme d'un fait à jamais établi ; et malgré lui, et à son grand malheur, le remet sans cesse en discussion. » C'est qu'il est aisé d'avoir du courage dans l'ambition. La cristallisation qui n'est pas subjuguée par le désir de la chose à obtenir s'emploie à fortifier le courage ; en amour, elle est toute au service de l'objet contre lequel on doit avoir du courage.

Une femme peut trouver une amie perfide[1], elle peut trouver aussi une amie ennuyée.

Une princesse de trente-cinq ans *, ennuyée et poursuivie par le besoin d'agir, d'intriguer, etc., etc., mécontente
de la tiédeur de son amant, et cependant ne pouvant
espérer de faire naître un autre amour, ne sachant que
faire de l'activité qui la dévore, et n'ayant d'autre
distraction que des accès d'humeur noire, peut fort bien
trouver une occupation, c'est-à-dire un plaisir, et un but
dans la vie, à rendre malheureuse une vraie passion;
passion qu'on a l'insolence de sentir pour une autre
qu'elle, tandis que son amant s'endort à ses côtés.

C'est le seul cas où la *haine* produise bonheur; c'est
qu'elle procure occupation et travail.

Dans les premiers instants, le plaisir de faire quelque
chose, dès que l'entreprise est soupçonnée de la société, la
pique de réussir donne du charme à cette occupation. La
jalousie pour l'amie prend le masque de la haine pour
l'amant; autrement comment pourrait-on haïr à la fureur
un homme qu'on n'a jamais vu? On n'a garde de s'avouer
l'envie, car il faudrait d'abord s'avouer le mérite, et l'on a
des flatteurs qui ne se soutiennent à la cour qu'en donnant
des ridicules à la bonne amie.

La confidente perfide, tout en se permettant des actions
de la dernière noirceur, peut fort bien se croire uniquement
animée par le désir de ne pas perdre une amitié précieuse.
La femme ennuyée se dit que l'amitié même languit dans
un cœur dévoré par l'amour et ses anxiétés mortelles; à
côté de l'amour l'amitié ne peut se soutenir que par les
confidences; or, quoi de plus odieux pour l'envie que de
telles confidences?

Les seules qui soient bien reçues entre femmes sont
celles qu'accompagne la franchise de ce raisonnement :

— Ma chère amie, dans la guerre aussi absurde
qu'implacable que nous font les préjugés mis en vogue par

* Venise, 1819[2].

nos tyrans, servez-moi aujourd'hui, demain ce sera mon tour*.

Avant cette exception il y a celle de la véritable amitié née dans l'enfance et non gâtée depuis par aucune jalousie.

. . . .

Les confidences d'amour-passion ne sont bien reçues qu'entre écoliers amoureux de l'amour, et entre jeunes filles dévorées par la curiosité, par la tendresse à employer, et peut-être entraînées déjà par l'instinct ** qui leur dit que c'est là la grande affaire de leur vie, et qu'elles ne sauraient trop tôt s'en occuper.

Tout le monde a vu des petites filles de trois ans s'acquitter fort bien des devoirs de la galanterie.

L'amour-goût s'enflamme et l'amour-passion se refroidit par les confidences.

Outre les dangers, il y a la difficulté des confidences. En amour-passion, ce qu'on ne peut pas exprimer (parce que la langue est trop grossière pour atteindre à ces nuances), n'en existe pas moins pour cela, seulement comme ce sont des choses très fines on est plus sujet à se tromper en les observant.

Et un observateur très ému observe mal ; il est injuste envers le hasard.

Ce qu'il y a peut-être de plus sage, c'est de se faire soi-même son propre confident. Ecrivez ce soir sous des noms empruntés, mais avec tous les détails caractéristiques, le

---

* *Mémoires* de Mme d'Epinay, Jéliotte [1] :

Prague, Klagenfurt, toute la Moravie, etc., etc. Les femmes y sont fort spirituelles et les hommes de grands chasseurs. L'amitié y est fort commune entre femmes. Le beau temps du pays est l'hiver : on fait successivement des parties de chasse de quinze à vingt jours chez les grands seigneurs de la province. Un des plus spirituels me disait un jour que Charles Quint avait régné légitimement sur toute l'Italie, et que par conséquent, c'était bien en vain que les Italiens voudraient se révolter. La femme de ce brave homme lisait les lettres de Mlle de Lespinasse.

Znaym [4], 1816.

** Grande question. Il me semble qu'outre l'éducation qui commence à huit ou dix mois, il y a un peu d'instinct.

dialogue que vous venez d'avoir avec votre amie, et la difficulté qui vous trouble. Dans huit jours si vous avez l'amour-passion, vous serez un autre homme, et alors, lisant votre consultation, vous pourrez vous donner un bon avis [5].

Entre hommes, dès qu'on est plus de deux et que l'envie peut paraître, la politesse oblige à ne parler que d'amour-physique; voyez la fin des dîners d'hommes. Ce sont les sonnets de Baffo [*] que l'on récite et qui font un plaisir infini, parce que chacun prend au pied de la lettre les louanges et les transports de son voisin qui, bien souvent, ne veut que paraître gai ou poli. Les charmantes tendresses de Pétrarque ou les madrigaux français seraient déplacés.

CHAPITRE XXXV

DE LA JALOUSIE

Quand on aime, à chaque nouvel objet qui frappe les yeux ou la mémoire, serré dans une tribune et attentif à écouter une discussion des Chambres ou allant au galop relever une grand-garde, sous le feu de l'ennemi, toujours l'on ajoute une nouvelle perfection à l'idée qu'on a de sa maîtresse, ou l'on découvre un nouveau moyen, qui d'abord semble excellent, de s'en faire aimer davantage.

Chaque pas de l'imagination est payé par un moment de délices. Il n'est pas étonnant qu'une telle manière d'être soit attachante.

---

[*] Le dialecte vénitien a des descriptions de l'amour-physique d'une vivacité qui laisse à mille lieues Horace, Properce, La Fontaine et tous les poètes. M. Buratti, de Venise, est en ce moment le premier poète satirique de notre triste Europe [6]. Il excelle surtout dans la description du physique grotesque de ses héros, aussi le met-on souvent en prison. Voir l'*Elefan-teide*, l'*Uomo*, la *Strefeide*.

A l'instant où naît la jalousie, la même habitude de l'âme reste, mais pour produire un effet contraire. Chaque perfection que vous ajoutez à la couronne de l'objet que vous aimez, et qui peut-être en aime un autre, loin de vous procurer une jouissance céleste, vous retourne un poignard dans le cœur. Une voix vous crie :

— Ce plaisir si charmant, c'est ton rival qui en jouira *.

Et les objets qui vous frappent, sans produire ce premier effet, au lieu de vous montrer comme autrefois un nouveau moyen de vous faire aimer, vous font voir un nouvel avantage du rival.

Vous rencontrez une jolie femme galopant dans le parc **, et le rival est fameux par ses beaux chevaux qui lui font faire dix milles en cinquante minutes.

Dans cet état la fureur naît facilement ; l'on ne se rappelle plus qu'en amour : *posséder n'est rien, c'est jouir qui fait tout* [2] ; l'on s'exagère le bonheur du rival, l'on s'exagère l'insolence que lui donne ce bonheur, et l'on arrive au comble des tourments, c'est-à-dire à l'extrême malheur empoisonné encore d'un reste d'espérance.

Le seul remède est peut-être d'observer de très près le bonheur du rival. Souvent vous le verrez s'endormir paisiblement dans le salon où se trouve cette femme qui, à chaque chapeau qui ressemble au sien et que vous voyez de loin dans la rue, arrête le battement de votre cœur.

Voulez-vous le réveiller, il suffit de montrer votre jalousie. Vous aurez peut-être l'avantage de lui apprendre le prix de la femme qui le préfère à vous, et il vous devra l'amour qu'il prendra pour elle.

A l'égard du rival, il n'y a pas de milieu ; il faut ou plaisanter avec lui de l'air le plus dégagé qu'il se pourra, ou lui faire peur.

La jalousie étant le plus grand de tous les maux, on

---

* Voilà une folie de l'amour : cette perfection que vous voyez n'en est pas une pour lui.
** Montagnola, 15 avril 1819 [1].

trouvera qu'exposer sa vie est une diversion agréable. Car alors nos rêveries ne sont pas toutes empoisonnées, et tournant au noir (par le mécanisme exposé ci-dessus), l'on peut se figurer quelquefois qu'on tue ce rival.

D'après le principe qu'on ne doit jamais envoyer des forces à l'ennemi, il faut cacher votre amour au rival, et, sous prétexte de vanité et le plus éloigné possible de l'amour, lui dire en grand secret, avec toute la politesse possible, et de l'air le plus calme et le plus simple :

— Monsieur, je ne sais pourquoi le public s'avise de me donner la petite une telle; on a même la bonté de croire que j'en suis amoureux; si vous la voulez, vous, je vous la céderais de grand cœur, si malheureusement je ne m'exposais à jouer un rôle ridicule. Dans six mois, prenez-la tant qu'il vous plaira, mais aujourd'hui l'honneur qu'on attache je ne sais pourquoi à ces choses-là m'oblige de vous dire, à mon grand regret, que si par hasard vous n'avez pas la justice d'attendre que votre tour soit venu, il faut que l'un de nous meure.

Votre rival est très probablement un homme non passionné, et peut-être un homme très prudent, qui, une fois qu'il sera convaincu de votre résolution, s'empressera de vous céder la femme en question, pour peu qu'il puisse trouver quelque prétexte honnête. C'est pour cela qu'il faut mettre de la gaieté dans votre déclaration, et couvrir toute la démarche du plus profond secret.

Ce qui rend la douleur de la jalousie si aiguë, c'est que la vanité ne peut aider à la supporter[3], et, par la méthode dont je parle, votre vanité a une pâture. Vous pouvez vous estimer comme brave, si vous êtes réduit à vous mépriser comme aimable.

Si l'on aime mieux ne pas prendre les choses en tragique, il faut partir, et aller à quarante lieues de là, entretenir une danseuse, dont les charmes auront l'air de vous arrêter comme vous passiez.

Pour peu que le rival ait l'âme commune, il vous croira consolé.

Très souvent le meilleur parti est d'attendre sans sourciller que le rival *s'use* auprès de l'objet aimé, par ses propres sottises. Car, à moins d'une grande passion, prise peu à peu et dans la première jeunesse, une femme d'esprit n'aime pas longtemps un homme commun *. Dans le cas de la jalousie après l'intimité, il faut encore de l'indifférence apparente et de l'inconstance réelle, car beaucoup de femmes offensées par un amant qu'elles aiment encore s'attachent à l'homme pour lequel il montre de la jalousie, et le jeu devient une réalité **.

Je suis entré dans quelques détails, parce que dans ces moments de jalousie on perd la tête le plus souvent; des conseils écrits depuis longtemps font bien, et, l'essentiel étant de feindre du calme, il est à propos de prendre le ton dans un écrit philosophique.

Comme l'on n'a de pouvoir sur vous qu'en vous ôtant ou vous faisant espérer des choses dont la seule passion fait tout le prix, si vous parvenez à vous faire croire indifférent, tout à coup vos adversaires n'ont plus d'armes.

Si l'on n'a aucune action à faire, et que l'on puisse s'amuser à chercher du soulagement, on trouvera quelque plaisir à lire *Othello*; il fera douter des apparences les plus concluantes. On arrêtera les yeux avec délices sur ces paroles :

> *Trifles light as air*
> *Seem to the jealous confirmations strong*
> *As proofs from holy writ.*

> *Othello*, acte III ***.

---

* *La princesse de Tarente*, nouvelle de Scarron [4].
** Comme dans le *Curieux impertinent*, nouvelle de Cervantès [5].
*** Des bagatelles légères comme l'air semblent à un jaloux des preuves aussi fortes que celles que l'on puise dans les promesses du saint Evangile.

J'ai éprouvé que la vue d'une belle mer est consolante.

The morning which had arisen calm and bright, gave a pleasant effect to the vaste moutain view which was seen from the castle on looking to the landward; and the glorious Ocean crisped with a thousand rippling waves of silver, extended on the other side in awful yet complacent majesty to the verge of the horizon. With such scenes of calm sublimity, the human heart sympathizes even in his most disturbed moods, and deeds of honour and virtue are inspired by their majestic influence.

(The Bride of Lammermoor, I, 193 [6].)

Je trouve écrit par Salviati : « *20 juillet 1818.* — J'applique souvent et déraisonnablement, je crois, à la vie tout entière le sentiment qu'un ambitieux ou un bon citoyen éprouve durant une bataille, s'il se trouve employé à garder le parc de réserve, ou dans tout autre poste sans péril et sans action. J'aurais eu du regret à quarante ans d'avoir passé l'âge d'aimer sans passion profonde. J'aurais eu ce déplaisir amer et qui rabaisse de m'apercevoir trop tard que j'avais eu la duperie de laisser passer la vie sans vivre.

« J'ai passé hier trois heures avec la femme que j'aime, et avec un rival qu'elle veut me faire croire bien traité. Sans doute il y a eu des moments d'amertume en observant ses beaux yeux fixés sur lui, et, en sortant de chez elle, des transports vifs de l'extrême malheur à l'espérance. Mais que de choses neuves ! que de pensées vives ! que de raisonnements rapides ! et malgré le bonheur apparent du rival, avec quel orgueil et quelles délices mon amour se sentait au-dessus du sien ! Je me disais : « Ces joues-là pâliraient de la plus vile peur au moindre des sacrifices que mon amour ferait en se jouant : que dis-je, avec bonheur ; par exemple, mettre la main au chapeau pour tirer l'un de ces deux billets : *être aimé d'elle,* l'autre *mourir à l'instant;* et ce sentiment est si de plain-pied chez moi, qu'il ne m'empêcherait point d'être aimable et à la conversation. »

« Si l'on m'eût conté cela il y a deux ans, je me serais moqué. »

Je lis dans le voyage des capitaines Lewis et Clarke, fait aux sources du Missouri en 1806, page 215[7] :

« Les *Ricaras* sont pauvres, mais bons et généreux; nous vécûmes assez longtemps dans trois de leurs villages. Leurs femmes sont plus belles que celles de toutes les autres peuplades que nous avons rencontrées; elles sont aussi très disposées à ne pas faire languir leurs amants. Nous trouvâmes un nouvel exemple de cette vérité, qu'il suffit de courir le monde pour voir que tout est variable. Parmi les *Ricaras*, c'est un grand sujet d'offense si, sans le consentement de son mari ou de son frère, une femme accorde ses faveurs. Mais, du reste, les frères et les maris sont très contents d'avoir l'occasion de faire cette petite politesse à leurs amis.

« Nous avions un nègre parmi nos gens; il fit beaucoup de sensation chez un peuple qui pour la première fois voyait un homme de cette couleur. Il fut bientôt le favori du beau sexe, et, au lieu d'en être jaloux, nous voyions les maris enchantés de le voir arriver chez eux. Ce qu'il y a de plaisant, c'est que dans l'intérieur de huttes aussi exiguës, tout se voit *. »

---

* On devrait établir à Philadelphie une académie qui s'occuperait uniquement de recueillir des matériaux pour l'étude de l'homme dans l'état sauvage, et ne pas attendre que ces peuplades curieuses soient anéanties.

Je sais bien que de telles académies existent, mais apparemment avec des règlements dignes de nos académies d'Europe. (Mémoire et discussion sur le Zodiaque de Denderah à l'Académie des Sciences de Paris, en 1821[8]). Je vois que l'Académie de Massachusetts, je crois, charge prudemment un membre du clergé (M. Jarvis) de faire un rapport sur la religion des sauvages. Le prêtre ne manque pas de réfuter de toutes ses forces un Français impie nommé Volney. Suivant le prêtre, les sauvages ont les idées les plus exactes et les plus nobles de la Divinité, etc. S'il habitait l'Angleterre, un tel rapport vaudrait au digne académicien un *preferment*

CHAPITRE XXXVI

SUITE DE LA JALOUSIE

Quant à la femme soupçonnée d'inconstance :

Elle vous quitte parce que vous avez découragé la cristallisation, et vous avez peut-être dans son cœur l'appui de l'habitude.

Elle vous quitte parce qu'elle est trop sûre de vous. Vous avez tué la crainte, et les petits doutes de l'amour heureux ne peuvent plus naître; inquiétez-la, et surtout gardez-vous de l'absurdité des protestations.

Dans le long temps que vous avez vécu auprès d'elle, vous aurez sans doute découvert quelle est la femme de la ville ou de la société, qu'elle jalouse et qu'elle craint le plus. Faites la cour à cette femme, mais, bien loin d'afficher votre cour, cherchez à la cacher, et cherchez-le de bonne foi; fiez-vous-en aux yeux de la haine pour tout voir et tout sentir. Le profond éloignement que vous éprouverez pendant plusieurs mois pour toutes les femmes * doit vous rendre ceci facile. Rappelez-vous que dans la position où vous êtes, on gâte tout par l'apparence de la passion : voyez peu la femme aimée, et buvez du champagne en bonne compagnie.

Pour juger de l'amour de votre maîtresse, rappelez-vous :

1º Que plus il entre de plaisir physique dans la base

---

de trois ou quatre cents louis et la protection de tous les nobles lords du canton. Mais en Amérique? Au reste le ridicule de cette Académie me rappelle que les libres Américains attachent le plus grand prix à voir de belles armoiries peintes aux panneaux de leurs voitures; ce qui les afflige, c'est que par le peu d'instruction de leurs peintres de carrosse il y a souvent des fautes de blason.

* On compare la branche d'arbre garnie de diamants à la branche d'arbre effeuillée, et les contrastes rendent les souvenirs plus vifs.

d'un amour, dans ce qui autrefois détermina l'intimité, plus il est sujet à l'inconstance et surtout à l'infidélité. Ceci s'applique surtout aux amours dont la cristallisation a été favorisée par le feu de la jeunesse, à seize ans.

2° L'amour de deux personnes qui s'aiment n'est presque jamais le même*. L'amour-passion a ses phases durant lesquelles, et tour à tour, l'un des deux aime davantage. Souvent la simple galanterie ou l'amour de vanité répond à l'amour-passion, et c'est plutôt la femme qui aime avec transport. Quel que soit l'amour senti par l'un des deux amants, dès qu'il est jaloux, il exige que l'autre remplisse les conditions de l'amour-passion; la vanité simule en lui tous les besoins d'un cœur tendre.

Enfin, rien n'ennuie l'amour-goût comme l'amour-passion dans son partner [1].

Souvent un homme d'esprit en faisant la cour à une femme n'a fait que la faire penser à l'amour, et attendrir son âme. Elle reçoit bien cet homme d'esprit qui lui donne ce plaisir. Il prend des espérances.

Un beau jour cette femme rencontre l'homme qui lui fait sentir ce que l'autre a décrit.

Je ne sais quels sont les effets de la jalousie d'un homme sur le cœur de la femme qu'il aime. De la part d'un amoureux qui ennuie, la jalousie doit inspirer un souverain dégoût qui va même jusqu'à la haine, si le jalousé est plus aimable que le jaloux, car l'on ne veut de la jalousie que de ceux dont on pourrait être jalouse, disait Mme de Coulanges.

Si l'on aime le jaloux et qu'il n'ait pas de droits, la jalousie peut choquer cet orgueil féminin si difficile à ménager et à reconnaître. La jalousie peut plaire aux femmes qui ont de la fierté, comme une manière nouvelle de leur montrer leur pouvoir.

---

* Exemple, l'amour d'Alfieri pour cette grande dame anglaise (milady Ligonier), qui faisait aussi l'amour avec son laquais, et qui signait si plaisamment *Pénélope. Vita*, II.

La jalousie peut plaire comme une manière nouvelle de prouver l'amour. La jalousie peut choquer la pudeur d'une femme ultra-délicate.

La jalousie peut plaire comme montrant la bravoure de l'amant : *ferrum amant*[2]. Notez bien que c'est la bravoure qu'on aime, et non pas le courage à la Turenne, qui peut fort bien s'allier avec un cœur froid.

Une des conséquences du principe de la cristallisation, c'est qu'une femme ne doit jamais dire *oui* à l'amant qu'elle a trompé si elle veut jamais faire quelque chose de cet homme.

Tel est le plaisir de continuer à jouir de cette image parfaite que nous nous sommes formée de l'objet qui nous engage, que jusqu'à ce *oui* fatal,

> *L'on va chercher bien loin, plutôt que de mourir,*
> *Quelque prétexte ami pour vivre et pour souffrir*
>
> ANDRÉ CHÉNIER.

On connaît en France l'anecdote de Mlle de Sommery, qui, surprise en flagrant délit par son amant, lui nie le fait hardiment, et, comme l'autre se récrie :

— **Ah!** je vois bien, lui dit-elle, que vous ne m'aimez plus; vous croyez plus ce que vous voyez que ce que je vous dis[3].

Se réconcilier avec une maîtresse adorée qui vous a fait une infidélité, c'est se donner à défaire à coups de poignard une cristallisation sans cesse renaissante. Il faut que l'amour meure, et votre cœur sentira avec d'affreux déchirements tous les pas de son agonie. C'est une des combinaisons les plus malheureuses de cette passion et de la vie; il faudrait avoir la force de ne se réconcilier que comme ami.

CHAPITRE XXXVII

ROXANE

Quant à la jalousie chez les femmes, elles sont méfiantes, elles risquent infiniment plus que nous, elles ont plus sacrifié à l'amour, elles ont beaucoup moins de moyens de distractions, elles en ont beaucoup moins surtout de vérifier les actions de leur amant. Une femme se sent avilie par la jalousie, elle a l'air de courir après un homme, elle se croit la risée de son amant et qu'il se moque surtout de ses plus tendres transports, elle doit pencher à la cruauté, et cependant elle ne peut tuer légalement sa rivale.

Chez les femmes la jalousie doit donc être un mal encore plus abominable, s'il se peut, que chez les hommes. C'est tout ce que le cœur humain peut supporter de rage impuissante et de mépris de soi-même *, sans se briser.

Je ne connais d'autre remède à un mal si cruel que la mort de qui l'inspire ou de qui l'éprouve. On peut voir la jalousie française dans l'histoire de Mme de la Pommeraye de *Jacques le Fataliste*.

La Rochefoucauld dit : « On a honte d'avouer qu'on a de la jalousie, et l'on se fait honneur d'en avoir eu et d'être capable d'en avoir **. » Les pauvres femmes n'osent pas même avouer qu'elles ont éprouvé ce supplice cruel, tant il leur donne de ridicule. Une plaie si douloureuse ne doit jamais se cicatriser entièrement.

Si la froide raison pouvait s'exposer au feu de l'imagina-

---

* Ce mépris est une des grandes causes du suicide ; on se tue pour se faire réparation d'honneur.

** Pensée 495. On aura reconnu, sans que je l'ai marqué à chaque fois, plusieurs autres pensées d'écrivains célèbres.

C'est de l'histoire que je cherche d'écrire, et de telles pensées sont des faits.

tion avec l'ombre de l'apparence du succès, je dirais aux
pauvres femmes malheureuses par jalousie : « Il y a une
grande distance entre l'infidélité chez les hommes et chez
vous. Chez vous cette action est en partie *action directe*,
en partie *signe*. Par l'effet de notre éducation d'école
militaire, elle n'est signe de rien chez l'homme. Par l'effet
de la pudeur, elle est au contraire le plus décisif de tous les
signes de dévouement chez la femme. Une mauvaise
habitude en fait comme une nécessité aux hommes.
Durant toute la première jeunesse, l'exemple de ce qu'on
appelle les *grands* au collège, fait que nous mettons toute
notre vanité, toute la preuve de notre mérite, dans le
nombre des succès de ce genre. Votre éducation à vous
agit dans le sens inverse. »

Quant à la valeur d'une action comme *signe*, dans un
mouvement de colère, je renverse une table sur le pied de
mon voisin, cela lui fait un mal du diable, mais peut fort
bien s'arranger, ou bien je fais le geste de lui donner un
soufflet.

La différence de l'infidélité dans les deux sexes est si
réelle, qu'une femme passionnée peut pardonner une
infidélité, ce qui est impossible à un homme.

Voici une expérience décisive pour faire la différence de
l'amour-passion et de l'amour *par pique ;* chez les femmes
l'infidélité tue presque l'un et redouble l'autre.

Les femmes fières dissimulent leur jalousie par orgueil.
Elles passent de longues soirées silencieuses et froides,
avec cet homme qu'elles adorent, qu'elles tremblent de
perdre, et aux yeux duquel elles se voient peu aimables.
Ce doit être un des plus grands supplices possibles, c'est
aussi une des sources les plus fécondes de malheur en
amour. Pour guérir ces femmes, si dignes de tout notre
respect, il faut dans l'homme quelque démarche bizarre et
forte, et surtout qu'il n'ait pas l'air de voir ce qui se passe.
Par exemple, un grand voyage avec elles entrepris en
vingt-quatre heures.

CHAPITRE XXXVIII

DE LA PIQUE* D'AMOUR-PROPRE

La pique est un mouvement de la vanité ; je ne veux pas que mon antagoniste l'emporte sur moi, et *je prends cet antagoniste lui-même pour juge de mon mérite.* Je veux faire effet sur son cœur. C'est pour cela qu'on va beaucoup au-delà de ce qui est raisonnable.

Quelquefois pour justifier sa propre extravagance, l'on en vient au point de se dire que ce compétiteur a la prétention de nous faire sa dupe.

La *pique* étant une *maladie de l'honneur,* est beaucoup plus fréquente dans les monarchies, et ne doit se montrer que bien plus rarement dans les pays où règne l'habitude d'apprécier les actions par leur degré d'utilité, aux Etats-Unis d'Amérique, par exemple.

Tout homme, et un Français plus qu'un autre, abhorre d'être pris pour dupe ; cependant la légèreté de l'ancien caractère monarchique français ** empêchait la *pique* de faire de grands ravages autre part que dans la galanterie ou l'amour-goût. La pique ne produisait des noirceurs remarquables que dans les monarchies où, par le climat, le caractère est plus sombre (le Portugal, le Piémont).

Les provinciaux, en France, se font un modèle ridicule de ce que doit être dans le monde la considération d'un galant homme, et puis ils se mettent à l'affût, et sont là

---

* Je sais que ce mot n'est pas trop français en ce sens, mais je ne trouve pas a le remplacer.

En italien *puntiglio*, en anglais *pique*.

** Les trois quarts des grands seigneurs français, vers 1778, auraient été dans le cas d'être r[epris] de j[ustice], dans un pays ou les lois auraient été exécutées sans accep; on de personnes.

toute leur vie à observer si personne ne saute le fossé. Ainsi, plus de naturel, ils sont toujours piqués et cette manie donne du ridicule même à leur amour. C'est après l'envie ce qui rend le plus insoutenable le séjour des petites villes et c'est ce qu'il faut se dire lorsqu'on admire la situation pittoresque de quelqu'une d'elles. Les émotions les plus généreuses et les plus nobles sont paralysées par le contact de ce qu'il y a de plus bas dans les produits de la civilisation. Pour achever de se rendre affreux, ces bourgeois ne parlent que de la corruption des grandes villes *.

La pique ne peut pas exister dans l'amour-passion, elle est de l'orgueil féminin : « Si je me laisse malmener par mon amant, il me méprisera et ne pourra plus m'aimer »; ou elle est la jalousie avec toutes ses fureurs.

La jalousie veut la mort de l'objet qu'elle craint. L'homme piqué est bien loin de là, il veut que son ennemi vive et surtout soit témoin de son triomphe.

L'homme piqué verrait avec peine son rival renoncer à la concurrence, car cet homme peut avoir l'insolence de se dire au fond du cœur : « Si j'eusse continué à m'occuper de cet objet, je l'eusse emporté sur lui. »

Dans la *pique*, on n'est nullement occupé du but apparent, il ne s'agit que de la victoire. C'est ce que l'on voit bien dans les amours des filles de l'Opéra; si vous éloignez la rivale, la prétendue passion, qui allait jusqu'à se jeter par la fenêtre, tombe à l'instant.

L'amour par pique passe en un moment, au contraire de l'amour-passion. Il suffit que, par une démarche irréfragable, l'antagoniste avoue renoncer à la lutte. J'hésite cependant à avancer cette maxime, je n'en ai qu'un exemple, et qui me laisse des doutes. Voici le fait, le lecteur jugera. Doña Diana est une jeune personne de

---

* Comme ils se font la police les uns sur les autres, par envie, pour ce qui regarde l'amour, il y a moins d'amour en province et plus de libertinage. L'Italie est plus heureuse.

vingt-trois ans. fille d'un des plus riches et des plus fiers bourgeois de Séville. Elle est belle sans doute, mais d'une beauté marquée, et on lui accorde infiniment d'esprit et encore plus d'orgueil. Elle aimait passionnément, du moins en apparence, un jeune officier dont sa famille ne voulait pas. L'officier part pour l'Amérique avec Morillo[1]; ils s'écrivaient sans cesse. Un jour, chez la mère de Doña Diana, au milieu de beaucoup de monde, un sot annonce la mort de cet aimable jeune homme. Tous les yeux se tournent sur elle, elle ne dit que ces mots :

— *C'est dommage, si jeune!*

Nous avions justement lu, ce jour-là, une pièce du vieux Massinger, qui se termine d'une manière tragique, mais dans laquelle l'héroïne prend avec cette tranquillité apparente la mort de son amant. Je voyais la mère frémir malgré son orgueil et sa haine; le père sortit pour cacher sa joie. Au milieu de tout cela et des spectateurs interdits, et faisant des yeux au sot narrateur, Doña Diana, la seule tranquille, continua la conversation comme si de rien n'était. Sa mère effrayée la fit observer par sa femme de chambre, il ne parut rien de changé dans sa manière d'être.

Deux ans après, un jeune homme très beau lui fait la cour. Encore cette fois, et toujours par la même raison, parce que le prétendant n'était pas noble, les parents de Doña Diana s'opposent violemment à ce mariage; elle déclare qu'il se fera. Il s'établit une pique d'amour-propre entre la jeune fille et son père. On interdit au jeune homme l'entrée de la maison. On ne conduit plus Doña Diana à la campagne et presque plus à l'église; on lui ôte avec un soin recherché tous les moyens possibles de rencontrer son amant. Lui se déguise et la voit en secret à de longs intervalles. Elle s'obstine de plus en plus et refuse les partis les plus brillants, même un titre et un grand établissement à la cour de Ferdinand VII. Toute la ville parle des malheurs de ces amants et de leur constance héroïque. Enfin, la majorité de Doña Diana approche ; elle fait entendre à son père qu'elle va jouir du droit de disposer d'elle-même. La famille forcée dans ses derniers retranchements, commence les négociations du mariage ; quand il est à moitié conclu, dans une réunion officielle des deux familles, après six années de constance, le jeune homme refuse Doña Diana *.

Un quart d'heure après il n'y paraissait plus. Elle était consolée ; aimait-elle par pique ? ou est-ce une grande âme qui dédaigne de se donner, avec sa douleur, en spectacle au monde ?

Souvent l'amour-passion ne peut arriver, dirai-je, au bonheur, qu'en faisant naître une *pique* d'amour-propre ; alors il obtient en apparence tout ce qu'il saurait désirer, ses plaintes seraient ridicules et paraîtraient insensées ; il ne peut pas faire confidence de son malheur, et cependant ce malheur il le touche et le vérifie sans cesse ; ses preuves sont entrelacées, si je puis ainsi dire, avec les circonstances les plus flatteuses et les plus faites pour donner des illusions ravissantes. Ce malheur vient présenter sa tête hideuse dans les moments les plus tendres, comme pour braver l'amant et lui faire sentir à la fois, et tout le bonheur d'être aimé de l'être charmant et insensible qu'il serre dans ses bras, et que ce bonheur ne sera jamais rien. C'est peut-être après la jalousie le malheur le plus cruel.

On se souvient encore, dans une grande ville **, d'un homme doux et tendre, entraîné par une rage de cette espèce, à donner la mort à sa maîtresse qui ne l'aimait que par pique contre sa sœur. Il l'engagea un soir à aller se promener sur mer en tête-à-tête, dans un joli canot qu'il avait préparé lui-même ; arrivé en haute mer, il touche un ressort, le canot s'ouvre et disparaît pour toujours.

---

* Il y a chaque année plusieurs exemples de femmes abandonnées aussi vilainement, et je pardonne la défiance aux femmes honnêtes. — Mirabeau, *Lettres à Sophie* [2]. L'opinion est sans force dans les pays despotiques : il n'y a de réel que l'amitié du pacha.

** Livourne, 1819 [3].

J'ai vu un homme de soixante ans se mettre à entretenir l'actrice la plus capricieuse, la plus folle, la plus aimable, la plus étonnante du théâtre de Londres, miss Cornel[4].

— Et vous prétendez qu'elle vous soit fidèle? lui disait-on.

— Pas le moins du monde; seulement elle m'aimera, et peut-être à la folie.

Et elle l'a aimé un an entier, et souvent à en perdre la raison; et elle a été jusqu'à trois mois de suite sans lui donner de sujets de plainte. Il avait établi une pique d'amour-propre choquante, sous beaucoup de rapports, entre sa maîtresse et sa fille.

La *pique* triomphe dans l'amour-goût, dont elle fait le destin. C'est l'expérience par laquelle on différencie le mieux l'amour-goût de l'amour-passion. C'est une vieille maxime de guerre que l'on dit aux jeunes gens, lorsqu'ils arrivent au régiment, que si l'on a un billet de logement pour une maison où il y a deux sœurs, et que l'on veuille être aimé de l'une d'elles, il faut faire la cour à l'autre. Auprès de la plupart des femmes espagnoles jeunes, et qui font l'amour, si vous voulez être aimé, il suffit d'afficher de bonne foi et avec modestie que vous n'avez rien dans le cœur pour la maîtresse de la maison. C'est de l'aimable général Lassale[5] que je tiens cette maxime utile. C'est la manière la plus dangereuse d'attaquer l'amour-passion.

La pique d'amour-propre fait le lien des mariages les plus heureux, après ceux que l'amour a formés. Beaucoup de maris s'assurent pour de longues années l'amour de leur femme, en prenant une petite maîtresse deux mois après le mariage*. On fait naître l'habitude de ne penser qu'à un seul homme, et les liens de famille viennent la rendre invincible.

Si dans le siècle et à la cour de Louis XV, l'on a vu une grande dame (Mme de Choiseul) adorer son mari**, c'est

---

* Voir les *Confessions d'un homme singulier* (conte de Mrs. Opie[6]).
** *Lettres* de Mme du Deffand, *Mémoires* de Lauzun.

qu'il paraissait avoir un intérêt vif pour sa sœur la duchesse de Gramont.

La maîtresse la plus négligée, dès qu'elle nous fait voir qu'elle préfère un autre homme, nous ôte le repos, et jette dans notre cœur toutes les apparences de la passion.

Le courage de l'Italien est un accès de colère, le courage de l'Allemand un moment d'ivresse, le courage de l'Espagnol un trait d'orgueil. S'il y avait une nation où le courage fût souvent une pique d'amour-propre entre les soldats de chaque compagnie, entre les régiments de chaque division, dans les déroutes comme il n'y aurait plus de point d'appui l'on ne saurait comment arrêter les armées de cette nation. Prévoir le danger et chercher à y porter remède serait le premier des ridicules parmi ces fuyards vaniteux.

« Il ne faut qu'avoir ouvert une relation quelconque d'un voyage chez les sauvages de l'Amérique-Nord, dit un des plus aimables philosophes français [*], pour savoir que le sort ordinaire des prisonniers de guerre est, non pas seulement d'être brûlés vifs et mangés, mais d'être auparavant liés à un poteau près d'un bûcher enflammé, pour y être pendant plusieurs heures tourmentés par tout ce que la rage peut imaginer de plus féroce et de plus raffiné. Il faut lire ce que racontent de ces affreuses scènes les voyageurs témoins de la joie cannibale des assistants, et surtout de la fureur des femmes et des enfants, et de leur plaisir atroce à rivaliser de cruauté. Il faut voir ce qu'ils ajoutent de la fermeté héroïque, du sang-froid inaltérable du prisonnier qui non seulement ne donne aucun signe de douleur, mais qui brave et défie ses bourreaux par tout ce que l'orgueil a de plus hautain, l'ironie de plus amer, le sarcasme de plus insultant ; chantant ses propres exploits, énumérant les parents, les amis des spectateurs qu'il a tués, détaillant les supplices qu'il leur a fait souffrir, et

[*] Volney, *Tableau des Etats-Unis d'Amérique*, p. 491-496.

accusant tous ceux qui l'entourent de lâcheté, de pusillanimité, d'ignorance à savoir tourmenter, jusqu'à ce que,
tombant en lambeaux et dévoré vivant sous ses propres
yeux, par ses ennemis enivrés de fureur, le dernier souffle
de sa voix et sa dernière injure s'exhalent avec sa vie*.
Tout cela serait incroyable chez les nations civilisées,
paraîtra une fable à nos capitaines de grenadiers les plus
intrépides, et sera un jour révoqué en doute par la
postérité. »

Ce phénomène physiologique tient à un état particulier
de l'âme du prisonnier qui établit entre lui, d'un côté, et
tous ses bourreaux, de l'autre, une lutte d'amour-propre,
une gageure de vanité à qui ne cédera pas.

Nos braves chirurgiens militaires ont souvent observé
que des blessés qui, dans un état calme d'esprit et de sens,
auraient poussé les hauts cris durant certaines opérations,
ne montrent, au contraire, que calme et grandeur d'âme,
s'ils sont préparés d'une certaine manière. Il s'agit de les
piquer d'honneur ; il faut prétendre, d'abord avec ménage-
ment, puis avec contradiction irritante, qu'ils ne sont pas
en état de supporter l'opération sans jeter des cris.

CHAPITRE XXXIX

DE L'AMOUR A QUERELLES

Il y en a deux espèces :
1º Celui où le querellant aime ;
2º Celui où il n'aime pas.

Si l'un des deux amants est trop supérieur dans les
avantages qu'ils estiment tous les deux, il faut que l'amour

---

* Un être accoutumé à un tel spectacle, et qui se sent exposé à en être le
héros, peut n'être attentif qu'à la grandeur d'âme, et alors ce spectacle est
le plus intime et le premier des plaisirs non actifs.

de l'autre meure, car la crainte du mépris viendra tôt ou tard arrêter tout court la cristallisation.

Rien n'est odieux aux gens médiocres comme la supériorité de l'esprit : c'est là, dans le monde de nos jours, la source de la haine ; et si nous ne devons pas à ce principe, des haines atroces, c'est uniquement que les gens qu'il sépare ne sont pas obligés de vivre ensemble. Que sera-ce dans l'amour où tout étant naturel, surtout de la part de l'être supérieur, la supériorité n'est masquée par aucune précaution sociale ?

Pour que la passion puisse vivre, il faut que l'inférieur maltraite son partner, autrement celui-ci ne pourra pas fermer une fenêtre sans que l'autre ne se croie offensé.

Quant à l'être supérieur il se fait illusion, et l'amour qu'il sent, non seulement ne court aucun risque, mais presque toutes les faiblesses, dans ce que nous aimons, nous le rendent plus cher.

Immédiatement après l'amour-passion et payé de retour, entre gens de la même portée, il faut placer, pour la durée, l'*amour à querelles,* où le querellant n'aime pas. On en trouvera des exemples dans les anecdotes relatives à la duchesse de Berry (*Mémoires de Duclos*).

Participant à la nature des habitudes froides fondées sur le côté prosaïque et égoïste de la vie et compagnes inséparables de l'homme jusqu'au tombeau, cet amour peut durer plus longtemps que l'amour-passion lui-même. Mais ce n'est plus l'amour, c'est une habitude occasionnée par l'amour, et qui n'a de cette passion que les souvenirs et le plaisir physique. Cette habitude suppose nécessairement des âmes moins nobles. Chaque jour il se forme un petit drame : « Me grondera-t-il ? » qui occupe l'imagination ; comme dans l'amour-passion chaque jour on avait besoin de quelque nouvelle preuve de tendresse. Voir les anecdotes sur Mme d'H[oudetot] et Saint-Lambert *.

---

* *Mémoires* de Mme d'Epinay, je crois, ou de Marmontel.

Il est possible que l'orgueil refuse de s'habituer à ce genre d'intérêt ; alors, après quelques mois de tempêtes, l'orgueil tue l'amour. Mais on voit cette noble passion résister longtemps avant d'expirer. Les petites querelles de l'amour heureux, font longtemps illusion à un cœur qui aime encore, et qui se voit maltraité. Quelques raccommodements tendres peuvent rendre la transition plus supportable. Sous le prétexte de quelque chagrin secret, de quelque malheur de fortune, l'on excuse l'homme qu'on a beaucoup aimé ; on s'habitue enfin à être querellée. Où trouver, en effet, hors de l'amour-passion, hors du jeu, hors de la possession du pouvoir * quelque autre source d'intérêt de tous les jours, comparable à celle-là, pour la vivacité ? Si le querellant vient à mourir, on voit la victime qui survit ne se consoler jamais. Ce principe fait le lien de beaucoup de mariages bourgeois ; le grondé s'entend parler toute la journée de ce qu'il aime le mieux.

Il y a une fausse espèce d'amour à querelles. J'ai pris dans une lettre d'une femme d'infiniment d'esprit le chapitre XXXIII :

« Toujours un petit doute à calmer, voilà ce qui fait la soif de tous les instants de l'amour-passion... Comme la crainte la plus vive ne l'abandonne jamais, ses plaisirs ne peuvent jamais ennuyer. »

Chez les gens bourrus ou mal élevés, ou d'un naturel extrêmement violent, ce petit doute à calmer, cette crainte légère se manifestent par une querelle.

Si la personne aimée n'a pas l'extrême susceptibilité, fruit d'une éducation soignée, elle peut trouver plus de vivacité, et par conséquent plus d'agrément, dans un amour de cette espèce ; et même, avec toute la délicatesse possible, si l'on voit le *furieux*, première victime de ses

---

* Quoi qu'en disent certains ministres hypocrites, le pouvoir est le premier des plaisirs. Il me semble que l'amour seul peut l'emporter, et l'amour est une maladie heureuse qu'on ne peut se procurer comme un ministère.

transports, il est bien difficile de ne pas l'en aimer davantage. Ce que lord Mortimer regrette peut-être le plus dans sa maîtresse, ce sont les chandeliers qu'elle lui jetait à la tête. En effet, si l'orgueil pardonne, et admet de telles sensations, il faut convenir qu'elles font une cruelle guerre à l'ennui, ce grand ennemi des gens heureux.

Saint-Simon [1], l'unique historien qu'ait eu la France, dit (tome V. p. 43) :

« Après maintes passades, la duchesse de Berry s'était éprise, tout de bon, de Rions, cadet de la maison d'Aydie, fils d'une sœur de Mme de Biron. Il n'avait ni figure, ni esprit ; c'était un gros garçon, court, joufflu et pâle, qui, avec beaucoup de bourgeons, ne ressemblait pas mal à un abcès ; il avait de belles dents et n'avait pas imaginé causer une passion qui, en moins de rien, devint effrénée, et qui dura toujours, sans néanmoins empêcher les passades et les goûts de traverse ; il n'avait rien vaillant, mais force frères et sœurs qui n'en avaient pas davantage. M. et Mme de Pons, dame d'atour de Mme la duchesse de Berry, étaient de leurs parents et de la même province ; ils firent venir le jeune homme, qui était lieutenant de dragons, pour tâcher d'en faire quelque chose. A peine fut-il arrivé, que le goût se déclara, et il fut le maître au Luxembourg.

« M. de Lauzun, dont il était petit-neveu, en riait sous cape ; il était ravi, et se voyait renaître en lui, au Luxembourg, du temps de Mademoiselle ; il lui donnait des instructions, et Rions, qui était doux et naturellement poli et respectueux, bon et honnête garçon, les écoutait ; mais bientôt il sentit le pouvoir de ses charmes, qui ne pouvaient captiver que l'incompréhensible fantaisie de cette princesse. Sans en abuser avec autre personne, il se fit aimer de tout le monde ; mais il traita sa duchesse comme M. de Lauzun avait traité Mademoiselle. Il fut bientôt paré des plus riches dentelles, des plus riches habits, muni d'argent, de boucles, de joyaux ; il se faisait

désirer, se plaisait à donner de la jalousie à la princesse, et
à paraître jaloux lui-même ; souvent il la faisait pleurer ;
peu à peu il la mit sur le pied de ne rien faire sans sa
permission, pas même les choses indifférentes : tantôt
prête à sortir pour aller à l'Opéra, il la faisait demeurer ;
d'autre fois il l'y faisait aller malgré elle ; il l'obligeait à
faire du bien à des dames qu'elle n'aimait point, ou dont
elle était jalouse, et du mal à des gens qui lui plaisaient, et
dont il faisait le jaloux. Jusqu'à sa parure, elle n'avait pas
la moindre liberté ; il se divertissait à la faire décoiffer, ou
à lui faire changer d'habits, quand elle était toute prête, et
cela si souvent, et quelquefois si publiquement, qu'il
l'avait accoutumée, le soir, à prendre ses ordres pour la
parure et l'occupation du lendemain, et le lendemain il
changeait tout, et la princesse pleurait tant et plus ; enfin
elle en était venue à lui envoyer des messages par des
valets affidés, car il logea presque en arrivant au Luxembourg ; et les messages se réitéraient plusieurs fois pendant
sa toilette pour savoir quels rubans elle mettrait, et ainsi
de l'habit et des autres parures, et presque toujours il lui
faisait porter ce qu'elle ne voulait point. Si quelquefois elle
osait se licencier à la moindre chose sans son congé, il la
traitait comme une servante, et les pleurs duraient souvent
plusieurs jours.

« Cette princesse si superbe, et qui se plaisait tant à
montrer et à exercer le plus démesuré orgueil, s'avilit à
faire des repas obscurs avec lui et avec des gens sans aveu ;
elle avec qui nul ne pouvait manger s'il n'était prince du
sang. Le jésuite Riglet, qu'elle avait connu enfant, et qui
l'avait cultivée, était admis dans ces repas particuliers, sans
qu'il en eût honte, ni que la duchesse en fût embarrassée :
Mme de Mouchy était la confidente de toutes ces étranges
particularités ; elle et Rions mandaient les convives et
choisissaient les jours. Cette dame raccommodait les
amants, et cette vie était toute publique au Luxembourg,
où tout s'adressait à Rions, qui de son côté avait soin de

bien vivre avec tous, et avec un air de respect qu'il refusait, en public, à sa seule princesse. Devant tous, il lui faisait des réponses brusques qui faisaient baisser les yeux aux présents, et rougir la duchesse, qui ne contraignait point ses manières passionnées pour lui. »

Rions était pour la duchesse un remède souverain à l'ennui.

Une femme célèbre[2] dit tout à coup au général Bonaparte, alors jeune héros couvert de gloire et sans crimes envers la liberté :

— Général, une femme ne peut être que votre épouse ou votre sœur.

Le héros ne comprit pas le compliment ; l'on s'en est vengé par de belles injures. Ces femmes-là aiment à être méprisées par leur amant, elles ne l'aiment que cruel.

CHAPITRE XXXIX *bis*

REMÈDES A L'AMOUR

Le saut de Leucade[1] était une belle image dans l'antiquité. En effet, le remède à l'amour est presque impossible. Il faut non seulement le danger qui rappelle fortement l'attention de l'homme au soin de sa propre conservation *, mais il faut, ce qui est bien plus difficile, la continuité d'un danger piquant, et que l'on puisse éviter par adresse, afin que l'habitude de penser à sa propre conservation ait le temps de naître. Je ne vois guère qu'une tempête de seize jours, comme celle de don Juan**, ou le naufrage de M. Cochelet parmi les Maures[3], autrement l'on prend bien vite l'habitude du péril, et

---

* Le danger de Henri Morton, dans la Clyde. *Old Mortality*, tome IV, page 224[2].

** Du trop vanté lord Byron.

même l'on se remet à songer à ce qu'on aime, avec plus de charme encore, quand on est en vedette à vingt pas de l'ennemi.

Nous l'avons répété sans cesse : l'amour d'un homme qui aime bien *jouit* ou *frémit* de tout ce qu'il s'imagine, et il n'y a rien dans la nature qui ne lui parle de ce qu'il aime. Or jouir et frémir fait une occupation fort intéressante, et auprès de laquelle toutes les autres pâlissent.

Un ami qui veut procurer la guérison du malade doit d'abord être toujours du parti de la femme aimée, et tous les amis qui ont plus de zèle que d'esprit ne manquent pas de faire le contraire.

C'est attaquer, avec des forces trop ridiculement inégales, cet ensemble d'illusions charmantes que nous avons appelé autrefois cristallisations *.

L'ami guérisseur doit avoir devant les yeux que, s'il se présente une absurdité à croire, comme il faut pour l'amant ou la dévorer ou renoncer à tout ce qui l'attache à la vie, il la dévorera, et, avec tout l'esprit possible, niera dans sa maîtresse les vices les plus évidents et les infidélités les plus atroces. C'est ainsi que dans l'amour-passion, avec un peu de temps, tout se pardonne.

Dans les caractères raisonnables et froids, il faudra, pour que l'amant dévore les vices, qu'il ne les aperçoive qu'après plusieurs mois de passion **.

Bien loin de chercher grossièrement et ouvertement à distraire l'amant, l'ami guérisseur doit lui parler à satiété, et de son amour et de sa maîtresse, et, en même temps, faire naître sous ses pas une foule de petits événements. Quand le voyage *isole* il n'est pas remède ***, et même rien ne rappelle plus tendrement ce qu'on aime, que les contrastes. C'est au milieu des brillants salons de Paris, et

---

* Uniquement pour abréger, et en demandant pardon du mot nouveau.
** Mme Dornal et Serigny, *Confessions du Comte de ...*, de Duclos. Voir la note ***** de la page 52; mort du général Abdhallah, à Bologne.
*** J'ai pleuré presque tous les jours (Précieuses paroles du 10 juin[4]).

auprès des femmes vantées comme les plus aimables que j'ai le plus aimé ma pauvre maîtresse, solitaire et triste, dans son petit appartement, au fond de la Romagne*.

J'épiais sur la pendule superbe du brillant salon où j'étais exilé, l'heure où elle sort à pied, et par la pluie, pour aller voir son amie. C'est en cherchant à l'oublier que j'ai vu que les contrastes sont la source de souvenirs moins vifs, mais bien plus célestes que ceux que l'on va chercher aux lieux où jadis on l'a rencontrée.

Pour que l'absence soit utile, il faut que l'ami guérisseur soit toujours là, pour faire faire à l'amant toutes les réflexions possibles sur les événements de son amour, et qu'il tâche de rendre ses réflexions ennuyeuses, par leur longueur ou leur peu d'à-propos; ce qui leur donne l'effet de lieux communs : par exemple, être tendre et sentimental après un dîner égayé de bons vins.

S'il est si difficile d'oublier une femme auprès de laquelle on a trouvé le bonheur, c'est qu'il est certains moments que l'imagination ne peut se lasser de représenter et d'embellir.

Je ne dis rien de l'orgueil, remède cruel et souverain, mais qui n'est pas à l'usage des âmes tendres.

Les premières scènes du *Romeo* de Shakespeare, forment un tableau admirable : il y a loin de l'homme qui se dit tristement : « *She hath forsworn to love* [6] », à celui qui s'écrie au comble du bonheur : « *Come what sorrow can!* [7] »

CHAPITRE XXXIX *ter*

> *Her passion will die like a lamp for want of what the flame should feed upon.*
>
> *Lammermoor*, II, 116 [1].

L'ami guérisseur doit bien se garder des mauvaises raisons, par exemple de parler d'*ingratitude*. C'est ressusci-

---

* Salviati [5].

ter la cristallisation que de lui ménager une victoire et un nouveau plaisir.

Il ne peut pas y avoir d'ingratitude en amour; le plaisir actuel paye toujours, et au-delà, les sacrifices les plus grands, en apparences. Je ne vois pas d'autres torts possibles que le manque de franchise; il faut accuser juste l'état de son cœur.

Pour peu que l'ami guérisseur attaque l'amour de front, l'amant répond :

— Etre amoureux, même avec la colère de ce qu'on aime, ce n'en est pas moins, pour m'abaisser à votre style de marchand, avoir un billet à une loterie, dont le bonheur est à mille lieues au-dessus de tout ce que vous pouvez m'offrir, dans votre monde, d'indifférence et d'intérêt personnel. Il faut avoir beaucoup de vanité et de la bien petite pour être heureux parce qu'on vous reçoit bien. Je ne blâme point les hommes d'en agir ainsi dans leur monde. Mais, auprès de Léonore, je trouvais un monde où tout était céleste, tendre, généreux. La plus sublime et presque incroyable vertu de votre monde, dans nos entretiens, ne comptait que pour une vertu ordinaire et de tous les jours. Laissez-moi au moins rêver au bonheur de passer ma vie auprès d'un tel être. Quoique je voie bien que la calomnie m'a perdu et que je n'ai plus d'espoir, du moins je lui ferai le sacrifice de ma vengeance [2].

On ne peut guère arrêter l'amour que dans les commencements. Outre le prompt départ, et les distractions obligées du grand monde, comme dans le cas de la comtesse Kalenberg [3], il y a plusieurs petites ruses que l'ami guérisseur peut mettre en usage. Par exemple, il fera tomber sous vos yeux, comme par hasard, que la femme que vous aimez n'a pas pour vous, hors de ce qui fait l'objet de la guerre, les égards de politesse et d'estime qu'elle accordait à son rival. Les plus petites choses suffisent, car tout est *signe* en amour; par exemple, elle ne vous donne pas le bras pour monter à sa loge; cette

niaiserie, prise au tragique par un cœur passionné, liant
une humiliation à chaque jugement qui forme la cristallisation, empoisonne la source de l'amour, et peut le
détruire.

On peut faire accuser la femme qui se conduit mal avec
notre ami d'un défaut physique et ridicule, impossible à
vérifier; si l'amant pouvait vérifier la calomnie, même
quand il la trouverait fondée, elle serait rendue dévorable
par l'imagination, et bientôt il n'y paraîtrait pas. Il n'y a
que l'imagination qui puisse se résister à elle-même;
Henri III le savait bien quand il médisait de la célèbre
duchesse de Montpensier[4].

C'est donc l'imagination qu'il faut surtout garder chez
une jeune fille que l'on veut préserver de l'amour. Et
moins elle aura de vulgarité dans l'esprit, plus son âme
sera noble et généreuse, plus, en un mot, elle sera digne de
nos respects, plus grand sera le danger qu'elle court.

Il est toujours périlleux, pour une jeune personne, de
souffrir que ses souvenirs s'attachent d'une manière
répétée, et avec trop de complaisance, au même individu.
Si la reconnaissance, l'admiration, ou la curiosité, viennent
redoubler les liens du souvenir, elle est presque sûrement
sur le bord du précipice. Plus grand est l'ennui de la vie
habituelle, plus sont actifs les poisons nommés gratitude,
admiration, curiosité[5]. Il faut alors une rapide, prompte et
énergique distraction.

C'est ainsi qu'un peu de rudesse et de *non-curance* dans
le premier abord, si la drogue est administrée avec naturel,
est presque un sûr moyen de se faire respecter d'une
femme d'esprit.

LIVRE II

CHAPITRE XL

DES NATIONS PAR RAPPORT
À L'AMOUR DES TEMPÉRAMENTS
ET DES GOUVERNEMENTS

Tous les amours, toutes les imaginations, prennent dans les individus la couleur des six tempéraments [1] :

Le sanguin, ou le Français, ou M. de Francueil (*Mémoires* de Mme d'Epinay);

Le bilieux, ou l'Espagnol, ou Lauzun (Peguilhem des *Mémoires* de Saint-Simon);

Le mélancolique, ou l'Allemand, ou le don Carlos de Schiller;

Le flegmatique, ou le Hollandais;

Le nerveux, ou Voltaire;

L'athlétique, ou Milon de Crotone *.

Si l'influence des tempéraments se fait sentir dans l'ambition, l'avarice, l'amitié, etc., etc., que sera-ce dans l'amour qui a un mélange forcé de physique?

Supposons que tous les amours puissent se rapporter aux quatre variétés que nous avons notées :

Amour-passion, ou Julie d'Etanges [2].

Amour-goût, ou galanterie,

Amour-physique,

---

* Voir Cabanis, *Influence du physique*, etc.

Amour de vanité (une duchesse n'a jamais que trente ans pour un bourgeois).

Il faut faire passer ces quatre amours par les six variétés dépendantes des habitudes que les six tempéraments donnent à l'imagination. Tibère n'avait pas l'imagination folle de Henri VIII.

Faisons passer ensuite toutes les combinaisons que nous aurons obtenues par les différences d'habitudes dépendantes des gouvernements ou des caractères nationaux :

1º Le despotisme asiatique tel qu'on le voit à Constantinople ;

2º La monarchie absolue à la Louis XIV ;

3º L'aristocratie masquée par une charte, ou le gouvernement d'une nation au profit des riches, comme l'Angleterre, le tout suivant les règles de la morale biblique ;

4º La république fédérative ou le gouvernement au profit de tous, comme aux Etats-Unis d'Amérique ;

5º La monarchie constitutionnelle, ou... ;

6º Un état en révolution, comme l'Espagne, le Portugal, la France. Cette situation d'un pays donnant une passion vive à tout le monde, met du naturel dans les mœurs, détruit les niaiseries, les vertus de convention, les convenances bêtes *, donne du sérieux à la jeunesse, et lui fait mépriser l'amour de vanité et négliger la galanterie.

Cet état peut durer longtemps et former les habitudes d'une génération. En France il commença en 1788, fut interrompu en 1802, et recommença en 1815 pour finir Dieu sait quand.

Après toutes ces manières générales de considérer l'*amour*, on a les différences d'âge, et l'on arrive enfin aux particularités individuelles.

---

* Les souliers sans boucles du ministre Roland : « Ah ! Monsieur, tout est perdu », répond Dumouriez [1]. A la séance royale, le président de l'assemblée croise les jambes.

Par exemple on pourrait dire :

J'ai trouvé à Dresde, chez le comte Wolfstein[4], l'amour de vanité, le tempérament mélancolique, les habitudes monarchiques, l'âge de trente ans, et... les particularités individuelles.

Cette manière de voir les choses abrège et communique de la froideur à la tête de celui qui juge de l'amour, chose essentielle et fort difficile.

Or, comme en physiologie l'homme ne sait presque rien sur lui-même que par l'anatomie comparée, de même dans les passions, la vanité et plusieurs autres causes d'illusion font que nous ne pouvons être éclairés sur ce qui se passe dans nous que par les faiblesses que nous avons observées chez les autres. Si par hasard cet essai a un effet utile, ce sera de conduire l'esprit à faire de ces sortes de rapprochements. Pour engager à les faire, je vais essayer d'esquisser quelques traits généraux du caractère de l'amour chez les diverses nations.

Je prie qu'on me pardonne si je reviens souvent à l'Italie ; dans l'état actuel des mœurs de l'Europe, c'est le seul pays où croisse en liberté la plante que je décris. En France, la vanité ; en Allemagne, une prétendue philosophie folle à mourir de rire ; en Angleterre, un orgueil timide, souffrant, rancunier, la torturent, l'étouffent ou lui font prendre une direction baroque *.

* On ne se sera que trop aperçu que ce traité est fait de morceaux écrits à mesure que Lisio Visconti voyait les anecdotes se passer sous ses yeux, dans ses voyages. L'on trouve toutes ces anecdotes contées au long dans le journal de sa vie ; peut-être aurais-je dû les insérer, mais on les eût trouvées peu convenables. Les notes les plus anciennes portent la date de Berlin, 1807, et les dernières sont de quelques jours avant sa mort, juin 1819[5]. Quelques dates ont été altérées exprès pour n'être pas indiscret ; mais à cela se bornent tous mes changements : je ne me suis pas cru autorisé à refondre le style. Ce livre a été écrit en cent lieux divers, puisse-t-il être lu de même.

CHAPITRE XLI

DE LA FRANCE

Je cherche à me dépouiller de mes affections et à n'être qu'un froid philosophe.

Formées par les aimables Français qui n'ont que de la vanité et des désirs physiques, les femmes françaises sont des êtres moins agissants, moins énergiques, moins redoutés, et surtout moins aimés et moins puissants que les femmes espagnoles et italiennes.

Une femme n'est puissante que par le degré de malheur dont elle peut punir son amant; or, quand on n'a que de la vanité, toute femme est utile, aucune n'est nécessaire; le succès flatteur est de conquérir, et non de conserver. Quand on n'a que des désirs physiques, on trouve les filles, et c'est pourquoi les filles de France sont charmantes, et celles d'Espagne fort mal. En France les filles peuvent donner à beaucoup d'hommes autant de bonheur que les femmes honnêtes, c'est-à-dire du bonheur sans amour, et il y a toujours une chose qu'un Français respecte plus que sa maîtresse, c'est sa vanité.

Un jeune homme de Paris prend dans une maîtresse une sorte d'esclave, destinée surtout à lui donner des jouissances de vanité. Si elle résiste aux ordres de cette passion dominante, il la quitte et n'en est que plus content de lui en disant à ses amis avec quelle supériorité de manières, avec quel piquant de procédés il l'a plantée là.

Un Français qui connaissait bien son pays (Meilhan) dit :

« En France les grandes passions sont aussi rares que les grands hommes [1]. »

La langue manque de termes pour dire combien est

impossible pour un Français le rôle d'amant quitté, et au désespoir, au vu et au su de toute une ville. Rien de plus commun à Venise ou à Bologne.

Pour trouver l'amour à Paris, il faut descendre jusqu'aux classes dans lesquelles l'absence de l'éducation et de la vanité et la lutte avec les vrais besoins ont laissé plus d'énergie.

Se laisser voir avec un grand désir non satisfait, c'est laisser voir *soi inférieur*, chose impossible en France, si ce n'est pour les gens au-dessous de tout; c'est prêter le flanc à toutes les mauvaises plaisanteries possibles; de là les louanges exagérées des filles, dans la bouche des jeunes gens qui redoutent leur cœur. L'appréhension extrême et grossière de laisser voir *soi inférieur* fait le principe de la conversation des gens de province. N'en a-t-on pas vu un dernièrement qui, en apprenant l'assassinat de monseigneur le duc de Berry, a répondu :

— *Je le savais* *.

Au moyen age, la présence du danger *trempait* les cœurs, et c'est là, si je ne me trompe, la seconde cause de l'étonnante supériorité des hommes du XVIᵉ siècle [2]. L'originalité qui est chez nous rare, ridicule, dangereuse, et souvent affectée, était alors commune et sans fard. Les pays où le danger montre encore souvent sa main de fer, comme la Corse **, l'Espagne, l'Italie, peuvent encore

---

* Historique. Plusieurs, quoique fort curieux, sont choqués d'apprendre des nouvelles : ils redoutent de paraître inférieurs à celui qui les leur donne.

** *Mémoire* de M. Réalier-Dumas. La Corse, qui par sa population, cent quatre-vingt mille âmes, ne formerait pas la moitié de la plupart des départements français, a donné, dans ces derniers temps, Salicetti, Pozzo di Borgo, le général Sébastiani, Cervoni, Abatucci, Lucien et Napoléon Bonaparte, Arena. Le département du Nord, qui a neuf cent mille habitants, est loin d'une pareille liste. C'est qu'en Corse chacun, en sortant de chez soi, peut rencontrer un coup de fusil ; et le Corse, au lieu de se soumettre en vrai chrétien, cherche à se défendre et surtout à se venger. Voilà comment se fabriquent les âmes à la Napoléon. Il y a loin de là à un palais garni de menins et de chambellans, et à Fénelon obligé de raisonner son respect pour *monseigneur*, parlant à monseigneur lui-même âgé de douze ans. Voir les ouvrages de ce grand écrivain.

donner de grands hommes. Dans ces climats où une chaleur brûlante exalte la bile pendant trois mois de l'année, ce n'est que la *direction* du ressort qui manque ; à Paris, j'ai peur que ce soit le *ressort* lui-même *.

Beaucoup de nos jeunes gens, si braves d'ailleurs à Montmirail [3] ou au bois de Boulogne, ont peur d'aimer, et c'est réellement par pusillanimité qu'on les voit à vingt ans fuir la vue d'une jeune fille qu'ils ont trouvée jolie. Quand ils se rappellent ce qu'ils ont lu dans les romans qu'il est *convenable* qu'un amant fasse, ils se sentent glacés. Ces âmes froides ne conçoivent pas que l'orage des passions, en formant les ondes de la mer, enfle les voiles du vaisseau et lui donne la force de les surmonter.

L'amour est une fleur délicieuse, mais il faut avoir le courage d'aller la cueillir sur les bords d'un précipice affreux. Outre le ridicule, l'amour voit toujours à ses côtés le désespoir d'être quitté par ce qu'on aime, et il ne reste plus qu'un *dead blank* [4] pour tout le reste de la vie.

La perfection de la civilisation serait de combiner tous les plaisirs délicats du XIXe siècle avec la présence plus fréquente du danger **. Il faudrait que les jouissances de

---

* A Paris, pour être bien, il faut faire attention à un million de petites choses. Cependant voici une objection très forte. L'on compte beaucoup plus de femmes qui se tuent par amour, à Paris, que dans toutes les villes d'Italie ensemble. Ce fait m'embarrasse beaucoup ; je ne sais qu'y répondre pour le moment, mais il ne change pas mon opinion. Peut-être que la mort paraît peu de chose dans ce moment aux Français, tant la vie ultra-civilisée est ennuyeuse, ou plutôt on se brûle la cervelle outré d'un malheur de vanité.

** J'admire les mœurs du temps de Louis XIV : on passait sans cesse, et en trois jours, des salons de Marly aux champs de bataille de Senef et de Ramillies. Les épouses, les mères, les amantes, étaient dans des transes continuelles. Voir les lettres de Mme de Sévigné. La présence du danger avait conservé dans la langue, seule image ressemblante qui nous reste de ces temps-là (à cause de la règle de la dignité dans la littérature), avait conservé, dis-je, une énergie et une franchise que nous n'oserions plus hasarder aujourd'hui ; moi, homme, je suis obligé de supprimer ici, dans un livre d'idéologie, ce qui tombe souvent sous la plume de Mme de Sévigné. Mais aussi M. de Lameth tuait l'amant de sa femme. Si un Walter Scott nous faisait un roman du temps de Louis XIV, nous serions bien étonnés.

la vie privée pussent être augmentées à l'infini en s'exposant souvent au danger[5]. Jusque-là nous serons tout ébahis de voir sortir de nos maisons d'éducation de Paris où les maîtres les plus distingués enseignent, suivant des méthodes parfaites, l'état le plus avancé des sciences, des dandys, des espèces de jocrisses qui ne savent que bien mettre leur cravate et se battre avec élégance au bois de Boulogne. Mais l'étranger vient-il souiller de sa présence les foyers de la patrie : en France, on crée des routes, et en Espagne des *guerillas*.

Si je voulais faire de mon fils un homme qui fasse sa fortune, un coquin énergique et adroit qui se pousse dans le monde par ses talents, je le ferais élever à Rome, où pourtant, au premier coup d'œil, l'on ne voit que des pédants enseignant des sottises.

CHAPITRE XLII

SUITE DE LA FRANCE

Je demande la permission de médire encore un peu de la France. Le lecteur ne doit pas craindre de voir ma satire rester impunie ; si cet essai trouve des lecteurs, les injures me seront rendues au centuple ; l'honneur national veille.

La France est importante dans le plan de ce livre, parce que Paris, grâce à la supériorité de sa conversation et de sa littérature, est et sera toujours le salon de l'Europe.

Les trois quarts des billets du matin à Vienne comme à Londres sont écrits en français, ou pleins d'allusions et de citations aussi en français *, et Dieu sait quel.

---

* Les écrivains les plus graves croient, en Angleterre, se donner un air cavalier en citant des mots français qui, la plupart, n'ont jamais été

Sous le rapport des grandes passions, la France est, ce me semble, privée d'originalité par deux causes :

1º Le véritable honneur ou le désir de ressembler à Bayard, pour être honoré dans le monde et y voir chaque jour notre vanité satisfaite ;

2º L'honneur bête ou le désir de ressembler aux gens de bon ton, du grand monde, de Paris. L'art d'entrer dans un salon, de marquer de l'éloignement à un rival, de se brouiller avec sa maîtresse, etc.

L'honneur bête, d'abord par lui-même comme capable d'être compris par les sots, et ensuite comme s'appliquant à des actions de tous les jours, et même de toutes les heures, est beaucoup plus utile que l'honneur vrai aux plaisirs de notre vanité. On voit des gens très bien reçus dans le monde avec de l'honneur bête sans honneur vrai, et le contraire est impossible.

Le ton du grand monde est :

1º De traiter avec ironie tous les grands intérêts. Rien de plus naturel ; autrefois les gens véritablement du grand monde ne pouvaient être profondément affectés par rien ; ils n'en avaient pas le temps. Le séjour à la campagne change cela. D'ailleurs, c'est une position contre nature pour un Français, que de se laisser voir *admirant*★, c'est-à-dire inférieur, non seulement à ce qu'il admire, passe encore pour cela, mais même à son voisin, si ce voisin s'avise de se moquer de ce qu'il admire.

En Allemagne, en Italie, en Espagne, l'admiration est au contraire pleine de bonne foi et de bonheur ; là, l'admirant a orgueil de ses transports et plaint le siffleur ; je ne dis pas le moqueur, c'est un rôle impossible dans des pays où le seul ridicule est de manquer la route du bonheur, et non

---

français que dans les grammaires anglaises. Voir les rédacteurs de l'*Edinburgh Review*[1] ; voir les *Mémoires* de la comtesse de Lichtenau, maîtresse de l'avant-dernier roi de Prusse[2].

★ L'admiration de mode, comme Hume, vers 1775, ou Franklin en 1784, ne fait pas objection.

l'imitation d'une certaine manière d'être. Dans le Midi, la méfiance, et l'horreur d'être troublé dans des plaisirs vivement sentis, met une admiration innée pour le luxe et la pompe. Voyez les cours de Madrid et de Naples; voyez une *funzione*[3] à Cadix, cela va jusqu'au délire*.

2° Un Français se croit l'homme le plus malheureux et presque le plus ridicule, s'il est obligé de passer son temps seul. Or, qu'est-ce que l'amour sans solitude?

3° Un homme passionné ne pense qu'à soi, un homme qui veut de la considération ne pense qu'à autrui; il y a plus, avant 1789, la sûreté individuelle ne se trouvait en France qu'en faisant partie d'un *corps*, la robe, par exemple**, et étant protégé par les membres de ce corps.

---

* *Voyage en Espagne* de M. Semple[4]; il peint vrai, et l'on trouvera une description de la bataille de Trafalgar, entendue dans le lointain, qui laisse un souvenir.

** *Correspondance de Grimm*, janvier 1783 :

« M. le comte de N..., capitaine en survivance des gardes de Monsieur, piqué de ne plus trouver de place au balcon, le jour de l'ouverture de la nouvelle salle, s'avisa fort mal à propos de disputer la sienne à un honnête procureur; celui-ci, maître Pernot, ne voulut jamais désemparer. « — Vous prenez ma place. — Je garde la mienne. — Et qui êtes-vous? — Je suis monsieur six francs... » (C'est le prix de ces places). Et puis des mots plus vifs, des injures, des coups de coude. Le comte de N... poussa l'indiscrétion au point de traiter le pauvre robin de voleur, et prit enfin sur lui d'ordonner au sergent de service de s'assurer de sa personne et de le conduire au corps de garde. Maître Pernot s'y rendit avec beaucoup de dignité, et n'en sortit que pour aller déposer sa plainte chez un commissaire. Le redoutable corps dont il a l'honneur d'être membre n'a jamais voulu consentir qu'il s'en désistât. L'affaire vient d'être jugée au parlement. M. de N... a été condamné à tous les dépens, à faire réparation au procureur, à lui payer deux mille écus de dommages et intérêts, applicables de son consentement aux pauvres prisonniers de la Conciergerie; de plus, il est enjoint très expressément audit comte de ne plus prétexter des ordres du roi pour troubler le spectacle, etc. Cette aventure a fait beaucoup de bruit; il s'y est mêlé de grands intérêts : toute la robe a cru être insultée par l'outrage fait à un homme de sa livrée, etc. M. de N..., pour faire oublier son aventure, est allé chercher des lauriers au camp de Saint-Roch. Il ne pouvait mieux faire, a-t-on dit, car on ne peut douter de son talent pour emporter les places de haute lutte. » Supposez un philosophe obscur au lieu de maître Pernot. Utilité du duel.

Grimm, troisième partie, tome II, page 102.

Voir plus loin, page 496, une lettre assez raisonnable de Beaumarchais qui refuse une loge grillée qu'un de ses amis lui demandait pour *Figaro*.

La pensée de votre voisin était donc partie intégrante et nécessaire de votre bonheur. Cela était encore plus vrai à la cour qu'à Paris.

Il est facile de sentir combien ces habitudes, qui, à la vérité, perdent tous les jours de leur force, mais dont les Français ont encore pour un siècle, favorisent [peu] les grandes passions.

Je crois voir un homme qui se jette par la fenêtre, mais qui cherche pourtant à avoir une position gracieuse en arrivant sur le pavé.

L'homme passionné est comme lui et non comme un autre, source de tous les ridicules en France, et de plus il offense les autres, ce qui donne des ailes au ridicule.

CHAPITRE XLIII

DE L'ITALIE

Le bonheur de l'Italie est d'être laissée à l'inspiration du moment, bonheur partagé jusqu'à un certain point par l'Allemagne et l'Angleterre.

De plus, l'Italie est un pays où l'utile qui fut la vertu des républiques du moyen age *, n'a pas été détrôné par

---

Tant qu'on a cru que cette réponse s'adressait à un duc, la fermentation a été grande, et l'on parlait de punitions graves. On n'a plus fait qu'en rire quand Beaumarchais a déclaré que sa lettre était adressée à M. le président Dupaty. Il y a loin de 1785 à 1822! Nous ne comprenons plus ces sentiments. Et l'on veut que la même tragédie qui touchait ces gens-là soit bonne pour nous!

* G. Pecchio *nelle sue vivacissime lettere ad una bella giovane inglese sopra* la Spagna libera, *la quale è un medioevo, non redivivo, ma sempre vivo, dice,* pagina 60 :

« La scopo degli Spagnuoli non era la gloria, ma la indipendenza. Se gli Spagnuoli non si fossero battuti che per l'onore, la guerra era finita colla

l'honneur ou la vertu arrangée à l'usage des rois*, et l'honneur vrai ouvre les voies à l'honneur bête; il accoutume à se demander : Quelle idée le voisin se fait-il de mon bonheur? et le bonheur de sentiment ne peut être objet de vanité, car il est invisible**. Pour preuve de tout cela, la France est le pays du monde où il y a le moins de mariages d'inclination***.

D'autres avantages de l'Italie, c'est le loisir profond sous un ciel admirable et qui porte à être sensible à la beauté sous toutes les formes. C'est une défiance extrême et pourtant raisonnable qui augmente l'isolement et double le charme de l'intimité; c'est le manque de la lecture des romans et presque de toute lecture qui laisse encore plus à l'inspiration du moment; c'est la passion de la musique qui excite dans l'âme un mouvement si semblable à celui de l'amour.

En France, vers 1770, il n'y avait pas de méfiance; au contraire, il était du bel usage de vivre et de mourir en public, et comme la duchesse de Luxembourg était intime avec cent amis, il n'y avait pas non plus d'intimité ou d'amitié proprement dites.

En Italie, comme avoir une passion n'est pas un

---

battaglia di Tudela. L'onore è di una natura bizzarra; macchiato una volta, perde tutta la forza per agire... L'esercito di linea spagnuolo, imbevuto anch'egli dei pregiudizi dell' onore (vale a dire fatto europeo moderno), vinto che fosse, si sbandava col pensiero che tutto coll' onore era perduto, etc.[1]. »

* Un homme s'honore en 1620, en disant sans cesse, et le plus servilement qu'il peut : *Le roi mon maître* (voir les *Mémoires* de Noailles, de Torcy et de tous les ambassadeurs de Louis XIV); c'est tout simple : par ce tour de phrase, il proclame le *rang* qu'il occupe parmi les sujets. Ce rang qu'il tient du roi remplace dans l'attention et dans l'estime de ces hommes le rang qu'il tenait dans la Rome antique de l'opinion de ses concitoyens qui l'avaient vu combattre à Trasimène et parler au Forum. On bat en brèche la monarchie absolue en ruinant les ouvrages avancés qu'elle appelle les *convenances*. La dispute entre Shakespeare et Racine n'est qu'une des formes de la dispute entre Louis XIV et la Charte.

** On ne peut l'évaluer que sur les actions non réfléchies.

*** Miss O'Neill, Mrs. Coutts, et la plupart des grandes actrices anglaises, quittent le théâtre pour se marier richement.

avantage très rare, ce n'est pas un ridicule *, et l'on entend
citer tout haut dans les salons les maximes générales sur
l'amour. Le public connaît les symptômes et les périodes
de cette maladie et s'en occupe beaucoup. On dit à un
homme quitté :

— Vous allez être au désespoir pendant six mois; mais
ensuite vous guérirez comme un tel, un tel, etc.

En Italie, les jugements du public sont les très humbles
serviteurs des passions. Le plaisir réel y exerce le pouvoir
qui ailleurs est aux mains de la société; c'est tout simple,
la société ne donnant presque point de plaisirs à un peuple
qui n'a pas le temps d'avoir de la vanité, et qui veut se
faire oublier du pacha, elle n'a que peu d'autorité. Les
ennuyés blâment bien les passionnés, mais on se moque
d'eux. Au midi des Alpes, la société est un despote qui
manque de cachots.

A Paris, comme l'honneur commande de défendre
l'épée à la main, ou par de bons mots si l'on peut, toutes
les avenues de tout grand intérêt avoué, il est bien plus
commode de se réfugier dans l'ironie. Plusieurs jeunes
gens ont pris un autre parti, c'est de se faire de l'école de
J.-J. Rousseau et de Mme de Staël. Puisque l'ironie est
devenue une manière vulgaire, il a bien fallu avoir du
sentiment. Un de Pezay [2] de nos jours, écrirait comme
M. d'Arlincourt [3]; d'ailleurs, depuis 1789, les événements
combattent en faveur de l'*utile* ou de la sensation individuelle contre l'*honneur* ou l'empire de l'opinion; le
spectacle des Chambres apprend à tout discuter, même
la plaisanterie. La nation devient sérieuse, la galanterie
perd du terrain.

Je dois dire comme Français, que ce n'est pas un petit
nombre de fortunes colossales qui fait la richesse d'un
pays, mais la multiplicité des fortunes médiocres. Par tous

---

* On passe la galanterie aux femmes, mais l'amour leur donne du
ridicule, écrivait le judicieux abbé Girard, à Paris, en 1740.

pays les passions sont rares, et la galanterie a plus de grâces et de finesse et par conséquent plus de bonheur en France. Cette grande nation, la première de l'univers *, se trouve, pour l'amour, ce qu'elle est pour les talents de l'esprit. En 1822, nous n'avons assurément ni Moore, ni Walter Scott, ni Crabbe, ni Byron, ni Monti, ni Pellico[5]; mais il y a chez nous plus de gens d'esprit éclairés, agréables et au niveau des lumières du siècle qu'en Angleterre ou en Italie. C'est pour cela que les discussions de notre chambre des députés, en 1822, sont si supérieures à celles du parlement d'Angleterre; et que quand un libéral d'Angleterre vient en France, nous sommes tout surpris de lui trouver plusieurs opinions gothiques.

Un artiste romain[6] écrivait de Paris :

« Je me déplais infiniment ici; je crois que c'est parce que je n'ai pas le loisir d'aimer à mon gré. Ici, la sensibilité se dépense goutte à goutte à mesure qu'elle se forme, et de manière, au moins pour moi, à fatiguer la source. A Rome[7], par le peu d'intérêt des événements de chaque jour, par le sommeil de la vie extérieure, la sensibilité s'amoncèle au profit des passions. »

CHAPITRE XLIV

ROME[1]

Ce n'est qu'à Rome **, qu'une femme honnête et à carrosse vient dire avec effusion à une autre femme sa simple connaissance, comme je l'ai vu ce matin :

---

* Je n'en veux pour preuve que l'*envie*. Voir l'*Edinburgh Review* de 1821, voir les journaux littéraires allemands et italiens, et le *Simiotigre* d'Alfieri[4].

** 30 septembre 1819.

— Ah! ma chère amie, ne fais pas l'amour avec Fabio[2] Vitelleschi; il vaudrait mieux pour toi prendre de l'amour pour un assassin de grands chemins. Avec son air doux et mesuré, il est capable de te percer le cœur d'un poignard, et de te dire avec un sourire aimable en te le plongeant dans la poitrine : « Ma petite, est-ce qu'il te fait mal[3]? » Et cela se passait en présence d'une jolie personne de quinze ans, fille de la dame qui recevait l'avis, et fille très alerte.

Si l'homme du Nord a le malheur de n'être pas choqué d'abord par le naturel de cette amabilité du Midi, qui n'est que le développement simple d'une nature grandiose, favorisé par la double absence du bon ton et de toute nouveauté intéressante, en un an de séjour les femmes de tous les autres pays lui deviennent insupportables.

Il voit les Françaises avec leurs petites grâces * tout aimables, séduisantes les trois premiers jours, mais ennuyeuses le quatrième, jour fatal où l'on découvre que toutes ces grâces étudiées d'avance et apprises par cœur sont éternellement les mêmes tous les jours et pour tous.

Il voit les Allemandes si naturelles, au contraires, et se livrant avec tant d'empressement à leur imagination, n'avoir souvent à montrer, avec tout leur naturel, qu'un fond de stérilité, d'insipidité et de tendresse de la bibliothèque bleue. La phrase du comte Almaviva semble faite en Allemagne : « Et l'on est tout étonné, un beau soir, de trouver la satiété où l'on allait chercher le bonheur[5]. »

A Rome, l'étranger ne doit pas oublier que, si rien n'est ennuyeux dans les pays où tout est naturel, le mauvais y est plus mauvais qu'ailleurs. Pour ne parler que des hommes **, on voit paraître ici, dans la société, une espèce

---

* Outre que l'auteur avait le malheur de n'être pas né à Paris, il y avait très peu vécu. (Note de l'éditeur[4].)

**　　　　　*Heu! male nunc artes miseras hæc secula tractant;*
　　　　　　Jam tener assuevit munera velle puer.

　　　　　　　　　　　　　　　　　　　　　TIBUL. I, IV[6].

de monstres qui se cachent ailleurs. Ce sont des gens
également passionnés, clairvoyants, et lâches. Un mauvais
sort les a jetés auprès d'une femme à titre quelconque;
amoureux fous, par exemple, ils boivent jusqu'à la lie le
malheur de la voir préférer un rival. Ils sont là pour
contrecarrer cet amant fortuné. Rien ne leur échappe;
mais ils n'en continuent pas moins en dépit de tout
sentiment d'honneur à vexer la femme, son amant et eux-
mêmes, et personne ne les blâme, *car ils font ce qui leur fait
plaisir*. Un soir l'amant, poussé à bout, leur donne des
coups de pied au cul; le lendemain ils lui en font bien des
excuses et recommencent à scier constamment et imper-
turbablement la femme, l'amant et eux-mêmes. On frémit
quand on songe à la quantité de malheur que ces âmes
basses ont à dévorer chaque jour, et il ne leur manque,
sans doute, qu'un grain de lâcheté de moins pour être
empoisonneurs.

Ce n'est aussi qu'en Italie qu'on voit de jeunes élégants
millionnaires entretenir magnifiquement des danseuses du
grand théâtre, au vu et au su de toute une ville,
moyennant trente sous par jour*. Les frères..., beaux
jeunes gens toujours à la chasse, toujours à cheval, sont
jaloux d'un étranger. Au lieu d'aller à lui et de lui conter
leurs griefs, ils répandent sourdement dans le public des
bruits défavorables à ce pauvre étranger. En France,
l'opinion forcerait ces gens à prouver leur dire ou à rendre
raison à l'étranger. Ici l'opinion publique et le mépris ne
signifient rien. La richesse est toujours sûre d'être bien
reçue partout. Un millionnaire déshonoré et chassé de
partout à Paris peut aller en toute sûreté à Rome; il y sera
considéré juste au *prorata* de ses écus.

---

* Voir, dans les mœurs du siècle de Louis XV, l'honneur et l'aristocratie combler de profusions les demoiselles Duthé, Laguerre et autres.
Quatre-vingts ou cent mille francs par an n'avaient rien d'extraordinaire :
un homme du grand monde se fût avili à moins.

CHAPITRE XLV

DE L'ANGLETERRE

J'ai beaucoup vécu ces temps derniers avec les danseuses du théâtre *Del Sol*, à Valence [1]. L'on m'assure que plusieurs sont fort chastes ; c'est que leur métier est trop fatigant. Viganò leur fait répéter son ballet de *la Juive de Tolède* tous les jours, de dix heures du matin à quatre, et de minuit à trois heures du matin ; outre cela, il faut qu'elles dansent chaque soir dans les deux ballets.

Cela me rappelle Rousseau qui prescrit de faire beaucoup marcher Emile. Je pensais ce soir, à minuit, en me promenant au frais sur le bord de la mer, avec les petites danseuses, d'abord que cette volupté surhumaine de la fraîcheur de la brise de mer sous le ciel de Valence en présence de ces étoiles resplendissantes qui semblent tout près de vous, est inconnue à nos tristes pays brumeux. Cela seul vaut les quatre cents lieues à faire, cela aussi empêche de penser à force de sensations. Je pensais que la chasteté de mes petites danseuses explique fort bien la marche que l'orgueil des hommes suit en Angleterre pour recréer tout doucement les mœurs du sérail au milieu d'une nation civilisée. On voit comment quelques-unes de ces jeunes filles d'Angleterre, d'ailleurs si belles et d'une physionomie si touchante, laissent un peu à désirer pour les idées. Malgré la liberté qui vient seulement d'être chassée de leur île et l'originalité admirable du caractère national, elles manquent d'idées intéressantes et d'originalité. Elles n'ont souvent de remarquable que la bizarrerie de leurs délicatesses. C'est tout simple, la pudeur des femmes en Angleterre, c'est l'orgueil de leurs maris. Mais quelque soumise que soit une esclave, sa société est bientôt à charge. De là, pour les hommes, la nécessité de s'enivrer tristement chaque soir *, au lieu de passer comme en Italie leurs soirées avec leur maîtresse. En Angleterre, les gens riches ennuyés de leur maison et sous prétexte d'un exercice nécessaire font quatre ou cinq lieues tous les jours comme si l'homme était créé et mis au monde pour trotter. Ils usent ainsi le fluide nerveux par les jambes et non par le cœur. Après quoi ils osent bien parler de délicatesse féminine, et mépriser l'Espagne et l'Italie.

Rien de plus désoccupé au contraire que les jeunes Italiens ; le mouvement qui leur ôterait leur sensibilité leur est importun. Ils font de temps à autre une promenade de demi-lieue comme remède pénible pour la santé ; quant aux femmes, une Romaine ne fait pas en toute l'année les courses d'une jeune miss en une semaine.

Il me semble que l'orgueil d'un mari anglais exalte très adroitement la vanité de sa pauvre femme. Il lui persuade surtout qu'il ne faut pas être *vulgaire,* et les mères qui préparent leurs filles pour trouver des maris ont fort bien saisi cette idée. De là la *mode* bien plus absurde et bien plus despotique dans la raisonnable Angleterre qu'au sein de la France légère ; c'est dans Bond-Street qu'a été inventé le *carefully careless* [2]. En Angleterre la mode est un devoir, à Paris c'est un plaisir. La mode élève un bien autre mur d'airain à Londres entre New-Bond-Street et Fenchurch-Street, qu'à Paris entre la Chaussée-d'Antin et la rue Saint-Martin. Les maris permettent volontiers cette folie aristocratique à leurs femmes en dédommagement de la masse énorme de tristesse qu'ils leur imposent. Je trouve bien l'image de la société des femmes en Angleterre, telle que l'a faite le taciturne orgueil des hommes, dans les romans autrefois célèbres de miss Burney [3]. Comme demander un verre d'eau quand on a

---

* Cet usage commence à tomber un peu dans la très bonne compagnie qui se francise comme partout ; mais je parle de l'immense généralité.

soif est vulgaire, les héroïnes de miss Burney ne manquent pas de se laisser mourir de soif. Pour fuir la vulgarité l'on arrive à l'affectation la plus abominable.

Je compare la prudence d'un jeune Anglais de vingt-deux ans riche, à la profonde méfiance du jeune Italien du même âge. L'Italien y est forcé pour sa sûreté, et la dépose, cette méfiance, ou du moins l'oublie, dès qu'il est dans l'intimité, tandis que c'est précisément dans le sein de la société la plus tendre en apparence que l'on voit redoubler la prudence et la hauteur du jeune Anglais. J'ai vu dire :

— Depuis sept mois je ne lui parlais pas du voyage à Brighton.

Il s'agissait d'une économie obligée de quatre-vingts louis, et c'était un amant de vingt-deux ans parlant d'une maîtresse, femme mariée, qu'il adorait; mais, dans les transports de sa passion, la *prudence* ne l'avait pas quitté, bien moins encore avait-il eu l'abandon de dire à cette maîtresse :

— Je n'irai pas à Brighton, parce que cela me gênerait.

Remarquez que le sort de Giannone[4], de P[ellico][5] et de cent autres, force l'Italien à la méfiance, tandis que le jeune *beau* anglais n'est forcé à la prudence que par l'excès et la sensibilité maladive de sa vanité. Le Français, étant aimable avec ses idées de tous les moments, dit tout à ce qu'il aime. C'est une habitude, sans cela il manquerait d'aisance et il sait que sans aisance il n'y a point de grâce.

C'est avec peine et la larme à l'œil que j'ai osé écrire tout ce qui précède; mais puisqu'il me semble que je ne flatterais pas un roi, pourquoi dirais-je d'un pays autre chose que ce qui m'en semble, et qui *of course*[6] peut être très absurde, uniquement parce que ce pays a donné naissance à la femme la plus aimable que j'ai connue?

Ce serait sous une autre forme de la bassesse monarchique. Je me contenterai d'ajouter qu'au milieu de tout cet ensemble de mœurs, parmi tant d'Anglaises victimes dans leur esprit de l'orgueil des hommes, comme il existe une originalité parfaite, il suffit d'une famille élevée loin des tristes restrictions destinées à reproduire les mœurs du sérail, pour donner des caractères charmants. Et que ce mot *charmant* est insignifiant malgré son étymologie, et commun pour rendre ce que je voudrais exprimer! La douce Imogène, la tendre Ophélie[7] trouveraient bien des modèles vivants en Angleterre; mais ces modèles sont loin de jouir de la haute vénération unanimement accordée à la véritable Anglaise *accomplie,* destinée à satisfaire pleinement à toutes les convenances et à donner à un mari toutes les jouissances de l'orgueil aristocratique le plus maladif et un bonheur à mourir d'ennui *.

Dans les grandes enfilades de quinze ou vingt pièces extrêmement fraîches et fort sombres, où les femmes italiennes passent leur vie mollement couchées sur des divans fort bas, elles entendent parler d'amour ou de musique six heures de la journée. Le soir au théâtre, cachées dans leur loge pendant quatre heures, elles entendent parler de musique ou d'amour.

Donc, outre le climat, la constitution de la vie est aussi favorable à la musique et à l'amour en Espagne et en Italie, qu'elle leur est contraire en Angleterre.

Je ne blâme ni n'approuve, j'observe.

CHAPITRE XLVI

SUITE DE L'ANGLETERRE

J'aime trop l'Angleterre et je l'ai trop peu vue pour en parler. Je me sers des observations d'un ami.

---

* Voir Richardson[8]. Les mœurs de la famille des Harlowe, traduites en manières modernes, sont fréquentes en Angleterre : leurs domestiques valent mieux qu'eux.

L'état actuel de l'Irlande (1822)[1], y réalise, pour la vingtième fois depuis deux siècles *, cet état singulier de la société si fécond en résolutions courageuses, et si contraire à l'ennui, où des gens qui déjeunent gaiement ensemble peuvent se rencontrer dans deux heures sur un champ de bataille. Rien ne fait un appel plus énergique et plus direct à la disposition de l'âme la plus favorable aux passions tendres : le *naturel*. Rien n'éloigne davantage des deux grands vices anglais : le *cant* et la *bashfulness* (hypocrisie de moralité et timidité orgueilleuse et souffrante ; voir le voyage de M. Eustace, en Italie[2]. Si ce voyageur peint assez mal le pays, en revanche il donne une idée fort exacte de son propre caractère ; et ce caractère, ainsi que celui de M. Beattie, le poète (voir sa vie écrite par un ami intime), est malheureusement assez commun en Angleterre[3]. Pour le prêtre honnête homme malgré sa place, voir les lettres de l'évêque de Llandaf **[4].)

On croirait l'Irlande assez malheureuse, ensanglantée comme elle l'est depuis deux siècles par la tyrannie peureuse et cruelle de l'Angleterre ; mais ici fait son entrée dans l'état moral de l'Irlande un personnage terrible : le PRÊTRE...

Depuis deux siècles l'Irlande est à peu près aussi mal gouvernée que la Sicile. Un parallèle approfondi de ces deux îles, en un volume de 500 pages, fâcherait bien des gens, et ferait tomber dans le ridicule bien des théories respectées. Ce qui est évident, c'est que le plus heureux de ces deux pays, également gouvernés par des fous, au seul profit du petit nombre, c'est la Sicile. Ses gouvernants lui ont au moins laissé l'*amour* et la volupté ; ils les lui auraient bien ravis aussi comme tout le reste, mais, grâce

---

* Le jeune enfant de Spencer brûlé vif en Irlande.
** Réfuter autrement que par des injures le portrait d'une certaine classe d'Anglais présenté dans ces trois ouvrages, me semble la chose impossible.

Satanic school[5].

au ciel, il y a peu en Sicile de ce mal moral appelé loi et gouvernement *.

Ce sont les gens âgés et les prêtres qui font et font exécuter les lois, cela paraît bien à l'espèce de jalousie comique avec laquelle la volupté est poursuivie dans les Iles britanniques. Le peuple y pourrait dire à ses gouvernants comme Diogène à Alexandre :

— Contentez-vous de vos sinécures et laissez-moi, du moins, mon soleil **.

A force de lois, de règlements, de contre-règlements et de supplices, le gouvernement a créé en Irlande la pomme de terre, et la population de l'Irlande surpasse de beaucoup celle de la Sicile ; c'est-à-dire l'on a fait venir quelques millions de paysans avilis et hébétés, écrasés de travail et de misère, traînant pendant quarante ou cinquante ans une vie malheureuse sur les marais du vieil Erin, mais payant bien la dîme. Voilà un beau miracle. Avec la religion païenne, ces pauvres diables auraient au moins joui d'un bonheur ; mais pas du tout, il faut adorer saint Patrick.

En Irlande on ne voit guère que des paysans plus malheureux que des sauvages. Seulement, au lieu d'être cent mille comme ils seraient dans l'état de nature, ils sont huit millions ***, et font vivre richement cinq cents *absentees* [7], à Londres et à Paris.

---

* J'appelle *mal moral*, en 1822, tout gouvernement qui n'a pas les deux Chambres ; il n'y a d'exception que lorsque le chef du gouvernement est grand par la probité, miracle qui se voit en Saxe et à Naples.

** Voir dans le procès de la feu reine [6] une liste curieuse des pairs avec les sommes qu'eux et leurs familles reçoivent de l'Etat. Par exemple, lord Lauderdale et sa famille, 36 000 louis. Le demi-pot de bière, nécessaire à la chétive subsistance du plus pauvre Anglais, paye un sou d'impôt au profit du noble pair. Et, ce qui fait beaucoup à notre objet, ils le savent tous les deux. Dès lors ni le lord ni le paysan n'ont plus assez de loisir pour songer à l'amour, ils aiguisent leurs armes, l'un en public et avec orgueil, l'autre en secret et avec rage (L'Yeomanry et les Whiteboys).

*** Plunkett, Craig, *Vie de Curran*.

La société est infiniment plus avancée en Ecosse*, où, sous plusieurs rapports, le gouvernement est bon (la rareté des crimes, la lecture, pas d'évêques, etc.). Les passions tendres y ont donc beaucoup plus de développement, et nous pouvons quitter les idées noires et arriver aux ridicules.

Il est impossible de ne pas apercevoir un fond de mélancolie chez les femmes écossaises. Cette mélancolie est surtout séduisante au bal où elle donne un singulier piquant à l'ardeur et à l'extrême empressement avec lesquels elles sautent leurs danses nationales. Edimbourg a un autre avantage, c'est de s'être soustraite à la vile omnipotence de l'or. Cette ville forme en cela, aussi bien que pour la singulière et sauvage beauté du site, un contraste complet avec Londres. Comme Rome, la belle Edimbourg semble plutôt le séjour de la vie contemplative. Le tourbillon sans repos et les intérêts inquiets de la vie active avec ses avantages et ses inconvénients sont à Londres. Edimbourg me semble payer le tribut au malin par un peu de disposition à la pédanterie. Les temps où Marie Stuart habitait le vieux Holyrood, et où l'on assassinait Riccio dans ses bras, valaient mieux pour l'amour, et, toutes les femmes en conviendront, que ceux où l'on discute si longuement et même en leur présence, sur la préférence à accorder au système neptunien sur le vulcanien de... J'aime mieux la discussion sur le nouvel uniforme donné par le roi à ses gardes ou sur la pairie manquée de sir B. Bloomfield, qui occupait Londres lorsque je m'y trouvais, que la discussion pour savoir qui a le mieux exploré la nature des roches, de Werner ou de...

Je ne dirai rien du terrible dimanche écossais, auprès duquel celui de Londres semble une partie de plaisir. Ce

---

* Degré de civilisation du paysan Robert Burns et de sa famille; club de paysans où l'on payait deux sous par séance; question qu'on y discutait. (Voir les lettres de Burns)

jour destiné à honorer le ciel est la meilleure image de l'enfer que j'aie jamais vue sur la terre.

« Ne marchons pas si vite, disait un Ecossais en revenant de l'église à un Français son ami, nous aurions l'air de nous promener *. »

Celui des trois pays où il y a le moins d'hypocrisie (*cant*, voyez le *New Monthly Magazine* de janvier 1822, tonnant contre Mozart et les *Nozze di Figaro*, écrit dans un pays où l'on joue le *Citizen* [8]. Mais ce sont les aristocrates qui, par tout pays, achètent et jugent un journal littéraire et la littérature ; et depuis quatre ans, ceux d'Angleterre ont fait alliance avec les évêques) ; celui des trois pays où il y a, ce me semble, le moins d'hypocrisie, c'est l'Irlande ; on y trouve, au contraire, une vivacité étourdie et fort aimable. En Ecosse, il y a la stricte observance le dimanche, mais le lundi on danse avec une joie et un abandon inconnus à Londres. Il y a beaucoup d'amour dans la classe des paysans en Ecosse. La toute-puissance de l'imagination a francisé ce pays au XVIᵉ siècle.

Le terrible défaut de la société anglaise, celui qui, en un jour donné, crée une plus grande quantité de tristesse que la dette et ses conséquences, et même que la guerre à mort des riches contre les pauvres, c'est cette phrase que l'on me disait cet automne à Croydon [9], en présence de la belle statue de l'évêque :

— Dans le monde aucun homme ne veut se mettre en avant de peur d'être déçu dans son attente.

Qu'on juge quelles lois sous le nom de *pudeur* de tels hommes doivent imposer à leurs femmes et à leurs maîtresses !

---

* Le même fait en Amérique. En Ecosse, étalage des titres.

CHAPITRE XLVII

DE L'ESPAGNE[1]

L'Andalousie est l'un des plus aimables séjours que la volupté se soit choisis sur la terre. J'avais trois ou quatre anecdotes qui montraient de quelle manière mes idées sur les trois ou quatre actes de folies différents dont la réunion forme l'amour, sont vraies en Espagne; l'on me conseille de les sacrifier à la délicatesse française. J'ai eu beau protester que j'écrivais en langue française, mais non pas certes en *littérature française*. Dieu me préserve d'avoir rien de commun avec les littérateurs estimés aujourd'hui.

Les Maures, en abandonnant l'Andalousie, y ont laissé leur architecture et presque leurs mœurs. Puisqu'il m'est impossible de parler des dernières dans la langue de Mme de Sévigné, je dirai du moins de l'architecture mauresque, que son principal trait consiste à faire que chaque maison ait un petit jardin entouré d'un portique élégant et svelte. Là, pendant les chaleurs insupportables de l'été, quand durant des semaines entières le thermomètre de Réaumur ne descend jamais et se soutient à trente degrés, il règne sous les portiques une obscurité délicieuse. Au milieu du petit jardin il y a toujours un jet d'eau dont le bruit uniforme et voluptueux est le seul qui trouble cette retraite charmante. Le bassin de marbre est environné d'une douzaine d'orangers et de lauriers-roses. Une toile épaisse en forme de tente recouvre tout le petit jardin, et, le protégeant contre les rayons du soleil et de la lumière, ne laisse pénétrer que les petites brises qui sur le midi viennent des montagnes.

Là vivent et reçoivent les charmantes Andalouses à la démarche si vive et si légère; une simple robe de soie noire garnie de franges de la même couleur, et laissant apercevoir un cou-de-pied charmant, un teint pâle, des yeux où se peignent toutes les nuances les plus fugitives des passions les plus tendres et les plus ardentes ; tels sont les êtres célestes qu'il m'est défendu de faire entrer en scène.

Je regarde le peuple espagnol comme le représentant vivant du Moyen Age.

Il ignore une foule de petites vérités (vanité puérile de ses voisins) ; mais il sait profondément les grandes et a assez de caractère et d'esprit pour suivre leurs conséquences jusque dans leurs effets les plus éloignés. Le caractère espagnol fait une belle opposition avec l'esprit français ; dur, brusque, peu élégant, plein d'un orgueil sauvage, jamais occupé des autres : c'est exactement le contraste du XVe siècle avec le XVIIIe.

L'Espagne m'est bien utile pour une comparaison : le seul peuple qui ait su résister à Napoléon me semble absolument pur d'honneur-bête, et de ce qu'il y a de bête dans l'honneur.

Au lieu de faire de belles ordonnances militaires, de changer d'uniforme tous les six mois et de porter de grands éperons, il a le général *no importa* ★.

CHAPITRE XLVIII

DE L'AMOUR ALLEMAND[1]

Si l'Italien, toujours agité entre la haine et l'amour, vit de passions, et le Français de vanité, c'est d'imagination que vivent les bons et simples descendants des anciens

---

★ Voir les charmantes lettres de M. Pecchio. L'Italie est pleine de gens de cette force ; mais, au lieu de se produire, ils se tiennent tranquilles : *Paese della virtù sconosciuta*[2].

Germains. A peine sortis des intérêts sociaux les plus
directs et les plus nécessaires à leur subsistance, on les voit
avec étonnement s'élancer dans ce qu'ils appellent leur
philosophie; c'est une espèce de folie douce, aimable, et
surtout sans fiel. Je vais citer, non pas tout à fait de
mémoire mais sur des notes rapides, un ouvrage qui,
quoique fait dans un sens d'opposition, montre bien,
même par les admirations de l'auteur, l'esprit militaire
dans tout son excès : c'est le *Voyage en Autriche,* par
M. Cadet-Gassicourt, en 1809. Qu'eût dit le noble et
généreux Desaix, s'il eût vu le pur héroïsme de 95
conduire à cet exécrable égoïsme?

Deux amis se trouvent ensemble à une batterie, à la
bataille de Talavera, l'un comme capitaine-commandant,
l'autre comme lieutenant. Un boulet arrive qui culbute le
capitaine.

— Bon, dit le lieutenant tout joyeux, voilà François
mort, c'est moi qui vais être capitaine.

— Pas encore tout à fait, s'écrie François en se relevant.

Il n'avait été qu'étourdi par le boulet. Le lieutenant
ainsi que son capitaine étaient les meilleurs garçons du
monde, point méchants, seulement un peu bêtes et
enthousiastes de l'empereur; mais l'ardeur de la chasse et
l'égoïsme furieux que cet homme avait su réveiller en le
décorant du nom de gloire faisaient oublier l'humanité.

Au milieu du spectacle sévère donné par de tels
hommes, se disputant aux parades de Schœnbrunn un
regard du maître et un titre de baron, voici comment
l'apothicaire de l'empereur décrit l'amour allemand, page
288 :

« Rien n'est plus complaisant, plus doux qu'une Autrichienne. Chez elle l'amour est un culte, et, quand elle
s'attache à un Français, elle l'adore dans toute la force du
terme.

« Il y a des femmes légères et capricieuses partout, mais
en général les Viennoises sont fidèles et ne sont nullement

coquettes ; quand je dis qu'elles sont fidèles, c'est à l'amant de leur choix, car les maris sont à Vienne comme partout. »

7 juin 1809.

La plus belle personne de Vienne a agréé l'hommage d'un ami à moi, M. M..., capitaine attaché au quartier général de l'empereur. C'est un jeune homme doux et spirituel ; mais certainement sa taille ni sa figure n'ont rien de remarquable.

Depuis quelques jours sa jeune amie fait la plus vive sensation parmi nos brillants officiers d'état-major, qui passent leur vie à fureter tous les coins de Vienne. C'est à qui sera le plus hardi ; toutes les ruses de guerre possibles ont été employées ; la maison de la belle a été mise en état de siège par les plus jolis et les plus riches. Les pages, les brillants colonels, les généraux de la garde, les princes mêmes, sont allés perdre leur temps sous les fenêtres de la belle, et leur argent auprès de ses gens. Tous ont été éconduits. Ces princes n'étaient guère accoutumés à trouver de cruelles à Paris ou à Milan. Comme je riais de leur déconvenue avec cette charmante personne :

— *Mais, mon Dieu,* me disait-elle, *est-ce qu'ils ne savent pas que j'aime M. M...?*

Voilà un singulier propos et assurément fort indécent.

Page 290 : « Pendant que nous étions à Schœnbrunn, je remarquai que deux jeunes gens attachés à l'empereur ne recevaient jamais personne dans leur logement à Vienne. Nous les plaisantions beaucoup sur cette discrétion, l'un d'eux me dit un jour : « Je n'aurai pas de secret pour vous, une jeune femme de la ville s'est donnée à moi, sous la condition qu'elle ne quitterait jamais mon appartement, et que je ne recevrais qui que ce soit sans sa permission. » Je fus curieux, dit le voyageur, de connaître cette recluse volontaire, et ma qualité de médecin me donnant comme dans l'Orient un prétexte honnête, j'acceptai un déjeuner

que mon ami m'offrit. Je trouvai une femme très éprise,
ayant le plus grand soin du ménage, ne désirant nullement
sortir quoique la saison invitât à la promenade, et
d'ailleurs convaincue que son amant la ramènerait en
France.

« L'autre jeune homme, qu'on ne trouvait non plus
jamais à son logement en ville, me fit bientôt après une
confidence pareille. Je vis aussi sa belle ; comme la
première, elle était blonde, fort jolie, très bien faite.

« L'une âgée de dix-huit ans était la fille d'un tapissier
fort à son aise ; l'autre, qui avait environ vingt-quatre ans,
était la femme d'un officier autrichien qui faisait la
campagne à l'armée de l'archiduc Jean. Cette dernière
poussa l'amour jusqu'à ce qui nous semblerait de
l'héroïsme en pays de vanité. Non seulement son ami lui
fut infidèle, mais il se trouva dans le cas de lui faire les
aveux les plus scabreux. Elle le soigna avec un dévouement parfait, et, s'attachant par la gravité de la maladie de
son amant, qui bientôt fut en péril, elle ne l'en chérit peut-
être que davantage.

« On sent qu'étranger et vainqueur, et toute la haute
société de Vienne s'étant retirée à notre approche dans ses
terres de Hongrie, je n'ai pu observer l'amour dans les
hautes classes ; mais j'en ai vu assez pour me convaincre
que ce n'est pas de l'amour comme à Paris.

« Ce sentiment est regardé par les Allemands comme
une vertu, comme une émanation de la divinité, comme
quelque chose de mystique. Il n'est pas vif, impétueux,
jaloux, tyrannique comme dans le cœur d'une Italienne. Il
est profond et ressemble à l'illuminisme, il y a mille lieues
de là à l'Angleterre.

« Il y a quelques années, un tailleur de Leipzig, dans un
accès de jalousie, attendit son rival dans le jardin public
et le poignarda. On le condamna à perdre la tête. Les
moralistes de la ville, fidèles à la bonté et à la facilité
d'émotion des Allemands (faisant faiblesse de caractère),

discutèrent le jugement, le trouvèrent sévère, et, établissant une comparaison entre le tailleur et Orosmane, apitoyèrent sur son sort. On ne put cependant faire réformer l'arrêt. Mais le jour de l'exécution, toutes les jeunes filles de Leipzig vêtues de blanc se réunirent et accompagnèrent le tailleur à l'échafaud en jetant des fleurs sur sa route.

« Personne ne trouva cette cérémonie singulière ; cependant dans un pays qui croit être raisonneur, on pouvait dire qu'elle honorait une espèce de meurtre. Mais c'était une cérémonie, et tout ce qui est cérémonie est sûr de n'être jamais ridicule en Allemagne. Voyez les cérémonies des cours des petits princes qui nous feraient mourir de rire, et semblent fort imposantes à Meiningen ou à Köthen. Ils voient dans les six gardes chasses qui défilent devant leur petit prince, garni de son crachat, les soldats d'Hermann marchant à la rencontre des légions de Varus.

« Différence des Allemands à tous les autres peuples : ils s'exaltent par la méditation, au lieu de se calmer ; seconde nuance : ils meurent d'envie d'avoir du caractère.

« Le séjour des cours ordinairement si favorable au développement de l'amour, l'hébète en Allemagne. Vous n'avez pas d'idée de l'océan de minuties incompréhensibles et de petitesses qui forment ce qu'on appelle une cour d'Allemagne*, même celle des meilleurs princes (Munich, 1820).

« Quand nous arrivions avec un état-major dans une ville d'Allemagne, au bout de la première quinzaine les dames du pays avaient fait leur choix. Mais ce choix était constant ; et j'ai ouï dire que les Français étaient l'écueil de beaucoup de vertus irréprochables jusqu'à eux. »

. . . .

Les jeunes Allemands que j'ai rencontrés à Gœttingue, Dresde, Kœnigsberg, etc., sont élevés au milieu de

---

* Voir les *Mémoires de la margrave de Bayreuth,* et *Vingt ans de séjour à Berlin* par M. Thiébault[2].

systèmes prétendus philosophiques qui ne sont qu'une
poésie obscure et mal écrite, mais sous le rapport moral,
de la plus haute et sainte sublimité. Il me semble voir
qu'ils ont hérité de leur moyen âge, non le républicanisme,
la défiance et le coup de poignard, comme les Italiens,
mais une forte disposition à l'enthousiasme et à la bonne
foi. C'est pour cela que tous les dix ans, ils ont un nouveau
grand homme qui doit effacer tous les autres (Kant,
Steding[3], Fichte, etc., etc. *).

Luther fit jadis un appel puissant au sens moral, et les
Allemands se battirent trente ans de suite pour obéir à
leur conscience. Belle parole et bien respectable, quelque
absurde que soit la croyance ; je dis respectable même pour
l'artiste. Voir les combats dans l'âme de S[and][5] entre le
troisième commandement de Dieu : *Tu ne tueras point*, et
ce qu'il croyait l'intérêt de la patrie.

L'on trouve de l'enthousiasme mystique pour les
femmes et l'amour jusque dans Tacite, si toutefois cet
écrivain n'a pas fait uniquement une satire de Rome **.

L'on n'a pas plutôt fait cinq cents lieues en Allemagne
que l'on distingue dans ce peuple désuni et morcelé, un
fond d'enthousiasme doux et tendre plutôt qu'ardent et
impétueux.

Si l'on ne voyait pas bien clairement cette disposition,
l'on pourrait relire trois ou quatre des romans d'Auguste
la Fontaine que la jolie Louise, reine de Prusse, fit
chanoine de Magdebourg, en récompense d'avoir si bien
peint la *vie paisible* ***.

---

* Voir en 1821 leur enthousiasme pour la tragédie du *Triomphe de la
croix*[4] qui fait oublier *Guillaume Tell*.

** J'ai eu le bonheur de rencontrer un homme de l'esprit le plus vif et
en même temps savant comme dix savants allemands et exposant ce qu'il a
découvert en termes clairs et précis. Si jamais M. F...[6] imprime, nous
verrons le Moyen Age sortir brillant de lumière à ses yeux, et nous
l'aimerons.

*** Titre d'un des romans d'Auguste la Fontaine, la *Vie paisible*[7], autre
grand trait des mœurs allemandes, c'est le *farniente* de l'Italien, c'est la
critique physiologique du *drosky* russe ou du *horseback* anglais.

Je vois une nouvelle preuve de cette disposition commune aux Allemands dans le code autrichien qui exige l'aveu du coupable pour la punition de presque tous les crimes. Ce code, calculé pour un peuple où les crimes sont rares et plutôt un accès de folie chez un être faible que la suite d'un intérêt courageux, raisonné, et en guerre constante avec la société, est précisément le contraire de ce qu'il faut à l'Italie, où l'on cherche à l'implanter, mais c'est une erreur d'honnêtes gens.

J'ai vu les juges allemands en Italie se désespérer des sentences de mort, ou l'équivalent, les fers durs, qu'ils étaient obligés de prononcer sans l'aveu des coupables [8].

CHAPITRE XLIX

UNE JOURNÉE A FLORENCE [1]

Florence, 12 février 1819.

Ce soir j'ai trouvé dans une loge un homme qui avait quelque chose à solliciter auprès d'un magistrat de cinquante ans. Sa première demande a été :

— Quelle est sa maîtresse ? *Chi avvicina adesso* [2] ?

Ici toutes ces affaires sont de la dernière publicité, elles ont leurs lois, il y a la manière approuvée de se conduire qui est basée sur la justice sans presque rien de conventionnel, autrement on est un *porco*.

— Qu'y a-t-il de nouveau, demandait hier un de mes amis, arrivant de Volterra ?

Après un mot de gémissement énergique sur Napoléon et les Anglais, on ajoute avec le ton du plus vif intérêt :

— La Vitelleschi a changé d'amant : ce pauvre Gherardesca se désespère.

— Qui a-t-elle pris ?

— Montegalli, ce bel officier à moustaches, qui avait la principessa Colonna, voyez-le là-bas au parterre, cloué sous sa loge ; il est là toute la soirée, car le mari ne veut pas le voir à la maison, et vous apercevez près de la porte le pauvre Gherardesca se promenant tristement et comptant de loin les regards que son infidèle lance à son successeur. Il est très changé, et dans le dernier désespoir ; c'est en vain que ses amis veulent l'envoyer à Paris et à Londres. Il se sent mourir, dit-il, seulement à l'idée de quitter Florence.

Chaque année, il y a vingt désespoirs pareils dans la haute société ; j'en ai vu durer trois ou quatre ans. Ces pauvres diables sont sans nulle vergogne, et prennent pour confidents toute la terre. Au reste il y a peu de société ici, et encore, quand on aime, on n'y va presque plus. Il ne faut pas croire que les grandes passions et les belles âmes soient communes nulle part, même en Italie ; seulement des cœurs plus enflammés et moins étiolés par les mille petits soins de la vanité y trouvent des plaisirs délicieux, même dans les espèces subalternes d'amour. J'y ai vu l'amour-caprice, par exemple, causer des transports et des moments d'ivresse, que la passion la plus éperdue n'a jamais amenés sous le méridien [3] de Paris *.

Je remarquais ce soir qu'il y a des noms propres en italien pour mille circonstances particulières de l'amour qui, en français, exigeraient des périphrases à n'en plus finir ; par exemple, l'action de se retourner brusquement, quand du parterre on lorgne dans sa loge la femme qu'on veut avoir, et que le mari ou le servant viennent à s'approcher du parapet de la loge.

Voici les traits principaux du caractère de ce peuple.

1º L'attention accoutumée à être au service de passions

---

* De ce Paris qui a donné au monde Voltaire, Molière et tant d'hommes distingués par l'esprit ; mais l'on ne peut pas tout avoir, et il y aurait peu d'esprit à en prendre de l'humeur.

profondes *ne peut pas* se mouvoir rapidement, c'est la
différence la plus marquante du Français à l'Italien. Il faut
voir un Italien s'embarquer dans une diligence, ou faire un
payement : c'est là la *furia francese ;* c'est pour cela qu'un
Français des plus vulgaires pour peu qu'il ne soit pas un
fat spirituel à la Desmazures[4], paraît toujours un être
supérieur à une Italienne. (L'amant de la princesse D. à
Rome.)

2º Tout le monde fait l'amour et non pas en cachette
comme en France, le mari est le meilleur ami de l'amant.

3º Personne ne lit.

4º Il n'y a pas de société. Un homme ne compte pas
pour remplir et occuper sa vie sur le bonheur qu'il tire,
chaque jour, de deux heures de conversation et de jeu de
vanité dans telle maison. Le mot *causerie* ne se traduit pas
en italien. L'on parle quand on a quelque chose à dire
pour le service d'une passion, mais rarement l'on parle
pour bien parler et sur tous les sujets venus.

5º Le *ridicule* n'existe pas en Italie.

En France nous cherchons à imiter tous les deux le
même modèle et je suis juge compétent de la manière dont
vous le copiez*. En Italie je ne sais pas si cette action
singulière que je vois faire ne fait pas plaisir à celui qui la
fait, et peut-être ne m'en ferait pas à moi-même.

Ce qui est affecté dans le langage ou dans les manières à
Rome, est de bon ton ou inintelligible à Florence qui en
est à cinquante lieues. On parle français à Lyon comme à
Nantes. Le vénitien, le napolitain, le génois, le piémontais sont des langues presque entièrement différentes et
seulement parlées par des gens qui sont convenus de
n'imprimer jamais que dans une langue commune, celle
qu'on parle à Rome. Rien n'est absurde comme une
comédie dont la scène est à Milan, et dont les personnages

---

* Cette habitude des Français diminuant tous les jours éloignera de
nous les héros de Molière.

parlent romain. La langue italienne, beaucoup plus faite pour être chantée que parlée, ne sera soutenue contre la clarté française qui l'envahit que par la musique.

En Italie la crainte du pacha et de ses espions fait estimer *l'utile ;* il n'y a pas du tout d'honneur-bête *. Il est remplacé par une sorte de petite haine de société, appelée *pettegolismo* [5].

Enfin donner un ridicule, c'est se faire un ennemi mortel, chose fort dangereuse dans un pays où la force et l'office des gouvernements se bornent à arracher l'impôt et à punir tout ce qui se distingue.

6º *Le patriotisme d'antichambre* [6].

Cet orgueil qui nous porte à chercher l'estime de nos concitoyens, et à faire corps avec eux, expulsé de toute noble entreprise, vers l'an 1550, par le despotisme jaloux des petits princes d'Italie, a donné naissance à un produit barbare, à une espèce de *Caliban*, à un monstre plein de fureur et de sottise : *le patriotisme d'antichambre,* comme disait M. Turgot, à propos du *Siège de Calais* (le *Soldat laboureur* de ce temps-là). J'ai vu ce monstre hébéter les gens les plus spirituels. Par exemple un étranger se fera mal vouloir même des jolies femmes s'il s'avise de trouver des défauts dans le peintre ou dans le poète de ville ; on lui dit fort bien, et d'un grand sérieux, qu'il ne faut pas venir chez les gens pour s'en moquer, et on lui cite à ce sujet un mot de Louis XIV sur Versailles.

A Florence on dit : il *nostro* Benvenuti, comme à Brescia : il *nostro* Arici [7] ; ils mettent sur le mot *nostro* une certaine emphase contenue et pourtant bien comique, à peu près comme le *Miroir* parlant avec onction de la musique nationale et de M. Monsigny, le musicien de l'Europe.

Pour ne pas rire au nez de ces braves patriotes, il faut se

---

* Toutes les infractions à cet honneur sont *ridicules* dans les sociétés bourgeoises en France. Voir la *Petite Ville* de M. Picard.

rappeler que, par suite des dissensions du moyen âge, envenimées par la politique atroce des papes*, chaque ville hait mortellement la cité voisine, et le nom des habitants de celle-ci passe toujours dans la première pour synonyme de quelque grossier défaut. Les papes ont su faire de ce beau pays la patrie de la haine.

Ce patriotisme d'antichambre est la grande plaie morale de l'Italie, typhus délétère qui aura encore des effets funestes longtemps après qu'elle aura secoué le joug de ses petits p[rinces] ridicules. Une des formes de ce patriotisme est la haine inexorable pour tout ce qui est étranger. Ainsi, ils trouvent les Allemands bêtes, et se mettent en colère quand on leur dit :

— Qu'a produit l'Italie dans le XVIIIe siècle, d'égal à Catherine II ou à Frédéric le Grand? Où avez-vous un jardin anglais comparable au moindre jardin allemand, vous qui par votre climat avez un véritable besoin d'ombre?

7º Au contraire des Anglais et des Français, les Italiens n'ont aucun préjugé politique; on y sait par cœur le vers de La Fontaine :

Votre ennemi c'est votre M[aître] [9].

L'aristocratie, s'appuyant sur les prêtres et sur les sociétés bibliques, est pour eux un vieux tour de passe-passe qui les fait rire. En revanche un Italien a besoin de trois mois de séjour en France pour concevoir comment un marchand de draps peut être *ultra*.

8º Je mettrais pour dernier trait de caractère l'intolérance dans la discussion et la colère, dès qu'ils ne trouvent pas sous la main un argument à lancer contre celui de leur adversaire. Alors on les voit pâlir. C'est une des formes de l'extrême sensibilité, mais ce n'est pas une de ses formes

---

* Voir l'excellente et curieuse *Histoire de l'Église* par M. de Potter [8].

aimables; par conséquent c'est une de celles que j'admets
le plus volontiers en preuve de son existence.

J'ai voulu voir l'amour éternel, et après bien des
difficultés j'ai obtenu d'être présenté ce soir au chevalier C. et à sa maîtresse auprès de laquelle il vit depuis
cinquante-quatre ans. Je suis sorti attendri de la loge de
ces aimables vieillards : voilà l'art d'être heureux, art
ignoré de tant de jeunes gens.

Il y a deux mois que j'ai vu monsignor R... duquel j'ai
été bien reçu parce que je lui portais des *Minerve*[10]. Il était
à sa maison de campagne avec Mme D. qu'il *avvicina*,
comme on dit, depuis trente-quatre ans. Elle est encore
belle, mais il y a un fond de mélancolie dans ce ménage;
on l'attribue à la perte d'un fils empoisonné autrefois par
le mari.

Ici, faire l'amour n'est pas, comme à Paris, voir sa
maîtresse un quart d'heure toutes les semaines, et, le reste
du temps, accrocher un regard ou un serrement de main;
l'amant, l'heureux amant, passe quatre ou cinq heures de
chacune de ses journées avec la femme qu'il aime. Il lui
parle de ses procès, de son jardin anglais, de ses parties de
chasse, de son avancement, etc., etc. C'est l'intimité la
plus complète et la plus tendre; il la tutoie en présence du
mari, et partout.

Un jeune homme de ce pays, et fort ambitieux, à ce
qu'il croyait, appelé à une grande place à Vienne (rien
moins qu'ambassadeur), n'a pas pu se faire à l'absence. Il
a remercié de la place au bout de six mois, et est revenu
être heureux dans la loge de son amie.

Ce commerce de tous les instants serait gênant en
France, où il est nécessaire de porter dans le monde une
certaine affectation, et où votre maîtresse vous dit fort
bien :

— Monsieur un tel, vous êtes maussade ce soir, *vous ne
dites rien*.

En Italie, il ne s'agit pas de dire à la femme qu'on aime

tout ce qui passe par la tête, il faut exactement penser tout haut. Il y a un certain effet nerveux de l'intimité et de la franchise provoquant la franchise, que l'on ne peut attraper que par là. Mais il y a un grand inconvénient : on trouve que faire l'amour de cette manière paralyse tous les goûts et rend insipides toutes les autres occupations de la vie. Cet amour-là est le meilleur remplaçant de la passion.

Nos gens de Paris qui en sont encore à concevoir *qu'on puisse être Persan,* ne sachant que dire, s'écrieront que ces mœurs sont indécentes. D'abord, je ne suis qu'historien, et puis je me réserve de leur démontrer un jour, par lourds raisonnements, qu'en fait de mœurs et, pour le fond des choses, Paris ne doit rien à Bologne. Sans s'en douter, ces pauvres gens répètent encore leur catéchisme de trois sous.

12 juillet 1821.

A Bologne, il n'y a point d'odieux dans la société. A Paris, le rôle de mari trompé est exécrable ; ici (à Bologne) ce n'est rien, il n'y a pas de maris trompés. Les mœurs sont donc les mêmes, il n'y a que la haine de moins ; le cavalier-servant de la femme est toujours ami du mari, et cette amitié cimentée par des services réciproques, survit bien souvent à d'autres intérêts. La plupart de ces amours durent cinq ou six ans, plusieurs toujours. On se quitte enfin quand on ne trouve plus de douceur à se tout dire, et, passé le premier mois de la rupture, il n'y a pas d'aigreur.

Janvier 1822.

L'ancienne mode des cavaliers-servants, importée en Italie par Philippe II avec l'orgueil et les mœurs espagnoles, est entièrement tombée dans les grandes villes. Je ne connais d'exception que les Calabres, où toujours le frère aîné se fait prêtre, marie le cadet et s'établit le servant de sa belle-sœur et en même temps l'amant.

Napoléon a ôté le libertinage à la haute Italie et même à ce pays-ci (Naples).

Les mœurs de la génération actuelle des jolies femmes font honte à leurs mères; elles sont plus favorables à l'amour-passion. L'amour-physique a beaucoup perdu *.

CHAPITRE L

L'AMOUR AUX ÉTATS-UNIS

Un gouvernement libre est un gouvernement qui ne fait point de mal aux citoyens, mais qui au contraire leur donne la sûreté et la tranquillité. Mais il y a encore loin de là au bonheur, il faut que l'homme le fasse lui-même, car ce serait une âme bien grossière que celle qui se tiendrait parfaitement heureuse parce qu'elle jouirait de la sûreté et de la tranquillité. Nous confondons ces choses en Europe; accoutumés que nous sommes à des gouvernements qui nous font du mal, il nous semble qu'en être délivrés serait le suprême bonheur; semblables en cela à des malades travaillés par des maux douloureux. L'exemple de l'Amérique montre bien le contraire. Là, le gouvernement s'acquitte fort bien de son office, et ne fait de mal à personne. Mais, comme si le destin voulait déconcerter et démentir toute notre philosophie, ou plutôt l'accuser de ne pas connaître tous les éléments de l'homme, éloignés comme nous le sommes depuis tant de siècles par le malheureux état de l'Europe de toute véritable expérience,

* Vers 1780, la maxime était :
  Molti averne,
  Un goderne,
  E cambiar spesso.
  Voyage de Sherlock [11].

nous voyons que lorsque le malheur venant des gouvernements manque aux Américains, ils semblent se manquer
à eux-mêmes. On dirait que la source de la sensibilité se
tarit chez ces gens-là. Ils sont justes, ils sont raisonnables,
et ils ne sont point heureux.

L[a] B[ible], c'est-à-dire les ridicules conséquences et
règles de conduite que des esprits bizarres déduisent de ce
recueil de poèmes et de chansons, suffit-elle pour causer
tout ce malheur? L'effet me semble bien considérable
pour la cause.

M. de Volney racontait que se trouvant à table à la
campagne, chez un brave Américain, homme à son aise et
environné d'enfants déjà grands, il entre un jeune homme
dans la salle :

— Bonjour, William, dit le père de famille, asseyez-
vous. Vous vous portez bien à ce que je vois.

Le voyageur demanda qui était ce jeune homme :

— C'est le second de mes fils.

— Et d'où vient-il?

— De Canton.

L'arrivée d'un fils des bouts de l'univers ne faisait pas
plus de sensation.

Toute l'attention semble employée aux arrangements
raisonnables de la vie; et à prévenir tous les inconvénients
arrivés enfin au moment de recueillir le fruit de tant de
soins et d'un si long esprit d'ordre, il ne se trouve plus de
vie de reste pour jouir.

On dirait que les enfants de Penn[1] n'ont jamais lu ce
vers qui semble leur histoire :

Et propter vitam, vivendi perdere causas[2].

Les jeunes gens des deux sexes, lorsque l'hiver est venu,
qui comme en Russie est la saison gaie du pays, courent
ensemble en traîneaux sur la neige le jour et la nuit, ils
font des courses de quinze ou vingt milles fort gaiement et

sans personne pour les surveiller ; et il n'en résulte jamais d'inconvénient.

Il y a la gaieté physique de la jeunesse qui passe bientôt avec la chaleur du sang et qui est finie à vingt-cinq ans ; je ne vois pas les passions qui font jouir. Il y a tant d'*habitude de raison* aux États-Unis, que la cristallisation en a été rendue impossible.

J'admire ce bonheur et ne l'envie pas ; c'est comme le bonheur d'êtres d'une espèce différente et inférieure. J'augure beaucoup mieux des Florides et de l'Amérique méridionale *.

Ce qui fortifie ma conjecture sur celle du Nord, c'est le manque absolu d'artistes et d'écrivains. Les États-Unis ne nous ont pas encore envoyé une scène de tragédie, un tableau ou une vie de Washington.

CHAPITRE LI

DE L'AMOUR EN PROVENCE JUSQU'A LA CONQUÊTE DE TOULOUSE, EN 1228, PAR LES BARBARES DU NORD[1]

L'amour eut une singulière forme en Provence, depuis l'an 1100 jusqu'en 1228. Il y avait une législation établie pour les rapports des deux sexes en amour, aussi sévère et aussi exactement suivie que peuvent l'être aujourd'hui les

---

* Voir les mœurs des îles Açores : l'amour de Dieu et l'autre amour y occupent tous les instants. La religion chrétienne interprétée par les jésuites est beaucoup moins ennemie de l'homme, en ce sens, que le protestantisme anglais ; elle permet au moins de danser le dimanche ; et un jour de plaisir sur sept, c'est beaucoup pour le cultivateur qui travaille assidûment les six autres.

lois du *point d'honneur*. Celles de l'amour faisaient d'abord abstraction complète des droits sacrés des maris. Elles ne supposaient aucune hypocrisie. Ces lois, prenant la nature humaine telle qu'elle est, devaient produire beaucoup de bonheur.

Il y avait la manière officielle de se déclarer amoureux d'une femme, et celle d'être agréé par elle en qualité d'amant. Après tant de mois de cour d'une certaine façon, on obtenait de lui baiser la main. La société, jeune encore, se plaisait dans les formalités et les cérémonies qui alors montraient la civilisation, et qui aujourd'hui feraient mourir d'ennui. Le même caractère se retrouve dans la langue des Provençaux, dans la difficulté et l'entrelacement de leurs rimes, dans leurs mots masculins et féminins pour exprimer le même objet; enfin dans le nombre infini de leurs poètes. Tout ce qui est *forme* dans la société, et qui aujourd'hui est si insipide, avait alors toute la fraîcheur et la saveur de la nouveauté.

Après avoir baisé la main d'une femme, on s'avançait de grade en grade à force de mérite et sans passe-droits. Il faut bien remarquer que si les maris étaient toujours hors de la question, d'un autre côté l'avancement officiel des amants s'arrêtait à ce que nous appellerions les douceurs de l'amitié la plus tendre entre personnes de sexes différents*. Mais, après plusieurs mois ou plusieurs années d'épreuve, une femme étant parfaitement sûre du caractère et de la discrétion d'un homme, cet homme ayant avec elle toutes les apparences et toutes les facilités que donne l'amitié la plus tendre, cette amitié devait donner à la vertu de bien fortes alarmes.

J'ai parlé de passe-droits, c'est qu'une femme pouvait avoir plusieurs amants mais un seul dans les grades supérieurs. Il semble que les autres ne pouvaient pas être

---

* Mémoires de la vie de Chabanon, écrits par lui-même. Les coups de canne au plafond [2].

avancés beaucoup au-delà du degré d'*amitié* qui consistait à lui baiser la main et à la voir tous les jours. Tout ce qui nous reste de cette singulière civilisation est en vers, et en vers rimés de la manière la plus baroque et la plus difficile ; il ne faut pas s'étonner si les notions que nous tirons des ballades des troubadours sont vagues et peu précises. On a trouvé jusqu'à un contrat de mariage en vers. Après la conquête, en 1228, pour cause d'hérésie, les papes prescrivirent à plusieurs reprises de brûler tout ce qui était écrit dans la langue vulgaire. L'astuce italienne proclamait le latin la seule langue digne de gens aussi spirituels. Ce serait une mesure bien avantageuse si l'on pouvait la renouveler en 1822.

Tant de publicité et d'officiel dans l'amour semblent au premier aspect ne pas s'accorder avec la vraie passion. Si la dame disait à son servant :

« Allez pour l'amour de moi visiter la tombe de Notre Seigneur Jésus-Christ à Jérusalem, vous y passerez trois ans et reviendrez ensuite » ; l'amant partait aussitôt ; hésiter un instant l'aurait couvert de la même ignominie qu'aujourd'hui une faiblesse sur le point d'honneur. La langue de ces gens-là a une finesse extrême pour rendre les nuances les plus fugitives du sentiment. Une autre marque que ces mœurs étaient fort avancées sur la route de la véritable civilisation, c'est qu'à peine sortis des horreurs du Moyen Age, et de la féodalité où la force était tout, nous voyons le sexe le plus faible moins tyrannisé qu'il ne l'est *légalement* aujourd'hui ; nous voyons les pauvres et faibles créatures, qui ont le plus à perdre en amour et dont les agréments disparaissent le plus vite, maîtresses du destin des hommes qui les approchent. Un exil de trois ans en Palestine, le passage d'une civilisation pleine de gaieté au fanatisme et à l'ennui d'un camp de croisés devaient être, pour tout autre qu'un chrétien exalté, une corvée fort pénible. Que peut faire à son amant une femme lâchement abandonnée par lui à Paris ?

Il n'y a qu'une réponse que je vois d'ici : aucune femme de Paris qui se respecte n'a d'amant. On voit que la prudence a droit de conseiller bien plus aux femmes d'aujourd'hui de ne pas se livrer à l'amour-passion. Mais une autre prudence, qu'assurément je suis loin d'approuver, ne leur conseille-t-elle pas de se venger avec l'amour physique ? Nous avons gagné à notre hypocrisie et à notre ascétisme * non pas un hommage rendu à la vertu, l'on ne contredit jamais impunément la nature, mais qu'il y a moins de bonheur sur la terre et infiniment moins d'inspirations généreuses.

Un amant qui, après dix ans d'intimité, abandonnait sa pauvre maîtresse parce qu'il s'apercevait qu'elle avait trente-deux ans, était perdu d'honneur dans l'aimable Provence ; il n'avait d'autre ressource que de s'enterrer dans la solitude d'un cloître. Un homme non pas généreux, mais simplement prudent, avait donc intérêt à ne pas jouer alors plus de passion qu'il n'en avait.

Nous devinons tout cela, car il nous reste bien peu de monuments donnant des notions exactes...

Il faut juger l'ensemble des mœurs d'après quelques faits particuliers. Vous connaissez l'anecdote de ce poète qui avait offensé sa dame ; après deux ans de désespoir, elle daigna enfin répondre à ses nombreux messages, et lui fit dire que, s'il se faisait arracher un *ongle* et qu'il lui fît présenter cet ongle par cinquante chevaliers amoureux et fidèles, elle pourrait peut-être lui pardonner. Le poète se hâta de se soumettre à l'opération douloureuse. Cinquante chevaliers bien venus de leurs dames allèrent présenter cet ongle à la belle offensée avec toute la pompe possible. Cela fit une cérémonie aussi imposante que l'entrée d'un des princes du sang dans une des villes du royaume. L'amant couvert des livrées du repentir suivait de loin son ongle. La dame, après avoir vu s'accomplir toute la cérémonie

---

* Principe ascétique de Jérémie Bentham [1].

qui fut fort longue, daigna lui pardonner ; il fut réintégré dans toutes les douceurs de son premier bonheur. L'histoire dit qu'ils passèrent ensemble de longues et heureuses années. Il est sûr que les deux ans de malheur prouvent une passion véritable et l'auraient fait naître quand elle n'eût pas existé avec cette force auparavant.

Vingt anecdotes que je pourrais citer montrent partout une galanterie aimable, spirituelle et conduite entre les deux sexes sur les principes de la justice ; je dis galanterie, car en tout temps l'amour-passion est une exception plus curieuse que fréquente, et l'on ne saurait lui imposer de lois. En Provence, ce qu'il peut y avoir de calculé et de soumis à l'empire de la raison était fondé sur la justice et sur l'égalité de droits entre les deux sexes : voilà ce que j'admire surtout comme éloignant le malheur autant qu'il est possible. Au contraire, la monarchie absolue sous Louis XV était parvenue à mettre à la mode la scélératesse et la noirceur dans ces mêmes rapports *.

Quoique cette jolie langue provençale, si remplie de délicatesse et si tourmentée par la rime **, ne fût pas probablement celle du peuple, les mœurs de la haute classe avaient passé aux classes inférieures très peu grossières alors en Provence, parce qu'elles avaient beaucoup d'aisance. Elles étaient dans les premières joies d'un commerce fort prospère et fort riche. Les habitants des rives de la Méditerranée venaient de s'apercevoir (au IXᵉ siècle) que faire le commerce en hasardant quelques barques sur cette mer était moins pénible et presque aussi amusant que de détrousser les passants sur le grand chemin voisin, à la suite de quelque petit seigneur féodal. Peu après, les Provençaux du Xᵉ siècle virent chez les Arabes qu'il y avait des plaisirs plus doux que piller, violer et se battre.

---

* Il faut avoir entendu parler l'aimable général Laclos ⁴, Naples, 1802. Si l'on n'a pas eu ce bonheur, l'on peut ouvrir la *Vie privée du maréchal de Richelieu*, neuf volumes bien plaisamment rédigés ⁵.

** Née à Narbonne ; mélange de latin et d'arabe.

Il faut considérer la Méditerranée comme le foyer de la civilisation européenne. Les bords heureux de cette belle mer si favorisée par le climat l'étaient encore par l'état prospère des habitants et par l'absence de toute religion ou législation triste. Le génie éminemment gai des Provençaux d'alors avait traversé la religion chrétienne sans en être altéré.

Nous voyons une vive image d'un effet semblable de la même cause dans les villes d'Italie dont l'histoire nous est parvenue d'une manière plus distincte et qui d'ailleurs ont été assez heureuses pour nous laisser le Dante, Pétrarque et la peinture.

Les Provençaux ne nous ont pas légué un grand poème, comme *la Divine Comédie,* dans lequel viennent se réfléchir toutes les particularités des mœurs de l'époque. Ils avaient, ce me semble, moins de passion et beaucoup plus de gaieté que les Italiens. Ils tenaient de leurs voisins, les Maures d'Espagne, cette agréable manière de prendre la vie. L'amour régnait avec l'allégresse, les fêtes et les plaisirs dans les châteaux de l'heureuse Provence.

Avez-vous vu à l'Opéra *la finale* [6] d'un bel opéra-comique de Rossini? Tout est gaieté, beauté, magnificence idéale sur la scène. Nous sommes à mille lieues des vilains côtés de la nature humaine. L'opéra finit, la toile tombe, les spectateurs s'en vont, le lustre s'élève, on éteint les quinquets. L'odeur de lampe mal éteinte remplit la salle, le rideau se relève à moitié, l'on aperçoit des polissons sales et mal vêtus se démener sur la scène, ils s'y agitent d'une manière hideuse, ils y tiennent la place des jeunes femmes qui la remplissaient de leurs grâces il n'y a qu'un instant.

Tel fut pour le royaume de Provence l'effet de la conquête de Toulouse par l'armée des croisés. Au lieu d'amour, de grâces et de gaieté, on eut les barbares du Nord et saint Dominique. Je ne noircirai point ces pages du récit à faire dresser les cheveux des horreurs de l'inquisition dans toute la ferveur de la jeunesse. Quant aux barbares, c'étaient nos pères ; ils tuaient et sacca-geaient tout ; ils détruisaient pour le plaisir de détruire ce qu'ils ne pouvaient emporter ; une rage sauvage les animait contre tout ce qui portait quelque trace de civilisation, surtout ils n'entendaient pas un mot de cette belle langue du Midi, et leur fureur en était redoublée. Fort supersti-tieux, et guidés par l'affreux saint Dominique, ils croyaient gagner le ciel en tuant des Provençaux. Tout fut fini pour ceux-ci : plus d'amour, plus de gaieté, plus de poésie ; moins de vingt ans après la conquête (1235), ils étaient presque aussi barbares et aussi grossiers que les Fran-çais *, que nos pères.

D'où était tombée dans ce coin du monde cette charmante forme de civilisation qui pendant deux siècles fit le bonheur des hautes classes de la société? Des Maures d'Espagne apparemment.

CHAPITRE LII

LA PROVENCE AU XIIᵉ SIÈCLE

Je vais traduire une anecdote des manuscrits proven-çaux ; le fait que l'on va lire eut lieu vers l'an 1180, et l'histoire fut écrite vers 1250 ** ; l'anecdote est assurément fort connue : toute la nuance des mœurs est dans le style. Je supplie qu'on me permette de traduire mot à mot et sans chercher aucunement l'élégance du langage actuel.

---

* Voir l'*État de la puissance militaire de la Russie*, véridique ouvrage du général sir Robert Wilson[7].

** Le manuscrit est à la bibliothèque Laurentiana. M. Raynouard le rapporte au tome V de ses *Troubadours*, page 189. Il y a plusieurs fautes dans son texte ; il a trop loué et trop peu connu les troubadours[1].

« Monseigneur Raymond de Roussillon fut un vaillant baron ainsi que le savez, et eut pour femme madona Marguerite, la plus belle femme que l'on connût en ce temps, et la plus douée de toutes belles qualités, de toute valeur et de toute courtoisie. Il arriva ainsi que Guillaume de Cabstaing, qui fut fils d'un pauvre chevalier du château Cabstaing, vint à la cour de Monseigneur Raymond de Roussillon, se présenta à lui et lui demanda s'il lui plaisait qu'il fut varlet de sa cour. Monseigneur Raymond, qui le vit beau et avenant, lui dit qu'il fût le bienvenu, et qu'il demeurât en sa cour. Ainsi Guillaume demeura avec lui et sut si gentiment se conduire que petits et grands l'aimaient ; et il sut tant se distinguer que Monseigneur Raymond voulut qu'il fût donzel de madona Marguerite, sa femme ; et ainsi fut fait. Adonc s'efforça Guillaume de valoir encore plus et en dits et en faits. Mais, ainsi comme il a coutume d'avenir en amour, il se trouva qu'Amour voulut prendre madona Marguerite et enflammer sa pensée. Tant lui plaisait le faire de Guillaume, et son dire, et son semblant, qu'elle ne put se tenir un jour de lui dire : « Or ça, dis-moi, Guillaume, si une femme te faisait semblant d'amour, oserais-tu bien l'aimer ? ». Guillaume qui s'en était aperçu lui répondit tout franchement : « Oui, bien ferais-je, madame, pourvu seulement que semblant fût vériter. — Par saint Jean ! fit la dame, bien avez répondu comme un homme de valeur ; mais à présent je te veux éprouver si tu pourras savoir et connaître en fait de semblants quels sont de vérité et quels non. »

« Quand Guillaume eut entendu ces paroles, il répondit : « Ma dame, qu'il soit ainsi comme il vous plaira. »

« Il commença à être pensif, et Amour aussitôt lui chercha guerre ; et les pensers qu'Amour envoie aux siens lui entrèrent dans tout le profond du cœur, et de là en avant il fut des servants d'amour et commença à trouver *

---

* Faire.

de petits couplets avenants et gais, et des chansons à danser et des chansons de chant* plaisant, par quoi il était fort agréé, et plus de celle pour laquelle il chantait. Or, Amour qui accorde à ses servants leur récompense quand il lui plaît, voulut à Guillaume donner le prix du sien; et le voilà qui commence à prendre la dame si fort de pensers et réflexions d'amour que ni jour ni nuit elle ne pouvait reposer, songeant à la valeur et à la prouesse qui en Guillaume s'était si copieusement logée et mise.

« Un jour il arriva que la dame prit Guillaume et lui dit : « Guillaume, or ça, dis-moi, t'es-tu à cette heure aperçu de mes semblants, s'ils sont véritables ou mensongers? » Guillaume répond : « Madona, ainsi Dieu me soit en aide, du moment en ça que j'ai été votre servant, il ne m'a pu entrer au cœur nulle pensée que vous ne fussiez la meilleure qui onc naquit et la plus véritable et en paroles et en semblants. Cela je crois et croirai toute ma vie. » Et la dame répondit :

« Guillaume, je vous dis que si Dieu m'aide que jà ne serez par moi trompé, et que vos pensers ne seront pas vains ni perdus. » Et elle étendit les bras et l'embrassa doucement dans la chambre où ils étaient tous deux assis, et ils commencèrent leur druerie**; et il ne tarda guère que les médisants, que Dieu ait en ire, se mirent à parler et à deviser de leur amour, à propos des chansons que Guillaume faisait, disant qu'il avait mis son amour en madame Marguerite, et tant dirent-ils à tort et à travers que la chose vint aux oreilles de monseigneur Raymond. Alors il fut grandement peiné et fort grièvement triste, d'abord parce qu'il lui fallait perdre son compagnon-écuyer qu'il aimait tant, et plus encore pour la honte de sa femme.

« Un jour il arriva que Guillaume s'en était allé à la chasse à l'épervier avec un écuyer seulement; et monsei-

---

* Il inventait les airs et les paroles.
** *A far all'amore.*

gneur Raymond fit demander où il était; et un valet lui
répondit qu'il était allé à l'épervier, et tel qu'il le savait
ajouta qu'il était en tel endroit. Sur-le-champ Raymond
prend des armes cachées et se fait amener son cheval, et
prend tout seul son chemin vers cet endroit où Guillaume
était allé; tant il chevaucha qu'il le trouva. Quand
Guillaume le vit venir, il s'en étonna beaucoup, et sur-le-
champ il lui vint de sinistres pensées, et il s'avança à sa
rencontre et lui dit : « Seigneur, soyez le bien arrivé.
Comment êtes-vous ainsi seul ? » Monseigneur Raymond
répondit : « Guillaume, c'est que je vais vous cherchant
pour me divertir avec vous. N'avez-vous rien pris ? — Je
n'ai guère pris, seigneur, car je n'ai guère trouvé; et qui
peu trouve ne peut guère prendre, comme dit le proverbe.
— Laissons là désormais cette conversation, dit monseigneur Raymond et, par la foi que vous me devez, dites-
moi vérité sur tous les sujets que je voudrai demander. —
Par Dieu! seigneur, dit Guillaume, si cela est chose à dire,
bien vous la dirai-je. — Je ne veux ici aucune subtilité,
ainsi dit monseigneur Raymond, mais vous me direz tout
entièrement sur tout ce que je vous demanderai. —
Seigneur, autant qu'il vous plaira me demander, dit
Guillaume, autant vous dirai-je la vérité. » Et monseigneur Raymond demande : « Guillaume, si Dieu et la
sainte foi vous vaut, avez-vous une maîtresse pour qui
vous chantiez ou pour laquelle Amour vous étreigne ? »
Guillaume répond : « Seigneur, et comment ferais-je pour
chanter, si Amour ne me pressait pas ? Sachez la vérité,
monseigneur, qu'Amour m'a tout en son pouvoir. »
Raymond répond : « Je veux bien le croire, qu'autrement
vous ne pourriez pas si bien chanter; mais je veux savoir
s'il vous plaît qui est votre dame. — Ah! seigneur, au nom
de Dieu, dit Guillaume, voyez ce que vous me demandez.
Vous savez trop bien qu'il ne faut pas nommer sa dame, et
que Bernard de Ventadour dit :

En une chose ma raison me sert*,
Que jamais homme ne m'a demandé ma joie,
Que je ne lui en aie menti volontiers.
Car cela ne me semble pas bonne doctrine,
Mais plutôt folie et acte d'enfant,
Que quiconque est bien traité en amour
En veuille ouvrir son cœur à un autre homme,
A moins qu'il ne puisse le servir et l'aider.

« Monseigneur Raymond répond : « Et je vous donne ma foi que je vous servirai selon mon pouvoir. » Raymond en dit tant que Guillaume lui répondit :

« Seigneur, il faut que vous sachiez que j'aime la sœur de madame Marguerite votre femme et que je pense en avoir échange d'amour. Maintenant que vous le savez, je vous prie de venir à mon aide ou du moins de ne pas me faire dommage. — Prenez main et foi, fit Raymond, car je vous jure et vous engage que j'emploierai pour vous tout mon pouvoir. » Et alors il lui donna sa foi, et quand il la lui eut donnée, Raymond lui dit : « Je veux que nous allions à son château, car il est près d'ici. — Et je vous en prie, fit Guillaume, par Dieu. » Et ainsi ils prirent leur chemin vers le château de *Liet*. Et, quand ils furent au château, ils furent bien accueillis par *En*** Robert de Tarascon, qui était mari de madame Agnès, la sœur de madame Marguerite, et par madame Agnès elle-même. Et monseigneur Raymond prit madame Agnès par la main, il la mena dans la chambre, et ils s'assirent sur le lit. Et monseigneur Raymond dit : « Maintenant, dites-moi, belle-sœur, par la foi que vous me devez, aimez-vous d'amour ? » Et elle dit : « Oui, seigneur. — Et qui ? fit-il. — Oh ! cela, je ne vous le dis pas, répondit-elle ; et quels discours me tenez-vous là ? »

« A la fin tant la pria, qu'elle dit qu'elle aimait

---

* On traduit mot à mot les vers provençaux cités par Guillaume.

** *En,* manière de parler parmi les Provençaux, que nous traduisons par *le sire.*

Guillaume de Cabstaing. Elle dit cela parce qu'elle voyait Guillaume triste et pensif, et elle savait bien comme quoi il aimait sa sœur ; et ainsi elle craignait que Raymond n'eût de mauvaises pensées de Guillaume. Une telle réponse causa une grande joie à Raymond. Agnès conta tout à son mari, et le mari lui répondit qu'elle avait bien fait, et lui donna parole qu'elle avait la liberté de faire ou dire tout ce qui pourrait sauver Guillaume. Agnès n'y manqua pas. Elle appela Guillaume dans sa chambre tout seul, et resta tant avec lui, que Raymond pensa qu'il devait avoir eu d'elle plaisir d'amour ; et tout cela lui plaisait, et il commença à penser que ce qu'on lui avait dit de lui n'était pas vrai et qu'on parlait en l'air. Agnès et Guillaume sortirent de la chambre, le souper fut préparé et l'on soupa en grande gaieté. Et après souper Agnès fit préparer le lit des deux proche de la porte de sa chambre, et si bien firent de semblant en semblant la dame et Guillaume, que Raymond crut qu'il couchait avec elle.

« Et le lendemain ils dînèrent au château avec grande allégresse, et après dîner ils partirent avec tous les honneurs d'un noble congé et vinrent à Roussillon. Et aussitôt que Raymond le put, il se sépara de Guillaume et s'en vint à sa femme, et lui conta ce qu'il avait vu de Guillaume et de sa sœur, de quoi eut sa femme une grande tristesse toute la nuit. Et le lendemain elle fit appeler Guillaume, et le reçut mal, et l'appela faux ami et traître. Et Guillaume lui demanda merci, comme homme qui n'avait faute aucune de ce dont elle l'accusait, et lui conta tout ce qui s'était passé mot à mot. Et la femme manda sa sœur, et par elle sut bien que Guillaume n'avait pas tort. Et pour cela elle lui dit et commanda qu'il fît une chanson par laquelle il montrât qu'il n'aimait aucune femme excepté elle, et alors il fit la chanson qui dit :

La douce pensée
Qu'Amour souvent me donne.

7

« Et quand Raymond de Roussillon ouït la chanson que Guillaume avait faite pour sa femme, il le fit venir pour lui parler assez loin du château et il lui coupa la tête, qu'il mit dans un carnier, il lui tira le cœur du corps et il le mit avec la tête. Il s'en alla au château, il fit rôtir le cœur et apporter à table à sa femme, et il le lui fit manger sans qu'elle le sût. Quand elle l'eut mangé, Raymond se leva et dit à sa femme que ce qu'elle venait de manger était le cœur du seigneur Guillaume de Cabstaing, et lui montra la tête et lui demanda si le cœur avait été bon à manger. Et elle entendit ce qu'il disait et vit et connut la tête du seigneur Guillaume. Elle lui répondit et dit que le cœur avait été si bon et savoureux, que jamais autre manger ou autre boire ne lui ôterait de la bouche le goût que le cœur du seigneur Guillaume y avait laissé. Et Raymond lui courut sus avec une épée. Elle se prit à fuir, se jeta d'un balcon en bas et se cassa la tête.

« Cela fut su dans toute la Catalogne et dans toutes les terres du roi d'Aragon. Le roi Alphonse et tous les barons de ces contrées eurent grande douleur et grande tristesse de la mort du seigneur Guillaume et de la femme que Raymond avait aussi laidement mise à mort. Ils lui firent la guerre à feu et à sang. Le roi Alphonse d'Aragon ayant pris le château de Raymond, il fit placer Guillaume et sa dame dans un monument devant la porte de l'église d'un bourg nommé Perpignac. Tous les parfaits amants, toutes les parfaites amantes prièrent Dieu pour leurs âmes. Le roi d'Aragon prit Raymond, le fit mourir en prison et donna tous ses biens aux parents de Guillaume et aux parents de la femme qui mourut pour lui. »

CHAPITRE LIII

L'ARABIE[1]

C'est sous la tente noirâtre de l'Arabe-Bédouin qu'il faut chercher le modèle et la patrie du véritable amour. Là comme ailleurs la solitude et un beau climat ont fait naître la plus noble des passions du cœur humain, celle qui pour trouver le bonheur a besoin de l'inspirer au même degré qu'elle le sent.

Il fallait, pour que l'amour parût tout ce qu'il peut être dans le cœur de l'homme, que l'égalité entre la maîtresse et son amant fût établie autant que possible. Elle n'existe point cette égalité dans notre triste Occident : une femme quittée est malheureuse ou déshonorée. Sous la tente de l'Arabe, la foi donnée *ne peut pas* se violer. Le mépris et la mort suivent immédiatement ce crime.

La générosité est si sacrée chez ce peuple qu'il est permis de *voler* pour donner. D'ailleurs les dangers y sont de tous les jours et la vie s'écoule toute pour ainsi dire dans une solitude passionnée. Même réunis les Arabes parlent peu.

Rien ne change chez l'habitant du désert ; tout y est éternel et immobile. Les mœurs singulières, dont je ne puis, par ignorance, que donner une faible esquisse, existaient probablement dès le temps d'Homère*. Elles ont été décrites pour la première fois vers l'an 600 de notre ère, deux siècles avant Charlemagne.

On voit que c'est nous qui fûmes les barbares à l'égard de l'Orient quand nous allâmes le troubler par nos croisades**. Aussi devons-nous ce qu'il y a de noble dans

---

* 900 ans avant Jésus-Christ.
** 1095.

nos mœurs à ces croisades et aux Maures d'Espagne.

Si nous nous comparons aux Arabes, l'orgueil de l'homme prosaïque sourira de pitié. Nos arts sont extrêmement supérieurs aux leurs, nos législations sont en apparence encore plus supérieures; mais je doute que nous l'emportions dans l'art du bonheur domestique : il nous a toujours manqué bonne foi et simplicité; dans les relations de famille le trompeur est le premier malheureux. Il n'y a plus de sécurité pour lui : toujours injuste il a toujours peur.

A l'origine des plus anciens monuments historiques, nous voyons les Arabes divisés de toute antiquité en un grand nombre de tribus indépendantes, errant dans le désert. Suivant que ces tribus pouvaient, avec plus ou moins de facilité, pourvoir aux premiers besoins de l'homme, elles avaient des mœurs plus ou moins élégantes. La générosité était la même partout, mais, suivant le degré d'opulence de la tribu, elle se montrait par le don du quartier de chevreau nécessaire à la vie physique, ou par celui de cent chameaux, don provoqué par quelque relation de famille ou d'hospitalité.

Le siècle héroïque des Arabes, celui où ces âmes généreuses brillèrent pures de toute affectation de bel esprit ou de sentiment raffiné, fut celui qui précéda Mohammed et qui correspond au Ve siècle de notre ère, à la fondation de Venise et au règne de Clovis. Je supplie notre orgueil de comparer les chants d'amour qui nous restent des Arabes, et les mœurs nobles retracées dans *les Mille et une Nuits* aux horreurs dégoûtantes qui ensanglantent chaque page de Grégoire de Tours, l'historien de Clovis, ou d'Eginhard, l'historien de Charlemagne.

Mohammed fut un *puritain*, il voulut proscrire les plaisirs qui ne font de mal à personne; il a tué l'amour dans les pays qui ont admis l'islamisme*; c'est pour cela que

---

* Mœurs de Constantinople. La seule manière de tuer l'amour-passion est d'empêcher toute cristallisation par la facilité.

sa religion a toujours été moins pratiquée dans l'Arabie, son berceau, que dans tous les autres pays mahométans.

Les Français ont rapporté d'Egypte quatre volumes in-folio, intitulés le *Livre des Chansons*. Ces volumes contiennent :

1º Les biographies des poètes qui ont fait les chansons.

2º Les chansons elles-mêmes. Le poète y chante tout ce qui l'intéresse, il y loue son coursier rapide et son arc, après avoir parlé de sa maîtresse. Ces chants furent souvent les lettres d'amour de leurs auteurs ; ils y donnaient à l'objet aimé un tableau fidèle de toutes les affections de leur âme. Ils parlent quelquefois de nuits froides pendant lesquelles ils ont été obligés de brûler leur arc et leurs flèches. Les Arabes sont une nation sans maisons.

3º Les biographies des musiciens qui ont fait la musique de ces chansons.

4º Enfin l'indication des formules musicales ; ces formules sont des hiéroglyphes pour nous ; cette musique nous restera à jamais inconnue, et d'ailleurs ne nous plairait pas.

Il y a un autre recueil intitulé *Histoires des Arabes qui sont morts d'amour*.

Ces livres si curieux sont extrêmement peu connus ; le petit nombre de savants qui pourraient les lire ont eu le cœur desséché par l'étude et par les habitudes académiques.

Pour nous reconnaître au milieu de monuments si intéressants par leur antiquité et par la beauté singulière des mœurs qu'ils font deviner, il faut demander quelques faits à l'histoire.

De tout temps, et surtout avant Mohammed, les Arabes se rendaient à La Mecque pour faire le tour de la *Caaba* ou maison d'Abraham. J'ai vu à Londres un modèle fort exact de la ville sainte. Ce sont sept à huit cents maisons à toits en terrasse, jetées au milieu d'un désert de sable dévoré par le soleil. A l'une des extrémités de la ville, l'on découvre un édifice immense à peu près de forme carrée ; cet édifice entoure la Caaba ; il se compose d'une longue suite de portiques nécessaires sous le soleil d'Arabie pour effectuer la promenade sacrée. Ce portique est bien important dans l'histoire des mœurs et de la poésie arabes : ce fut apparemment pendant des siècles le seul lieu où les hommes et les femmes se trouvassent réunis. On faisait pêle-mêle, à pas lents, et en récitant en chœur des poésies sacrées, le tour de la Caaba ; c'est une promenade de trois quarts d'heure ; ces tours se répétaient plusieurs fois dans la même journée ; c'était là le rite sacré pour lequel hommes et femmes accouraient de toutes les parties du désert. C'est sous le portique de la Caaba que se sont polies les mœurs arabes. Il s'établit bientôt une lutte entre les pères et les amants ; bientôt ce fut par des odes d'amour que l'Arabe dévoila sa passion à la jeune fille sévèrement surveillée par ses frères ou son père, à côté de laquelle il faisait la promenade sacrée. Les habitudes généreuses et sentimentales de ce peuple existaient déjà dans le camp, mais il me semble que la galanterie arabe est née autour de la Caaba ; c'est aussi la patrie de leur littérature. D'abord elle exprima la passion avec simplicité et véhémence, telle que la sentait le poète ; plus tard le poète, au lieu de songer à toucher son amie, pensa à écrire de belles choses ; alors naquit l'affectation que les Maures portèrent en Espagne et qui gâte encore aujourd'hui les livres de ce peuple *.

Je vois une preuve touchante du respect des Arabes pour le sexe le plus faible dans la formule de leur divorce. La femme, en l'absence du mari duquel elle voulait se séparer, détendait la tente et la relevait en ayant soin d'en placer l'ouverture du côté opposé à celui qu'elle occupait

---

* Il y a un fort grand nombre de manuscrits arabes à Paris. Ceux des temps postérieurs ont de l'affectation, mais jamais aucune imitation des Grecs ou des Romains ; c'est ce qui les fait mépriser des savants.

auparavant. Cette simple cérémonie séparait à jamais les deux époux.

FRAGMENTS

Extraits et traduits d'un recueil arabe intitulé :

LE DIVAN DE L'AMOUR

Compilé par Ebn-Abi-Hadglat (Manuscrits de la Bibliothèque du roi, nos 1461 et 1462).

Mohammed, fils de Djaâfar Elahouâzadi, raconte que Djamil étant malade de la maladie dont il mourut, Elâbas, fils de Sohail, le visita et le trouva prêt à rendre l'âme. « O fils de Sohail ! lui dit Djamil, que penses-tu d'un homme qui n'a jamais bu de vin, qui n'a jamais fait de gain illicite, qui n'a jamais donné injustement la mort à nulle créature vivante que Dieu ait défendu de tuer, et qui rend témoignage qu'il n'y a d'autre dieu que Dieu et que Mohammed est son prophète ? — Je pense, répondit Ben Sohail, que cet homme sera sauvé et obtiendra le paradis ; mais quel est-il, cet homme que tu dis ? — C'est moi, répliqua Djamil. — Je ne croyais pas que tu professasses l'islamisme, dit alors Ben Sohail ; et d'ailleurs il y a vingt ans que tu fais l'amour à Bothaina et que tu la célèbres dans tes vers. — Me voici, répondit Djamil, au premier des jours de l'autre monde et au dernier des jours de ce monde ; et je veux que la clémence de notre maître Mohammed ne s'étende pas sur moi au jour du jugement, si j'ai jamais porté la main sur Bothaina pour quelque chose de répréhensible. »

Ce Djamil et Bothaina, sa maîtresse, appartenaient tous les deux aux Benou-Azra, qui sont une tribu célèbre en amour parmi toutes les tribus des Arabes. Aussi, leur manière d'aimer a-t-elle passé en proverbe ; et Dieu n'a point fait de créatures aussi tendres qu'eux en amour.

Sahid, fils d'Agba, demanda un jour à un Arabe : « De quel peuple es-tu? — Je suis du peuple chez lequel on meurt quand on aime, répondit l'Arabe. — Tu es donc de la tribu de Azra? ajouta Sahid — Oui, par le maître de la Caaba, répliqua l'Arabe. — D'où vient donc que vous aimez de la sorte? demanda ensuite Sahid. — Nos femmes sont belles et nos jeunes gens sont chastes », répondit l'Arabe.

Quelqu'un demanda un jour à Arouâ-Ben-Hezam * : « Est-il donc bien vrai, comme on le dit de vous, que vous êtes de tous les hommes ceux qui avez le cœur le plus tendre en amour? — Oui, par Dieu, cela est vrai, répondit Arouâ, et j'ai connu dans ma tribu trente jeunes gens que la mort a enlevés, et qui n'avaient d'autre maladie que l'amour. »

Un Arabe des Benou-Fazârat dit un jour à un autre Arabe des Benou-Azra : « Vous autres, Benou-Azra, vous pensez que mourir d'amour est une douce et noble mort; mais c'est là une faiblesse manifeste et une stupidité; et ceux que vous prenez pour des hommes de grand cœur ne sont que des insensés et de molles créatures. — Tu ne parlerais pas ainsi, lui répondit l'Arabe de la tribu de Azra, si tu avais vu les grands yeux noirs de nos femmes voilés par-dessus de leurs longs sourcils, et décochant des flèches par-dessous; si tu les avais vues sourire, et leurs dents briller entre leurs lèvres brunes. »

Abou-el-Hassan, Ali, fils d'Abdalla, Elzagouni, raconte ce qui suit : « Un musulman aimait une fille chrétienne jusqu'au point d'en perdre la raison. Il fut obligé de faire un voyage dans un pays étranger avec un ami qui était dans la confidence de son amour. Ses affaires s'étant

---

* Cet Arouâ-Ben-Hezam était de la tribu de Azra dont il vient d'être fait mention. Il est célèbre comme poète, et plus célèbre encore comme un des nombreux martyrs de l'amour que les Arabes comptent parmi eux.

prolongées dans ce pays, il y fut attaqué d'une maladie mortelle, et dit alors à son ami : « Voilà que mon terme approche, je ne rencontrerai plus dans ce monde celle que j'aime, et je crains, si je meurs musulman, de ne pas la rencontrer non plus dans l'autre vie. » Il se fit chrétien et mourut. Son ami se rendit auprès de la jeune chrétienne qu'il trouva malade. Elle lui dit : « Je ne verrai plus mon ami dans ce monde; mais je veux me retrouver avec lui dans l'autre : ainsi donc je rends témoignage qu'il n'y a d'autre dieu que Dieu, et que Mohammed est le prophète de Dieu. » Là-dessus, elle mourut; et que la miséricorde de Dieu soit sur elle ★. »

Eltemimi raconte qu'il y avait dans la tribu des Arabes de Tagleb une fille chrétienne fort riche qui aimait un jeune musulman. Elle lui offrit sa fortune et tout ce qu'elle avait de précieux, sans pouvoir parvenir à se faire aimer de lui. Quand elle eut perdu toute espérance, elle donna cent dinars à un artiste pour lui faire une figure du jeune homme qu'elle aimait. L'artiste fit cette figure, et quand la jeune fille l'eut, elle la plaça dans un endroit où elle venait tous les jours. Là, elle commençait par embrasser cette figure, et puis s'asseyait à côté d'elle et passait le reste de la journée à pleurer. Quand le soir était venu, elle saluait la figure et se retirait. Elle fit cela pendant longtemps. Le jeune homme vint à mourir; elle voulut le voir et l'embrasser mort, après quoi elle retourna auprès de sa figure, la salua, l'embrassa comme à l'ordinaire et se coucha à côté d'elle. Le matin venu, on l'y trouva morte, la main étendue vers des lignes d'écriture qu'elle avait tracées avant de mourir ★.

Oueddah, du pays de Yamen, était renommé pour sa beauté entre les Arabes. Lui et Om-el-Bonain, fille de Abd-el-Aziz, fils de Merouan, n'étant encore que des enfants, s'aimaient déjà tellement, que l'un ne pouvait souffrir d'être un moment séparé de l'autre. Lorsque Om-el-Bonain devint la femme de Oualid-Ben-Abd-el-Malek,

Oueddah en perdit la raison. Après être resté longtemps dans un état d'égarement et de souffrance, il se rendit en Syrie et commença à rôder chaque jour autour de l'habitation de Oualid, fils de Malek, sans trouver d'abord de moyen de parvenir à ce qu'il désirait. A la fin, il fit la rencontre d'une jeune fille qu'il réussit à s'attacher à force de persévérance et de soins. Quand il crut pouvoir se fier à elle, il lui demanda si elle connaissait Om-el-Bonain. « Sans doute, puisque c'est ma maîtresse, répondit la jeune fille. — Eh bien! reprit Oueddah, ta maîtresse est ma cousine et si tu veux lui porter de mes nouvelles tu lui feras certainement plaisir. — Je lui en porterai volontiers, répondit la jeune fille »; et là-dessus elle courut aussitôt vers Om-el-Bonain pour lui donner des nouvelles de Oueddah. « Prends garde à ce que tu dis! s'écria celle-ci : Quoi! Oueddah est vivant? — Assurément, dit la jeune fille. — Va lui dire, poursuivit alors Om-el-Bonain, de ne point s'écarter jusqu'à ce qu'il lui arrive un messager de ma part. » Elle prit ensuite ses mesures pour introduire Oueddah chez elle, où elle le garda caché dans un coffre. Elle l'en faisait sortir pour être avec lui quand elle se croyait en sûreté; et quand il arrivait quelqu'un qui aurait pu le voir, elle le faisait rentrer dans le coffre.

Il arriva un jour que l'on apporta à Oualid une perle, et il dit à l'un de ses serviteurs : « Prends cette perle et porte-la à Om-el-Bonain. » Le serviteur prit la perle et la porta à Om-el-Bonain. Ne s'étant pas fait annoncer, il entra chez elle dans un moment où elle était avec Oueddah, de sorte qu'il put lancer un coup d'œil dans l'appartement de Om-el-Bonain sans que celle-ci y prît garde. Le serviteur de Oualid s'acquitta de sa commission et demanda quelque chose à Om-el-Bonain pour le bijou qu'il lui avait apporté. Elle le refusa sévèrement, et lui fit une réprimande. Le serviteur sortit courroucé contre elle, et, allant dire à Oualid ce qu'il avait vu, il lui décrivit le coffre où il avait vu entrer Oueddah. « Tu mens, esclave sans mère, tu mens », lui dit Oualid ; et il court brusquement chez Om-el-Bonain. Il y avait dans l'appartement plusieurs coffres ; il s'assied sur celui où était renfermé Oueddah, et que lui avait décrit l'esclave, en disant à Om-el-Bonain : « Donne-moi un de ces coffres. — Ils sont tous à toi, ainsi que moi-même, répondit Om-el-Bonain. — Eh bien ! poursuivit Oualid, je désire avoir celui sur lequel je suis assis. — Il y a dans celui-là des choses nécessaires à une femme, dit Om-el-Bonain. — Ce ne sont point ces choses-là, c'est le coffre que je désire, continua Oualid. — Il est à toi, répondit-elle. » Oualid fit aussitôt emporter le coffre, et fit appeler deux esclaves auxquels il donna l'ordre de creuser une fosse en terre jusqu'à la profondeur où il se trouverait de l'eau. Approchant ensuite sa bouche du coffre : « On m'a dit quelque chose de toi, cria-t-il. Si l'on m'a dit vrai, que toute ta trace de toi soit séparée, que toute nouvelle de toi soit ensevelie. Si l'on m'a dit faux, je ne fais rien de mal en enfouissant un coffre : ce n'est que du bois enterré. » Il fit pousser alors le coffre dans la fosse et la fit combler des pierres et des terres que l'on en avait retirées. Depuis lors Om-el-Bonain ne cessa de fréquenter cet endroit, et d'y pleurer jusqu'à ce qu'on l'y trouvât un jour sans vie, la face contre terre * ★.

CHAPITRE LIV

DE L'ÉDUCATION DES FEMMES [1]

Par l'actuelle éducation des jeunes filles, qui est le fruit du hasard et du plus sot orgueil, nous laissons oisives chez

---

* Ces fragments sont extraits de divers chapitres du recueil cité. Les trois marqués d'une ★ sont tirés du dernier chapitre qui est une biographie très sommaire d'un assez grand nombre d'Arabes martyrs de l'amour.

elles les facultés les plus brillantes et les plus riches en
bonheur pour elles-mêmes et pour nous. Mais quel est
l'homme prudent qui ne se soit écrié au moins une fois en
sa vie :

> *Une femme en sait toujours assez,*
> *Quand la capacité de son esprit se hausse*
> *A connaître un pourpoint d'avec un haut-de-chausse.*

Les femmes savantes, acte II, scène VII.

A Paris, la première louange pour une jeune fille à
marier est cette phrase : « Elle a beaucoup de douceur
dans le caractère » et, par habitude moutonne, rien ne fait
plus d'effet sur les sots épouseurs. Voyez-les deux ans
après, déjeunant tête à tête avec leur femme par un temps
sombre, la casquette sur la tête et entourés de trois grands
laquais.

On a vu porter aux Etats-Unis, en 1818, une loi qui
condamne à trente-quatre coups de fouet l'homme qui
montrera à lire à un nègre de la Virginie*. Rien de plus
conséquent et de plus raisonnable que cette loi.

Les Etats-Unis d'Amérique eux-mêmes ont-ils été plus
utiles à la mère patrie lorsqu'ils étaient ses esclaves ou
depuis qu'ils sont ses égaux? Si le travail d'un homme
libre vaut deux ou trois fois celui du même homme réduit
en esclavage, pourquoi n'en serait-il pas de même de la
pensée de cet homme?

Si nous l'osions, nous donnerions aux jeunes filles une
éducation d'esclave, la preuve en est qu'elles ne savent
d'utile que ce que nous ne voulons pas leur apprendre.

Mais ce peu d'éducation qu'elles accrochent par malheur,
elles le tournent contre nous, diraient certains maris. — Sans
doute, et Napoléon aussi avait raison de ne pas donner des

---

* Je regrette de ne pas trouver dans le manuscrit italien la citation de la
source officielle de ce fait ; je désire que l'on puisse le démentir.

armes à la garde nationale, et les ultras aussi ont raison de proscrire l'enseignement mutuel ; armez un homme et puis continuez à l'opprimer, et vous verrez qu'il sera assez pervers pour tourner, s'il le peut, ses armes contre vous.

Même quand il nous serait loisible d'élever les jeunes filles en idiotes avec des *Ave Maria* et des chansons lubriques comme dans les couvents de 1770, il y aurait encore plusieurs petites objections :

1º En cas de mort du mari, elles sont appelées à gouverner la jeune famille.

2º Comme mères, elles donnent aux enfants mâles, aux jeunes tyrans futurs, la première éducation, celle qui forme le caractère, celle qui plie l'âme à *chercher le bonheur par telle route plutôt que par telle autre*, ce qui est toujours une affaire faite à quatre ou cinq ans.

3º Malgré tout notre orgueil, dans nos petites affaires intérieures, celles dont surtout dépend notre bonheur, parce qu'en l'absence des petites vexations de tous les jours, les conseils de la compagne nécessaire de notre vie ont la plus grande influence ; non pas que nous voulions lui accorder la moindre influence, mais c'est qu'elle répète les mêmes choses vingt ans de suite ; et où est l'âme qui ait la vigueur romaine de résister à la même idée répétée pendant toute une vie ? Le monde est plein de maris qui se laissent mener ; mais c'est par faiblesse et non par sentiment de justice et d'égalité. Comme ils accordent par force, on est toujours tenté d'abuser, et il est quelquefois nécessaire d'abuser pour conserver.

4º Enfin, en amour, à cette époque qui, dans les pays du Midi, comprend souvent douze ou quinze années, et les plus belles de la vie, notre bonheur est en entier entre les mains de la femme que nous aimons. Un moment d'orgueil déplacé peut nous rendre à jamais malheureux, et comment un esclave transporté sur le trône ne serait-il pas tenté d'abuser du pouvoir ? De là, les fausses délicatesses et l'orgueil féminin. Rien de plus inutile que

ces représentations; les hommes sont *despotes,* et voyez
quels cas font d'autres despotes des conseils les plus
sensés; l'homme qui peut tout ne goûte qu'un seul genre
d'avis, ceux qui lui enseignent à augmenter son pouvoir.
Où les pauvres jeunes filles trouveront-elles un Quiroga et
un Riego pour donner aux despotes qui les oppriment et
les dégradent, pour les mieux opprimer, de ces avis
salutaires que l'on récompense par des grades et des
cordons au lieu de la potence de Porlier [2]?

Si une telle révolution demande plusieurs siècles, c'est
que par un hasard bien funeste toutes les premières
expériences doivent nécessairement contredire la vérité.
Eclairez l'esprit d'une jeune fille, formez son caractère,
donnez-lui enfin une bonne éducation dans le vrai sens du
mot, s'apercevant tôt ou tard de sa supériorité sur les
autres femmes, elle devient pédante, c'est-à-dire l'être le
plus désagréable et le plus dégradé qui existe au monde. Il
n'est aucun de nous qui ne préférât, pour passer la vie
avec elle, une servante à une femme savante.

Plantez un jeune arbre au milieu d'une épaisse forêt,
privé d'air et de soleil par ses voisins, ses feuilles seront
étiolées, il prendra une forme élancée et ridicule qui *n'est
pas celle de la nature.* Il faut planter à la fois toute la forêt;
quelle est la femme qui s'enorgueillit de savoir lire?

Des pédants nous répètent depuis deux mille ans que les
femmes ont l'esprit plus vif et les hommes plus de solidité;
que les femmes ont plus de délicatesse dans les idées, et les
hommes plus de force d'attention. Un badaud de Paris qui
se promenait autrefois dans les jardins de Versailles
concluait aussi de tout ce qu'il voyait que les arbres
naissent taillés.

J'avouerai que les petites filles ont moins de force
physique que les petits garçons: cela est concluant pour
l'esprit, car l'on sait que Voltaire et d'Alembert étaient les
premiers hommes de leur siècle pour donner un coup de
poing. On convient qu'une petite fille de dix ans a vingt

fois plus de finesse qu'un petit polisson du même âge. Pourquoi à vingt ans est-elle une grande idiote, gauche, timide et ayant peur d'une araignée et le polisson un homme d'esprit?

Les femmes ne savent que ce que nous ne voulons pas leur apprendre, que ce qu'elles lisent dans l'expérience de la vie. De là l'extrême désavantage pour elles de naître dans une famille très riche; au lieu d'être en contact avec des êtres *naturels* à leur égard, elles se trouvent environnées de femmes de chambre ou de dames de compagnie déjà corrompues et étiolées par la richesse*. Rien de bête comme un prince.

Les jeunes filles se sentant esclaves ont de bonne heure les yeux ouverts; elles voient tout, mais sont trop ignorantes pour voir bien. Une femme de trente ans, en France, n'a pas les connaissances acquises d'un petit garçon de quinze ans; une femme de cinquante la raison d'un homme de vingt-cinq. Voyez Mme de Sévigné admirant les actions les plus absurdes de Louis XIV. Voyez la puérilité des raisonnements de Mme d'Epinay**.

Les femmes doivent nourrir et soigner leurs enfants. Je nie le premier article, j'accorde le second. — *Elles doivent de plus régler les comptes de leur cuisinière.* — Donc elles n'ont pas le temps d'égaler un petit garçon de quinze ans, en connaissances acquises. Les hommes doivent être juges, banquiers, avocats, négociants, médecins, prêtres, etc. Et cependant ils trouvent du temps pour lire les discours de Fox et la *Lusiade* de Camoëns.

A Pékin[3], le magistrat qui court de bonne heure au palais pour chercher les moyens de mettre en prison et de ruiner, en tout bien tout honneur, un pauvre journaliste qui a déplu au sous-secrétaire d'Etat chez lequel il a eu

---

* *Mémoires de* Mme de Staal, de Collé, de Duclos, de la margrave de Bayreuth.
** Premier volume.

l'honneur de dîner la veille, est sûrement aussi occupé que sa femme qui règle les comptes de sa cuisinière, fait faire son bas à sa petite fille, lui voit prendre ses leçons de danse et de piano, reçoit une visite du vicaire de la paroisse qui lui apporte *la Quotidienne,* et va ensuite choisir un chapeau rue de Richelieu, et faire un tour aux Tuileries.

Au milieu de ses nobles occupations, ce magistrat trouve encore le temps de songer à cette promenade que sa femme fait aux Tuileries, et s'il était aussi bien avec le pouvoir qui règle l'univers, qu'avec celui qui règne dans l'Etat, il demanderait au ciel d'accorder aux femmes, pour leur bien, huit ou dix heures de sommeil de plus. Dans la situation actuelle de la société, le loisir, qui pour l'homme est la source de tout bonheur et de toute richesse, non seulement n'est pas un avantage pour les femmes, mais c'est une de ces funestes libertés dont le digne magistrat voudrait aider à nous délivrer.

CHAPITRE LV

OBJECTIONS CONTRE L'ÉDUCATION DES FEMMES

Mais les femmes sont chargées des petits travaux du ménage. — Mon colonel M. S... a quatre filles, élevées dans les meilleurs principes, c'est-à-dire qu'elles travaillent toute la journée; quand j'arrive, elles chantent la musique de Rossini que je leur ai apportée de Naples; du reste elles lisent la Bible de Royaumont, elles apprennent le bête de l'histoire, c'est-à-dire les tables chronologiques et les vers de Le Ragois[1]; elles savent beaucoup de géographie, font des broderies admirables, et j'estime que chacune de ces jolies petites filles peut gagner, par son travail, huit sous par jour. Pour trois cents journées cela fait quatre cent quatre-vingts francs par an, c'est moins que ce qu'on donne à l'un de leurs maîtres. C'est pour quatre cent quatre-vingts francs par an qu'elles perdent à jamais le temps pendant lequel il est donné à la machine humaine d'acquérir des idées.

Si les femmes lisent avec plaisir les dix ou douze bons volumes qui paraissent chaque année en Europe, elles abandonneront bientôt le soin de leurs enfants. — C'est comme si nous avions peur, en plantant d'arbres le rivage de l'océan, d'arrêter le mouvement de ses vagues. Ce n'est pas dans ce sens que l'éducation est toute-puissante. Au reste, depuis quatre cents ans l'on présente la même objection contre toute espèce d'éducation. Non seulement une femme de Paris a plus de vertus en 1820 qu'en 1720, du temps du système de Law et du Régent, mais encore la fille du fermier général le plus riche d'alors avait une moins bonne éducation que la fille du plus mince avocat d'aujourd'hui. Les devoirs du ménage en sont-ils moins bien remplis? Non certes. Et pourquoi? C'est que la misère, la maladie, la honte, l'instinct, forcent à s'en acquitter. C'est comme si l'on disait d'un officier qui devient trop aimable, qu'il perdra l'art de monter à cheval; on oublie qu'il se cassera le bras la première fois qu'il prendra cette liberté.

L'acquisition des idées produit les mêmes effets bons et mauvais chez les deux sexes. La vanité ne nous manquera jamais, même dans l'absence la plus complète de toutes les raisons d'en avoir; voyez les bourgeois d'une petite ville; forçons-la du moins à s'appuyer sur un vrai mérite, sur un mérite utile ou agréable à la société.

Les demi-sots, entraînés par la révolution qui change tout en France, commencent à avouer, depuis vingt ans, que les femmes peuvent faire quelque chose; mais elles doivent se livrer aux occupations convenables à leur sexe :

élever des fleurs, former des herbiers, faire nicher des serins; on appelle cela des plaisirs innocents.

1° *Ces innocents plaisirs valent mieux que de l'oisiveté.* Laissons cela aux sottes, comme nous laissons aux sots la gloire de faire des couplets pour la fête du maître de la maison. Mais est-ce de bonne foi que l'on voudrait proposer à Mme Roland ou à Mistress Hutchinson* de passer leur temps à élever un petit rosier du Bengale?

Tout ce raisonnement se réduit à ceci: l'on veut pouvoir dire de son esclave: « Il est trop bête pour être méchant. »

Mais au moyen d'une certaine loi nommée *sympathie,* loi de la nature qu'à la vérité les yeux vulgaires n'aperçoivent jamais, les défauts de la compagne de votre vie ne nuisent pas à votre bonheur, en raison du mal direct qu'ils peuvent vous occasionner. J'aimerais presque mieux que ma femme, dans un moment de colère, essayât de me donner un coup de poignard une fois par an que de me recevoir avec humeur tous les soirs.

Enfin, entre gens qui vivent ensemble, le bonheur est contagieux.

Que votre amie ait passé la matinée, pendant que vous étiez au Champ-de-Mars ou à la Chambre des Communes, à colorier une rose, d'après le bel ouvrage de Redouté, ou à lire un volume de Shakespeare, ses plaisirs auront été également innocents; seulement, avec les idées qu'elle a prises dans sa rose, elle vous ennuiera bientôt à votre retour, et, de plus, elle aura soif d'aller le soir dans le monde chercher des sensations un peu plus vives. Si elle a bien lu Shakespeare au contraire, elle est aussi fatiguée que vous, a eu autant de plaisir, et sera plus heureuse d'une promenade solitaire dans le bois de Vincennes, en

---

* Voir les *Mémoires* de ces femmes admirables. J'aurais d'autres noms à citer, mais ils sont inconnus du public, et d'ailleurs on ne peut pas même indiquer le mérite vivant.

vous donnant le bras, que de paraître dans la soirée la plus
à la mode. Les plaisirs du grand monde n'en sont pas pour
les femmes heureuses.

Les ignorants sont les ennemis nés de l'éducation des
femmes. Aujourd'hui ils passent leur temps avec elles, ils
leur font l'amour, et en sont bien traités; que devien-
draient-ils si les femmes venaient à se dégoûter du boston?
Quand nous autres nous revenons d'Amérique, ou des
Grandes Indes avec un teint basané et un ton qui reste un
peu grossier pendant six mois, comment pourraient-ils
répondre à nos récits, s'ils n'avaient cette phrase : « Quant
à nous, les femmes sont de notre côté. — Pendant que
vous étiez à New York, la couleur des tilburys a changé;
c'est le tête-de-nègre qui est de mode aujourd'hui. » Et
nous écoutons avec attention, car ce savoir-là est utile.
Telle jolie femme ne nous regardera pas, si notre calèche
est de mauvais goût.

Ces mêmes sots se croyant obligés, en vertu de la
prééminence de leur sexe, à savoir plus que les femmes,
seraient ruinés de fond en comble, si les femmes s'avi-
saient d'apprendre quelque chose. Un sot de trente ans se
dit, en voyant au château d'un de ses amis des jeunes filles
de douze : « C'est auprès d'elles que je passerai ma vie
dans dix ans d'ici. » Qu'on juge de ses exclamations et de
son effroi, s'il les voyait étudier quelque chose d'utile.

Au lieu de la société et de la conversation des hommes-
femmes, une femme instruite, si elle a acquis des idées,
sans perdre les grâces de son sexe, est sûre de trouver
parmi les hommes les plus distingués de son siècle, une
considération allant presque jusqu'à l'enthousiasme.

*Les femmes deviendraient les rivales, et non les compagnes
de l'homme.* — Oui, aussitôt que par un édit vous aurez
supprimé l'amour. En attendant cette belle loi, l'amour
redoublera de charmes et de transports, voilà tout. La base
sur laquelle s'établit la *cristallisation* deviendra plus large;
l'homme pourra jouir de toutes ses idées auprès de la

femme qu'il aime, la nature tout entière prendra de nouveaux charmes à leurs yeux, et, comme les idées réfléchissent toujours quelques nuances des caractères, ils se connaîtront mieux et feront moins d'imprudences; l'amour sera moins aveugle et produira moins de malheurs.

Le désir de plaire met à jamais la pudeur, la délicatesse et toutes les grâces féminines, hors de l'atteinte de toute éducation quelconque. C'est comme si l'on craignait d'apprendre aux rossignols à ne pas chanter au printemps.

Les grâces des femmes ne tiennent pas à l'ignorance; voyez les dignes épouses des bourgeois de votre village, voyez en Angleterre les femmes des gros marchands. L'affectation qui est une *pédanterie* (car j'appelle pédanterie, l'affectation de me parler, hors de propos, d'une robe de Leroy ou d'une romance de Romagnesi, tout comme l'affectation de citer Fra Paolo[2] et le concile de Trente à propos d'une discussion sur nos doux missionnaires); la pédanterie de la robe et du bon ton, la nécessité de dire sur Rossini précisément la phrase convenable, tuent les grâces des femmes de Paris; cependant, malgré les terribles effets de cette maladie contagieuse, n'est-ce pas à Paris que sont les femmes les plus aimables de France? Ne serait-ce point que ce sont celles dans la tête desquelles le hasard a mis le plus d'idées justes et intéressantes? Or, ce sont ces idées-là que je demande aux livres. Je ne leur proposerai certainement pas de lire Grotius ou Pufendorf[3] depuis que nous avons le commentaire de Tracy sur Montesquieu.

La délicatesse des femmes tient à cette hasardeuse position où elles se trouvent placées de si bonne heure, à cette nécessité de passer leur vie au milieu d'ennemis cruels et charmants.

Il y a peut-être cinquante mille femmes en France, qui par leur fortune sont dispensées de tout travail. Mais sans travail il n'y a pas de bonheur. (Les passions forcent elles-mêmes à des travaux, et à des travaux fort rudes, qui emploient toute l'activité de l'âme.)

Une femme qui a quatre enfants, et dix mille livres de rente, *travaille* en faisant des bas, ou une robe pour sa fille. Mais il est impossible d'accorder qu'une femme qui a carrosse à elle travaille en faisant une broderie ou un meuble de tapisserie. A part quelques petites lueurs de vanité, il est impossible qu'elle y mette aucun intérêt; elle ne travaille pas.

Donc son bonheur est gravement compromis.

Et, qui plus est, le bonheur du despote, car une femme dont le cœur n'est animé depuis deux mois par aucun intérêt autre que celui de la tapisserie, aura peut-être l'insolence de sentir que l'amour-goût, ou l'amour de vanité, ou enfin même l'amour-physique, est un très grand bonheur comparé à son état habituel.

Une femme ne doit pas faire parler de soi. — A quoi je réponds de nouveau : « Quelle est la femme citée parce qu'elle sait lire? »

Et qui empêche les femmes, en attendant la révolution dans leur sort, de cacher l'étude qui fait habituellement leur occupation et leur fournit chaque jour une honnête ration de bonheur? Je leur révélerai un secret, en passant : lorsqu'on s'est donné un but, par exemple de se faire une idée nette de la conjuration de Fiesque, à Gênes, en 1547, le livre le plus insipide prend de l'intérêt; c'est comme en amour la rencontre d'un être indifférent qui vient de voir ce qu'on aime; et cet intérêt double tous les mois jusqu'à ce qu'on ait abandonné la conjuration de Fiesque.

Le vrai théâtre des vertus d'une femme, c'est la chambre d'un malade. — Mais vous faites-vous fort d'obtenir de la bonté divine qu'elle redouble la fréquence des maladies pour donner de l'occupation à nos femmes? C'est raisonner sur l'exception.

D'ailleurs je dis qu'une femme doit occuper chaque jour

trois ou quatre heures de loisir, comme les hommes de sens occupent leurs heures de loisir.

Une jeune mère dont le fils a la rougeole ne pourrait pas, quand elle le voudrait, trouver du plaisir à lire le voyage de Volney en Syrie, pas plus que son mari, riche banquier, ne pourrait, au moment d'une faillite, avoir du plaisir à méditer Malthus.

C'est là l'unique manière pour les femmes riches de se distinguer du vulgaire des femmes : la supériorité morale. On a ainsi *naturellement* d'autres sentiments *.

Vous voulez faire d'une femme un auteur ? — Exactement comme vous annoncez le projet de faire chanter votre fille à l'Opéra en lui donnant un maître de chant. Je dirai qu'une femme ne doit jamais écrire que comme Mme de Staal (de Launay), des œuvres posthumes à publier après sa mort. Imprimer pour une femme de moins de cinquante ans, c'est mettre son bonheur à la plus terrible des loteries ; si elle a le bonheur d'avoir un amant, elle commencera par le perdre.

Je ne vois qu'une exception, c'est une femme qui fait des livres pour nourrir ou élever sa famille. Alors elle doit toujours se retrancher dans l'intérêt d'argent en parlant de ses ouvrages, et dire, par exemple, à un chef d'escadron : « Votre état vous donne quatre mille francs par an, et moi avec mes deux traductions de l'anglais j'ai pu, l'année dernière, consacrer trois mille cinq cents francs de plus à l'éducation de mes deux fils. »

Hors de là, une femme doit imprimer comme le baron d'Holbach ou Mme de La Fayette ; leurs meilleurs amis l'ignoraient. Publier un livre ne peut être sans inconvénient que pour une *fille* ; le vulgaire, pouvant la mépriser à son aise à cause de son état, la portera aux nues à cause de son talent et même s'engouera de ce talent.

---

* Voir Mistress Hutchinson refusant d'être utile à sa famille et à son mari qu'elle adorait, en trahissant quelques régicides auprès des ministres du parjure Charles II (tome II, p. 284).

Beaucoup d'hommes en France, parmi ceux qui ont six mille livres de rente, font leur bonheur habituel par la littérature sans songer à rien imprimer ; lire un bon livre est pour eux un des plus grands plaisirs. Au bout de dix ans ils se trouvent avoir doublé leur esprit, et personne ne niera qu'en général plus on a d'esprit moins on a de passions incompatibles avec le bonheur des autres*. Je ne crois pas que l'on nie davantage que les fils d'une femme qui lit Gibbon et Schiller auront plus de génie que les enfants de celle qui dit le chapelet et lit Mme de Genlis.

Un jeune avocat, un marchand, un médecin, un ingénieur peuvent être lancés dans la vie sans aucune éducation, ils se la donnent tous les jours en pratiquant leur état. Mais quelles ressources ont leurs femmes pour acquérir les qualités estimables et nécessaires ? Cachées dans la solitude de leur ménage, le grand livre de la vie et de la nécessité reste fermé pour elles. Elles dépensent toujours de la même manière, en discutant un compte avec leur cuisinière, les trois louis que leur mari leur donne tous les lundis.

Je dirai, dans l'intérêt des despotes : « Le dernier des hommes, s'il a vingt ans et des joues bien roses, est dangereux pour une femme qui ne sait rien, car elle est toute à l'instinct ; aux yeux d'une femme d'esprit, il fera justement autant d'effet qu'un beau laquais. »

Le plaisant de l'éducation actuelle, c'est qu'on n'apprend rien aux jeunes filles qu'elles ne doivent oublier bien vite, dès qu'elles seront mariées. Il faut quatre heures par jour, pendant six ans, pour bien jouer de la harpe ; pour bien peindre la miniature ou l'aquarelle, il faut la moitié de ce temps. La plupart des jeunes filles n'arrivent

---

* C'est ce qui me fait espérer beaucoup de la génération naissante des privilégiés. J'espère aussi que les maris qui liront ce chapitre seront moins despotes pendant trois jours.

pas même à une médiocrité supportable; de là le proverbe si vrai : qui dit amateur dit ignorant *.

Et supposons une jeune fille avec quelque talent; trois ans après qu'elle est mariée, elle ne prend pas sa harpe ou ses pinceaux une fois par mois : ces objets de tant de travail lui sont devenus ennuyeux, à moins que le hasard ne lui ait donné l'âme d'un artiste, chose toujours fort rare et qui rend peu propre aux soins domestiques.

C'est ainsi que sous un vain prétexte de décence, l'on n'apprend rien aux jeunes filles qui puisse les guider dans les circonstances qu'elles rencontreront dans la vie; on fait plus, on leur cache, on leur nie ces circonstances afin d'ajouter à leur force : 1º l'effet de la surprise, 2º l'effet de la défiance rejetée sur toute l'éducation comme ayant été menteuse **. Je soutiens qu'on doit parler de l'amour à des jeunes filles bien élevées. Qui osera avancer de bonne foi que dans nos mœurs actuelles les jeunes filles de seize ans ignorent l'existence de l'amour? par qui reçoivent-elles cette idée si importante et si difficile à bien donner? Voyez Julie d'Etanges se plaindre des connaissances qu'elle doit à la Chaillot, une femme de chambre de la maison. Il faut savoir gré à Rousseau d'avoir osé être peintre fidèle en un siècle de fausse décence.

L'éducation actuelle des femmes étant peut-être la plus plaisante absurdité de l'Europe moderne, moins elles ont d'éducation proprement dite, et plus elles valent ***. C'est pour cela peut-être qu'en Italie, en Espagne, elles sont si supérieures aux hommes et je dirais même si supérieures aux femmes des autres pays.

---

* Le contraire de ce proverbe est vrai en Italie où les plus belles voix se trouvent parmi les amateurs étrangers au théâtre.

** Education donnée à Mme d'Epinay (*Mémoires*, tome I).

*** J'excepte l'éducation des manières; on entre mieux dans un salon rue Verte, que rue Saint-Martin.

CHAPITRE LVI

Suite

Toutes nos idées sur les femmes nous viennent en France du c[atéchisme] de trois sous; et ce qu'il y a de plaisant, c'est que beaucoup de gens qui n'admettraient pas l'autorité de ce livre pour régler une affaire de cinquante francs, la suivent à la lettre et stupidement pour l'objet qui, dans l'état de vanité des habitudes du XIXe siècle, importe peut-être le plus à leur bonheur.

Il ne faut pas de divorce parce que le mariage est un *mystère*, et quel mystère? l'emblème de l'union de Jésus-Christ avec son Eglise. Et que devenait ce mystère si l'*Eglise* se fût trouvée un nom du genre masculin*? Mais quittons des préjugés qui tombent**, observons seulement ce spectacle singulier, la racine de l'arbre a été sapée par la hache du ridicule; mais les branches continuent à fleurir. Pour revenir à l'observation des faits et de leurs conséquences :

---

*   *Tu es Petrus, et super hanc petram*
           Ædificabo Ecclesiam meam.
Voir M. de Potter, *Histoire de l'Eglise* [1].

** La religion est une affaire entre chaque homme et la divinité. De quel droit venez-vous vous placer entre mon Dieu et moi? Je ne prends de procureur fondé par le contrat social que pour les choses que je ne puis pas faire moi-même.

Pourquoi un Français ne payerait-il pas son p[rêtre] comme son boulanger? Si nous avons de bon pain à Paris, c'est que l'Etat ne s'est pas encore avisé de déclarer gratuite la fourniture du pain et de mettre tous les boulangers à la charge du Trésor.

Aux Etats-Unis, chacun paye son prêtre; ces messieurs sont obligés d'avoir du mérite et mon voisin ne s'avise pas de mettre son bonheur à m'imposer son prêtre (*Lettres* de Birkbeck [2]).

Que sera-ce si j'ai la conviction, comme nos p[rêtre]s, que mon prêtre est l'allié intime de mon e[nnemi]? Donc, à moins d'un Luther, il n'y aura plus de catholicisme en F[rance] en 1850. Cette religion ne pouvait être sauvée, en 1820, que par M. Grégoire [1], voyez comme on le traite.

Dans les deux sexes, c'est de la manière dont on a employé la jeunesse que dépend le sort de l'extrême vieillesse; cela est vrai de meilleure heure pour les femmes. Comment une femme de quarante-cinq ans est-elle reçue dans le monde? d'une manière sévère et plutôt inférieure à son mérite; on les flatte à vingt ans, on les abandonne à quarante.

Une femme de quarante-cinq ans n'a d'importance que par ses enfants ou par son amant.

Une mère qui excelle dans les beaux-arts ne peut communiquer son talent à son fils que dans le cas extrêmement rare, où ce fils a reçu de la nature précisément l'âme de ce talent. Une mère qui a l'esprit cultivé donnera à son jeune fils une idée, non seulement de tous les talents purement agréables, mais encore de tous les talents utiles à l'homme en société, et il pourra choisir. La barbarie des Turcs tient en grande partie à l'état d'abrutissement moral des belles Géorgiennes. Les jeunes gens nés à Paris doivent à leurs mères l'incontestable supériorité qu'ils ont à seize ans sur les jeunes provinciaux de leur âge. C'est de seize à vingt-cinq que la chance tourne.

Tous les jours les gens qui ont inventé le paratonnerre, l'imprimerie, l'art de faire le drap, contribuent à notre bonheur, et il en est de même des Montesquieu, des Racine, des La Fontaine. Or le nombre des génies que produit une nation est proportionnel au nombre d'hommes qui reçoivent une culture suffisante*, et rien ne me prouve que mon bottier n'ait pas l'âme qu'il faut pour écrire comme Corneille; il lui manque l'éducation nécessaire pour développer ses sentiments et lui apprendre à les communiquer au public.

D'après le système actuel de l'éducation des jeunes filles, tous les génies qui naissent *femmes* sont perdus pour le bonheur du public; dès que le hasard leur donne les

---

* Voir les généraux en 1795.

moyens de se montrer, voyez-les atteindre aux talents les plus difficiles ; voyez de nos jours une Catherine II, qui n'eut d'autre éducation que le danger et le catinisme ; une Mme Roland, une Alessandra Mari, qui, dans Arezzo, lève un régiment et le lance contre les Français ; une Caroline, reine de Naples, qui sait arrêter la contagion du libéralisme mieux que nos Castlereagh et nos P[asquier][4]. Quant à ce qui met obstacle à la supériorité des femmes dans les ouvrages de l'esprit, on peut voir le chapitre de la pudeur, article 9. Où ne fût pas arrivée miss Edgeworth si la considération nécessaire à une jeune miss anglaise ne lui eût fait une nécessité, lorsqu'elle débuta, de transporter la chaire dans le roman * ?

Quel est l'homme dans l'amour ou dans le mariage qui a le bonheur de pouvoir communiquer ses pensées telles qu'elles se présentent à lui, à la femme avec laquelle il passe sa vie ? Il trouve un bon cœur qui partage ses peines, mais toujours il est obligé de mettre ses pensées en petite monnaie s'il veut être entendu, et il serait ridicule d'attendre des conseils raisonnables d'un esprit qui a besoin d'un tel régime pour saisir les objets. La femme la plus parfaite, suivant les idées de l'éducation actuelle, laisse son partner isolé dans les dangers de la vie et bientôt court risque de l'ennuyer.

Quel excellent conseiller un homme ne trouverait-il pas dans sa femme, si elle savait penser ! Un conseiller dont, après tout, hors un seul objet, et qui ne dure que le matin de la vie, les intérêts sont exactement identiques avec les siens.

Une des plus belles prérogatives de l'esprit, c'est qu'il

---

* Sous le rapport des arts, c'est là le grand défaut d'un gouvernement raisonnable et aussi le seul éloge raisonnable de la monarchie à la Louis XIV. Voir la stérilité littéraire de l'Amérique. Pas une seule romance comme celles de Robert Burns ou des Espagnols du XIIIe siècle [a].

a. Voir les admirables romances des Grecs modernes, celles des Espagnols et des Danois du XIIIe siècle, et encore mieux les poésies arabes du VIIe siècle.

donne de la considération à la vieillesse. Voyez l'arrivée de Voltaire à Paris faire pâlir la majesté royale. Mais, quant aux pauvres femmes, dès qu'elles n'ont plus le brillant de la jeunesse, leur unique et triste bonheur est de pouvoir se faire illusion sur le rôle qu'elles jouent dans le monde.

Les débris des talents de la jeunesse ne sont plus qu'un ridicule, et ce serait un bonheur pour nos femmes actuelles de mourir à cinquante ans. Quant à la vraie morale, plus on a d'esprit et plus on voit clairement que la justice est le seul chemin du bonheur. Le génie est un pouvoir, mais il est encore plus un flambeau pour découvrir le grand art d'être heureux.

La plupart des hommes ont un moment dans leur vie où ils peuvent faire de grandes choses, c'est celui où rien ne leur semble impossible. L'ignorance des femmes fait perdre au genre humain cette chance magnifique. L'amour fait tout au plus aujourd'hui bien monter à cheval, ou bien choisir son tailleur.

Je n'ai pas le temps de garder les avenues contre la critique; si j'étais maître d'établir des usages, je donnerais aux jeunes filles, autant que possible, exactement la même éducation qu'aux jeunes garçons. Comme je n'ai pas l'intention de faire un livre à propos de bottes, on n'exigera pas que je dise en quoi l'éducation actuelle des hommes est absurde (on ne leur enseigne pas les deux premières sciences : la logique et la morale). La prenant telle qu'elle est cette éducation, je dis qu'il vaut mieux la donner aux jeunes filles, que de leur montrer uniquement à faire de la musique, des aquarelles et de la broderie.

Donc, apprendre aux jeunes filles à lire, à écrire et l'arithmétique par l'enseignement mutuel, dans des écoles centrales-couvents, où la présence de tout homme, les professeurs exceptés, serait sévèrement punie. Le grand avantage de réunir les enfants, c'est que, quelque bornés que soient les professeurs, les enfants apprennent, malgré eux, de leurs petits camarades l'art de vivre dans le monde et de ménager les intérêts. Un professeur sensé devrait expliquer aux enfants leurs petites querelles et leurs amitiés, et commencer ainsi son cours de morale plutôt que par l'histoire du *Veau d'or* *.

Sans doute, d'ici à quelques années, l'enseignement mutuel[5] sera appliqué à tout ce qui s'apprend; mais, prenant les choses dans leur état actuel, je voudrais que les jeunes filles étudiassent le latin comme les petits garçons; le latin est bon parce qu'il apprend à s'ennuyer; avec le latin, l'histoire, les mathématiques, la connaissance des plantes utiles comme nourriture ou comme remède, ensuite la logique et les sciences morales, etc. La danse, la musique et le dessin doivent se commencer à cinq ans.

A seize ans, une jeune fille doit songer à se trouver un mari et recevoir de sa mère des idées justes sur l'amour, le mariage et le peu de probité des hommes **.

CHAPITRE LVI *bis*
DU MARIAGE

La fidélité des femmes dans le mariage, lorsqu'il n'y a pas d'amour, est probablement une chose contre nature ***.

---

* Mon cher élève, monsieur votre père a de la tendresse pour vous; c'est ce qui fait qu'il me donne quarante francs par mois pour que je vous apprenne les mathématiques, le dessin, en un mot, à gagner de quoi vivre. Si vous aviez froid, faute d'un petit manteau, monsieur votre père souffrirait. Il souffrirait parce qu'il a de la sympathie, etc., etc. Mais, quand vous aurez dix-huit ans, il faudra que vous gagniez vous-même l'argent nécessaire pour acheter ce manteau. Monsieur votre père a, dit-on, vingt-cinq mille livres de rente; mais vous êtes quatre enfants, donc il faudra vous déshabituer de la voiture dont vous jouissez chez monsieur votre père, etc., etc.

** Hier soir, j'ai vu deux charmantes petites filles de quatre ans chanter des chansons d'amour fort vives dans une escarpolette que je faisais aller. Les femmes de chambre leur apprennent ces chansons, et leur mère leur dit qu'*amour* et *amant* sont des mots vides de sens.

*** *Anzi certamente. Coll'amore uno non trova gusto a bevere acqua altra che quella di questo fonte prediletto. Resta naturale allora la fedeltà.*

Col matrimonio senza amore, in men di due anni l'acqua di questo fonte

On a essayé d'obtenir cette chose contre nature par la peur de l'enfer et les sentiments religieux; l'exemple de l'Espagne et de l'Italie montre jusqu'à quel point on a réussi.

On a voulu l'obtenir en France par l'opinion, c'était la seule digue capable de résister; mais on l'a mal construite. Il est absurde de dire à une jeune fille : « Vous serez fidèle à l'époux de votre choix » et ensuite de la marier par force à un vieillard ennuyeux*.

Mais les jeunes filles se marient avec plaisir. — C'est que, dans le système contraint de l'éducation actuelle, l'esclavage qu'elles subissent dans la maison de leur mère est d'un intolérable ennui; d'ailleurs elles manquent de lumières, enfin c'est le vœu de la nature. Il n'y a qu'un moyen d'obtenir plus de fidélité des femmes dans le mariage, c'est de donner la liberté aux jeunes filles et le divorce aux gens mariés.

Une femme perd toujours dans un premier mariage les plus beaux jours de la jeunesse et par le divorce elle donne aux sots quelque chose à dire contre elle.

Les jeunes femmes qui ont beaucoup d'amants n'ont que faire du divorce. Les femmes d'un certain âge, qui ont

---

diventa amara. Esiste sempre però in natura il bisogno d'acqua. I costumi fanno superare la natura, ma solamente quando si può vincerla in un istante : la moglie indiana che si abrucia (21 ottobre 1821) dopo la morte del vecchio marito che odiava, la ragazza europea che trucida barbaramente il tenero bambino al quale testè diede vita. Senza l'altissimo muro del monistero, le monache anderebbero via [1].

* Même les minuties, tout chez nous est comique en ce qui concerne l'éducation des femmes. Par exemple, en 1820, sous le règne de ces mêmes nobles qui ont proscrit le divorce, le ministère envoie à la ville de Laon un buste et une statue de Gabrielle d'Estrées. La statue sera placée sur la place publique, apparemment pour répandre parmi les jeunes filles l'amour des Bourbons et les engager en cas de besoin à n'être pas cruelles aux rois aimables et à donner des rejetons à cette illustre famille.

Mais en revanche le même ministère refuse à la ville de Laon le buste du maréchal Sérurier, brave homme qui n'était pas galant et qui de plus avait grossièrement commencé sa carrière par le métier de simple soldat. (Discours du général Foy, *Courrier* du 17 juin 1820. Dulaure, dans sa curieuse *Histoire de Paris*, article *Amours de Henri IV*.)

eu beaucoup d'amants, croient réparer leur réputation, et en France y réussissent toujours, en se montrant extrêmement sévères envers des erreurs qui les ont quittées. Ce sera quelque pauvre jeune femme vertueuse et éperdument amoureuse qui demandera le divorce et qui se fera honnir par des femmes qui ont eu cinquante hommes.

CHAPITRE LVII

DE CE QU'ON APPELLE VERTU

Moi, j'honore du nom de vertu l'habitude de faire des actions pénibles et utiles aux autres.

Saint Siméon Stylite, qui se tient vingt-deux ans sur le haut d'une colonne et qui se donne les étrivières, n'est guère vertueux à mes yeux, j'en conviens, et c'est ce qui donne un ton trop leste à cet essai.

Je n'estime guère non plus un chartreux qui ne mange que du poisson et qui ne se permet de parler que le jeudi. J'avoue que j'aime mieux le général Carnot qui, dans un âge avancé, supporte les rigueurs de l'exil dans une petite ville du Nord, plutôt que de faire une bassesse.

J'ai quelque espoir que cette déclaration extrêmement vulgaire portera à sauter le reste du chapitre.

Ce matin, jour de fête, à Pesaro (7 mai 1819)[1], étant obligé d'aller à la messe, je me suis fait donner un missel et je suis tombé sur ces paroles :

Joanna Alphonsi quinti Lusitaniæ regis filia, tanta divini amoris flamma præventa fuit, ut ab ipsa pueritia, rerum caducarum pertæsa, solo cœlestis patriæ desiderio flagraret[2].

La vertu si touchante prêchée par les phrases si belles du *Génie du Christianisme* se réduit donc à ne pas manger de truffes de peur des crampes d'estomac. C'est un calcul fort raisonnable si l'on croit à l'enfer, mais calcul de l'intérêt le plus personnel et le plus prosaïque. La vertu *philosophique* qui explique si bien le retour de Régulus à Carthage, et qui a amené des traits semblables dans notre révolution *, prouve au contraire générosité dans l'âme [4].

C'est uniquement pour ne pas être brûlée en l'autre monde, dans une grande chaudière d'huile bouillante, que Mme de Tourvel résiste à Valmont [5]. Je ne conçois pas comment l'idée d'être le rival d'une chaudière d'huile bouillante n'éloigne pas Valmont par le mépris.

Combien Julie d'Etanges, respectant ses serments et le bonheur de M. de Wolmar, n'est-elle pas plus touchante ?

Ce que je dis de Mme de Tourvel, je le trouve applicable à la haute vertu de Mrs. Hutchinson. Quelle âme le puritanisme enleva à l'amour !

Un des travers les plus plaisants dans le monde, c'est que les hommes croient toujours savoir ce qu'il leur est évidemment nécessaire de savoir. Voyez-les parler de politique, cette science si compliquée ; voyez-les parler de mariage et de mœurs.

CHAPITRE LVIII

SITUATION DE L'EUROPE A L'ÉGARD DU MARIAGE

Jusqu'ici nous n'avons traité la question du mariage que par le raisonnement ** ; la voici traitée par les faits.

* *Mémoires* de Mme Roland. M. Grangeneuve qui va se promener à huit heures dans une certaine rue pour se faire tuer par le capucin Chabot. On croyait une mort utile à la cause de la liberté [3].

** L'auteur avait lu un chapitre intitulé *Dell' Amore* dans la traduction italienne de l'*Idéologie* de M. de Tracy [1]. Le lecteur trouvera dans ce chapitre des idées d'une bien autre portée philosophique que tout ce qu'il peut rencontrer ici.

Quel est le pays du monde où il y a le plus de mariages heureux? Incontestablement c'est l'Allemagne protestante.

J'extrais le morceau suivant du journal du capitaine Salviati sans y changer un seul mot[2].

« Halberstadt, 23 juin 1807...

« M. de Bulow cependant est bonnement et ouvertement amoureux de Mlle de Feltheim; il la suit partout et toujours, lui parle sans cesse, et très souvent la retient à dix pas de nous. Cette préférence ouverte choque la société, la rompt, et aux rives de la Seine passerait pour le comble de l'indécence. Les Allemands songent bien moins que nous à ce qui rompt la société, et l'indécence n'est presque qu'un mal de convention. Il y a cinq ans que M. de Bulow fait ainsi la cour à Mina qu'il n'a pas pu épouser à cause de la guerre. Toutes les demoiselles de la société ont leur amant connu de tout le monde, mais aussi parmi les Allemands de la connaissance de mon ami, M. de Mermann, il n'en est pas un seul qui ne se soit marié par amour, savoir :

« Mermann, son frère George, M. de Voigt, M. de Lasing, etc., etc. Il vient de m'en nommer une douzaine.

« La manière ouverte et passionnée dont tous ces amants font la cour à leurs maîtresses serait le comble de l'indécence, du ridicule et de la malhonnêteté en France.

« Mermann me disait ce soir, en revenant du *Chasseur vert*[3], que, de toutes les femmes de sa famille très nombreuse, il ne croyait pas qu'il y en eût une seule qui eût trompé son mari. Mettons qu'il se trompe de moitié, c'est encore un pays singulier.

« Sa proposition scabreuse à sa belle-sœur, Mme de Munichow, dont la famille va s'éteindre faute d'héritiers mâles, et les biens très considérables retourner au prince, reçue avec froideur, mais : « Ne m'en reparlez jamais. »

« Il en dit quelque chose en termes très couverts à la céleste Philippine (qui vient d'obtenir le divorce contre

son mari qui voulait simplement la vendre au souverain);
indignation non jouée, diminuée dans les termes au lieu
d'être exagérée : « Vous n'avez donc plus d'estime du tout
pour notre sexe? Je crois pour votre honneur que vous
plaisantez. »

« Dans un voyage au Brocken avec cette vraiment belle
femme, elle s'appuyait sur son épaule en dormant, ou
feignant de dormir; un cahot la jette un peu sur lui, il lui
serre la taille, elle se jette de l'autre côté de la voiture; il ne
pense pas qu'elle soit inséductible, mais il croit qu'elle se
tuerait le lendemain de sa faute. Ce qu'il y a de certain,
c'est qu'il l'a aimée passionnément, qu'il en a été aimé de
même, qu'ils se voyaient sans cesse et qu'elle est sans
reproche; mais le soleil est bien pâle à Halberstadt, le
gouvernement bien minutieux, et ces deux personnages
bien froids. Dans leurs tête-à-tête les plus passionnés,
Kant et Klopstock étaient toujours de la partie.

« Mermann me contait qu'un homme marié, convaincu
d'adultère, peut être condamné par les tribunaux de
Brunswick à dix ans de prison; la loi est tombée en
désuétude, mais fait du moins que l'on ne plaisante point
sur ces sortes d'affaires; la qualité d'homme à aventures
galantes est bien loin d'être comme en France un avantage
que l'on ne peut presque dénier en face à un mari sans
l'insulter.

« Quelqu'un qui dirait à mon colonel ou à Ch...[4] qu'ils
n'ont plus de femmes depuis leur mariage en serait fort
mal reçu.

« Il y a quelques années qu'une femme de ce pays, dans
un retour de religion, dit à son mari, homme de la cour de
Brunswick, qu'elle l'avait trompé six ans de suite. Ce mari
aussi sot que sa femme alla conter le propos au duc; le
galant fut obligé de donner sa démission de tous ses
emplois et de quitter le pays dans les vingt-quatre heures
sur la menace du duc de faire agir les lois. »

« Halberstadt, 7 juillet 1807.

« Ici les maris ne sont pas trompés, il est vrai, mais quelles femmes, grands dieux! Des statues, des masses à peine organisées. Avant le mariage elles sont fort agréables, lestes comme des gazelles, et un œil vif et tendre qui comprend toujours les allusions de l'amour. C'est qu'elles sont à la chasse d'un mari. A peine ce mari trouvé, elles ne sont plus exactement que des faiseuses d'enfant, en perpétuelle adoration devant le faiseur. Il faut que dans une famille de quatre ou cinq enfants, il y en ait toujours un de malade, puisque la moitié des enfants meurt avant sept ans, et, dans ce pays, dès qu'un des bambins est malade, la mère ne sort plus. Je les vois trouver un plaisir indicible à être caressées par leurs enfants. Peu à peu elles perdent toutes leurs idées. C'est comme à Philadelphie. Des jeunes filles de la gaieté la plus folle et la plus innocente y deviennent, en moins d'un an, les plus ennuyeuses des femmes. Pour en finir sur les mariages de l'Allemagne protestante, la dot de la femme est à peu près nulle à cause des fiefs. Mlle de Diesdorff, fille d'un homme qui a quarante mille livres de rente, aura peut-être deux mille écus de dot (sept mille cinq cents francs).

« M. de Mermann a eu quatre mille écus de sa femme.

« Le supplément de dot est payable en vanité, à la cour. On trouverait dans la bourgeoisie, me disait Mermann, des partis de cent ou cent cinquante mille écus (six cent mille francs au lieu de quinze). Mais on ne peut plus être présenté à la cour, on est séquestré de toute société où se trouve un prince, ou une princesse, *c'est affreux.* » Ce sont ses termes et c'était le cri du cœur.

« Une femme allemande qui aurait l'âme de Phi... [5], avec son esprit, sa figure noble et sensible, le feu qu'elle devait avoir à dix-huit ans (elle en a vingt-sept), étant honnête et pleine de naturel par les mœurs du pays, n'ayant, par la même cause, que la petite dose utile de religion, rendrait

sans doute son mari fort heureux. Mais comment se flatter
d'être constant auprès de mères de famille si insipides?

« *Mais il était marié!* » m'a-t-elle répondu ce matin
comme je blâmais les quatre ans de silence de l'amant de
Corinne, lord Oswald. Elle a veillé jusqu'à trois heures
pour lire *Corinne;* ce roman lui a donné une profonde
émotion, et elle me répond avec sa touchante candeur :
« *Mais il était marié.* »

« Phi... a tant de naturel et une sensibilité si naïve que
même en ce pays du naturel, elle semble prude aux petits
esprits montés sur de petites âmes. Leurs plaisanteries lui
font mal au cœur, et elle ne le cache guère.

« Quand elle est en bonne compagnie elle rit comme une
folle des plaisanteries les plus gaies. C'est elle qui m'a
conté l'histoire de cette jeune princesse de seize ans,
depuis si célèbre, qui entreprenait souvent de faire monter
dans son appartement l'officier de garde à sa porte. »

LA SUISSE [6]

Je connais peu de familles plus heureuses que celles de
l'*Oberland,* partie de la Suisse située près de Berne, et il
est de notoriété publique (1816) que les jeunes filles y
passent avec leur amant les nuits du samedi au dimanche.

Les sots qui connaissent le monde pour avoir fait le
voyage de Paris à Saint-Cloud, vont se récrier ; heureusement je trouve dans un écrivain suisse, la confirmation de
ce que j'ai vu moi-même * pendant quatre mois [8].

« Un bon paysan se plaignait de quelques dégâts faits
dans son verger ; je lui demandai pourquoi il n'avait pas de
chien.

— Mes filles ne se marieraient jamais.

Je ne comprenais pas sa réponse ; il me conte qu'il avait

---

* *Principes philosophiques du colonel Weiss,* 7ᵉ édition, tome II, page 245 [7].

eu un chien si méchant qu'il n'y avait plus de garçons qui osassent escalader ses fenêtres.

« Un autre paysan, maire de son village, pour me faire l'éloge de sa femme, me disait que, du temps qu'elle était fille, il n'y en avait point qui eût plus de *kilter* ou *veilleurs* (qui eût plus de jeunes gens qui allassent passer la nuit avec elle).

« Un colonel généralement estimé fut obligé, dans une course de montagnes, de passer la nuit au fond d'une des vallées les plus solitaires et les plus pittoresques du pays. Il logea chez le premier magistrat de la vallée, homme riche et accrédité. L'étranger remarqua en entrant une jeune fille de seize ans, modèle de grâce, de fraîcheur et de simplicité ; c'était la fille du maître de la maison. Il y avait ce soir-là bal champêtre ; l'étranger fit la cour à la jeune fille qui était réellement d'une beauté frappante. Enfin, se faisant courage, il osa lui demander s'il ne pourrait pas *veiller* avec elle. « Non, répondit la jeune fille, je couche avec ma cousine, mais je viendrai moi-même chez vous. » Qu'on juge du trouble que causa cette réponse. On soupe, l'étranger se lève, la jeune fille prend le flambeau et le suit dans sa chambre, il croit toucher au bonheur. « Non, lui dit-elle avec candeur, il faut d'abord que je demande permission à maman. » La foudre l'eût moins atterré. Elle sort, il reprend courage et se glisse auprès du salon de bois de ces bonnes gens ; il entend la fille qui d'un ton caressant priait sa mère de lui accorder la permission qu'elle désirait ; elle l'obtient enfin. « N'est-ce pas, vieux, dit la mère à son mari qui était déjà au lit, tu consens que Trineli passe la nuit avec M. le colonel ? — De bon cœur, répond le père, je crois qu'à un tel homme, je prêterais encore ma femme. — Eh bien ! va, dit la mère à Trineli ; mais sois brave fille, et n'ôte pas ta jupe... » Au point du jour, Trineli, respectée par l'étranger, se leva vierge ; elle arrangea les coussins du lit, prépara du café et de la crème pour son veilleur, et après que, assise sur le lit, elle eut déjeuné avec lui, elle coupe un petit morceau de son *broustpletz* (pièce de velours qui couvre le sein). « Tiens, lui dit-elle, conserve ce souvenir d'une nuit heureuse ; je ne l'oublierai jamais ; pourquoi es-tu colonel ? » Et, lui ayant donné un dernier baiser, elle s'enfuit ; il ne put plus la revoir * [9]. » Voilà l'excès opposé à nos mœurs françaises et que je suis loin d'approuver.

Je voudrais, si j'étais législateur, qu'on prît, en France comme en Allemagne, l'usage des soirées dansantes. Trois fois par semaine les jeunes filles iraient avec leurs mères à un bal commencé à sept heures finissant à minuit, et exigeant pour tous frais un violon et des verres d'eau. Dans une pièce voisine, les mères, peut-être un peu jalouses de l'heureuse éducation de leurs filles, joueraient au boston ; dans une troisième, les pères trouveraient les journaux et parleraient politique. Entre minuit et une heure toutes les familles se réuniraient, et regagneraient le toit paternel. Les jeunes filles apprendraient à connaître les jeunes hommes ; la fatuité et l'indiscrétion qui la suit leur deviendraient bien vite odieuses ; enfin, *elles se choisiraient un mari*. Quelques jeunes filles auraient des amours malheureuses, mais le nombre des maris trompés et des mauvais ménages diminuerait dans une immense proportion. Alors il serait moins absurde de chercher à punir l'infidélité par la honte ; la loi dirait aux jeunes femmes : « Vous avez choisi votre mari, soyez-lui fidèle. » Alors j'admettrais la poursuite et la punition par les tribunaux de ce que les Anglais appellent *criminal conversation*. Les tribunaux pourraient imposer au profit des prisons, et des hôpitaux, une amende égale aux deux tiers de la fortune du séducteur, et une prison de quelques années.

---

* Je suis heureux de pouvoir dire avec les paroles d'un autre des faits extraordinaires que j'ai eu l'occasion d'observer. Certainement sans M. de Weiss je n'eusse pas rapporté ce trait de mœurs. J'en ai omis d'aussi caractéristiques à Valence et à Vienne.

Une femme pourrait être poursuivie pour adultère devant un jury. Le jury devrait d'abord déclarer que la conduite du mari a été irréprochable.

La femme convaincue pourrait être condamnée à la prison pour la vie. Si le mari avait été absent plus de deux ans, la femme ne pourrait être condamnée qu'à une prison de quelques années. Les mœurs publiques se modèleraient bientôt sur ces lois et les perfectionneraient *.

Alors les nobles et les prêtres, tout en regrettant amèrement les siècles décents de Mme de Montespan ou de Mme Du Barry, seraient forcés de permettre le divorce **.

Il y aurait dans un village, en vue de Paris, un élysée pour les femmes malheureuses, une maison de refuge où, sous peine de galères, il n'entrerait d'autre homme que le médecin et l'aumônier. Une femme qui voudrait obtenir le divorce serait tenue, avant tout, d'aller se constituer prisonnière dans cet élysée ; elle y passerait deux années

---

* *L'Examiner*, journal anglais, en rendant compte du procès de la reine (n° 662, du 3 septembre 1820), ajoute :

« *We have a system of sexual morality, under which thousands of women become mercenary prostitutes whom virtuous women are taught to scorn, while virtuous men retain the privilege of frequenting those very women, without it's being regarded as any thing more than a venial offense* [10]. »

Il y a une noble hardiesse dans le pays du *cant* à oser exprimer, sur cet objet, une vérité, quelque triviale et palpable qu'elle soit ; cela est encore plus méritoire à un pauvre journal qui ne peut espérer de succès qu'en étant acheté par les gens riches, lesquels regardent les évêques et la Bible comme l'unique sauvegarde de leurs belles livrées.

** Mme de Sévigné écrivait à sa fille, le 23 décembre 1671 : « Je ne sais si vous avez appris que Villarceaux, en parlant au roi d'une charge pour son fils, prit habilement l'occasion de lui dire qu'il y avait des gens qui se mêlaient de dire à sa nièce (Mlle de Rouxel), que Sa Majesté avait quelque dessein pour elle ; que si cela était, il le suppliait de se servir de lui, que l'affaire serait mieux entre ses mains que dans celles des autres, et qu'il s'y emploierait avec succès. Le roi se mit à rire, et dit : « *Villarceaux, nous sommes trop vieux, vous et moi, pour attaquer des demoiselles de quinze ans.* » Et comme un galant homme se moqua de lui et conta ce discours chez les dames » (tome II, p. 340).

Mémoires de Lauzun, de Besenval, de Mme d'Epinay, etc., etc. Je supplie qu'on ne me condamne pas tout à fait sans relire ces *Mémoires*.

sans sortir une seule fois. Elle pourrait écrire, mais jamais recevoir de réponse.

Un conseil composé de pairs de France et de quelques magistrats estimés dirigerait, au nom de la femme, les poursuites pour le divorce et réglerait la pension à payer par le mari à l'établissement. La femme qui succomberait dans sa demande devant les tribunaux serait admise à passer le reste de sa vie à l'élysée. Le gouvernement compléterait à l'administration de l'élysée deux mille francs par femme réfugiée. Pour être reçue à l'élysée, il faudrait avoir eu une dot de plus de vingt mille francs. La sévérité du régime moral serait extrême.

Après deux ans d'une totale séparation du monde, une femme divorcée pourrait se remarier.

Une fois arrivées à ce point, les chambres pourraient examiner, si, pour établir l'émulation du mérite entre les jeunes filles, il ne conviendrait pas d'attribuer aux garçons une part double de celles des sœurs dans le partage de l'héritage paternel. Les filles qui ne trouveraient pas à se marier auraient une part égale à celle des mâles. On peut remarquer, en passant, que ce système détruirait peu à peu l'habitude des mariages de convenance trop inconvenants. La possibilité du divorce rendrait inutiles les excès de bassesse.

Il faudrait établir sur divers points de la France, et dans des villages pauvres, trente abbayes pour les vieilles filles. Le gouvernement chercherait à entourer ces établissements de considération, pour consoler un peu la tristesse des pauvres filles qui y achèveraient leur vie. Il faudrait leur donner tous les hochets de la dignité.

Mais laissons ces chimères.

CHAPITRE LIX

WERTHER ET DON JUAN[1]

Parmi les jeunes gens, lorsque l'on s'est bien moqué d'un pauvre amoureux et qu'il a quitté le salon, ordinairement la conversation finit par agiter la question de savoir s'il vaut mieux prendre les femmes comme le don Juan de Mozart, ou comme Werther. Le contraste serait plus exact si j'eusse cité Saint-Preux, mais c'est un si plat personnage que je ferais tort aux âmes tendres en le leur donnant pour représentant.

Le caractère de don Juan requiert un plus grand nombre de ces vertus utiles et estimées dans le monde : l'admirable intrépidité, l'esprit de ressource, la vivacité, le sang-froid, l'esprit amusant, etc.

Les don Juan ont de grands moments de sécheresse et une vieillesse fort triste ; mais la plupart des hommes n'arrivent pas à la vieillesse.

Les amoureux jouent un pauvre rôle le soir dans le salon, car l'on n'a de talent et de force auprès des femmes qu'autant qu'on met à les avoir exactement le même intérêt qu'à une partie de billard. Comme la société connaît aux amoureux un grand intérêt dans la vie, quelque esprit qu'ils aient, ils prêtent le flanc à la plaisanterie ; mais le matin en s'éveillant, au lieu d'avoir de l'humeur jusqu'à ce que quelque chose de piquant et de malin les soit venu ranimer, ils songent à ce qu'ils aiment et font des châteaux en Espagne habités par le bonheur.

L'amour à la Werther ouvre l'âme à tous les arts, à toutes les impressions douces et romantiques, au clair de lune, à la beauté des bois, à celle de la peinture, en un mot, au sentiment et à la jouissance du *beau,* sous quelque forme qu'il se présente, fût-ce sous un habit de bure. Il fait trouver le bonheur même sans les richesses*. Ces âmes-là, au lieu d'être sujettes à se blaser comme Meilhan, Besenval, etc., deviennent folles par excès de sensibilité comme Rousseau. Les femmes douées d'une certaine élévation d'âme qui, après la première jeunesse, savent voir l'amour où il est, et quel est cet amour, échappent en général aux don Juan qui ont pour eux plutôt le nombre que la qualité des conquêtes. Remarquez, au désavantage de la considération des âmes tendres, que la publicité est nécessaire au triomphe des don Juan comme le secret à ceux des Werther. La plupart des gens qui s'occupent de femmes par état, sont nés au sein d'une grande aisance, c'est-à-dire sont, par le fait de leur éducation et par l'imitation de ce qui les entourait dans leur jeunesse, égoïstes et secs**.

Les vrais don Juan finissent même par regarder les femmes comme le parti ennemi, et par se réjouir de leurs malheurs de tous genres.

Au contraire, l'aimable duc Delle Pignatelle[5] nous montrait à Munich[6] la vraie manière d'être heureux par la volupté, même sans l'amour-passion. « Je vois qu'une

---

* Premier volume de *la Nouvelle Héloïse*, et tous les volumes si Saint-Preux se fût trouvé avoir l'ombre du caractère ; mais c'était un vrai poète, un bavard sans résolution, qui n'avait du cœur qu'après avoir péroré, d'ailleurs homme fort plat. Ces gens-là ont l'immense avantage de ne pas choquer l'orgueil féminin et de ne jamais donner d'*étonnement* à leur amie. Qu'on pèse ce mot ; c'est peut-être là tout le secret du succès des hommes plats auprès des femmes distinguées. Cependant l'amour n'est une passion qu'autant qu'il fait oublier l'amour-propre. Elles ne sentent donc pas complètement l'amour les femmes qui, comme L[2], lui demandent les plaisirs de l'orgueil. Sans s'en douter, elles sont à la même hauteur que l'homme prosaïque[3], objet de leur mépris, qui cherche dans l'amour, l'amour et la vanité. Elles, elles veulent l'amour et l'orgueil, mais l'amour se retire la rougeur sur le front ; c'est le plus orgueilleux des despotes : ou il est tout, ou il n'est rien.

** Voir une page d'André Chénier, *Œuvres*, page 370[4] ; ou bien ouvrir les yeux dans le monde, ce qui est plus difficile. « En général, ceux que nous appelons patriciens sont plus éloignés que les autres hommes de rien aimer », dit l'empereur Marc-Aurèle (*Pensées*, p. 50).

femme me plaît, me disait-il un soir, quand je me trouve tout interdit auprès d'elle et que je ne sais que lui dire. » Bien loin de mettre son amour-propre à rougir et à se venger de ce moment d'embarras, il le cultivait précieusement comme la source du bonheur. Chez cet aimable jeune homme, l'amour-goût était tout à fait exempt de la vanité qui corrode ; c'était une nuance affaiblie, mais pure et sans mélange, de l'amour véritable ; et il respectait toutes les femmes comme des êtres charmants envers qui nous sommes bien injustes (20 février 1820).

Comme on ne se choisit pas un tempérament, c'est-à-dire une âme, l'on ne se donne pas un rôle supérieur. J.-J. Rousseau et le duc de Richelieu auraient eu beau faire, malgré tout leur esprit, ils n'auraient pu changer de carrière auprès des femmes. Je croirais volontiers que le duc n'a jamais eu de moments comme ceux que Rousseau trouva dans le parc de la Chevrette, auprès de Mme d'Houdetot ; à Venise, en écoutant la musique des *Scuole* ; et à Turin, aux pieds de Mme Bazile. Mais aussi il n'eut jamais à rougir du ridicule dont Rousseau se couvre auprès de Mme de Larnage et dont le remords le poursuit le reste de sa vie.

Le rôle des Saint-Preux est plus doux et remplit tous les moments de l'existence ; mais il faut convenir que celui de don Juan est bien plus brillant. Si Saint-Preux change de goût au milieu de sa vie, solitaire et retiré, avec des habitudes pensives, il se trouve sur la scène du monde à la dernière place ; tandis que don Juan se voit une réputation superbe parmi les hommes, et pourra peut-être encore plaire à une femme tendre en lui faisant le sacrifice sincère de ses goûts libertins.

Par toutes les raisons présentées jusqu'ici, il me semble que la question se balance. Ce qui me fait croire les Werther plus heureux, c'est que don Juan réduit l'amour à n'être qu'une affaire ordinaire. Au lieu d'avoir comme Werther des réalités qui se modèlent sur ses désirs, il a des désirs imparfaitement satisfaits par la froide réalité, comme dans l'ambition, l'avarice et les autres passions. Au lieu de se perdre dans les rêveries enchanteresses de la cristallisation, il pense comme un général au succès de ses manœuvres *, et, en un mot, tue l'amour au lieu d'en jouir plus qu'un autre, comme croit le vulgaire.

Ce qui précède me semble sans réplique. Une autre raison qui l'est pour le moins autant à mes yeux, mais que, grâce à la méchanceté de la providence, il faut pardonner aux hommes de ne pas reconnaître, c'est que l'habitude de la justice me paraît, sauf les accidents, la route la plus assurée pour arriver au bonheur, et les Werther ne sont pas scélérats **.

Pour être heureux dans le crime, il faudrait exactement n'avoir pas de remords. Je ne sais si un tel être peut exister *** ; je ne l'ai jamais rencontré, et je parierais que l'aventure de Mme Michelin troublait les nuits du duc de Richelieu.

Il faudrait, ce qui est impossible, n'avoir exactement pas de sympathie, ou pouvoir mettre à mort le genre humain ****.

Les gens qui ne connaissent l'amour que par les romans éprouveront une répugnance naturelle en lisant ces phrases en faveur de la vertu en amour. C'est que, par les

---

* Comparez Lovelace à Tom Jones.

** Voir la *Vie privée du duc de Richelieu*, 3 volumes in-8°[7]. Pourquoi au moment où un assassin tue un homme ne tombe-t-il pas mort aux pieds de sa victime ? Pourquoi les maladies ? et, s'il y a des maladies, pourquoi un Troistaillons ne meurt-il pas de la colique[8] ? Pourquoi Henri IV règne-t-il vingt et un ans, et Louis XV, cinquante-neuf ? Pourquoi la durée de la vie n'est-elle pas en proportion exacte avec le degré de vertu de chaque homme ? Et autres questions *infâmes,* diront les philosophes anglais, qu'il n'y a assurément aucun mérite à poser, mais auxquelles il y aurait quelque mérite à répondre autrement que par des injures et du *cant.*

*** Voir Néron après le meurtre de sa mère dans Suétone ; et cependant de quelles belles masses de flatterie n'était-il pas environné !

**** La cruauté n'est qu'une sympathie souffrante. Le *pouvoir* n'est le premier des bonheurs, après l'amour, que parce que l'on croit être en état de *commander la sympathie.*

lois du roman, la peinture de l'amour vertueux est essentiellement ennuyeuse et peu intéressante. Le sentiment de la vertu paraît ainsi de loin neutraliser celui de l'amour, et les paroles *amour vertueux* semblent synonymes d'amour faible. Mais tout cela est une *infirmité* de l'art de peindre, qui ne fait rien à la passion telle qu'elle existe dans la nature *.

Je demande la permission de faire le portrait du plus intime de mes amis.

Don Juan abjure tous les devoirs qui le lient au reste des hommes. Dans le grand marché de la vie, c'est un marchand de mauvaise foi qui prend toujours et ne paye jamais. L'idée de l'égalité lui inspire la rage que l'eau donne à l'hydrophobe; c'est pour cela que l'orgueil de la naissance va si bien au caractère de don Juan. Avec l'idée de l'égalité des droits disparaît celle de la justice, ou, plutôt, si don Juan est sorti d'un sang illustre, ces idées communes ne l'ont jamais approché; et je croirais assez qu'un homme qui porte un nom historique est plus disposé qu'un autre à mettre le feu à une ville pour se faire cuire un œuf **. Il faut l'excuser; il est tellement possédé de l'amour de soi-même qu'il arrive au point de perdre l'idée du mal qu'il cause, et de ne voir plus que lui dans l'univers qui puisse jouir ou souffrir. Dans le feu de la jeunesse, quand toutes les passions font sentir la vie dans

* Si l'on peint aux yeux du spectateur le sentiment de la vertu à côté du sentiment de l'amour, on se trouve avoir représenté un cœur partagé entre deux sentiments. La vertu dans les romans n'est bonne qu'à sacrifier : Julie d'Etanges.
** Voir Saint-Simon, fausse couche de Mme la duchesse de Bourgogne; et Mme de Motteville, *passim*. Cette princesse, qui s'étonnait que les autres femmes eussent cinq doigts à la main comme elle°; ce duc d'Orléans, Gaston, frère de Louis XIII, trouvant si simple que ses favoris allassent à l'échafaud pour lui faire plaisir. Voyez, en 1820, ces messieurs mettre en avant une loi d'élection qui peut ramener les Robespierre en France, etc., etc.; voyez Naples en 1799. (Je laisse cette note écrite en 1820. Liste des grands seigneurs de 1778 avec des notes sur la moralité, données par le général Laclos, vue à Naples, chez le marquis Berio; manuscrit de plus de trois cents pages bien scandaleux [10].)

notre propre cœur et éloignent la méfiance de celui des autres, don Juan, plein de sensations et de bonheur apparent, s'applaudit de ne songer qu'à soi, tandis qu'il voit les autres hommes sacrifier au devoir ; il croit avoir trouvé le grand art de vivre. Mais, au milieu de son triomphe, à peine à trente ans, il s'aperçoit avec étonnement que la vie lui manque, il éprouve un dégoût croissant pour ce qui faisait tous ses plaisirs. Don Juan me disait à Thorn[11], dans un accès d'humeur noire : « Il n'y a pas vingt variétés de femmes, et, une fois qu'on en a eu deux ou trois de chaque variété, la satiété commence. » Je répondais : « Il n'y a que l'imagination qui échappe pour toujours à la satiété. Chaque femme inspire un intérêt différent, et bien plus, la même femme, si le hasard vous la présente deux ou trois ans plus tôt ou plus tard dans le cours de la vie, et si le hasard veut que vous aimiez, est aimée d'une manière différente. Mais une femme tendre, même en vous aimant, ne produirait sur vous, par ses prétentions à l'égalité, que l'irritation de l'orgueil. Votre manière d'avoir les femmes tue toutes les autres jouissances de la vie ; celle de Werther les centuple. »

Ce triste drame arrive au dénouement. On voit le don Juan vieillissant s'en prendre aux choses de sa propre satiété, et jamais à soi. On le voit, tourmenté du poison qui le dévore, s'agiter en tous sens et changer continuellement d'objet. Mais quel que soit le brillant des apparences, tout se termine pour lui à changer de peine ; il se donne de l'ennui paisible, ou de l'ennui agité ; voilà le seul choix qui lui reste.

Enfin, il découvre et s'avoue à soi-même cette fatale vérité ; dès lors il est réduit pour toute jouissance à faire sentir son pouvoir, et à faire ouvertement le mal pour le mal. C'est aussi le dernier degré du malheur habituel ; aucun poète n'a osé en présenter l'image fidèle ; ce tableau ressemblant ferait horreur.

Mais on peut espérer qu'un homme supérieur détournera ses pas de cette route fatale, car il y a une contradiction au fond du caractère de don Juan. Je lui ai supposé beaucoup d'esprit, et beaucoup d'esprit conduit à la découverte de la vertu par le chemin du temple de la gloire *.

La Rochefoucauld, qui s'entendait pourtant en amour-propre, et qui dans la vie réelle n'était rien moins qu'un nigaud d'homme de lettres **, dit (267) : « Le plaisir de l'amour est d'aimer, et l'on est plus heureux par la passion que l'on a, que par celle que l'on inspire. »

Le bonheur de don Juan n'est que de la vanité basée, il est vrai, sur des circonstances amenées par beaucoup d'esprit et d'activité ; mais il doit sentir que le moindre général qui gagne une bataille, que le moindre préfet qui contient un département, a une jouissance plus remarquable que la sienne ; tandis que le bonheur du duc de Nemours quand Mme de Clèves lui dit qu'elle l'aime est, je crois, au-dessus du bonheur de Napoléon à Marengo.

L'amour à la don Juan est un sentiment dans le genre du goût pour la chasse. C'est un besoin d'activité qui doit être réveillé par des objets divers et mettant sans cesse en doute votre talent.

L'amour à la Werther est comme le sentiment d'un écolier qui fait une tragédie et mille fois mieux ; c'est un but nouveau dans la vie auquel tout se rapporte, et qui change la face de tout. L'amour-passion jette aux yeux d'un homme toute la nature avec ses aspects sublimes, comme une nouveauté inventée d'hier. Il s'étonne de n'avoir jamais vu le spectacle singulier qui se découvre à son âme. Tout est neuf, tout est vivant, tout respire l'intérêt le plus passionné ***. Un amant voit la femme qu'il

---

* Le caractère du jeune privilégié, en 1822, est assez correctement représenté par le brave Bothwell, d'*Old Mortality*[12].

** Voir les *Mémoires* de Retz, et le mauvais moment qu'il fit passer au coadjuteur, entre deux portes, au Parlement.

*** Vol[terra]. 1819. Les chèvrefeuilles à la descente[13].

aime dans la ligne d'horizon de tous les paysages[14] qu'il
rencontre, et faisant cent lieues pour aller l'entrevoir un
instant, chaque arbre, chaque rocher lui parle d'elle d'une
manière différente, et lui en apprend quelque chose de
nouveau. Au lieu du fracas de ce spectacle magique, don
Juan a besoin que les objets extérieurs, qui n'ont de prix
pour lui que par leur degré d'utilité, lui soient rendus
piquants par quelque intrigue nouvelle.

L'amour à la Werther a de singuliers plaisirs; après un
an ou deux, quand l'amant n'a plus pour ainsi dire qu'une
âme avec ce qu'il aime, et cela, chose étrange, même
indépendamment des succès en amour, même avec les
rigueurs de sa maîtresse, quoi qu'il fasse ou qu'il voie, il se
demande : « Que dirait-elle si elle était avec moi? Que lui
dirais-je de cette vue de Casalecchio[15]? » Il lui parle, il
écoute ses réponses, il rit des plaisanteries qu'elle lui fait.
A cent lieues d'elle et sous le poids de sa colère, il se
surprend à se faire cette réflexion : « Léonore était fort
gaie ce soir. » Il se réveille : « Mais mon Dieu, se dit-il en
soupirant, il y a des fous à Bedlam[16] qui le sont moins que
moi! »

— Mais vous m'impatientez, me dit un de mes amis
auquel je lis cette remarque; vous opposez sans cesse
l'homme passionné au don Juan, ce n'est pas là la
question. Vous auriez raison si l'on pouvait à volonté se
donner une passion. Mais dans l'indifférence que faire?

L'amour-goût sans horreurs. Les horreurs viennent
toujours d'une petite âme qui a besoin de se rassurer sur
son propre mérite.

Continuons. Les don Juan doivent avoir bien de la
peine à convenir de la vérité de cet état de l'âme dont je
parlais tout à l'heure. Outre qu'ils ne peuvent le voir ni le
sentir, il choque trop leur vanité. L'erreur de leur vie est
de croire conquérir en quinze jours ce qu'un amant transi
obtient à peine en six mois. Ils se fondent sur des
expériences faites aux dépens de ces pauvres diables qui

n'ont ni l'âme qu'il faut pour plaire, en révélant ses mouvements naïfs à une femme tendre, ni l'esprit nécessaire pour le rôle de don Juan. Ils ne veulent pas voir que ce qu'ils obtiennent, fût-il même accordé par la même femme, n'est pas la même chose.

> *L'homme prudent sans cesse se méfie;*
> *C'est pour cela que des amants trompeurs*
> *Le nombre est grand. Les dames que l'on prie*
> *Font soupirer longtemps des serviteurs*
> *Qui n'ont jamais été faux de leur vie.*
> *Mais du trésor qu'elles donnent enfin*
> *Le prix n'est su que du cœur qui le goûte :*
> *Plus on l'achète et plus il est divin;*
> *Le los d'amour ne vaut que ce qu'il coûte.*

NIVERNOIS, *le Troubadour Guillaume
de La Tour*, III, 342.

L'amour-passion à l'égard des don Juan peut se comparer à une route singulière, escarpée, incommode, qui commence à la vérité parmi des bosquets charmants, mais bientôt se perd entre des rochers taillés à pic, dont l'aspect n'a rien de flatteur pour les yeux vulgaires. Peu à peu la route s'enfonce dans les hautes montagnes au milieu d'une forêt sombre dont les arbres immenses en interceptant le jour, par leurs têtes touffues et élevées jusqu'au ciel, jettent une sorte d'horreur dans les âmes non trempées par le danger.

Après avoir erré péniblement comme dans un labyrinthe infini dont les détours multipliés impatientent l'amour-propre, tout à coup l'on fait un détour, et l'on se trouve dans un monde nouveau, dans la délicieuse vallée de Cachemire de *Lalla-Rookh*[17].

Comment les don Juan, qui ne s'engagent jamais dans cette route ou qui n'y font tout au plus que quelques pas,

pourraient-ils juger des aspects qu'elle présente au bout
du voyage? . . . .

. . . .

« Vous voyez que l'inconstance est bonne. *Il me faut
du nouveau, n'en fût-il plus au monde.* »

— Bien, vous vous moquez des serments et de la
justice. Que cherche-t-on par l'inconstance? Le plaisir
apparemment.

Mais le plaisir que l'on rencontre auprès d'une jolie
femme désirée quinze jours et gardée trois mois, est
différent du plaisir que l'on trouve avec une maîtresse
désirée trois ans et gardée dix.

Si je ne mets pas *toujours,* c'est qu'on dit que la
vieillesse, changeant nos organes, nous rend incapables
d'aimer; pour moi, je n'en crois rien. Votre maîtresse,
devenue votre amie intime, vous donne d'autres plaisirs,
les plaisirs de la vieillesse. C'est une fleur qui, après avoir
été rose le matin, dans la saison des fleurs, se change en un
fruit délicieux le soir, quand les roses ne sont plus de
saison*.

Une maîtresse désirée trois ans est réellement maîtresse
dans toute la force du terme; on ne l'aborde qu'en
tremblant, et, dirais-je aux don Juan, l'homme qui tremble
ne s'ennuie pas. Les plaisirs de l'amour sont toujours en
proportion de la crainte.

Le malheur de l'inconstance, c'est l'ennui; le malheur
de l'amour-passion, c'est le désespoir et la mort. On
remarque les désespoirs d'amour, ils font anecdote;
personne ne fait attention aux vieux libertins blasés qui
crèvent d'ennui et dont Paris est pavé.

L'amour brûle la cervelle à plus de gens que l'ennui.

— Je le crois bien, l'ennui ôte tout, jusqu'au courage
de se tuer.

Il y a tel caractère fait pour ne trouver le plaisir que

---

* Voir les *Mémoires* de Collé, sa femme.

dans la variété. Mais un homme qui porte aux nues le vin de Champagne aux dépens du bordeaux, ne fait que dire avec plus ou moins d'éloquence :

— J'aime mieux le champagne.

Chacun de ces vins a ses partisans et tous ont raison, s'ils se connaissent bien eux-mêmes, et s'ils courent après le genre de bonheur qui est le mieux adapté à leurs organes* et à leurs habitudes. Ce qui gâte le parti de l'inconstance, c'est que tous les sots se rangent de ce côté par manque de courage.

Mais enfin chaque homme, s'il veut se donner la peine de s'étudier soi-même, a son *beau idéal*, et il semble qu'il y a toujours un peu de ridicule à vouloir convertir son voisin.

---

* Les physiologistes qui connaissent les organes vous disent : l'injustice, dans les relations de la vie sociale, produit sécheresse, défiance et malheur.

FRAGMENTS DIVERS

J'ai réuni sous ce titre, que j'aurais voulu rendre encore plus modeste, un choix fait sans trop de sévérité parmi trois ou quatre cents cartes à jouer sur lesquelles j'ai trouvé des lignes tracées au crayon; souvent ce qu'il faut bien appeler le manuscrit original, faute d'un nom plus simple, est bâti de morceaux de papier de toute grandeur écrits au crayon, et que Lisio attachait avec de la cire pour ne pas avoir l'embarras de recopier. Il m'a dit une fois que rien de ce qu'il notait ne lui semblait, une heure après, valoir la peine d'être recopié. Je suis entré dans ce détail avec l'espérance qu'il me servira d'excuse pour les répétitions.

1.

On peut tout acquérir dans la solitude, hormis du caractère.

2.

En 1821, la haine, l'amour et l'avarice, les trois passions les plus fréquentes, et avec le jeu, presque les seules à Rome [1].

Les Romains paraissent *méchants* au premier abord ; ils ne sont qu'extrêmement méfiants, et avec une imagination qui s'enflamme à la plus légère apparence.

S'ils font des méchancetés *gratuites,* c'est un homme rongé par la peur, et qui cherche à se rassurer en essayant son fusil.

3.

Si je disais, comme je le crois, que la *bonté* est le trait distinctif du caractère des habitants de Paris, je craindrais beaucoup de les offenser.

« Je ne veux pas être bon. »

4.

Une marque de l'amour vient de naître, c'est que tous les plaisirs et toutes les peines que peuvent donner toutes les autres passions et tous les autres besoins de l'homme cessent à l'instant de l'affecter.

5.

La pruderie est une espèce d'avarice, la pire de toutes.

6.

Avoir le caractère solide, c'est avoir une longue et ferme expérience des mécomptes et des malheurs de la vie. Alors l'on désire constamment, ou l'on ne désire pas du tout.

7.

L'amour tel qu'il est dans la haute société, c'est l'amour des combats, c'est l'amour du jeu[1].

8.

Rien ne tue l'amour-goût comme les bouffées d'amour-passion dans le partner[1].

Contessina L[éonore], Forli, 1819[2].

9.

Grand défaut des femmes, le plus choquant de tous pour un homme un peu digne de ce nom. Le public, en fait de sentiments, ne s'élève guère qu'à des idées basses, et elles font le public juge suprême de leur vie; je dis même les plus distinguées, et souvent sans s'en douter, et même en croyant, et disant le contraire.

Brescia, 1819[1].

10.

Prosaïque est un mot nouveau qu'autrefois je trouvais ridicule, car rien de plus froid que nos poésies; s'il y a quelque chaleur en France depuis cinquante ans, c'est assurément dans la prose.

Mais enfin la *contessina* L[éonore] se servait du mot *prosaïque* et j'aime à l'écrire[1].

La définition est dans *Don Quichotte* et dans le *Contraste parfait du maître et de l'écuyer*. Le maître, grand et pâle; l'écuyer, gras et frais. Le premier, tout héroïsme et courtoisie; le second, tout égoïsme et servilité; le premier toujours rempli d'imaginations romanesques et touchantes; le second, un modèle d'esprit de conduite, un recueil de proverbes bien sages; le premier, toujours nourrissant son âme de quelque contemplation héroïque et hasardée; l'autre, ruminant quelque plan bien sage et dans lequel il ne manque pas d'admettre soigneusement en

ligne de compte l'influence de tous les petits mouvements
honteux et égoïstes du cœur humain.

Au moment où le premier devrait être détrompé par le
non-succès de ses imaginations d'hier, il est déjà occupé de
ses châteaux en Espagne d'aujourd'hui.

Il faut avoir un mari prosaïque et prendre un amant
romanesque.

Marlborough avait l'âme *prosaïque;* Henri IV amoureux
à cinquante-cinq ans d'une jeune princesse qui n'oubliait
pas son âge, un cœur romanesque*.

Il y a moins d'âmes prosaïques dans la noblesse que
dans le tiers-état.

C'est le défaut du commerce, il rend prosaïque.

11.

Rien d'intéressant comme la passion, c'est que tout y est
imprévu, et que l'agent y est victime. Rien de plat comme
l'amour-goût où tout est calcul comme dans toutes les
prosaïques affaires de la vie.

12.

On finit toujours, à la fin de la visite, par traiter son
amant mieux qu'on ne voudrait.

                                        L. 2 novembre 1818[1].

13.

L'influence du rang se fait toujours sentir à travers le
génie chez un parvenu. Voyez Rousseau tombant amou-

---

* Dulaure, *Histoire de Paris.*
Scène muette dans l'appartement de la reine, le soir de la fuite de la
princesse de Condé; les ministres collés contre les murs et silencieux; le
roi se promenant à grands pas.

reux de toutes les *dames* qu'il rencontrait, et pleurant de
ravissement, parce que le duc de L[uxembourg], un des
plus plats courtisans de l'époque, daigne se promener à
droite plutôt qu'à gauche, pour accompagner un M. Coin-
det, ami de Rousseau.

L. 3 mai 1820.

14.

Ravenne[1], 23 janvier 1820.

Les femmes ici n'ont que l'éducation des choses, une
mère ne se gêne guère pour être au désespoir, ou au
comble de la joie, par amour, devant ses filles de douze à
quinze ans. Rappelez-vous que dans ces climats heureux
beaucoup de femmes sont très bien jusqu'à quarante-cinq
ans, et la plupart sont mariées à dix-huit.

La Valchiusa, disant hier de Lampugnani : « Ah! celui-
là était fait pour moi, il savait aimer », etc., etc., et suivant
longtemps ce discours avec une amie, devant sa fille, jeune
personne très alerte de quatorze à quinze ans, qu'elle
menait aussi aux promenades sentimentales avec cet
amant.

Quelquefois les jeunes filles accrochent des maximes de
conduite excellentes. Par exemple Mme Guarnacci[2] adressant à ses deux filles, et à deux hommes qui en toute leur
vie ne lui ont fait que cette visite, des maximes approfon-
dies pendant une demi-heure, et appuyées d'exemples à
leur connaissance (celui de la Cercara en Hongrie), sur
l'époque précise à laquelle il convient de punir par
l'infidélité les amants qui se conduisent mal.

15.

Le sanguin, le Français véritable (le colonel M[ath]is)[1],
au lieu de se tourmenter par excès de sentiment comme

Rousseau, s'il a un rendez-vous pour demain soir, à sept heures, se peint tout en couleur de rose jusqu'au moment fortuné. Ces gens-là ne sont guère susceptibles de l'amour-passion, il troublerait leur belle tranquillité. Je vais jusqu'à dire que peut-être ils prendraient ses transports pour du malheur, du moins ils seraient humiliés de sa timidité.

16.

La plupart des hommes du monde, par vanité, par méfiance, par crainte du malheur ne se livrent à aimer une femme qu'après l'intimité.

17.

Les âmes très tendres ont besoin de la facilité chez une femme pour encourager la cristallisation.

18.

Une femme voit la voix du public dans le premier sot ou la première amie perfide qui se déclare auprès d'elle l'interprète fidèle du public [1].

19.

Il y a un plaisir délicieux à serrer dans ses bras une femme qui vous a fait beaucoup de mal, qui a été votre cruelle ennemie pendant longtemps et qui est prête à l'être encore [1]. Bonheur des officiers français en Espagne, 1812.

20.

Il faut la solitude pour jouir de son cœur et pour aimer, mais il faut être répandu dans le monde pour réussir.

21.

Toutes les observations des Français sur l'amour sont bien écrites, avec exactitude, point outrées, mais ne portent que sur des affections légères, disait l'aimable cardinal Lante[1].

22.

Tous les *mouvements de passion* de la comédie des *Innamorati* de Goldoni sont excellents, c'est le style et les pensées qui révoltent par la plus dégoûtante bassesse : c'est le contraire d'une comédie française.

23.

Jeunesse de 1822. Qui dit penchant sérieux, disposition active, dit sacrifice du présent à l'avenir ; rien n'élève l'âme comme le pouvoir et l'habitude de faire de tels sacrifices. Je vois plus de probabilité pour les grandes passions en 1832 qu'en 1772.

24.

Le tempérament bilieux, quand il n'a pas des formes trop repoussantes, est peut-être celui de tous qui est le plus propre à frapper et à nourrir l'imagination des femmes. Si le tempérament bilieux n'est pas placé dans de belles circonstances, comme le Lauzun de Saint-Simon (*Mémoires*, tome V, 380), le difficile, c'est de s'y accoutumer. Mais, une fois ce caractère saisi par une femme, il doit l'entraîner. Oui, même le sauvage et fanatique Balfour (*Old Mortality*[1]). C'est pour elles le contraire du prosaïque.

25.

En amour on doute souvent de ce qu'on croit le plus (La R[ochefoucauld], 355 [1]). Dans toute autre passion l'on ne doute plus de ce qu'on s'est une fois prouvé.

26.

Les vers furent inventés pour aider la mémoire. Plus tard on les conserva pour augmenter le plaisir par la vue de la difficulté vaincue. Les garder aujourd'hui dans l'art dramatique, reste de barbarie. Exemple : l'ordonnance de la cavalerie, mise en vers par M. de Bonnay.

27.

Tandis que ce servant jaloux se nourrit d'ennui, d'avarice, de haine et de passions vénéneuses et froides, je passe une nuit heureuse à rêver à elle, à elle qui me traite mal par méfiance.

S. [1].

28.

Il n'y a qu'une grande âme qui ose avoir un style simple ; c'est pour cela que Rousseau a mis tant de rhétorique dans *la Nouvelle Héloïse,* ce qui la rend illisible à trente ans.

29.

« Le plus grand reproche que nous puissions nous faire est assurément de laisser s'évanouir, comme ces fantômes légers que produit le sommeil, les idées d'honneur et de justice qui, de temps en temps, s'élèvent dans notre cœur. »

Lettre d'Iéna, mars 1819[1].

30.

Une femme honnête est à la campagne, elle passe une heure dans la serre chaude avec son jardinier; des gens dont elle a contrarié les vues l'accusent d'avoir trouvé un amant dans ce jardinier.

Que répondre? Absolument parlant, la chose est possible. Elle pourrait dire : « Mon caractère jure pour moi, voyez les mœurs de toute ma vie », mais ces choses sont également invisibles, et aux méchants qui ne veulent rien voir et aux sots qui ne peuvent rien voir.

SALVIATI, Rome, 23 juillet 1819[1].

31.

J'ai vu un homme découvrir que son rival était aimé, et celui-ci ne pas le voir à cause de sa passion.

32.

Plus un homme est éperdument amoureux, plus grande est la violence qu'il est obligé de se faire pour oser risquer de fâcher la femme qu'il aime et lui prendre la main.

33.

Rhétorique ridicule, mais, à la différence de celle de Rousseau, inspirée par la vraie passion : Mémoires de M. de Mau[breuil], lettre de S[and].

34.

NATUREL

J'ai vu, ou j'ai cru voir, ce soir, le triomphe du *naturel* dans une jeune personne qui, il est vrai, me semble avoir un grand caractère. Elle adore un de ses cousins, cela me semble évident et elle doit s'être avoué à elle-même l'état de son cœur. Ce cousin l'aime, mais, comme elle est très sérieuse avec lui, il croit ne pas plaire, et se laisse entraîner aux marques de préférence que lui donne Clara, une jeune veuve amie de Mélanie[1]. Je crois qu'il va l'épouser. Mélanie le voit et souffre tout ce qu'un cœur fier et rempli malgré lui d'une passion violente peut souffrir. Elle n'aurait qu'à changer un peu ses manières, mais elle regarde comme une bassesse qui aurait des conséquences durant toute sa vie de s'écarter un instant du *naturel*.

35.

Sapho ne vit dans l'amour que le délire des sens ou le plaisir physique sublimé par la cristallisation. Anacréon y chercha un amusement pour les sens et pour l'esprit. Il y avait trop peu de sûreté dans l'antiquité pour qu'on eût le loisir d'avoir un amour-passion.

36.

Il ne me faut que le fait précédent pour rire un peu des gens qui trouvent Homère supérieur au Tasse. L'amour-passion existait du temps d'Homère et pas très loin de la Grèce.

37.

Femme tendre qui cherchez à voir si l'homme que vous adorez vous aime d'amour-passion, étudiez la première

jeunesse de votre amant. Tout homme distingué fut
d'abord, à ses premiers pas dans la vie, un enthousiaste
ridicule ou un infortuné. L'homme à l'humeur gaie et
douce, et au bonheur facile, ne peut aimer avec la passion
qu'il faut à votre cœur.

Je n'appelle passion que celle éprouvée par de longs
malheurs, et de ces malheurs que les romans se gardent
bien de peindre, et d'ailleurs qu'ils ne *peuvent pas*
peindre.

38.

Une résolution forte change sur-le-champ le plus
extrême malheur en un état supportable. Le soir d'une
bataille perdue, un homme fuit à toutes jambes sur un
cheval harassé; il entend distinctement le galop du groupe
de cavaliers qui le poursuivent; tout à coup, il s'arrête,
descend de cheval, renouvelle l'amorce de sa carabine et
de ses pistolets, et prend la résolution de se défendre. A
l'instant, au lieu de voir la mort, il voit la croix de la
Légion d'honneur.

39.

Fond des mœurs anglaises. Vers 1730, quand nous
avions déjà Voltaire et Fontenelle, on inventa en Angleterre une machine pour séparer le grain qu'on vient de
battre des petits fragments de paille; cela s'opérait au
moyen d'une roue qui donnait à l'air le mouvement
nécessaire pour enlever les fragments de paille; mais en ce
pays *biblique* les paysans prétendirent qu'il était impie
d'aller contre la volonté de la divine Providence, et de
produire ainsi un vent factice, au lieu de demander au ciel,
par une ardente prière, le vent nécessaire pour vanner le

blé, et d'attendre le moment marqué par le dieu d'Israël. Comparez cela aux paysans français *.

40.

Nul doute que ce ne soit une folie pour un homme de s'exposer à l'amour-passion. Quelquefois cependant le remède opère avec trop d'énergie. Les jeunes Américaines des Etats-Unis sont tellement pénétrées et fortifiées d'idées raisonnables que l'amour, cette fleur de la vie, y a déserté la jeunesse. On peut laisser en toute sûreté, à Boston, une jeune fille seule avec un bel étranger, et croire qu'elle ne songe qu'à la dot du futur.

41.

En France, les hommes qui ont perdu leur femme sont tristes, les veuves au contraire gaies et heureuses. Il y a un proverbe parmi les femmes sur la félicité de cet état. Il n'y a donc pas d'égalité dans le contrat d'union.

42.

Les gens heureux en amour ont l'air profondément attentif, ce qui, pour un Français, veut dire profondément triste.

Dresde, 1818[1].

---

* Pour l'état actuel des mœurs anglaises, voir la *Vie de M. Beattie*, écrite par un ami intime[1]. On sera édifié de l'humilité profonde de M. Beattie recevant dix guinées d'une vieille marquise pour calomnier Hume. L'aristocratie tremblante s'appuie sur des évêques à 200 000 livres de rente, et paye en argent ou en considération des écrivains *prétendus libéraux* pour dire des injures à Chénier (*Edinburgh Review*, 1821).

Le *cant* le plus dégoûtant pénètre partout. Tout ce qui n'est pas peinture de sentiments sauvages et énergiques en est étouffé; impossible d'écrire une page gaie en anglais.

43.

Plus on plaît généralement, moins on plaît profondément.

44.

L'imitation des premiers jours de la vie fait que nous contractons les passions de nos parents, même quand ces passions empoisonnent notre vie. (Orgueil de L. [1].)

45.

La source la plus respectable de l'*orgueil féminin,* c'est la crainte de se dégrader aux yeux de son amant par quelque démarche précipitée ou par quelque action qui peut lui sembler peu féminine.

46.

Le véritable amour rend la pensée de la mort fréquente, aisée, sans terreurs, un simple objet de comparaison, le prix qu'on donnerait pour bien des choses.

47.

Que de fois ne me suis-je pas écrié au milieu de mon courage : Si quelqu'un me tirait un coup de pistolet dans la tête je le remercierais avant que d'expirer, si j'en avais le temps ! On ne peut avoir de courage envers ce qu'on aime qu'en l'aimant moins.

                                    S. Février 1820 [1].

48.

Je ne saurais aimer, me disait une jeune femme[1]; Mirabeau et les *Lettres à Sophie*[2] m'ont dégoûtée des grandes âmes. Ces lettres fatales m'ont fait l'impression d'une expérience personnelle. — Cherchez ce qu'on ne voit jamais dans les romans; que deux ans de constance avant l'intimité, vous assurent du cœur de votre amant.

49.

Le *ridicule* effraye l'amour. Le ridicule, impossible en Italie; ce qui est de bon ton à Venise est bizarre à Naples, donc rien n'est bizarre. Ensuite, rien de ce qui fait plaisir n'est blâmé. Voilà qui tue l'honneur bête, et une moitié de la comédie.

50.

Les enfants commandent par les larmes, et, quand on ne les écoute pas, ils se font mal exprès. Les jeunes femmes se *piquent* d'amour-propre.

51.

C'est une réflexion commune, mais que sous ce prétexte l'on oublie de croire, que tous les jours les âmes qui sentent deviennent plus rares, et les esprits cultivés plus communs.

52.

ORGUEIL FÉMININ

Bologne, 18 avril, 2 heures du matin[1].

Je viens de voir un exemple frappant, mais, tout calcul fait, il faudrait quinze pages pour en donner une idée

juste; j'aimerais mieux, si j'en avais le courage, noter les
conséquences de ce que j'ai vu à n'en pas douter. Voilà
donc une conviction qu'il faut renoncer à communiquer. Il
y a trop de petites circonstances. Cet orgueil est l'opposé
de la vanité française. Autant que je puis m'en souvenir, le
seul ouvrage où je l'aie vu esquissé, c'est la partie des
Mémoires de Mme Roland, où elle conte les petits raisonnements qu'elle faisait étant fille.

53.

En France, la plupart des femmes ne font aucun cas
d'un jeune homme jusqu'à ce qu'elles en aient fait un fat.
Ce n'est qu'alors qu'il peut flatter la vanité.

Duclos.

54.

Modène, 1820[1].

Zilietti me dit à minuit, chez l'aimable marchesina R... :
— Je n'irai pas dîner avec vous demain à San Michele
(c'est une auberge)[2]; hier j'ai dit des bons mots, j'ai été
plaisant en parlant à Cl..., cela pourrait me faire remarquer.

N'allez pas croire que Zilietti soit sot ou timide. C'est
un homme prudent et fort riche de cet heureux pays-ci.

55.

Ce qu'il faut admirer en Amérique, c'est le gouvernement et non la société. Ailleurs, c'est le gouvernement qui
fait le mal. Ils ont changé de rôle à Boston, et le
gouvernement fait l'hypocrite pour ne pas choquer la
société.

56.

Les jeunes filles d'Italie, si elles aiment, sont livrées entièrement aux inspirations de la nature. Elles ne peuvent être aidées tout au plus que par un petit nombre de maximes fort justes qu'elles ont apprises en écoutant aux portes.

Comme si le hasard avait décidé que tout ici concourrait à préserver le *naturel,* elles ne lisent pas de romans par la raison qu'il n'y en a pas. A Genève et en France, au contraire, on fait l'amour à seize ans, pour faire un roman, et l'on se demande à chaque démarche et presque à chaque larme : « Ne suis-je pas bien comme Julie d'Etanges ? »

57.

Le mari d'une jeune femme qui est adorée par son amant qu'elle traite mal, et auquel elle permet à peine de lui baiser la main, n'a tout au plus que le plaisir physique le plus grossier, là où le premier trouverait les délices et les transports du bonheur le plus vif qui existe sur cette terre.

58.

Les lois de l'*imagination* sont encore si peu connues que j'admets l'aperçu suivant qui peut-être n'est qu'une erreur.

Je crois distinguer deux espèces d'imaginations :

1º L'imagination ardente, impétueuse, prime-sautière, conduisant sur-le-champ à l'action, se rongeant elle-même et languissant si l'on diffère seulement de vingt-quatre heures, comme celle de Fabio[1]. L'impatience est son premier caractère, elle se met en colère contre ce qu'elle ne peut obtenir. Elle voit tous les objets extérieurs, mais ils ne font que l'enflammer, elle les assimile à sa propre substance, et les tourne sur-le-champ au profit de la passion.

2° L'imagination qui ne s'enflamme que peu à peu, lentement, mais qui avec le temps ne voit plus les objets extérieurs et parvient à ne plus s'occuper ni se nourrir que de sa passion. Cette dernière espèce d'imagination s'accommode fort bien de la lenteur et même de la rareté des idées. Elle est favorable à la constance. C'est celle de la plupart des pauvres jeunes filles allemandes mourant d'amour et de phtisie. Ce triste spectacle, si fréquent au-delà du Rhin, ne se rencontre jamais en Italie.

59.

Habitudes de l'imagination. Un Français est *réellement* choqué de huit changements de décorations par acte de tragédie. Le plaisir de voir *Macbeth* est impossible pour cet homme ; il se console en *damnant* Shakespeare.

60.

En France, la province pour tout ce qui regarde les femmes est à quarante ans en arrière de Paris. A C.[1], une femme mariée[2] me dit qu'elle ne s'est permis de lire que certains morceaux des *Mémoires* de Lauzun. Cette sottise me glace, je ne trouve plus une parole à lui dire, c'est bien là, en effet, un livre que l'on quitte.

Manque de naturel, grand défaut des femmes de province. Leurs gestes multipliés et gracieux. Celles qui jouent le premier rôle dans leur ville, pires que les autres.

61.

Goethe, ou tout autre homme de génie allemand, estime l'argent ce qu'il vaut. Il ne faut penser qu'à sa fortune tant qu'on n'a pas six mille francs de rente, et puis n'y plus penser. Le sot, de son côté, ne comprend pas l'avantage qu'il y a à sentir et penser comme Goethe ; toute sa vie, il ne sent que par l'argent et ne pense qu'à l'argent. C'est par le mécanisme de ce double vote que dans le monde les prosaïques semblent l'emporter sur les cœurs nobles.

62.

En Europe le désir est enflammé par la contrainte, en Amérique il s'émousse par la liberté.

63.

Une certaine manie discutante s'est emparée de la jeunesse et l'enlève à l'amour. En examinant si Napoléon a été utile à la France, on laisse s'enfuir l'âge d'aimer ; même parmi ceux qui veulent être jeunes, l'affectation de la cravate, de l'éperon, de l'air martial, l'occupation de soi fait oublier de regarder cette jeune fille qui passe d'un air si simple et à laquelle son peu de fortune ne permet de sortir qu'une fois tous les huit jours.

64.

J'ai supprimé le chapitre *Prude*, et quelques autres.

Je suis heureux de trouver le passage suivant dans les *Mémoires* d'Horace Walpole :

THE TWO ELIZABETHS. *Let us compare the daughters of two ferocious men, and see which was sovereign of a civilised nation, which of a barbarous one. Both were Elizabeths. The daughter of Peter (of Russia) was absolute yet spared a competitor and a rival ; and thought the person of an empress had sufficient allurements for as many of her subjects as she chose to honour with the communication. Elizabeth of England could neither forgive the claim of Mary Stuart nor her charms, but ungenerously emprisoned her (as George IV*

Napoleon), when imploring protection and, without the sanction of either despotism or law, sacrificed many to her great and little jealousy. Yet this Elizabeth, piqued herself on chastity; and while she practised every ridiculous art of coquetry to be admired at an unseemly age, kept off lovers whom she encouraged, and neither gratified her own desires nor their ambition. Who can help preferring the honest, openhearted barbarian empress [1] ?*

LORD ORFORD'S *Memoirs.*

65.

L'extrême familiarité peut détruire la *cristallisation*. Une charmante jeune fille de seize ans devenait amoureuse d'un beau jeune homme du même âge qui ne manquait pas chaque soir, à la tombée de la nuit *, de passer sous ses fenêtres. La mère l'invite à passer huit jours à la campagne. Le remède était hardi, j'en conviens, mais la jeune fille avait une âme romanesque, et le beau jeune homme était un peu plat : elle le méprisa au bout de trois jours.

66.

Bologne, 17 avril 1817 [1].

Ave Maria (twilight), en Italie, heure de la tendresse, des plaisirs de l'âme et de la mélancolie; sensation augmentée par le son de ces belles cloches.

Heures des plaisirs qui ne tiennent aux sens que par les souvenirs.

67.

Le premier amour d'un jeune homme qui entre dans le monde est ordinairement un amour ambitieux. Il se

* A l'*Ave Maria.*

déclare rarement pour une jeune fille douce, aimable, innocente. Comment trembler, adorer, se sentir en présence d'une divinité? Un adolescent a besoin d'aimer un être dont les qualités l'élèvent à ses propres yeux. C'est au déclin de la vie qu'on en revient tristement à aimer le simple et l'innocent, désespérant du sublime. Entre les deux, se place l'amour véritable, qui ne pense à rien qu'à soi-même.

68.

Les grandes âmes ne sont pas soupçonnées, elles se cachent; ordinairement il ne paraît qu'un peu d'originalité. Il y a plus de grandes âmes qu'on ne le croirait.

69.

Quel moment que le premier serrement de main de la femme qu'on aime [1]! Le seul bonheur à comparer à celui-ci est le ravissant bonheur du pouvoir, celui que les ministres et rois font semblant de mépriser. Ce bonheur a aussi sa *cristallisation* qui demande une imagination plus froide et plus raisonnable. Voyez un homme qui vient d'être nommé ministre depuis un quart d'heure par Napoléon.

70.

« La nature a donné la force au Nord et l'esprit au Midi », me disait le célèbre Jean de Muller, à Cassel, en 1808 [1].

71.

Rien de plus faux que la maxime : « Nul n'est héros pour son valet de chambre », ou, plutôt, rien de plus vrai

dans le sens *monarchique* : héros affecté comme l'Hippolyte de *Phèdre*. Desaix, par exemple, aurait été un héros
même pour son valet de chambre (je ne sais, il est vrai, s'il
en avait un), et plus héros pour son valet de chambre que
pour tout autre. Sans le bon ton et le degré de comédie
indispensable, Turenne et Fénelon eussent été des Desaix.

72.

Voici un blasphème : Moi, Hollandais, j'ose dire : les
Français n'ont ni le vrai plaisir de la conversation, ni le
vrai plaisir du théâtre ; au lieu de délassement et de laisser
aller parfait, c'est un travail. Au nombre des fatigues qui
ont hâté la mort de Mme de Staël, j'ai ouï compter le
travail de la conversation pendant son dernier hiver *.

W. [1]

73.

Le degré de tension des nerfs de l'oreille pour écouter
chaque note explique assez bien la partie physique du
plaisir de la musique.

74.

Ce qui avilit les femmes galantes, c'est l'idée qu'elles
ont, et qu'on a, qu'elles commettent une grande faute.

75.

A l'armée, dans une retraite, avertissez d'un péril inutile
à braver un soldat italien, il vous remercie presque et
l'évite soigneusement. Indiquez le même péril par humanité à un soldat français, il croit que vous le défiez, se

* *Mémoires* de Marmontel, conversation de Montesquieu.

pique d'amour-propre, et court aussitôt s'y exposer. S'il l'osait, il chercherait à se moquer de vous.

Gyat, 1812[1].

76.

Toute idée extrêmement utile, si elle ne peut être exposée qu'en des termes fort simples, sera nécessairement méprisée en France. Jamais l'*enseignement mutuel* n'eût pris, trouvé par un Français. C'est exactement le contraire en Italie.

77.

Pour peu que vous ayez de passion pour une femme, ou que votre imagination ne soit pas épuisée, si elle a la maladresse de vous dire un soir d'un air tendre et interdit : « Eh bien! oui; venez demain à midi, je ne recevrai personne »; vous ne pouvez plus dormir, vous ne pouvez plus penser à rien, la matinée est un supplice; enfin l'heure sonne, et il vous semble que chaque coup de l'horloge vous retentit dans le diaphragme[1].

78.

En amour, quand on *divise* de l'argent, on augmente l'amour; quand on en *donne*, on *tue* l'amour.

On éloigne le malheur actuel, et, pour l'avenir, l'odieux de la crainte de manquer, ou bien l'on fait naître la *politique* et le sentiment d'être deux, on détruit la sympathie.

79.

(Messe des Tuileries, 1811[1].)

Les cérémonies de la cour avec les poitrines découvertes des femmes, qu'elles étalent là comme les officiers leurs uniformes, et sans que tant de charmes fassent plus de sensation, rappellent involontairement à l'esprit les scènes de l'Arétin.

On voit ce que tout le monde fait *par intérêt d'argent* pour plaire à un homme, on voit tout un public agir à la fois sans morale et surtout sans passion. Cela, joint à la présence de femmes très décolletées avec la physionomie de la méchanceté et le rire sardonique pour tout ce qui n'est pas intérêt personnel payé comptant par de bonnes jouissances, donne l'idée des scènes du Bagno[2], et jette bien loin toute difficulté fondée sur la vertu ou sur la satisfaction intérieure d'une âme contente d'elle-même.

J'ai vu, au milieu de tout cela, le sentiment de l'isolement disposer les cœurs tendres à l'amour.

80.

Si l'âme est employée à avoir de la mauvaise honte, et à la surmonter, elle ne peut pas avoir du plaisir. Le plaisir est un luxe; pour en jouir il faut que la sûreté, qui est le nécessaire, ne coure aucun risque.

81.

Marque d'amour que ne savent pas feindre les femmes intéressées. Y a-t-il une véritable joie dans la réconciliation? ou songe-t-on aux avantages à en retirer?

82.

Les pauvres gens qui peuplent la *Trappe* sont des malheureux qui n'ont pas eu tout à fait assez de courage pour se tuer. J'excepte toujours les chefs qui ont le plaisir d'être chefs.

83.

C'est un malheur d'avoir connu la beauté italienne, on devient insensible. Hors de l'Italie on aime mieux la conversation des hommes.

84.

La prudence italienne tend à se conserver la vie, ce qui admet le jeu de l'imagination. (Voir une version de la mort du fameux acteur comique Pertica [1], le 24 décembre 1821.) La prudence anglaise, toute relative à amasser ou conserver assez d'argent pour couvrir la dépense, réclame au contraire une exactitude minutieuse et de tous les jours, habitude qui paralyse l'imagination. Remarquez qu'elle donne en même temps la plus grande force à l'idée du *devoir*.

85.

L'immense respect pour l'argent, grand et premier défaut de l'Anglais et de l'Italien, est moins sensible en France, et tout à fait réduit à de justes bornes en Allemagne.

86.

Les femmes françaises, n'ayant jamais vu le bonheur des passions *vraies*, sont peu difficiles sur le bonheur intérieur de leur ménage, et le *tous les jours* de la vie.

Compiègne.

87.

« Vous me parlez d'ambition comme chasse-ennui, disait Kamensky [1], tout le temps que je faisais chaque soir deux lieues au galop pour aller voir la princesse à Kolich ; j'étais en société intime avec un despote que je respectais, qui avait tout mon bonheur en son pouvoir, et la satisfaction de tous mes désirs possibles. »

Wilna, 1812[2].

88.

La perfection dans les petits soins de savoir-vivre et de toilette, une grande bonté, nul génie, de l'attention pour une centaine de petites choses chaque jour, l'incapacité de s'occuper plus de trois jours d'un même événement ; joli contraste avec la sévérité puritaine, la cruauté biblique, la probité stricte, l'amour-propre timide et souffrant, le *cant* universel, et cependant voilà les deux premiers peuples du monde !

89.

Puisque parmi les princesses il y a eu une Catherine II impératrice, pourquoi parmi les bourgeoises n'y aurait-il pas une femme Samuel Bernard ou Lagrange[1] ?

90.

Alviza appelle un manque de délicatesse impardonnable d'oser écrire des lettres où vous parlez d'amour à une femme que vous adorez, et qui, en vous regardant tendrement, vous jure qu'elle ne vous aimera jamais[1].

91.

Il a manqué au plus grand philosophe qu'aient eu les Français de vivre dans quelque solitude des Alpes, dans quelque séjour éloigné, et de lancer de là son livre dans

Paris sans y venir jamais lui-même. Voyant Helvétius si
simple et si honnête homme, jamais des gens musqués et
affectés comme Suard, Marmontel, Diderot, ne purent
penser que c'était là un grand philosophe. Ils furent de
bonne foi en méprisant sa raison profonde ; d'abord elle
était simple, péché irrémissible en France ; en second lieu,
l'homme, non pas le livre, était rabaissé par une faiblesse :
il attachait une importance extrême à avoir ce qu'on
appelle en France de la gloire, à être à la mode parmi les
contemporains comme Balzac, Voiture, Fontenelle.

Rousseau avait trop de sensibilité et trop peu de raison,
Buffon trop d'hypocrisie à son jardin des plantes, Voltaire
trop d'enfantillage dans la tête, pour pouvoir juger le
principe d'Helvétius.

Ce philosophe commit la petite maladresse d'appeler ce
principe l'*intérêt*, au lieu de lui donner le joli nom de
plaisir *, mais que penser du bon sens de toute une
littérature qui se laisse fourvoyer par une aussi petite
faute ?

Un homme d'esprit ordinaire, le prince Eugène de
Savoie, par exemple, à la place de Régulus, serait resté
tranquillement à Rome où il se serait même moqué de la
bêtise du sénat de Carthage ; Régulus y retourne [2]. Le
prince Eugène aurait suivi son *intérêt* exactement comme
Régulus suivit le sien.

Dans presque tous les événements de la vie, une âme
généreuse voit la possibilité d'une action dont l'âme
commune n'a pas même l'idée. A l'instant même où la
possibilité de cette action devient visible à l'âme généreuse, il est de *son intérêt* de la faire.

Si elle n'exécutait pas cette action qui vient de lui
apparaître, elle se mépriserait soi-même ; elle serait mal-

---

*   *Torva leœna lupum sequitur, lupus ipse capellam ;*
    Florentem cytisum sequitur lasciva capella.
    ... Trahit sua quemque voluptas [1].

VIRGILE, *Eglogues II.*

heureuse. On a des devoirs suivant la portée de son esprit. Le principe d'Helvétius est vrai même dans les exaltations les plus folles de l'amour, même dans le suicide. Il est contre sa nature, il est impossible que l'homme ne fasse pas toujours, et dans quelque instant que vous vouliez le prendre, ce qui dans le moment est possible et lui fait le plus de plaisir.

92.

Avoir de la fermeté dans le caractère, c'est avoir éprouvé l'effet des autres sur soi-même, donc il faut les autres.

93.

L'AMOUR ANTIQUE

L'on n'a point imprimé de lettres d'amour posthumes des dames romaines. Pétrone a fait un livre charmant, mais n'a peint que la débauche.

Pour l'*amour* à Rome, après la Didon* et la seconde églogue de Virgile, nous n'avons rien de plus précis que les écrits des trois grands poètes Ovide, Tibulle et Properce.

Or, les élégies de Parny ou la lettre d'Héloïse à Abélard, de Colardeau, sont des peintures bien imparfaites et bien vagues si on les compare à quelques lettres de *la Nouvelle Héloïse*, à celles d'une *Religieuse portugaise,* de Mlle de Lespinasse, de la Sophie de Mirabeau, de *Werther,* etc., etc.

La poésie, avec ses comparaisons obligées, sa mythologie que ne croit pas le poète, sa dignité de style à la Louis XIV, et tout l'attirail de ses ornements appelés

---

* Voir le *regard* de Didon, dans la superbe esquisse de M. Guérin au Luxembourg [1].

poétiques, est bien au-dessous de la prose dès qu'il s'agit de donner une idée claire et précise des mouvements du cœur; or, dans ce genre, on n'émeut que par la clarté.

Tibulle, Ovide et Properce furent de meilleur goût que nos poètes; ils ont peint l'amour tel qu'il put exister chez les fiers citoyens de Rome; encore vécurent-ils sous Auguste qui, après avoir fermé le temple de Janus, cherchait à ravaler les citoyens à l'état de sujets loyaux d'une monarchie.

Les maîtresses de ces trois grands poètes furent des femmes coquettes, infidèles et vénales; ils ne cherchèrent auprès d'elles que des plaisirs physiques, et je croirais qu'ils n'eurent jamais l'idée des sentiments sublimes * qui, treize siècles plus tard, firent palpiter le sein de la tendre Héloïse.

J'emprunte le passage suivant à un littérateur distingué et qui connaît beaucoup mieux que moi les poètes latins.

« Le brillant génie d'Ovide **, l'imagination riche de Properce, l'âme sensible de Tibulle, leur inspirèrent sans doute des vers de nuances différentes, mais ils aimèrent de la même manière des femmes à peu près de la même espèce. Ils désirent, ils triomphent, ils ont des rivaux heureux, ils sont jaloux, ils se brouillent et se raccommodent; ils sont infidèles à leur tour, on leur pardonne, et ils retrouvent un bonheur qui bientôt est troublé par le retour des mêmes chances.

« Corinne est mariée. La première leçon que lui donne Ovide est pour lui apprendre par quelle adresse elle doit tromper son mari; quels signes ils doivent se faire, devant lui et devant le monde, pour s'entendre et n'être entendus que d'eux seuls. La jouissance suit de près; bientôt des querelles, et ce qu'on n'attendait pas d'un homme aussi

---

* Tout ce qu'il y a de beau au monde, étant devenu partie de la beauté de la femme que vous aimez, vous vous trouvez disposé à faire tout ce qu'il y a de beau au monde.

** Ginguené, *Histoire littéraire de l'Italie,* volume II, page 490.

galant qu'Ovide, des injures et des coups; puis des
excuses, des larmes et le pardon. Il s'adresse quelquefois à
des subalternes, à des domestiques, au portier de son amie
pour qu'il lui ouvre la nuit, à une maudite vieille qui la
corrompt et lui apprend à se donner à prix d'or, à un vieil
eunuque qui la garde, à une jeune esclave pour qu'elle lui
remette des tablettes où il demande un rendez-vous. Le
rendez-vous est refusé : il maudit ses tablettes qui ont eu
un si mauvais succès. Il en obtient un plus heureux : il
s'adresse à l'Aurore pour qu'elle ne vienne pas interrompre son bonheur.

« Bientôt il s'accuse de ses nombreuses infidélités, de
son goût pour toutes les femmes. Un instant après
Corinne est aussi infidèle : il ne peut supporter l'idée qu'il
lui a donné des leçons dont elle profite avec un autre.
Corinne à son tour est jalouse; elle s'emporte en femme
plus colère que tendre; elle l'accuse d'aimer une jeune
esclave. Il lui jure qu'il n'en est rien, et il écrit à cette
esclave; et tout ce qui avait fâché Corinne était vrai.
Comment l'a-t-elle pu savoir? Quels indices les ont trahis?
Il demande à la jeune esclave un nouveau rendez-vous. Si
elle le lui refuse, il menace de tout avouer à Corinne. Il
plaisante avec un ami de ses deux amours, de la peine et
des plaisirs qu'ils lui donnent. Peu après, c'est Corinne
seule qui l'occupe. Elle est toute à lui. Il chante son
triomphe comme si c'était sa première victoire. Après
quelques incidents que pour plus d'une raison il faut
laisser dans Ovide, et d'autres qu'il serait trop long de
rappeler, il se trouve que le mari de Corinne est devenu
trop facile. Il n'est plus jaloux; cela déplaît à l'amant qui
le menace de quitter sa femme s'il ne reprend sa jalousie.
Le mari lui obéit trop; il fait si bien surveiller Corinne
qu'Ovide ne peut plus en approcher. Il se plaint de cette
surveillance qu'il a provoquée, mais il saura bien la
tromper; par malheur, il n'est pas le seul à y parvenir. Les
infidélités de Corinne recommencent et se multiplient; ses

intrigues deviennent si publiques que la seule grâce
qu'Ovide lui demande, c'est qu'elle prenne quelque peine
pour le tromper, et qu'elle se montre un peu moins
évidemment ce qu'elle est. Telles furent les mœurs
d'Ovide et de sa maîtresse, tel est le caractère de leurs
amours.

« Cinthie est le premier amour de Properce, et ce sera le
dernier. Dès qu'il est heureux, il est jaloux. Cinthie aime
trop la parure ; il lui demande de fuir le luxe et d'aimer la
simplicité. Il est livré lui-même à plus d'un genre de
débauche. Cinthie l'attend, il ne se rend qu'au matin
auprès d'elle, sortant de table et pris de vin. Il la trouve
endormie, elle est longtemps sans que tout le bruit qu'il
fait, sans que ses caresses mêmes la réveillent ; elle ouvre
enfin les yeux et lui fait les reproches qu'il mérite. Un ami
veut le détacher de Cinthie ; il fait à cet ami l'éloge de sa
beauté, de ses talents. Il est menacé de la perdre : elle part
avec un militaire ; elle va suivre les camps, elle s'expose à
tout pour suivre son soldat. Properce ne s'emporte point,
il pleure, il fait des vœux pour qu'elle soit heureuse. Il ne
sortira point de la maison qu'elle a quittée ; il ira au-devant
des étrangers qui l'auront vue ; il ne cessera de les
interroger sur Cinthie. Elle est touchée de tant d'amour.
Elle quitte le soldat et reste avec le poète. Il remercie
Apollon et les muses ; il est ivre de son bonheur. Ce
bonheur est bientôt troublé par de nouveaux accès de
jalousie, interrompu par l'éloignement et par l'absence.
Loin de Cinthie, il ne s'occupe que d'elle. Ses infidélités
passées lui en font craindre de nouvelles. La mort ne
l'effraye pas, il ne craint que de perdre Cinthie ; qu'il soit
sûr qu'elle lui sera fidèle, il descendra sans regret au
tombeau.

« Après de nouvelles trahisons, il s'est cru délivré de son
amour, mais bientôt il reprend ses fers. Il fait le portrait le
plus ravissant de sa maîtresse, de sa beauté, de l'élégance
de sa parure, de ses talents pour le chant, la poésie et la

danse, tout redouble et justifie son amour. Mais Cinthie,
aussi perverse qu'elle est aimable, se déshonore dans toute
la ville par des aventures d'un tel éclat, que Properce ne
peut plus l'aimer sans honte. Il en rougit, mais il ne peut
se détacher d'elle. Il sera son amant, son époux; jamais il
n'aimera que Cinthie. Ils se quittent et se reprennent
encore. Cinthie est jalouse, il la rassure. Jamais il n'aimera
une autre femme. Ce n'est point en effet une seule femme
qu'il aime : ce sont toutes les femmes. Il n'en possède
jamais assez, il est insatiable de plaisirs. Il faut pour le
rappeler à lui-même que Cinthie l'abandonne encore. Ses
plaintes alors sont aussi vives que si jamais il n'eût été
infidèle lui-même. Il veut fuir. Il se distrait par la
débauche. Il s'était enivré comme à son ordinaire. Il feint
qu'une troupe d'amours le rencontre et le ramène aux
pieds de Cinthie. Leur raccommodement est suivi de
nouveaux orages. Cinthie, dans un de leurs soupers,
s'échauffe de vin comme lui, renverse la table, lui jette les
coupes à la tête; il trouve cela charmant. De nouvelles
perfidies le forcent enfin à rompre sa chaîne; il veut
partir; il va voyager dans la Grèce; il fait tout le plan de
son voyage, mais il renonce à ce projet, et c'est pour se
voir encore l'objet de nouveaux outrages. Cinthie ne se
borne plus à le trahir, elle le rend la risée de ses rivaux;
mais une maladie vient la saisir, elle meurt. Elle lui
reproche ses infidélités, ses caprices, l'abandon où il l'a
laissée à ses derniers moments, et jure qu'elle-même,
malgré les apparences, lui fut toujours fidèle. Telles sont
les mœurs et les aventures de Properce et de sa maîtresse;
telle est en abrégé l'histoire de leurs amours. Voilà la
femme qu'une âme comme celle de Properce fut réduite à
aimer.

« Ovide et Properce furent souvent infidèles, mais
jamais inconstants. Ce sont deux libertins fixés qui portent
souvent çà et là leurs hommages, mais qui reviennent
toujours reprendre la même chaîne. Corinne et Cinthie ont

toutes les femmes pour rivales : elles n'en ont particulièrement aucune. La muse de ces deux poètes est fidèle si leur amour ne l'est pas, et aucun autre nom que ceux de Corinne et de Cinthie ne figure dans leurs vers. Tibulle, amant et poète plus tendre, moins vif et moins emporté qu'eux dans ses goûts, n'a pas la même constance. Trois beautés sont l'une après l'autre les objets de son amour et de ses vers. Délie est la première, la plus célèbre, et aussi la plus aimée. Tibulle a perdu sa fortune, mais il lui reste la campagne et Délie; qu'il la possède dans la paix des champs, qu'il puisse en expirant presser la main de Délie dans la sienne; qu'elle suive en pleurant sa pompe funèbre, il ne forme point d'autres vœux. Délie est enfermée par un mari jaloux; il pénétrera dans sa prison malgré les Argus et les triples verrous. Il oubliera dans ses bras toutes ses peines. Il tombe malade, et Délie seule l'occupe. Il l'engage à être toujours chaste, *à mépriser l'or*, à n'accorder qu'à lui ce qu'il a obtenu d'elle. Mais Délie ne suit point ce conseil. Il a cru pouvoir supporter son infidélité : il y succombe et demande grâce à Délie et à Vénus. Il cherche dans le vin un remède qu'il n'y trouve pas; il ne peut ni adoucir ses regrets, ni se guérir de son amour. Il s'adresse au mari de Délie trompé comme lui; il lui révèle toutes les ruses dont elle se sert pour attirer et pour voir ses amants. Si ce mari ne sait pas la garder, qu'il la lui confie : il saura bien les écarter et garantir de leurs pièges celle qui les outrage tous deux. Il s'apaise, il revient à elle, il se souvient de la mère de Délie qui protégeait leurs amours; le souvenir de cette bonne femme rouvre son cœur à des sentiments tendres, et tous les torts de Délie sont oubliés. Mais elle en a bientôt de plus graves. Elle s'est laissé corrompre par l'or et les présents, elle est à un autre, à d'autres. Tibulle rompt enfin une chaîne honteuse, et lui dit adieu pour toujours.

« Il passe sous les lois de Némésis et n'en est pas plus heureux; elle n'aime que l'or, et se soucie peu des vers et des dons du génie. Némésis est une femme avare qui se donne au plus offrant; il maudit son avarice, mais il l'aime, et ne peut vivre s'il n'en est aimé. Il tâche de la fléchir par des images touchantes. Elle a perdu sa jeune sœur; il ira pleurer sur son tombeau, et confier ses chagrins à cette cendre muette. Les mânes de la sœur de Némésis s'offenseront des larmes que Némésis fait répandre. Qu'elle n'aille pas mépriser leur colère. La triste image de sa sœur viendrait la nuit troubler son sommeil... Mais ces tristes souvenirs arrachent des pleurs à Némésis. Il ne veut point à ce prix acheter même le bonheur. Nééra est sa troisième maîtresse. Il a joui longtemps de son amour; il ne demande aux dieux que de vivre et de mourir avec elle; mais elle part, elle est absente; il ne peut s'occuper que d'elle, il ne demande qu'elle aux dieux; il a vu en songe Apollon qui lui a annoncé que Nééra l'abandonne. Il refuse de croire à ce songe; il ne pourrait survivre à ce malheur, et cependant ce malheur existe. Nééra est infidèle; il est encore une fois abandonné. Tel fut le caractère et le sort de Tibulle, tel est le triple et assez triste roman de ses amours.

« C'est en lui surtout qu'une douce mélancolie domine, qu'elle donne même au plaisir une teinte de rêverie et de tristesse qui en fait le charme. S'il y eut un poète ancien qui mit du moral dans l'amour, ce fut Tibulle; mais ces nuances de sentiment qu'il exprime si bien *sont en lui*, il ne songe pas plus que les deux autres à les chercher ou à les faire naître chez ses maîtresses; leurs grâces, leur beauté, sont tout ce qui l'enflamme; leurs faveurs, ce qu'il désire ou ce qu'il regrette; leur perfidie, leur vénalité, leur abandon, ce qui le tourmente. De toutes ces femmes devenues célèbres par les vers de trois grands poètes, Cinthie paraît la plus aimable. L'attrait des talents se joint en elle à tous les autres; elle cultive le chant, la poésie; mais, pour tous ces talents, qui étaient souvent ceux des courtisanes d'un certain ordre, elle n'en vaut pas mieux :

le plaisir, l'or et le vin n'en sont pas moins ce qui la gouverne ; et Properce, qui vante une ou deux fois seulement en elle ce goût pour les arts, n'en est pas moins, dans sa passion pour elle, maîtrisé par une tout autre puissance. »

Ces grands poètes furent apparemment au nombre des âmes les plus tendres et les plus délicates de leur siècle, et voilà pourtant qui ils aimèrent et comment ils aimèrent. Ici il faut faire abstraction de toute considération littéraire. Je ne leur demande qu'un témoignage sur leur siècle ; et dans deux mille ans un roman de Ducray-Duminil[2] sera un témoignage de nos mœurs.

93 *bis.*

L'un de mes grands regrets, c'est de n'avoir pu voir la Venise de 1760* ; une suite de hasards heureux avait réuni apparemment, dans ce petit espace, et les institutions politiques et les opinions les plus favorables au bonheur de l'homme. Une douce volupté donnait à tous un bonheur facile. Il n'y avait point de combat intérieur et point de crimes. La sérénité était sur tous les visages, personne ne songeait à paraître plus riche, l'hypocrisie ne menait à rien. Je me figure que ce devait être le contraire de Londres en 1822.

94.

Si vous remplacez le manque de sécurité personnelle par la juste crainte de manquer d'argent, vous verrez que les Etats-Unis d'Amérique, par rapport à la passion dont nous essayons une monographie, ressemblent beaucoup à l'antiquité.

---

* Voyage du président de Brosses en Italie, voyage d'Eustace, de Sharp, de Smolett.

En parlant des esquisses plus ou moins imparfaites de l'amour-passion que nous ont laissées les anciens, je vois que j'ai oublié les *Amours de Médée* dans l'*Argonautique*[1]. Virgile les a copiées dans sa Didon. Comparez cela à l'amour tel qu'il est dans un roman moderne, *le Doyen de Killerine*[2], par exemple.

95.

Le Romain sent les beautés de la nature et des arts, avec une force, une profondeur, une justesse étonnante, mais, s'il se met à vouloir raisonner sur ce qu'il sent avec tant d'énergie, c'est à faire pitié.

C'est peut-être que le sentiment lui vient de la nature, et sa logique du gouvernement.

On voit sur-le-champ pourquoi les beaux-arts, hors de l'Italie, ne sont qu'une mauvaise plaisanterie; on en raisonne mieux, mais le public ne sent pas.

96.

Londres, 20 novembre 1821[1].

Un homme fort raisonnable, et qui est arrivé hier de Madras, me dit en deux heures de conversation ce que je réduis aux vingt lignes suivantes :

Ce *sombre,* qu'une cause inconnue fait peser sur le caractère anglais, pénètre si avant dans les cœurs, qu'au bout du monde, à Madras, quand un Anglais peut obtenir quelques jours de vacances, il quitte bien vite la riche et florissante Madras, pour venir se dérider dans la petite ville française de Pondichéry, qui, sans richesses et presque sans commerce, fleurit sous l'administration paternelle de M. Dupuy[2]. A Madras on boit du vin de Bourgogne à trente-six francs la bouteille; la pauvreté des Français de Pondichéry fait que, dans les sociétés les plus

distinguées, les rafraîchissements consistent en grands
verres d'eau. Mais on y rit.

Maintenant, il y a plus de liberté en Angleterre qu'en
Prusse. Le climat est le même que celui de Kœnigsberg,
de Berlin, de Varsovie, villes qui sont loin de marquer par
leur tristesse. Les classes ouvrières y ont moins de sécurité
et y boivent tout aussi peu de vin qu'en Angleterre, elles
sont beaucoup plus mal vêtues.

Les aristocraties de Venise et de Vienne ne sont pas
tristes.

Je ne vois qu'une différence : dans les pays gais, on lit
peu la Bible et il y a de la galanterie. Je demande pardon
de revenir souvent sur une démonstration dont je doute.
Je supprime vingt faits dans le sens du précédent.

97.

Je viens de voir dans un beau château, près de Paris, un
jeune homme très joli, fort spirituel, très riche, de moins
de vingt ans ; le hasard l'y a laissé presque seul, et pendant
longtemps, avec une fort belle fille de dix-huit ans, pleine
de talents, de l'esprit le plus distingué, fort riche aussi.
Qui ne se serait attendu à une passion ? Rien moins que
cela, l'affectation était si grande chez ces deux jolies
créatures, que chacune n'était occupée que de soi et de
l'effet qu'elle devait produire.

98.

J'en conviens, dès le lendemain d'une grande action, un
orgueil sauvage a fait tomber ce peuple[1] dans toutes les
fautes et les niaiseries qui se sont présentées. Voici
pourtant ce qui m'empêche d'effacer les louanges que je
donnais autrefois à ce représentant du Moyen Age.

La plus jolie femme de Narbonne est une jeune
Espagnole à peine âgée de vingt ans, qui vit là fort retirée

avec son mari espagnol aussi et officier en demi-solde. Cet
officier fut obligé, il y a quelque temps, de donner un
soufflet à un fat. Le lendemain sur le champ de bataille,
le fat voit arriver la jeune Espagnole; nouveau déluge de
propos affectés :

— Mais en vérité c'est une horreur! Comment avez-
vous pu dire cela à votre femme? Madame vient pour
empêcher notre combat?

— *Je viens vous enterrer,* répond la jeune Espagnole.

Heureux le mari qui peut tout dire à sa femme. Le
résultat ne démentit pas la fierté du propos. Cette action
eût passé pour peu convenable en Angleterre. Donc la
fausse décence diminue le peu de bonheur qui se trouve
ici-bas.

99.

L'aimable Donézan[1] disait hier :

— Dans ma jeunesse, et jusque bien avant dans ma
carrière, puisque j'avais cinquante ans en 89, les femmes
portaient de la poudre dans leurs cheveux.

« Je vous avouerai qu'une femme sans poudre me fait
répugnance; la première impression est toujours d'une
femme de chambre qui n'a pas eu le loisir de faire sa
toilette.

Voilà la seule raison contre Shakespeare et en faveur des
unités.

Les jeunes gens ne lisant que la Harpe, le goût des
grands toupets poudrés, comme ceux que portait la feue
reine Marie-Antoinette, peut encore durer quelques
années. Je connais aussi des gens qui méprisent le Corrège
et Michel-Ange, et, certes, M. Donézan était homme
d'infiniment d'esprit.

100.

Froide, brave, calculatrice, méfiante, discutante, ayant
toujours peur d'être électrisée par quelqu'un qui pourrait

se moquer d'elle en secret, absolument libre d'enthousiasme, un peu jalouse des gens qui ont vu de grandes
choses à la suite de Napoléon, telle était la jeunesse de ce
temps-là, plus estimable qu'aimable. Elle amenait forcément le gouvernement au rabais du centre gauche. Ce
caractère de la jeunesse se retrouvait jusque parmi les
conscrits, dont chacun n'aspire qu'à finir son temps.

Toutes les éducations, données exprès ou par hasard,
forment les hommes pour une certaine époque de la vie.
L'éducation du siècle de Louis XV plaçait à vingt-cinq
ans le plus beau moment de ses élèves *.

C'est à quarante que les jeunes gens de ce temps-là
seront le mieux, ils auront perdu la méfiance et la
prétention, et gagné l'aisance et la gaieté.

101.

*Discussion entre l'homme de bonne foi et l'homme d'aca-
démie.*

« Dans cette discussion avec l'académicien, toujours
l'académicien se sauvait en reprenant de petites dates, et
autres semblables erreurs de peu d'importance, mais la
conséquence et qualification naturelle des choses, il niait
toujours, ou semblait ne pas entendre ; par exemple, que
Néron eût été cruel empereur ou Charles II parjure. Or
comment prouver de telles choses, ou les prouvant, ne
pas arrêter la discussion générale et en perdre le fil ?

« Telle manière de discussion ai-je toujours vue entre
telles gens, dont l'un ne cherche que vérité et avancement
en icelle, l'autre faveur de son maître ou parti, et gloire du
bien dire. Et j'ai estimé grande duperie et perdement de
temps en l'homme de bonne foi, de s'arrêter à parler avec
lesdits académiciens. »

Œuvres badines de Guy Allard, de Voiron[1].

---

* M. de Francueil, quand il portait trop de poudre. *Mémoires* de
Mme d'Epinay.

102.

Il n'y a qu'une très petite partie de l'art d'être heureux qui soit une science exacte, une sorte d'échelle sur laquelle on soit assuré de monter un échelon chaque siècle, c'est celle qui dépend du gouvernement (encore ceci n'est-il qu'une théorie; je vois les Vénitiens de 1770 plus heureux que les gens de Philadelphie d'aujourd'hui).

Du reste, l'art d'être heureux est comme la poésie; malgré le perfectionnement de toutes choses, Homère, il y a deux mille sept cents ans, avait plus de talent que lord Byron.

En lisant attentivement Plutarque, je crois m'apercevoir qu'on était plus heureux en Sicile, du temps de Dion, quoiqu'on n'eût ni imprimerie, ni punch à la glace, que nous ne savons l'être aujourd'hui.

J'aimerais mieux être un Arabe du Ve siècle qu'un Français du XIXe.

103.

Ce n'est jamais cette illusion, qui renaît et se détruit à chaque seconde, que l'on va chercher au théâtre, mais l'occasion de prouver à son voisin, ou du moins à soi-même, si l'on a la contrariété de n'avoir point de voisin, que l'on a bien lu son la Harpe et que l'on est homme de goût. C'est un plaisir de vieux pédant que se donne la jeunesse.

104.

Une femme appartient de droit à l'homme qui l'aime et qu'elle aime *plus que la vie*[1].

105.

La cristallisation ne peut pas être excitée par des hommes-copies, et les rivaux les plus dangereux sont les plus différents.

106.

Dans une société très avancée, l'*amour-passion* est aussi naturel que l'amour-physique chez des sauvages.

M.[1].

107.

Sans les nuances, avoir une femme qu'on adore ne serait pas un bonheur, et même serait impossible.

L., 7 octobre[1].

108.

« D'où vient l'intolérance des stoïciens? De la même source que celles des dévots outrés. Ils ont de l'humeur parce qu'ils luttent contre la nature, qu'ils se privent et qu'ils souffrent. S'ils voulaient s'interroger de bonne foi sur la haine qu'ils portent à ceux qui professent une morale moins sévère, ils s'avoueraient qu'elle naît de la jalousie secrète d'un bonheur qu'ils envient et qu'ils se sont interdit, *sans croire* aux récompenses qui les dédommageraient de leurs sacrifices. »

Diderot[1].

109.

Les femmes qui ont habituellement de l'humeur pourraient se demander si elles suivent le système de conduite qu'elles *croient sincèrement* le chemin du bonheur. N'y a-t-il pas un peu de manque de courage accompagné d'un peu de vengeance basse au fond du cœur d'une prude? Voir la mauvaise humeur de Mme Deshoulières dans ses derniers jours.

Notice de M. Lemontey[1].

110.

Rien de plus indulgent parce que rien n'est plus heureux que la vertu de bonne foi; mais Mrs. Hutchinson elle-même manque d'indulgence.

111.

Immédiatement après ce bonheur vient celui d'une femme jeune, jolie, facile, qui ne se fait point de reproches. A Messine on disait du mal de la *contessina* Vicenzella :

— Que voulez-vous, disait-elle, je suis jeune, libre, riche, et peut-être pas laide. J'en souhaite autant à toutes les femmes de Messine.

Cette femme charmante, et qui ne voulut jamais avoir pour moi que de l'amitié, est celle qui m'a fait connaître les douces poésies de l'abbé Meli[1], en dialecte sicilien; poésies délicieuses, quoique gâtées encore par la mythologie.

                                                    Delfante[2].

112.

Le public de Paris a une capacité d'attention, c'est trois jours; après quoi présentez-lui la mort de Napoléon ou la condamnation de M. Béranger à deux mois de prison : absolument la même sensation, ou le même manque de tact à qui en reparle le quatrième jour. Toute grande capitale doit-elle être ainsi, ou cela tient-il à la bonté et à la légèreté parisienne? Grâce à l'orgueil aristocratique et à la timidité souffrante, Londres n'est qu'une nombreuse collection d'ermites; ce n'est pas une capitale. Vienne n'est qu'une oligarchie de deux cents familles environnées de cent cinquante mille artisans ou domestiques qui les

servent; ce n'est pas là non plus une capitale. Naples et
Paris : les deux seules capitales.

Extrait des *Voyages de Birkbeck*, page 371 [1].

113.

S'il était une époque où, d'après les théories vulgaires,
appelées raisonnables par les hommes communs, la prison
pût être supportable, ce serait celle où, après une
détention de plusieurs années, un pauvre prisonnier n'est
plus séparé que par un mois ou deux du moment qui doit
le mettre en liberté. Mais la *cristallisation* en ordonne
autrement. Le dernier mois est plus pénible que les trois
dernières années. M. d'Hotelans a vu à la maison d'arrêt
de Melun plusieurs prisonniers détenus depuis longtemps,
parvenus à quelques mois du jour qui devait les rendre à la
liberté, *mourir* d'impatience [1].

114.

Je ne puis résister au plaisir de transcrire une lettre
écrite en mauvais anglais, par une jeune Allemande. Il est
donc prouvé qu'il y a des amours constantes, et tous les
hommes de génie ne sont pas des Mirabeau. Klopstock, le
grand poète, passe à Hambourg pour avoir été un homme
aimable; voici ce que sa jeune femme écrivait à une amie
intime :

« *After having seen him two hours, I was obliged to pass
the evening in a company, which never had been so wearisome
to me. I could not speak, I could not play; I thought I saw
nothing but Klopstock; I saw him the next day, and the
following and we were very seriously friends. But the fourth
day he departed. It was a strong hour the hour of his
departure! He wrote soon after and from that time our*

*correspondence began to be a very diligent one, I sincerely
believed my love to be friendship. I spoke with my friends of
nothing but Klopstock, and showed his letters. They railed at
me and said I was in love. I railed them again, and said
that they must have a very friendshipless heart, if they had
no idea of friendship to a man as well as to a woman. Thus it
continued eight months, in which time my friends found as
much love in Klopstock's letters as in me. I perceived it
likewise, but I would not believe it. At the last Klopstock said
plainly that he loved; and I startled as for a wrong thing; I
answered that it was no love, but friendship, as it was what I
felt for him; we had not seen one another enough to love (as if
love must have more time than friendship). This was sincerely
my meaning, and I had this meaning till Klopstock came
again to Hambourg. This he did a year after we had seen one
another the first time. We saw, we were friends, we loved;
and a short time after, I could even tell Klopstock that I loved.
But we were obliged to part again and wait two years for our
wedding. My mother would not let marry me a stranger. I
could marry then without her consentement, as by the death of
my father my fortune depended not on her; but this was a
horrible idea for me; and thank heaven that I have prevailed
by prayers! At this time knowing Klopstock, she loves him as
her lifely son, and thanks god that she has not persisted. We
married and I am the happiest wife in the world. In some few
months it will be four years that I am so happy... »*

Correspondence of Richardson, volume III, page 147[1].

115.

Il n'y a d'unions à jamais légitimes que celles qui sont
commandées par une vraie passion.

M.[1]

116.

Pour être heureuse avec la facilité des mœurs, il faut une simplicité de caractère qu'on trouve en Allemagne, en Italie, mais jamais en France.

La duchesse de C...

117.

Par orgueil, les Turcs privent leurs femmes de tout ce qui peut donner un aliment à la cristallisation. Je vis depuis trois mois chez un peuple où, par orgueil, les gens titrés en seront bientôt là [1].

Les hommes appellent *pudeur* les exigences d'un orgueil rendu fou par l'aristocratie. Comment oser manquer à la pudeur? Aussi, comme à Athènes, les gens d'esprit ont une tendance marquée à se réfugier auprès des courtisanes, c'est-à-dire auprès de ces femmes qu'une faute éclatante a mises à l'abri des affectations de la *pudeur*.

Vie de Fox.

118.

Dans le cas d'amour empêché par victoire trop prompte, j'ai vu la cristallisation chez les caractères tendres chercher à se former après. Elle dit en riant :

— Non, je ne t'aime pas.

119.

L'éducation actuelle des femmes, ce mélange bizarre de pratiques pieuses et de chansons fort vives (« *Di piacer mi balza il cor* » de *la Gazza ladra*), est la chose du monde la mieux calculée pour éloigner le bonheur. Cette éducation fait les têtes les plus inconséquentes. Mme de R..., qui craignait la mort, vient de mourir parce qu'elle trouvait drôle de jeter les médecines par la fenêtre. Ces pauvres petites femmes prennent l'inconséquence pour de la gaieté, parce que la gaieté est souvent inconséquente en apparence. C'est comme l'Allemand qui se fait vif en se jetant par la fenêtre.

120.

La vulgarité, éteignant l'imagination, produit sur-le-champ pour moi l'ennui mortel. La charmante comtesse K...[1], me montrant ce soir les lettres de ses amants, que je trouve grossières.

Forli, 17 mars. Henri[2].

L'imagination n'était pas éteinte, elle était seulement fourvoyée, et par répugnance cessait bien vite de se figurer la grossièreté de ces plats amants.

121.

Rêverie métaphysique

Belgirate, 26 octobre 1816[1].

— Pour peu qu'une véritable passion rencontre de contrariétés, elle produit vraisemblablement plus de malheur que de bonheur ; cette idée peut n'être pas vraie pour une âme tendre, mais elle est d'une évidence parfaite pour la majeure partie des hommes, et en particulier pour les froids philosophes qui, en fait de passions, ne vivent presque que de curiosité et d'amour-propre.

Ce qui précède, je le disais hier soir à la *contessina* Fulvia, en nous promenant sur la terrasse de l'Isola Bella, à l'orient, près du grand pin. Elle me répondit :

— Le malheur produit une beaucoup plus forte impression sur l'existence humaine que le plaisir.

« La première vertu de tout ce qui prétend à nous donner du plaisir, c'est de frapper fort.

« Ne pourrait-on pas dire que la vie elle-même n'étant faite que de sensations, le goût universel de tous les êtres qui ont vie est d'être avertis qu'ils vivent par les sensations les plus fortes possibles ? Les gens du Nord ont peu de vie ; voyez la lenteur de leurs mouvements. Le *dolce farniente* des Italiens, c'est le plaisir de jouir des émotions de son âme, mollement étendu sur un divan, plaisir impossible si l'on court toute la journée à cheval ou dans un droski, comme l'Anglais ou le Russe. Ces gens mourraient d'ennui sur un divan. Il n'y a rien à regarder dans leurs âmes.

« L'amour donne les sensations les plus fortes possibles ; la preuve en est que dans ces moments d'*inflammation,* comme diraient les physiologistes, le cœur forme ces *alliances de sensations* qui semblent si absurdes aux philosophes Helvétius, Buffon et autres. Luisina, l'autre jour, s'est laissée tomber dans le lac, comme vous savez ; c'est qu'elle suivait des yeux une feuille de laurier détachée de quelque arbre de l'Isola Madre (îles Borromées). La pauvre femme m'a avoué qu'un jour son amant, en lui parlant, effeuillait une branche de laurier dans le lac, et lui disait :

« — Vos cruautés et les calomnies de votre amie m'empêchent de profiter de la vie et d'acquérir quelque gloire.

« Une âme qui, par l'effet de quelque grande passion, ambition, jeu, amour, jalousie, guerre, etc., a connu les moments d'angoisse et d'extrême malheur, par une bizarrerie bien incompréhensible, *méprise* le bonheur d'une vie tranquille et où tout semble fait à souhait : un joli château dans une position pittoresque, beaucoup d'aisance, une bonne femme, trois jolis enfants, des amis aimables et en

quantité; ce n'est là qu'une faible esquisse de tout ce que
possède notre hôte, le général C..., et cependant vous
savez qu'il a dit être tenté d'aller à Naples prendre le
commandement d'une guérilla. Une âme faite pour les
passions sent d'abord que cette vie heureuse l'*ennuie*, et
peut-être aussi qu'elle ne lui donne que des idées
communes. Je voudrais, vous disait C..., n'avoir jamais
connu la fièvre des grandes passions, et pouvoir me payer
de l'apparent bonheur sur lequel on me fait tous les jours
de si sots compliments, auxquels, pour comble d'horreur,
je suis forcé de répondre avec grâce. »

Moi, philosophe, j'ajoute :

— Voulez-vous une millième preuve que nous ne
sommes pas faits par un être bon, c'est que le *plaisir* ne
produit pas peut-être la moitié autant d'impression sur
notre être que la *douleur* *...

La Contessina m'a interrompu :

— Il y a peu de peines morales dans la vie qui ne soient
rendues chères par l'*émotion* qu'elles excitent; s'il y a un
grain de générosité dans l'âme, ce plaisir se centuple.
L'homme condamné à mort en 1815, et sauvé par hasard [3]
(M. L. par exemple), s'il marchait au supplice avec
courage, doit se rappeler ce moment dix fois par mois; le
lâche qui mourait en pleurant et jetant les hauts cris (le
douanier Morris, jeté dans le lac, *Rob Roy* [4], III, 120), s'il
est aussi sauvé par hasard, ne peut tout au plus se souvenir
avec plaisir de cet instant, qu'à cause de la circonstance
qu'*il a été sauvé*, et non pour les trésors de générosité qu'il
a decouverts en lui-même, et qui ôtent à l'avenir toutes ses
craintes.

Moi : — L'amour, même malheureux, donne à une âme
tendre, pour qui la *chose imaginée est la chose existante*, des
tresors de jouissance de cette espèce; il y a des visions

---

* Voir l'analyse du *principe ascétique*, Bentham, *Traités de législation*,
tome I [2].

On fait plaisir a un être *bon* en se faisant souffrir.

sublimes de bonheur et de beauté chez soi et chez ce qu'on aime. Que de fois Salviati n'a-t-il pas entendu Léonore lui dire, comme Mlle Mars dans les *Fausses Confidences,* avec son sourire enchanteur : « Eh bien! oui, je vous aime. » Or, voilà de ces illusions qu'un esprit sage n'a jamais.

FULVIA, *levant les yeux au ciel :* — Oui, pour vous et pour moi, l'amour, même malheureux, pourvu que notre admiration pour l'objet aimé soit infinie, est le premier des bonheurs.

(Fulvia a vingt-trois ans; c'est la beauté la plus célèbre de ...; ses yeux étaient divins en parlant ainsi, et se levant vers ce beau ciel des îles Borromées à minuit; les astres semblaient lui répondre. J'ai baissé les yeux et n'ai plus trouvé de raisons philosophiques pour la combattre. Elle a continué) :

— Et tout ce que le monde appelle le bonheur ne vaut pas ses peines. Je crois que le mépris seul peut guérir de cette passion; non pas un mépris trop fort, ce serait un supplice, mais, par exemple, pour vous autres hommes, voir l'objet que vous adorez aimer un homme grossier et prosaïque, ou vous sacrifier aux jouissances du luxe aimable et délicat qu'elle trouve chez son amie.

122.

Vouloir, c'est avoir le courage de s'exposer à un inconvénient; s'exposer ainsi, c'est tenter le hasard, c'est jouer. Il y a des militaires qui ne peuvent vivre sans ce jeu; c'est ce qui les rend insupportables dans la vie de famille.

123.

Le général Teulié[1] me disait ce soir qu'il avait découvert que ce qui le rendait d'une sécheresse et d'une stérilité si abominable quand il y avait dans le salon des

femmes affectées, c'est qu'il avait ensuite une honte amère
d'avoir exposé ses sentiments avec feu devant de tels êtres.
(Et quand il ne parlait pas avec son âme, fût-ce de
Polichinelle, il n'avait rien à dire. Je voyais de reste qu'il
ne savait sur rien la phrase convenue et de bon ton. Il était
par là réellement ridicule et baroque aux yeux des femmes
affectées. Le ciel ne l'avait pas fait pour être élégant.)

124.

A la cour, l'i[rréligion] est de mauvais ton, parce qu'il
est censé qu'elle est contre l'intérêt des princes; l'i[rréli-
gion] est aussi de mauvais ton en présence des jeunes
filles, cela les empêcherait de trouver un mari. Il faut
convenir que s[i] D[ieu] ex[iste], il doit lui être agréable
d'être honoré pour de tels motifs.

125.

Dans l'âme d'un grand peintre ou d'un grand poète,
l'amour est divin comme centuplant le domaine et les
plaisirs de l'art dont les beautés donnent à son âme le pain
quotidien. Que de grands artistes qui ne se doutent ni de
leur âme ni de leur génie! Souvent ils se croient un
métalent pour la chose qu'ils adorent, parce qu'ils ne sont
pas d'accord avec les eunuques du sérail, les la Harpe,
etc. : pour ces gens-là, même l'amour malheureux est
bonheur.

126.

L'image du premier amour est la plus généralement
touchante; pourquoi? C'est qu'il est presque le même
dans tous les rangs, dans tous les pays, dans tous les
caractères. Donc ce premier amour n'est pas le plus
passionné.

127.

La raison, la raison! Voilà ce qu'on crie toujours à un pauvre amant. En 1760, dans le moment le plus animé de la guerre de sept ans, Grimm écrivait : « ... Il n'est point douteux que le roi de Prusse n'eût prévenu cette guerre, avant qu'elle n'éclatât, en cédant la Silésie. En cela il eût fait une action très sage. Combien de maux il aurait prévenus! Que peut avoir de commun la possession d'une province avec le bonheur d'un roi? Et le grand électeur n'était-il pas un prince très heureux et très respecté sans posséder la Silésie? Voilà comment un roi aurait pu se conduire en suivant les préceptes de la plus saine raison, et je ne sais comment il serait arrivé que ce roi eût été l'objet des mépris de toute la terre, tandis que Frédéric, sacrifiant tout au *besoin* de conserver la Silésie, s'est couvert d'une gloire immortelle.

« Le fils de Cromwell a sans doute fait l'action la plus sage qu'un homme puisse faire : il a préféré l'obscurité et le repos à l'embarras et au danger de gouverner un peuple sombre, fougueux et fier. Ce sage a été méprisé de son vivant et par la postérité, et son père est resté un grand homme au jugement des nations.

« *La Belle Pénitente* est un sujet sublime du théâtre espagnol *, gâté en anglais et en français par Otway et Colardeau. Caliste a été violée par un homme qu'elle adore, que les fougues d'orgueil de son caractère rendent odieux, mais que ses talents, son esprit, les grâces de sa figure, tout enfin concourt à rendre séduisant. Lothario eût été trop aimable, s'il eût su modérer de coupables transports; du reste, une haine héréditaire et atroce divise sa famille et celle de la femme qu'il aime. Ces familles sont à la tête des deux factions qui partagent une ville

---

* Voir les romances espagnoles et danoises du XIIIᵉ siècle; elles paraîtraient plates ou grossières au goût français.

d'Espagne durant les horreurs du moyen âge. Sciolto, le père de Caliste, est le chef de l'autre faction qui dans ce moment a le dessus; il sait que Lothario a eu l'insolence de vouloir séduire sa fille. La faible Caliste succombe sous les tourments de sa honte et de sa passion. Son père est parvenu à faire donner à son ennemi le commandement d'une armée navale, qui part pour une expédition lointaine et dangereuse, où probablement Lothario trouvera la mort. Dans la tragédie de Colardeau, il vient donner cette nouvelle à sa fille. A ces mots la passion de Caliste s'échappe :

« O dieux!

Il part!... vous l'ordonnez!... il a pu s'y résoudre?

« Jugez du danger de cette situation; un mot de plus et Sciolto va être éclairé sur la passion de sa fille pour Lothario. Ce père confondu s'écrie :

Qu'entends-je? me trompé-je? ou s'égarent tes vœux?

« A cela Caliste, revenue à elle-même, répond :

Ce n'est pas son exil, c'est sa mort que je veux :
Qu'il périsse!

« Par ces mots, Caliste étouffe les soupçons naissants de son père, et c'est cependant sans artifice, car le sentiment qu'elle exprime est vrai. L'existence d'un homme qu'elle aime et qui a pu l'outrager doit empoisonner sa vie, fût-il au bout du monde; sa mort seule pourrait lui rendre le repos, s'il en était pour les amants infortunés... Bientôt après Lothario est tué, et Caliste a le bonheur de mourir.

« Voilà bien des pleurs et bien des cris pour peu de chose! ont dit les gens froids qui se décorent du nom de philosophes! Un homme hardi et violent abuse de la faiblesse qu'une femme a pour lui; il n'y a pas là de quoi se désoler, ou du moins il n'y a pas de quoi nous intéresser aux chagrins de Caliste. Elle n'a qu'à se consoler d'avoir couché avec son amant, et ce ne sera pas la première femme de mérite qui aura pris son parti sur ce malheur-là*. »

Richard Cromwell, le roi de Prusse, Caliste, avec les âmes que le ciel leur avait données ne pouvaient trouver la tranquillité et le bonheur qu'en agissant ainsi. La conduite de ces deux derniers est éminemment déraisonnable, et cependant ce sont les seuls qu'on estime.

Sagan, 1813[1].

128.

La constance après le bonheur ne peut se prédire que d'après celle que, malgré les doutes cruels, la jalousie et les ridicules, on a eu avant l'intimité.

129.

Chez une femme au désespoir de la mort de son amant, qui vient d'être tué à l'armée, et qui songe évidemment à le suivre, il faut d'abord examiner si ce parti n'est pas convenable ; et, dans le cas de la négative, attaquer, par cette habitude si ancienne chez l'être humain, *l'amour de sa conservation*. Si cette femme a un ennemi, on peut lui persuader que cet ennemi a obtenu une lettre de cachet pour la mettre en prison. Si cette menace n'augmente pas son amour pour la mort, elle peut songer à se cacher pour éviter la prison. Elle se cachera trois semaines, fuyant de retraite en retraite ; elle sera arrêtée et au bout de trois jours se sauvera. Alors, sous un nom supposé, on lui ménagera un asile dans une ville fort éloignée, et la plus

---

* Grimm, tome III, page 107.

différente possible de celle où elle était au désespoir. Mais qui veut se dévouer à consoler un être aussi malheureux et aussi nul pour l'amitié ?

Varsovie, 1808[1].

130.

Les savants d'académie voient les mœurs d'un peuple dans sa langue : l'Italie est le pays du monde où l'on prononce le moins le mot d'amour, toujours *amicizia* et *avvicinar* (*amicizia* pour amour et *avvicinar* pour faire la cour avec succès).

131.

Le dictionnaire de la musique n'est pas fait, n'est pas même commencé ; ce n'est que par hasard que l'on trouve les phrases qui disent : *je suis en colère,* ou *je vous aime,* et leurs nuances. Le *maestro* ne trouve ces phrases que lorsqu'elles lui sont dictées par la présence de la passion dans son cœur, ou par son souvenir. Les gens qui passent le feu de la jeunesse à étudier au lieu de sentir ne peuvent donc pas être artistes ; rien de plus simple que ce mécanisme.

132.

L'empire des femmes est beaucoup trop grand en France, l'empire de la femme beaucoup trop restreint.

133.

La plus grande flatterie que l'imagination la plus exaltée saurait inventer pour l'adresser à la génération qui s'élève parmi nous, pour prendre possession de la vie, de

l'opinion et du pouvoir, se trouve une vérité plus claire
que le jour. Elle n'a rien à *continuer,* cette génération, elle
a tout à *créer.* Le grand mérite de Napoléon est d'*avoir fait
maison nette.*

134.

Je voudrais pouvoir dire quelque chose sur la *consolation.* On n'essaye pas assez de consoler.

Le principe général, c'est qu'il faut tâcher de former
une *cristallisation* la plus étrangère possible au motif qui a
jeté dans la douleur.

Il faut avoir le courage de se livrer à un peu d'anatomie
pour découvrir un principe inconnu.

Si l'on veut consulter le chapitre XI de l'ouvrage de
M. Villermé, sur les prisons (Paris, 1820)[1], l'on verra que
les prisonniers *si maritano fra di loro* (c'est le mot du
langage des prisons). Les femmes *si maritano anche fra di
loro*[2], et il y a en général beaucoup de fidélité dans ces
unions, ce qui ne s'observe pas chez les hommes, et qui est
un effet du principe de la pudeur.

« A Saint-Lazare, dit M. Villermé, page 96, à Saint-
Lazare, en octobre 1818, une femme s'est donné plusieurs
coups de couteau parce qu'elle s'est vu préférer une
arrivante.

« C'est ordinairement la plus jeune qui est la plus
attachée à l'autre. »

135.

*Vivacità, leggerezza, soggettissima a prendere puntiglio,
occupazione di ogni momento delle apparenze della propria
esistenza agli occhi altrui : ecco i tre gran caratteri di questa
pianta che risveglia Europa nel 1808*[1].

Parmi les Italiens les bons sont ceux qui ont encore un
peu de sauvagerie et de propension au sang : les Roma-

gnols, les Calabrais, et parmi les plus civilisés, les Bressans, les Piémontais, les Corses.

Le bourgeois de Florence est plus mouton que celui de Paris.

L'espionnage de Léopold[2] l'a avili à jamais. Voir la lettre de M. Courier sur le bibliothécaire Furia et le chambellan Puccini[3].

136.

Je ris de voir des gens de bonne foi ne pouvoir jamais être d'accord, se dire naturellement de grosses injures et en penser davantage. Vivre, c'est sentir la vie; c'est avoir des sensations fortes. Comme pour chaque individu le taux de cette force change, ce qui est pénible pour un homme comme trop fort est précisément ce qu'il faut à un autre pour que l'intérêt commence. Par exemple, la sensation d'être épargné par le canon quand on est au feu, la sensation de s'enfoncer en Russie à la suite de ces Parthes, de même la tragédie de Shakespeare et la tragédie de Racine, etc., etc.

Orcha, 13 août 1812[1].

137.

D'abord, le plaisir ne produit pas la moitié autant d'impression que la douleur; ensuite, outre ce désavantage dans la quantité d'émotion, la *sympathie* est au moins la moitié moins excitée par la peinture du bonheur que par celle de l'infortune. Donc les poètes ne sauraient peindre le malheur avec trop de force; ils n'ont qu'un écueil à redouter, ce sont les objets qui inspirent le *dégoût*. Encore ici le *taux* de cette sensation dépend-il de la monarchie ou de la république. Un Louis XIV centuple le nombre des objets répugnants (Poésies de Crabbe[1]).

Par le seul fait de l'existence de la monarchie à la

Louis XIV environnée de sa noblesse, tout ce qui est simple dans les arts devient grossier. Le noble personnage devant qui on l'expose se trouve insulté ; ce sentiment est sincère, et partant respectable.

Voyez le parti que le tendre Racine a tiré de l'amitié héroïque, et si consacrée dans l'antiquité, d'Oreste et de Pylade. Oreste tutoie Pylade, et Pylade lui répond : *Seigneur*. Et l'on veut que Racine soit pour nous l'auteur le plus touchant ! Si l'on ne se rend pas à un tel exemple, il faut parler d'autre chose.

138.

Dès qu'on peut espérer de se venger, on recommence de haïr. Je n'eus l'idée de me sauver et de manquer à la foi que j'avais jurée à mon ami, que les dernières semaines de ma prison. (Deux confidences faites ce soir, devant moi, par un assassin de bonne compagnie qui nous fait toute son histoire.)

Faenza, 1817[1].

139.

Toute l'Europe, en se cotisant, ne pourrait faire un seul de nos bons volumes français : les *Lettres persanes,* par exemple.

140.

J'appelle *plaisir* toute perception que l'âme aime mieux éprouver que ne pas éprouver *.

J'appelle *peine* toute perception que l'âme aime mieux ne pas éprouver qu'éprouver.

---

* Maupertuis.

Désirai-je m'endormir plutôt que de sentir ce que j'éprouve? Nul doute, c'est une *peine*. Donc les désirs de l'amour ne sont pas des peines, car l'amant quitte, pour rêver à son aise, les sociétés les plus agréables.

Par la durée, les plaisirs du corps sont diminués et les peines augmentées.

Pour les plaisirs de l'âme, ils sont augmentés ou diminués par la durée, suivant les passions; par exemple, après six mois passés à étudier l'astronomie, l'on aime davantage l'astronomie; après un an d'avarice, on aime mieux l'argent.

Les peines de l'âme sont diminuées par la durée. « Que de veuves véritablement fâchées se consolent par le temps! » Milady Waldegrave d'Horace Walpole.

Soit un homme dans un état d'indifférence, il lui arrive un plaisir.

Soit un autre homme dans un état de vive douleur, cette douleur cesse subitement. Le plaisir qu'il ressent est-il de même nature que celui du premier homme? M. Verri[1] dit que *oui*, et il me semble que *non*.

Tous les plaisirs ne viennent pas de la cessation de la douleur.

Un homme avait depuis longtemps six mille livres de rente; il gagne cinq cent mille francs à la loterie. Cet homme s'était déshabitué de désirer les choses que l'on ne peut obtenir que par une grande fortune. (Je dirai, en passant, qu'un des inconvénients de Paris, c'est la facilité de perdre cette habitude.)

On invente la machine à tailler les plumes; je l'ai achetée ce matin, et c'est un grand plaisir pour moi, qui m'impatiente à tailler les plumes, mais certainement je n'étais pas malheureux hier de ne pas connaître cette machine. Pétrarque était-il malheureux de ne pas prendre de café?

Il est inutile de définir le bonheur, tout le monde le connaît : par exemple, la première perdrix que l'on tue au vol à douze ans; la première bataille d'où l'on sort sain et sauf à dix-sept.

Le plaisir qui n'est que la cessation d'une peine passe bien vite, et au bout de quelques années le souvenir n'en est pas même agréable. Un de mes amis fut blessé au côté par un éclat d'obus, à la bataille de la Moskowa; quelques jours après, il fut menacé de la gangrène; au bout de quelques heures on put réunir M. Béclar, M. Larrey et quelques chirurgiens estimés; on fit une consultation dont le résultat fut d'annoncer à mon ami qu'il n'avait pas la gangrène. A ce moment je vis son bonheur, il fut grand, cependant il n'était pas pur. Son âme, en secret, ne croyait pas en être tout à fait quitte, il refaisait le travail des chirurgiens, il examinait s'il pouvait entièrement s'en rapporter à eux. Il entrevoyait encore un peu la possibilité de la gangrène. Aujourd'hui, au bout de huit ans, quand on lui parle de cette consultation, il éprouve un sentiment de peine, il a la vue imprévue d'un des malheurs de la vie.

Le plaisir causé par la cessation de la douleur consiste :

1º A remporter la victoire contre toutes les objections qu'on se fait successivement;

2º A revoir tous les avantages dont on allait être privé.

Le plaisir causé par le gain de cinq cent mille francs consiste à prévoir tous les plaisirs nouveaux et extraordinaires qu'on va se donner.

Il y a une exception singulière : il faut voir si cet homme a trop, ou trop peu d'habitude de désirer une grande fortune. S'il a trop peu de cette habitude, s'il a la tête étroite, le sentiment d'embarras durera deux ou trois jours.

S'il a l'habitude de désirer souvent une grande fortune, il aura usé d'avance la jouissance par se la trop figurer.

Ce malheur n'arrive pas dans l'amour-passion.

Une âme enflammée ne se figure pas la dernière des faveurs, mais la plus prochaine. Par exemple, d'une maîtresse qui vous traite avec sévérité, l'on se figure un serrement de main. L'imagination ne va pas naturellement au-delà; si on la violente, après un moment, elle s'éloigne par la crainte de profaner ce qu'elle adore.

Lorsque le plaisir a entièrement parcouru sa carrière, il est clair que nous retombons dans l'indifférence; mais cette indifférence n'est pas la même que celle d'auparavant. Ce second état diffère du premier, en ce que nous ne serions plus capables de goûter, avec autant de délices, le plaisir que nous venons d'avoir.

Les organes qui servent à le cueillir sont fatigués, et l'imagination n'a plus autant de propensions à présenter les images qui seraient agréables aux désirs qui se trouvent satisfaits.

Mais, si au milieu du plaisir, on vient nous en arracher, il y a production de douleur.

141.

La disposition à l'amour-physique, et même au plaisir physique, n'est point la même chez les deux sexes. Au contraire des hommes, presque toutes les femmes sont au moins susceptibles d'un genre d'amour. Depuis le premier roman qu'une femme a ouvert en cachette à quinze ans, elle attend en secret la venue de l'amour-passion. Elle voit dans une grande passion la preuve de son mérite. Cette attente redouble vers vingt ans, lorsqu'elle est revenue des premières étourderies de la vie, tandis qu'à peine arrivés à trente, les hommes croient l'amour impossible ou ridicule.

142.

Dès l'âge de six ans nous nous accoutumons à chercher le bonheur par la même route que nos parents. L'orgueil de la mère de la contessina Nella a commencé le malheur de cette aimable femme, et elle le rend sans ressource par le même orgueil fou.

Venise, 1819[1].

143.

Du genre romantique.

L'on m'écrit de Paris qu'on y a vu (exposition de 1822) un millier de tableaux représentant des sujets de l'Ecriture sainte, peints par des peintres qui n'y croient pas beaucoup, admirés et jugés par des gens qui n'y croient pas, et enfin payés par des gens qui n'y croient pas.

L'on cherche après cela le pourquoi de la décadence de l'art.

Ne croyant pas en ce qu'il dit, l'artiste craint toujours de paraître exagéré et ridicule. Comment arriverait-il au *grandiose?* Rien ne l'y porte.

Lettera di Roma, giugno 1822[1].

144.

L'un des plus grands poètes, selon moi, qui aient paru dans ces derniers temps, c'est Robert Burns, paysan écossais mort de misère. Il avait soixante-dix louis d'appointements comme douanier, pour lui, sa femme et quatre enfants. Il faut convenir que le tyran Napoléon était plus généreux envers son ennemi Chénier, par exemple. Burns n'avait rien de la pruderie anglaise. C'est un génie romain, sans chevalerie ni honneur. Je n'ai pas assez de place pour conter ses amours avec Mary Campbell et leur triste catastrophe. Seulement je remarque qu'Edimbourg est à la même latitude que Moscou, ce qui pourrait déranger un peu mon système des climats.

« *One of Burns's remarks, when he first came to Edinburgh, was that between the men of rustic life and the polite world he observed little difference, that in the former, though unpolished by fashion and unenlightened by science, he had*

*found much observation and much intelligence; but a refined
and accomplished woman was a being almost new to him, and
of which he had formed but a very inadequate idea*[1]. »

Londres, 1er novembre 1821[2], tome V, page 69.

145.

L'amour est la seule passion qui se paye d'une monnaie
qu'elle fabrique elle-même.

146.

Les compliments qu'on adresse aux petites filles de trois
ans forment précisément la meilleure éducation possible
pour leur enseigner la vanité la plus pernicieuse. Etre jolie
est la première vertu, le plus grand avantage au monde.
Avoir une jolie robe, c'est être jolie.

Ces sots compliments ne sont usités que dans la
bourgeoisie; ils sont heureusement de mauvais ton,
comme trop aisés à faire, chez les gens à carrosse.

147.

Lorette, 11 septembre 1811[1].

Je viens de voir un très beau bataillon de gens de ce
pays; c'est le reste de quatre mille hommes qui étaient
allés à Vienne en 1809. J'ai passé dans les rangs avec le
colonel, et fait faire leur histoire à plusieurs soldats. C'est
la vertu des républiques du moyen âge, plus ou moins
abâtardie par les Espagnols *, le p[rêtisme] et deux

---

* Vers 1580, les Espagnols, hors de chez eux, n'étaient que des agents
énergiques de despotisme, ou des joueurs de guitare sous les fenêtres des
belles Italiennes. Les Espagnols passaient alors en Italie comme aujour-
d'hui l'on vient à Paris; du reste ils ne mettaient leur orgueil qu'à faire
triompher le roi *leur maître*. Ils ont perdu l'Italie, et l'ont perdue en
l'avilissant. En 1626, le grand poete Calderon était officier à Milan.

siècles * des gouvernements lâches et cruels qui ont tour à tour gâté ce pays-ci.

Le brillant *honneur* chevaleresque, sublime et sans raison, est une plante exotique importée seulement depuis un petit nombre d'années.

On n'en trouve pas trace en 1740. Voir de Brosses. Les officiers de Montenotte et de Rivoli avaient trop d'occasions de montrer la vraie vertu à leurs voisins, pour chercher à *imiter* un honneur peu connu sous les chaumières que le soldat de 1796 venait de quitter, et qui leur eût semblé bien baroque.

Il n'y avait, en 1796, ni Légion d'honneur, ni enthousiasme pour un homme, mais beaucoup de simplicité et de vertu à la Desaix. L'*honneur* a donc été importé en Italie par des gens trop raisonnables et trop vertueux pour être bien brillants. On sent qu'il y a loin des soldats de 96 gagnant vingt batailles en un an, et n'ayant souvent ni souliers, ni habits, aux brillants régiments de Fontenoy, disant poliment aux Anglais, et le chapeau bas : « *Messieurs, tirez les premiers.* »

148.

Je croirais assez qu'il faut juger de la bonté d'un système de vie par son représentant. Par exemple, Richard Cœur de Lion montra sur le trône la perfection de l'héroïsme et de la valeur chevaleresque, et ce fut un roi ridicule.

149.

Opinion publique en 1822. Un homme de trente ans séduit une jeune personne de quinze ans : c'est la jeune personne qui est déshonorée.

---

* Voir la *Vie de saint Charles Borromée*, qui changea Milan, et l'avilit. Il fit déserter les salles d'armes et aller au chapelet. Merveilles tue Castiglione, 1533.

150.

Dix ans plus tard je retrouvai la comtesse Ottavia ; elle
pleura beaucoup en me revoyant ; je lui rappelais Oginski[1].

— Je ne puis plus aimer, me disait-elle.

Je lui répondis avec le poète : « *How changed, how
saddened, yet how elevated was her character*[2] *!* »

151.

Comme les mœurs anglaises sont nées de 1688 à 1730,
celles de France vont naître de 1815 à 1880. Rien ne sera
beau, juste, heureux, comme la France morale vers 1900.
Actuellement elle n'est rien. Ce qui est une infamie dans la
rue de Bellechasse est une action héroïque rue du Mont-
Blanc, et, au travers de toutes les exagérations, les gens
réellement faits pour le mépris se sauvent de rue en rue.
Nous avions une ressource : la liberté des journaux, qui
finissent par dire à chacun son fait, et quand ce fait se
trouve être l'opinion publique, il reste. On nous arrache ce
remède, cela retardera un peu la naissance de la morale.

152.

L'abbé Rousseau était un pauvre jeune homme (1784),
réduit à courir du matin au soir tous les quartiers de la
ville, pour y donner des leçons d'histoire et de géographie.
Amoureux d'une de ses élèves, comme Abélard d'Héloïse,
comme Saint-Preux de Julie ; moins heureux, sans doute,
mais probablement assez près de l'être ; avec autant de
passion que ce dernier, mais l'âme plus honnête, plus
délicate et surtout plus courageuse, il paraît s'être immolé
à l'objet de sa passion. Voici ce qu'il a écrit avant de se
brûler la cervelle, après avoir dîné chez un restaurateur au
Palais-Royal, sans laisser échapper aucune marque de

trouble ni d'aliénation; c'est du procès-verbal, dressé sur les lieux par le commissaire et les officiers de la police, qu'on a tiré la copie de ce billet, assez remarquable pour mériter d'être conservé.

« Le contraste inconcevable qui se trouve entre la noblesse de mes sentiments et la bassesse de ma naissance, un amour aussi violent qu'insurmontable pour une fille adorable *, la crainte de causer son déshonneur, la nécessité de choisir entre le crime et la mort, tout m'a déterminé à abandonner la vie. J'étais né pour la vertu, j'allais être criminel : j'ai préféré mourir. »

Grimm, troisième partie, tome II, page 495.

Voilà un suicide admirable et qui ne serait qu'absurde avec les mœurs de 1880.

153.

On a beau faire, jamais les Français, en fait de beaux-arts, ne passeront le *joli*.

Le comique qui suppose de la *verve* dans le public et du *brio* dans l'acteur, les délicieuses plaisanteries de Palomba, à Naples, jouées par Casaccia; impossibles à Paris; du joli et jamais que du joli; quelquefois, il est vrai, annoncé comme sublime.

On voit que je ne spécule pas en général sur l'honneur national.

154.

Nous aimons beaucoup un beau tableau, ont dit les Français; et ils disent vrai, mais nous exigeons, comme condition essentielle de la beauté, qu'il soit fait par un

---

* Il paraît qu'il s'agit de Mlle Gromaire, fille de M Gromaire, expéditionnaire en cour de Rome.

peintre se tenant constamment à cloche-pied pendant tout
le temps qu'il travaille. Les vers dans l'art dramatique.

155.

Beaucoup moins d'*envie* en Amérique qu'en France, et
beaucoup moins d'esprit.

156.

La tyrannie à la Philippe II a tellement avili les esprits,
depuis 1530, qu'elle pèse sur le jardin du monde, que les
pauvres auteurs italiens n'ont pas encore eu le courage
d'*inventer* le roman de leur pays. A cause de la règle du
naturel, rien de plus simple pourtant; il faut oser copier
franchement ce qui crève les yeux dans le monde. Voir le
cardinal Consalvi[1], épluchant gravement pendant trois
heures, en 1822, le livret d'un opéra bouffon et disant au
maestro avec inquiétude : « Mais vous répétez souvent ce
mot *cozzar, cozzar*[2]. »

157.

Héloïse vous parle de l'amour, un fat vous parle de son
amour, sentez-vous que ces choses n'ont presque que le
nom de commun? C'est comme l'amour des concerts et
l'amour de la musique. L'amour des jouissances de vanité
que votre harpe vous promet, au milieu d'une société
brillante, ou l'amour d'une rêverie, tendre, solitaire,
timide.

158.

Quand on vient de voir la femme qu'on aime, la vue de
toute autre femme gâte la vue, fait physiquement mal aux
yeux; j'en vois le pourquoi.

159.

Réponse à une objection.

Le naturel parfait et l'intimité ne peuvent avoir lieu que dans l'amour-passion, car dans tous les autres l'on sent la possibilité d'un rival favorisé.

160.

Chez l'homme qui, pour se délivrer de la vie, a pris du poison, l'être moral est mort; étonné de ce qu'il a fait et de ce qu'il va éprouver, il n'a plus d'attention pour rien; quelques rares exceptions.

161.

Un vieux capitaine de vaisseau, oncle de l'auteur[1], auquel je fais hommage du présent manuscrit, ne trouve rien de si ridicule que l'importance donnée pendant six cents pages à une chose aussi frivole que l'amour. Cette chose si frivole est cependant la seule arme avec laquelle on puisse frapper les âmes fortes.

Qu'est-ce qui a empêché, en 1814, M. de M.[2] d'immoler Napoléon dans la forêt de Fontainebleau? Le regard méprisant d'une jolie femme qui entrait aux Bains-Chinois*. Quelle différence dans les destinées du monde si Napoléon et son fils eussent été tués en 1814!

162.

Je transcris les lignes suivantes d'une lettre française que je reçois de Znaïm[1], en observant qu'il n'y a pas dans toute la province un homme en état de comprendre la femme d'esprit qui m'écrit :

* *Mémoires* [de Maubreuil], page 88, édition de Londres.

« ... L'accident fait beaucoup en amour. Lorsque je n'ai pas lu de l'anglais depuis un an, le premier roman qui me tombe sous la main me semble délicieux. L'habitude d'aimer une âme prosaïque, c'est-à-dire lente et timide pour tout ce qui est délicat, et ne sentant avec passion que les intérêts grossiers de la vie : l'amour des écus, l'orgueil d'avoir de beaux chevaux, les désirs physiques, etc., etc., peut facilement faire paraître offensantes les actions d'un génie impétueux, ardent, à imagination impatiente, ne sentant que l'amour, oubliant tout le reste, et qui agit sans cesse, et avec impétuosité, là où l'autre se laissait guider, et n'agissait jamais par lui-même. L'étonnement qu'il donne peut offenser ce que nous appelions, l'année dernière à Zittau[2], l'orgueil féminin : est-ce français, ça? Avec le second, on a de l'*étonnement*, sentiment que l'on ignorait auprès du premier — et comme ce premier est mort à l'armée, à l'improviste, il est resté synonyme de perfection —, et sentiment qu'une âme pleine de hauteur et privée de cette aisance qui est le fruit d'un certain nombre d'intrigues, peut confondre facilement avec ce qui est offensant[3]. »

163.

Geoffroy Rudel, de Blaye, fut un très grand gentilhomme, prince de Blaye, et il devint amoureux de la princesse de Tripoli, sans la voir, pour le grand bien et pour la grande courtoisie qu'il entendit dire d'elle aux pèlerins qui venaient d'Antioche; et fit pour elle beaucoup de belles chansons, avec de bons airs et de chétives paroles; et, par volonté de la voir, il se croisa et se mit en mer pour aller vers elle. Et advint qu'en le navire le prit une très grande maladie, de telle sorte que ceux qui étaient avec lui crurent qu'il fût mort, mais tant firent qu'ils le conduisirent à Tripoli, dans une hôtellerie, comme un homme mort. On le fit savoir à la comtesse, et elle vint à

son lit et le prit entre ses bras. Il sut qu'elle était la
comtesse, il recouvra le voir, l'entendre, et il loua Dieu, et
lui rendit grâce qu'il lui eût soutenu la vie jusqu'à ce qu'il
l'eût vue. Et ainsi il mourut dans les bras de la comtesse,
et elle le fit honorablement ensevelir dans la maison du
Temple à Tripoli. Et puis en ce même jour elle se fit
religieuse, pour la douleur qu'elle eut de lui et de sa
mort *.

164.

Voici une singulière preuve de la folie nommée cristallisation, que l'on trouve dans les *Mémoires* de mistress
Hutchinson :

... « *He told to Mr. Hutchinson a very true story of a
gentleman who not long before had come for some time to
lodge in Richmond, and found all the people he came in
company with, bewailing the death of a gentlewoman that had
lived there. Hearing her so much deplored he made inquiry
after her, and grew so in love with the description, that no
other discourse could at first please him, nor could he at last
endure any other ; he grew desperately melancholy, and would
go to a mount where the print of her foot was cut, and lie
there pining and kissing of it all the day long, till at length
death in some months' space concluded his languishment. This
story was very true*[1]. »

Tome I, page 83.

165.

Lisio Visconti n'était rien moins qu'un grand lecteur de
livres. Outre ce qu'il avait pu voir en courant le monde,
cet essai est fondé sur les mémoires de quinze ou vingt

---

* Traduit d'un manuscrit provençal du XIIIᵉ siècle.

personnages célèbres. S'il se rencontrait, par hasard, un lecteur qui trouvât ces bagatelles dignes d'un instant d'attention, voici les livres desquels Lisio a tiré ses réflexions et conclusions :

Vie de Benvenuto Cellini, écrite par lui-même.

Les *Nouvelles* de Cervantes et de Scarron.

Manon Lescaut et *le Doyen de Killerine*, de l'abbé Prévost.

Lettres latines d'Héloïse à Abélard.

Tom Jones.

Lettres d'une Religieuse portugaise.

Deux ou trois romans d'Auguste La Fontaine.

L'Histoire de Toscane, de Pignotti.

Werther.

Brantôme.

Mémoires de Carlo Gozzi (Venise, 1760); seulement les 80 pages sur l'histoire de ses amours.

Mémoires de Lauzun, Saint-Simon, d'Epinay, de Staal, Marmontel, Besenval, Roland, Duclos, Horace Walpole, Evelyn, Hutchinson.

Lettres de Mlle Lespinasse.

166.

Un des plus grands personnages de ce temps-là, l'un des hommes les plus marquants dans l'Eglise et dans l'Etat [1], nous a conté ce soir (janvier 1822), chez Mme de M..., les dangers fort réels qu'il avait courus du temps de la Terreur.

« J'avais eu le malheur d'être au nombre des membres les plus marquants de l'Assemblée constituante; je me tins à Paris, cherchant à me cacher tant bien que mal, tant qu'il y eut quelque espoir de succès pour la bonne cause. Enfin, les dangers augmentent et les étrangers ne faisant rien d'énergique pour nous, je me déterminai à partir, mais il fallait partir sans passeport. Comme tout le monde s'en allait à Coblentz, j'eus l'idée de sortir par Calais. Mais mon portrait avait été si fort répandu, dix-huit mois auparavant, que je fus reconnu à la dernière poste; cependant on me laissa passer. J'arrivai à une auberge à Calais, où, comme vous pouvez penser, je ne dormis guère, et fort heureusement pour moi, car, vers les quatre heures du matin, j'entendis très distinctement prononcer mon nom. Pendant que je me lève et m'habille à la hâte, je distingue fort bien, malgré l'obscurité, des gardes nationaux avec leurs fusils, pour lesquels on ouvre la grande porte et qui entrent dans la cour de l'auberge. Heureusement il pleuvait à verse; c'était une matinée d'hiver fort obscure avec un grand vent. L'obscurité et le bruit du vent me permirent de me sauver par la cour de derrière et l'écurie des chevaux. Me voilà dans la rue à sept heures du matin, sans ressource aucune.

« Je pensai qu'on allait me courir après de mon auberge. Ne sachant trop ce que je faisais, j'allai près du port sur la jetée. J'avoue que j'avais un peu perdu la tête : je ne me voyais pour toute perspective que la guillotine.

« Il y avait un paquebot qui sortait du port par une mer fort grosse et qui était déjà à vingt toises de la jetée. Tout à coup j'entends des cris du côté de la mer, comme si l'on m'appelait. Je vois s'approcher un petit bateau. — Allons, donc, monsieur, venez, on vous attend. » Je passe machinalement dans le bateau. Il y avait un homme qui me dit à l'oreille : « Vous voyant marcher sur la jetée d'un air effaré, j'ai pensé que vous pourriez bien être un malheureux proscrit. J'ai dit que vous étiez mon ami que j'attendais; faites semblant d'avoir le mal de mer et allez vous cacher en bas dans un coin obscur de la chambre. »

— Ah! le beau trait, s'écria la maîtresse de la maison respirant à peine, et qui avait été émue jusqu'aux larmes par le long récit fort bien fait des dangers de l'abbé. Que de remerciements vous dûtes faire à ce généreux inconnu! Comment s'appelait-il?

— Je ne sais pas son nom, a répondu l'abbé un peu confus ; et il y a eu un moment de profond silence dans le salon.

167.

LE PÈRE ET LE FILS

Dialogue de 1787.

LE PÈRE (ministre de la [Guerre] [1])

— Je vous félicite, mon fils, c'est une chose fort agréable pour vous d'être invité chez M. le duc d'[Orléans] ; c'est une distinction pour un homme de votre âge. Ne manquez pas d'être au Palais-[Royal] à six heures précises.

LE FILS

— Je pense, monsieur, que vous y dînez aussi ?

LE PÈRE

— M. le duc d'[Orléans], toujours parfait pour notre famille, vous engageant pour la première fois, a bien voulu m'inviter aussi.

Le fils, jeune homme fort bien né et de l'esprit le plus distingué, ne manque pas d'être au Palais-[Royal] à six heures. On servit à sept. Le fils se trouva placé vis-à-vis du père. Chaque convive avait à côté de soi une f[ille] n[ue]. L'on était servi par une vingtaine de laquais en grande livrée *.

168.

Londres, août 1817 [1].

Je n'ai de ma vie été frappé et intimidé de la présence de

---

* *From december 27, 1819, till the 4 june 1820*, Mil[an] [2].

la beauté comme ce soir à un concert que donnait Mme Pasta[2].

Elle était environnée, en chantant, de trois rangs de jeunes femmes tellement belles, d'une beauté tellement pure et céleste, que je me suis senti baisser les yeux par respect, au lieu de les lever pour admirer et jouir. Cela ne m'est arrivé dans aucun pays, pas même dans ma chère Italie.

169.

Une chose est absolument impossible, dans les arts, en France, c'est la verve. Il y aurait trop de ridicule pour l'homme entraîné, *il a l'air trop heureux*. Voir un Vénitien réciter les satires de Buratti[1].

APPENDIX[1]

DES COURS D'AMOUR

Il y a eu des cours d'amour en France, de l'an 1150 à l'an 1200. Voilà ce qui est prouvé. Probablement l'existence des cours d'amour remonte à une époque beaucoup plus reculée.

Les dames réunies dans les cours d'amour rendaient des arrêts soit sur des questions de droit, par exemple : l'amour peut-il exister entre gens mariés ?

Soit sur des cas particuliers que les amants leur soumettaient *.

Autant que je puis me figurer la partie morale de cette jurisprudence, cela devait ressembler à ce qu'aurait été la cour des maréchaux de France, établie pour le *point d'honneur* par Louis XIV, si toutefois l'opinion eût soutenu cette institution.

André, chapelain du roi de France, qui écrivait vers l'an 1170, cite *les cours d'amour*

des dames de Gascogne,

d'Ermengarde, vicomtesse de Narbonne (1144-1194),

de la reine Eléonore,

---

* André le Chapelain, Nostradamus, Raynouard, Crescimbeni, l'Aretin.

de la comtesse de Flandre,

de la comtesse de Champagne (1174).

André rapporte neuf jugements prononcés par la comtesse de Champagne.

Il cite deux jugements prononcés par la comtesse de Flandre.

Jean de Nostradamus, *Vie des poètes provençaux,* dit, page 15 :

« Les tensons étaient disputes d'amours qui se faisaient entre les chevaliers et dames poètes entre-parlant ensemble de quelque belle et subtile question d'amours ; et où ils ne s'en pouvaient accorder, ils les envoyaient, pour en avoir la définition, aux dames illustres présidentes qui tenaient cour d'amour ouverte et planière, à *Signe* et *Pierrefeu,* ou à *Romanin,* ou à autres, et là-dessus, en faisaient arrêts qu'on nommait LOUS ARRESTS D'AMOURS. »

Voici les noms de quelques-unes des dames qui présidaient aux cours d'amour de Pierrefeu et de Signe :

« Stephanette, dame de Baulx, fille du comte de Provence ;

Adalasie, vicomtesse d'Avignon ;

Alalète, dame d'Ongle ;

Hermyssende, dame de Posquières ;

Bertrane, dame d'Urgon ;

Mabille, dame d'Yères ;

La comtesse de Dye ;

Rostangue, dame de Pierrefeu ;

Bertrane, dame de Signe ;

Jausserande de Claustral. »

Nostradamus, page 27.

Il est vraisemblable que la même cour d'amour s'assemblait tantôt dans le château de Pierrefeu, tantôt dans celui de Signe. Ces deux villages sont très voisins l'un de l'autre, et situés à peu près à égale distance de Toulon et de Brignoles.

Dans la *Vie de Bertrand d'Alamanon,* Nostradamus dit :

« Ce troubadour fut amoureux de Phanette ou Estephanette de Romanin, dame dudit lieu, de la maison de Gantelmes, qui tenait de son temps cour d'amour ouverte et planière en son château de Romanin, près la ville de Saint-Remy, en Provence, tante de Laurette d'Avignon de la maison de Sado, tant célébrée par le poète Pétrarque. »

A l'article de Laurette, on lit que Laurette de Sade, célébrée par Pétrarque, vivait à Avignon vers l'an 1341, qu'elle fut instruite par Phanette de Gantelmes sa tante, dame de Romanin; que « toutes deux romansoyent promptement en toute sorte de rithme provensalle, suyvant ce qu'en a escrit le monge des Isles d'Or, les œuvres desquelles rendent ample tesmoignage de leur doctrine... Il est vray (dict le monge) que Phanette ou Estephanette, comme très excellente en la poésie, avoit une fureur ou inspiration divine, laquelle fureur estoit estimée un vray don de Dieu; elles estoyent accompagnées de plusieurs... dames illustres et généreuses * de Provence, qui fleurissoyent de ce temps en Avignon, lorsque la cour romaine y résidoit, qui s'adonnoyent à l'estude des lettres, tenans cour d'amour ouverte et y deffinissoyent les questions d'amour qui y estoyent proposées et envoyées...

---

* Jehanne, dame de Baulx,
  Huguette de Forcarquier, dame de Trects,
  Briande d'Agoult, comtesse de la Lune,
  Mabille de Villeneufve, dame de Vence,
  Béatrix d'Agoult, dame de Sault,
  Ysoarde de Roquefeuilh, dame d'Ansoys,
  Anne, vicomtesse de Tallard,
  Blanche de Flassans, surnommée Blankaflour,
  Doulce de Monstiers, dame de Clumane,
  Antonette de Cadenet, dame de Lambesc,
  Magdalène de Sallon, dame dudict lieu,
  Rixende de Puyverd, dame de Trans.

Nostradamus, page 217.

« Guillen et Pierre Balz et Loys des Lascaris, comtes de Vintimille, de Tende et de La Brigue, personnages de grand renom, estant venus de ce temps en Avignon visiter Innocent VIe du nom, pape, furent ouyr les deffinitions et sentences d'amour prononcées par ces dames ; lesquels esmerveillez et ravis de leurs beaultés et savoir, furent surpris de leur amour. »

Les troubadours nommaient souvent, à la fin de leurs tensons, les dames qui devaient prononcer sur les questions qu'ils agitaient entre eux.

Un arrêt de la cour des dames de Gascogne porte :

« La cour des dames, assemblée en Gascogne, a établi, du consentement de *toute la cour,* cette constitution perpétuelle, etc., etc. »

La comtesse de Champagne, dans l'arrêt de 1174, dit :

« Ce jugement, que nous avons porté avec une extrême prudence, est appuyé de l'avis d'un très grand nombre de dames... »

On trouve dans un autre jugement :

« Le chevalier, pour la fraude qui lui avait été faite, dénonça toute cette affaire à la comtesse de Champagne, et demanda humblement que ce délit fût soumis au jugement de la comtesse de Champagne et des autres dames.

« La comtesse, ayant appelé auprès d'elle soixante dames, rendit ce jugement », etc.

André le Chapelain, duquel nous tirons ces renseignements, rapporte que le code d'amour avait été publié par une cour composée d'un grand nombre de dames et de chevaliers.

André nous a conservé la supplique qui avait été adressée à la comtesse de Champagne, lorsqu'elle décida par la négative cette question : « *Le véritable amour peut-il exister entre époux ?* »

Mais quelle était la peine encourue lorsqu'on n'obéissait pas aux arrêts des cours d'amour ?

Nous voyons la cour de Gascogne ordonner que tel de

ses jugements serait observé comme constitution perpétuelle, et que les dames qui n'y obéiraient pas encourraient
l'inimitié de toute dame honnête.

Jusqu'à quel point l'opinion sanctionnait-elle les arrêts
des cours d'amour ?

Y avait-il autant de honte à s'y soustraire qu'aujour-
d'hui à une affaire commandée par l'honneur ?

Je ne trouve rien dans André ou dans Nostradamus qui
me mette à même de résoudre cette question.

Deux troubadours, Simon Doria et Lanfranc Cigalla,
agitèrent la question : « Qui est plus digne d'être aimé : ou
celui qui donne libéralement, ou celui qui donne malgré
soi afin de passer pour libéral ? »

Cette question fut soumise aux dames de la cour
d'amour de Pierrefeu et de Signe, mais les deux troubadours, ayant été mécontents du jugement, recoururent à la
cour d'amour souveraine des dames de Romanin *.

La rédaction des jugements est conforme à celle des
tribunaux judiciaires de cette époque.

Quelle que soit l'opinion du lecteur sur le degré
d'importance qu'obtenaient les cours d'amour dans l'attention des contemporains, je le prie de considérer quels
sont aujourd'hui, en 1822, les sujets de conversation des
dames les plus considérées et les plus riches de Toulon et
de Marseille.

N'étaient-elles pas plus gaies, plus spirituelles, plus
heureuses en 1174 qu'en 1822 ?

Presque tous les arrêts des cours d'amour ont des
considérants fondés sur les règles du code d'amour.

Ce code d'amour se trouve en entier dans l'ouvrage
d'André le chapelain.

Il y a trente et un articles ; les voici :

---

* Nostradamus, page 131.

CODE D'AMOUR DU XIIe SIÈCLE

1.

L'allégation de mariage n'est pas excuse légitime contre l'amour.

2.

Qui ne sait celer, ne sait aimer.

3.

Personne ne peut se donner à deux amours.

4.

L'amour peut toujours croître ou diminuer.

5.

N'a pas de saveur ce que l'amant prend de force à l'autre amant.

6.

Le mâle n'aime d'ordinaire qu'en pleine puberté.

7.

On prescrit à l'un des amants, pour la mort de l'autre, une viduité de deux années.

8.

Personne sans raison plus que suffisante ne doit être privé de son droit en amour.

9.

Personne ne peut aimer s'il n'est engagé par la persuasion d'amour (par l'espoir d'être aimé).

10.

L'amour d'ordinaire est chassé de la maison par l'avarice.

11.

Il ne convient pas d'aimer celle qu'on aurait honte de désirer en mariage.

12.

L'amour véritable n'a désir de caresses que venant de celle qu'il aime.

13.

Amour divulgué est rarement de durée.

14.

Le succès trop facile ôte bientôt son charme à l'amour : les obstacles lui donnent du prix.

15.

Toute personne qui aime pâlit à l'aspect de ce qu'elle aime.

16.

A la vue imprévue de ce qu'on aime, on tremble.

17.

Nouvel amour chasse l'ancien.

18.

Le mérite seul rend digne d'amour.

19.

L'amour qui s'éteint tombe rapidement, et rarement se ranime.

20.

L'amoureux est toujours craintif.

21.

Par la jalousie véritable l'affection d'amour croît toujours.

22.

Du soupçon et de la jalousie qui en dérive croît l'affection d'amour.

23.

Moins dort et moins mange celui qu'assiège pensée d'amour.

24.

Toute action de l'amant se termine par penser à ce qu'il aime.

25.

L'amour véritable ne trouve rien de bien que ce qu'il sait plaire à ce qu'il aime.

26.

L'amour ne peut rien refuser à l'amour.

27.

L'amant ne peut se rassasier de la jouissance de ce qu'il aime.

28.

Une faible présomption fait que l'amant soupçonne des choses sinistres de ce qu'il aime.

29.

L'habitude trop excessive des plaisirs empêche la naissance de l'amour.

30.

Une personne qui aime est occupée par l'image de ce qu'elle aime assidûment et sans interruption.

31.

Rien n'empêche qu'une femme ne soit aimée par deux hommes, et un homme par deux femmes *.

* 1. *Causa conjugii ab amore non est excusatio recta.*
2. *Qui non celat, amare non potest.*
3. *Nemo duplici potest amore ligari.*
4. *Semper amorem minui vel crescere constat.*
5. *Non est sapidum quod amans ab invito sumit amante.*
6. *Masculus non solet nisi in plena pubertate amare.*
7. *Biennalis viduitas pro amante defuncto superstiti præscribitur amanti.*
8. *Nemo, sine rationis excessu, suo debet amore privari.*
9. *Amare nemo potest, nisi qui amoris suasione compellitur.*
10. *Amor semper ab avaritiæ consuevit domiciliis exulare.*
11. *Non decet amare quarum pudor est nuptias affectare.*
12. *Verus amans alterius nisi suæ coamantis ex affectu non cupit amplexus.*
13. *Amor raro consuevit durare vulgatus.*
14. *Facilis perceptio contemptibilem reddit amorem, difficilis eum parum facit haberi.*
15. *Omnis consuevit amans in coamantis aspectu pallescere.*
16. *In repentina coamantis visione, cor tremescit amantis.*
17. *Novus amor veterem compellit abire.*
18. *Probitas sola quemcumque dignum facit amore.*
19. *Si amor minuatur, cito deficit et raro convalescit.*
20. *Amorosus semper est timorosus.*
21. *Ex vera zelotypia affectus semper crescit amandi.*
22. *De coamante suspicione percepta zelus interea et affectus crescit amandi.*
23. *Minus dormit et edit quem amoris cogitatio vexat.*
24. *Quilibet amantis actus in coamantis cogitatione finitur.*
25. *Verus amans nihil beatum credit, nisi quod cogitat amanti placere.*
26. *Amor nihil posset amori denegare.*
27. *Amans coamantis solatiis satiari non potest.*
28. *Modica præsumptio cogit amantem de coamante suspicari sinistra.*
29. *Non solet amare quem nimia voluptatis abundantia vexat.*
30. *Verus amans assidua, sine intermissione, coamantis imagine detinetur.*
31. *Unam feminam nihil prohibet a duobus amari, et a duabus mulieribus unum.*

Voici le dispositif d'un jugement rendu par une cour d'amour :

QUESTION : « Le véritable amour peut-il exister entre personnes mariées ? »

JUGEMENT de la comtesse de Champagne : « Nous disons et assurons, par la teneur des présentes, que l'amour ne peut étendre ses droits sur deux personnes mariées. En effet, les amants s'accordent tout, mutuellement et gratuitement, sans être contraints par aucun motif de nécessité, tandis que les époux sont tenus, par devoir, de subir réciproquement leurs volontés, et de ne se refuser rien les uns aux autres...

« Que ce jugement, que nous avons rendu avec une extrême prudence, et d'après l'avis d'un grand nombre d'autres dames, soit pour vous d'une vérité constante et irréfragable. Ainsi jugé, l'an 1174, le troisième jour des calendes de mai, indiction VIIe*. »

NOTICE SUR ANDRÉ LE CHAPELAIN

André paraît avoir écrit vers l'an 1176.

On trouve à la Bibliothèque du roi (n° 8758) un manuscrit de l'ouvrage d'André qui a jadis appartenu à Baluze. Voici le premier titre : *Hic incipiunt capitula libri de Arte amatoria et reprobatione amoris.*

---

* « *Utrum inter conjugatos amor possit habere locum ?*
« *Dicimus enim et stabilito tenore firmamus amorem non posse inter duos jugales suas exendere vires, nam amantes sibi invicem gratis omnia largiuntur, nullius necessitatis ratione cogente ; jugales vero mutuis tenentur ex debito voluntatibus obedire et in nullo seipsos sibi ad invicem denegare...*
« *Hoc igitur nostrum judicium cum nimia moderatione prolatum, et aliarum quamplurium dominarum consilio roboratum, pro indubitabili vobis sit ac veritate constanti.*
« *Ab anno M. C. LXXIV, tertio calend. maii, indictione VII.* »

Fol. 56.

Ce jugement est conforme à la première règle du code d'amour : « *Causa conjugii, non est ab amore excusatio recta.* »

Ce titre est suivi de la table des chapitres.

Ensuite on lit ce second titre :

Incipit liber de Arte amandi et de reprobatione amoris, editus et compilatus magistro Andrea Francorum aulæ regiaæ capellano, ad Galterium amicum suum, cupientem in amoris exercitu militare : in quo quidem libro, cujusque gradus et ordinis mulier ab homine cujusque conditionis et status ad amorem sapientissime invitatur ; et ultimo in fine ipsius libri de amoris reprobatione subjungitur.

Crescimbeni, *Vite de' poeti provenzali,* article *Percivalle Doria,* cite un manuscrit de la bibliothèque de Niccolò Bargiacchi à Florence, et en rapporte divers passages; ce manuscrit est une traduction du traité d'André, le chapelain. L'académie de la Crusca l'a admise parmi les ouvrages qui ont fourni des exemples pour son diction- naire.

Il y a eu diverses éditions de l'original latin. Frid. Otto Menckenius, dans ses *Miscellanea Lipsiensia nova,* Lipsiæ, 1751, tome VIII, partie I, page 545 et suiv., indique une très ancienne édition sans date et sans lieu d'impression, qu'il juge être du commencement de l'imprimerie : *Trac- tatus amoris et de amoris remedio Andreæ capellani papæ Innocentii quarti.*

Une seconde édition de 1610 porte ce titre :

Erotica seu amatoria Andreæ capellani regii, vetustissimi scriptoris ad venerandum suum amicum Gwalterium scripta, nunquam ante hac edita, sed sæpius a multis desiderata ; nunc tandem fide diversorum mss. codicum in publicum emissa a Dethmaro Mulhero, Dorpmundæ, typis Westhovianis, anno Vna Caste et Vere amanda.

Une troisième édition porte : « Tremoniæ, typis Wes- thovianis, anno 1614. »

André divise ainsi méthodiquement le sujet qu'il se propose de traiter :

1° *Quid sit amor et unde dicatur* *.

2° *Quid sit effectus amoris.*

3° *Inter quos possit esse amor.*

4° *Qualiter amor acquiratur, retineatur, augmentetur, minuatur, finiatur.*

5° *De notitia mutui amoris, et quid unus amantium agere debeat altero fidem fallente.*

Chacune de ces questions est traitée en plusieurs paragraphes.

André fait parler alternativement l'amant et la dame. La dame fait des objections, l'amant cherche à la convaincre par des raisons plus ou moins subtiles. Voici un passage que l'auteur met dans la bouche de l'amant :

« ... *Sed si forte horum sermonum te perturbet obscuritas, eorum tibi sentenciam indicabo* **.

Ab antiquo igitur quatuor sunt in amore gradus distincti :

Primus : in spei datione consistit.

Secundus : in osculi exhibitione.

Tertius : in amplexus fruitione.

Quartus : in totius concessione personæ finitur. »

---

* Ce qu'est l'amour et d'où il prend nom.

Quel est l'effet d'amour.

Entre quelles personnes peut exister amour.

De quelle façon l'amour s'acquiert, se conserve, augmente, diminue, finit.

A quels signes connaît-on d'être réaimé, et ce que doit faire l'un des amants quand l'autre manque à sa foi.

** Mais si par hasard l'obscurité de ce discours vous embarrasse, je vais vous en donner le sommaire.

De toute antiquité il y a en amour quatre degrés différents :

Le premier consiste à donner des espérances. Le second dans l'offre du baiser.

Le troisième dans la jouissance des embrassements les plus intimes.

Le quatrième dans l'octroi de toute la personne.

COMPLÉMENTS

PRÉFACE *

Cet ouvrage n'a eu aucun succès ; on l'a trouvé inintelligible, non sans raison. Aussi, dans cette nouvelle édition, l'auteur a-t-il cherché surtout à rendre ses idées avec clarté. Il a raconté comment elles lui étaient venues ; il a fait une préface, une introduction, tout cela pour être clair ; et, malgré tant de soins, sur cent lecteurs qui ont lu *Corinne* [2], il n'y en a pas quatre qui comprendront ce livre-ci.

Quoiqu'il traite de l'amour, ce petit volume n'est point un roman, et surtout n'est pas amusant comme un roman. C'est tout uniment une description exacte et scientifique d'une sorte de folie très rare en France. L'empire des convenances, qui s'accroît tous les jours, plus encore par l'effet de la crainte du ridicule qu'à cause de la pureté de nos mœurs, a fait du mot qui sert de titre à cet ouvrage une parole qu'on évite de prononcer toute seule, et qui peut même sembler choquante. J'ai été forcé d'en faire usage ; mais l'austérité scientifique du langage me met, je pense, à l'abri de tout reproche à cet égard.

. . . .

Je connais un ou deux secrétaires de légation qui, à leur retour, pourront me rendre ce service. Jusque-là que

* Mai 1826 [1].

pourrais-je dire aux gens qui nient les faits que je raconte ?
Les prier de ne pas m'écouter.

On peut reprocher de l'*égotisme*[3] à la forme que j'ai
adoptée. On permet à un voyageur de dire : « J'étais à
New York, de là *je* m'embarquai pour l'Amérique du Sud,
je remontai jusqu'à Santa-Fé-de-Bogota. Les cousins et les
moustiques *me* désolèrent pendant la route, et *je* fus privé,
pendant trois jours, de l'usage de l'œil droit. »

On n'accuse point ce voyageur d'aimer à parler de soi,
on lui pardonne tous ces *je* et tous ces *moi*, parce que c'est
la manière la plus claire et la plus intéressante de raconter
ce qu'il a vu.

C'est pour être clair et pittoresque, s'il le peut, que
l'auteur du présent voyage dans les régions peu connues
du cœur humain dit : « J'allai avec Mme Gherardi aux
mines de sel de Hallein... La princesse Crescenzi me disait
à Rome... Un jour, à Berlin, je vis le beau capitaine L... »
Toutes ces petites choses sont réellement arrivées à
l'auteur, qui a passé quinze ans en Allemagne et en Italie.
Mais, plus curieux que sensible, jamais il n'a rencontré la
moindre aventure, jamais il n'a éprouvé aucun sentiment
personnel qui méritât d'être raconté ; et, si on veut lui
supposer l'orgueil de croire le contraire, un orgueil plus
grand l'eût empêché d'imprimer son cœur et de le vendre
au public pour six francs, comme ces gens qui, de leur
vivant, impriment leurs Mémoires.

En 1822, lorsqu'il corrigeait les épreuves de cette
espèce de voyage moral en Italie et en Allemagne, l'auteur,
qui avait décrit les objets le jour où il les avait vus, traita le
manuscrit, qui contenait la description circonstanciée de
toutes les phases de la maladie de l'âme nommée *amour*,
avec ce respect aveugle que montrait un savant du
XIVe siècle pour un manuscrit de Lactance ou de Quinte-
Curce qu'on venait de déterrer. Quand l'auteur rencontrait quelque passage obscur, et, à vrai dire, souvent cela
lui arrivait, il croyait toujours que c'était le *moi* d'aujour-

d'hui qui avait tort. Il avoue que son respect pour l'ancien manuscrit est allé jusqu'à imprimer plusieurs passages qu'il ne comprenait plus lui-même. Rien de plus fou pour qui eût songé aux suffrages du public ; mais l'auteur, revoyant Paris après de longs voyages, croyait impossible d'obtenir un succès sans faire des bassesses auprès des journaux. Or, quand on fait tant que de faire des bassesses, il faut les réserver pour le premier ministre. Ce qu'on appelle un succès étant hors de la question, l'auteur s'amusa à publier ses pensées exactement telles qu'elles lui étaient venues. C'est ainsi qu'en agissaient jadis ces philosophes de la Grèce, dont la sagesse pratique le ravit en admiration.

Il faut des années pour pénétrer dans l'intimité de la société italienne. Peut-être aurai-je été le dernier voyageur en ce pays. Depuis le *carbonarisme* et l'invasion des Autrichiens, jamais étranger ne sera reçu en ami dans les salons où régnait une joie si folle. On verra les monuments, les rues, les places publiques d'une ville, jamais la société ; l'étranger fera toujours peur ; les habitants soupçonneront qu'il est un espion, ou craindront qu'il ne se moque de la bataille d'Antrodoco [4] et des bassesses indispensables en ce pays pour n'être pas persécuté par les huit ou dix ministres ou favoris qui entourent le prince. J'aimais réellement les habitants, et j'ai pu voir la vérité. Quelquefois, pendant dix mois de suite, je n'ai pas prononcé un seul mot de français, et, sans les troubles et le *carbonarisme,* je ne serais jamais rentré en France [5]. La bonhomie est ce que je prise avant tout.

Malgré beaucoup de soins pour être clair et lucide, je ne puis faire des miracles ; je ne puis pas donner des oreilles aux sourds ni des yeux aux aveugles. Ainsi les gens à argent et à grosse joie, qui ont gagné cent mille francs dans l'année qui a précédé le moment où ils ouvrent ce livre, doivent bien vite le fermer, surtout s'ils sont banquiers, manufacturiers, respectables industriels, c'est-à-dire gens à idées éminemment positives. Ce livre serait moins inintelligible pour qui aurait gagné beaucoup d'argent à la Bourse ou à la loterie. Un tel gain peut se rencontrer à côté de l'habitude de passer des heures entières dans la rêverie, et à jouir de l'émotion que vient de donner un tableau de Prud'hon, une phrase de Mozart, ou enfin un certain regard singulier d'une femme à laquelle vous pensez souvent. Ce n'est point ainsi que *perdent leur temps* les gens qui payent deux mille ouvriers à la fin de chaque semaine ; leur esprit est toujours tendu à l'utile et au positif. Le rêveur dont je parle est l'homme qu'ils haïraient s'ils en avaient le loisir ; c'est celui qu'ils prendraient volontiers pour plastron de leurs bonnes plaisanteries. L'industriel millionnaire sent confusément qu'un tel homme place dans son estime une pensée avant un sac de mille francs [6].

Je récuse ce jeune homme studieux qui, dans la même année où l'industriel gagnait cent mille francs, s'est donné la connaissance du grec moderne, ce dont il est si fier, que déjà il aspire à l'arabe. Je prie de ne pas ouvrir ce livre tout homme qui n'a pas été malheureux pour des causes imaginaires *étrangères à la vanité,* et qu'il aurait grande honte de voir divulguer dans les salons.

Je suis bien assuré de déplaire à ces femmes qui, dans ces mêmes salons, emportent d'assaut la considération par une affectation de tous les instants. J'en ai surpris de bonne foi pour un moment, et tellement étonnées, qu'en s'interrogeant elles-mêmes, elles ne pouvaient plus savoir si un tel sentiment qu'elles venaient d'exprimer avait été naturel ou affecté. Comment ces femmes pourraient-elles juger de la peinture de sentiments vrais ? Aussi cet ouvrage a-t-il été leur *bête noire ;* elles ont dit que l'auteur devait être un homme infâme.

Rougir tout à coup, lorsqu'on vient à songer à certaines actions de sa jeunesse ; avoir fait des sottises par tendresse d'âme et s'en affliger, non pas parce qu'on fut ridicule aux yeux du salon, mais bien aux yeux d'une certaine personne dans ce salon ; à vingt-six ans, être amoureux de bonne foi d'une femme qui en aime un autre, ou bien encore (mais la chose est si rare, que j'ose à peine l'écrire de peur de retomber dans les *inintelligibles*, comme lors de la première édition), ou bien encore, en entrant dans le salon où est la femme que l'on croit aimer, ne songer qu'à lire dans ses yeux ce qu'elle pense de nous en cet instant, et n'avoir nulle idée de *mettre de l'amour* dans nos propres regards : voilà les antécédents que je demanderai à mon lecteur. C'est la description de beaucoup de ces sentiments fins et rares qui a semblé obscure aux hommes à idées positives. Comment faire pour être clair à leurs yeux ? Leur annoncer une hausse de cinquante centimes, ou un changement dans le tarif des douanes de la Colombie*.

Le livre qui suit explique simplement, raisonnablement, mathématiquement, pour ainsi dire, les divers sentiments qui se succèdent les uns aux autres, et dont l'ensemble s'appelle la passion de l'amour.

Imaginez une figure de géométrie assez compliquée, tracée avec du crayon blanc sur une grande ardoise : eh bien ! je vais expliquer cette figure de géométrie ; mais une condition nécessaire, c'est qu'il faut qu'elle *existe déjà* sur l'ardoise ; je ne puis la tracer moi-même. Cette impossibilité est ce qui rend si difficile de faire sur l'amour un livre qui ne soit pas un roman. Il faut, pour suivre avec intérêt un *examen philosophique* de ce sentiment, autre chose que de l'esprit chez le lecteur ; il est de toute nécessité qu'il ait vu l'amour. Or où peut-on voir une passion ?

Voilà une cause d'obscurité que je ne pourrai jamais éloigner.

---

* On me dit : « Ôtez ce morceau, rien de plus vrai ; mais gare les industriels ; ils vont crier à l'aristocrate. » — En 1817, je n'ai pas craint les procureurs généraux ; pourquoi aurais-je peur des millionnaires en 1826 ? Les vaisseaux fournis au pacha d'Égypte m'ont ouvert les yeux sur leur compte, et je ne crains que ce que j'estime.

L'amour est comme ce qu'on appelle au ciel la *voie lactée,* un amas brillant formé par des milliers de petites étoiles, dont chacune est souvent une nébuleuse. Les livres ont noté quatre ou cinq cents des petits sentiments successifs et si difficiles à reconnaître qui composent cette passion, et les plus grossiers, et encore en se trompant souvent et prenant l'accessoire pour le principal. Les meilleurs de ces livres, tels que *la Nouvelle Héloïse,* les romans de Mme Cottin, les *Lettres* de Mlle Lespinasse, *Manon Lescaut,* ont été écrits en France, pays où la plante nommée amour a toujours peur du ridicule, est étouffée par les exigences de la passion *nationale,* la vanité, et n'arrive presque jamais à toute sa hauteur.

Qu'est-ce donc que connaître l'amour par les romans? que serait-ce après l'avoir vu décrit dans des centaines de volumes à réputation, mais ne l'avoir jamais senti, que chercher dans celui-ci l'explication de cette folie? je répondrai comme un écho : « C'est folie. »

Pauvre jeune femme désabusée, voulez-vous jouir encore de ce qui vous occupa tant il y a quelques années, dont vous n'osâtes parler à personne, et qui faillit vous perdre d'honneur? C'est pour vous que j'ai refait ce livre et cherché à le rendre plus clair. Après l'avoir lu, n'en parlez jamais qu'avec une petite phrase de mépris, et jetez-le dans votre bibliothèque de citronnier, derrière les autres livres; j'y laisserais même quelques pages non coupées.

Ce n'est pas seulement quelques pages non coupées qu'y laissera l'être imparfait, qui se croit philosophe parce qu'il resta toujours étranger à ces émotions folles qui font dépendre d'un regard tout notre bonheur d'une semaine. D'autres, arrivant à l'âge mûr, mettent toute leur vanité à oublier qu'un jour ils purent s'abaisser au point de faire la cour à une femme et de s'exposer à l'humiliation d'un refus; ce livre aura leur haine. Parmi tant de gens d'esprit que j'ai vus condamner cet ouvrage par diverses raisons, mais toujours avec colère, les seuls qui m'aient semblé ridicules sont ces hommes qui ont la double vanité de prétendre avoir toujours été au-dessus des faiblesses du cœur, et toutefois posséder assez de pénétration pour juger *a priori* du degré d'exactitude d'un traité philosophique, qui n'est qu'une description suivie de toutes ces faiblesses.

Les personnages graves, qui jouissent dans le monde du renom d'hommes sages et nullement romanesques, sont bien plus près de comprendre un roman, quelque passionné qu'il soit, qu'un livre philosophique, où l'auteur décrit froidement les diverses phases de la maladie de l'âme nommée *amour*. Le roman les émeut un peu; mais à l'égard du traité philosophique, ces hommes sages sont comme des aveugles qui se feraient lire une description des tableaux du Musée, et qui diraient à l'auteur : « Avouez, monsieur, que votre ouvrage est horriblement obscur. » Et qu'arrivera-t-il si ces aveugles se trouvent des gens d'esprit, depuis longtemps en possession de cette dignité, et ayant souverainement la prétention d'être clairvoyants ? Le pauvre auteur sera joliment traité. C'est aussi ce qui lui est arrivé lors de la première édition. Plusieurs exemplaires ont été actuellement brûlés par la vanité furibonde de gens de beaucoup d'esprit. Je ne parle pas des injures, non moins flatteuses par leur fureur : l'auteur a été déclaré grossier, immoral, écrivant pour le peuple, homme dangereux, etc. Dans les pays usés par la monarchie, ces titres sont la récompense la plus assurée de qui s'avise d'écrire sur la morale et ne dédie pas son livre à la Mme Dubarry du jour. Heureuse la littérature si elle n'était pas à la mode, et si les seules personnes pour qui elle est faite voulaient bien s'en occuper ! Du temps du Cid, Corneille n'était qu'*un bon homme* pour M. le marquis de Dangeau *. Aujourd'hui, tout le monde se croit fait pour lire M. de Lamartine; tant mieux pour son libraire; mais tant pis et cent fois tant pis pour ce grand poète. De

---

* Voir page 120 des *Mémoires de Dangeau*, édition Genlis.

nos jours, le génie a des ménagements pour des êtres auxquels il ne devrait jamais songer sous peine de déroger.

La vie laborieuse, active, tout estimable, toute positive, d'un conseiller d'Etat, d'un manufacturier de tissus de coton ou d'un banquier fort alerte pour les emprunts, est récompensée par des millions, et non par des sensations tendres. Peu à peu le cœur de ces messieurs s'ossifie; le positif et l'utile sont tout pour eux, et leur âme se ferme à celui de tous les sentiments qui a le plus grand besoin de loisir, et qui rend le plus incapable de toute occupation raisonnable et suivie.

Toute cette préface n'est faite que pour crier que ce livre-ci a le malheur de ne pouvoir être compris que par des gens qui se sont trouvé le loisir de faire des folies. Beaucoup de personnes se tiendront pour offensées, et j'espère qu'elles n'iront pas plus loin.

DEUXIÈME PRÉFACE *

Je n'écris que pour cent lecteurs, et de ces êtres malheureux, aimables, charmants, point hypocrites, point *moraux,* auxquels je voudrais plaire [1]; j'en connais à peine un ou deux. De tout ce qui ment pour avoir de la considération comme écrivain, je n'en fais aucun cas. Ces belles dames-là doivent lire le compte de leur cuisinière et le sermonnaire à la mode, qu'il s'appelle Massillon ou Mme Necker, pour pouvoir en parler avec les femmes graves qui dispensent la considération. Et qu'on le remarque bien, ce beau grade s'obtient toujours, en France, en se faisant le grand prêtre de quelque sottise. Avez-

* Mai 1834.

vous été dans votre vie six mois malheureux par amour ?
dirais-je à quelqu'un qui voudrait lire ce livre.

Ou, si votre âme n'a senti dans la vie d'autre malheur
que celui de penser à un procès, ou de n'être pas nommé
député à la dernière élection, ou de passer pour avoir
moins d'esprit qu'à l'ordinaire à la dernière saison des
eaux d'Aix, — je continuerai mes questions indiscrètes, et
vous demanderai si vous avez lu dans l'année quelqu'un
de ces ouvrages insolents qui forcent le lecteur à penser ?
Par exemple, l'*Emile* de J.-J. Rousseau, ou les six volumes
de Montaigne ? Que si vous n'avez jamais été malheureux
par cette faiblesse des âmes fortes, que si vous n'avez pas
l'habitude, contre nature, de penser en lisant, ce livre-ci
vous donnera de l'humeur contre l'auteur ; car il vous fera
soupçonner qu'il existe un certain bonheur que vous ne
connaissez pas, et que connaissait Mlle de Lespinasse.

TROISIÈME PRÉFACE [*]

Je viens solliciter l'indulgence du lecteur pour la forme
singulière de cette *physiologie de l'amour* [2].

Il y a vingt-huit ans que les bouleversements qui
suivirent la chute de Napoléon me privèrent de mon état
et me jetèrent, immédiatement après les horreurs de la
retraite de Russie, au milieu d'une ville aimable où je
comptais bien passer le reste de mes jours, ce qui
m'enchantait. Dans l'heureuse Lombardie, à Milan, à
Venise, la grande, ou, pour mieux dire, l'unique affaire de
la vie, c'est le plaisir. Là, aucune attention pour les faits et
gestes du voisin ; on ne s'y préoccupe de ce qui nous arrive

---

[*] Terminée le 15 mars 1842 ; Beyle est mort le 23 du même mois, c'est
donc très probablement son dernier écrit. (*Note de Romain Colomb* [1].)

qu'à peine. Si l'on aperçoit l'existence du voisin, on ne songe pas à le haïr. Si l'on ôte l'envie des occupations d'une ville de province, en France, que reste-t-il? L'absence, l'impossibilité de la cruelle envie, forme la partie la plus certaine de ce bonheur, qui attire tous les provinciaux à Paris.

A la suite des bals masqués du carnaval de 1820, qui furent plus brillants que de coutume, la société de Milan vit éclater cinq ou six démarches complètement folles; bien que l'on soit accoutumé dans ce pays-là à des choses qui passeraient pour incroyables en France, l'on s'en occupa un mois entier. Le ridicule ferait peur dans ce pays-ci à des actions tellement baroques; j'ai besoin de beaucoup d'audace seulement pour oser en parler.

Un soir, qu'on raisonnait profondément sur les effets et les causes de ces extravagances, chez l'aimable Mme Pietragrua[3], qui, par extraordinaire, ne se trouvait mêlée à aucune de ces folies, je vins à penser qu'avant un an, peut-être, il ne me resterait qu'un souvenir bien incertain de ces faits étranges et des causes qu'on leur attribuait. Je me saisis d'un programme de concert, sur lequel j'écrivis quelques mots au crayon. On voulut faire un *pharaon;* nous étions trente assis autour d'une table verte; mais la conversation était tellement animée, qu'on oubliait de jouer. Vers la fin de la soirée survint le colonel Scotti, un des hommes les plus aimables de l'armée italienne; on lui demanda son contingent de circonstances relatives aux faits bizarres qui nous occupaient; il nous raconta, en effet, des choses dont le hasard l'avait rendu le confident, et qui leur donnaient un aspect tout nouveau. Je repris mon programme de concert, et j'ajoutai ces nouvelles circonstances.

Ce recueil de particularités sur l'amour a été continué de la même manière, au crayon et sur des chiffons de papier, pris dans les salons où j'entendais raconter les anecdotes. Bientôt je cherchai une loi commune pour reconnaître les divers degrés. Deux mois après, la peur d'être pris pour un *carbonaro* me fit revenir à Paris, seulement pour quelques mois, à ce que je croyais; mais jamais je n'ai revu Milan, où j'avais passé sept années.

A Paris, je mourais d'ennui; j'eus l'idée de m'occuper encore de l'aimable pays d'où la peur m'avait chassé; je réunis en liasse mes morceaux de papier, et je fis cadeau du cahier à un libraire; mais bientôt une difficulté survint; l'imprimeur déclara qu'il lui était impossible de travailler sur des notes écrites au crayon. Je vis bien qu'il trouvait cette sorte de copie au-dessous de sa dignité. Le jeune apprenti d'imprimerie qui me rapportait mes notes paraissait tout honteux du mauvais compliment dont on l'avait chargé; il savait écrire : je lui dictai les notes au crayon [4].

Je compris aussi que la discrétion me faisait un devoir de changer les noms propres et surtout d'écourter les anecdotes. Quoiqu'on ne lise guère à Milan, ce livre, si on l'y portait, eût pu sembler une atroce méchanceté.

Je publiai donc un livre malheureux. J'aurai la hardiesse d'avouer qu'à cette époque j'avais l'audace de mépriser le style élégant. Je voyais le jeune apprenti tout occupé d'éviter les terminaisons de phrases peu sonores et les suites de mots formant des sons baroques. En revanche, il ne se faisait faute de changer à tout bout de champ les circonstances des faits difficiles à exprimer : Voltaire, lui-même, a peur des choses difficiles à dire.

L'*Essai sur l'Amour* ne pouvait valoir que par le nombre de petites nuances de sentiment que je priais le lecteur de vérifier dans ses souvenirs, s'il était assez heureux pour en avoir. Mais il y avait bien pis; j'étais alors, comme toujours, fort peu expérimenté en choses littéraires; le libraire auquel j'avais fait cadeau du manuscrit l'imprima sur mauvais papier et dans un format ridicule. Aussi, me dit-il au bout d'un mois, comme je lui demandais des nouvelles du livre : « On peut dire qu'il est sacré, car personne n'y touche. »

Je n'avais pas même eu l'idée de solliciter des articles dans les journaux; une telle chose m'eût semblé une ignominie. Aucun ouvrage, cependant, n'avait un plus pressant besoin d'être recommandé à la patience du lecteur. Sous peine de paraître inintelligible dès les premières pages, il fallait porter le public à accepter le mot nouveau de *cristallisation*, proposé pour exprimer vivement cet ensemble de folies étranges que l'on se figure comme vraies et même comme indubitables à propos de la personne aimée.

En ce temps-là, tout pénétré, tout amoureux des moindres circonstances que je venais d'observer dans cette Italie que j'adorais, j'évitais soigneusement toutes les concessions, toutes les aménités de style qui eussent pu rendre l'*Essai sur l'Amour* moins singulièrement baroque aux yeux des gens de lettres.

D'ailleurs, je ne flattais point le public; c'était l'époque où, toute froissée de nos malheurs, si grands et si récents, la littérature semblait n'avoir d'autre occupation que de consoler notre vanité malheureuse; elle faisait rimer gloire avec victoire, guerriers avec lauriers, etc. L'ennuyeuse littérature de cette époque semble ne chercher jamais les circonstances vraies des sujets qu'elle a l'air de traiter; elle ne veut qu'une occasion de compliments pour ce peuple esclave de la mode, qu'un grand homme avait appelé la grande nation, oubliant qu'elle n'était grande qu'avec la condition de l'avoir pour chef.

Le résultat de mon ignorance des conditions du plus humble succès fut de ne trouver que dix-sept lecteurs de 1822 à 1833; c'est à peine si, après vingt ans d'existence, l'*Essai sur l'Amour* a été compris d'une centaine de curieux. Quelques-uns ont eu la patience d'observer les diverses phases de cette maladie chez les personnes atteintes autour d'eux; car, pour comprendre cette passion, que depuis trente ans la peur du ridicule cache avec tant de soin parmi nous, il faut en parler comme d'une maladie; c'est par ce chemin-là que l'on peut arriver quelquefois à la guérir.

Ce n'est, en effet, qu'après un demi-siècle de révolutions qui tour à tour se sont emparées de toute notre attention; ce n'est, en effet, qu'après cinq changements complets dans la forme et dans les tendances de nos gouvernements, que la révolution commence seulement à entrer dans nos mœurs. L'amour, ou ce qui le remplace le plus communément en lui volant son nom, l'amour pouvait tout en France sous Louis XV : les femmes de la cour faisaient des colonels; cette place n'était rien moins que la plus belle du pays. Après cinquante ans, il n'y a plus de cour, et les femmes les plus accréditées dans la bourgeoisie régnante, ou dans l'aristocratie boudante, ne parviendraient pas à faire donner un débit de tabac dans le moindre bourg.

Il faut bien l'avouer, les femmes ne sont plus à la mode; dans nos salons si brillants, les jeunes gens de vingt ans affectent de ne point leur adresser la parole; ils aiment bien mieux entourer le parleur grossier qui, avec son accent de province, traite de la question des *capacités*, et tâcher d'y glisser leur mot. Les jeunes gens riches qui se piquent de paraître frivoles, afin d'avoir l'air de continuer la bonne compagnie d'autrefois, aiment bien mieux parler *chevaux* et jouer gros jeu dans des *cercles* où les femmes ne sont point admises. Le sang-froid mortel qui semble présider aux relations des jeunes gens avec les femmes de vingt-cinq ans, que l'ennui du mariage rend à la société, fera peut-être accueillir, par quelques esprits sages, ette description scrupuleusement exacte des phases successives de la maladie que l'on appelle amour.

L'effroyable changement qui nous a précipités dans l'ennui actuel et qui rend inintelligible la société de 1778, telle que nous la trouvons dans les lettres de Diderot à Mlle Volland, sa maîtresse, ou dans les mémoires de Mme d'Epinay, peut faire rechercher lequel de nos gou-

vernements successifs a tué parmi nous la faculté de
s'amuser, et nous a rapprochés du peuple le plus triste de
la terre. Nous ne savons pas même copier leur *parlement* et
l'honnêteté de leurs partis, la seule chose passable qu'ils
aient inventée. En revanche, la plus stupide de leurs tristes
conceptions, l'esprit de dignité, est venu remplacer parmi
nous la gaieté française, qui ne se rencontre plus guère que
dans les cinq cents bals de la banlieue de Paris, ou dans le
Midi de la France, passé Bordeaux.

Mais lequel de nos gouvernements successifs nous a
valu l'affreux malheur de nous *angliser ?* Faut-il accuser ce
gouvernement énergique de 1793, qui empêcha les étrangers de venir camper sur Montmartre ? ce gouvernement
qui, dans peu d'années, nous semblera héroïque, et forme
le digne prélude de celui qui, sous Napoléon, alla porter
notre nom dans toutes les capitales de l'Europe.

Nous oublierons le bêtise bien intentionnée du Direc-
toire, illustré par les talents de Carnot et par l'immortelle
campagne de 1796-1797, en Italie.

La corruption de la cour de Barras rappelait encore la
gaieté de l'ancien régime ; les grâces de Mme Bonaparte
montraient que nous n'avions dès lors aucune prédilection
pour la maussaderie et la morgue des Anglais.

La profonde estime dont, malgré l'esprit d'envie du
faubourg Saint-Germain, nous ne pûmes nous défendre
pour la façon de gouverner du premier consul, et les
hommes du premier mérite qui inondèrent la société de
Paris, tels que les Cretet, les Daru, les..., ne permettent
pas de faire peser sur l'Empire la responsabilité du
changement notable qui s'est opéré dans le caractère
français pendant cette première moitié du XIXe siècle.

Inutile de pousser plus loin mon examen : le lecteur
réfléchira et saura bien conclure...

DES FIASCO *

« Tout l'empire amoureux est rempli d'histoires tra-
giques », dit Mme de Sévigné, racontant le malheur de son
fils auprès de la célèbre Champmeslé.

Montaigne se tire fort bien d'un sujet si scabreux :

« Je suis encore en ce doute que ces plaisantes liaisons
d'aiguillettes, de quoy nostre monde se void si entravé,
qu'il ne se parle d'autre chose, ce sont volontiers des
impressions de l'appréhension et de la crainte; car je sçay
par expérience que tel de qui ie puis responde comme de
moy-mesme, en qui il ne pouvoit cheoir soupçon aucun de
foiblesse, et aussi peu d'enchantement, ayant oüy faire le
conte à un sien compagnon d'une défaillance extraordinaire, en quoy il estoit tombé sur le poinct qu'il en avoit le
moins de besoin, se trouvant en pareille occasion, l'horreur
de ce conte luy vint à coup si rudement frapper l'imagination, qu'il en courut une fortune pareille. Et de là en hors
fut subject à y recheoir, ce vilain souvenir de son inconvénient le gourmandant et le tyrannisant. Il trouva quelque
remède à cette resverie par une autre resverie. C'est que,
advouant luy-mesme, et preschant, avant la main, cette
sienne subjection, la contention de son asme se soulageoit
sur ce que, apportant ce mal comme attendu, son
obligation s'en amoindrissoit et lui en poisoit moins...

* Inédit. (*Note de Romain Colomb* [1].)

« Qui en a esté une fois capable n'en est plus incapable, sinon par juste foiblesse. Ce malheur n'est à craindre qu'aux entreprises où notre asme se trouve outre mesure tendue de désir et de respect... J'en sçay à qui il a servy d'y apporter le corps mesme, demy rassasié d'ailleurs... L'asme de l'assaillant, troublée de plusieurs diverses allarmes, se perd aisément... La bru de Pythagoras disoit que la femme qui se couche avec un homme doit avec sa cotte laisser quant et quant la honte, et la reprendre avec sa cotte[2]. »

Cette femme avait raison pour la galanterie et tort pour l'amour.

Le premier triomphe, mettant à part toute vanité, n'est directement agréable pour aucun homme :

1º A moins qu'il n'ait pas eu le temps de désirer cette femme et de la livrer à son imagination, c'est-à-dire à moins qu'il ne l'ait dans les premiers moments qu'il la désire. C'est le cas du plus grand plaisir physique possible ; car toute l'âme s'applique encore à voir les beautés sans songer aux obstacles.

2º Ou à moins qu'il ne soit question d'une femme absolument sans conséquence, une jolie femme de chambre, par exemple, une de ces femmes que l'on ne se souvient de désirer que quand on les voit. S'il entre un grain de passion dans le cœur, il entre un grain de *fiasco* possible.

3º Ou à moins que l'amant n'ait sa maîtresse d'une manière si imprévue, qu'elle ne lui laisse pas le temps de la moindre réflexion.

4º Ou à moins d'un amour dévoué et excessif de la part de la femme, et non senti au même degré par son amant.

Plus un homme est éperdument amoureux, plus grande est la violence qu'il est obligé de se faire pour oser toucher aussi familièrement, et risquer de fâcher un être qui, pour lui, semblable à la Divinité, lui inspire à la fois l'extrême amour et le respect extrême.

Cette crainte-là, suite d'une passion fort tendre, et dans *l'amour-goût* la mauvaise honte qui provient d'un immense désir de plaire et du manque de courage, forment un sentiment extrêmement pénible que l'on sent en soi insurmontable, et dont on rougit. Or, si l'âme est occupée à avoir de la honte et à la surmonter, elle ne peut pas être employée à avoir du plaisir ; car, avant de songer au plaisir, qui est un luxe, il faut que la *sûreté*, qui est le nécessaire, ne coure aucun risque.

Il est des gens qui, comme Rousseau, éprouvent de la mauvaise honte, même chez les filles ; ils n'y vont pas, car on ne les a qu'une fois, et cette première fois est désagréable.

Pour voir que, vanité à part, le premier triomphe est très souvent un effort pénible, il faut distinguer entre le plaisir de l'aventure et le bonheur du mouvement qui la suit ; on est tout content :

1º De se trouver enfin dans cette situation qu'on a tant désirée ; d'être en possession d'un bonheur parfait pour l'avenir, et d'avoir passé le temps de ces rigueurs si cruelles qui vous faisaient douter de l'amour de ce que vous aimiez ;

2º De s'en être bien tiré, et d'avoir échappé à un danger ; cette circonstance fait que ce n'est pas de la joie pure dans l'*amour-passion ;* on ne sait ce qu'on fait, et l'on est sûr de ce qu'on aime ; mais dans l'*amour-goût,* qui ne perd jamais la tête, ce moment est comme le retour d'un voyage ; on s'examine, et, si l'amour tient beaucoup de la vanité, on veut masquer l'examen ;

3º La partie vulgaire de l'âme jouit d'avoir emporté une victoire.

Pour peu que vous ayez de passion pour une femme, ou que votre imagination ne soit pas épuisée, si elle a la maladresse de vous dire un soir, d'un air tendre et interdit : « Venez demain à midi, je ne recevrai personne », par agitation nerveuse vous ne dormirez pas de la nuit :

l'on se figure de mille manières le bonheur qui nous attend; la matinée est un supplice; enfin, l'heure sonne, et il semble que chaque coup de l'horloge vous retentit dans le diaphragme. Vous vous acheminez vers la rue avec une palpitation; vous n'avez pas la force de faire un pas. Vous apercevez derrière sa jalousie la femme que vous aimez; vous montez en vous faisant courage... et vous faites le *fiasco d'imagination.*

M. Rapture, homme excessivement nerveux, artiste et tête étroite, me contait à Messine que, non seulement toutes les premières fois, mais même à tous les rendez-vous, il a toujours eu du malheur. Cependant, je croirais qu'il a été homme tout autant qu'un autre; du moins je lui ai connu deux maîtresses charmantes.

Quant au sanguin parfait (le vrai Français, qui prend tout du beau côté, le colonel Mathis), un rendez-vous pour demain à midi, au lieu de le tourmenter par excès de sentiment, peint tout en couleur de rose jusqu'au moment fortuné. S'il n'eût pas eu de rendez-vous, le sanguin se serait un peu ennuyé.

Voyez l'analyse de l'amour par Helvétius; je parierais qu'il sentait ainsi, et il écrivait pour la majorité des hommes. Ces gens-là ne sont guère susceptibles de *l'amour-passion;* il troublerait leur belle tranquillité; je crois qu'ils prendraient ses transports pour du malheur; du moins ils seraient humiliés de sa timidité.

Le sanguin ne peut connaître tout au plus qu'une espèce de *fiasco* moral : c'est lorsqu'il reçoit un rendez-vous de Messaline et que, au moment d'entrer dans son lit, il vient à penser devant quel terrible juge il va se montrer.

Le timide tempérament mélancolique parvient quelquefois à se rapprocher du sanguin, comme dit Montaigne, par l'ivresse du vin de Champagne, pourvu toutefois qu'il ne se la donne pas exprès. Sa consolation doit être que ces gens si brillants qu'il envie, et dont jamais il ne saurait approcher, n'ont ni ses plaisirs divins ni ses accidents, et que les beaux-arts, qui se nourrissent des timidités de l'amour, sont pour eux lettres closes. L'homme qui ne désire qu'un bonheur commun, comme Duclos, le trouve souvent, n'est jamais malheureux, et, par conséquent, n'est pas sensible aux arts.

Le tempérament athlétique ne trouve ce genre de malheur que par épuisement ou faiblesse corporelle, au contraire des tempéraments nerveux et mélancoliques, qui semblent créés tout exprès.

Souvent, en se fatiguant auprès d'une autre femme, ces pauvres mélancoliques parviennent à éteindre un peu leur imagination, et par là à jouer un moins triste rôle auprès de la femme objet de leur passion.

Que conclure de tout ceci? Qu'une femme sage ne se donne jamais la première fois par rendez-vous. — Ce doit être un bonheur imprévu.

Nous parlions ce soir de *fiasco* à l'état-major du général Michaud[3], cinq très beaux jeunes gens de vingt-cinq à trente ans et moi. Il s'est trouvé que, à l'exception d'un fat, qui probablement n'a pas dit vrai, nous avions tous fait *fiasco* la première fois avec nos maîtresses les plus célèbres. Il est vrai que peut-être aucun de nous n'a connu ce que Delfante appelle l'*amour-passion*.

L'idée que ce malheur est extrêmement commun doit diminuer le danger.

J'ai connu un beau lieutenant de hussards, de vingt-trois ans, qui, à ce qu'il me semble, par excès d'amour, les trois premières nuits qu'il put passer avec une maîtresse qu'il adorait depuis six mois, et qui, pleurant un autre amant tué à la guerre, l'avait traité fort durement, ne put que l'embrasser et pleurer de joie. Ni lui ni elle n'étaient attrapés.

L'ordonnateur H. Mondor, connu de toute l'armée, a fait *fiasco* trois jours de suite avec la jeune et séduisante comtesse Koller.

Mais le roi du *fiasco*, c'est le raisonnable et beau colonel Horse, qui a fait *fiasco* seulement trois mois de suite avec l'espiègle et piquante N[ina] V[iganò] [4], et, enfin, a été réduit à la quitter sans l'avoir jamais eue.

Il y avait à Valence, en Espagne, deux amies, femmes très honnêtes, et des familles les plus distinguées. L'une d'elles fut courtisée par un officier français, qui l'aima avec passion, et au point de manquer la croix après une bataille, en restant dans un cantonnement auprès d'elle, au lieu d'aller au quartier général faire la cour au général en chef.

A la fin, il en fut aimé. Après sept mois de froideur aussi désespérante le dernier jour que le premier, elle lui dit un soir :

— Bon Joseph, je suis à vous.

Il restait l'obstacle d'un mari, homme d'infiniment d'esprit, mais le plus jaloux des hommes. En ma qualité d'ami, j'ai dû lire avec lui toute l'*Histoire de Pologne* de Rulhière, qu'il n'entendait pas bien. Il s'écoula trois mois sans qu'on pût le tromper. Il y avait un télégraphe, les jours de fêtes, pour indiquer l'église où l'on irait à la messe.

Un jour, je vis mon ami plus sombre qu'à l'ordinaire ; voici ce qui allait se passer. L'amie intime de doña Inezilla était dangereusement malade. Celle-ci demanda à son mari, la permission de passer la nuit auprès de la malade, ce qui fut aussitôt accordé, à condition que le mari choisirait le jour. Un soir, il conduit doña Inezilla chez son amie, et dit, en badinant et comme inopinément, qu'il dormira fort bien sur un canapé, dans un petit salon attenant à la chambre à coucher, et dont la porte fut laissée ouverte. Depuis onze jours, tous les soirs, l'officier français passait deux heures, caché sous le lit de la malade. Je n'ose ajouter le reste.

Je ne crois pas que la vanité permette ce degré d'amitié à une Française.

LE RAMEAU DE SALZBOURG *

Aux mines de sel de Hallein, près de Salzbourg, les mineurs jettent dans les profondeurs abandonnées de la mine un rameau d'arbre effeuillé par l'hiver; deux ou trois mois après, par l'effet des eaux chargées de parties salines, qui humectent ce rameau et ensuite le laissent à sec en se retirant, ils le trouvent tout couvert de cristallisations brillantes. Les plus petites branches, celles qui ne sont pas plus grosses que la patte d'une mésange, sont incrustées d'une infinité de petits cristaux mobiles et éblouissants. On ne peut plus reconnaître le rameau primitif; c'est un petit jouet d'enfant très joli à voir. Les mineurs d'Hallein ne manquent pas, quand il fait un beau soleil et que l'air est parfaitement sec, d'offrir de ces rameaux de diamants aux voyageurs qui se préparent à descendre dans la mine. Cette descente est une opération singulière. On se met à cheval sur d'immenses troncs de sapin, placés en pente à la suite les uns des autres. Ces troncs de sapin sont fort gros et l'office de cheval, qu'ils font depuis un siècle ou deux, les a rendus complètement lisses. Devant la selle, sur laquelle vous êtes posé et qui glisse sur les troncs de sapin

---

* Ce fragment, trouvé dans les papiers de M. Beyle, est publié aujourd'hui pour la première fois. Il explique le phénomène de la *cristallisation* et fait connaître l'origine de ce mot. (*Note de Romain Colomb.*)

placés bout à bout, s'établit un mineur qui, assis sur son tablier de cuir, glisse devant vous et se charge de vous empêcher de descendre trop vite.

Avant d'entreprendre ce voyage rapide, les mineurs engagent les dames à se revêtir d'un immense pantalon de serge grise, dans lequel entre leur robe, ce qui leur donne la tournure la plus comique. Je visitai ces mines si pittoresques d'Hallein, dans l'été de 18..., avec Mme Gherardi. D'abord, il n'avait été question que de fuir la chaleur insupportable que nous éprouvions à Bologne, et d'aller prendre le frais au mont Saint-Gothard. En trois nuits nous eûmes traversé les marais pestilentiels de Mantoue et le délicieux lac de Garde, et nous arrivâmes à Riva, à Bolzano, à Innsbruck.

Mme Gherardi trouva ces montagnes si jolies, que, partis pour une promenade, nous finîmes par un voyage. Suivant les rives de l'Inn et ensuite celles de la Salza, nous descendîmes jusqu'à Salzbourg. La fraîcheur charmante de ce revers des Alpes, du côté du Nord, comparée à l'air étouffé et à la poussière que nous venions de laisser dans la plaine de Lombardie, nous donnait chaque matin un plaisir nouveau et nous engageait à pousser plus avant. Nous achetâmes des vestes de paysans à Golling. Souvent nous trouvions de la difficulté à nous loger et même à vivre; car notre caravane était nombreuse; mais ces embarras, ces malheurs, étaient des plaisirs.

Nous arrivâmes de Golling à Hallein, ignorant jusqu'à l'existence de ces jolies mines de sel dont je parlais. Nous y trouvâmes une nombreuse société de curieux, au milieu desquels nous débutâmes en vestes de paysans et nos dames avec d'énormes capotes de paysannes, dont elles s'étaient pourvues. Nous allâmes à la mine sans la moindre idée de descendre dans les galeries souterraines; la pensée de se mettre à cheval pour une route de trois quarts de lieue, sur une monture de bois, semblait singulière, et nous craignions d'étouffer au fond de ce vilain trou noir.

Mme Gherardi le considéra un instant et déclara que, pour elle, elle allait descendre et nous laissait toute liberté.

Pendant les préparatifs, qui furent longs, car, avant de nous engouffrer dans cette cavité fort profonde, il fallut chercher à dîner, je m'amusai à observer ce qui se passait dans la tête d'un joli officier bien blond des chevau-légers bavarois. Nous venions de faire connaissance avec cet aimable jeune homme, qui parlait français, et nous était fort utile pour nous faire entendre des paysans allemands de Hallein. Ce jeune officier, quoique très joli, n'était point fat, et, au contraire, paraissait homme d'esprit ; ce fut Mme Gherardi qui fit cette découverte. Je voyais l'officier devenir amoureux à vue d'œil de la charmante Italienne, qui était folle de plaisir de descendre dans une mine et de l'idée que bientôt nous nous trouverions à cinq cents pieds sous terre. Mme Gherardi, uniquement occupée de la beauté des puits, des grandes galeries, et de la difficulté vaincue, était à mille lieues de songer à plaire, et encore plus de songer à être charmée par qui que ce soit. Bientôt je fus étonné des étranges confidences que me fit, sans s'en douter, l'officier bavarois. Il était tellement occupé de la figure céleste, animée par un esprit d'ange, qui se trouvait à la même table que lui, dans une petite auberge de montagne, à peine éclairée par des fenêtres garnies de vitres vertes, que je remarquai que souvent il parlait sans savoir à qui, ni ce qu'il disait. J'avertis Mme Gherardi, qui, sans moi, perdait ce spectacle, auquel une jeune femme n'est peut-être jamais insensible. Ce qui me frappait, c'était la nuance de folie qui, sans cesse, augmentait dans les réflexions de l'officier ; sans cesse il trouvait à cette femme des perfections plus invisibles à mes yeux. A chaque moment, ce qu'il disait peignait d'une manière *moins ressemblante* la femme qu'il commençait à aimer. Je me disais : « La Ghita n'est assurément que l'occasion de tous les ravissements de ce pauvre Allemand. » Par exemple, il se mit à vanter la main de

Mme Gherardi, qu'elle avait eue frappée, d'une manière fort étrange, par la petite-vérole, étant enfant, et qui en était restée très marquée et assez brune.

« Comment expliquer ce que je vois? me disais-je. Où trouver une comparaison pour rendre ma pensée plus claire? »

A ce moment, Mme Gherardi jouait avec le joli rameau couvert de diamants mobiles, que les mineurs venaient de lui donner. Il faisait un beau soleil : c'était le 3 août, et les petits prismes salins jetaient autant d'éclat que les plus beaux diamants dans une salle de bal fort éclairée. L'officier bavarois, à qui était échu un rameau plus singulier et plus brillant, demanda à Mme Gherardi de changer avec lui. Elle y consentit; en recevant ce rameau il le pressa sur son cœur avec un mouvement si comique, que tous les Italiens se mirent à rire. Dans son trouble, l'officier adressa à Mme Gherardi les compliments les plus exagérés et les plus sincères. Comme je l'avais pris sous ma protection, je cherchais à justifier la folie de ses louanges. Je disais à Ghita :

— L'effet que produit sur ce jeune homme la noblesse de vos traits italiens, de ces yeux tels qu'il n'en a jamais vus, est précisément semblable à celui que la cristallisation a opéré sur la petite branche de charmille que vous tenez et qui vous semble si jolie. Dépouillée de ses feuilles par l'hiver, assurément elle n'était rien moins qu'éblouissante. La cristallisation du sel a recouvert les branches noirâtres de ce rameau avec des diamants si brillants et en si grand nombre, que l'on ne peut plus voir qu'à un petit nombre de places ses branches telles qu'elles sont.

— Eh bien! que voulez-vous conclure de là? dit Mme Gherardi.

— Que ce rameau représente fidèlement la Ghita, telle que l'imagination de ce jeune officier la voit.

— C'est-à-dire, Monsieur, que vous apercevez autant de différence entre ce que je suis en réalité et la manière dont me voit cet aimable jeune homme qu'entre une petite branche de charmille desséchée et la jolie aigrette de diamants que ces mineurs m'ont offerte.

— Madame, le jeune officier découvre en vous des qualités que nous, vos anciens amis, nous n'avons jamais vues. Nous ne saurions apercevoir, par exemple, un air de bonté tendre et compatissante. Comme ce jeune homme est Allemand, la première qualité d'une femme, à ses yeux, est la *bonté* et, sur-le-champ, il aperçoit dans vos traits l'expression de la bonté. S'il était Anglais, il verrait en vous l'air aristocratique et *lady-like* * d'une duchesse, mais s'il était moi, il vous verrait telle que vous êtes, parce que depuis longtemps, et pour mon malheur, je ne puis rien me figurer de plus séduisant.

— Ah! j'entends, dit Ghita; au moment où vous commencez à vous occuper d'une femme, vous ne la voyez plus *telle qu'elle est réellement,* mais telle qu'il vous convient qu'elle soit. Vous comparez les illusions favorables que produit ce commencement d'intérêt à ces jolis diamants qui cachent la branche de charmille effeuillée par l'hiver, et qui ne sont aperçus, remarquez-le bien, que par l'œil de ce jeune homme qui commence à aimer.

— C'est, repris-je, ce qui fait que les propos des amants semblent si ridicules aux gens sages, qui ignorent le phénomène de la cristallisation.

— Ah! vous appelez cela *cristallisation,* dit Ghita; eh bien! Monsieur, cristallisez pour moi.

Cette image, singulière peut-être, frappa l'imagination de Mme Gherardi, et quand nous fûmes arrivés dans la grande salle de la mine, illuminée par cent petites lampes qui paraissaient être dix mille, à cause des cristaux de sel qui les reflétaient de tous côtés :

— Ah! ceci est fort joli, dit-elle au jeune Bavarois; je

---

* L'air grande dame.

cristallise pour cette salle, je sens que je m'exagère sa beauté ; et vous, cristallisez-vous ?

— Oui, Madame, répondit naïvement le jeune officier, ravi d'avoir un sentiment commun avec cette belle Italienne ; mais pour cela n'en comprenant pas davantage ce qu'elle lui disait.

Cette réponse simple nous fit rire aux larmes, parce qu'elle décida la jalousie du sot que Ghita aimait et qui commença à devenir sérieusement jaloux de l'officier bavarois. Il prit le mot *cristallisation* en horreur.

Au sortir de la mine d'Hallein, mon nouvel ami, le jeune officier, dont les confidences involontaires m'amusaient beaucoup plus que tous les détails de l'exploitation du sel, apprit de moi que Mme Gherardi s'appelait *Ghita*, et que l'usage, en Italie, était de l'appeler devant elle *la Ghita*. Le pauvre garçon, tout tremblant, hasarda de l'appeler, en lui parlant, *la Ghita*, et Mme Gherardi, amusée de l'air timidement passionné du jeune homme et de la mine profondément irritée d'une autre personne, invita l'officier à déjeuner pour le lendemain, avant notre départ pour l'Italie. Dès qu'il se fut éloigné :

— *Ah çà !* expliquez-moi, ma chère amie, dit le personnage irrité, pourquoi vous nous donnez la compagnie de ce blondin fade et aux yeux hébétés ?

— Parce que, Monsieur, après dix jours de voyage, passant toute la journée avec moi, vous me voyez tous telle que je suis, et ces yeux fort tendres et que vous appelez *hébétés* me voient parfaite. N'est-ce pas, Filippo, ajouta-t-elle en me regardant, ces yeux-là me couvrent d'une *cristallisation* brillante ; je suis pour eux la perfection ; et, ce qu'il y a d'admirable, c'est que quoi que je fasse, quelque sottise qu'il m'arrive de dire, aux yeux de ce bel Allemand, je ne sortirai jamais de la perfection : cela est commode. Par exemple, vous, Annibalino (l'amant que nous trouvions un peu sot s'appelait le colonel Annibal), je parie que, dans ce moment, vous ne me trouvez pas exactement parfaite? Vous pensez que je fais mal d'admettre ce jeune homme dans ma société. Savez-vous ce qui vous arrive, mon cher? Vous ne *cristallisez* plus pour moi.

Le mot *cristallisation* devint à la mode parmi nous, et il avait tellement frappé l'imagination de la belle Ghita, qu'elle l'adopta pour tout.

De retour à Bologne, on ne racontait guère d'anecdotes d'amour dans sa loge qu'elle ne m'adressât la parole.

— Ce trait-ci confirme ou détruit telle de nos théories, me disait-elle.

Les actes de folie répétés, par lesquels un amant aperçoit toutes les perfections dans la femme qu'il commence à aimer, s'appelèrent toujours *cristallisation* entre nous. Ce mot nous rappelait le plus aimable voyage. De ma vie je ne sentis si bien la beauté touchante et solitaire des rives du lac de Garde; nous passâmes dans des barques des soirées délicieuses, malgré la chaleur étouffante. Nous trouvâmes de ces instants qu'on n'oublie plus : ce fut un des moments brillants de notre jeunesse.

Un soir, quelqu'un vint nous donner la nouvelle que la princesse Lanfranchi et la belle Florenza se disputaient le cœur du jeune peintre Oldofredi. La pauvre princesse semblait en être réellement éprise, et le jeune artiste milanais ne paraissait occupé que des charmes de Florenza. On se demandait : « Oldofredi est-il amoureux? » Mais je supplie le lecteur de croire que je ne prétends pas justifier ce genre de conversation, dans lequel on a l'impertinence de ne pas se conformer aux règles imposées par les convenances françaises. Je ne sais pourquoi ce soir-là notre amour-propre s'obstina à deviner si le peintre milanais était amoureux de la belle Florenza.

On se perdit dans la discussion d'un grand nombre de petits faits. Quand nous fûmes las de fixer notre attention sur des nuances presque imperceptibles, et qui, au fond, n'étaient guère concluantes, Mme Gherardi se mit à nous raconter le petit roman qui, suivant elle, se passait dans le cœur d'Oldofredi. Dès le commencement de son récit, elle eut le malheur de se servir du mot *cristallisation;* le colonel Annibal, qui avait toujours sur le cœur la jolie figure de l'officier bavarois, fit semblant de ne pas comprendre, et nous redemanda pour la centième fois ce que nous entendions par le mot *cristallisation.*

— C'est ce que je ne sens pas pour vous, lui répondit vivement Mme Gherardi.

Après quoi, l'abandonnant dans son coin, avec son humeur noire, et nous adressant la parole :

— Je crois, dit-elle, qu'un homme commence à aimer quand je le vois triste.

Nous nous récriâmes aussitôt :

— Comment! l'amour, ce *sentiment délicieux qui commence si bien...*

— Et qui quelquefois finit si mal, par de l'humeur, par des querelles, dit Mme Gherardi en riant et regardant Annibal. Je comprends votre objection. Vous autres, hommes grossiers, vous ne voyez qu'une chose dans la naissance de l'amour : on aime ou l'on n'aime pas. C'est ainsi que le vulgaire s'imagine que le chant de tous les rossignols se ressemble; mais nous, qui prenons plaisir à l'entendre, savons qu'il y a pourtant dix nuances différentes de rossignol à rossignol.

— Il me semble pourtant, Madame, dit quelqu'un, qu'on aime ou qu'on n'aime pas.

— Pas du tout, Monsieur; c'est tout comme si vous disiez qu'un homme qui part de Bologne pour aller à Rome est déjà arrivé aux portes de Rome quand, du haut de l'Apennin, il voit encore notre tour Garisenda. Il y a loin de l'une de ces deux villes à l'autre, et l'on peut être au quart du chemin, à la moitié, aux trois quarts, sans pour cela être arrivé à Rome, et cependant l'on n'est plus à Bologne.

— Dans cette belle comparaison, dis-je, Bologne représente apparemment l'*indifférence* et Rome l'*amour parfait*.

— Quand nous sommes à Bologne, reprit Mme Gherardi, nous sommes tout à fait indifférents, nous ne songeons pas à admirer d'une manière particulière la femme dont un jour peut-être nous serons amoureux à la folie ; notre imagination songe bien moins encore à nous exagérer son mérite. En un mot, comme nous disions à Hallein, la *cristallisation* n'a pas encore commencé.

A ces mots, Annibal se leva furieux, et sortit de la loge en nous disant :

— Je reviendrai quand vous parlerez italien.

Aussitôt la conversation se fit en français, et tout le monde se prit à rire, même Mme Gherardi.

— Eh bien ! voilà l'amour parti, dit-elle, et l'on rit encore. On sort de Bologne, on monte l'Apennin, l'on prend la route de Rome...

— Mais, Madame, dit quelqu'un, nous voilà bien loin du peintre Oldofredi.

Ce qui lui donna un petit mouvement d'impatience qui, probablement, fit tout à fait oublier Annibal et sa brusque sortie.

— Voulez-vous savoir, nous dit-elle, ce qui se passe quand on quitte Bologne ? D'abord je crois ce départ complètement involontaire : c'est un mouvement instinctif. Je ne dis pas qu'il ne soit accompagné de beaucoup de plaisir. L'on admire, puis on se dit : « Quel plaisir d'être aimé de cette femme charmante ! » Enfin paraît l'espérance ; après l'espérance (souvent conçue bien légèrement, car l'on ne doute de rien, pour peu que l'on ait de chaleur dans le sang), après l'espérance, dis-je, on s'exagère avec délices la beauté et les mérites de la femme dont on espère être aimé.

Pendant que Mme Gherardi parlait, je pris une carte à jouer, sur le revers de laquelle j'écrivis Rome d'un côté et Bologne de l'autre, et, entre Bologne et Rome, les quatre gîtes que Mme Gherardi venait d'indiquer.

BOLOGNE   ROME

1. L'admiration.

2. L'on arrive à ce second point de la route quand on se dit : « Quel plaisir d'être aimé de cette femme charmante! »

3. La naissance de l'espérance marque le troisième gîte.

4. L'on arrive au quatrième quand on s'exagère avec délices la beauté et les mérites de la femme qu'on aime. C'est ce que, nous autres adeptes, nous appelons du mot de *cristallisation*, qui met Carthage en fuite. Dans le fait, c'est difficile à comprendre.

Mme Gherardi continua :

— Pendant ces quatre mouvements de l'âme, ou manières d'être, que Filippo vient de dessiner, je ne vois pas la plus petite raison pour que notre voyageur soit triste. Le fait est que le plaisir est vif, qu'il réclame toute l'attention dont l'âme est susceptible. On est sérieux, mais l'on n'est point triste : la différence est grande.

— Nous entendons, Madame, dit un des assistants; vous ne parlez pas de ces malheureux auxquels il semble que tous les rossignols rendent les mêmes sons.

— La différence entre être sérieux et être triste (*l'esser serio* et *l'esser mesto*), reprit Mme Gherardi, est décisive lorsqu'il s'agit de résoudre un problème tel que celui-ci : « Oldofredi aime-t-il la belle Florenza? » Je crois qu'Oldofredi aime, parce que, après avoir été fort occupé de la Florenza, je l'ai vu triste et non pas seulement sérieux. Il est triste, parce que voici ce qui lui est arrivé. Après s'être exagéré le bonheur que pourrait lui donner le caractère annoncé par la figure raphaélesque, les belles épaules, les beaux bras, en un mot les formes dignes de Canova de la belle *marchesina* Florenza, il a probablement cherché à obtenir la confirmation des espérances qu'il avait osé concevoir. Très probablement aussi, la Florenza, effrayée d'aimer un étranger qui peut quitter Bologne au premier moment, et surtout très fâchée qu'il ait pu concevoir si tôt des espérances, les lui aura ôtées avec barbarie.

Nous avions le bonheur de voir tous les jours de la vie Mme Gherardi ; une intimité parfaite régnait dans cette société ; on s'y comprenait à demi-mot ; souvent j'y ai vu rire de plaisanteries qui n'avaient pas eu besoin de la parole pour se faire entendre : un coup d'œil avait tout dit. Ici, un lecteur français s'apercevra qu'une jolie femme d'Italie se livre avec folie à toutes les idées bizarres qui lui passent par la tête. A Rome, à Bologne, à Venise, une jolie femme est reine absolue ; rien ne peut être plus complet que le despotisme qu'elle exerce dans sa société. A Paris, une jolie femme a toujours peur de l'opinion et du bourreau de l'opinion : le *ridicule*. Elle a constamment au fond du cœur la crainte des plaisanteries, comme un roi absolu la crainte d'une charte. Voilà la secrète pensée qui vient la troubler au milieu d'une joie, de ses plaisirs, et lui donner tout à coup une mine sérieuse. Une Italienne trouverait bien ridicule cette autorité limitée qu'une femme de Paris exerce dans son salon. A la lettre, elle est toute-puissante sur les hommes qui l'approchent, et dont toujours le bonheur, du moins pendant la soirée, dépend d'un de ses caprices : j'entends le bonheur des simples amis. Si vous déplaisez à la femme qui règne dans une loge, vous voyez l'ennui dans ses yeux, et n'avez rien de mieux à faire que de disparaître pour ce jour-là.

Un jour, je me promenais avec Mme Gherardi sur la route de la *Cascata del Reno;* nous rencontrâmes Oldofredi seul, fort animé, l'air très préoccupé, mais point sombre. Mme Gherardi l'appela et lui parla, afin de mieux l'observer.

— Si je ne me trompe pas, dis-je à Mme Gherardi, ce

pauvre Oldofredi est tout à fait livré à la passion qu'il prend pour la Florenza ; dites-moi, de grâce, à moi qui suis votre séide, à quel point de la maladie d'amour le croyez-vous arrivé maintenant ?

— Je le vois, dit Mme Gherardi, se promenant seul, et qui se dit à chaque instant : « Oui, elle m'aime. » Ensuite il s'occupe à lui trouver de nouveaux charmes, à se détailler de nouvelles raisons de l'aimer à la folie.

— Je ne le crois pas si heureux que vous le supposez. Oldofredi doit avoir souvent des doutes cruels : il ne peut pas être si sûr d'être aimé de la Florenza ; il ne sait pas comme nous à quel point elle considère peu, dans ces sortes d'affaires, la richesse, le rang, la manière d'être dans le monde *. Oldofredi est aimable, d'accord, mais ce n'est qu'un pauvre étranger.

— N'importe, dit Mme Gherardi, je parierais que nous venons de le trouver dans un moment où les raisons pour espérer l'emportaient.

— Mais, dis-je, il avait l'air profondément troublé ; il doit avoir des moments de malheur affreux ; il se dit : « Mais, est-ce qu'elle m'aime ? »

— J'avoue, reprit Mme Gherardi, oubliant presque qu'elle me parlait, que, quand la réponse qu'on se fait à soi-même est satisfaisante, il y a des moments de bonheur divin et tels que peut-être rien au monde ne peut leur être comparé. C'est là sans doute ce qu'il y a de mieux dans la vie.

« Quand, enfin, l'âme, fatiguée et comme accablée de sentiments si violents, revient à la raison par lassitude, ce qui surnage après tant de mouvements si opposés, c'est cette certitude : « Je trouverai auprès de *lui* un bonheur que *lui seul* au monde peut me donner. »

* Tout est opposé entre la France et l'Italie. Par exemple, les richesses, la haute naissance, l'éducation parfaite, disposent à l'amour au-delà des Alpes, et en éloignent en France.

Je laissai peu à peu mon cheval s'éloigner de celui de Mme Gherardi. Nous fîmes les trois milles qui nous séparaient de Bologne sans dire une seule parole, pratiquant la vertu nommée discrétion.

ERNESTINE
OU LA NAISSANCE DE L'AMOUR

AVERTISSEMENT

Une femme de beaucoup d'esprit et de quelque expérience prétendait un jour que l'amour ne naît pas aussi subitement qu'on le dit.

— Il me semble, disait-elle, que je découvre sept époques tout à fait distinctes dans la naissance de l'amour.

Et, pour prouver son dire, elle conta l'anecdote suivante. On était à la campagne, il pleuvait à verse, on était trop heureux d'écouter.

Dans une âme parfaitement indifférente, une jeune fille habitant un château isolé, au fond d'une campagne, le plus petit étonnement excite profondément l'attention. Par exemple, un jeune chasseur qu'elle aperçoit à l'improviste, dans le bois, près du château.

Ce fut par un événement aussi simple que commencèrent les malheurs d'Ernestine de S... Le château qu'elle habitait seule, avec son vieux oncle, le comte de S..., bâti dans le Moyen Age, près des bords du Drac, sur une des roches immenses qui resserrent le cours de ce torrent, dominait un des plus beaux sites du Dauphiné [1]. Ernestine trouva que le jeune chasseur offert par le hasard à sa vue avait l'air noble. Son image se présenta plusieurs fois à sa pensée; car à quoi songer dans cet antique manoir? Elle y vivait au sein d'une sorte de magnificence; elle y commandait à un nombreux domestique; mais depuis vingt ans que le maître et les gens étaient vieux, tout s'y faisait toujours à la même heure; jamais la conversation ne commençait que pour blâmer tout ce qui se fait et s'attrister des choses les plus simples. Un soir de printemps, le jour allait finir, Ernestine était à sa fenêtre; elle regardait le petit lac et le bois qui est au-delà; l'extrême beauté de ce paysage contribuait peut-être à la plonger dans une sombre rêverie. Tout à coup elle revit ce jeune chasseur qu'elle avait aperçu quelques jours auparavant; il était encore dans le petit bois au-delà du lac; il tenait un bouquet de fleurs à la main; il s'arrêta comme pour la regarder, elle le vit donner un baiser à ce bouquet et ensuite le placer avec une sorte de respect tendre dans le creux d'un grand chêne sur le bord du lac.

Que de pensées cette seule action fit naître! et que de pensées d'un intérêt très vif, si on les compare aux sensations monotones qui, jusqu'à ce moment, avaient rempli la vie d'Ernestine! Une nouvelle existence commence pour elle; osera-t-elle aller voir ce bouquet? « Dieu! quelle imprudence, se dit-elle en tressaillant; et si, au moment où j'approcherai du grand chêne, le jeune chasseur vient à sortir des bosquets voisins! Quelle honte! Quelle idée prendrait-il de moi? » Ce bel arbre était pourtant le but habituel de ses promenades solitaires; souvent elle allait s'asseoir sur ses racines gigantesques, qui s'élèvent au-dessus de la pelouse et forment, tout à l'entour du tronc, comme autant de bancs naturels abrités par son vaste ombrage.

La nuit, Ernestine put à peine fermer l'œil; le lendemain, dès cinq heures du matin, à peine l'aurore a-t-elle paru, qu'elle monte dans les combles du château. Ses yeux cherchent le grand chêne au-delà du lac; à peine l'a-t-elle aperçu, qu'elle reste immobile et comme sans respiration.

Le bonheur si agité des passions succède au contentement sans objet et presque machinal de la première jeunesse.

Dix jours s'écoulent. Ernestine compte les jours! Une fois seulement, elle a vu le jeune chasseur; il s'est approché de l'arbre chéri, et il avait un bouquet qu'il y a placé comme le premier. Le vieux comte de S... remarque qu'elle passe sa vie à soigner une volière qu'elle a établie dans les combles du château; c'est qu'assise auprès d'une petite fenêtre dont la persienne est fermée, elle domine toute l'étendue du bois au delà du lac[2]. Elle est bien sûre que son inconnu ne peut l'apercevoir, et c'est alors qu'elle pense à lui sans contrainte. Une idée lui vient et la tourmente. S'il croit qu'on ne fait aucune attention à ses bouquets, il en conclura qu'on méprise son hommage, qui, après tout, n'est qu'une simple politesse, et, pour peu qu'il ait l'âme bien placée, il ne paraîtra plus. Quatre jours s'écoulent encore, mais avec quelle lenteur! Le cinquième, la jeune fille, passant par hasard auprès du grand chêne, n'a pu résister à la tentation de jeter un coup d'œil sur le petit creux où elle a vu déposer les bouquets. Elle était avec sa gouvernante et n'avait rien à craindre. Ernestine pensait bien ne trouver que des fleurs fanées; à son inexprimable joie, elle voit un bouquet composé des fleurs les plus rares et les plus jolies; il est d'une fraîcheur éblouissante; pas un pétale des fleurs les plus délicates n'est flétri. A peine a-t-elle aperçu tout cela du coin de l'œil, que, sans perdre de vue sa gouvernante, elle a parcouru avec la légèreté d'une gazelle toute cette partie du bois à cent pas à la ronde. Elle n'a vu personne; bien sûre de n'être pas observée, elle revient au grand chêne, elle ose regarder avec délices le bouquet charmant. O ciel! il y a un petit papier presque imperceptible, il est attaché au nœud du bouquet.

— Qu'avez-vous, mon Ernestine? dit la gouvernante alarmée du petit cri qui accompagne cette découverte.

— Rien, bonne amie, c'est une perdrix qui s'est levée à mes pieds.

Il y a quinze jours, Ernestine n'aurait pas eu l'idée de mentir. Elle se rapproche de plus en plus du bouquet charmant; elle penche la tête, et, les joues rouges comme le feu, sans oser y toucher, elle lit sur le petit morceau de papier :

« Voici un mois que tous les matins j'apporte un bouquet, celui-ci sera-t-il assez heureux pour être aperçu? »

Tout est ravissant dans ce joli billet; l'écriture anglaise qui traça ces mots est de la forme la plus élégante. Depuis quatre ans qu'elle a quitté Paris et le couvent le plus à la mode du faubourg Saint-Germain, Ernestine n'a rien vu d'aussi joli. Tout à coup, elle rougit beaucoup, elle se rapproche de sa gouvernante et l'engage à retourner au château. Pour y arriver plus vite, au lieu de remonter dans le vallon et de faire le tour du lac comme de coutume, Ernestine prend le sentier du petit pont qui mène au château en ligne droite. Elle est pensive, elle se promet de ne plus revenir de ce côté; car, enfin, elle vient de découvrir que c'est une espèce de billet qu'on a osé lui adresser. Cependant, il n'était pas fermé, se dit-elle tout bas. De ce moment sa vie est agitée par une affreuse anxiété. Quoi donc! ne peut-elle pas, même de loin, aller revoir l'arbre chéri? Le sentiment du devoir s'y oppose. « Si je vais sur l'autre rive du lac, se dit-elle, je ne pourrai plus compter sur les promesses que je me fais à moi-même. » Lorsqu'à huit heures elle entendit le portier fermer la grille du petit pont, ce bruit qui lui ôtait tout espoir sembla la délivrer d'un poids énorme qui accablait sa poitrine; elle ne pourrait plus maintenant manquer à son devoir, quand même elle aurait la faiblesse d'y consentir.

Le lendemain, rien ne peut la tirer d'une sombre rêverie; elle est abattue, pâle; son oncle s'en aperçoit; il fait mettre les chevaux à l'antique berline, on parcourt les environs, on va jusqu'à l'avenue du château de Mme Dayssin, à trois lieues de là. Au retour, le comte de S... donne l'ordre d'arrêter dans le petit bois, au delà du lac; la berline s'avance sur la pelouse, il veut revoir le chêne immense qu'il n'appelle jamais que le *contemporain de Charlemagne*.

— Ce grand empereur peut l'avoir vu, dit-il, en traversant nos montagnes pour aller en Lombardie, vaincre le roi Didier.

Et cette pensée d'une vie si longue semble rajeunir un vieillard presque octogénaire. Ernestine est bien loin de suivre les raisonnements de son oncle; ses joues sont brûlantes; elle va donc se trouver encore une fois auprès du vieux chêne; elle s'est promis de ne pas regarder dans la petite cachette. Par un mouvement instinctif, sans savoir ce qu'elle fait, elle y jette les yeux, elle voit le bouquet, elle pâlit. Il est composé de roses panachées de noir.

« Je suis bien malheureux, il faut que je m'éloigne pour toujours. Celle que j'aime ne daigne pas apercevoir mon hommage. »

Tels sont les mots tracés sur le petit papier fixé au bouquet. Ernestine les a lus avant d'avoir le temps de se défendre de les voir. Elle est si faible, qu'elle est obligée de s'appuyer contre l'arbre; et bientôt elle fond en larmes. Le soir, elle se dit : « Il s'éloignera pour toujours, et je ne le verrai plus! »

Le lendemain, en plein midi, par le soleil du mois d'août, comme elle se promenait avec son oncle sous l'allée de platanes le long du lac, elle voit sur l'autre rive le jeune homme s'approcher du grand chêne; il saisit son bouquet, le jette dans le lac et disparaît. Ernestine a l'idée qu'il y avait du dépit dans son geste; bientôt elle n'en doute plus. Elle s'étonne d'avoir pu en douter un seul instant; il est évident que, se voyant méprisé, il va partir; jamais elle ne le reverra.

Ce jour-là, on est fort inquiet au château, où elle seule répand quelque gaieté. Son oncle prononce qu'elle est décidément indisposée ; une pâleur mortelle, une certaine contraction dans les traits, ont bouleversé cette figure naïve, où se peignaient naguère les sensations si tranquilles de la première jeunesse. Le soir, quand l'heure de la promenade est venue, Ernestine ne s'oppose point à ce que son oncle la dirige vers la pelouse au delà du lac. Elle regarde en passant, et d'un œil morne où les larmes sont à peine retenues, la petite cachette à trois pieds au-dessus du sol, bien sûre de n'y rien trouver ; elle a trop bien vu jeter le bouquet dans le lac. Mais, ô surprise ! elle en aperçoit un autre.

« Par pitié pour mon affreux malheur, daignez prendre la rose blanche. »

Pendant qu'elle relit ces mots étonnants, sa main, sans qu'elle le sache, a détaché la rose blanche qui est au milieu du bouquet. « Il est donc bien malheureux », se dit-elle ! En ce moment son oncle l'appelle, elle le suit, mais elle est heureuse. Elle tient sa rose blanche dans son petit mouchoir de batiste, et la batiste est si fine, que tout le temps que dure encore la promenade, elle peut apercevoir la couleur de la rose à travers le tissu léger. Elle tient son mouchoir de manière à ne pas faner cette rose chérie.

A peine rentrée, elle monte en courant l'escalier rapide qui conduit à sa petite tour, dans l'angle du château. Elle ose enfin contempler sans contrainte cette rose adorée et en rassasier ses regards à travers les douces larmes qui s'échappent de ses yeux.

Que veulent dire ces pleurs ? Ernestine l'ignore. Si elle pouvait deviner le sentiment qui les fait couler, elle aurait le courage de sacrifier la rose qu'elle vient de placer avec tant de soin dans son verre de cristal, sur sa petite table d'acajou. Mais, pour peu que le lecteur ait le chagrin de n'avoir plus vingt ans, il devinera que ces larmes, loin d'être de la douleur, sont les compagnes inséparables de la

vue inopinée d'un bonheur extrême; elles veulent dire :
« *Qu'il est doux d'être aimé !* » C'est dans un moment où le
saisissement du premier bonheur de sa vie égarait son
jugement qu'Ernestine a eu le tort de prendre cette fleur.
Mais elle n'en est pas encore à voir et à se reprocher cette
inconséquence.

Pour nous, qui avons moins d'illusions, nous reconnais-
sons la troisième période de la naissance de l'amour :
l'apparition de l'espoir. Ernestine ne sait pas que son cœur
se dit, en regardant cette rose : « Maintenant, il est certain
qu'il m'aime. »

Mais peut-il être vrai qu'Ernestine soit sur le point
d'aimer? Ce sentiment ne choque-t-il pas toutes les règles
du plus simple bon sens? Quoi! elle n'a vu que trois fois
l'homme qui, dans ce moment, lui fait verser des larmes
brûlantes! Et encore elle ne l'a vu qu'à travers le lac, à une
grande distance, à cinq cents pas peut-être. Bien plus, si
elle le rencontrait sans fusil et sans veste de chasse, peut-
être qu'elle ne le reconnaîtrait pas. Elle ignore son nom,
ce qu'il est, et pourtant ses journées se passent à se nourrir
de sentiments passionnés, dont je suis obligé d'abréger
l'expression, car je n'ai pas l'espace qu'il faut pour faire un
roman. Ces sentiments ne sont que des variations de cette
idée : « Quel bonheur d'en être aimée! » Ou bien, elle
examine cette autre question bien autrement importante :
« Puis-je espérer d'en être aimée véritablement? N'est-ce
point par jeu qu'il me dit qu'il m'aime? » Quoique
habitant un château bâti par Lesdiguières, et appartenant
à la famille d'un des plus braves compagnons du fameux
connétable, Ernestine ne s'est point fait cette autre
objection : « Il est peut-être le fils d'un paysan du
voisinage. » Pourquoi? Elle vivait dans une solitude
profonde.

Certainement Ernestine était bien loin de reconnaître la
nature des sentiments qui régnaient dans son cœur. Si elle
eût pu prévoir où ils la conduisaient, elle aurait eu une

chance d'échapper à leur empire. Une jeune Allemande, une Anglaise, une Italienne, eussent reconnu l'amour; notre sage éducation ayant pris le parti de nier aux jeunes filles l'existence de l'amour, Ernestine ne s'alarmait que vaguement de ce qui se passait dans son cœur; quand elle réfléchissait profondément, elle n'y voyait que de la simple amitié. Si elle avait pris une seule rose, c'est qu'elle eût craint, en agissant autrement, d'affliger son nouvel ami et de le perdre. « Et, d'ailleurs, se disait-elle, après y avoir beaucoup songé, il ne faut pas manquer à la politesse. »

Le cœur d'Ernestine est agité par les sentiments les plus violents. Pendant quatre journées, qui paraissent quatre siècles à la jeune solitaire, elle est retenue par une crainte indéfinissable; elle ne sort pas du château. Le cinquième jour son oncle, toujours plus inquiet de sa santé, la force à l'accompagner dans le petit bois; elle se trouve près de l'arbre fatal; elle lit sur le petit fragment de papier caché dans le bouquet :

« Si vous daignez prendre ce camélia panaché, dimanche je serai à l'église de votre village. »

Ernestine vit à l'église un homme mis avec une simplicité extrême, et qui pouvait avoir trente-cinq ans. Elle remarqua qu'il n'avait pas même de croix. Il lisait, et, en tenant son livre d'heures d'une certaine manière, il ne cessa presque pas un instant d'avoir les yeux sur elle. C'est dire que, pendant tout le service, Ernestine fut hors d'état de penser à rien. Elle laissa choir son livre d'heures, en sortant de l'antique banc seigneurial, et faillit tomber elle-même en le ramassant. Elle rougit beaucoup de sa maladresse. « Il m'aura trouvée si gauche, se dit-elle aussitôt, qu'il aura honte de s'occuper de moi. » En effet, à partir du moment où ce petit accident était survenu, elle ne vit plus l'étranger. Ce fut en vain qu'après être montée en voiture elle s'arrêta pour distribuer quelques pièces de monnaie à tous les petits garçons du village; elle n'aperçut point, parmi les groupes de paysans qui jasaient auprès de l'église, la personne que, pendant la messe, elle n'avait jamais osé regarder. Ernestine, qui jusqu'alors avait été la sincérité même, prétendit avoir oublié son mouchoir. Un domestique rentra dans l'église et chercha longtemps dans le banc du seigneur ce mouchoir qu'il n'avait garde de trouver. Mais le retard amené par cette petite ruse fut inutile, elle ne revit plus le chasseur. « C'est clair, se dit-elle ; Mlle de C... me dit une fois que je n'étais pas jolie et que j'avais dans le regard quelque chose d'impérieux et de repoussant ; il ne me manquait plus que de la gaucherie ; il me méprise sans doute. »

Les tristes pensées l'agitèrent pendant deux ou trois visites que son oncle fit avant de rentrer au château.

A peine de retour, vers les quatre heures, elle courut sous l'allée de platanes, le long du lac. La grille de la chaussée était fermée à cause du dimanche ; heureusement, elle aperçut un jardinier ; elle l'appela et le pria de mettre la barque à flot et de la conduire de l'autre côté du lac. Elle prit terre à cent pas du grand chêne. La barque côtoyait et se trouvait toujours assez près d'elle pour la rassurer. Les branches basses et à peu près horizontales du chêne immense s'étendaient presque jusqu'au lac. D'un pas décidé et avec une sorte de sang-froid sombre et résolu, elle s'approcha de l'arbre, de l'air dont elle eût marché à la mort. Elle était bien sûre de ne rien trouver dans la cachette ; en effet, elle n'y vit qu'une fleur fanée qui avait appartenu au bouquet de la veille : — « S'il eût été content de moi, se dit-elle, il n'eût pas manqué de me remercier par un bouquet. »

Elle se fit ramener au château, monta chez elle en courant, et, une fois dans sa petite tour, bien sûr de n'être pas surprise, fondit en larmes. « Mlle de C... avait bien raison, se dit-elle ; pour me trouver jolie, il faut me voir à cinq cents pas de distance. Comme dans ce pays de libéraux, mon oncle ne voit personne que des paysans et des curés, mes manières doivent avoir contracté quelque chose de rude, peut-être de grossier. J'aurai dans le regard une expression impérieuse et repoussante. » Elle s'approche de son miroir pour observer ce regard, elle voit des yeux d'un bleu sombre noyés de pleurs. « Dans ce moment, dit-elle, je ne puis avoir cet air impérieux qui m'empêchera toujours de plaire. »

Le dîner sonna ; elle eut beaucoup de peine à sécher ses larmes. Elle parut enfin dans le salon ; elle y trouva M. Villars, vieux botaniste, qui, tous les ans, venait passer huit jours avec M. de S..., au grand chagrin de sa bonne, érigée en gouvernante, qui, pendant ce temps, perdait sa place à la table de M. le comte. Tout se passa fort bien jusqu'au moment du champagne ; on apporta le seau près d'Ernestine. La glace était fondue depuis longtemps. Elle appela un domestique et lui dit :

— Changez cette eau et mettez-y de la glace, vite.

— Voilà un petit ton impérieux qui te va fort bien, dit en riant son bon grand-oncle.

Au mot d'*impérieux*, les larmes inondèrent les yeux d'Ernestine, au point qu'il lui fut impossible de les cacher ; elle fut obligée de quitter le salon, et, comme elle fermait la porte, on entendit que ses sanglots la suffoquaient. Les vieillards restèrent tout interdits.

Deux jours après, elle passa près du grand chêne ; elle s'approcha et regarda dans la cachette, comme pour revoir les lieux où elle avait été heureuse. Quel fut son ravissement en y trouvant deux bouquets ! Elle les saisit avec les petits papiers, les mit dans son mouchoir, et partit en courant pour le château, sans s'inquiéter si l'inconnu, caché dans le bois, n'avait point observé ses mouvements, idée qui, jusqu'à ce jour, ne l'avait jamais abandonnée. Essoufflée et ne pouvant plus courir, elle fut obligée de s'arrêter vers le milieu de la chaussée. A peine eut-elle repris un peu sa respiration, qu'elle se remit à courir avec toute la rapidité dont elle était capable. Enfin, elle se trouva dans sa petite chambre ; elle prit ses bouquets dans son mouchoir et, sans lire ses petits billets, se mit à baiser ces bouquets avec transport, mouvement qui la fit rougir quand elle s'en aperçut. « Ah! jamais je n'aurai l'air impérieux, se disait-elle, je me corrigerai. »

Enfin, quand elle eut assez témoigné toute sa tendresse à ces jolis bouquets composés des fleurs les plus rares, elle lut les billets. (Un homme eût commencé par là.) Le premier, celui qui était daté du dimanche, à cinq heures, disait : « Je me suis refusé le plaisir de vous voir après le service ; je ne pouvais être seul ; je craignais qu'on ne lût dans mes yeux l'amour dont je brûle pour vous... » Elle relut trois fois ces mots : *l'amour dont je brûle pour vous,* puis elle se leva pour aller voir à sa psyché si elle avait l'air impérieux ; elle continua : «... *l'amour dont je brûle pour vous.* Si votre cœur est libre, daignez emporter ce billet, qui pourrait nous compromettre. »

Le second billet, celui du lundi, était au crayon, et même assez mal écrit ; mais Ernestine n'en était plus au temps où la jolie écriture anglaise de son inconnu était un charme à ses yeux ; elle avait des affaires trop sérieuses pour faire attention à ces détails.

« Je suis venu. J'ai été assez heureux pour que quel-qu'un parlât de vous en ma présence. On m'a dit qu'hier vous avez traversé le lac. Je vois que vous n'avez pas daigné prendre le billet que j'avais laissé. Il décide mon sort. Vous aimez, et ce n'est pas moi. Il y avait de la folie, à mon âge, à m'attacher à une fille du vôtre. Adieu pour toujours. Je ne joindrai pas le malheur d'être importun à celui de vous avoir trop longtemps occupée d'une passion peut-être ridicule à vos yeux. »

— *D'une passion!* dit Ernestine en levant les yeux au ciel.

Ce moment fut bien doux. Cette jeune fille, remarquable par sa beauté, et à la fleur de la jeunesse, s'écria avec ravissement : « Il daigne m'aimer ; ah! mon Dieu! que je suis heureuse! » Elle tomba à genoux devant une charmante madone de Carlo Dolci rapportée d'Italie par un de ses aïeux. « Ah ! oui, je serai bonne et vertueuse ! s'écria-t-elle les larmes aux yeux. Mon Dieu, daignez seulement m'indiquer mes défauts, pour que je puisse m'en corriger ; maintenant, tout m'est possible. »

Elle se releva pour relire les billets vingt fois. Le second surtout la jeta dans des transports de bonheur. Bientôt elle remarqua une vérité établie dans son cœur depuis fort longtemps : c'est que jamais elle n'aurait pu s'attacher à un homme de moins de quarante ans. (L'inconnu parlait de son âge.) Elle se souvint qu'à l'église, comme il était un peu chauve, il lui avait paru avoir trente-quatre ou trente-cinq ans. Mais elle ne pouvait être sûre de cette idée ; elle avait si peu osé le regarder ! et elle était si troublée ! Durant la nuit, Ernestine ne ferma pas l'œil. De sa vie, elle n'avait eu l'idée d'un semblable bonheur. Elle se releva pour écrire en anglais sur son livre d'heures : « *N'être jamais impérieuse*. Je fais ce vœu le 30 septembre 18.. »

Pendant cette nuit, elle se décida de plus en plus sur cette vérité : il est impossible d'aimer un homme qui n'a pas quarante ans. A force de rêver aux bonnes qualités de son inconnu, il lui vint dans l'idée qu'outre l'avantage d'avoir quarante ans, il avait probablement encore celui d'être pauvre. Il était mis d'une manière si simple à l'église, que sans doute il était pauvre. Rien ne peut égaler sa joie à cette découverte. « Il n'aura jamais l'air bête et fat de nos amis, MM. tels et tels, quand ils viennent, à la Saint-Hubert, faire l'honneur à mon oncle de tuer ses chevreuils, et qu'à table ils nous comptent leurs exploits de jeunesse, sans qu'on les en prie.

« Se pourrait-il bien, grand Dieu ! qu'il fût pauvre ! En ce cas, rien ne manque à mon bonheur ! » Elle se leva une seconde fois pour allumer sa bougie à la veilleuse, et rechercher une évaluation de sa fortune qu'un jour un de ses cousins avait écrite sur un de ses livres. Elle trouva dix-sept mille livres de rente en se mariant, et, par la suite, quarante ou cinquante. Comme elle méditait sur ce chiffre, quatre heures sonnèrent; elle tressaillit. « Peut-être fait-il assez de jour pour que je puisse apercevoir mon arbre chéri. » Elle ouvrit ses persiennes; en effet elle vit le grand chêne et sa verdure sombre; mais, grâce au clair de lune, et non point par le secours des premières lueurs de l'aube, qui était encore fort éloignée.

En s'habillant le matin, elle se dit : « Il ne faut pas que l'amie d'un homme de quarante ans soit mise comme une enfant. » Et pendant une heure elle chercha dans ses armoires une robe, un chapeau, une ceinture, qui composèrent un ensemble si original, que, lorsqu'elle parut dans la salle à manger, son oncle, sa gouvernante et le vieux botaniste ne purent s'empêcher de partir d'un éclat de rire.

— Approche-toi donc, dit le vieux comte de S..., ancien chevalier de Saint-Louis, blessé à Quiberon; approche-toi, mon Ernestine; tu es mise comme si tu avais voulu te déguiser ce matin en femme de quarante ans.

A ces mots elle rougit, et le plus vif bonheur se peignit sur les traits de la jeune fille.

— Dieu me pardonne! dit le bon oncle à la fin du repas, en s'adressant au vieux botaniste, c'est une gageure; n'est-il pas vrai, Monsieur, que Mlle Ernestine a, ce matin, toutes les manières d'une femme de trente ans? Elle a surtout un petit air paternel en parlant aux domestiques qui me charme par son ridicule; je l'ai mise deux ou trois fois à l'épreuve pour être sûr de mon observation.

Cette remarque redoubla le bonheur d'Ernestine, si l'on peut se servir de ce mot en parlant d'une félicité qui déjà était au comble.

Ce fut avec peine qu'elle put se dégager de la société après déjeuner. Son oncle et l'ami botaniste ne pouvaient se lasser de l'attaquer sur son petit air vieux. Elle remonta chez elle, elle regarda le chêne. Pour la première fois, depuis vingt heures, un nuage vint obscurcir sa félicité, mais sans qu'elle pût se rendre compte de ce changement soudain. Ce qui diminua le ravissement auquel elle était livrée depuis le moment où, la veille, plongée dans le désespoir, elle avait trouvé les bouquets dans l'arbre, ce fut cette question qu'elle se fit : « Quelle conduite dois-je tenir avec mon ami pour qu'il m'estime? Un homme d'autant d'esprit, et qui a l'avantage d'avoir quarante ans, doit être bien sévère. Son estime pour moi tombera tout à fait si je me permets une fausse démarche. »

Comme Ernestine se livrait à ce monologue, dans la situation la plus propre à seconder les méditations sérieuses d'une jeune fille devant sa psyché, elle observa, avec un étonnement mêlé d'horreur, qu'elle avait à sa ceinture un crochet en or avec de petites chaînes portant le dé, les ciseaux et leur petit étui, bijou charmant qu'elle ne pouvait se lasser d'admirer encore la veille, et que son oncle lui avait donné pour le jour de sa fête il n'y avait pas quinze jours. Ce qui lui fit regarder ce bijou avec horreur et le lui fit ôter avec tant d'empressement, c'est qu'elle se rappela que sa bonne lui avait dit qu'il coûtait huit cent cinquante francs, et qu'il avait été acheté chez le plus fameux bijoutier de Paris, qui s'appelait Laurençot : « Que penserait de moi mon ami, lui qui a l'honneur d'être pauvre, s'il me voyait un bijou d'un prix si ridicule? Quoi de plus absurde que d'afficher ainsi les goûts d'une bonne ménagère; car c'est ce que veulent dire ces ciseaux, cet étui, ce dé, que l'on porte sans cesse avec soi; et la bonne ménagère ne pense pas que ce bijou coûte chaque année l'intérêt de son prix. » Elle se mit à calculer sérieusement et trouva que ce bijou coûtait près de cinquante francs par an.

Cette belle réflexion d'économie domestique, qu'Ernestine devait à l'éducation très forte qu'elle avait reçue d'un conspirateur caché pendant plusieurs années au château de son oncle, cette réflexion, dis-je, ne fit qu'éloigner la difficulté. Quand elle eut renfermé dans sa commode le bijou d'un prix ridicule, il fallut bien revenir à cette question embarrassante : Que faut-il faire pour ne pas perdre l'estime d'un homme d'autant d'esprit ?

Les méditations d'Ernestine (que le lecteur aura peut-être reconnues pour être tout simplement la cinquième période de la naissance de l'amour) nous conduiraient fort loin. Cette jeune fille avait un esprit juste, pénétrant, vif comme l'air de ses montagnes. Son oncle, qui avait eu de l'esprit jadis, et à qui il en restait encore sur les deux ou trois sujets qui l'intéressaient depuis longtemps, son oncle avait remarqué qu'elle apercevait spontanément toutes les conséquences d'une idée. Le bon vieillard avait coutume, lorsqu'il était dans ses jours de gaieté, et la gouvernante avait remarqué que cette plaisanterie en était le signe indubitable, il avait coutume, dis-je, de plaisanter son Ernestine sur ce qu'il appelait son *coup d'œil militaire*. C'est peut-être cette qualité qui, plus tard, lorsqu'elle a paru dans le monde et qu'elle a osé parler, lui a fait jouer un rôle si brillant. Mais, à l'époque dont nous nous entretenons, Ernestine, malgré son esprit, s'embrouilla tout à fait dans ses raisonnements. Vingt fois elle fut sur le point de ne pas aller se promener du côté de l'arbre : « Une seule étourderie, se disait-elle, annonçant l'enfantillage d'une petite fille, peut me perdre dans l'esprit de mon ami. » Mais, malgré les arguments extrêmement subtils, et où elle employait toute la force de sa tête, elle ne possédait pas encore l'art si difficile de dominer ses passions par son esprit. L'amour dont la pauvre fille était transportée à son insu faussait tous ses raisonnements et ne l'engagea que trop tôt, pour son bonheur, à s'acheminer vers l'arbre fatal. Après bien des hésitations, elle s'y trouva avec sa femme de chambre vers une heure. Elle s'éloigna de cette femme et s'approcha de l'arbre, brillante de joie, la pauvre petite ! Elle semblait voler sur le gazon et non pas marcher. Le vieux botaniste, qui était de la promenade, en fit faire l'observation à la femme de chambre, comme elle s'éloignait d'eux en courant.

Tout le bonheur d'Ernestine disparut en un clin d'œil. Ce n'est pas qu'elle ne trouvât un bouquet dans le creux de l'arbre; il était charmant et très frais, ce qui lui fit d'abord un vif plaisir. Il n'y avait donc pas longtemps que son ami s'était trouvé précisément à la même place qu'elle. Elle chercha sur le gazon quelques traces de ses pas; ce qui la charma encore, c'est qu'au lieu d'un simple petit morceau de papier écrit, il y avait un billet, et un long billet. Elle vola à la signature; elle avait besoin de savoir son nom de baptême. Elle lut; la lettre lui tomba des mains, ainsi que le bouquet. Un frisson mortel s'empara d'elle. Elle avait lu au bas du billet le nom de Philippe Astézan. Or M. Astézan était connu dans le château du comte de S... pour être l'amant de Mme Dayssin, femme de Paris fort riche, fort élégante, qui venait tous les ans scandaliser la province en osant passer quatre mois seule, dans son château, avec un homme qui n'était pas son mari. Pour comble de douleur, elle était veuve, jeune, jolie, et pouvait épouser M. Astézan. Toutes ces tristes choses, qui, telles que nous venons de les dire, étaient vraies, paraissaient bien autrement envenimées dans les discours des personnages tristes et grands ennemis des erreurs du bel âge, qui venaient quelquefois en visite à l'antique manoir du grand-oncle d'Ernestine. Jamais, en quelques secondes, un bonheur si pur et si vif, c'était le premier de sa vie, ne fut remplacé par un malheur poignant et sans espoir. « Le cruel! il a voulu se jouer de moi, se disait Ernestine; il a voulu se donner un but dans ses parties de chasse, tourner la tête d'une petite fille, peut-être dans l'intention d'en amuser Mme Dayssin. Et moi qui songeais à l'épouser! Quel enfantillage! quel comble d'humiliation! » Comme elle avait cette triste pensée, Ernestine tomba évanouie à côté de l'arbre fatal que depuis trois mois elle avait si souvent regardé. Du moins, une demi-heure après, c'est là que la femme de chambre et le vieux botaniste la trouvèrent sans mouvement. Pour surcroît de malheur, quand on l'eût rappelée à la vie, Ernestine aperçut à ses pieds la lettre d'Astézan, ouverte du côté de la signature et de manière qu'on pouvait la lire. Elle se leva prompte comme un éclair, et mit le pied sur la lettre.

Elle expliqua son accident, et put, sans être observée, ramasser la lettre fatale. De longtemps, il ne lui fut pas possible de la lire, car sa gouvernante la fit asseoir et ne la quitta plus. Le botaniste appela un ouvrier occupé dans les champs, qui alla chercher la voiture au château. Ernestine, pour se dispenser de répondre aux réflexions sur son accident, feignit de ne pouvoir parler ; un mal à la tête affreux lui servit de prétexte pour tenir son mouchoir sur ses yeux. La voiture arriva. Plus livrée à elle-même, une fois qu'elle y fut placée, on ne saurait décrire la douleur déchirante qui pénétra son âme pendant le temps qu'il fallut à la voiture pour revenir au château. Ce qu'il y avait de plus affreux dans son état, c'est qu'elle était obligée de se mépriser elle-même. La lettre fatale qu'elle sentait dans son mouchoir lui brûlait la main. La nuit vint pendant qu'on la ramenait au château ; elle put ouvrir les yeux, sans qu'on la remarquât. La vue des étoiles si brillantes, pendant une belle nuit du Midi de la France, la consola un peu. Tout en éprouvant les effets de ces mouvements de passion, la simplicité de son âge était bien loin de pouvoir s'en rendre compte. Ernestine dut le premier moment de répit, après deux heures de la douleur morale la plus atroce, à une résolution courageuse. « Je ne lirai pas cette lettre dont je n'ai vu que la signature ; je la brûlerai », se dit-elle, en arrivant au château. Alors elle put s'estimer au moins comme ayant du courage, car le parti de l'amour, quoique vaincu en apparence, n'avait pas manqué d'insinuer modestement que cette lettre expliquait peut-être d'une manière satisfaisante les relations de M. Astézan avec Mme Dayssin.

En entrant au salon, Ernestine jeta la lettre au feu. Le lendemain, dès huit heures du matin, elle se remit à travailler à son piano, qu'elle avait fort négligé depuis deux mois. Elle reprit la collection de *Mémoires sur l'Histoire de France* publiés par Petitot, et recommença à faire de longs extraits des *Mémoires* du sanguinaire Montluc. Elle eut l'adresse de se faire offrir de nouveau par le vieux botaniste un cours d'histoire naturelle. Au bout de quinze jours, ce brave homme, simple comme ses plantes, ne put se taire sur l'application étonnante qu'il remarquait chez son élève; il en était émerveillé. Quant à elle, tout lui était indifférent; toutes les idées la ramenaient également au désespoir. Son oncle était fort alarmé : Ernestine maigrissait à vue d'œil. Comme elle eut, par hasard, un petit rhume, le bon vieillard qui, contre l'ordinaire des gens de son âge, n'avait pas rassemblé sur lui-même tout l'intérêt qu'il pouvait prendre aux choses de la vie, s'imagina qu'elle était attaquée de la poitrine. Ernestine le crut aussi, et elle dut à cette idée les seuls moments passables qu'elle eut à cette époque; l'espoir de mourir bientôt lui faisait supporter la vie sans impatience.

Pendant tout un long mois, elle n'eut d'autre sentiment que celui d'une douleur d'autant plus profonde, qu'elle avait sa source dans le mépris d'elle-même; comme elle n'avait aucun usage de la vie, elle ne put se consoler en se disant que personne au monde ne pouvait soupçonner ce qui s'était passé dans son cœur, et que probablement l'homme cruel qui l'avait tant occupée ne saurait deviner la centième partie de ce qu'elle avait senti pour lui. Au milieu de son malheur, elle ne manquait pas de courage; elle n'eut aucune peine à jeter au feu sans les lire deux lettres sur l'adresse desquelles elle reconnut la funeste écriture anglaise.

Elle s'était promis de ne jamais regarder la pelouse au-delà du lac; dans le salon, jamais elle ne levait les yeux sur les croisées qui donnaient de ce côté. Un jour, près de six semaines après celui où elle avait lu le nom de Philippe Astézan, son maître d'histoire naturelle, le bon M. Villars, eut l'idée de lui faire une leçon sur les plantes aquatiques ; il s'embarqua avec elle et se fit conduire vers la partie du lac qui remontait dans le vallon. Comme Ernestine entrait dans la barque, un regard de côté et presque involontaire lui donna la certitude qu'il n'y avait personne auprès du grand chêne ; elle remarqua à peine une partie de l'écorce de l'arbre, d'un gris plus clair que le reste. Deux heures plus tard, quand elle repassa, après la leçon vis-à-vis le grand chêne, elle frissonna en reconnaissant que ce qu'elle avait pris pour un accident de l'écorce dans l'arbre était la couleur de la veste de chasse de Philippe Astézan, qui, depuis deux heures, assis sur une des racines du chêne, était immobile comme s'il eût été mort. En se faisant cette comparaison à elle-même, l'esprit d'Ernestine se servit aussi de ce mot : *comme s'il était mort ;* il la frappa. « S'il était mort, il n'y aurait plus d'inconvenance à me tant occuper de lui. » Pendant quelques minutes cette supposition fut un prétexte pour se livrer à un amour rendu tout-puissant par la vue de l'objet aimé.

Cette découverte la troubla beaucoup. Le lendemain, dans la soirée, un curé du voisinage, qui était en visite au château, demanda au comte de S... de lui prêter le *Moniteur*. Pendant que le vieux valet de chambre allait prendre dans la bibliothèque la collection des *Moniteurs* du mois :

— Mais curé, dit le comte, vous n'êtes plus curieux cette année ; voilà la première fois que vous me demandez le *Moniteur !*

— Monsieur le comte, répondit le curé, Mme Dayssin, ma voisine, me l'a prêté tant qu'elle a été ici ; mais elle est partie depuis quinze jours.

Ce mot si indifférent causa une telle révolution à Ernestine, qu'elle crut se trouver mal ; elle sentit son cœur tressaillir au mot du curé, ce qui l'humilia beaucoup.

« Voilà donc, se dit-elle, comment je suis parvenue à l'oublier ! »

Ce soir-là, pour la première fois depuis longtemps, il lui arriva de sourire. « Pourtant, se disait-elle, il est resté à la campagne, à cent cinquante lieues de Paris, il a laissé Mme Dayssin partir seule. » Son immobilité sur les racines du chêne lui revint à l'esprit, et elle souffrit que sa pensée s'arrêtât sur cette idée. Tout son bonheur, depuis un mois, consistait à se persuader qu'elle avait mal à la poitrine ; le lendemain, elle se surprit à penser que, comme la neige commençait à couvrir les sommets des montagnes, il faisait souvent très frais le soir ; elle songea qu'il était prudent d'avoir des vêtements plus chauds. Une âme vulgaire n'eût pas manqué de prendre la même précaution ; Ernestine n'y songea qu'après le mot du curé.

La Saint-Hubert approchait, et avec elle l'époque du seul grand dîner qui eût lieu au château pendant toute la durée de l'année. On descendit au salon le piano d'Ernestine. En l'ouvrant le jour d'après, elle trouva sur les touches un morceau de papier contenant cette ligne :

« Ne jetez pas de cri quand vous m'apercevrez. »

Cela était si court, qu'elle le lut avant de reconnaître la main de la personne qui l'avait écrit : l'écriture était contrefaite. Comme Ernestine devait au hasard, ou peut-être à l'air des montagnes du Dauphiné, une âme ferme, bien certainement, avant les paroles du curé sur le départ de Mme Dayssin, elle serait allée se renfermer dans sa chambre et n'eût plus reparu qu'après la fête.

Le surlendemain eut lieu ce grand dîner annuel de la Saint-Hubert. A table, Ernestine fit les honneurs, placée vis-à-vis de son oncle ; elle était mise avec beaucoup d'élégance. La table présentait la collection à peu près complète des curés et des maires des environs, plus cinq ou six fats de province, parlant d'eux et de leurs exploits à la guerre, à la chasse et même en amour, et surtout de l'ancienneté de leur race. Jamais ils n'eurent le chagrin de

faire moins d'effet sur l'héritière du château. L'extrême
pâleur d'Ernestine, jointe à la beauté de ses traits, allait
jusqu'à lui donner l'air du dédain. Les fats qui cherchaient
à lui parler se sentaient intimidés en lui adressant la
parole. Pour elle, elle était bien loin de rabaisser sa pensée
jusqu'à eux.

Tout le commencement du dîner se passa sans qu'elle
vît rien d'extraordinaire ; elle commençait à respirer
lorsque, vers la fin du repas, en levant les yeux, elle
rencontra vis-à-vis d'elle ceux d'un paysan déjà d'un âge
mûr, qui paraissait être le valet d'un maire venu des rives
du Drac. Elle éprouva ce mouvement singulier dans la
poitrine que lui avait déjà causé le mot du curé ; cependant
elle n'était sûre de rien. Ce paysan ne ressemblait point à
Philippe. Elle osa le regarder une seconde fois ; elle n'eut
plus de doute, c'était lui. Il s'était déguisé de manière à se
rendre fort laid.

Il est temps de parler un peu de Philippe Astézan, car il
fait là une action d'homme amoureux, et peut-être
trouverons-nous aussi dans son histoire l'occasion de
vérifier la théorie des sept époques de l'amour. Lorsqu'il
était arrivé au château de Laffrey avec Mme Dayssin, cinq
mois auparavant, un des curés qu'elle recevait chez elle,
pour faire la cour au clergé, répéta un mot fort joli.
Philippe étonné de voir de l'esprit dans la bouche d'un tel
homme, lui demanda qui avait dit ce mot singulier.

« C'est la nièce du comte de S..., répondit le curé, une
fille qui sera fort riche, mais à qui l'on a donné une bien
mauvaise éducation. Il ne s'écoule pas d'année qu'elle ne
reçoive de Paris une caisse de livres. Je crains bien qu'elle
ne fasse une mauvaise fin et que même elle ne trouve pas à
se marier. Qui voudra se charger d'une telle femme ? » etc.,
etc.

Philippe fit quelques questions, et le curé ne put
s'empêcher de déplorer la rare beauté d'Ernestine, qui
certainement l'entraînerait à sa perte ; il décrivit avec tant

de vérité l'ennui du genre de vie qu'on menait au château
du comte, que Mme Dayssin s'écria :

— Ah! de grâce, cessez, Monsieur le curé, vous allez
me faire prendre en horreur vos belles montagnes.

— On ne peut cesser d'aimer un pays où l'on fait tant
de bien, répliqua le curé, et l'argent que Madame a donné
pour nous aider à acheter la troisième cloche de notre
église lui assure...

Philippe ne l'écoutait plus, il songeait à Ernestine et à ce
qui devait se passer dans le cœur d'une jeune fille reléguée
dans un château qui semblait ennuyeux même à un curé
de campagne. « Il faut que je l'amuse, se dit-il à lui-même ;
je lui ferai la cour d'une manière romanesque ; cela
donnera quelques pensées nouvelles à cette pauvre fille. »
Le lendemain il alla chasser du côté du château du comte,
il remarqua la situation du bois, séparé du château par le
petit lac. Il eut l'idée de faire hommage d'un bouquet à
Ernestine ; nous savons déjà ce qu'il fit avec des bouquets
et de petits billets. Quand il chassait du côté du grand
chêne, il allait lui-même les placer ; les autres jours il
envoyait son domestique. Philippe faisait tout cela par
philanthropie, il ne pensait pas même à voir Ernestine ; il
eût été trop difficile et trop ennuyeux de se faire présenter
chez son oncle. Lorsque Philippe aperçut Ernestine à
l'église, sa première pensée fut qu'il était bien âgé pour
plaire à une jeune fille de dix-huit ou vingt ans. Il fut
touché de la beauté de ses traits et surtout d'une sorte de
simplicité noble qui faisait le caractère de sa physionomie.
« Il y a de la naïveté dans ce caractère », se dit-il à lui-
même. Un instant après elle lui parut charmante. Lorsqu'il la vit laisser tomber son livre d'heures en sortant du
banc seigneurial et chercher à le ramasser avec une
gaucherie si aimable, il songea à aimer, car il espéra. Il
resta dans l'église lorsqu'elle en sortit ; il méditait sur un
sujet peu amusant pour un homme qui commence à être
amoureux : il avait trente-cinq ans et un commencement

de rareté dans les cheveux, qui pouvait bien lui faire un beau front à la manière du Dr Gall[3], mais qui certainement ajoutait encore trois ou quatre ans à son âge. « Si ma vieillesse n'a pas tout perdu à la première vue, se dit-il, il faut qu'elle doute de mon cœur pour oublier mon âge. »

Il se rapprocha d'une petite fenêtre gothique qui donnait sur la place, il vit Ernestine monter en voiture, il lui trouva une taille et un pied charmants, elle distribua des aumônes; il lui sembla que ses yeux cherchaient quelqu'un. « Pourquoi, se dit-il, ses yeux regardent-ils au loin, pendant qu'elle distribue de la petite monnaie tout près de la voiture? Lui aurais-je inspiré de l'intérêt? »

Il vit Ernestine donner une commission à un laquais; pendant ce temps il s'enivrait de sa beauté. Il la vit rougir, ses yeux étaient fort près d'elle : la voiture ne se trouvait pas à dix pas de la petite fenêtre gothique; il vit le domestique rentrer dans l'église et chercher quelque chose dans le banc du seigneur. Pendant l'absence du domestique, il eut la certitude que les yeux d'Ernestine regardaient bien plus haut que la foule qui l'entourait, et, par conséquent, cherchaient quelqu'un; mais ce quelqu'un pouvait fort bien n'être pas Philippe Astézan, qui, aux yeux de cette jeune fille, avait peut-être cinquante ans, soixante ans, qui sait? A son âge et avec de la fortune, n'a-t-elle pas un prétendu parmi les hobereaux du voisinage? « Cependant je n'ai vu personne pendant la messe. »

Dès que la voiture du comte fut partie, Astézan remonta à cheval, fit un détour dans le bois pour éviter de 'a rencontrer, et se rendit rapidement à la pelouse. A son inexprimable plaisir, il put arriver au grand chêne avant qu'Ernestine eût vu le bouquet et le petit billet qu'il y avait fait porter le matin; il enleva ce bouquet, s'enfonça dans le bois, attacha son cheval à un arbre et se promena. Il était fort agité; l'idée lui vint de se blottir dans la partie la plus touffue d'un petit mamelon boisé, à cent pas du lac. De ce réduit, qui le cachait à tous les yeux, grâce à une clairière dans le bois, il pouvait découvrir le grand chêne et le lac.

Quel ne fut pas son ravissement lorsqu'il vit peu de temps après la petite barque d'Ernestine s'avancer sur ces eaux limpides que la brise du midi agitait mollement! Ce moment fut décisif; l'image de ce lac et celle d'Ernestine qu'il venait de voir si belle à l'église se gravèrent profondément dans son cœur. De ce moment, Ernestine eut quelque chose qui la distinguait à ses yeux de toutes les autres femmes, et il ne lui manqua plus que de l'espoir pour l'aimer à la folie. Il la vit s'approcher de l'arbre avec empressement; il vit sa douleur de n'y pas trouver de bouquet. Ce moment fut si délicieux et si vif, que, quand Ernestine se fut éloignée en courant, Philippe crut s'être trompé en pensant voir de la douleur dans son expression lorsqu'elle n'avait pas trouvé de bouquet dans le creux de l'arbre. Tout le sort de son amour reposait sur cette circonstance. Il se disait: « Elle avait l'air triste en descendant de la barque et même avant de s'approcher de l'arbre. — Mais, répondait le parti de l'espérance, elle n'avait pas l'air triste à l'église; elle y était, au contraire, brillante de fraîcheur, de beauté, de jeunesse et un peu troublée; l'esprit le plus vif animait ses yeux. »

Lorsque Philippe Astézan ne put plus voir Ernestine, qui était débarquée sous l'allée des platanes de l'autre côté du lac, il sortit de son réduit un tout autre homme qu'il n'y était entré. En regagnant au galop le château de Mme Dayssin, il n'eut que deux idées: « A-t-elle montré de la tristesse en ne trouvant pas de bouquet dans l'arbre? Cette tristesse ne vient-elle pas tout simplement de la vanité déçue? » Cette supposition plus probable finit par s'emparer tout à fait de son esprit et lui rendit toutes les idées raisonnables d'un homme de trente-cinq ans. Il était fort sérieux. Il trouva beaucoup de monde chez Mme Dayssin; dans le courant de la soirée, elle le plaisanta sur sa gravité et sur sa fatuité. Il ne pouvait plus, disait-elle, passer devant une glace sans s'y regarder. « J'ai en horreur, disait Mme Dayssin, cette habitude des jeunes gens à la mode. C'est une grâce que vous n'aviez point ; tâchez de vous en défaire, ou je vous joue le mauvais tour de faire enlever toutes les glaces. » Philippe était embarrassé ; il ne savait comment déguiser une absence qu'il projetait. D'ailleurs il était très vrai qu'il examinait dans les glaces s'il avait l'air vieux.

Le lendemain, il fut reprendre sa position sur le mamelon dont nous avons parlé, et d'où l'on voyait fort bien le lac ; il s'y plaça muni d'une bonne lunette, et ne quitta ce gîte qu'à la *nuit close,* comme on dit dans le pays.

Le jour suivant, il apporta un livre ; seulement il eût été bien en peine de dire ce qu'il y avait dans les pages qu'il lisait ; mais, s'il n'eût pas eu un livre, il en eût souhaité un. Enfin, à son inexprimable plaisir, vers les trois heures, il vit Ernestine s'avancer lentement vers l'allée de platanes sur le bord du lac ; il la vit prendre la direction de la chaussée, coiffée d'un grand chapeau de paille d'Italie. Elle s'approcha de l'arbre fatal ; son air était abattu. Avec le secours de sa lunette, il s'assura parfaitement de l'air abattu. Il la vit prendre les deux bouquets qu'il y avait placés le matin, les mettre dans son mouchoir et disparaître en courant avec la rapidité de l'éclair. Ce trait fort simple acheva la conquête de son cœur. Cette action fut si vive, si prompte, qu'il n'eut pas le temps de voir si Ernestine avait conservé l'air triste ou si la joie brillait dans ses yeux. Que devait-il penser de cette démarche singulière ? Allait-elle montrer les deux bouquets à sa gouvernante ? Dans ce cas, Ernestine n'était qu'une enfant, et lui plus enfant qu'elle de s'occuper à ce point d'une petite fille. « Heureusement, se dit-il, elle ne sait pas mon nom ; moi seul je sais ma folie, et je m'en suis pardonné bien d'autres. »

Philippe quitta d'un air très froid son réduit, et alla, tout pensif, chercher son cheval, qu'il avait laissé chez un paysan à une demi-lieue de là. « Il faut convenir que je suis encore un grand fou! » se dit-il en mettant pied à terre dans la cour du château de Mme Dayssin. En entrant au salon, il avait une figure immobile, étonnée, glacée. Il n'aimait plus.

Le lendemain, Philippe se trouva bien vieux en mettant sa cravate. Il n'avait d'abord guère d'envie de faire trois lieues pour aller se blottir dans un fourré, afin de regarder un arbre; mais il ne se sentit le désir d'aller nulle autre part. « Cela est bien ridicule », se disait-il. Oui, mais ridicule aux yeux de qui? D'ailleurs, il ne faut jamais manquer à la fortune. Il se mit à écrire une lettre fort bien faite, par laquelle, comme un autre Lindor, il déclarait son nom et ses qualités. Cette lettre si bien faite eut, comme on se le rappelle peut-être, le malheur d'être brûlée sans être lue de personne. Les mots de la lettre que notre héros écrivit en y pensant le moins, la signature *Philippe Astézan*, eurent seuls l'honneur de la lecture. Malgré de forts beaux raisonnements, notre homme raisonnable n'en était pas moins caché dans son gîte ordinaire au moment où son nom produisit tant d'effet; il vit l'évanouissement d'Ernestine en ouvrant sa lettre; son étonnement fut extrême.

Le jour d'après, il fut obligé de s'avouer qu'il était amoureux; ses actions le prouvaient. Il revint tous les jours dans le petit bois, où il avait éprouvé des sensations si vives. Mme Dayssin devant bientôt retourner à Paris, Philippe se fit écrire une lettre et annonça qu'il quittait le Dauphiné pour aller passer quinze jours en Bourgogne auprès d'un oncle malade. Il prit la poste, et fit si bien en revenant par une autre route, qu'il ne passa qu'un jour sans aller dans le petit bois. Il s'établit à deux lieues du château du comte de S..., dans les solitudes de Crossey[4], du côté opposé au château de Mme Dayssin, et de là, chaque jour, il venait au bord du petit lac. Il y vint trente-trois jours de suite sans y voir Ernestine; elle ne paraissait plus à l'église; on disait la messe au château; il s'en approcha sous un déguisement, et deux fois il eut le bonheur de voir Ernestine. Rien ne lui parut pouvoir égaler l'expression noble et naïve à la fois de ses traits. Il se disait : « Jamais auprès d'une telle femme je ne connaîtrais la satiété. » Ce qui touchait le plus Astézan, c'était l'extrême pâleur d'Ernestine et son air souffrant. J'écrirais dix volumes comme Richardson si j'entreprenais de noter toutes les manières dont un homme, qui d'ailleurs ne manquait pas de sens et d'usage, expliquait l'évanouissement et la tristesse d'Ernestine. Enfin, il résolut d'avoir un éclaircissement avec elle, et pour cela de pénétrer dans le château. La timidité, être timide à trente-cinq ans! la timidité l'en avait longtemps empêché. Ses mesures furent prises avec tout l'esprit possible, et cependant, sans le hasard, qui mit dans la bouche d'un indifférent l'annonce du départ de Mme Dayssin, toute l'adresse de Philippe était perdue, ou du moins il n'aurait pu voir l'amour d'Ernestine que dans sa colère. Probablement il aurait expliqué cette colère par l'étonnement de se voir aimée par un homme de son âge. Philippe se serait cru méprisé, et, pour oublier ce sentiment pénible, il eût eu recours au jeu ou aux coulisses de l'opéra, et fût devenu plus égoïste et plus dur en pensant que la jeunesse était tout à fait finie pour lui.

Un *demi-monsieur*, comme on dit dans le pays, mais d'une commune de la montagne et camarade de Philippe pour la chasse au chamois, consentit à l'amener, sous le déguisement de son domestique, au grand dîner du château de S..., où il fut reconnu par Ernestine.

Ernestine, sentant qu'elle rougissait prodigieusement, eut une idée affreuse : « Il va croire que je l'aime à l'étourdie, sans le connaître; il me méprisera comme un enfant, il partira pour Paris, il ira rejoindre sa Mme Dayssin; je ne le verrai plus. » Cette idée cruelle lui donna le courage de se lever et de monter chez elle. Elle y était depuis deux minutes quand elle entendit ouvrir la porte de l'antichambre de son appartement. Elle pensa que c'était sa gouvernante, et se leva, cherchant un prétexte pour la renvoyer. Comme elle s'avançait vers la porte de sa chambre, cette porte s'ouvre : Philippe est à ses pieds.

— Au nom de Dieu, pardonnez-moi ma démarche, lui dit-il ; je suis au désespoir depuis deux mois ; voulez-vous de moi pour époux ?

Ce moment fut délicieux pour Ernestine. « Il me demande en mariage, se dit-elle, je ne dois plus craindre Mme Dayssin. » Elle cherchait une réponse sévère, et, malgré des efforts incroyables, peut-être elle n'eût rien trouvé. Deux mois de désespoir étaient oubliés ; elle se trouvait au comble du bonheur. Heureusement, à ce moment, on entendit ouvrir la porte de l'antichambre. Ernestine lui dit :

— Vous me déshonorez.

— N'avouez rien ! s'écria Philippe d'une voix contenue, et, avec beaucoup d'adresse, il se glissa entre la muraille et le joli lit d'Ernestine, blanc et rose.

C'était la gouvernante, fort inquiète de la santé de sa pupille, et l'état dans lequel elle la retrouva était fait pour augmenter ses inquiétudes. Cette femme fut longue à renvoyer. Pendant son séjour dans la chambre, Ernestine eut le temps de s'accoutumer à son bonheur ; elle put reprendre son sang-froid. Elle fit une réponse superbe à Philippe quand, la gouvernante étant sortie, il risqua de reparaître.

Ernestine était si belle aux yeux de son amant, l'expression de ses traits si sévère, que le premier mot de sa réponse donna l'idée à Philippe que tout ce qu'il avait pensé jusque-là n'était qu'une illusion, et qu'il n'était pas aimé. Sa physionomie changea tout à coup et n'offrit plus que l'apparence d'un homme au désespoir. Ernestine, émue jusqu'au fond de l'âme de son air désespéré, eut cependant la force de le renvoyer. Tout le souvenir qu'elle conserva de cette singulière entrevue, c'est que, lorsqu'il l'avait suppliée de lui permettre de demander sa main, elle avait répondu que ses affaires, comme ses affections, devaient le rappeler à Paris. Il s'était écrié alors que la seule affaire au monde était de mériter le cœur d'Ernestine, qu'il jurait à ses pieds de ne pas quitter le Dauphiné tant qu'elle y serait, et de ne rentrer de sa vie dans le château qu'il avait habité avant de la connaître.

Ernestine fut presque au comble du bonheur. Le jour suivant, elle revint au pied du grand chêne, mais bien escortée par la gouvernante et le vieux botaniste. Elle ne manqua pas d'y trouver un bouquet et surtout un billet. Au bout de huit jours, Astézan l'avait presque décidée à répondre à ses lettres lorsque, une semaine après, elle apprit que Mme Dayssin était revenue de Paris en Dauphiné. Une vive inquiétude remplaça tous les sentiments dans le cœur d'Ernestine. Les commères du village voisin, qui, dans cette conjoncture, sans le savoir, décidaient du sort de sa vie, et qu'elle ne perdait pas une occasion de faire jaser, lui dirent enfin que Mme Dayssin, remplie de colère et de jalousie, était venue chercher son amant, Philippe Astézan, qui, disait-on, était resté dans le pays avec l'intention de se faire chartreux. Pour s'accoutumer aux austérités de l'ordre, il s'était retiré dans les solitudes de Crossey. On ajoutait que Mme Dayssin était au désespoir.

Ernestine sut quelques jours après que jamais Mme Dayssin n'avait pu parvenir à voir Philippe, et qu'elle était repartie furieuse pour Paris. Tandis qu'Ernestine cherchait à se faire confirmer cette douce certitude, Philippe était au désespoir; il l'aimait passionnément et croyait n'en être point aimé. Il se présenta plusieurs fois sur ses pas, et fut reçu de manière à lui faire penser que, par ses entreprises, il avait irrité l'orgueil de sa jeune maîtresse. Deux fois il partit pour Paris, deux fois, après avoir fait une vingtaine de lieues, il revint à sa cabane, dans les rochers de Crossey. Après s'être flatté d'espérances que maintenant il trouvait conçues à la légère, il cherchait à renoncer à l'amour, et trouvait tous les autres plaisirs de la vie anéantis pour lui.

Ernestine, plus heureuse, était aimée, elle aimait. L'amour régnait dans cette âme que nous avons vue passer successivement par les sept périodes diverses qui séparent l'indifférence de la passion, et au lieu desquelles le vulgaire n'aperçoit qu'un seul changement, duquel encore il ne peut expliquer la nature.

Quant à Philippe Astézan, pour le punir d'avoir abandonné une ancienne amie aux approches de ce qu'on peut appeler l'époque de la vieillesse pour les femmes, nous le laissons en proie à l'un des états les plus cruels dans lesquels puisse tomber l'âme humaine. Il fut aimé d'Ernestine, mais ne put obtenir sa main. On la maria l'année suivante à un vieux lieutenant général fort riche et chevalier de plusieurs ordres.

EXEMPLE DE L'AMOUR EN FRANCE
DANS LA CLASSE RICHE

J'ai reçu beaucoup de lettres à l'occasion de l'*Amour*. Voici une des plus intéressantes.

> *Saint-Dizier, le ... juin 1825.*

Je ne sais trop, mon cher philosophe, si vous pourrez appeler *amour-vanité* le petit calcul de vanité de la jeune Française que vous avez rencontrée l'été dernier aux eaux d'Aix-en-Savoie, et dont je vous ai promis l'histoire; car dans toute cette comédie, très plate d'ailleurs, il n'y a jamais eu l'ombre d'amour; c'est-à-dire de rêverie passionnée, s'exagérant le bonheur de l'intimité.

N'allez pas croire à cause de cela que je n'ai pas compris votre livre; je m'en prends seulement à un mot mal fait.

Dans toutes les espèces du *genre amour*, il devrait y avoir quelque caractère commun : le caractère du genre est proprement le désir de l'intimité parfaite. Or, dans l'*amour-vanité*, ce caractère n'existe pas.

Lorsqu'on est habitué à l'exactitude irréprochable du langage des sciences physiques, on est facilement choqué par l'imperfection du langage des sciences métaphysiques.

Mme Félicie Féline est une jeune Française de vingt-cinq ans, qui a des terres superbes et un château délicieux en Bourgogne. Quant à elle, elle est, comme vous savez, laide, mais assez bien faite (tempérament nerveux-lympha-

tique). Elle est à mille lieues d'être bête, mais, certes, elle
n'a pas d'esprit; de sa vie elle ne trouva une idée forte ou
piquante. Comme elle a été élevée par une mère spirituelle
et dans une société fort distinguée, elle a beaucoup de
métier dans l'esprit; elle répète parfaitement les phrases
des autres, et avec un air de propriété étonnant. En les
répétant, elle joue même le petit étonnement qui accompagne l'invention. Elle passe ainsi, auprès des gens qui
l'ont vue rarement, ou des gens bornés qui la voient
souvent, pour une personne charmante et très spirituelle.

Elle a en musique précisément le même genre de talent
que dans la conversation. A dix-sept ans, elle jouait
parfaitement du piano; assez pour donner des leçons à
huit francs (non pas qu'elle en donne, sa position de
fortune est très belle). Quand elle a vu un opéra nouveau
de Rossini, le lendemain, à son piano, elle s'en rappelle au
moins la moitié. Très musicienne d'instinct, elle joue avec
infiniment d'expression, et à la première vue, les partitions
les plus difficiles. Avec cette espèce de facilité, elle ne
comprend pas les *choses* difficiles, et cela dans ses lectures
comme dans sa musique. Mme Gherardi, en deux mois,
eût compris, j'en suis sûr, la théorie des proportions
chimiques de Berzelius. Mme Féline est, au contraire,
incapable de comprendre un des premiers chapitres de Say
ou la théorie des fractions continues.

Elle a pris un maître d'harmonie fort célèbre en
Allemagne, et n'en a jamais compris un mot.

Pour avoir eu quelques leçons de Redouté, elle surpasse,
à quelques égards, le talent de son maître. Ses roses sont
plus légères encore que celles de cet artiste. Je l'ai vue
plusieurs années s'amuser de ses couleurs, et jamais elle
n'a regardé d'autres tableaux que ceux de l'exposition;
jamais, lorsqu'elle apprenait à peindre des fleurs, et quand
alors nous possédions encore les chefs-d'œuvre de la
peinture italienne, elle n'eut la curiosité de les aller voir.

Elle ne comprend pas la perspective dans un paysage ni le clair-obscur (*chiaroscuro*).

Cette inhabileté de l'esprit à saisir les choses difficiles est un trait de la femme française ; dès qu'une chose est malaisée, elle ennuie et on la plante là.

C'est ce qui fait que votre livre *De l'Amour* n'aura jamais de succès parmi elles. Elles liront les anecdotes et passeront les conclusions, et elles se moqueront de tout ce qu'elles auront passé. Je suis bien poli de mettre tout cela au futur.

Mme Féline, à dix-huit ans, fit un mariage de convenance. Elle se trouva unie à un bon jeune homme de trente ans, un peu lymphatique et sanguin, tout à fait antibilieux et nerveux, bon, doux, égal et très bête. Je ne sais pas d'homme plus complètement dépourvu d'esprit. Le mari pourtant avait eu beaucoup de succès dans ses études à l'Ecole polytechnique, où je l'avais connu, et l'on avait bien fait pousser son *mérite* dans la société où était élevée Félicie, pour lui dérober sa bêtise qui s'étend à tout, hors le talent de conduire supérieurement ses mines et ses fonderies.

Le mari la fêta de son mieux, ce qui veut dire ici très bien ; mais il avait affaire à un être glacé auquel rien ne faisait. Cette espèce de reconnaissance tendre que les maris inspirent ordinairement aux filles les plus indifférentes ne dura pas huit jours chez elle.

Seulement, à vivre ainsi avec lui, elle s'aperçut bientôt qu'on lui avait donné une bête pour le tête-à-tête, et, ce qui est bien plus affreux, une bête quelquefois *ridicule* dans le monde. Elle trouva plus que compensé par là le plaisir d'avoir épousé un homme fort riche et de recevoir souvent des compliments sur le mérite de son mari.

Alors elle le prit en déplaisance.

Le mari, qui n'était pas si bien né qu'elle, crut qu'elle faisait la duchesse. Il s'éloigna aussitôt de son côté. Cependant, comme c'était un homme excessivement

occupé et très peu difficile, et comme il n'y avait rien de
plus commode pour lui que sa femme entre un compte de
contremaître à relire et une machine à éprouver, il essayait
quelquefois de lui faire un petit bout de cour. Cette idée
ne manquait pas de changer en aversion la déplaisance de
sa femme, lorsqu'il faisait cette cour devant un tiers,
devant moi, par exemple, tant il y était gauche, commun et
de mauvais goût.

Je crois que j'aurais eu l'idée de l'interrompre par des
soufflets, s'il eût dit et fait ces choses-là devant moi à une
autre femme. Mais je connaissais à Félicie une âme si
sèche, une absence si complète de toute vraie sensibilité,
j'étais si souvent impatienté de sa vanité, que je me
contentais de la plaindre un peu quand je la voyais souffrir
dans cette vanité, de par son mari, et je m'éloignais.

Le ménage alla ainsi quelques années (Félicie n'a jamais
eu d'enfant). Pendant ce temps-là, le mari, vivant en
bonne compagnie lorsqu'il était à Paris (et il ne passait que
six semaines de l'été à ses forges de Bourgogne), en prit le
ton et devint beaucoup mieux ; en restant toujours bête, il
cessa presque entièrement d'être ridicule, et continua
toujours d'avoir de grands succès dans son état, comme
vous avez pu en juger par les grandes acquisitions qu'il
a faites depuis et par le dernier rapport du jury sur
l'exposition des produits de l'industrie nationale.

A force d'être rebuté par sa femme, M. Féline imagina,
à cinq ou six reprises, d'en être un peu amoureux et de
bonne foi. Elle lui tenait la dragée haute. La coquetterie de
Félicie, dans ce temps-là, consistait à lui dire des choses
aimables en public, et à trouver des prétextes pour lui
tenir rigueur dans le tête-à-tête. Elle augmentait ainsi les
désirs de son mari ; et quand elle daignait lui permettre... il
payait tous les mémoires de tapissiers, de Leroy, de
Corcellet, et la trouvait encore très modérée dans ses
dépenses, qui étaient absurdes.

Pendant les deux ou trois premières années, jusqu'à

vingt ou vingt et un ans, Félicie n'avait cherché le plaisir que dans la satisfaction des vanités suivantes :

« Avoir de plus belles robes que toutes les jeunes femmes de sa société.

« Donner de meilleurs dîners.

« Recevoir plus de compliments qu'elles quand elle joue du piano.

« Passer pour avoir plus d'esprit qu'elles. »

A vingt et un ans commença la *vanité du sentiment*.

Elle avait été élevée par une mère athée, et dans une société de philosophes athées. Elle avait été tout juste une fois à l'église, pour se marier ; encore ne le voulait-elle pas. Depuis son mariage, elle lisait toutes sortes de livres. Rousseau et Mme de Staël lui tombèrent entre les mains : ceci fait époque, et prouve combien ces livres sont dangereux.

Elle lut d'abord l'*Emile ;* après quoi elle se crut le droit de bien mépriser intellectuellement toutes les jeunes femmes de sa connaissance. Notez bien qu'elle n'avait pas compris un mot de la métaphysique du vicaire savoyard.

Mais les phrases de Rousseau sont très travaillées, subtiles et très malaisées à retenir. Elle se contentait de risquer quelquefois une pointe de religiosité, pour *faire effet* dans une société sans religiosité, et où il n'était pas plus question de ces choses que du roi de Siam.

Elle lut *Corinne,* c'est le livre qu'elle a le plus lu. Les phrases sont à l'effet et se retiennent bien. Elle s'en mit un bon nombre dans la tête. Le soir elle choisissait dans son salon les hommes jeunes et un peu bêtes, et, sans leur dire gare, elle leur répétait très proprement sa leçon du matin.

Quelques-uns y furent pris, ils la crurent une personne susceptible de passion, et lui rendirent des soins.

Cependant, elle n'avait amené là que les gens les plus communs et les plus niais de son salon ; elle n'était pas bien sûre que les autres ne se moquaient pas un peu d'elle.

Le mari, tenu sans cesse hors de chez lui par ses affaires et d'ailleurs un bon homme *What then?* (que m'importe?), ne s'apercevait pas, ou ne s'occupait en rien de ces coquetteries d'esprit.

Félicie lut *la Nouvelle Héloïse*. Elle trouva alors qu'il y avait dans son âme des trésors de sensibilité; elle confia ce secret à sa mère et à un vieil oncle qui lui avait servi de père; ils se moquèrent d'elle comme d'un enfant. Elle n'en persista pas moins à trouver qu'on ne pouvait vivre sans un amant, et sans un amant dans le genre de Saint-Preux.

Il y avait dans sa société un jeune Suédois, qui est un homme assez bizarre. En sortant de l'Université, quand il n'avait que dix-huit ans, il fit plusieurs actions d'éclat dans la campagne de 1812, et il obtint un grade élevé dans les milices de son pays; ensuite il partit pour l'Amérique et vécut six mois parmi les Indiens. Il n'est ni bête, ni spirituel; mais il a un grand caractère; il a quelques côtés sublimes de vertu et de grandeur. D'ailleurs, l'homme le plus lymphatique que j'aie connu; avec une assez belle figure, des manières simples, mais prodigieusement graves. De là, de grandes démonstrations d'estime et de considération autour de lui.

Félicie se dit : « Voilà l'homme qu'il me faut faire semblant d'avoir pour amant. Comme c'est le plus froid de tous, c'est celui dont la passion me fera le plus d'honneur. »

Le Suédois Weilberg était tout à fait ami de la maison. Il y a cinq ans, dans l'été, on arrangea un voyage avec lui et le mari.

Comme c'était un homme de mœurs excessivement sévères, surtout comme il n'était nullement amoureux de Félicie, il la voyait telle quelle était, fort laide. D'ailleurs, on ne lui avait pas dit en partant à quoi on le destinait. Le mari, que ces airs ennuyaient, et qui désirait aussi retirer de l'utilité pour lui d'un voyage entrepris pour plaire à sa femme, la plantait là dès qu'ils arrivaient quelque part; il allait courir les fabriques, il visitait les usines, les mines, en disant à Weilberg :

— Gustave, je vous laisse ma femme.

Weilberg parlait très mal français; il n'avait jamais lu Rousseau ni Mme de Staël, circonstance admirable pour Félicie.

La petite femme fit donc bien la malade pour écarter son mari par l'ennui, et pour exciter la pitié du bon jeune homme, avec qui elle restait sans cesse en tête-à-tête. Pour l'attendrir en sa faveur, elle lui parlait de l'amour qu'elle avait pour son mari, et de son chagrin de l'y voir répondre si peu.

Cette musique n'amusait pas Weilberg; il l'écoutait par simple politesse. Elle se crut plus avancée; elle lui parla de la sympathie qui existait entre eux. Gustave prit son chapeau et alla se promener.

Quand il rentra, elle se fâcha contre lui : elle lui dit qu'il l'avait injuriée en regardant comme un commencement de déclaration une simple parole de bienveillance.

La nuit, quand ils la passaient en voiture, elle appuyait sa tête sur l'épaule de Gustave, qui le souffrait par politesse.

Ils voyagèrent ainsi deux mois, mangeant beaucoup d'argent, s'ennuyant plus encore.

Quand ils furent de retour. Félicie changea toutes ses habitudes. Si elle avait pu envoyer des lettres de faire part, elle eût fait savoir à tous ses amis et connaissances qu'elle avait une passion violente pour M. Weilberg le Suédois, et que M. Weilberg était son amant.

Plus de bals, plus de toilettes : elle néglige ses anciens amis, fait des impertinences à ses anciennes connaissances. Enfin elle se condamne au sacrifice de tous ses goûts, pour faire croire qu'elle aime profondément ce M. Weilberg, cette espèce de sauvage indien, colonel dans les milices suédoises à dix-huit ans, et que cet homme est fou d'elle.

Elle commence par le signifier à sa mère, le jour de son

arrivée. Sa mère, suivant elle, est coupable de l'avoir mariée avec un homme qu'elle n'aimait pas; elle doit actuellement favoriser de tous ses moyens son amour pour l'homme qu'elle a choisi et qu'elle adore; il faut donc qu'elle persuade au mari d'établir en quelque sorte Weilberg dans sa maison. Si elle ne l'a pas sans cesse chez elle, elle menace de l'aller trouver chez lui à son hôtel.

La mère, comme une bête, crut cela, et elle fit si bien auprès de son gendre, que Weilberg ne pouvait avoir d'autre maison que la sienne. Charles le priait sans cesse, la mère aussi lui faisait tant de politesses et lui montrait tant d'empressement, que le pauvre jeune homme, ne sachant ce qu'on voulait de lui, et craignant à l'excès de manquer à des gens qui l'avaient parfaitement accueilli, n'osait se refuser à rien.

Les femmes pleurent à volonté, comme vous savez.

Un jour que j'étais seul chez Félicie, elle se prit à pleurer, et, me serrant la main, elle me dit:

— Ah! mon cher Goncelin, votre amitié clairvoyante a bien deviné mon cœur! Autrefois vous étiez bien avec Weilberg; depuis notre voyage vous avez changé; vous semblez avoir de la haine pour lui. (Cela ne semblait pas du tout. Je savais à quoi m'en tenir.) Ah! mon ami, je n'étais pas heureuse auparavant... Ce n'est que depuis... Si vous saviez toutes les barbaries de Charles pendant le voyage! Si vous connaissiez mieux Gustave!... Si vous saviez que de soins touchants, que de tendresse!... Pouvais-je résister?... Si vous saviez quelle âme de feu, quelles passions effrayantes a cet homme, en apparence si froid! Non, mon ami, vous ne me mépriseriez pas!... Je sens bien, hélas! qu'il me manque quelque chose... Ce bonheur n'est pas pur... Je sais bien ce que je devais à Charles. Mais, mon ami! ce spectacle continuel de l'indifférence, des mépris de l'un, des soins et de l'amour de l'autre... Et cette familiarité obligée de la vie en voyage... Tant de dangers!... Pouvais-je résister à tant d'amour ? et d'ailleurs, pouvais-je résister à ses violences ?, etc., etc., etc.

Voilà donc le pauvre Weilberg, honnête comme Joseph, accusé d'avoir violé la femme de son ami, et il faut le croire, c'est elle qui le dit : elle s'en est vantée à deux personnes de ma connaissance, et sans doute aussi à d'autres que je ne connais pas.

La déclaration ci-dessus ressemble beaucoup à ce qu'elle me dit : j'ai conservé le souvenir de ses expressions. Peu de jours après, je vis une des personnes qui avaient reçu la même confidence. Je la priai de chercher à s'en rappeler les termes ; elle me répéta exactement la version que j'avais entendue, ce qui me fit rire.

Après sa confession, Félicie me dit, en me tendant la main, qu'elle comptait sur ma discrétion ; que je devais être avec Weilberg comme par le passé, et faire semblant de ne m'apercevoir de rien. « La vertu sauvage de cet homme sublime lui faisait peur. » Quand il la quittait, elle craignait toujours de ne plus le revoir ; elle craignait que, par une résolution inopinée, il ne s'embarquât tout à coup pour retourner en Suède. Moi, je lui promis sur notre conversation le plus inviolable secret.

Cependant tous les amis de la famille trouvaient indigne que ce pauvre Weilberg eût *séduit* une jeune femme dans la maison de laquelle il avait presque reçu l'hospitalité, dont le mari lui avait rendu mille services, et qui avait jusque-là marché très droit. Je le prévins du sot rôle qu'on lui faisait jouer. Il m'embrassa en me remerciant de l'avis, et me dit qu'il ne remettrait plus les pieds dans cette maison. C'est lui qui me conta alors comment le voyage s'était passé.

Félicie, privée quelques jours de Weilberg, qui dînait sans cesse chez elle auparavant, joua le désespoir. Elle dit que c'était une indignité de son mari, qui avait chassé cet homme vertueux. (Elle avait dit à moi et à deux autres que cet homme vertueux l'avait violée sur la mousse, au pied d'un sapin dans le Schwartzwald, comme il convient que cette chose se fasse.) Elle dit aussi, en termes polis, que sa mère, après lui avoir servi de complaisante, lui avait soufflé son vertueux amant. (Notez que la mère est une pauvre vieille femme de soixante ans, qui ne pense plus à rien depuis vingt ans.) Elle commanda chez un très habile coutelier un poignard à lame de Damas, qu'elle fit apporter un jour au milieu du dîner, et que je lui ai vu payer quarante francs et serrer très proprement devant nous tous dans son secrétaire, à côté de sa cire d'Espagne. Une douzaine de garçons apothicaires apportèrent chacun aussi une petite bouteille de sirop d'opium, et toutes ces bouteilles réunies en faisaient une quantité considérable. Elle les serra dans sa toilette.

Le lendemain, elle signifia à sa mère que, si elle ne faisait pas revenir Gustave, elle s'empoisonnerait avec l'opium, et se tuerait avec le poignard qu'elle avait fait faire exprès.

La mère, qui savait à quoi s'en tenir sur l'amour de Weilberg, et qui craignait l'esclandre, alla chez celui-ci. Elle lui conta que sa fille était folle; qu'elle faisait semblant d'être très amoureuse de lui, qu'elle le disait amoureux d'elle, et qu'elle prétendait se tuer, s'il ne revenait pas. Elle lui dit :

— Revenez chez elle, humiliez-la bien; elle vous prendra en horreur, et alors vous ne reviendrez plus.

Weilberg était un brave homme; il eut pitié de la vieille mère qui venait le prier ainsi, et il consentit à se prêter à cette ennuyeuse comédie, pour éviter l'esclandre que la mère craignait.

Il revint donc. La jeune femme ne lui parla de rien; elle lui fit seulement quelques reproches aimables sur son absence pendant cinq jours. Quand ils étaient seuls ensemble, elle ne se serait pas avisée de lui parler d'amour, depuis qu'il avait pris son chapeau, un jour, en voyage, et qu'il était parti quand elle allait commencer une déclaration. Weilberg aime la musique ; elle passait le temps à jouer du piano, et comme elle en joue admirablement, Weilberg restait assez volontiers à l'entendre. En public, c'était bien différent ; elle ne lui parlait que d'amour ; mais il faut avouer qu'elle y mettait beaucoup d'art. Comme, heureusement, il savait mal le français, elle trouvait moyen de faire savoir à tous les assistants qu'il était son amant sans qu'il pût le comprendre.

Tous les amis de la maison étaient dans le secret de la comédie ; mais les connaissances n'y étaient pas encore. Il fut de nouveau question, parmi elles, de l'indignité du procédé de M. Weilberg, et celui-ci de nouveau se retira et ne voulut plus revenir.

Félicie se mit au lit et signifia à sa mère qu'elle se laisserait mourir de faim. Elle se mit à ne prendre que du thé ; elle se levait pour l'heure du dîner ; mais elle ne prenait exactement rien.

Au bout de six jours de ce régime, elle fut gravement indisposée ; on envoya chercher des médecins. Elle déclara qu'elle s'était empoisonnée, qu'elle ne voulait recevoir de soins de personne, que tout était inutile. La mère et deux amis étaient là, avec les médecins ; elle dit qu'elle mourait pour M. Weilberg, dont on lui avait aliéné le cœur. Du reste, elle priait qu'on épargnât cette triste confidence à son pauvre mari, qui, heureusement, ignorait toutes ces choses, etc., etc.

Cependant elle consentit à prendre une drogue ; on lui donna un vomitif, et elle, qui n'avait vécu que de thé depuis six jours, rendit trois à quatre livres de chocolat : sa maladie, son empoisonnement, n'était qu'une épouvantable indigestion. Je l'avais prédit.

Ne sachant qu'inventer pour émouvoir sa mère et pour la pousser à de nouvelles démarches qui pussent ramener Weilberg dans sa maison, elle la menaça de tout avouer à Charles. Le mari, qui eût cru sa femme sur parole, l'aurait plantée là indubitablement. Cet esclandre étant donc possible, la mère retourna à la charge auprès du bon Gustave, qui consentit encore à revenir. Lui et moi, nous nous voyions beaucoup alors; nous faisions un travail en commun; il s'était pris de goût pour moi, et j'étais à peu près le Français qu'il aimait le mieux à voir. Nous passions ensemble une partie des journées, il m'apprenait le suédois. Je lui montrais la géométrie descriptive et le calcul différentiel; car il s'était pris de passion pour les mathématiques, et souvent il m'obligeait à rajeunir dans nos livres mes souvenirs déjà anciens de l'Ecole polytechnique. Je prenais ensuite mon violon, et, beaucoup plus tolérant que vous, il restait volontiers des heures à m'entendre.

Félicie me fit la cour pour que je fusse sans cesse chez elle; elle savait que c'était un moyen d'attirer Weilberg. Un matin que nous déjeunions tous trois ensemble chez elle, elle imagina de faire *preuve d'amour* à Gustave devant moi, et elle affecta avec lui les privautés de gens qui vivent dans la plus parfaite intimité. L'autre, d'abord, ne comprit pas; enfin elle mit tellement les points sur les *i*, qu'il fallut bien comprendre; il me regarda, rit, et sans bouger avala son morceau. On lui proposait de faire quelque rajustement à la toilette de Félicie. Il lui dit brutalement : « Pardieu, vous avez une femme de chambre pour vous habiller! » Et elle me dit tout bas à l'oreille : « Voyez-vous comme il est délicat; j'étais sûre que, devant vous, il ne voudrait pas remettre une épingle à mon fichu. »

Cependant, elle n'était pas si contente qu'elle me le disait de la délicatesse et de la retenue de son prétendu amant. C'était, je me le rappelle, un dimanche de Pâques. Quand nous eûmes fini le déjeuner et que nous ne prenions plus que du thé, elle dit à son domestique :

— Paul, dites à ma femme de chambre que je n'ai pas besoin d'elle et qu'elle profite de ce moment pour aller à la messe.

Nous restâmes à prendre le thé. Le domestique n'entrant plus, elle s'approcha très près du feu.

— J'ai bien froid, dit-elle; et tendant la main à Weilberg : est-ce que je n'ai pas la fièvre?

— Ma foi, je ne m'y connais pas; mais voilà Goncelin qui se fait, à sa campagne, le médecin de ses paysans; il doit se connaître à la fièvre : il vous le dira.

Je lui tâtai le pouls :

— Pas le moins du monde, lui dis-je.

— C'est singulier, reprit-elle; je suis toute je ne sais comment; il me semble que je vais me trouver mal. Tenez, voilà que je vais me trouver mal; j'étouffe, desserrez-moi. M. Gustave, desserrez-moi. Goncelin, je vous en prie, allez chercher dans l'appartement de mon mari...

— Quoi?

— Du benjoin, pour le brûler; il y en a dans son médaillier.

— Je sais où il est, dit Weilberg; j'y vais. Goncelin va vous aider; je retourne dans l'instant.

Et il revint cinq minutes après.

Je m'étais amusé à la délacer. La figure à part, elle était bien, jeune, bien faite, la peau blanche et douce. Je lui avais découvert la poitrine; elle se serait laissé mettre toute nue. J'usais passablement de la partie découverte, et je lui disais :

— Votre cœur bat très doucement; n'ayez pas peur, ce n'est absolument rien.

Elle jouait un évanouissement modéré. Weilberg, qui faisait exprès d'être longtemps dehors, rentra à la fin, posa le benjoin sur la cheminée, et se remit tranquillement à manger des biscuits et à avaler des tasses de thé. Félicie, qui voyait tout cela, en faisant semblant de ne pas y voir, n'y tint plus. Aussi bien, comme j'avais dit à Gustave qu'elle n'avait aucune altération dans le pouls ni dans la respiration, il avait ajouté :

— C'est bien singulier qu'avec cela elle ait une syncope!

Félicie, poussée à bout, revint peu à peu à elle; elle se rajusta et nous pria de la laisser seule.

Comme elle croyait avoir grand intérêt à paraître réellement évanouie devant Gustave, je crois que si j'avais essayé de satisfaire une fantaisie, qui ne me prit pas, elle se fût laissé faire, sauf à dire ensuite que c'était, de ma part, l'excès de l'indignité, et, de la sienne, l'excès du malheur. Et notez bien que, matériellement honnête jusque-là, et fort insensible, d'ailleurs, à ce plaisir, elle eût souffert très certainement d'être ainsi violée.

Félicie fut si cruellement humiliée de cette manifestation d'indifférence de Weilberg pour elle devant moi, à qui elle en parlait toujours comme de l'amant le plus passionné, qu'elle en fut réellement malade. Weilberg, après cette farce ridicule, ne voulait plus revenir chez elle. Cependant, comme elle garda le lit quelque temps, et qu'auparavant on le voyait sans cesse dans cette maison, pour éviter qu'on ne remarquât son absence, il parut; ses visites, peu à peu, furent plus rares, et ce ne fut qu'après huit mois qu'il cessa d'y aller tout à fait. Pendant ces huit mois, elle n'a cessé de le représenter à tous comme son amant, alors même qu'on ne le voyait presque plus jamais chez elle.

Félicie aime beaucoup la musique. N'ayant pas de loge aux Bouffes, elle avait très rarement l'occasion d'y aller. Un jour, des amis nous prêtèrent leur loge tout entière, et elle arrangea que Weilberg et moi nous l'y conduirions; son mari viendrait nous y retrouver. Vous remarquerez qu'alors, au fond de son cœur, elle exécrait Weilberg; elle l'avait forcé de venir là pour qu'il se mît avec elle sur le devant de la loge. Gustave dit qu'il faisait trop chaud et sortit du théâtre, me laissant seul avec elle. Ma foi, comme il lui donnait sans cesse de pareils démentis, à partir de ce jour elle changea de ton et, après avoir parlé pendant un an de la passion, de l'amour de Weilberg, elle commença à toucher quelques mots de son inconstance et des peines qu'il lui causait.

En même temps, il me revint aux oreilles que je passais pour être son amant. J'allai la trouver, je le lui dis, et j'ajoutai que je ne voulais pas passer pour l'être, sans en avoir au moins le profit. Je la pris sur mes genoux, je la brusquai. Comme je savais très positivement qu'il lui était désagréable d'être violée et qu'elle sentait la chose imminente, je lui disais que je voulais mériter la réputation qu'elle me faisait, etc. C'était dans le jour; on pouvait entrer d'un moment à l'autre dans sa chambre; elle eut une peur du diable; elle me conjura de la laisser; elle me dit qu'elle n'avait jamais aimé que Weilberg et qu'elle n'en aimerait jamais d'autre. Enfin elle se dégagea de moi; elle sonna. Un domestique vint, auquel elle commanda de refaire le feu, d'arranger les rideaux, de lui apporter du thé. Je sortis. Depuis ce temps, nous sommes à peu près brouillés. Elle dit partout que je suis une espèce de scélérat à la *Iago;* que depuis longtemps j'avais pour elle une abominable passion, et que c'est moi qui ai éloigné d'elle son amant Weilberg. Elle a été jusqu'à montrer comme des déclarations de ma part quelques lettres familièrement amicales que je lui avais écrites il y a six ans, quand j'étais avec vous à Rome.

A présent, la vanité de Félicie s'exerce sur d'autres objets. Elle dit, en parlant de Weilberg, des phrases tristes du troisième volume de *Corinne;* elle joue le deuil d'une grande passion; elle ne va plus dans le monde; chez elle, plus de toilette; mais elle donne d'excellents dîners, où viennent de vieux imbéciles qui passent pour avoir été des gens d'esprit autrefois, et de pauvres diables qui n'ont pas de dîner chez eux. Elle parle avec admiration de lord Byron, de Canaris, de Bolivar, de M. de La Fayette. On la plaint, dans son petit monde, comme une jeune femme bien malheureuse, et on la loue comme une personne infiniment sensible et spirituelle; elle est passablement contente de la sorte. Cela fait une de ces maisons bourgeoises que vous détestez tant.

Avais-je raison de vous dire que cette ennuyeuse histoire ne vous servirait à rien; elle est plate par sa nature. Tout se passe en discours dans l'*amour-vanité*. Les discours racontés ennuient; la plus petite action vaut mieux.

Ensuite, ce n'est pas, je crois, ici l'*amour-vanité* comme vous l'entendez. Félicie a un trait rare, s'il ne lui est point particulier; c'est que c'est une chose désagréable pour elle que de faire son métier de femme, et qu'il lui importait fort peu de faire croire à l'homme qu'elle proclamait son amant, de lui faire croire, dis-je, qu'elle l'aimait réellement.

Goncelin.

DOCUMENTS

NOTES PRÉPARATOIRES ET RÉSIDUS DES BROUILLONS DU MANUSCRIT DE MILAN [1]

PENSÉE FOR « LOVE »

Les femmes voient plus en détail, et si elles devinent si bien les hommes, c'est que leur hypocrisie ne soigne pas assez les détails pour leur [permettre] d'atteindre aux grands effets.

D[omini]que.

☆

De là vient * que quand on parle à ce qu'on aime, on dit une foule de choses qui n'ont pas de sens, ou folies, et avec une déclamation marquée. Comme on sent qu'on ne fait pas assez attention à ce qu'on dit pour dire des choses passables, un mouvement machinal fait soigner et charger la déclamation. Pour moi, je dis d'un air senti une foule de balivernes, les premières qui me viennent à la bouche. Les caractères extrêmement sensibles et passionnés paraissent ainsi au-dessous de leur mérite, et les caractères froids assez animés pour être bien s'élèvent au-dessus d'eux-mêmes, tandis que les caractères passionnés devenant fous par excès de passion, doivent sembler pitoyables. Par fierté et par pudeur de sentiment, je ne puis pas être éloquent pour les intérêts trop vifs de mon cœur et avec ce que j'aime. Ne pas réussir me ferait trop de mal.

☆

Il me semble que lorsqu'on parvient enfin à coucher avec une maîtresse adorée pendant deux ans, au moment où l'on vient de finir, on est étonné d'avoir eu si peu de plaisir.

D'abord s'assurer du fait, ensuite en voici l'explication :

* 25 février 1820.

1º pour les âmes tendres, la première fois est toujours...
(J'interromps la copie, la voyant trop longue.)

☆

PRÉFACE

Je viens solliciter l'indulgence du lecteur pour la forme singulière de cette *physiologie de l'amour*.

Il y a vingt-deux ans que je me trouvais placé au milieu d'une ville aimable où je comptais passer le reste de la vie ; dans l'heureuse Lombardie, la grande, ou, pour mieux dire, l'unique affaire de la vie, c'est le plaisir. Là, aucune attention pour les faits et gestes du voisin ; on ne s'y préoccupe de ce qui nous arrive qu'à peine ; si l'on aperçoit l'existence du voisin on ne songe pas à le haïr. Si l'on ôte l'envie des occupations d'une ville [...] et les hommes du premier mérite qui inondèrent la société de Paris, tels que les Cretet, les Daru, etc., ne permettant de faire peser sur l'Empire la responsabilité du changement notable qui s'est opéré dans le caractère français pendant cette première moitié du XIXᵉ siècle.

Inutile de pousser plus loin mon examen, le lecteur réfléchira et saura bien conclure [...].

☆

CHAPITRE I

J'entreprends de tracer, avec une précision et, si je puis, une vérité mathématiques, l'histoire de la maladie appelée *amour*. Presque tout le monde la connaît. Tout le monde en parle du moins et, la plupart du temps, d'une manière emphatique.

Il me semble qu'il y a quatre amours différents :

[...] Il y a quatre espèces d'amour * :

1º L'amour-passion, celui de la religieuse portugaise, celui d'Héloïse, etc.

2º L'amour-goût, celui qu'on sent généralement à Paris, c'est un tableau où il ne doit point entrer d'ombres noires, rien de désagréable sous aucun prétexte.

3º Le plaisir physique, à la chasse à cheval trouver une belle et fraîche paysanne qui fuit dans les bois (comme à Fontainebleau, septembre 1811).

Tout le monde connaît ce dernier, quelque bilieux et malheureux que soit le caractère, on commence par là à seize ans.

---

* 29 décembre 1819.

4° L'amour de la vanité comme un beau cheval. Quand une fois nous connaîtrons parfaitement l'amour-passion, l'amour-goût qui n'en est qu'une diminution, qu'une nuance affaiblie, sera facile à connaître.

☆

CHAPITRE I*

[...] 3° L'amour-physique.

A la chasse, trouver une belle et fraîche paysanne qui fuit dans les bois. Tout le monde connaît l'amour fondé sur ce genre de plaisirs, quelque sec et malheureux que soit le caractère, on commence par là à seize ans**.

« J'avais lu quelques romans, dit le jeune comte de ... parlant de la marquise d'Arblay***; j'avais lu quelques romans, et je me crus amoureux. Le plaisir, pour un enfant de dix-sept ans, d'être caressé par une femme aimable et l'impression que font à cet âge [...].

— J'en suis enchanté, répondis-je avec vivacité.

— Eh bien! nous souperons ensemble, personne ne viendra nous interrompre et nous causerons en liberté.

Elle accompagna ce discours du regard le plus enflammé.

— Je ne sais pas trop causer, lui dis-je. Mais pourquoi ne me permettez-vous plus de vous embrasser comme à la campagne?

— Pourquoi? reprit-elle; c'est que lorsque vous avez une fois commencé, vous ne finissez point.

Je lui promis de m'arrêter quand elle en serait importunée et, son silence m'autorisant, je la baisai, je touchai sa gorge avec des plaisirs ravissants. Mes désirs s'enflammaient de plus en plus. La marquise, par un tendre silence, autorisait toutes mes actions. Enfin [...]

☆

CHAPITRE VIII

De l'amour-passion****

1° D'une manière quelconque, il faut que l'âme soit portée à déposer une brillante cristallisation des perfections sur l'objet

---

* Corrections de juillet 1820, *ever* uni[quemen]t *thinking to* L[éono]re.
** *For me.* Car il y a crist[allisati]on pour cet amour-là comme pour les autres.
*** Dans ses *Confessions.* Duclos, tome VIII, p. 7.
**** 29 décembre 1819.

aimé. Dans cette singulière habitude de sentir, le difficile est le premier pas.

Le grand monde ou, pour mieux dire, la cour, est utile à l'amour, comme donnant l'habitude de voir et d'exécuter un grand nombre de nuances (Voir Saint-Simon).

Et la plus petite nuance peut être le commencement d'une passion ; le grand monde est donc utile comme favorisant le premier pas.

D'un autre côté, il faut absolument la solitude pour le travail de la cristallisation. Une jeune fille de dix-huit ans n'a pas assez de cristallisation en son pouvoir pour aimer aussi fortement qu'une femme de vingt-huit ans qui a eu des malheurs.

☆

CHAPITRE XII

[...] Du moment qu'il aime, l'homme qui a la meilleure tête ne voit plus rien dans la nature *tel qu'il est* ou raisonnablement. On s'exagère en moins ses propres avantages et, en plus, les moindres faveurs de l'objet aimé. Les craintes et les espoirs prennent à l'instant quelque chose de romanesque. [...]

☆

CHAPITRE XIII

Dans cette singulière habitude de sentir qui nous fait oublier notre *être* pour accumuler les perfections sur un autre individu, le difficile c'est le premier pas.

Peut-être le grand monde avec ses réunions brillantes est-il utile à l'amour comme favorisant ce *premier pas* et produisant sur les jeunes cœurs une [...]

☆

CHAPITRE XVI

Je viens d'éprouver ce soir * que la musique, quand elle est parfaite, met le cœur exactement dans la même situation où il est quand il jouit de la présence de ce qu'il aime et qu'il voit que ce qu'il aime l'adore. C'est-à-dire qu'elle donne le bonheur apparemment le plus vif qui existe sur cette terre. Si cela était vrai pour

* 25 f[évrier 1820]. *Duetto* de *Frédéric II*.

tous les hommes, rien au monde ne disposerait plus à l'amour.

Mais j'ai déjà observé il y a longtemps que la musique parfaite, comme la pantomime parfaite, me fait songer à ce qui fait actuellement l'objet de mes méditations, et me fait venir des idées excellentes.

Or, ce soir, je ne puis pas me dissimuler que j'ai le malheur d'être amoureux et peut-être la musique parfaite que j'ai eu le bonheur de rencontrer après deux ou trois mois de privation, quoi-qu'allant tous les jours à l'Opéra, n'a produit tout simplement que son effet anciennement reconnu, je veux dire celui de faire songer vivement à ce qui occupe.

La Batterati me rappelait ce que j'aime. Elle en a l'élégance de la taille et la pâleur *.

☆

CHAPITRE XXVII

Sur les yeux

Les gens timides qui ont connu l'amour savent que l'on peut tenir une conversation tout entière sans d'autre secours que celui des yeux. Il y a même des nuances de sentiment, et non de pensée, qu'eux seuls peuvent rendre et ce sont les yeux que la sculpture ne peut exprimer. Voir Crébillon, tome V, page 261.

☆

CHAPITRE... [XXXI] **

Extrait du journal de Sneider.

Amsterdam, le 29 avril 1818.

Désespéré du malheur où l'amour me réduit, je maudis mon existence. Je n'ai le cœur à rien. Le temps est triste et sombre ; il pleut ; un froid tardif est venu rattrister la nature qui, après un long hiver, s'élançait au printemps.

Taxis, un colonel en demi-solde, un ami raisonnable et froid, est venu passer deux heures avec moi.

— Vous devriez renoncer à l'aimer.

— Comment faire ?

— C'est un grand malheur pour vous de l'avoir connue.

J'en conviens presque, tant je me sens abattu et tant la

* 24 février 1820. *At the Orfei.*
** 29 avril 1820. *For Love.* Page 149 *bis.*

mélancolie a aujourd'hui d'empire sur moi. Nous cherchons ensemble qui a pu porter Lady Vernon à me calomnier auprès d'elle. Nous ne trouvons rien si ce n'est ce vieux proverbe hollandais que les femmes ennuyées et que la jeunesse quitte se piquent d'un rien. Ce qu'il y a de certain, c'est qu'elle est *enragée* contre moi; c'est le mot d'un des amis de cette femme cruelle.

Taxis me quitte. Je sors par la pluie et ne sachant que faire. Mon appartement, ce salon que j'ai habité dans les premiers temps que je l'aimais et quand je la voyais tous les jours, m'est devenu insupportable. Chaque gravure, chaque meuble me rappellent le bonheur que j'avais rêvé en leur présence et que j'ai perdu pour jamais.

Je cours les rues par une pluie froide; le hasard, ou autre chose, me fait passer sous ses fenêtres. Il était nuit tombante et je marchais en fixant, les larmes aux yeux, la fenêtre de sa chambre. Tout à coup le rideau est un peu entrouvert et se referme aussitôt. Je me suis senti un mouvement physique près du cœur. J'entre sous une porte cochère. Mille hasards ont pu produire ce mouvement du rideau. Mais si c'était sa jolie main qui l'eût écarté?

En étant amoureux, je sens qu'il existe pour moi un bonheur immense qui est à un pas de moi, qui ne dépend que d'un mot, que d'un geste.

En étant sans passion comme Taxis, les jours tristes, je ne vois nulle part le bonheur, j'arrive à douter qu'il existe pour moi. Je m'ennuie. Il est deux heures du matin. Le petit mouvement du rideau a eu lieu à dix heures. J'ai fait cinq visites. Je suis allé au spectacle, mais, dans le fait, j'ai passé ma soirée à examiner cette question: Après tant de colère, et si peu fondée, car enfin voulais-je l'offenser? et quelle est la chose au monde que l'intention n'excuse pas? a-t-elle eu un moment de pitié * ?

☆

CHAPITRE XXXIII

Toujours un petit doute à calmer, voilà ce qui fait la vie de l'amour-passion **.

☆

* Approuvé.
** 16 février 1820.

CHAPITRE XXXVII

Jalousie *

Si la raison pouvait s'opposer à l'imagination avec l'ombre de l'apparence du succès, je dirais aux pauvres femmes malheureuses par la jalousie : Il y a une grande différence entre l'infidélité chez les hommes et chez les femmes. Cette action est en partie action directe, en partie signe. Par l'effet de notre éducation, elle n'est pas signe chez l'homme. Elle est, au contraire, le plus grand de tous les signes chez la femme. Une mauvaise habitude physique en fait une nécessité aux jeunes gens. Voici comment vient cette habitude. Pendant toute la première jeunesse l'exemple de ce qu'on appelle *les grands* au collège fait qu'on met toute sa vanité, toute la preuve de son mérite dans le succès de ce genre.

Quant à la valeur de l'action signe, dans un mouvement de colère je renverse une table sur le pied de mon ami, cela lui fait un mal du diable, mais peut s'arranger, ou bien je lui donne un fort soufflet avec mon gant...

☆

CHAPITRE XXXIX

Tous les hommes perdaient la tête**. C'est le moment où les femmes prennent sur eux une incontestable supériorité.

Minerve, 101, 449, Jouy.

☆

CHAPITRE XLIII

[...] On peut dire de la France : ce n'est pas un petit nombre d'immenses fortunes qui fait la richesse d'un pays, mais la quantité de fortunes médiocres. Ainsi, au milieu de la rareté des grandes passions, la France est peut-être le pays du monde où l'amour produit le plus de bonheur. Cette grande nation se trouve être pour l'amour ce qu'elle est pour l'esprit en 1820. Nous n'avons ni Byron, ni Moore, ni Scott, ni Crabbe, ni Monti, mais

* 1er mai [1820], 193 ter.
** 24 avril 1820.

il y a chez nous beaucoup plus de gens d'esprit éclairés, agréables et au niveau des lumières du siècle qu'en Angleterre et en Italie.

Un artiste italien écrivait de Paris : « Je me déplais infiniment ici ; je crois que c'est parce que je n'ai pas le loisir d'aimer à mon gré. Ici, la sensibilité se dépense goutte à goutte à mesure qu'elle se forme et de manière, au moins pour moi, à fatiguer la source. A Rome, par le peu d'intérêt des événements de chaque jour, elle s'amoncelle au profit des passions. »

☆

CHAPITRE XLIX

Florence, le 12 mai 1820.

Ce soir *, j'ai vu un homme qui avait quelque chose à solliciter auprès d'un magistrat de cinquante ans. Sa première demande a été : « Quelle est sa maîtresse ? (*Chi avvicina adesso ?*) ** » Ici, toutes ces affaires-là sont de la dernière publicité ; elles ont leurs lois, il y a la manière approuvée de se conduire, autrement on est un *porc*.

— Qu'y a-t-il de nouveau ? demandait hier un de mes amis arrivant de la campagne.

— La Corsini a changé d'amant ; le pauvre Gatti se désespère.

— Et qui a-t-elle pris ?

— Le Vitelli, ce bel officier à moustaches qui avait la Colonna. Voyez-le là-bas, au parterre, assis vis-à-vis de sa loge ; il n'en bouge pas depuis huit jours ; et voyez le pauvre amant quitté, Gatti, qui se promène près de la porte, comptant de loin les regards que son infidèle lance au rival heureux. Il est très changé et dans le dernier désespoir. Il se sent mourir, dit-il, seulement à l'idée de quitter Florence ***.

Chaque année il y a des désespoirs pareils dans la haute société. Il y a peu de société ici et encore, quand on aime bien, on n'y va presque plus.

Les trois grands traits de ce pays-ci, c'est que tout le monde fait l'amour, personne ne lit, et il n'y a point de société.

Faire l'amour n'est pas, comme à Paris, voir sa maîtresse un quart d'heure toutes les semaines, et le reste du temps accrocher un regard ou un serrement de pied. L'amant, l'heureux amant, passe toujours cinq à six heures de chacune de ses journées avec

* 2 mai 1820, pris pour le volume jaune *on Love*, page 285 à 291.

** Prem. vers. : *Avvicinar*, approcher, est très bien dit. On passe toujours trois à six heures de chacune de ses journées avec sa maîtresse.

*** Prem. vers. : Milan.

la femme qu'il aime. Il lui parle de ses affaires, de ses procès, de son jardin anglais, de sa chasse, de son avancement. C'est l'intimité la plus complète et la plus tendre; il la tutoie en présence du mari et devant tout le monde et partout. Un jeune homme de ce pays-ci fort ambitieux, nommé à une grande place à Vienne, n'a pas pu se faire à l'absence. Il a quitté sa place au bout de six mois et est revenu être heureux dans la loge de son amie. Ce commerce de tous les instants serait assommant en France, parce qu'on y manque de naturel. Il faut porter dans le monde une certaine affectation. Pour en prendre l'habitude en Italie, il ne s'agit que de dire à sa maîtresse tout ce qu'on pense. Il faut exactement penser tout haut. Les Français qui se sont faits à cette manière de vivre n'ont jamais pu la quitter. On se trouve tout seul dans la vie. Pour se convaincre qu'elle n'est pas si ennuyeuse qu'on la jugera d'abord à Paris, il faut avoir été témoin du rôle pitoyable que la plus jolie femme de France jouera à l'égard des Italiennes *. Les Françaises redoublent d'efforts pour faire effet, les Italiennes ** leur enlèvent leurs amants en deux soirées.

Nos badauds de Paris, qui en sont encore à concevoir qu'on puisse être Persan, ne sachant que dire, s'écrieront que cela est immoral. Je me réserve de leur démontrer que, en fait de mœurs, Paris ne doit rien à Bologne ***; seulement ici l'on sait être plus heureux. J'en appelle à tous les officiers français qui ont fait les campagnes d'Italie.

D'abord, il n'y a point d'odieux. A Paris, le rôle du mari trompé est exécrable; ici, ce n'est rien. La plupart de ces amours durent cinq ou six ans; on se quitte quand on ne trouve plus de douceur à se tout dire et, passé le premier mois de la rupture, il n'y a plus d'aigreur ****.

☆

CHAPITRE LIX

[...] Le comte de Valmont dit que le moment où une femme excite les transports les plus vifs est celui où, sans être assuré de ses faveurs, son amant a la certitude de son amour.

Cela me semble vrai aussi de l'amour-passion. C'était l'avis de La Rochefoucauld (*Princesse de Clèves,* tome II, page 108). [...]

Je crois ***** que l'on peut dire qu'il y a en amour avant la

* Prem. vers. : Milanaises.
** Prem. vers. : Milanaises.
*** Prem. vers. : Milan.
**** Bon, 27 avril 1820. *Id.,* 2 mai.
***** 26 avril [1820].

timidité des moments qui pour le bonheur actuel lui sont
préférables.

Par exemple, cette soirée de M. de Nemours caché dans les
bosquets de Coulommiers (*Princesse de Clèves*, II, page 108). [...]

Il est vrai que dans ces moments les plaisirs physiques
manquent, mais aussi l'on est seulement occupé de [...] l'amour-
goût et ils proscrivent l'amour-passion.

La Révolution depuis 1789 combat en faveur de l'*utile* ou de la
virtù des républiques contre l'honneur ou la vertu arrangée à
l'usage des rois. L'amour-goût doit perdre du terrain.

☆

[...] C'est ce que je disais le 4 mars à une femme de beaucoup
d'esprit, et qui a une âme singulière ; elle me semblait frappée de
cet éloge de l'inconstance dans don Juan*.

**

. . . .

Son raisonnement n'était peut-être qu'un sentiment de crainte.
Comme raisonnement, même dans une aussi jolie bouche, il me
semble intolérable, car enfin, en supposant, comme on le dit, un
homme qui se moque des serments, que cherche-t-on par
l'inconstance ? Le plaisir apparemment. [...] l'on trouve avec une
maîtresse désirée trois ans et gardée trente***.

Une maîtresse désirée trois ans est réellement maîtresse dans
toute la force du terme : on tremble auprès d'elle. Et, dirai-je aux
don Juan : l'homme qui tremble ne bâille pas****.

Le malheur de l'inconstance, c'est l'ennui ; le malheur de
l'amour-passion, c'est le désespoir et la mort. On remarque les
désespoirs d'amour ; personne ne fait attention aux vieux libertins
blasés qui crèvent d'ennui et dont Paris est pavé. Il est plus
fréquent, dira-t-on, qu'on se brûle la cervelle par amour que par
ennui, j'en conviens, mais à quel jeu dans ce monde l'enjeu
n'est-il pas proportionné au gain que l'on peut faire***** ?

---

* *Made* 8 mars. Corrigé 3 avril 1820.

** *Lasciar qui una pagina in bianco, un foglio bianco.*

*** Var. : ... gardée trente, car on dit que la vieillesse, changeant nos
organes nous rend incapables d'aimer ; pour moi, je n'en crois rien. Votre
maîtresse, devenue votre tendre amie, vous donne d'autres plaisirs, les
plaisirs de la vieillesse. C'est une fleur qui, après avoir été rose le matin,
dans la saison des fleurs, se change en un fruit délicieux, le soir, au
moment où le repos devient nécessaire[a].

a. *For me.* La vieillesse de M. Duvernet comparée à celle de J.-J. Rousseau, de
B[ernard]in de Saint-Pierre, de Cabanis.

**** *For me.* Amours du prince de Wagram et de Collé.

***** Var. : mais il en est des terribles jeux du destin comme des jeux les
plus frivoles. Ce que l'on risque est proportionné au gain qu'on peut faire[2].

L'éloge de l'inconstance, pour être excellent comme moyen dramatique, dépeindra la disposition de celui qui le fait, mais, comme chose avancée sérieusement, cela n'a pas de sens, cela se réduit à l'éloge d'un plaisir aux dépens d'un autre.

Il y a tel caractère fait pour ne trouver le plaisir que dans la variété. Mais un homme qui vante le vin de champagne aux dépens du bordeaux ne fait que dire avec plus ou moins d'éloquence : j'aime mieux le champagne.

Chacun de ces vins a ses partisans, et tous ont raison, s'ils se connaissent bien eux-mêmes et s'ils courent après le genre de bonheur qui est le mieux adapté à leurs organes et à leurs habitudes. Chaque homme a son beau idéal, et il y a toujours du ridicule à vouloir sérieusement convertir son voisin.

Je ne sais si les choses qu'on a vues dans cet essai paraîtront vraies. Il me semble qu'elles le sont pour moi, et chaque lecteur peut regarder dans son âme. Si ses sensations sont telles que je les prédis, alors cet écrit est vrai pour lui.

Il serait nécessaire qu'une femme d'esprit qui aurait connu l'amour consentît à effacer beaucoup de choses dans cet essai et à y en ajouter quelques-unes.

☆

FRAGMENT 71

Rien de plus faux que nul n'est héros pour son valet de chambre, ou, plutôt, rien de plus vrai dans le sens monarchique, héros affecté comme l'Hippolyte de *Phèdre*.

D[omini]que.

Mais un héros comme Turenne, Fénelon, Catinat, Desaix.

☆

FRAGMENT 53 [72]

13 juillet 1820.

Les Français n'ont ni le vrai plaisir de la conversation, ni le vrai plaisir du théâtre.

D[omini]que.

☆

FRAGMENT 54 [73]

Expliquer l'effet de la musique par le degré de tension des nerfs de l'oreille pour écouter chaque note*.

D[omini]que.

☆

FRAGMENT [115]

Amour

Il n'y a d'unions à jamais légitimes que celles qui sont commandées par une vraie passion, et une femme appartient de droit à l'homme qui l'aime et qu'elle aime plus que la vie.

Les trois premières lignes *said by* Léonore *the* 7 octobre 1820. 4 *hours with her* [3].

☆

DES FIASCO

For me.
Mettre le chapitre *Des Fiasco* exactement à la fin, après les *Pensées détachées,* de manière qu'on puisse le détacher avec un coup de ciseaux.

Le commencer par :
Des malheurs. Montaigne a traité avec beaucoup d'adresse un sujet très scabreux. [...]

(*For me.* Ce mot réveille à l'instant l'attention.)

---

* Pensées 53 et 54 de *Love.* 29 février 1820.
Vraies. *Took* le 22 septembre 1820.

NOTES ULTÉRIEURES

Paris, 20 septembre 1822

Parcouru ce matin le récit de l'arrestation de Louis XVI à Varennes par M. le duc de Choiseul, pair de France. L'étroit de tête, de ce temps-là, la petitesse morale de ces gens-là, beau contraste avec le génie naturel de Drouet qui arrête le roi.

L'attention aux mille petites choses est bien ce qui rétrécit encore la pauvre tête de Louis XVI. [...]

Grand argument contre l'amour en faveur des filles à 20 fr. sur le boulevard.

To give this argument in a new edition of Love[1].

☆

Paris, septembre 1822

S'il y a jamais une seconde édition, ajouter toute cette histoire d'Amélie.

Je l'ai négligée par paresse et ennui de m'occuper si longtemps de l'*Amour*.

Amélie. *To take for Love* dans les *Souvenirs* de Thiébault ; les passages sont indiqués dans l'*Ed* [*inburgh*] *Rev* [*iew*], janvier 1806, n° 13 ou 14, tome 7, pages 225-228.

☆

Paris, 1822

Send to Besan[çon] *the* 25 septembre 1820, *an happy occupation of nine months*[2].

J'envoyai le manuscrit à de Mar[este] le 25 septembre 1820 par le comte Pietro Severoli, entre les mains duquel le m[anuscrit] est resté perdu, malgré dix lettres. Mme Fischer me l'a rendu vers novembre 1821. Infidélité de Severoli.

Ce qui suit est le premier travail sur l'*Amour*. Je croyais que 4 ou 8 pages renfermaient *all my ideas*. Depuis un mois, cela est *printed* en 500 pages in-12.

☆

7-11 mai 1825

I make anew the 19 first pages of Love que tout le monde trouve inintelligibles[3].

☆

28 mai 1825

J'écrivais comme ferait un φιλο [sophe] grec, cherchant à peindre la vérité que je voyais devant moi et sans songer aux affectations que Louis XIV et Louis XV ont mises dans la tête des Français. *To* Candide Judex[4].
Revenant de l'Éperon.

☆

20 septembre 1825

Relié *the 20th september after* Georama.

☆

9-18 octobre 1825

Corrections *with* Seyssins[5].

☆

13 décembre 1825

Rimasugli dell'antica prefazione trovata pesante.
Io fa[ccio] la nuova il 13 décembre 1825. *Amando davvero* C[urial] (*And i tempi antichi d'Italie*) (Ah! *rimembranza!*)[6].

☆

21 juin 1828

En revoyant les diverses préfaces pour l'*Amour*, que de temps perdu! Victor J[acquemont] m'a rendu un vrai service en m'empêchant de parler de moi au public...

☆

14 janvier 1833

Relu par hasard. *I found very well*[7].

☆

25 septembre 1838

Il y a une véritable *cristallisation* en politique pour le parti que l'on adopte. Cette cristallisation se fait à coups de journal; ainsi, dans le combat de l'esprit de parti contre l'amour, ce sont deux cristallisations qui se battent.

Un père, homme à imagination, cristallise sur l'avenir de son fils de deux ans. Jamais le fils ne cristallise sur son père, à moins que celui-ci ne soit en passe de devenir maréchal ou ministre.

Septembre 1838. Traduire ce livre. Un homme moqueur de cinquante ans emprunte les idées écrites par un homme de trente amoureux. Pour les gens tendres et passionnés, cette édition restera. Pour le public en général, la traduction vaudra mieux, sera plus acceptable.

FEUILLES DE JOURNAL
(1818-1821)

4 mars 1818

Visite *piazza delle Galline to* demetil [Métilde]. Commencement d'une époque qui ne finit totalement qu'en mai 1824. *Begging* Métil[de] *Galline*[1].

☆

22 mars 1818

Concert de Nina au th[éâtre] Re[2].

Je m'aperçois qu'une musique est excellente lorsqu'elle me jette dans des idées de génie sur l'objet qui m'occupe actuellement. Telle est ma manière de juger. Cette rêverie est délicieuse parce qu'elle fait jouir avec tendresse de la supériorité de son esprit. C'est peut-être là un des liens inconnus pour moi qui m'attachent à l'Italie.

Bad written by modesty[3].

☆

29 mars 1818

The 29th march he has had un coup sensible[4] dans le plus profond du cœur, un coup qui confirme les choses dans lesquelles *he is* timide. *The* M[atilde] lui marquait de la bienveillance; il semblait que *her soul* entendît la sienne. Tout à coup *the servant* lui a dit deux fois qu'elle n'était pas chez elle; il l'a vue aujourd'hui; *she has not said* qu'il y avait longtemps[5] qu'elle ne l'avait vu, et la conversation languissait.

Au lieu de la voir *every* trois jours[6], il ne la verra que dimanche prochain.

Cet événement a couvert d'un crêpe toute la journée. S'il est réel, comme il y a toute apparence :

> Sur les noires couleurs d'un si triste tableau
> Il faut passer l'éponge ou tirer le rideau[7].

Bataille et défaite du 29 mars 1818 *on* Mé[tilde]*'s banks*.

Quelle en est la cause? *The ancient or the new lover*[8]? *Or his* propre génie? A répondre *in* 1819.

☆

31 mars 1818

Dîner *with* Nina. Chansons vénitiennes; deux de Perrucchini. Nous sortons de chez elle à 1 heure et accompagnons *this wife* amoureuse de son mari, Adélaïde Cressotti. J'en sors à 2 heures 1/2, Buzzi[9] et moi, avec un *lumicino in mano*[10]. De 4 heures à 2 heures 1/2 du matin, très gai, et cela pour 5 francs. La Parisini frappée de la vraie déclamation de Dom[ini]que[11], et le montrant du doigt à plusieurs reprises à la Nina.

☆

Mars 1818

Epoques :

  4 mars : Visite à M[atilde] qui me plaît.
  9 — : *I am weary*[12].
  12 — : Dangers *of loving*[13]. Avantages de for[tune] (?)
  15 — : M[atilde] joue Othello.

☆

21 juillet 1818

Voyage de plaisir. Parti pour la Cadenabbia[14] le 16 juillet à 4 heures 1/2; de retour *with* Virginia le 21 à 4 heures 1/2. Dép[ense] : 64 francs.

☆

12 septembre 1818

Cassera *pranzo*[15].

☆

13 septembre 1818

Second dîner *with* Cassera.

☆

17 septembre 1818

Battle of San Celso[16].

☆

23 septembre 1818

La honte unique pour une femme milanaise est de ne point avoir d'amant (*Speaking to* Nina)[17].

☆

25 septembre 1818

For me[18]. Règle de conduite en amour : avoir des accès de colère tous les mois.

☆

30 septembre 1818

9 heures 32 minutes, *dirimpetto alla chiesa del Giardino*[19].

☆

3 octobre 1818

J'ai été puni en sortant d'avoir fait attention à autre chose qu'à toi.

☆

27 octobre 1818

Little serrements *of hands in ten days*[20].

☆

5 novembre 1818

Excellente ligne de l'*Edinburgh Review*, n° XXIII, p. 74. Ce sont de ces choses qui, une fois dites, ne me sortent plus de la tête. C'est là, pour moi, le bon effet de l'*Edinburgh Review*. A chaque phrase que je lis, je songe *to* M[atilde], à ma situation avec elle, aux auteurs qu'il me reste à dévorer, jusqu'à ce que je sois arrivé à 7 heures.

☆

21 décembre 1818

Ne jamais souffrir que son cœur soit ému par aucune attente en montant chez une femme.
She shall not be there but in the evening of to-morrow[21].
Le 21 décembre revenant de chez *Lady* M[atilde].

This morning from C[assera] *house at 3.* Nina's *history; the night by* Leni[na][22].

Che M[atilde] *sia l'epoca fortunata del mio cambiamento. Dallo stile al dialogo*[23].

☆

23 décembre 1818

Je l'aime trop pour travailler.
Aujourd'hui *I am too in l*[ove] pour pouvoir travailler[24].

☆

27 décembre 1818

Je ne puis absolument lire aucun *book, this 27 december* 1818 *by l*[ove]. Mais rien d'affreux *as three years ago,* 27 décembre 1815[25].

☆

1er janvier 1819

Found and read the 1st Juanary 1819 very much happier by thinking to [Matilde][26].

☆

3 janvier 1819

Lu en entier, *for the first time, I believe, the third January* 1819. Je suis très content. Ce fruit d'un premier d[ésesp]oir me console un peu d'un second, mais moins horrible. *Yesterday, I think of the long loving* M[atilde]. *I find him there*[27]. Lu en deux heures et demie.

☆

7 janvier 1819

Du 22 décembre au 7 janvier 1819, je n'ai rien écrit *by love, by* santé et par le désir de *making* dialogues au lieu de proses.

4 janvier, *I see she loves me.*

6, *I am without witt and very* tendre[28].

☆

19 janvier 1819

My letter the day of Desio[29]. C'est comme le bâton (?). Il faut se confesser soi-même et bien voir si les moyens ne sont pas plus *forts* que notre propre amour. On ne peut les employer avec succès que lorsque soi-même on s'en sent digne ou lorsqu'on est assez sûr de son talent, de son sang-froid et de son insensibilité pour convaincre le parterre qu'on est à cette hauteur de passion.

☆

2 février 1819

Mettre son bonheur dans une chose contre nature et nuisible aux autres, c'est espérer la fid [élité] *from a woman*[30]. Un ultra[31] est moins ridicule; il ne combat que l'intérêt des autres, et non la nature.

☆

12 mars 1819

Dom[ini]que *goes at* M[atilde['s][32].

☆

7 avril 1819

Récit de Long. Jalouse.

☆

11 avril 1819

She is at Des[io] *and perhaps in love with* φιλ [33].

☆

13 avril 1819

Revenant de D[esio]. Affreuse bataille de Saint-Herménégilde.

☆

15 avril 1819

To say the 15 *april* 1819 [34] :
— Je puis faire le gai quand il y a du monde, mais, seul, cela m'est impossible. Comme je crois que je vous suis indifférent, ma tristesse doit vous ennuyer. Je suis convaincu que *you love not me* [35].
J'abhorre de m'entendre dire :
— Ah! vous êtes triste, vous êtes amoureux.
Je mourrais de honte d'être cité comme Pahlen [36]. Hier trop parlé, beaucoup trop.
Read René with the convenable tristesse *thinking to* M[atilde].
Sans elle, je n'aurais pu l'achever...
Yesterday too speaking [37].

☆

29 avril 1819

Le seul conseil à donner était : Attaque! Attaque! 29 avril 1819, *thinking* mûrement et profondément *to* M[atilde].

☆

12 mai 1819

Départ [...]. *She goes out* [38].

☆

15 mai 1819

Thinking to M[atilde] :

...... *e te chiamando*
I lumi al ciel si pietosi affise
Che gli occhi anch'io levai
Certa aspettando la tua venuta [39].

Elle est partie le 12 mai.

☆

22 mai 1819

Je suis *mad by love.* Je ne sais que lire; c'est ce qui m'a fait déterrer ce cahier...
After to-morrow for Volterra [40].

☆

24 mai 1819

For Genova. Départ *for the sea* [41].

☆

Volterra, 3 juin 1819

Sur la porte avec Sneider. *She sees me* [42].

Altare de la Fête-Dieu à Volterra [43].

☆

Volterra, 10 juin 1819

Trois quarts d'heure *with her* [44]. V[olterra], Florence, Bologne, Paris.

A 4 heures 3/4, je sors ivre de joie et transporté d'espérance.

The greatest event of his life : 4 mars 1818, visite à M[atilde] *who pleases to me*, 30 septembre 1818 *nel Giardino*[45].

☆

Florence, 11 juin 1819

J'arrive à V[olterra] le 3 juin 1819 ; le 11 à Fl[orence].

☆

Juillet 1819

Départ de Florence, où faute de tactique.
Arrivée à Bologne.
J'y apprends un chang[emen]t.
Désespoir et abattement, quand je suis sûr *that she is at* la Porretta[46].

☆

5 août 1819

Je pars pour la France.
Le [...] *says that it is this* départ qui fut supposé pour Volterra[47].

☆

14 septembre 1819

Départ pour Paris.

☆

18 septembre 1819

I am blasé[48].

☆

25 octobre 1819

« Les let[tres] que vous avez *osé* m'écrire. » Rouge de colère. Défaite.

☆

5 novembre 1819

A 8 heures moins 10 minutes, compliment : « Faites comme si je partais demain. »

☆

23 novembre 1819

Je rouvre pour la première fois ce livre[49] depuis qu'il est relié, le 23 novembre 1819, attendant Luigina qui ne vient pas parce qu'elle est màlade, mais *thinking* uniquement *to* M[atilde] et cherchant à tuer les heures pour tuer les jours et arriver au 21 décembre.

☆

24 novembre 1819

Ce mot[50] me jette dans la rêverie, parce que c'est un des mots de M[atilde].

Soirée *with* Luigina, de 5 à 7 moins $^1/_4$. Elle ne me déplaît pas. *I will have her in three days because the* marquis[51].

☆

25 novembre 1819

On me[52].
C'est un amour qui ne vit que d'imagination.
Les contrastes nourrissent l'imagination.
A Lut[èce], les contrastes et l'absence l'enflammaient. *The last year, I said :* 40 *days of* absence tueront le désespoir (*This love is not as* Dominique's, *purtroppo*[53] *!*)

Lettre *to* M[atilde] :
J'ai un malheureux caractère qui est fait pour aimer et pour être enthousiaste, et je manque de prudence, même dans les affaires les plus prosaïques.

☆

11 décembre 1819

L'*ingegnere* m'a donné des détails *on* M[atilde]. J'y pense une heure et demie immobile.

☆

29 décembre 1819

Day of genius [54].

☆

1819

Règle de conduite : *badar sempre a quello : the women* seules peuvent me distraire de M[atilde]. *Le donne e non il lavoro* [55].

Dates

12 mai 1819	*She goes out* [56].
24 —	Départ pour Gênes et Li[vourne]
3 juin	*She sees me* [57].
10 —	A 4 heures, je sors ivre *by hope* [58]. Départ de Florence. Arrivée à Bologne. Arrivée à Milan par la Marsaglia.
5 août	*Tristissima partenza* [59].
10 —	A Cularo [60].
14 septembre	Départ pour Paris ; beauté de la plaine de Moirans.
18 —	Arrivée à Paris.
26-27 —	Retour décidé.
14 octobre	Départ *by the* malle-poste.
19 —	A Genève.
21 —	A Domo d'Ossola.
22 —	A Varèse.

The 23, enfin, *after tot sospir, I find but a cool reception* [61].

☆

7 janvier 1820

3 heures moins 22 mi[nutes].

☆

28 janvier 1820

Sans doute en ce moment elle lit ma lettre demandant *four* visites *every month* [62].

☆

30 janvier 1820

The 30 *january* 1820, attendant *her*, vendredi soir, *I read the Bride of Lammermoor* [63].

☆

1er février 1820

Je la rencontre Corsia del Giardino. Pas de réponse à la lettre qu'elle a lue le 28 janvier. Légère rougeur ou de colère.
J'ai lu *Lammermoor* cette nuit *and written l'Amour* [64].

☆

2 février 1820

Si toutefois il n'y a pas de colère de la rencontre d'hier soir. La physionomie ne portait pas de colère, mais trouble extrême et embarras.

☆

8 février 1820

M[atilde]. Elle a le charme de sentir qu'il y a un homme non odieux à elle qui s'intéresse passionnément à ses moindres démarches.

☆

16 février 1820

Toujours un petit doute à calmer : voilà ce qui fait la vie de l'amour-passion.
Bal cette nuit.

☆

25 février 1820

Very in love [65].
Remorini, duetto de *Frédéric II* [66].

☆

3 mars 1820

Après trois heures de conversation avec M. M., comme le
1er janvier après le dîner avec le Français de Dekau (?).
Celui d'aujourd'hui m'a déployé par ses goûts tout le triste de
la galanterie française. Chose fort utile à mon travail actuel *on
Love.*

☆

9 mars 1820

A great effect. Est-ce ainsi qu'on peut détruire *what was the ten
june* [67]?

☆

14 mars 1820

Premier beau jour. *Her feast. I see her before my window at*
3 heures moins 15 [68].
I have seen her passer sous mes fenêtres [69].

☆

17 mars 1820

*È stata brillantissima al pranzo di Lady Agnello, says the Toni's
daughter. Perhaps* guérie de six livres par D[omini]que [70].
Content.

☆

4 avril 1820

I hope to see her to-morrow [71].

☆

17 avril 1820

I see her. I had seen the 5[72], le jour du retour de Bol[ogne]. Mot de Janus et complément ironique de Crassus. Je ne le sais que ce soir 17 *by* Long.

☆

22 avril 1820

I have seen lei après huit jours d'absence[73].

Style of *Love*.
Il écrit encore effrayé sous la dictée d'une grande passion. Voilà ce que le lecteur doit deviner. Donc, comme c'est la vérité, ne pas trop polir.

☆

24 avril 1820

Corner me dit : Je sens la timidité; je ne saurais que lui dire. C'est la preuve qu'elle me plaît beaucoup.
To take[74].

☆

26 avril 1820

Pris *for Love* le 26 avril 1820, *very in love and very melancholy*[75]. Je la verrai le 1er mai.

☆

Avril 1820

Janvier, février, mars, avril 1820.
I write Love, and see her only every fornight[76].

☆

1er mai 1820

Jalousie.

☆

5 juin 1820

The so[ir] de Des[io]. Grande imprudence.

☆

23 juin 1820

J'extrais un morceau du présent journal [Brunswick, 23 juin 1807] for *Love*, treize ans après, *thinking* uniquement *to* D[omini]que *and to* Léonore *who is there*[77].

☆

Juin 1820

Relu en juin 1820. *Mad by l[ove] ; and writing Love I take notes for matrimony*[78].

☆

1er juillet 1820

Même dans mes moments les plus tendres et les plus mélancoliques, comme aujourd'hui 1er juillet 1820 qu'elle revient *from* D[esio], le tour d'emphase de *la Nouvelle Héloïse* me la rend illisible.

J'ai (...) à peu près fini *the Love by the* ch[apitre] *of the matrimony*. En décembre dernier, je pris ce sujet qui m'obsédait. Je comptais écrire 30 pages ; j'en suis à 385.
Soirée heureuse comme anciennement.

☆

14 juillet 1820

Quand je regrette amèrement de n'avoir pas su jouir tranquillement de mon bonheur d'il y a dix-huit mois, la voir chaque jour, je commets une absurdité.

Je ne jouissais pas de ce simple bonheur et je songeais à avancer, parce que je ne l'aimais pas aussi passionnément qu'aujourd'hui.

☆

27 juillet 1820

Le public qui voit ma conduite depuis huit mois sait bien que je ne viens presque plus chez vous.

☆

1er août 1820

Air riant et peu à peu ému. A la fin, si elle est émue :
— Il serait digne de vous de consoler mon malheur, de permettre à mon amitié de vous voir *four times a month*, une demi-heure chaque fois. Vous n'auriez jamais à vous repentir de cet acte de bonté.

☆

8 octobre 1820

Amour

Il n'y a d'unions à jamais légitimes que celles qui sont commandées par une vraie passion, et une femme appartient de droit à l'homme qui l'aime et qu'elle aime plus que la vie.
Les trois premières lignes *said by* Léonore *the* 7 octobre 1820; quatre *hours with her*, mais le lendemain, dimanche. Laisse *says to me* 7/8 [?].

☆

24 octobre 1820

Le bonheur de D[ominique] consiste à avoir l'imagination occupée.

☆

18 décembre 1820

Ended the 18 d[ecem]*ber 1820* [79] à 3 heures du matin, après [...]. Voilà qui me semble une pièce raisonnable.
Le [...] *I have* [...] *forthy* [?] *two let*[ters] *the evening.*

☆

1er janvier 1821

I will see her the 2^d j[anvier]. *I made visits to her for nothing 3 the* [first] *day of* 1821 [80].
I will sec Léo[nore] *to-morrow and reading I think to her* [81].

☆

4 janvier 1821

Il faut que l'imagination apprenne les droits de fer de la réalité. C'est pour cela que, pour guérir d'une grande passion, les distractions du grand monde et d'une vie agitée conviennent mieux que la solitude. Cela est encore plus vrai pour guérir le spleen.

D[omini]que.

Lettre partie.

☆

12 janvier 1821

I believed [to say her] *to-day; probably to-morrow* [82].

☆

13 janvier 1821

Thinking to Léo[nore]. *Aspettando the letter* [83].

☆

27 mars 1821

Toujours j'estime et toujours je méprise davantage les [...]. *My letter to* Léonore; il y a [...] la discrétion.

☆

13 juin 1821

Je pars *with despair* [84] de Milan pour Bâle et Paris. Je descends sans mettre pied à terre le S[aint]-Gothard, dans l'espoir de rouler au fond de quelque gorge.

☆

21 juin 1821

Giugno at Paris. 13 juin, *out of* Milan[85].

Huningue. Métilde.

Huningue. *Made in* 1819 *and five months of* 1821, *I suppose*[86].

☆

Juin 1821

29 octobre 1819, *till the* 7 juin 1821[87] : 19 mois et 8 jours. Ou bien 25 octobre, retour, et 13 juin, départ.

LETTRES À MATILDE
(1818-1821)

1

... Je suis bien malheureux, il semble que je vous aime chaque jour davantage et vous n'avez plus pour moi-même la simple amitié que vous montriez autrefois.

Il y a une preuve de mon amour bien frappante, c'est la gaucherie dont je suis avec vous, qui me met en colère contre moi-même, et que je ne puis surmonter. Je suis brave jusqu'à votre salon, dès que je vous aperçois, je tremble. Je vous assure qu'aucune autre femme ne m'a inspiré ce sentiment depuis longtemps. Il me rend si malheureux que je voudrais être forcé à ne plus vous voir, et malgré mes résolutions, j'ai besoin de songer à la prudence pour n'être pas tous les jours chez vous.

Cela me semble impossible à traduire. Puisque vous en voulez le sens grossièrement rendu, le voici :

Sono infelice, mi sembra di amarvi di più ogni giorno, et non avete più per me quella semplice amistà che mi mostrava un giorno. C'è una prova pur troppo scolpita del amore mio la mia [...].

Je pars demain, je vais tâcher de vous oublier si je le puis, mais je m'y prends mal, puisque je n'ai pu résister à l'envie de vous voir encore ce soir.

Ma grande occupation tout aujourd'hui a été de chercher les moyens de vous voir sans être imprudent.

Je vous aime beaucoup plus loin de vous qu'en votre présence. Loin de vous je vous vois indulgente et bonne pour moi, votre présence détruit ces douces illusions.

2

Varèse, le 16 novembre 1818 *.

Madame,

Je voudrais vous écrire une lettre un peu amusante, mais je passe ma vie avec de bons bourgeois qui s'occupent toute la journée du prix du blé, de la santé de leurs chevaux, de leur maîtresse et de leur casin. Leur grosse joie, leur bonheur si facile me fait envie, avec un cœur qui se contente de choses si grossières, comment faire pour manquer le bonheur? Et cependant, ils errent au hasard, au milieu de ces écueils qui semblent si aisés à éviter, et eux aussi sont presque toujours malheureux. Ils ne s'occupent guère du monde qui nous intéresse et qui est pour eux comme une terre étrangère. Une chose les a beaucoup frappés : ils prétendent être sûrs que Madame A[nnoni] a pris un amant; c'est encore un Russe qui a cette jolie femme, car il paraît décidé que M. de Pahlen a la petite L..., la Génoise. Donc, c'est un M. de B[erg], que je connais, très joli garçon, mais peut-être l'être le plus sec qu'on puisse rencontrer, le plus affecté, le plus bavard, le plus égoïste, le plus à cent lieues du sentiment, qui a persuadé à Madame A[nnoni] qu'il l'adorait et, qui plus est, qu'elle l'adorait. Ils passaient leur vie à lire des romans *sentimentaux* ensemble. Ici, elle n'écoutait pas un mot du spectacle pour être toujours à lui parler. Ceci est sûr, mais je doute du reste.

Le plaisir le plus vif que j'ai eu aujourd'hui est celui de dater cette lettre; j'espère, dans un mois, avoir le bonheur de vous voir. Mais que faire pendant ces trente jours? J'espère qu'ils passeront comme les neuf longues journées qui viennent de s'écouler. Toutes les fois qu'un amusement, une partie de promenade cesse, je retombe sur moi-même et je trouve un vide effrayant. J'ai commenté mille fois, je me suis donné le plaisir d'écouter encore mille fois les moindres choses que vous avez dites les derniers jours que j'eus le bonheur de vous voir. Mon imagination fatiguée commence à se refuser à des images qui, désormais, sont trop liées avec l'affreuse idée de votre absence, et je sens que tous les jours mon cœur devient plus sombre.

J'ai trouvé un peu de consolation dans l'église de la Madonna del Monte; je me suis rappelé la musique divine que j'y entendis autrefois. Je m'en vais à Milan, un de ces jours, à la rencontre

* Remise le 17 novembre.

d'une de vos lettres, car je compte assez sur votre humanité pour croire que vous ne m'aurez pas refusé quelques lignes, pour vous si indifférentes à tracer, si précieuses, si consolantes pour un cœur au désespoir. Vous devez être trop assurée de votre pouvoir absolu sur moi pour vous arrêter un instant à la crainte vaine de paraître encourager ma passion en me répondant. Je me connais; je vous aime pour le reste de ma vie; tout ce que vous ferez ne changera rien à l'idée qui a frappé mon âme, à l'idée que je me suis faite du bonheur d'être aimé de vous et au mépris qu'elle m'a donné pour tous les autres bonheurs! Enfin! j'ai besoin, j'ai soif de vous voir. Je crois que je donnerais le reste de ma vie pour vous parler un quart d'heure des choses les plus indifférentes.

Adieu, je vous quitte pour être plus avec vous, pour oser vous parler avec tout l'abandon, avec toute l'énergie de la passion qui me dévore.

HENRI.

3

[12 mai 1819.]

Madame,

Ah! que le temps me semble pesant depuis que vous êtes partie! Et il n'y a que cinq heures et demie. Que vais-je faire pendant ces quarante mortelles journées? Dois-je renoncer à tout espoir, partir et me jeter dans les affaires publiques? Je crains de ne pas avoir le courage de passer le Mont-Cenis. Non, je ne pourrai jamais consentir à mettre les montagnes entre vous et moi. Puis-je espérer, à force d'amour, de ranimer un cœur qui est peut-être mort pour cette passion? Mais peut-être suis-je ridicule à vos yeux, ma timidité et mon silence vous ont ennuyée, et vous regardiez mon arrivée chez vous comme une calamité. Je me déteste moi-même; si je n'étais pas le dernier des hommes, ne devais-je pas avoir une explication décisive hier avant votre départ, et voir clairement à quoi m'en tenir?

Quand vous avez dit avec l'accent d'une vérité si profondément sentie : « *Ah! tant mieux qu'il soit minuit!* » ne devais-je pas comprendre que vous aviez du plaisir à être délivrée de mes importunités, et me jurer à moi-même sur mon honneur de ne vous revoir jamais? Mais je n'ai du courage que loin de vous. En votre présence, je suis timide comme un enfant, la parole expire sur mes lèvres, je ne sais que vous regarder et vous admirer. Faut-il que je me trouve si inférieur à moi-même et si plat *?

* Voici le *naturel of this man.*

4

Varèse, le 7 juin 1819.

Madame,

Vous me mettez au désespoir. Vous m'accusez à plusieurs reprises de manquer de délicatesse, comme si, dans votre bouche, cette accusation n'était rien. Qui m'eût dit, lorsque je me séparai de vous, à Milan, que la première lettre que vous m'écririez commencerait par *monsieur* et que vous m'accuseriez de manquer de délicatesse?

Ah! Madame, qu'il est aisé à l'homme qui n'a pas de passion d'avoir une conduite toujours mesurée et prudente. Moi aussi, quand je puis m'écouter, je crois ne pas manquer de discrétion; mais je suis dominé par une passion funeste qui ne me laisse plus le maître de mes actions. Je m'étais juré de m'embarquer ou au moins de ne pas vous voir, et de ne pas vous écrire jusqu'à votre retour; une force plus puissante que toutes mes résolutions m'a entraîné aux lieux où vous étiez. Je m'en aperçois trop, cette passion est devenue désormais la grande affaire de ma vie. Tous les intérêts, toutes les considérations ont pâli devant celle-là. Ce funeste besoin que j'ai de vous voir m'entraîne, me domine, me transporte. Il y a des moments, dans les longues soirées solitaires, où, s'il était besoin d'assassiner pour vous voir, je deviendrais assassin. Je n'ai eu que trois passions en ma vie : l'ambition de 1800 à 1811, l'amour pour une femme qui m'a trompé de 1811 à 1818, et, depuis un an, cette passion qui me domine et qui augmente sans cesse. Dans tous les temps, toutes les distractions, tout ce qui est étranger à ma passion a été nul pour moi; ou heureuse ou malheureuse, elle remplit tous mes moments. Et croyez-vous que le sacrifice que je fais à vos convenances de ne pas vous voir ce soir soit peu de chose? Assurément, je ne veux pas m'en faire un mérite; je vous le présente seulement comme une expiation pour les torts que je puis avoir eus avant-hier. Cette expiation n'est rien pour vous, Madame; mais pour moi, qui ai passé tant de soirées affreuses, privé de vous et sans vous voir, c'est un sacrifice plus difficile à supporter que les supplices les plus horribles; c'est un sacrifice qui, par l'extrême douleur de la victime, est digne de la femme sublime à laquelle il est offert.

Au milieu du bouleversement de mon être, où me jette ce besoin impérieux de vous voir, il est une qualité que cependant jusqu'ici j'ai conservée et que je prie le destin de me conserver encore, s'il ne veut me plonger, à mes propres yeux, dans le monde de l'abjection : c'est une véracité parfaite. Vous me dites, Madame, que j'avais si bien *compromis* les choses, samedi matin, que ce qui s'est passé le soir devenait une nécessité pour vous. C'est ce mot *compromis* qui me blesse jusqu'au fond de l'âme, et, si j'avais le bonheur de pouvoir arracher le trait fatal qui me perce le cœur, ce mot *compromis* m'en eût donné la force.

Mais non, Madame, votre âme a trop de noblesse pour ne pas avoir compris la mienne. Vous étiez offensée et vous vous êtes servie du premier mot qui est tombé sous votre plume. Je prendrai pour juge, entre votre accusation et moi, quelqu'un dont vous ne récuserez pas le témoignage. Si Mme Dembowski, si la noble et sublime Métilde *croit* que ma conduite de samedi matin a été le moins du monde *calculée* pour la forcer, par le juste soin de sa considération dans ce pays, à quelque démarche ultérieure, je l'avoue, cette conduite infâme est de moi, il y a un être au monde qui peut dire que je manque de délicatesse. J'irai plus loin. Je n'ai jamais eu le talent de séduire qu'envers les femmes que je n'aimais pas du tout. Dès que j'aime, je deviens timide et vous pouvez en juger par le décontenancement dont je suis auprès de vous. Si je ne m'étais pas mis à bavarder samedi soir, tout le monde, jusqu'au bon *padre Rettore*, se serait aperçu que j'aimais. Mais j'aurais ce talent de séduire que je ne l'aurais pas employé auprès de vous. S'il ne dépendait que de faire des vœux pour réussir, je voudrais vous obtenir pour moi-même, et non pour un autre être que j'aurais figuré à ma place. Je rougirais, je n'aurais plus de bonheur, je crois, même aimé de vous, si je pouvais soupçonner que vous aimez un autre que moi-même. Si vous aviez des défauts, je ne pourrais pas dire que je ne vois pas vos défauts ; je dirais, pour dire vrai, que je les adore ; et, en effet, je puis dire que j'adore cette susceptibilité extrême qui me fait passer de si horribles nuits. C'est ainsi que je voudrais être aimé, c'est ainsi qu'on fait le véritable amour ; il repousse la séduction avec horreur, comme un secours trop indigne de lui, et avec la séduction, tout calcul, tout manège, et jusqu'à la moindre idée de *compromettre* l'objet que j'aime, pour le forcer ensuite à certaines démarches ultérieures, à son avantage.

J'aurais le talent de vous séduire, et je ne crois pas ce talent possible, que je n'en ferais pas usage. Tôt ou tard, vous vous apercevriez que vous avez été trompée ; et il me serait, je crois, plus affreux encore, après vous avoir possédée, d'être privé de vous que si le ciel m'a condamné à mourir sans être jamais aimé de vous.

Quand un être est dominé par une passion extrême, tout ce qu'il dit ou tout ce qu'il fait, dans une circonstance particulière, ne prouve rien à son égard ; c'est l'ensemble de sa vie qui porte témoignage pour lui. Ainsi, Madame, quand je jurerais à vos pieds, toute la journée, que je vous aime, ou que je vous hais, cela ne devrait avoir aucune influence sur le degré de croyance que vous pensez pouvoir m'accorder. C'est l'ensemble de ma vie qui doit parler. Or, quoique je sois fort peu connu et encore moins intéressant pour les personnes qui me connaissent, cependant, faute d'autre sujet de conversation, vous pouvez demander si je suis connu pour manquer d'orgueil ou pour manquer de constance.

Voilà cinq ans que je suis à Milan. Prenons pour faux tout ce qu'on dit de ma vie antérieure. Cinq ans, de trente et un à trente-six ans, sont un intervalle assez important dans la vie d'un homme, surtout quand, durant ces cinq années, il est éprouvé par des circonstances difficiles. Si jamais vous daignez, faute de mieux, penser à mon caractère, daignez, Madame, comparer ces cinq années de ma vie, avec cinq années prises dans la vie d'un autre individu quelconque. Vous trouverez des vies beaucoup plus brillantes par le talent, beaucoup plus heureuses; mais une vie plus pleine d'honneur et de constance que la mienne, c'est ce que je ne crois pas. Combien ai-je eu de maîtresses en cinq ans, à Milan? Combien de fois ai-je faibli sur l'honneur? Or, j'aurais manqué indignement à l'honneur si, agissant envers un être qui ne peut pas me faire mettre l'épée à la main, j'avais cherché le moins du monde à le *compromettre*.

Aimez-moi, si vous voulez, divine Métilde, mais, au nom de Dieu, ne me méprisez pas. Ce tourment est au-dessus de mes forces. Dans votre manière de penser qui est très juste, être méprisé m'empêcherait à jamais d'être aimé.

Avec une âme élevée comme la vôtre, quelle voie plus sûre pour déplaire que celle que vous m'accusez d'avoir prise? Je crains tant de vous déplaire que le moment où je vous vis le soir du 3, pour la première fois et qui aurait dû être le plus doux de ma vie, en fut, au contraire, un des plus inquiets, par la crainte que j'eus de vous déplaire *.

---

* Réflexions. — Mardi soir, 8 juin 1819.
Idées de planter tout là.
Ce soir, froideur à ne pas remettre les pieds au collège; jalousie pour le cavalier Giorgi, qui va faire la conversation de l'autre côté du canapé et, en sortant, elle s'appuie beaucoup sur lui, d'un air intime. Les femmes honnêtes, aussi coquines que les coquines.

5

Florence, le 11 juin 1819*.

Madame,

Depuis que je vous ai quittée hier soir, je sens le besoin d'implorer votre pardon pour les manques de délicatesse et d'égards auxquels une passion funeste a pu m'entraîner depuis huit jours. Mon repentir est sincère ; je voudrais, puisque je vous ai déplu, n'être jamais allé à Volterra. Je vous aurais exprimé ce sentiment de regret profond hier même, lorsque vous daignâtes m'admettre auprès de vous ; mais, permettez-moi de vous le dire, vous ne m'avez pas accoutumé à l'indulgence, bien au contraire. Or, je craignais qu'il ne vous parût que demander pardon de mes folies ne fût vous parler de mon amour et violer le serment que je vous avais fait.

Mais je manquerais à cette véracité parfaite qui, dans l'abîme où je suis engagé, est ma seule règle de conduite, si je disais que je comprends un manque de délicatesse. Vous verrez dans cet aveu l'indice d'une âme grossière et peu faite pour vous comprendre, je le crains. Vous avez senti ces manques de délicatesse ; ainsi ils ont existé pour vous.

Ne croyez point, Madame, que j'aie formé tout d'un trait le projet de venir à Volterra. Vraiment, je n'ai pas tant d'audace avec vous ; toutes les fois que je suis attendri et que je vole auprès de vous, je suis sûr d'être ramené sur la terre par une dureté bien mortifiante. Voyant sur la carte que Livourne était tout près de Volterra, je m'étais informé et l'on m'avait dit que de Pise l'on apercevait les murs de cette ville heureuse, où vous étiez. Dans la traversée, je pensais qu'en prenant des lunettes vertes et changeant d'habit, je pourrais fort bien passer deux ou trois jours à Volterra, ne sortant que de nuit et sans être reconnu de vous. J'arrivai le 3, et la première personne que je vis à Volterra, ce fut vous, Madame ; il était une heure ; je pense que vous reveniez en sortant du collège ; vous ne me reconnûtes point. Le soir, à huit heures et quart, lorsqu'il fit tout à fait obscur, j'ôtai les lunettes pour ne pas sembler singulier à Schneider. Au moment où je les ôtais, vous vîntes à passer, et mon plan, si heureusement exécuté jusqu'alors, fut détérioré.

* Datée du 11 et mise à la poste le lundi 14 juin cette lettre de huit petites pages.

J'eus sur-le-champ cette idée : si j'aborde Mme Dembowski, elle me dira quelque chose de dur, et dans ce moment-là je vous aimais trop, une parole dure m'eût tué; si je l'aborde comme son ami de Milan, tout le monde dira dans cette petite ville que je suis son amant. Donc, je lui marquerai bien mieux mon respect en restant inconnu. Tout ce raisonnement eut lieu en un clin d'œil; ce fut lui qui me conduisit toute la journée du vendredi 4. Je puis vous jurer que je ne savais pas que le jardin Giorgi appartînt à votre maison. Je croyais vous avoir vue entrer à droite de la rue, en montant, et non à gauche.

Dans la nuit du 4 au 5, je pensais, dis-je, me trouver le plus ancien des amis de Mme Dembowski. Je fus tout fier de cette idée. Elle peut avoir quelque chose à me dire sur ses enfants, sur son voyage, sur mille choses étrangères à mon amour. Je m'en vais lui écrire deux lettres telles, que, si elle veut, elle peut rendre raison de mon arrivée à ses amis d'ici et me recevoir. Si elle ne veut pas, elle me répondra *non*, et tout sera fini. Comme, en cachetant ma lettre, j'ai toujours l'idée qu'elle peut être surprise et que je connais les âmes basses et l'envie qui les possède, je me refusai à joindre mon billet aux deux lettres officielles, afin que, si votre hôte les ouvrait par mégarde, on n'y vît rien que de convenable.

Je vous l'avoue. Madame, et peut-être je risque de vous déplaire en vous l'avouant, jusqu'ici je ne vois point de manque de délicatesse.

Vous m'écrivîtes d'une manière très sévère; vous crûtes surtout que je voulais forcer votre porte, ce qui ne semble guère dans mon caractère. J'allai rêver à tout cela hors de la porte a Selci; en sortant de la porte, ce fut par hasard que je ne pris pas à droite; je vis qu'il fallait descendre et remonter, et je voulais être bien tranquille et tout à mes réflexions. Ce fut ainsi que je fus amené au pré où vous vîntes plus tard. Je m'appuyai contre le parapet et je restai là deux heures à regarder cette mer qui m'avait porté près de vous et dans laquelle j'aurais mieux fait de finir mon destin.

Remarquez, Madame, que j'ignorais entièrement que ce pré fût votre promenade habituelle. Qui me l'aurait dit? Vous sentez que j'étais d'une discrétion parfaite avec Schneider. Je vous vis arriver; aussitôt je liai conversation avec un jeune homme qui se trouvait là et je partis avec lui pour aller voir la mer de l'autre côté de la ville, lorsque M. Giorgi m'aborda.

J'avoue que je pensai que vous ne croyiez plus que j'eusse voulu forcer votre porte; je fus très heureux, mais, en même temps, très timide. Sans la ressource de parler aux enfants, certainement je me compromettais. Ce fut bien pis quand nous entrâmes au collège : j'allais me trouver vis-à-vis de vous et vous voir parfaitement ; en un mot jouir de ce bonheur qui me faisait vivre depuis quinze jours et que je n'osais même espérer. Je fus sur le point de le refuser à la porte du collège ; je ne me sentais pas la force de le supporter. En montant les escaliers, je me soutenais à peine ; certainement si j'avais eu affaire à des gens fins, j'étais découvert. Je vous vis enfin ; depuis ce moment jusqu'à celui où je vous quittai je n'ai que des idées confuses ; je sais que je parlais beaucoup, que je vous regardais, que je fis l'antiquaire. Si c'est dans ce moment-là que j'ai commis des manques de délicatesse, c'est bien possible, je n'en ai nulle idée, seulement que j'aurais donné tout au monde pour pouvoir fixer le tapis vert de la table. Je puis dire que ce moment a été l'un des plus heureux de ma vie, mais il m'est entièrement échappé. Telle est la triste destinée des âmes tendres ; on se souvient des peines avec les plus petits détails, et les instants de bonheur jettent l'âme tellement hors d'elle-même qu'ils lui échappent.

Le lendemain soir, je vis bien, en vous abordant, que je vous avais déplu. Serait-il possible, pensai-je, qu'elle fût amoureuse de M. Giorgi ? Vous me donnâtes la lettre qui commençait par *Monsieur ;* je n'en pus guère lire au collège que ce mot fatal, et je fus au comble du malheur au même lieu où la veille j'étais fou de joie. Vous m'écriviez que j'avais voulu vous tromper en faisant le malade et qu'on n'avait pas la fièvre lorsqu'on pouvait se promener. Cependant, le vendredi, avant de vous écrire, j'avais eu l'honneur de vous rencontrer deux fois à la promenade, et je ne prétendais point dans ma lettre que la fièvre m'eût pris tout à coup, dans la nuit du vendredi au samedi. J'avais des pensées si tristes, qu'être renfermé dans ma chambre augmentait mon malaise.

Le lendemain de ce jour fatal, je me punis en ne vous voyant pas ; le soir, je vis M. Giorgi jaloux ; je vous vis vous appuyer sur lui en sortant du collège. Plein d'étonnement, de consternation et de malheur, je pensai qu'il n'y avait plus qu'à partir. Je comptais ne plus vous faire qu'une visite de politesse, la veille de mon départ, visite que vous n'auriez pas reçue, lorsque la femme de chambre me courut après dans le jardin, où j'étais déjà avec M. Giorgi, criant : « Madame dit qu'elle vous verra ce soir au collège. » Ce fut uniquement pour cette raison que j'y allai. Je pensais que vous étiez bien maîtresse d'aimer qui vous vouliez ; je vous avais demandé une entrevue pour vous exprimer mes regrets de vous avoir importunée, et peut-être aussi pour vous voir bien à mon aise et entendre le son de cette voix délicieuse qui retentit toujours dans mon cœur, quel que soit le sens des paroles qu'elle prononce. Vous exigeâtes le serment que je ne vous dirais rien de relatif à mon amour : je l'ai tenu, ce serment, quelque grande que fût la violence à me faire. Enfin, je suis parti, désirant vous haïr et ne trouvant point de haine dans mon cœur.

Croyez-vous, Madame, que je désire vous déplaire et faire l'hypocrite avec vous ? Non, c'est impossible. Vous allez dire : « Quelle âme grossière et indigne de moi ! » Eh bien, dans cet exposé fidèle de ma conduite et de mes sentiments, indiquez-moi le moment où j'ai manqué de délicatesse et quelle conduite il eût fallu substituer à la mienne. Une âme froide s'écrierait aussitôt : « Ne pas venir à Volterra. » Mais je ne crains pas cette objection de votre part.

Il est trop évident qu'un être prosaïque n'eût pas paru à Volterra : d'abord, parce qu'il n'y avait pas d'argent à gagner ; en second lieu, parce que les auberges y sont mauvaises. Mais ayant le malheur d'aimer réellement et d'être reconnu de vous le jeudi soir 3 juin, que fallait-il faire ? Il est inutile de remarquer, Madame, que je n'ai point l'impertinence de vouloir faire avec vous une guerre de plume. Je ne prétends point que vous répondiez au long à mon journal ; mais peut-être votre âme noble et pure me rendra-t-elle un peu plus de justice et, quelle que soit la nature des relations que le destin laissera subsister entre nous, vous ne disconviendrez pas, Madame, que l'estime de ce qu'on a tendrement aimée ne soit le premier des biens *.

---

* Je trouve la réponse en quatorze pages au clou des clefs ; un *procacio* l'a apportée hier soir, demandant une *grazia*.

Cette réponse, datée, à la fin, du 26, n'est pas venue par la poste 1º *she is* à Florence ; 2º ou elle l'a envoyée en recommandant de la rapporter à Volterra, si l'on ne me trouvait plus à Florence ; 3º ou, peu probable, elle a consulté la Lenina sur cette réponse qui ainsi arriverait de Bologne, nul signe sur l'enveloppe. M[étilde] n'a reçu ma lettre du 11 que vers le 15 ou le 16, sa réponse n'est partie que dix jours après, elle n'a commencé à répondre que le 22, savoir, dix jours après avoir reçu la lettre.

J'ai bien fait de n'en pas écrire une seconde.

Il est singulier que M[étilde] n'ait pas répondu par la poste. Pourquoi prendre une autre voie ? Il y a un motif.

TACTIQUE

29 juin 1819.

Ce qui me fit trembler en ne recevant pas, en son temps, de réponse à ma lettre du 11, c'est que je pensai que la *contessina* était enfin dans le vrai système de défense. Elle devait renvoyer ma lettre du 11, cachetée, avec ces mots :

Monsieur,

Je désire ne plus recevoir de lettre de vous et ne plus vous écrire. Je suis avec une parfaite estime, etc.

6

Florence, le 30 juin 1819 *.

Madame,

J'ai ce malheur, le plus grand possible dans ma position, que mes actions les plus pleines de respect, et je puis dire les plus timides, vous semblent le comble de l'audace; par exemple : n'avoir pas épanché mon cœur à vos pieds les deux premiers jours que je fus à Volterra est un des actes de respect qui m'ont peut-être le plus coûté dans ma vie. A tous moments, j'étais tenté de rompre la règle que le devoir m'imposait. Dix fois, plein de choses à vous dire, je pris la plume. Mais je me dis : si je commence, je succomberai. Je sentais le bonheur d'oser vous écrire dix lignes au-dessus de tout pour moi. Mais, si dix lignes pouvaient m'excuser auprès de vous, il me semblait que je sortais par là de l'espèce d'incognito où je devais me tenir soigneusement pour ne pas vous blesser. Avoir été vu de vous était un hasard, oser vous écrire était une action de ma pleine et libre volonté.

Il est évident que, comme *étrangers,* et permettez-moi de croire que ce n'est que de nation que nous sommes étrangers l'un à l'autre, comme *étrangers,* nous ne nous comprenons pas; nos démarches parlent une langue différente.

Je frémis pour le passé; que de manques de délicatesse j'ai dû vous exprimer en vous disant tout le contraire! Nous ne nous comprenons absolument pas. Quand j'écrivais : « Schneider, en bavardant, vous certifiera que je suis malade », j'entendais : certifiera à vous, à la maîtresse de ma vie. Que me font les idées des habitants de Volterra?

Autre chose. Je n'ai jamais compris qu'il fût décent d'aller chez

---

Elle devait m'écrire les mêmes trois lignes à Florence, et se tenir à ce parti; au lieu de cela, maintien du 10 et réponse de quatorze pages. Quand même elle eût écrit cela, l'amour trouve des raisons, j'eusse persisté. Peut-être même quand je la verrais coucher *with* φιλ lui trouverais-je une excuse.

Utilité de ce que m'a dit Caisse quoique appris sans agrément dans le moment. Je ne persiste pas, comme Blücher, par raisonnement et opiniâtreté, mais le cœur le veut ainsi.

* Avec un peu de fièvre, sortant de l'*Inganno felice,* qui m'a plu beaucoup pour la première fois, et pendant lequel je faisais cette lettre. J'ai écrit ce qui suit le 29, de dix heures et demie à minuit et demi.

le *Rettore*, et, par le plus cruel des sacrifices, je m'étais promis de ne plus y aller, et je crus faire merveille en ne m'y présentant pas le mardi. Je croyais que c'était vous poursuivre, vous vexer de mon amour; car, en allant chez le *Rettore*, j'allais chez vous, et vous m'aviez reçu froidement; et, si vous vous en souvenez, Madame, le mercredi, en vous abordant tout tremblant je sentis le besoin d'excuser ma présence là, par l'invitation de la femme de chambre.

Combien de mes actions les plus simples de Milan ont dû vous déplaire! Dieu sait ce qu'elles signifient en italien.

Pour l'honneur de la vérité, pour n'en plus reparler, je vous affirme que, vous voyant passer le 3, à une heure, un instant après que vous m'eûtes regardé sans me reconnaître, Schneider me dit, en deux mots, qui était cette dame, et qu'elle habitait casa Guidi. Je n'osai lui faire répéter ce nom. Il me semble toujours être transparent quand on me parle de vous. Le 3, je fis le tour de la ville, de la porte de l'Arco à la porte de Florence, m'orientant d'après le plan levé par monsieur votre frère. Je remarquai, à côté de la porte Fiorentina, le jardin anglais de M. Giorgi. J'y allai et je vis de jeunes demoiselles sur le mur. Il me plut, je me promis de revenir le lendemain, et j'ignorais qui j'étais destiné à y rencontrer. De même, pas la moindre préparation dans mon excuse à M. Giorgi, car je n'avais pas fait la plus petite interrogation à Schneider, je n'avais pas même prononcé votre nom.

Soyez sûre, Madame, qu'on ne vous a pas remis ma première lettre de samedi, au moment que je la portai. J'allai me promener assez loin. Quand je repassai devant la casa Giorgi, il y avait certainement plus d'une heure à ma montre, et je me rappelle fort bien que j'hésitais beaucoup; je ne trouvais pas l'intervalle assez considérable. Enfin, je me dis : « Maudite timidité! » et je frappai. C'est absolument M. Giorgi qui me prêta l'idée de demander à vous voir; c'est exactement comme mercredi matin, quand j'allai voir sa galerie, pour vous remettre une lettre; il voulait absolument me faire entrer dans votre chambre, quoiqu'il ne fût que neuf heures et demie.

Je me suis bien mal fait comprendre, Madame, si vous me croyez un homme *si difficile à désespérer*. Non, je n'espère plus, et il y a déjà longtemps. J'ai espéré, je l'avoue, au mois de janvier, surtout le 4; un ami qui était chez vous, le 5, me dit en sortant (pardonnez-moi les termes propres) : « *Elle est à vous; ferez-vous le scélérat?* » Mais, le 13 février, je perdis tout espoir. Vous me dites des choses ce jour-là que je me suis souvent redites depuis. Il ne faut pas croire que les choses dures que je ne vous blâme en aucune manière de m'adresser, bien au contraire, soient perdues.

Elles tombent profondément dans mon cœur, et ce n'est qu'assez longtemps après qu'elles commencent à faire effet, à se mêler dans mes rêveries et à désenchanter votre image.

J'ai beaucoup pensé depuis quatre mois à ce qui me reste à faire. Faire l'amour à une femme ordinaire ? La seule idée me révolte et j'en suis incapable. Me jeter dans l'impossibilité de vous revoir par une bonne insolence ? D'abord, je n'en aurais pas le courage ; ensuite excusez mon apparente malhonnêteté, ce serait me mettre dans le cas de m'exagérer le bonheur d'être auprès de vous. Pensant à Mme Dembowski à cent lieues d'elle, j'oublierais ses rigueurs, je mettrais, à côté les uns des autres, les courts moments où il me semblait, à tort, qu'elle me traitait moins mal. Tout me deviendrait sacré, jusqu'au pays qu'elle habite, et à Paris le seul nom de Milan me ferait venir les larmes aux yeux. Par exemple, depuis un mois, pensant à vous de Milan, je me serais figuré le bonheur de me promener avec vous à Volterra, autour de ces superbes murs étrusques, et jamais il ne me serait venu à l'esprit de me dire les choses vraies et dures qu'il m'a fallu dévorer. Ce système est si vrai que, lorsque je reste quelque temps sans vous voir, comme au retour de Sannazaro, je vous aborde toujours plus épris. Je puis donc dire avec vérité, Madame, que je n'espère pas ; mais le lieu de la terre où je suis le moins malheureux, c'est auprès de vous. Si, malgré moi, je me montre amoureux quand je suis auprès de vous, c'est que je suis amoureux ; mais ce n'est nullement que j'espère vous faire partager ce sentiment. Je vais me permettre une longue explication philosophique, à la suite de laquelle je pourrai dire :

Trop d'espace sépare Andromaque et Pyrrhus.

Le principe des manières italiennes est une certaine emphase. Rappelez-vous la manière dont V[ismara] frappe à votre porte, dont il s'assied, dont il demande de vos nouvelles.

Le principe des manières parisiennes est de porter de la simplicité dans tout. J'ai vu faire en Russie cinq ou six grandes actions par des Français, et, quoique accoutumé au ton simple de la bonne compagnie de Paris, je fus touché encore de trouver si simples les gestes de ceux qui les faisaient. Eh bien, je crois, Madame, qu'à vous, l'ornement d'un autre climat, ces manières simples auraient semblé *légères* et peu passionnées. Remarquez que, dans mes belles actions de Russie, il s'agissait de la vie, chose qu'on aime assez, en général, quand on est de sang-froid.

Les manières de MM. Lampato et Pecchio peuvent vous donner quelque idée de notre ton simple, à nous autres Français. Remarquez que le visage de Vismara est tout à fait à la française ;

ce sont ses manières qui font un contraste avec les nôtres, et que je donnerais la moitié de ma vie pour pouvoir contracter. Il suit de là que mes démarches, comme cela m'a frappé hier à la lecture de votre lettre, que mes démarches, dis-je, doivent souvent peindre à vos yeux un sentiment bien éloigné de celui qui les inspire. C'est probablement comme cela que vous trouverez que j'*ose*.

Vous savez que, dans les romans, les amants malheureux ont une ressource : ils disent que l'objet de leur amour ne peut plus aimer; je trouve que cette ressource me vient depuis quelques jours. Vous voyez donc, Madame, par cette confidence que je prends la liberté de vous faire de tout ce qui se passe de plus intime dans moi, que je n'espère pas.

On vous écrit, Madame, « qu'on pense à Milan que je suis venu vous rejoindre ou que j'ai souhaité qu'on le croie ». C'est cette année, pour la première fois, que j'ai passé un an à Milan sans faire de voyage. Je parle à très peu de personnes, et ces personnes sont accoutumées à me voir partir et arriver. Vous êtes partie le 12 et moi le 24; j'ai dit que j'allais à Grenoble. Ici, j'ai trouvé Vaini et Trivulzi; je leur ai dit que je revenais de Grenoble; que, me trouvant à Gênes, la *luminara* de Pise, annoncée pour le 10 juin, m'avait amené à Livourne, et le retard de l'arrivée de l'empereur à Florence.

Quant à l'idée que *je désire qu'on croie que* je suis venu vous rejoindre, s'il est au monde une supposition maligne dont il me soit facile de me justifier, non par des phrases, mais par de bons faits constants, c'est celle-là.

Depuis cinq ans que je suis à Milan, le peu de personnes qui me connaissent peuvent le certifier, il ne m'est pas arrivé une seule fois de nommer une femme. Je ne parle pas d'une personne qui voulut, malgré moi, me loger chez elle. Une autre femme s'est affichée au bal masqué ce carnaval; mais elle l'a bien voulu et je n'y ai pas eu la moindre part, et ce qui me démontre bien franc du collier sur cet article, c'est que mes amis les plus intimes ont été très étonnés de cette relation déjà ancienne et terminée depuis longtemps. Il est vrai que je n'avais ces femmes que comme des filles. Mais cela, loin de nuire à la petite vanité de s'en vanter, ne ferait que lui donner un vernis de meilleur ton. Je défie la personne qui vous a écrit de faire nommer sur mon compte deux autres femmes. A propos de quoi, Madame, vous aurais-je donné la préférence pour une infamie, à vous, surtout, que l'estime publique rend si difficile d'attaquer sur ce point? J'ajouterai que, dans ma jeunesse, j'ai toujours été trop ami de la gloire véritable, et grâce à beaucoup d'orgueil, j'ai toujours eu trop d'espoir d'y parvenir pour aimer la gloire du mensonge.

Madame, si l'on me calomnie sur une chose dont Cagnola, Vismara et les autres peuvent me justifier mathématiquement, que dira-t-on sur d'autres sujets qui, de leur nature, ne sont pas susceptibles d'autant de clarté dans la justification? Mais je m'arrête par respect pour l'amitié dont vous honorez la personne qui écrit.

Je pense, Madame, qu'en écrivant à Milan, ce que j'ai de mieux à faire est de dire comme à Vaini. Si vous pensez autrement, Madame, daignez me donner vos ordres. Dois-je dire que j'ai été à Volterra? Il me semble que non.

J'espère, Madame, avoir ôté de cette lettre tout ce qui rappelle trop ouvertement l'amour*.

7

Florence, le 20 juillet 1819.

Madame,

Peut-être que, dans ma position de disgrâce, il peut vous sembler peu convenable que j'ose vous écrire. Si je vous suis devenu odieux à ce point, je veux tâcher, du moins, de ne pas mériter davantage mon malheur, et je vous prie de déchirer ma lettre sans aller plus loin.

Si au contraire, vous voulez me traiter comme un ami malheureux, si vous daignez me donner de vos nouvelles, je vous prie de m'écrire à Bologne, où je suis obligé d'aller : *Al signor Beyle, nella locanda dell' Aquila Nera.* Je suis réellement inquiet de votre santé. Seriez-vous assez cruelle, si vous étiez malade, pour ne pas me l'apprendre en deux mots? Mais il faut m'attendre à tout. Heureux le cœur qui est échauffé par la lumière tranquille, prudente, toujours égale d'une faible lampe! De celui-là, on dit qu'il aime, et il ne commet pas d'inconvenances nuisibles à lui et aux autres. Mais le cœur qui est embrasé des flammes d'un volcan ne peut plaire à ce qu'il adore, fait des folies, manque à la délicatesse et se consume lui-même. Je suis bien malheureux.

HENRI.

* Elle me répond par une rupture apparemment fondée sur le vers :

Trop d'espace sépare Andromaque et Pyrrhus.

Lettre de désespoir de Dominique, dont on n'a pas gardé de copie. Le 6 juillet la lettre suivante lui est adressée; elle l'aura reçue le vendredi 9 juillet. Cette lettre bien écrite n'a qu'une page.

8

G[renoble], le 15 août 1819 *.

Madame,

J'ai reçu votre lettre il y a trois jours **. En revoyant votre écriture j'ai été si profondément touché que je n'ai pu prendre encore sur moi de vous répondre d'une manière convenable. C'est un beau jour au milieu d'un désert fétide, et, toute sévère que vous êtes pour moi, je vous dois encore les seuls instants de bonheur que j'ai trouvés depuis Bologne. Je pense sans cesse à cette ville heureuse où vous devez être depuis le 10. Mon âme erre sous un portique que j'ai si souvent parcouru, à droite au sortir de la porte. Je vois sans cesse ces belles collines couronnées de palais qui forment la vue du jardin où vous vous promenez. Bologne, où je n'ai pas reçu de duretés de vous, est sacré pour moi ; c'est là que j'ai appris l'événement qui m'a exilé en France, et tout cruel qu'est cet exil, il m'a encore mieux fait sentir la force du lien qui m'attache à un pays où vous êtes. Il n'est aucune de ces vues qui ne soit gravée dans mon cœur, surtout celle que l'on a sur le chemin du pont, aux premières prairies que l'on rencontre à droite après être sorti du portique. C'est là que, dans la crainte d'être reconnu, j'allais penser à la personne qui avait habité cette maison heureuse que je n'osais presque regarder en passant. Après avoir bien haï la Porretta je l'aimerai avec passion si ses eaux vous ont ôté le mal d'yeux. Donnez-moi, je vous prie,

---

* *Written the 25th August.* Transcrite le 27 août.
** Analyse de la lettre. Il s'agissait de dire avec le plus de pudeur possible : « Je t'aime ; ne pouvant te voir, je voudrais t'écrire ; voilà mon adresse. »
Que désire-t-elle ? D'être aimée ardemment. En deuxième lieu, le pouvoir de m'écrire en offensant aussi peu que possible sa fierté.
Que lui dire dans ma réponse ?
Lui prouver mon amour au commencement. La supplier ensuite de m'écrire encore. Le tout en style passionné.
J'ai un prétexte plausible. Je vois que je l'ai offensée. Je ne puis souffrir cette idée. Par pitié elle doit m'assurer de mon pardon.
Moins nous nous respectons nous-mêmes, plus nous aimons à être respectés des autres. Ma lettre doit donc être très respectueuse.
Remarquer que toutes les passions rendent hardi. Un véritable amant ne comprend pas même comment il pourrait être ridicule.
Quand tu écris pour un personnage, tu ne crains pas d'être ridicule, tu crains pour toi.

de vos nouvelles dans le plus grand détail. Ne vous sentez-vous absolument rien à la poitrine? Vous ne me répondez pas là-dessus et vous êtes si indifférente pour ce qui fait l'occupation des petites âmes que tant que vous ne m'aurez pas dit expressément le non, je crains le oui. C'est la seule chose qui puisse me faire supporter la détestable vie que je mène ici.

Je vous écris après avoir transcrit de ma main deux longs actes destinés à me garantir, s'il se peut, des fripons dont je suis entouré. Tout ce que la haine la plus profonde, la plus implacable et la mieux calculée peut arranger contre un fils, je l'ai éprouvé de mon père. Tout cela est revêtu de la plus belle hypocrisie, je suis héritier et, en apparence, je n'ai pas lieu de me plaindre. C'est précisément ce qui dans d'autres temps m'eût fait sauter aux nues, et je ne doute pas que cela n'ait été calculé à cet effet. Ce testament est daté du 29 septembre 1818, mais l'on était loin de prévoir que le lendemain de ce jour il devait se passer un petit événement qui me rendrait absolument insensible aux outrages de la fortune. En admirant les efforts et les ressources de la haine, le seul sentiment que tout ceci me donne, c'est que je suis apparemment destiné à sentir et à inspirer des passions énergiques. Ce testament est ici un objet de curiosité et d'admiration parmi les gens d'affaires; je crois cependant, à force de méditer et de lire le code civil, avoir trouvé le moyen de parer les coups qu'il me porte. Ce serait un long procès avec mes sœurs, l'une desquelles m'est chère. De façon que, quoique héritier, j'ai proposé ce matin à mes sœurs de leur donner à chacune le tiers des biens de mon père. Mais je prévois que l'on me laissera pour ma part des biens chargés de dettes et que la fin de deux mois de peines qui me font voir la nature humaine sous un si mauvais côté, sera de me laisser avec très peu d'aisance et avec la perspective d'être un peu moins pauvre dans une extrême vieillesse. J'avais remis à l'époque où je me trouve les projets de plusieurs grands voyages. J'aurais été cruellement désappointé si tous ces goûts de voyage et de chevaux n'avaient disparu depuis longtemps pour faire place à une passion funeste. Je la déplore aujourd'hui uniquement parce qu'elle a pu me porter dans ses folies à déplaire à ce que j'aime et à ce que je respecte le plus sur la terre. Du reste tout ce que porte cette terre est devenu à mes yeux entièrement indifférent, et je dois à l'idée qui m'occupe sans cesse la parfaite et étonnante insensibilité avec laquelle de riche je me vois devenu pauvre. La seule chose que je crains c'est de passer pour avare aux yeux de mes amis de Milan qui savent que j'ai hérité.

J'ai vu, à Milan, l'aimable L..., auquel j'ai dit que je venais de Grenoble et y retournais. Personne que je sache, Madame, n'a eu l'idée qu'on vous avait écrit. Quand l'on n'a pas de beaux chevaux, il est plus facile qu'on ne pourrait l'imaginer d'être bien vite oublié. J'ai trouvé à L. une idée qui m'a fait beaucoup de peine et que je tâcherai de détruire à mon retour. J'ai la perspective de voir ma liberté écornée à Milan, je ne puis me dispenser d'y conduire ma sœur qu'*Otello* a séduite et qui, dans ce pays, est toujours plus malade.

Je finis ma lettre, il m'est impossible de continuer à faire l'indifférent. L'idée de l'amour est ici mon seul bonheur. Je ne sais ce que je deviendrais si je ne passais pas à penser à ce que j'aime le temps des longues discussions avec les gens de loi. Adieu, Madame, soyez heureuse ; je crois que vous ne pouvez l'être qu'en aimant. Soyez heureuse, même en aimant un autre que moi. Je puis bien vous écrire avec vérité ce que je dis sans cesse :

> La mort et les enfers s'ouvriraient devant moi,
> Phédime, avec plaisir j'y descendrais pour toi.

HENRI

9

[1819].

... Connu et j'ai été six mois à me prouver que je ne vous aimais pas. Vous pouvez bien me rendre plus malheureux en m'éloignant, mais tant que vous serez vous-même, je ne vivrai que pour vous. Jugez-en par le sacrifice que je vous propose, si mon amour vous ennuie, n'en parlons plus.

Vous savez déjà l'aventure de Palfy. Elle ne vaut certainement pas la peine d'être entendue deux fois, à tout hasard la voici telle qu'il l'a contée devant moi. Figurez-vous un gros butor de cinquante ans avec des moustaches, qui veut faire parler de soi en amour et qui est galant avec pédanterie. La Santambrogia l'a refusé pour autre chose que les demi-faveurs, une autre danseuse l'a pris, mais il a voulu la Brognoli. Un de mes amis a fait le *mezzano* et l'a conduit à la digne mère, ancienne grotesque, qui a commencé par lui jurer que sa fille était vierge et qui a fini par lui demander 2 000 livres. Accordé. La Brognoli mère lui amène sa fille, enveloppée d'une grande redingote qu'on quitte en entrant, elle avait dessous un déshabillé délicieux et pas trop indécent. La mère disparaît. Ici commence le mensonge du nouveau Bayard.

La vertueuse Brognoli se jette à ses genoux et lui déclare qu'elle aime la flûte de l'orchestre, beau jeune homme, que sa mère est une malheureuse de l'avoir vendue, etc., etc. Le héros ne manque pas de lui promettre l'argent nécessaire pour épouser la flûte, argent que suivant moi il a gagné.

Toutes les autres aventures de Milan sont communes. Celles de Paris, vu les élections, sont divines. Les ministres si puissants ont été joués et tournés en ridicule au vu et su de quatre mille électeurs, plus ridiculement qu'un vieux Cassandre qui surprend un jeune homme avec sa femme, qui va se plaindre à la police et qui finit par recevoir des coups de bâton. Si vous étiez ici je vous conterais cela, mais il faut dix pages pour vous mettre à même de rire. En un mot ma pauvre patrie s'avance au galop vers le bonheur et elle marche à la liberté d'une manière amusante, avantage unique pour des Français; avant de faire leur bonheur la liberté fait leurs plaisirs.

Que je vous remercie du détail que vous me donnez de votre journée. Je me disais sans cesse que fait-elle à cette heure? Contentons-nous donc de l'amitié si l'amour est impossible. Votre mot : « Alors chacun se retrouve avec soi-même *et est heureux qui l'est* » est charmant. Voulez-vous que je vous dise que je n'ai jamais vécu dans la société d'aucune femme qui en dit de semblables? Non, vous me direz que c'est un compliment. Mon cœur va palpiter toujours de neuf heures à dix heures, à cette heure que vous donnez à vos correspondants.

Pour exprimer ma pensée par les extrémités je dirai que...

10

8 juillet 1820.

Permettez-moi, Madame, de vous remercier des jolis paysages suisses. Je méprisais ce pays depuis 1815, pour la manière barbare dont on y a reçu nos pauvres libéraux exilés. J'étais tout à fait désenchanté. La vue de ces belles montagnes que vous avez eues sous les yeux, pendant votre séjour à Berne, m'a un peu réconcilié avec lui. J'ai trouvé, dans les mœurs dont parle ce livre, précisément ce qu'il me fallait pour prouver ce dont je ne doute pas, c'est que pour trouver le bonheur dans un lien aussi singulier, et j'oserais presque dire aussi contre nature que le mariage il faut au moins que les jeunes filles soient libres. Car au commun des êtres il faut une époque de liberté dans la vie, et pour être bon solitaire, il faut avoir couru le monde à satiété.

J'espère, Madame, que vos yeux vont bien; je serais heureux de savoir de leurs nouvelles en détail.

Agréez, je vous prie, l'assurance des plus sincères respects.

                                                          H. B.

Samedi.

                              11

                              To send the 3 janvier 1821.

    Madame,

    Trouveriez-vous inconvenant que j'osasse vous demander la permission de vous voir un quart d'heure, une de ces soirées? Je me sens accablé par la mélancolie. Mon amitié sentira tout le prix d'une marque de bonté dont le public ne s'occupera certainement pas. Vous pourrez vous livrer sans danger à la générosité de votre belle âme. — Je ne serai pas indiscret; je ne prétends rien vous dire; je serai aimable. Je suis avec respect.

                                                          D.

ROMAN
(1819)

La scène est à Bologne dans une maison de campagne délicieuse (Desio) près Bologne. La duchesse d'Empoli, au milieu d'une fête brillante, est furieuse de jalousie d'amitié. Un Français, le lieutenant..., veut lui enlever le cœur de Métilde. Celle-ci, accablée de chagrin et plongée dans la mélancolie, ne peut donner que son amitié, qu'elle était sur le point d'accorder à... quand celui-ci, entraîné par une passion folle, fait des folies et des imprudences. La duchesse, conseillée par le froid et implacable Talley, porte Mme ... à désespérer le Français. Celui-ci renonce à inspirer l'amour qui le dévore, et se contente de l'amitié que Mme ... lui accorde enfin, en lui pardonnant parce que sa mauvaise tête seule est coupable. Et ils passent ensemble une vieillesse heureuse, au milieu des jouissances inconnues du vulgaire. M... se réconcilie même par la suite avec la duchesse d'Empoli (Talley était mort); et M... lui disait un jour :

— Vous m'avez fait tout le mal que vous avez pu, mais je suis si heureux avec la simple amitié de Mme ..., que mon cœur n'a plus de place pour la haine, et je vous aime tendrement parce que vous êtes son amie.

CHAPITRE PREMIER

Minuit sonnait à l'horloge du château; le bal allait cesser. La duchesse se promenait d'un air agité dans les chemins du jardin anglais, assez éclairé par les étoiles resplendissantes d'une nuit d'été en Italie, et par la lumière qui partait des croisées du salon. « Je vais donc perdre tout ce que j'aime! » se répétait-elle souvent d'une voix basse et entrecoupée; et elle s'arrêtait brusquement, lorsqu'une clairière du jardin lui permettait d'apercevoir nettement les croisées du salon, et, à travers les vitres, les groupes de danseurs. « Voyez si la comtesse paraîtra ! Non, elle est enchaînée par les vains discours de cet odieux Polonais. Poloski, Poloski, que vous me coûtez de peine et que je vous hais ! »

Puis, ne pouvant plus maîtriser ses mouvements, la duchesse se rapprocha des croisées. Elle n'était dérobée à la vue des danseurs que par une touffe de ... ; ses yeux rouges et humides des larmes de la colère, semblaient plonger avidement dans les superbes salons, en y cherchant leur victime.

Cependant cette victime, ce Poloski si envié, était presque aussi malheureux que la duchesse. Il n'avait été qu'un instant près de la jeune Bianca. Il était toujours devant elle dans un état violent : plongé dans le silence ; et alors il lui semblait que tous les yeux lisaient son amour dans les siens ; ou, s'il voulait parler, le feu qui le dévorait passait dans ses discours et leur donnait presque les caractères de la folie. C'était, de tous les caractères, celui qui était fait pour choquer le plus la comtesse.

Quoique à peine arrivée à la fleur des ans, une suite de malheurs inouïs avait donné à cette belle personne toutes les apparences de la mélancolie la plus noble, la plus profonde, et quelquefois la plus tendre. Je crois qu'à cette époque elle désespérait de la société (pr[esque] de la nature humaine) ; elle avait comme renoncé à y trouver ce qui était nécessaire à son cœur. Moi qui l'ai connue longtemps après, et lorsqu'elle était redevenue heureuse, je lui ai vu souvent des traces de cette ancienne manière d'être. On souffrait, parce qu'on voyait qu'elle était malheureuse, et surtout qu'elle se croyait pour toujours malheureuse, mais il était impossible de trouver une expression qui allât mieux aux traits naturellement nobles et sérieux qu'elle avait reçus de la nature. Si elle avait été coquette, on lui aurait conseillé d'être mélancolique pour être toujours plus belle. La comtessina Bianca avait surtout cette expression de tristesse imposante, et je dirais presque tragique, qui, dans les belles formes de têtes italiennes, s'unit si souvent à la belle courbe des nez aquilins. Elle avait aussi quelque chose de singulièrement remarquable dans sa manière de mouvoir ses yeux si doux. C'était une espèce de lenteur et quelque chose d'imposant que je n'ai vu qu'à elle, et que je ne sais comment peindre. Cette particularité était d'un naturel parfait, et semblait tenir à la forme des traits. Cependant c'était comme si, bien convaincue qu'il n'était plus de bonheur pour elle, elle n'eût mis de vivacité à rien regarder, parce qu'elle savait d'avance que rien de ce qu'elle pouvait voir ne la rendrait heureuse.

On ne pouvait oublier cette tête sublime lorsqu'on l'avait vue une fois, mais il faut dire aussi que tous les êtres vulgaires et prosaïques ne l'avaient jamais vue. Elle n'était que singulière à leurs yeux ; cependant, malgré eux, et encore plus malgré elle, elle leur imposait, et ils ne manquaient pas de s'en venger en l'appelant *singulière.*

La duchesse les laissait dire, mais ce n'était pas à une tête de cette force et à une âme de cette trempe que le mérite de Bianca avait pu échapper.

La duchesse d'Empoli était également dominée par deux besoins, celui d'aimer et celui de dominer. Elle avait adoré sa belle-sœur, en avait fait son esclave, par ses imprudences l'avait fait mourir, et sa vie maintenant était empoisonnée par les regrets que lui inspirait cette perte. Le temps, qui a tant d'empire sur les douleurs vulgaires, semblait avoir perdu son pouvoir sur cette âme ferme. Tout Bologne admirait cette constance et cette fidélité au tombeau. On trouvait la duchesse plus résignée, mais la plaie saignait encore au fond de son cœur, et ce qui prouve qu'elle avait l'âme belle, c'est que c'était surtout le remords qui semblait lui rendre sans cesse présente l'image de sa première amie. Si elle eût cessé un instant de se reprocher sa perte, il lui eût semblé se rendre volontairement coupable de sa mort ; et, dans le fait, cette mort tant pleurée était l'effet d'un de ces hasards malheureux qui arrivent souvent dans le monde, et que tout autre que la duchesse eût oublié après quelques mois. Cette douleur, qui avait éclaté dans le monde par les partis pris les plus éclatants, semblait ne souffrir quelque relâche que lorsqu'elle se trouvait avec la comtesse. Toutes deux très malheureuses d'abord, Mme d'Empoli avait aimé Bianca parce qu'elle pouvait lui parler en liberté de sa première amie. Maintenant, l'avoir auprès d'elle, pouvoir à chaque instant faire un tour de jardin avec elle, était nécessaire à son bonheur.

La duchesse, femme d'infiniment d'esprit, qui avait été très bien, qui pouvait même encore inspirer des sentiments, n'avait guère connu l'amour. Elle était dans le monde ce que Mme de Genlis est dans ses écrits, *l'ennemie de l'amour,* et peut-être par la même raison. Elle avait peut-être l'âme trop altière pour l'avoir tendre, le plaisir de dominer l'emportait chez elle sur le plaisir si doux de céder à ce qu'on aime, de ne faire qu'un avec lui. Peut-être aussi il n'y avait pas, dans cette âme forte, cette délicatesse un peu exagérée, cette sorte de couleur un peu romanesque, sur laquelle se fondent les rêveries des âmes tendres.

On avait toujours cru qu'elle avait un amour, parce que c'est l'usage, mais cette amitié singulière qu'elle avait eue pour sa première amie, celle qu'elle annonçait maintenant pour la comtesse, avaient dû l'empêcher de sentir l'amour. Elle n'avait de ce sentiment que la jalousie, elle voulait régner entièrement et exclusivement sur l'âme qu'elle aimait.

Il y avait au château d'Empoli un mari complaisant, des chevaux, des voitures, tout l'appareil d'un grand luxe, et une trentaine d'amis qui se renouvelaient chaque semaine.

Il était dans les usages de la maison de passer deux mois à ce château. La duchesse y était depuis six semaines, lorsque, dans les derniers jours de juillet 1818, un ami lui amena M. Poloski, Polonais, qui avait servi autrefois sous Napoléon, qui paraissait un officier d'honneur, et qui, d'ailleurs, n'avait rien de remarquable. Aussi ne le remarqua-t-elle guère. Un soir seulement elle lui vit bien distinctement les larmes aux yeux ; cela ne lui parut que ridicule ; elle se tourna par hasard, et vit Bianca qui s'appuyait avec l'air de l'intimité sur le bras de M. Zamboni. Par curiosité, elle adressa la parole à Poloski : sa voix était changée, il put à peine répondre avec grâce à ce qu'elle lui disait d'obligeant. Les yeux brillants et malins de la duchesse se fixèrent sur les siens ; il s'en aperçut, mais n'eut pas l'esprit d'en voir les conséquences, et se laissa aller à l'imprudence de regarder ce que faisait Bianca, qu'il entendait toujours parler à Zamboni. Lorsque Poloski ramena les yeux sur la duchesse, il trouva dans les siens l'expression de la plus haute sévérité. Elle semblait lui reprocher comme une insolence, comme un oubli de ce qu'il était, d'avoir osé regarder Bianca.

A partir de ce moment, Poloski se vit perdu.

Le Polonais avait une espèce d'ami à qui il s'ouvrait parce qu'il faut que les amants soient indiscrets. Il dit à cet ami, le baron Zanca, qui l'avait présenté :

— Je crois que je ferais bien de partir.

— Ma foi, partez si vous voulez, j'arrangerai votre départ auprès de la duchesse ; mais, ma foi, la campagne est charmante, il y fait moins chaud qu'à Bologne, le spectacle est mauvais, et que diable voulez-vous y aller faire ?

— Il s'agit bien de spectacle et de chaleur ! Croyez-vous que Mme d'Empoli me pardonne d'aimer son amie ?

— Ah ! mon cher lieutenant, vous voilà encore avec votre sottise ! Je vous conseille de nouveau de tout abandonner. Cessez d'aimer une femme qui ne peut aimer, qui n'est qu'amour-propre, qui, d'ailleurs, dans ses idées de constance, n'aimera jamais un étranger qui aujourd'hui est à Bologne, demain à Naples, après-demain à Varsovie, et dans huit jours Dieu sait où. D'ailleurs, si vous voulez que je vous le dise, car je veux vous désespérer tout à fait, depuis quelques jours elle regarde Zamboni d'un air singulier. L'autre jour, en chantant au piano, je leur ai vu faire des yeux singuliers, et qui, dans une femme moins naturelle, seraient de la plus haute coquetterie.

A ces mots, Poloski prit vivement Zanca sous le bras, l'entraîna dans le jardin, et eut la cruauté de lui parler [une] demi-heure de son amour. Zanca s'amusait du ridicule de l'étranger. « *Gran matti che questi forestieri!* » s'écriait-il de temps en temps, et tout haut. L'autre, emporté par sa passion, lui détaillait les circonstances des douze ou quinze visites qu'il avait faites à la comtesse Bianca pendant qu'elle était à Bologne.

— Mais, mon cher fou, lui disait Zanca, que ne faites-vous un autre choix? Vous avez la comtesse Laorina, qui vous tend les bras, à vous et à tout le monde. Vous avez la Ninetta, qui vous reçoit avec distinction. Croyez-vous avoir affaire ici à une femme ordinaire, galante comme toutes les autres? Je vous ai déjà signifié et je vous répète que, si vous ne lui inspirez pas une passion, vous n'avancerez de rien. La simple galanterie n'a aucun pouvoir sur cette femme-ci. Je vous la livre pour la petite tête la plus altière de Bologne. Et puis, supposons qu'elle veuille aimer : vous croyez-vous par hasard plus beau, plus brillant, plus riche que Zamboni? En ce cas-là, mon cher, détrompez-vous. Moi, je vous aime cent fois mieux que lui, nous avons les mêmes idées politiques, et d'ailleurs lui n'aime que ses chevaux; mais mettez-vous bien dans la tête qu'aux yeux d'une femme il n'y a nulle comparaison de vous à lui.

C'en était trop pour Poloski : cet éloge si vif et si vrai d'un homme, dont il était jaloux jusqu'à la fureur, le mit hors de lui.

— Vous avez raison, dit-il froidement à Zanca, je quitte toutes ces idées. Je vais vous reconduire jusqu'à la porte-fenêtre du salon, et moi je vais me promener, parce que les bougies font une fournaise de ce salon.

Les deux amis s'éloignèrent sans dire mot. A quatre pas de la croisée, Zanca se retourne, prend Poloski par le bras, et lui dit en le serrant fortement, d'un air marqué, et avec cette éloquence vraiment italienne :

— Dans cette tête, rien que de l'amour-propre et de la coquetterie : lui, le plus bel homme, et le plus riche de Bologne, et qui a cette froideur piquante qui peut seule triompher de cette inhumaine; vous, obscur, étranger, et fou par-dessus le marché. *Bagatelle!*

Poloski s'éloigna, et dès qu'il fut hors de la portée des lumières tomba plutôt qu'il ne s'appuya contre un arbre. Il était ivre de fureur, et, ce qui augmentait sa rage, c'est qu'il ne trouvait à chercher querelle à personne : chacun agissait comme il le devait. La duchesse était une amie passionnée; Bianca, une femme belle, tendre, et indifférente; Zamboni, un bel homme suivant ses avantages; Zanca, un homme d'esprit, un homme du monde, et, par-dessus le marché, voyant juste et donnant de bons avis. Poloski ne pouvait être en fureur que contre lui-même. Au milieu de toute sa discussion avec Zanca, il avait perdu de vue son idée première, qui était la seule bonne dans la circonstance. Si Zanca avait été plus ami et moins homme du monde, il avait assez d'esprit pour sentir la profonde justesse de l'idée de départ, et pour y forcer son protégé. Il voulut un instant, dans la conversation, le faire partir pour lui faire oublier Bianca, et c'est ce qu'on ne peut obtenir d'un amant; il fallait le faire partir, ou pour lui faire oublier Blanche, si cela était encore possible, ou pour lui sauver la haine de la duchesse.

C'est ce qui n'eut point lieu, et de ce moment Poloski fut dévoué au malheur que nous allons voir le poursuivre. Quoique jeté dans le monde de bonne heure, c'était un caractère chimérique, rêveur, poétique, tout propre à sentir à fond le malheur de l'amour. Il avait été amoureux de Napoléon, et comme Napoléon n'aimait que les succès d'ambition, Poloski s'était cru de bonne foi et pendant longtemps ambitieux...

LE SOUVENIR DE MATILDE

Octobre 1821

Voyage en Angleterre pour oublier Mé[tilde].

☆

Londres, 9 novembre 1821

Je me promenais pensant à Mét[ilde]...

☆

Paris, 21 juin 1822

Ever thinking upon piazza delle Galline.
3 heures du matin, *weary of game ever* amour[r] *of* M[atilde].
Thinking ever upon piazza delle Galline.

☆

Paris, 20 septembre 1822

First idea décembre 1819 dans les derniers jours.
6 mai 1822, signé le contrat.

☆

Paris, 30 septembre 1822

Anniversaire *del Giardino*.

☆

1er mai 1825. *Death of the auth[or]* [1].

☆

Paris, 22 mai 1824

Visite *piazza delle Galline to* demetil [Métilde]. Commencement d'une époque qui ne finit totalement qu'en mai 1824.

☆

2 novembre 1816 [2].

Mme M[atilde] V[iscontini], qui ressemble en beau à la charmante Hérodiade de Léonard de Vinci, et chez qui j'ai découvert un tact parfait pour les beaux-arts, m'a dit hier à une heure du matin :

— Il fait un beau clair de lune ; je vous conseille d'aller voir le dôme (la cathédrale), mais il faut vous placer du côté du *Palazzo Regio...*

Rome, Naples et Florence (1826).

☆

30 novembre 1816

Comment exprimer le ravissement mêlé de respect que m'inspirent l'expression angélique et la finesse si calme de ces traits qui rappellent la noblesse tendre de Léonard de Vinci ? Cette tête qui aurait tant de bonté, de justice et d'élévation, si elle pensait à vous, semble rêver à un bonheur absent. La couleur des cheveux, la coupe du front, l'encadrement des yeux, en font le type de la beauté lombarde. Ce portrait, qui a le grand mérite de ne rappeler nullement les têtes grecques, me donne ce sentiment si rare dans les beaux-arts : ne rien concevoir au-delà. Quelque chose de pur, de religieux, d'antivulgaire, respire dans ces traits. On dit que Mme M... a été longtemps malheureuse.

« On rêve au bonheur d'être présenté à cette femme singulière dans quelque château gothique et solitaire, dominant une belle vallée, et entouré par un torrent comme Trezzo. Cette jeune femme si tendre a pu connaître les passions, mais n'a jamais perdu la pureté d'âme d'une jeune fille...

Rome, Naples et Florence (1826).

☆

Paris, 29 octobre 1829[3].

Fatal retour à 1 000 [Milan] de Paris par Dole et Saronno.

☆

7 juin 1828

Ce soir, après une représentation d'*Elisa e Claudio,* qui nous avait fait un plaisir infini, car Tamburini chantait et nos âmes étaient disposées à la candeur et à la tendresse, la jeune *marchesina* Métilde Dembos[ki] a été d'une éloquence admirable ; elle a parlé du dévouement sincère, plein d'alacrité, sans ostentation, mais sans bornes, que certaines âmes nobles ont pour leur Dieu ou pour leur amant. C'est ce que j'ai entendu, dans ce voyage-ci, de plus voisin du beau parfait. Nous sommes sortis de chez elle, comme enivrés par notre enthousiasme subit pour une simplicité réelle et complète...

Promenades dans Rome (1829).

☆

11 décembre 1828.

La *tramontana* (c'est l'incommode vent du nord) porte sans doute à l'assassinat. Voici ce qui s'est passé cette nuit dans la *Via Giulia,* derrière le palais Farnèse. Un jeune homme, qu'on dit horloger, faisait la cour depuis plusieurs années à Métilde Galline. Il l'a demandée à ses parents, qui la lui ont refusée parce qu'il n'avait rien. Métilde n'a pas eu assez de caractère pour prendre la fuite avec lui. On l'a mariée à un riche négociant, et la cérémonie a eu lieu hier. Pendant le repas de noces, le père et la mère de Métilde ont éprouvé de vives douleurs ; ils étaient empoisonnés, et sont morts vers les minuit. Alors le jeune homme, qui, déguisé en musicien, rôdait autour de la salle à manger, s'est approché de Matilde et lui a dit :
— A nous maintenant !
Il l'a tuée d'un coup de poignard et lui après. Aussitôt la mort du père et de la mère, le mari futur, comprenant de quoi il s'agissait, avait pris la fuite.

Promenades dans Rome (1829).

☆

Je quittai Milan pour Paris le ... juin 1821, avec une somme de 3 500 francs, je crois, regardant comme unique bonheur de me brûler la cervelle quand cette somme serait finie. Je quittais, après trois ans d'intimité, une femme que j'adorais, qui m'aimait et qui ne s'est jamais donnée à moi.

J'en suis encore, après tant d'années d'intervalle, à deviner les motifs de sa conduite. Elle était hautement déshonorée; elle n'avait cependant jamais eu qu'un amant; mais les femmes de la bonne compagnie de Milan se vengeaient de sa supériorité. La pauvre Métilde ne sut jamais ni manœuvrer contre cet ennemi, ni le mépriser. Peut-être un jour, quand je serai bien vieux, bien glacé, aurai-je le courage de parler des années 1818, 1819, 1820, 1821.

En 1821, j'avais beaucoup de peine à résister à la tentation de me brûler la cervelle. Je dessinais un pistolet à la marge d'un mauvais drame d'amour que je barbouillais alors (logé *casa* Acerbi). Il me semble que ce fut la curiosité politique qui m'empêcha d'en finir; peut-être, sans que je m'en doute, fut-ce aussi la peur de me faire mal. Enfin, je pris congé de Métilde.

— Quand reviendrez-vous? me dit-elle.

— Jamais, j'espère.

Il y eut là une dernière heure de tergiversations et de vaines paroles; une seule eût pu changer ma vie future, hélas! pas pour bien longtemps. Cette âme angélique, cachée dans un si beau corps, a quitté la vie en 1825.

Enfin, je partis, dans l'état qu'on peut imaginer, le ... juin. J'allais de Milan à Côme, craignant à chaque instant, et croyant même, que je rebrousserais chemin.

Cette ville, où je croyais ne pouvoir demeurer sans mourir, je ne pus la quitter sans me sentir arracher l'âme; il me semblait que j'y laissais la vie; que dis-je, qu'était-ce que la vie auprès de Métilde? J'expirais à chaque pas que je faisais pour m'en éloigner. Je ne respirais qu'en soupirant (Shelley).

Bientôt je fus comme stupide, faisant la conversation avec les postillons et répondant sérieusement aux réflexions de ces gens-là sur le prix du vin [...].

J'arrivai au Saint-Gothard, alors abominable [...]. Je voulus passer le Saint-Gothard à cheval, espérant un peu que je ferais une chute qui m'écorcherait à fond, et que cela me distrairait. Quoique ancien officier de cavalerie, et quoique j'aie passé ma vie à tomber de cheval, j'ai horreur des chutes sur des pierres roulantes, et cédant sous les pas du cheval.

Le courrier avec lequel j'étais finit par m'arrêter et par me dire que peu lui importait de ma vie, mais que je diminuerais son profit, et que personne ne voudrait plus venir avec lui quand on saurait qu'un de ses voyageurs avait roulé dans le précipice.

— Eh quoi! n'avez-vous pas deviné que j'ai la v[érole]? lui dis-je; je ne puis pas marcher.

J'arrivai avec ce courrier maudissant son sort jusqu'à Altdorf. J'ouvrais des yeux stupides sur tout. Je suis un grand admirateur de Guillaume Tell, quoique les écrivains ministériels de tous les pays prétendent qu'il n'a jamais existé. A Altdorf, je crois, une mauvaise statue de Tell avec un jupon de pierre me toucha précisément parce qu'elle était mauvaise.

« Voilà donc, me disais-je avec une douce mélancolie succédant pour la première fois à un désespoir sec, voilà donc ce que deviennent les plus belles choses aux yeux des hommes grossiers. Telle tu es, Métilde, au milieu du salon de Mme Traversi! » [...]

Langres était située comme Volterra, ville qu'alors j'adorais; elle avait été le théâtre d'un de mes exploits les plus hardis dans ma guerre contre Métilde [...].

« Le pire des malheurs serait, m'écriai-je, que ces hommes si secs, mes amis, au milieu desquels je vais vivre, devinassent ma passion, et pour une femme que je n'ai pas eue! »

Je me dis cela en juin 1821, et je vois, en juin 1832, pour la première fois en écrivant ceci, que cette peur, mille fois répétée, a été, dans le fait, le principe dirigeant de ma vie pendant dix ans. C'est par là que je suis venu à *avoir de l'esprit*, chose qui était le *bloc*, la butte de mes mépris à Milan en 1818 quand j'aimais Métilde.

J'entrai dans Paris, que je trouvai pire que laid, insultant pour ma douleur, avec une seule idée : *n'être pas deviné* [...].

Je vécus là-dessus plusieurs mois dont je ne me souviens guère. J'accablais de lettres mes amis de Milan pour en obtenir indirectement un demi-mot sur Métilde. Eux, qui désapprouvaient ma sottise, jamais n'en parlaient [...].

J'ai bien peu de souvenirs de ces temps passionnés; les objets glissaient sur moi inaperçus, ou méprisés quand ils étaient entrevus. Ma pensée était sur la place Belgiojoso à Milan.

Souvenirs d'égotisme (1832), chap. I.

En 1821, à Paris, les dimanches étaient réellement horribles pour moi. Perdu sous les grands marronniers des Tuileries, si majestueux à cette époque de l'année, je pensais à Métilde, qui passait plus particulièrement ces journées-là chez l'opulente Mme Traversi. Cette funeste amie qui me haïssait, jalousait sa cousine et lui avait persuadé, par elle et par ses amis, qu'elle se déshonorerait parfaitement si elle me prenait pour amant [...].

Je n'ai eu une maîtresse que par hasard, en 1824, trois ans après. Alors seulement le souvenir de Métilde ne fut plus déchirant. Elle devint pour moi comme un fantôme tendre, profondément triste, et qui, par son apparition, me disposait souverainement aux idées tendres, bonnes, justes, indulgentes.

Ibid., chap. II.

Je la manquai complètement [Alexandrine], *fiasco* complet [...]. Je ne sais pourquoi l'idée de Métilde m'avait saisi en entrant dans cette chambre dont Alexandrine faisait un si joli ornement [...].

Un soir, Métilde me parlait de Mme Bignami, son amie. Elle me conta d'elle une histoire d'amour fort connue, puis ajouta :

— Jugez de son sort : chaque soir, son amant, en sortant de chez elle, allait chez une fille!

Or, quand j'eus quitté Milan, je compris que cette phrase morale n'appartenait nullement à l'histoire de Mme Bignami, mais était un avertissement moral à mon usage.

En effet, chaque soirée, après avoir accompagné Métilde chez sa cousine, Mme Traversi, à laquelle j'avais refusé gauchement d'être présenté, j'allais finir la soirée chez la charmante et divine comtesse Cassera. Et, par une autre sottise, cousine germaine de celle que je fis avec Alexandrine, je refusai une fois d'être l'amant de cette jeune femme, la plus aimable peut-être que j'aie connue, tout cela pour mériter, aux yeux de Dieu, que Métilde m'aimât. Je refusai, avec le même esprit, et pour le même motif, la célèbre Viganò, qui, un jour, comme toute sa cour descendait l'escalier [...], laissa passer tout le monde pour me dire :

— Beyle, on dit que vous êtes amoureux de moi.

— On se trompe, répondis-je d'un grand sang-froid, sans même lui baiser la main.

Ibid., chap. III.

J'aimais passionnément non pas la musique, mais uniquement la musique de Cimarosa et de Mozart. Le salon de Mme Pasta était le rendez-vous de tous les Milanais qui venaient à Paris. Par eux, quelquefois, par hasard, j'entendais prononcer le nom de Métilde.

Métilde, à Milan, apprit que je passais ma vie chez une actrice. Cette idée finit peut-être de la guérir.

J'étais parfaitement aveugle à tout cela. Pendant tout un été, j'ai joué au pharaon jusqu'au jour, chez Mme Pasta, silencieux, ravi d'entendre parler milanais, et respirant l'idée de Métilde par tous les sens. Je montais dans ma charmante chambre au troisième, et je corrigeais, les larmes aux yeux, les épreuves de l'*Amour*. C'est un livre écrit au crayon à Milan, dans mes intervalles lucides, Y travailler à Paris me faisait mal; je n'ai jamais voulu l'arranger [...].

Après avoir savouré, au café de Rouen, notre excellente tasse de café et deux brioches, j'accompagnais Lussinge [Adolphe de Mareste] à son bureau. Nous prenions par les Tuileries et par les quais, nous arrêtant à chaque marchand d'estampes. Quand je quittais Lussinge le moment affreux de la journée commençait pour moi. J'allais, par la grande chaleur de cette année, chercher l'ombre et un peu de fraîcheur sous les grands marronniers des Tuileries. « Puisque je ne puis l'oublier, ne ferais-je pas mieux de me tuer? » me disais-je. Tout m'était à charge.

J'avais encore, en 1821, les restes de cette passion pour la peinture d'Italie qui m'avait fait écrire sur ce sujet en 1816 et 1817. J'allais au musée avec un billet que Lussinge m'avait procuré. La vue de ces chefs-d'œuvre ne faisait que me rappeler plus vivement Brera et Métilde. Quand je rencontrais le nom français correspondant dans un livre, je changeais de couleur.

J'ai bien peu de souvenirs de ces jours, qui tous se ressemblaient. Tout ce qui plaît à Paris me faisait horreur [...].

J'achetai quelques pièces de Shakespeare, édition anglaise, à 30 sols la pièce; je les lisais aux Tuileries et souvent je baissais le livre pour songer à Métilde [...].

Enfin, vers les dix heures et demie, j'allais chez Mme Pasta pour le pharaon, et j'avais le chagrin d'arriver le premier et d'être réduit à la conversation toute de cuisine de la Rachele, mère de la Giuditta. Mais elle me parlait milanais; quelquefois je trouvais avec elle quelque nigaud nouvellement arrivé de Milan auquel elle avait donné à dîner. Je demandais timidement à ces niais des nouvelles de toutes les jolies femmes de Milan. Je serais mort plutôt que de nommer Métilde, mais quelquefois, d'eux-mêmes, ils m'en parlaient. Ces soirées faisaient époque dans ma vie.

Ibid., chap. v.

La santé morale me revenant dans l'été de 1822, je songeais à faire imprimer un livre intitulé l'*Amour*, écrit au crayon à Milan en me promenant et songeant à Métilde.

Je comptais le refaire à Paris, et il en a grand besoin. Songer un peu profondément à ces sortes de choses me rendait trop triste. C'était passer la main violemment sur une blessure à peine cicatrisée. Je transcrivis à l'encre ce qui était encore au crayon.

Mon ami Edwards me trouva un libraire (M. Mongie) qui ne me donna rien de mon manuscrit et me promit la moitié du bénéfice, si jamais il n'y en avait.

Ibid., chap. ix.

16

Me voilà donc avec une occupation pendant l'été de 1822 : corriger les épreuves de l'*Amour* imprimé in-12 sur de mauvais papier. M. Mongie me jura avec indignation qu'on l'avait trompé sur la qualité du papier. Je ne connaissais pas les libraires en 1822 [...].

C'était une chose bien dangereuse pour moi que de corriger les épreuves d'un livre qui me rappelait tant de nuances de sentiments que j'avais éprouvés en Italie. J'eus la faiblesse de prendre une chambre à Montmorency. J'y allais le soir en deux heures par la diligence de la rue Saint-Denis. Au milieu des bois, surtout à gauche de la Sablonnière en montant, je corrigeais mes épreuves. Je faillis en devenir fou.

Les folles idées de retourner à Milan, que j'avais si souvent repoussées, me revenaient avec une force étonnante. Je ne sais comment je fis pour résister.

Ibid., chap. x.

☆

With Métilde Dominique [Stendhal] a trop parlé.

En marge de *Lucien Leuwen* (1834-1835).

☆

Civitavecchia, 12 mai 1835

Corrigé [*Lucien Leuwen*] le 12 mai 1835. Et le 12 mai 1818 ! Le 12 mai 1818, Métil[de] *lascia Milano*.

Ibid.

☆

Métilde a occupé absolument ma vie de 1818 à 1824. Et je ne suis pas encore guéri, ai-je ajouté, après avoir rêvé à elle seule pendant un gros quart d'heure peut-être. M'aimait-elle ?

Vie de Henry Brulard (1835-1836), chap. i.

En 1821, je quittai Milan, le désespoir dans l'âme à cause de Métilde, et songeant beaucoup à me brûler la cervelle. D'abord, tout m'ennuya à Paris ; plus tard, j'écrivis pour me distraire. Métilde mourut, donc inutile de retourner à Milan.

Ibid., chap. ii.

Je reviens à Paris en juin 1821. Je suis au désespoir à cause de Métilde; elle meurt; je l'aimais mieux morte qu'infidèle; j'écris; je me console; je suis heureux.

Ibid.

Les paysages étaient comme un archet qui jouait sur mon âme, et des aspects que personne ne citait (la ligne des rochers en approchant d'Arbois, je crois, et venant de Dole par la grande route, fut pour moi une image sensible et évidente de l'âme de Métilde).

Ibid.

Clémentine [Curial] est celle qui m'a causé la plus grande douleur en me quittant. Mais cette douleur est-elle comparable à celle occasionnée par Métilde qui ne voulait pas me dire qu'elle m'aimait?

Ibid.

Quant à l'esprit, Clémentine l'a emporté sur toutes les autres. Métilde l'a emporté par les sentiments nobles, espagnols.

Ibid.

Mme la baronne Dembowski (que de temps que je n'ai pas écrit ce nom!)

Ibid., chap. v.

Qui se souvient d'Alexandrine [Daru], morte en janvier 1815, il y a vingt ans?
Qui se souvient de Métilde, morte en 1825?
Ne sont-elles pas à moi, moi qui les aime mieux que tout le reste du monde? Moi qui pense passionnément à elles dix fois la semaine, et souvent deux heures de suite?

Ibid., chap. xiv.

Folie de Dom[ini]que.
Dates : 4 mars 1818. Commencement d'une grande phrase musicale, *piazza delle Galline*. Cela n'a réellement pris fin que rue du Faubourg-Saint-Denis, mai 1824. Septembre 1826, San Remo [Saint-Omer].

Ibid., chap. xxxix.

Rien ne m'a fait adorer Mme Dembowski comme les critiques que faisaient d'elle les prosaïques de Milan. Je puis nommer cette femme charmante ; qui pense à elle aujourd'hui ? Ne suis-je pas le seul peut-être, après onze ans qu'elle a quitté la terre ? [...]

Et quand ceci paraîtra [...], après ma mort à moi, qui songera encore à Métilde et à Alexandrine ? Et, malgré leur modestie de femme et cette horreur d'occuper le public que je leur ai vue, si elles voient ce livre du lieu où elles sont, n'en seront-elles pas bien aises ?

Ibid., chap. xl.

☆

Rome, 10 mars 1840

Le faible clair de lune et les ombres noires de la lune le 9 à 8 et 11 heures me font absolument le même effet délicieux qu'à Milan *during* Mét[ilde]*'s time ;* il ne manque que le coup de cloche toutes les cinq minutes qui me retentissait dans la poitrine.

Journal.

☆

Rome, 29 janvier 1841

Le 29 janvier, *thinking,* mais non pas tragiquement, *to* Earline, comme jadis à Métilde.

Ibid.

DOSSIER

VIE DE STENDHAL
1783-1842

1783. *23 janvier*. Stendhal, de son vrai nom Henri Beyle, naît à Grenoble.

1790. Mort en couches de Henriette Gagnon, sa mère.

1796. *21 novembre*. Ouverture à Grenoble des cours de l'Ecole Centrale, où il entre le même jour comme élève.

1798. *16 septembre*. Il remporte à l'Ecole Centrale le premier prix de Belles-Lettres.

1799. *15 septembre*. A l'issue de sa troisième année d'études, il obtient brillamment un premier prix de mathématiques.
30 octobre. Il part de Grenoble pour Paris où il arrive le *10 novembre*. A la fin de l'année, il va habiter chez son cousin Noël Daru, rue de Lille.

1800. *Fin janvier ou début février*. Il va travailler sous les ordres de Pierre Daru au ministère de la Guerre.
7 mai. Il quitte Paris pour l'Italie.
Début juin. A Novare il entend le *Matrimonio segreto* de Cimarosa et a la révélation de la musique.
10 juin. Date approchée de son entrée à Milan.
23 septembre. Il est nommé sous-lieutenant de cavalerie à titre provisoire.

1801. Il demeure toute l'année en Italie, d'abord en Lombardie, puis en Piémont. On le voit fréquemment à Milan.
Fin décembre. Il obtient un congé de convalescence et quitte l'Italie pour Grenoble.

1802. *5 avril*. Il part pour Paris, son père lui ayant accordé une pension. Après une période de « dissipation », il se met au travail pour conquérir la gloire.

1803. Toute la première partie de l'année à Paris, il accumule les lectures et essaie d'écrire des tragédies et des comédies.
24 juin. Arrivée à Grenoble. Il va y demeurer neuf mois.

1804. *8 avril.* Il revient à Paris, où il tente toujours d'écrire pour le théâtre, et rêve de faire fortune dans le commerce et la banque.
31 décembre. De ce jour on peut dater l'entrée dans sa vie de la philosophie de Destutt de Tracy et de Mélanie Guilbert, dite Louason ou Mélanie Saint-Albe au théâtre, qu'il rencontre chez Dugazon et qui devient bientôt l'objet de son amour.

1805. Comme celle-ci, à qui il fait une cour de plus en plus pressante, vient d'obtenir un engagement au théâtre de Marseille, il se résout à l'accompagner dans cette ville. Lune de miel. Il travaille chez un compatriote qui avait fondé une maison d'importation de produits coloniaux.

1806. *1er mars.* Mélanie Guilbert quitte Marseille. Il a déjà écrit aux Daru pour se faire pardonner sa démission de l'armée et rentrer en grâce. En juillet il rentre à Paris.
16 octobre. Il part pour la Prusse en compagnie de Martial Daru.
29 octobre. Il est nommé adjoint provisoire aux commissaires des Guerres et envoyé à Brunswick.

1807. *11 juillet.* Il est titularisé comme adjoint aux commissaires des Guerres.
13 septembre. A Halberstadt, il revoit Mme Daru qui se rend à Berlin auprès de son mari. Elle lui montre beaucoup d'amitié. De là date l'attention qu'il va lui accorder dans les années suivantes.

1808. *11 novembre.* Il est rappelé à Paris. Il part à la fin du mois.

1809. *28 mars.* Il reçoit l'ordre de se rendre à Strasbourg avec les commissaires des Guerres de tous grades qui doivent s'y tenir à la disposition du comte Daru.
12 avril-13 mai. Il fait le trajet de Strasbourg à Vienne sous les ordres du comte Pierre Daru qui suit de très près l'itinéraire de Napoléon.
6 juillet. Bataille de Wagram. Malade à Vienne, il n'y assiste pas.
21 octobre. Arrivée de la comtesse Daru. Depuis qu'il l'a revue à Brunswick, qu'il l'a retrouvée à Paris, leur familiarité a fait de constants progrès. Elle va encore augmenter au cours de leurs promenades et excursions.

1810. Paris. Durant cette période, qui sera la plus brillante de son existence, il vit en vrai dandy. Au théâtre, à la ville, dans le monde, partout il sera sensible à la grâce des femmes. Il songe à être baron et il est toujours possédé de l'ambition d'écrire une pièce qui lui apporterait la gloire.

Août. Il est nommé auditeur au Conseil d'Etat, puis inspecteur du mobilier et des bâtiments de la Couronne.

1811. Paris. La cantatrice Angéline Bereyter devient sa maîtresse et le demeurera jusqu'à la chute de l'Empire.

Il est au faîte de ses aspirations, mais il n'est pas heureux. Il essaie d'être envoyé en mission à Rome.

29 août. Départ de Paris pour l'Italie.

21 septembre. Angela Pietragrua à Milan se donne à lui.

22 septembre. Départ de Milan. Il visite Bologne, Florence, Rome, Naples, Ancône.

27 octobre-13 novembre. Nouveau séjour à Milan où il conçoit le projet d'écrire une histoire de la peinture italienne.

Novembre. Grenoble puis Paris.

1812. Paris. Il travaille avec entrain à la rédaction de l'*Histoire de la peinture en Italie.*

23 juillet. Après une audience de l'Impératrice, il part pour la Russie.

14 août. Il rejoint le quartier général de l'Empereur.

14 septembre-16 octobre. Séjour à Moscou. Il participe à la retraite de Russie.

1813. *31 janvier.* Arrivée à Paris. Il souffre d'une profonde dépression. En vain s'est-il distingué en Russie, il n'obtient aucune récompense.

19 avril. Il doit de nouveau quitter Paris à la suite de Pierre Daru.

6 juin. Il est nommé intendant de la province de Sagan en Silésie.

14 août. Après une fièvre nerveuse grave et une convalescence à Dresde et à Paris, il obtient un congé et repart pour l'Italie.

7 septembre. Arrivée à Milan. Il y retrouve Angela Pietragrua, il travaille à son *Histoire de la peinture en Italie,* il fait une excursion à Venise.

14 novembre. Il repart pour Paris et repasse par Grenoble où son grand-père Gagnon est mort le *20 septembre* précédent. Il va y revenir, en mission cette fois, comme adjoint du sénateur comte de Saint-Vallier, pour activer la défense du territoire dans la 7e division militaire.

1814. *Janvier-mars*. Grenoble puis Chambéry.
    27 mars. Arrivée à Paris.
    7 avril. Il adhère aux actes passés par le Sénat depuis le
1er avril. Il accepterait volontiers une place que son protecteur le comte Beugnot lui laisse espérer. Pour oublier les
malheurs de la France et les siens propres, il travaille aux
Vies de Haydn, de Mozart et de Métastase.
    10 août. Arrivée à Milan. Il va désormais y vivre durant
sept ans. Il y retrouve Angela qui essaie de se débarrasser
de lui.
    13 octobre-31 décembre. A Milan, toute la fin de l'année, il
travaille à l'*Histoire de la peinture en Italie*. La tristesse et la
solitude l'accablent à tel point qu'il songe au suicide.

1815. *13-25 janvier*. Séjour à Turin pour complaire à Angela qui
s'efforce de l'éloigner de Milan.
    28 janvier. La *Bibliographie de la France* annonce les *Lettres
écrites de Vienne en Autriche sur le célèbre compositeur
Haydn, suivies d'une vie de Mozart*, etc. Paris, 1814.
    5 mars. A la nouvelle du retour de Napoléon, il prend le
parti de rester en Italie.
    22 décembre. Rupture définitive avec Angela.

1816. *5 avril-19 juin*. Voyage à Grenoble où il est témoin de la
conspiration Didier.
    Juin-décembre. Sortant de la solitude où il était plongé, il
est reçu dans la loge de Ludovico di Breme à la Scala où se
réunissait une société cosmopolite. Il est présenté à Byron.
    8 décembre. Départ de Milan pour Rome.

1817. A Rome il se documente sur les peintures de Michel-Ange
à la chapelle Sixtine.
    4 mars-9 avril. Milan.
    13 avril-1er mai. Il se rend à Grenoble pour régler les
affaires de sa sœur Pauline.
    Mai-août. Paris.
    2 août. La *Bibliographie de la France* annonce l'*Histoire de
la peinture en Italie*, 2 vol.
    3-14 août. Premier voyage à Londres.
    16 août-fin septembre. Paris.
    13 septembre. La *Bibliographie de la France* annonce *Rome,
Naples et Florence en 1817*.
    21 novembre. Venant de Grenoble, il arrive à Milan avec sa
sœur Pauline. Il entreprend une *Vie de Napoléon*.

1818. *4 mars*. Commencement de sa passion pour Matilde
Dembowski.

9 avril-5 mai. Nouveau séjour à Grenoble pour les intérêts de sa sœur qu'il laissera en France.

1819. *25 mai-5 août.* Il suit Matilde à Volterra. Mal reçu, il se réfugie à Florence.

10 août-14 septembre. Grenoble, où il s'est rendu à la nouvelle de la mort de son père. Il doit constater que celui-ci était ruiné. Il part pour Paris.

18 septembre-14 octobre. Paris.

29 décembre. « Day of genius » : il a l'idée d'écrire un ouvrage où il exprimera tout ce que lui fait éprouver Matilde. Ce sera *De l'Amour.*

1820. Milan. Il achève *De l'Amour* et expédie le manuscrit à Paris. Sa situation devient de plus en plus délicate, des bruits peu flatteurs circulant sur son compte.

1821. *Janvier-13 juin.* Milan. La révolution éclate dans le Piémont; le gouvernement autrichien poursuit les libéraux. Il juge que le moment est venu de rentrer en France.

13 juin. Départ de Milan.

21 juin. Arrivée à Paris.

19 octobre-21 novembre. Deuxième voyage en Angleterre.

24 novembre-31 décembre. Paris. Il récupère le manuscrit de *De l'Amour* qui était égaré à la poste de Strasbourg depuis plus d'un an.

1822. A Paris toute l'année, il reprend sa vie d'habitué des salons et inaugure sa collaboration aux revues anglaises. Il monte pour la première fois au grenier de Delécluze, et vient habiter au même hôtel que la Pasta. Il refond *De l'Amour.*

17 août. La *Bibliographie de la France* annonce la publication de *De l'Amour,* 2 vol.

1823. *1er janvier-18 octobre.* Paris.

8 mars. La *Bibliographie de la France* annonce *Racine et Shakespeare.*

18 octobre. Départ de Paris pour l'Italie.

7 novembre. Arrivée à Florence.

15 novembre. La *Bibliographie de la France* annonce la *Vie de Rossini,* 2 vol.

5 décembre. Il est à Rome depuis quelques jours déjà probablement.

1824. *1er janvier-4 février.* Il demeure à Rome. Il y retrouve Jean-Jacques Ampère, Delécluze, Duvergier de Hauranne, Schnetz, etc.

Mars-31 décembre. Paris.

22 mai. Il devient l'amant de Clémentine Curial.

29 août-24 décembre. Il donne au *Journal de Paris* dix-sept articles sur le Salon de peinture.

9 septembre. Premier des articles sur les représentations de l'opéra italien qu'il donnera durant environ trois ans, au *Journal de Paris.*

1825. Toute l'année à Paris, il acquiert de plus en plus la réputation d'un brillant causeur. Son amour pour la comtesse Curial est toujours ardent sinon sans nuages.
19 mars. La *Bibliographie de la France* annonce *Racine et Shakespeare II.*
1er mai. Mort à Milan de Matilde Dembowski.
3 décembre. La *Bibliographie de la France* annonce *D'un nouveau complot contre les industriels.*

1826. *1er janvier-juin.* Paris.
Mars. Clémentine Curial donne des signes de lassitude. La rupture aura bientôt lieu.
28 juin-17 septembre. Troisième séjour à Londres et voyage dans le nord de l'Angleterre.
18 septembre-31 décembre. Paris. Pour se consoler de sa rupture avec Clémentine Curial, il reprend un roman ébauché au début de février; ce sera *Armance.*

1827. *24 février.* La *Bibliographie de la France* annonce l'édition nouvelle, en 2 vol., de *Rome, Naples et Florence.*
20 juillet. Départ pour l'Italie.
18 août. La *Bibliographie de la France* annonce *Armance,* 3 vol.
Août-23 septembre. Naples et l'île d'Ischia.
25 septembre-15 octobre. Rome.
17 octobre-23 décembre. Florence. Il fréquente le cabinet littéraire de Vieusseux; il rend à Lamartine plusieurs visites.
31 décembre. Dans la nuit du 1er janvier il commet l'imprudence d'arriver à Milan.

1828. *1er-2 janvier.* Milan. La police lui interdit tout séjour dans les Etats autrichiens et le refoule sur la France.
29 janvier-31 décembre. Paris. Ses ressources ayant beaucup baissé depuis que ses collaborations dans les journaux d'outre-Manche sont devenues rares et mal payées, il songe à quelque emploi.

1829. *1er janvier-8 septembre.* Paris.
21 juin. Vers ce jour-là, il obtient l'amour d'Alberthe de Rubempré qu'il courtisait depuis le *6 février* et auprès de laquelle l'assiduité de son cousin Eugène Delacroix l'enra-

geait de jalousie. Amour violent, mais bref, trois mois en auront raison.

5 septembre. La *Bibliographie de la France* annonce les *Promenades dans Rome*, 2 vol.

8 septembre. Il quitte Paris pour le Midi de la France. Il passe par Bordeaux, Toulouse, pousse jusqu'à Barcelone, revient par Montpellier, Grenoble, et arrive à Marseille où il séjourne environ un mois.

25-26 octobre. Dans le courant de cette nuit, il a « l'idée de Julien », c'est-à-dire de *Rouge et Noir.* Il se met aussitôt au travail et rapporte à Paris la première ébauche de son roman.

Fin novembre-31 décembre. Paris.

13 décembre. Vanina Vanini paraît dans la *Revue de Paris.*

1830. *1ᵉʳ janvier-6 novembre.* Paris.

27 janvier. Giulia Rinieri lui fait une déclaration d'amour et se donne à lui le *22 mars.*

9 mai. Le Coffre et le Revenant paraît dans la *Revue de Paris.*

Le Philtre y paraîtra en juin.

Fin juillet-début août. L'impression de *Rouge et Noir* est suspendue pendant que les ouvriers typographes participent à l'insurrection.

25 septembre. Il est nommé consul à Trieste.

6 novembre. Départ de Paris. Ce jour-là, il demande par lettre la main de Giulia à son tuteur, Daniello Berlinghieri. Il en recevra un refus déguisé.

13 novembre. Le *Journal de la Librairie* annonce *Le Rouge et le Noir*, 2 vol.

24 décembre. Il apprend que le gouvernement autrichien lui refuse l'exequatur.

1831. *31 mars.* Il quitte Trieste pour Civitavecchia où il a été nommé par Louis-Philippe.

17 avril. Il arrive à Civitavecchia et huit jours plus tard l'exequatur lui est accordé par le Saint-Siège. Il fait fréquemment la navette entre son poste et Rome.

1832. Une année où il sera peu à son poste, mais beaucoup en voyage. Il écrit les *Souvenirs d'égotisme.*

1833. A Rome, il découvre et fait copier d'anciens manuscrits qui plus tard lui fourniront les thèmes de plusieurs *Chroniques italiennes.* Son cœur est tourmenté par Giulia qui a l'air d'aimer ailleurs.

20 avril. Il reçoit une « fatale lettre » de Giulia. Elle y dit

son cœur en péril et implore son amant de lui conserver
son amitié. Elle se marie le 24 juin avec un cousin à elle,
Giulio Martini.

11 septembre-4 décembre. Congé à Paris.

15 décembre. Ce jour-là, à Lyon, sur le chemin du retour, il
rencontre Alfred de Musset et George Sand qui se rendent
eux-mêmes en Italie. Ils descendent le Rhône de compagnie. Ils se séparent à Marseille.

1834. *8 janvier.* Il arrive à son poste ou du moins à Rome. Il ne
s'en éloignera guère cette année-là, où il va entreprendre
un nouveau roman : *Lucien Leuwen.*

1835. Une année encore où il ne quittera guère Civitavecchia et
Rome. Il a l'idée de se marier, projet qui n'a pas de suite.
Il continue son roman. Sa santé n'est pas bonne. Il
s'ennuie.

15 janvier. Il reçoit la croix de la Légion d'honneur à titre
d'homme de lettres.

23 novembre. Il interrompt la composition de *Lucien
Leuwen* et commence à écrire la *Vie de Henry Brulard.*

1836. *1er janvier-11 mai.* Civitavecchia et Rome. Il continue la
rédaction de son autobiographie. Celle-ci est interrompue
à la nouvelle qu'un nouveau congé vient de lui être
accordé.

24 mai. Arrivée à Paris. Venu pour trois mois, il va y
demeurer trois ans.

1837-1838. A Paris il jouit de son congé. Autant que cela se peut
(tant de salons de naguère sont fermés), il reprend sa vie
mondaine et son assiduité au théâtre. On le voit surtout
occupé de travaux littéraires. Il entreprend des *Mémoires
sur Napoléon,* et un roman : *Le Rose et le Vert.* Il rédige et
publie quelques-unes de ses *Chroniques italiennes.*

1er mars 1837. Vittoria Accoramboni paraît dans la *Revue
des Deux Mondes.*

1er juillet 1837. Les Cenci paraissent dans la *Revue des Deux
Mondes.* Il a l'idée d'écrire la relation d'un voyage en
France. Il parcourt assidûment la province, descend la
Loire, gagne la Bretagne et revient par la Normandie. En
1838 un grand tour l'emmène à Bordeaux, aux Pyrénées, à
Marseille et sur le littoral méditerranéen jusqu'à Cannes. Il
remonte par Grenoble, gagne la Suisse, Strasbourg, la
Rhénanie, la Hollande et revient par Anvers et Bruxelles.

30 juin 1838. La *Bibliographie de la France* annonce les
Mémoires d'un touriste, 2 vol.

3 août 1838. Il renoue les tendres liens d'autrefois avec Giulia qu'il reverra encore en 1839 et 1840.

15 août 1838. La Duchesse de Palliano paraît dans la *Revue des Deux Mondes.* Il songe alors à tirer une autre nouvelle de la jeunesse d'Alexandre Farnèse. Mais il a presque aussitôt l'idée de la transposer en une chronique contemporaine et de lui donner d'importants développements. Là-dessus il repart pour la Bretagne et la Normandie. Deux mois lui suffiront ensuite pour écrire son roman à la fin de cette année : c'est *La Chartreuse de Parme.*

1839. *1er février* et *1er mars. L'Abbesse de Castro* paraît en deux parties dans la *Revue des Deux Mondes.*

6 avril. La *Bibliographie de la France* annonce *La Chartreuse de Parme,* 2 vol. Il ébauche encore d'autres nouvelles et a l'idée d'un roman qui s'appellera *Lamiel.* Mais il doit regagner son poste.

24 juin. Départ de Paris.

10 août. Il n'arrive à Civitavecchia qu'à cette date, tant il s'est attardé en route.

10 octobre-10 novembre. A Civitavecchia, à Rome puis à Naples il passe un mois en compagnie de Mérimée. Toute la fin de l'année il travaille à *Lamiel.*

28 décembre. La *Bibliographie de la France* annonce *L'Abbesse de Castro,* 1 vol.

1840. Son consulat lui est de nouveau un exil. Il cherche des distractions. Toute l'année on le voit s'occuper de fouilles dans la campagne romaine. A l'automne il a la chasse aux alouettes. Reste aussi le travail littéraire acharné. Mais *Lamiel* n'arrive pas à sortir des limbes, d'autres essais demeurent infructueux. Un nouvel amour pour une femme qu'il nomme « Earline » s'empare de lui.

16 février. A Rome, commencement réel et non imaginaire de cet amour : *the last romance.*

23 mars. A Civitavecchia, cette grande crise ne fera plus que décroître.

15 octobre. Il reçoit à Rome la *Revue Parisienne* et prend connaissance de l'article que Balzac y consacre à *La Chartreuse de Parme.* Pour obéir aux conseils du grand romancier il travaille toute la fin de l'année à corriger son ouvrage.

1841. *15 mars.* Il a une attaque d'apoplexie. « Je me suis colleté avec le néant. » Il se remet lentement mais assez complètement pour qu'au début d'août une aventure galante éloigne un moment la crainte de la mort qui l'obsède. Il a demandé un congé.

8 novembre. Il arrive à Paris, très fatigué. Mais sa santé se raffermit dans les semaines qui suivent.

1842. Paris. Au début de mars, son congé ayant été prolongé, sentant ses forces revenues, il éprouve le désir de reprendre son activité littéraire. Il travaille avec application chaque jour pendant une quinzaine.

22 mars. Il est frappé d'apoplexie dans la rue Neuve-des-Capucines, sur les sept heures du soir. On le transporte à son hôtel.

23 mars. Il meurt à deux heures du matin sans avoir repris connaissance.

24 mars. Après un service à l'église de l'Assomption, il est inhumé au cimetière Montmartre.

DE L'AMOUR

Commencée le 29 décembre 1819, la rédaction de *De l'Amour* a avancé assez vite, car le sujet, pour reprendre sa propre expression, « obsédait » Stendhal [1]. Cependant celui-ci, et le trait n'est pas sans signification, ne savait pas exactement où il allait. Au mois de mars 1820, il comptait publier, à ses frais, une brochure composée de deux feuilles in-8° : publication confidentielle tirée à 200 exemplaires, et dont aucun ne devait parvenir à Milan. Mais, peu à peu, le manuscrit s'enfla : de 80 pages, à la fin du mois de mars, il passait à 100 vers la mi-avril, et quand, le 1er juillet, Stendhal en annonça le prochain envoi à son ami Adolphe de Mareste, il atteignait le chiffre de 385. Une fois achevé, il était formé de deux forts volumes.

De l'Amour, habituellement désigné dans les lettres de cette époque sous le terme anglais de *Love,* fut confié à une connaissance, le comte Severoli, qui, se rendant en France, devait le porter à Strasbourg. Y eut-il négligence ou erreur ? On ne sait. Toujours est-il que le paquet ne parvint jamais à Mareste chargé de l'impression. Stendhal ne le récupéra que quatorze mois plus tard, après son retour à Paris. Il se mit alors à la recherche d'un éditeur. En attendant, il entreprit la refonte de l'ouvrage. En effet, il se trouvait, depuis son retour à Paris en 1821, dans une situation toute différente. Si, auparavant, il lui était permis de concevoir l'espoir de fléchir la rigueur de Matilde, il sait désor-

---

1. Sur la genèse et la composition de *De l'Amour* voir l'étude fort détaillée de Robert Vigneron, « Stendhal, Métilde et le livre *De l'Amour* », *Modern Philology,* mai 1963, reprise dans le volume *Études sur Stendhal et Proust,* Paris, Nizet, 1978.

mais que tout est fini. Il ne se tourne plus vers l'avenir, il demeure ancré au passé, il n'a d'yeux que pour sa blessure toujours béante. Le petit nombre de fragments qui sont arrivés jusqu'à nous du premier manuscrit, celui de Milan, permettent d'avancer que les modifications ont été substantielles : à la fois plus étoffé et plus secret, le deuxième manuscrit, celui de Paris, a pris la tournure d'un acte libérateur.

Le 6 mai 1822, une convention fut signée avec le libraire Pierre Mongie l'aîné. Le tirage était fixé à 1 000 exemplaires. L'auteur n'avait rien à débourser, mais il était convenu que le tiers du prix de vente de chaque exemplaire lui reviendrait seulement après que l'éditeur serait rentré dans ses frais.

Annoncé le 17 août 1822, l'ouvrage parut en deux volumes chez Mongie, sans nom d'auteur. Le frontispice était ainsi libellé : *De l'Amour, par l'auteur de l'Histoire de la peinture, etc.* Le livre passa totalement inaperçu. La presse parisienne ne lui consacra que deux minces articles. Aussi, en dépit du titre alléchant, *De l'Amour* ne se vendit-il pas.

En 1825, Stendhal conçut le projet de donner une nouvelle édition revue et augmentée. A cette fin, il composa les deux chapitres respectivement intitulés *Le Rameau de Salzbourg* et *Ernestine ou la Naissance de l'amour*. Mais, comme il était à prévoir, ce projet fit long feu. Il fut repris huit ans plus tard. Un nouveau lancement du livre fut opéré en 1833 par le libraire Bohaire, successeur de Mongie. En réalité, Bohaire essaya seulement, au moyen d'une couverture nouvelle, de se débarrasser des invendus.

Ce n'est qu'en 1853, onze ans après la mort de Stendhal que parut une véritable deuxième édition chez Michel Lévy par les soins de Romain Colomb, cousin de l'auteur et son exécuteur testamentaire. Colomb enrichit cette édition de différents fragments inédits qu'il trouva dans les papiers de Stendhal. Et c'est cette édition que, en général, ont reprise les éditeurs postérieurs. Nous reproduisons dans le présent volume le texte intégral de l'édition originale (1822) ainsi que les textes des passages publiés pour la première fois en 1853, et dont les manuscrits n'ont pas été conservés.

Compléments

Les passages réunis sous ce titre ont été publiés pour la première fois par Romain Colomb en appendice à son édition de *De l'Amour* (Michel Lévy, 1853).

Les trois *Préfaces* témoignent de l'intention de Stendhal de donner une nouvelle édition, en partie refondue. La mévente de l'ouvrage ne lui permit pas de réaliser son projet. La troisième préface, que Colomb date du 15 mars 1842, reprend partiellement un brouillon de 1820, non utilisé à ce moment-là, et dont on trouvera plus loin le seul fragment qui nous est parvenu. Sur la première préface voir l'article d'Anthony Purdy, « De la première préface de *De l'Amour* : destinataire et intertexte », *Stendhal Club*, n° 85, 15 octobre 1979.

Le chapitre *Des fiasco* a été écrit en 1820. Il était destiné à prendre place tout à la fin de *De l'Amour* pour permettre de l'arracher dans certains exemplaires, sans les abîmer. En définitive, Stendhal a renoncé à l'imprimer, en raison de son caractère « indécent ». Cette épithète revient invariablement sous la plume de tous les commentateurs, qui, d'autre part, n'omettent jamais de rappeler le célèbre épisode d'Alexandrine raconté dans les *Souvenirs d'égotisme*. Or, même en négligeant la chronologie, l'épisode d'Alexandrine est postérieur à la rédaction du chapitre — pourquoi ne pas féliciter Stendhal d'avoir osé aborder un aspect important des influences psycho-physiologiques de l'amour sur l'homme ?

Pour ce qui est du *Fragment 170*, nous ignorons tout de sa provenance et de sa destination.

Le Rameau de Salzbourg est la reprise et le développement du thème de la cristallisation exposé au chapitre VI. Une lettre de Victor Jacquemont datée du 28 mai 1825 nous apprend que ce chapitre était déjà composé à ce moment-là. Stendhal exploitera bientôt dans les *Promenades dans Rome* l'idée d'introduire un groupe d'amis, hommes et femmes, dont les conversations permettent d'éviter la sécheresse et la monotonie de l'exposé.

Ernestine ou la naissance de l'amour est le développement romanesque du thème ébauché au chapitre IV de *De l'Amour* : « Dans une âme parfaitement indifférente, une jeune fille habitant un château isolé au fond d'une campagne, le plus petit étonnement peut amener une petite admiration, et, s'il survient la plus légère espérance, elle fait naître l'amour et la cristallisation... »
Détail significatif : c'est dans le cadre majestueux de son Dauphiné natal que Stendhal met la scène de ce petit roman d'amour.

Exemple de l'amour en France dans la classe riche. Comme Stendhal le laisse entendre dans la note liminaire, ce chapitre n'est pas de lui, mais de son ami Victor Jacquemont. Nous transcrivons ici la note dont Romain Colomb l'a fait suivre dans l'édition précitée de 1853 :

« Victor Jacquemont (ce jeune et spirituel écrivain mort à Bombay le 7 décembre 1832) adressa à Beyle la lettre qu'on va lire ; Beyle, après l'avoir fait mettre au net, envoya la copie à Victor Jacquemont avec ce billet :

« Mon cher colonel,

« Il est impossible qu'en relisant ceci il ne vous revienne pas une quantité de petits faits, autrement dit *nuances*. Ajoutez-les à gauche sur la page blanche. Il y a une bonne foi qui touche dans ce récit que j'avais oublié. Si j'avais cinquante récits comme celui-ci, le mérite de l'*Amour* serait *réel*. Ce serait une vraie monographie. Ne vous occupez pas de la *décence* ; c'est mon affaire.

« J'ai trouvé excellent un avis de vous, de septembre 1824, sur la préface du... ; elle est détestable.

« 24 décembre 1825.

« TEMPÊTE. »

Ajoutons que Victor Jacquemont signe *Goncelin* empruntant le nom d'un village de la vallée du Graisivaudan, au débouché de la route d'Allevard où résidait un de ses amis les plus intimes : Achille Chaper.

DOCUMENTS

NOTES PRÉPARATOIRES — NOTES ULTÉRIEURES

Le manuscrit de *De l'Amour* a été sans aucun doute détruit à l'imprimerie une fois l'impression achevée. C'est le sort réservé aux manuscrits de tous les livres que Stendhal a publiés. Nous ne possédons qu'un petit nombre de notes et de brouillons que l'auteur a conservés dans ses papiers personnels. L'intérêt de ces fragments est indiscutable car ils apportent d'utiles précisions sur la gestation de l'ouvrage. C'est d'autant plus important que Stendhal a prétendu avoir griffonné le brouillon au dos de cartes à jouer, ou encore avoir écrit des chapitres entiers au crayon, de sorte qu'ils étaient incompréhensibles... Affabulation que tout cela. Les documents dont nous parlons attestent qu'il a adopté, une fois de plus, son procédé habituel : il rédigeait un brouillon, le faisait copier, corrigeait cette copie, et la faisait copier à nouveau. Les fragments qui nous sont parvenus sont donc des parties du brouillon initial ainsi que de la première copie.

Sans prétendre donner ici le relevé intégral des variantes, des additions, des repentirs, qui sont du ressort de l'édition critique, nous nous bornons à en reproduire les passages essentiels éclairant la marche du travail, l'enchaînement des idées, les fluctuations intervenues dans la distribution des matières.

Ce regroupement, qui constitue une nouveauté, car il n'avait jamais été fait, est suivi du relevé des notes que Stendhal a consignées sur les marges de son exemplaire personnel : tantôt simples réflexions dictées par le souvenir de Matilde, tantôt des idées en vue d'une nouvelle, et improbable, édition.

FEUILLES DE JOURNAL
(1818-1821)

Stendhal ayant cessé, vers 1815, et pour des raisons qui n'ont pas été éclaircies, de tenir régulièrement son journal, nous n'avons pas — et combien ne faut-il pas le regretter ! — le journal pour les années 1818-1821, époque où il n'a vécu que pour et par Matilde. Cependant il est possible de combler, du moins en partie, cette lacune au moyen des notes qu'il avait l'habitude de consigner sur les marges de ses manuscrits et des livres lui appartenant. C'est la première fois que les lecteurs sont mis à même de disposer du journal ainsi reconstruit.

LETTRES À MATILDE
(1818-1821)

Les onze lettres que nous extrayons de la correspondance générale de Stendhal[2] sont tout ce qui subsiste des rapports épistolaires entre l'auteur de *De l'Amour* et la femme qu'il a aimée d'amour-passion. A noter que toutes ces lettres émanent de *lui ;* aucune missive d'*elle* ne nous est parvenue. Matilde a-t-elle évité de lui écrire ? A-t-il détruit les lettres à lui adressées ? Est-ce après la mort de Stendhal qu'on a procédé à cet autodafé ? Toutes ces questions demeurent sans réponse.

Il va de soi que l'intérêt de ces lettres est extrême. Nulle part ailleurs Stendhal ne s'est autant livré. Détail à retenir : quatre de ces lettres, les plus importantes, n'ont nullement été écrites dans la fièvre de la passion. Stendhal a d'abord fait le brouillon, il l'a méticuleusement corrigé, en multipliant les ratures et les surchar-

2. Bibliothèque de la Pléiade, 3 vol.

ges [3]. Est-ce là une preuve de son manque de spontanéité, de son machiavélisme? Nous ne le pensons pas. Même au plus fort de l'égarement du cœur, ce romantique n'a pas renoncé au *self-control. control.*

ROMAN

Nous avons dit dans notre introduction que Stendhal, faute de pouvoir s'entretenir avec Matilde, a été amené, vers la fin de 1819, à raconter sa passion malheureuse sous le voile de la fiction.

Le caractère autobiographique explique donc qu'il s'agit d'un récit à clef. Chaque personnage est la transposition d'un modèle réel. La *contessina* Bianca est Matilde; Poloski, Stendhal lui-même; la duchesse d'Empoli cache Mme Francesca Traversi, la cousine de Matilde; Zanca, l'ami et confident de Stendhal, Giuseppe Vismara. Quant au lieu où la scène est censée se dérouler, c'est Stendhal qui nous met sur la piste en écrivant entre parenthèses, à côté du nom de Bologne, celui de Desio, localité où Mme Traversi possédait une maison de campagne.

Ce *Roman* a été commencé le 4 novembre 1819. Ce jour-là, Stendhal en écrit d'un trait le début, une dizaine de feuillets in-folio. Après quoi, il abandonne son projet, sans doute mécontent de la transparence excessive de la fiction.

L'autographe de cette ébauche est conservé dans le fonds stendhalien de la bibliothèque de Grenoble. Il a été publié pour la première fois par Paul Arbelet dans la *Revue Bleue* du 29 avril 1905 sous le titre arbitraire et ambigu *Le Roman de Matilde.*

LE SOUVENIR DE MATILDE

Nous avons groupé sous cette rubrique les allusions les plus importantes à Matilde que Stendhal n'a cessé de multiplier dans ses livres et ses papiers intimes depuis son départ de Milan en 1821 jusqu'à sa mort. Leur nombre révèle combien profonde et durable a été la marque laissée dans son cœur par la belle et fière Milanaise.

A ces allusions il faudrait ajouter les nombreuses réminiscences qui affleurent dans son œuvre romanesque. L'analyse serait trop longue et diffuse pour qu'elle trouve sa place ici.

3. Un cahier de 74 pages in-4° renfermant le brouillon de ces quatre lettres a fait surface il y a quelque vingt ans. Il nous a été communiqué par un libraire parisien qui l'a fait ensuite figurer dans son catalogue de septembre 1961. Voir notre article « Bonne nouvelle pour les stendhaliens. Voici retrouvés les brouillons autographes de quatre lettres adressées par Beyle à Métilde, qui fut son grand amour, et peut-être le seul ». *Le Figaro littéraire,* 2 août 1958.

De l'Amour

Page 23.

1. « Que vous soyez rendu ridicule par une jeune femme, eh bien! c'est ce qui arrive à maint honnête homme. » *Le Pirate* est un roman de Walter Scott traduit en 1822.

PRÉFACE

Page 26.

1. Le livre de Louis Simond, *Voyage en Suisse fait dans les années 1817, 1818 et 1819* a été mis en vente en 1822.

LIVRE PREMIER

Chapitre premier

Page 27.

1. Expression mise en circulation par Stendhal.

2. Note de l'édition Michel Lévy (1853) : « Les amis de M. Beyle lui ont demandé souvent qui étaient ce capitaine et ce gendarme ; il répondait qu'il avait oublié leur histoire. P[rosper] M[érimée]. »

Les stendhaliens se sont chargés de suppléer à cette prétendue défaillance de la mémoire de l'auteur. La localité de Cento, près de Ferrare, fut le théâtre, au début du XIXe siècle, d'un double empoisonnement volontaire : un brigadier de la gendarmerie se suicida en ingérant un poison, en même temps que la jeune fille qu'il aimait. Cette « chronique italienne » a été exhumée au début de notre siècle par un érudit italien, Nerio Malvezzi, « Il gendarme di Cento », *Rivista d'Italia,* 15 mai 1900. Quant au capitaine de Vésel, Stendhal fait allusion à un récit figurant au tome IV des *Mémoires* du baron de Besenval (1806) sous le titre *Aventure et conversation de M. le Baron de Besenval avec une dame de Wesel* (Bruno Pincherle, « Il capitano di Vésel e il gendarme di Cento », dans le volume *Giornate stendhaliane di Parma,* « Aurea Parma », 1950; ensuite dans le volume *In compagnia di Stendhal,* Milan, 1967).

Page 29.

3. Allusion au dialogue rapporté par Grimm dans sa *Correspondance littéraire,* à la date d'août 1778 :

« Qu'on se représente Mme la marquise du Deffand aveugle, assise au fond de son cabinet, dans un fauteuil qui ressemble au tonneau de Diogène, et son vieux ami Pont de Veyle couché dans une bergère près de la cheminée. C'est le lieu de la scène. Voici un de leurs entretiens :

« — Pont de Veyle?

« — Madame?

« — Où êtes-vous?

« — Au coin de votre cheminée.

« — Couché les pieds sur les chenets, comme on est chez ses amis?

« — Oui, Madame.

« — Il faut convenir qu'il est peu de liaisons aussi anciennes que la nôtre.

« — Cela est vrai.

« — Il y a cinquante ans.

« — Oui, cinquante ans passés.

« — Et dans ce long intervalle aucun nuage, pas même l'apparence d'une brouillerie.

« — C'est ce que j'ai toujours admiré.

« — Mais, Pont de Veyle, cela ne viendrait-il point de ce qu'au fond nous avons été toujours fort indifférents l'un à l'autre?

« — Cela se pourrait bien, Madame. »

4. Le roman du marquis de Sade, *Justine ou les Malheurs de la vertu* (1791). Le mot « horreurs » est à retenir, car il est significatif. Il n'y a rien de commun entre Stendhal et Sade. Sous ce rapport, l'interprétation stendhalienne du caractère de Francesco Cenci, le sombre héros de la chronique italienne *Les Cenci,* le prouve bien : la perversité du vieux Cenci qui viole sa fille

Béatrice n'est pas un acte bestial, mais la manifestation d'un besoin forcené d'aller au-delà du bien et du mal. (Voir notre édition des *Chroniques italiennes*, Cercle du Bibliophile, 1968, t. XVIII des *Œuvres complètes de Stendhal*.)

Page 30.

5. Lisio Visconti est, avec Salviati et Delfante, l'un des principaux masques de Stendhal dans *De l'Amour*. L'origine de ce pseudonyme a été découverte récemment : *Lisio* est le nom patronymique d'un officier piémontais qui s'était distingué à l'époque par son ardent libéralisme; *Visconti* n'est que la forme abrégée de *Viscontini*, le nom de jeune fille de Matilde (Bruno Pincherle, « *Origine di un pseudonimo* », dans le volume cité *In compagnia di Stendhal*, Milan, 1967).

Chapitre II

1. C'est Stendhal qui a donné à « cristallisation » et « cristalliser » une acception nouvelle. Elle est entrée dans notre langage quotidien.

Page 31.

2. Voir un exposé plus détaillé dans le chapitre *Le Rameau de Salzbourg* publié dans les compléments. C'est à Hallein, à 9 kilomètres au sud de Salzbourg, que se trouvent de riches mines de sel gemme. Stendhal a pu en entendre parler lors de la campagne d'Autriche de 1809 à laquelle il a participé, car son passage à Salzbourg et à Hallein n'est pas attesté.

Chapitre III

Page 35.

1. Ainsi que nous le disons dans notre introduction, cette assertion ne doit pas être prise à la lettre, comme on l'a trop souvent fait, et à tort.

Page 36.

2. Jeanne-Manon Phlipon, plus connue sous le nom de Mme Roland, guillotinée en 1793, à l'âge de trente-neuf ans. Stendhal a manifesté de tout temps la plus vive admiration pour son esprit et sa force d'âme.

Page 35.

3. Personnage fictif destiné à personnifier l'adversaire de l'amour-passion. Stendhal a toujours aimé faire intervenir dans

ses essais des personnages imaginaires en guise de porte-parole de ses idées, établissant ainsi une sorte de dialogue permanent. Il faut toutefois préciser que dans la suite du livre il ne sera plus question de Del Rosso, Stendhal, renonçant, sur ce point, à son langage cryptique, lui donne comme relais Don Juan.

Page 36.

4. « ... éveille la vision céleste pour laquelle nous désirons vivre ou nous osons mourir. — Dernière lettre de Bianca à sa mère. »

La phrase en anglais est une citation de Pope — qui cependant avait écrit : « *the eternal sight* » —; Stendhal l'a trouvée dans un article d'Hazlitt, publié dans le nᵒ 48, février 1815, de l'*Edinburgh Review* (Robert Vigneron, « Stendhal et Hazlitt », *Modern Philology*, mai 1938).

Quant à la phrase en italien, elle renferme une allusion indirecte à Matilde, car Stendhal parle à mots couverts de sa cousine Bianca Milesi qui épousera, en 1825, le docteur Benedetto Mojon, de Gênes.

Forlì, ville de l'Emilie, au sud-est de Bologne, sur la route de Rimini. Elle figure de nouveau dans les fragments 8 et 120. Ce nom cache très vraisemblablement celui de Milan.

Chapitre VII

Page 42.

1. Sans doute réminiscence du personnage d'Alice dans le roman de Walter Scott auquel Stendhal emprunte l'épigraphe du chapitre suivant.

Chapitre VIII

1. « C'était son royaume féerique favori, et là elle édifiait ses palais aériens » (Walter Scott, *The Bride of Lammermoor*). Sur les emprunts de Stendhal à ce roman traduit en 1818 sous le titre *La Fiancée de Lammermoor*, voir Jules C. Alciatore : « *The Bride of Lammermoor* et *De l'Amour* », *Le Divan*, nᵒ 296, octobre-décembre 1955.

Page 43.

2. Stendhal a réellement fait, en 1820, un séjour à Bologne, mais vers la fin du mois de mars. Dans la plupart des cas, le nom de Bologne couvre celui de Milan.

Page 44.

3. « ... La femme la plus aventurée sent en elle une voix qui lui dit : Sois belle si tu peux, sage si tu veux, mais sois consi-

dérée, il le faut » (Beaumarchais, *Le Mariage de Figaro*, acte I, scène IV).

Page 45.

4. « Quand nous lûmes que le sourire désiré fut baisé par un tel amant, celui-ci, qui de moi ne sera jamais séparé, me baisa la bouche tout tremblant » (Dante, *La Divine Comédie, Enfer*, chant V, vers 133-137, épisode de Francesca da Rimini). Stendhal fera une nouvelle allusion à cet épisode plus loin, au chapitre XIV.

5. Léonore est le masque de Matilde. Dès 1818, Stendhal avait commencé, dans ses papiers intimes, à se servir de ce pseudonyme. On a supposé qu'il l'aurait adopté sous l'influence du roman de Miss Edgeworth intitulé précisément *Leonora* (François Michel, *Fichier stendhalien*, 1964).

Chapitre IX

Page 46.

1. Ce chapitre, le plus court du livre, est devenu célèbre. Et à juste titre. Mais comment ne s'est-on pas aperçu qu'il met en lumière la véritable nature de l'ouvrage ?

Chapitre X

1. Allusion à l'aventure de 1819. Le 11 juin de cette année-là, Stendhal avait quitté Volterra pour se rendre à Florence, et il avait fait étape à Empoli.

Page 47.

2. C'est le décor de la comédie de Shakespeare *As you like it* (*Comme il vous plaira*).

3. Nom d'une famille de danseurs qui a brillé à l'Opéra, et, ensuite, d'un bal populaire à Paris.

Page 48.

4. « Ceux qui remarquaient dans l'air de ce jeune héros une audace dissolue jointe à une extrême fierté et à une audace complète pour l'opinion des autres, ne pouvaient cependant refuser à son attitude cette espèce de grâce qui appartient à une physionomie ouverte, dont les traits formés par la nature, mais modelés artificiellement d'après les règles de la courtoisie, sont si francs et honnêtes qu'ils semblent refuser de dissimuler les émotions naturelles de l'âme. On prend souvent une telle expression pour une mâle franchise, tandis que, en fait, elle est le résultat de l'indifférence insouciante d'un tempérament libertin conscient de la supériorité que lui assurent la naissance, la fortune

ou tout autre avantage fortuit qui n'a rien à voir avec le mérite personnel » (Walter Scott, *Ivanhoe*).

Chapitre XII

Page 50.

1. « Capricieux. »

Page 51.

2. Dans le sens primitif de *sopraniste* (castrat).

3. Le docteur William-Frédéric Edwards (1777-1842), physiologiste et anthropologue.

Chapitre XIII

Page 52.

1. Benedict et Beatrix, personnages de la comédie de Shakespeare *Much ado about nothing (Beaucoup de bruit pour rien)*.

2. L'ouvrage de John Brown, paru en 1819, avait été traduit en français sous le titre *Les Cours du Nord ou Mémoires originaux sur les souverains de la Suède et du Danemark depuis 1766.*

Page 53.

3. On devine sans difficulté que Stendhal parle de lui-même et de Matilde.

Chapitre XIV

Page 54.

1. Cette « correspondance » annonce Baudelaire, qui effectivement reprendra le thème :

> *Comme d'autres esprits voguent sur la musique,*
> *Le mien, ô mon amour! nage sur ton parfum.*

2. Mme Francesca Traversi, cousine de Matilde, dont le nom est écrit en filigrane dans maintes pages du livre. Stendhal lui en voulait, car elle l'aurait desservi auprès de Matilde.

3. Lire : Volterra.

4. « Il n'est de plus grande douleur que de se souvenir des jours heureux dans la misère » (Dante, *La Divine Comédie, Enfer,* chant V, épisode de Francesca da Rimini. Cf. plus haut, chapitre VIII).

Page 55.

5. C'est en 1819, après son départ précipité de Volterra, que

Stendhal s'était arrêté à Florence; il avait tâché d'oublier son chagrin en lisant le roman de Walter Scott *Old Mortality* (*Les Puritains d'Ecosse*).

Chapitre XVI

Page 57.

1. C'est parce que ce chapitre est une page de son propre journal que Stendhal a recours à l'alibi. Il ignorait jusqu'au nom de ce « petit port près Perpignan », n'ayant jamais eu l'occasion de voyager dans cette région. D'ailleurs, au début de 1822, il était à Paris.

2. Il s'agit du propre journal de Stendhal.

3. Le nom de Naples cache celui de Milan. Le dernier séjour de Stendhal à Naples remontait au début de 1817.

4. Le ballet d'*Otello* avait été créé au printemps de 1813; celui de *La Vestale* en 1818. L'admiration de Stendhal pour le chorégraphe de la Scala Salvatore Viganò est connue.

5. « ... d'être un trop grand admirateur de Milady L[éonore]. » Nous avons déjà dit que Léonore désigne Matilde.

Page 58.

6. Même éloge dans *La Vie de Rossini* : « Ce morceau et le trait de clarinette surtout sont au nombre des plus belles inspirations qu'aucun maître ait jamais eues. » L'opéra de Rossini *Bianca e Faliero* avait été donné pour la première fois à la Scala le 26 décembre 1819.

7. Stendhal a assisté, le 11 décembre 1819, à la représentation d'*Armida e Rinaldo* de Rossini.

Chapitre XVII

Page 59.

1. C'est là une des formules les plus originales du livre. Elle a été reprise par Baudelaire. On lit dans le premier chapitre du *Peintre de la vie moderne* : « ... Stendhal, esprit impertinent, taquin, répugnant même, mais dont les impertinences provoquent utilement la méditation, s'est rapproché de la vérité plus que beaucoup d'autres en disant que *le Beau n'est que la promesse du bonheur*. Sans doute cette définition dépasse le but; elle soumet beaucoup trop le beau à l'idéal infiniment variable du bonheur; elle dépouille trop lestement le beau de son caractère aristocratique, mais elle a le grand mérite de s'éloigner décidément de l'erreur des académiciens. »

Chapitre XVIII

Page 60.

1. Henri-Louis Cain, dit Lekain (1728-1778), acteur du Théâtre-Français, aussi célèbre par son talent que par son physique disgracieux.

2. David Garrick (1717-1779), acteur et auteur dramatique anglais.

3. Ici aussi, c'est de Milan que Stendhal veut parler. Il était passé à Dresde lors de la campagne d'Allemagne de 1813.

Chapitre XIX

Page 61.

1. Non identifié.

Page 62.

2. Il s'agit de Jermyn, personnage des *Mémoires de Gramont* par Hamilton.

3. Lire : Léonore, autrement dit Matilde.

Page 63.

4. Sans doute souvenir de la halte que la comtesse Daru avait faite à Brunswick en 1807 lors de son voyage de Paris à Berlin.

5. Réminiscence de Chamfort : « Il y a telle fille qui se trouve à vendre, et ne trouverait pas à se donner » (*Maximes et pensées,* chap. VI).

6. Ces *Mémoires* n'ont jamais existé; ils ne sont qu'un masque. Stendhal prête ses propres sentiments à un ancien chambellan qu'il avait connu à Brunswick lors de son séjour dans cette ville en 1807-1808, M. de Bothmer. Le même alibi sera repris au chapitre XXIII où le nom est orthographié Bottmer.

7. *Lalla Rookh,* poème de Thomas Moore, avait paru en 1817.

Page 64.

8. Jeanne-Adélaïde-Gérardine Olivier (1764-1787), actrice du Théâtre-Français.

Chapitre XX

1. D'autres allusions au chapeau de Matilde reviennent plus loin aux chapitres XXXI et XXXV.

Chapitre XXI

1. Voir l'épigraphe du chapitre VIII.

Page 66.

2. Stendhal développera en 1839 ce sujet dans la nouvelle *Le Chevalier de Saint-Ismier.*

Page 67.

3. D'après une communication présentée par M. Leszek Slugocki au IVe Congrès stendhalien international (1965), la duchesse de Sagan se serait mariée trois fois, et non pas quatre, comme l'écrit Stendhal.

4. L'édition de 1853, et les éditions qui ont repris le texte de celle-ci, portent à cet endroit la note suivante : « Tout cela a été écrit à Rome vers 1820. » Il est fort douteux que cette note appartienne à Stendhal. Elle a dû être ajoutée par le prudent Romain Colomb qui craignait que ces pages ne fussent jugées compromettantes.

Chapitre XXII

Page 68.

1. Dans tout ce chapitre, le nom de Matilde est écrit en filigrane. Après le voyage de Volterra, elle avait cessé de « renvoyer la balle ».

Chapitre XXIII

1. Wilhelmine de Griesheim, dont Stendhal avait été amoureux à Brunswick et qu'il appelle familièrement dans son *Journal* Mina ou Minette. Le dénouement tragique du petit roman raconté dans ce chapitre est à rapprocher d'une page de l'*Histoire de la peinture en Italie,* ouvrage antérieur de peu d'années à *De l'Amour :*

« Je sais ce que je perds à sortir du vague. Je prête le flanc aux critiques amères des gens qui *savent* la peinture, et aux critiques respectables des gens qui sentent autrement. Je n'écris pas pour eux ; c'est pour toi seulement, noble Wilhelmine. Tu n'es plus et j'ose invoquer ton nom ! Mais peut-être ton petit appartement dans le monastère, au milieu de la forêt, est-il échu en partage à quelque âme semblable à la tienne. Combien tu étais inconnue ! Que de jours j'ai passés près de toi ! Tu n'étais que la plus belle et la plus silencieuse des femmes !... »

Page 69.

2. Cette référence est un alibi. Cf. plus haut, chapitre XIX.

Page 70.

3. Il n'est pas impossible qu'on soit en présence d'un nouvel alibi.

Page 71.

4. D'après le contexte, le nom de Berlin cache celui de Milan.

Chapitre XXIV

Page 72.

1. Ce « pays inconnu » est l'Italie. Voir Elisabeth Ravoux, « *De l'Amour* ou le premier voyage dans un pays inconnu », *Stendhal Club*, n° 71, 15 avril 1976.

2. Allusion aux démêlés de Paul-Louis Courier avec Francesco Del Furia, bibliothécaire de Florence. Accusé d'avoir maculé d'encre un manuscrit de Longus qu'il avait découvert et dont il avait pris copie, Courier s'était vengé en publiant le pamphlet *Lettre à M. Renouard libraire sur une tache faite à un manuscrit de Florence* (1810).

Page 73.

3. Un des nombreux journaux à la fois littéraires et politiques qui ont foisonné sous la Restauration.

Page 74.

4. Quand Stendhal a entrepris la publication de *De l'Amour*, il y avait deux ans qu'il était tombé amoureux de Matilde.

5. Stendhal avait été profondément blessé par le reproche de Matilde d'être un homme « prosaïque ».

Page 75.

6. Après l'aventure de Volterra, Matilde avait prié Beyle d'espacer ses visites. Le décodage de ces lignes est aisé : l' « ami » est Stendhal lui-même ; la femme aimée « à l'idolâtrie » : Matilde ; le « manque de délicatesse » est le rappel des paroles blessantes prononcées par Matilde à Volterra.

Page 77.

7. Lecce, petite ville tout au bout de la botte italienne, sur l'Adriatique, correspond à la notion de localité très éloignée, à l'instar de Volterra.

8. Après Lisio Visconti, voici un nouveau masque de Stendhal : Salviati.

9. Matilde Dembowski.

10. Le 21 mai est sans doute le jour où Stendhal a pris la détermination d'aller rejoindre, incognito, Matilde à Volterra. Le 2 juin est le jour de son arrivée à Volterra.

Chapitre XXV

Page 78.

1. Le nom de Kœnigsberg cache celui de Brunswick où Stendhal avait réellement connu une Mme Struve. Quant au colonel L. B., il s'agit de La Bédoyère, fusillé à la Deuxième Restauration, et qui, en 1807, lors de la campagne d'Allemagne, avait précisément le grade de colonel.

Page 79.

2. Réminiscence de Chamfort : « Il paraît qu'il y a dans le cerveau des femmes une case de moins et dans leur cœur une fibre de plus que chez les hommes. Il fallait une organisation particulière pour les rendre capables de supporter, soigner, caresser des enfants » (*Maximes et pensées*, chap. VI).

3. Ce général, dont le nom revient au chapitre XXXVIII, n'a pas été identifié. Nous respectons l'orthographe de l'édition originale ; toutes les autres, sans exception, ont imprimé *Lasalle*.

4. En 1807, Stendhal résidait à Brunswick, et rien n'atteste qu'il se soit rendu à Poznan (en polonais) ou Posen (en allemand).

5. Stendhal peut se permettre cette allusion, parce que le peintre milanais Andrea Appiani était mort le 8 novembre 1817.

Chapitre XXVI

Page 82.

1. C'est à l'Italie que cette remarque s'applique, et non à l'Espagne, où d'ailleurs Stendhal ne se rendra pour la première fois qu'en 1829, sans dépasser Barcelone.

2. Lire : Milan.

Page 85.

3. Réminiscence de Chamfort : « Prenez garde, Duclos, vous nous croyez aussi par trop honnêtes femmes... » *(Caractères et anecdotes)*.

4. Nouvel emprunt à Chamfort : « Que diable ! Fronsac, il y a dix bouteilles de vin de champagne entre cette chanson et la première » (*ibid.*).

Page 86.

5. C'est-à-dire Stendhal, prétendu éditeur du journal de Lisio Visconti. La même fiction sera reprise au chapitre XLIV.

6. Lire : Matilde. Nouvelle allusion à l'attitude hostile de la cousine de Matilde, Mme Francesca Traversi.

7. On reconnaît les traits de Matilde.

Page 87.

8. Lire : Volterra, Guarnacci. Dans cette note, volontairement énigmatique, et qu'on n'avait pas déchiffrée, Stendhal a consigné le souvenir de Matilde « tendrement » appuyée sur le bras de son hôte, M. Giorgi. Le palais Guarnacci était, et il est toujours, le siège du Musée étrusque.

Chapitre XXVII

Page 88.

1. Le comte Giovanni Giraud (1776-1834), auteur de comédies dont Stendhal a beaucoup goûté le sel.

2. Le cardinal Alessandro Lante, légat pontifical à Bologne, mort en 1818. A remarquer le procédé auquel a habituellement recours Stendhal de ne mentionner en clair que les personnes ayant cessé de vivre. Il ne veut ni compromettre les vivants ni se compromettre. Ce n'est pas sans un malin plaisir que Stendhal prêtera au cardinal Lante, dans *Rome, Naples et Florence,* quelques-unes des idées qui lui étaient les plus chères et les moins conformistes.

Chapitre XXVIII

1. Dans le chapitre précédent Stendhal se justifie. Dans celui-ci il attaque : la femme qu'il a aimée, aveuglée par son orgueil, n'a pas su le comprendre.

Page 89.

2. Roman de Walter Scott, traduit en 1818 sous le titre : *La Prison d'Edimbourg.*

Page 90.

3. « Comme le nuage le plus noir annonce la plus terrible tempête » (Byron, *Don Juan,* chant I, stance 13).

4. Héros du roman de Richardson, *Clarissa Harlowe.* Il est devenu le type du débauché.

5. *Mithridate,* acte IV, scène IV.

Page 91.

6. Est-ce « par inadvertance », comme l'affirme Henri Martineau, que Stendhal a écrit « maremme de *Volterra* » au lieu de « maremme de *Sienne* »? Tout porte à croire que c'est volontairement qu'il a répété ici une fois de plus le nom fatal de Volterra.

Page 93.

7. Stendhal a été en garnison en Piémont à l'époque où il était sous-lieutenant au 6ᵉ dragons (1801); ayant démissionné de l'armée, il n'est retourné en Italie que dix ans plus tard. Il tient à brouiller continuellement les cartes pour dépister les indiscrets. La « chronique » relatée dans ce chapitre sera reprise dans *Rome, Naples et Florence* (1826), à la date du 7 janvier 1827.

Page 94.

8. Allusion probable à la cantatrice Thérèse Cornelys (1723-1797).

Page 95.

9. « Quand Minna Troïl entendait un conte douloureux ou romanesque, son sang montait à ses joues et montrait clairement avec quelle intensité battait son cœur, en dépit de l'aspect sérieux et réservé de sa conduite et de son maintien » (Walter Scott, *Le Pirate*).

10. Stendhal a sur le cœur le reproche que lui avait fait Matilde de « manquer de délicatesse ».

Chapitre XXIX

Page 96.

1. « Je te dis, vaillant templier, que dans tes plus farouches combats ton courage vanté ne s'est pas plus montré que n'apparaît celui d'une femme qui souffre par affection ou devoir » (Walter Scott, *Ivanhoe*).

Page 97.

2. Il suffit de lire ce livre un peu attentivement pour se rendre compte que l'auteur parle de lui-même. Son langage passionné le trahit.

Page 98.

3. Casalecchio est une localité proche de Bologne sur la route de Florence.

4. Après Lisio Visconti et Salviati, Delfante est le troisième masque de Stendhal. Le nom est emprunté à un officier, connu en 1811 dans l'entourage d'Angela Pietragrua, le capitaine Cosimo Delfante, aide de camp dans l'état-major du prince Eugène.

Page 99.

5. Sous le masque de la comtesse Ghigi — la forme italienne de ce nom est Chìgi — Stendhal esquisse le portrait de Matilde.

6. Ainsi que plus haut, le nom de Bologne couvre celui de Milan.

Chapitre XXX

1. Ce chapitre est le prolongement du chapitre XXVIII : ici aussi l'auteur déplore les ravages de l'orgueil chez les femmes.

Page 100.

2. Nouveau rappel de la calomnie dont Stendhal avait été victime de la part de Mme Traversi.

Chapitre XXXI

1. Ce journal est, en fait, celui de Stendhal lui-même.
2. « C'est cette jeune fille qui nous donne de l'esprit » (Properce, *Elégies*, liv. II, élégie 1).
3. Nous venons de dire que Stendhal écrit Bologne pour éviter le nom de Milan.

Page 101.

4. Personnage fictif dont Stendhal a emprunté le nom à un personnage réel, mais déjà mort à cette époque : le général Fortunato Schiassetti (1776-1813), père de la cantatrice Adélaïde Schiassetti.
5. Il faut savoir que l'antipathie de Stendhal pour la cousine de Matilde n'était pas que sentimentale. Mme Francesca Traversi avait été mêlée, en 1814, au meurtre de Prina, le ministre des Finances du royaume d'Italie. Profondément antifrançaise, elle était détestée par les libéraux qui faisaient circuler maintes anecdotes scabreuses sur son compte.
6. « Vide complet. » La même expression revient plus loin au chapitre XLI.

Page 102.

7. Allusion au 11 avril 1814, jour de l'abdication de Napoléon. On sait que la chute de l'Empire entraîna pour Stendhal la perte de sa situation et de son traitement.

Page 103.

8. « Sous la cuirasse du sentiment de sa pureté » (Dante, *La Divine Comédie, Enfer*, chant XXVIII, vers 117).
9. « La ligne des rochers en approchant d'Arbois et venant de Dole par la grande route fut pour moi une image sensible et évidente de l'âme de Matilde » (*Vie de Henry Brulard*, chapitre II).

Page 106.

10. Ce nom masque ici Mme Traversi. Plus bas, dans le fragment 90, il désigne Matilde. Stendhal tient à brouiller les pistes.

Page 107.

11. Le chapeau de Matilde a été mentionné au chapitre xx.

12. « Quelque chagrin qu'il puisse se produire, il ne peut compenser la part de joie que je trouve à la voir un court instant » (Shakespeare, *Roméo et Juliette,* acte II, scène vi).

Page 108.

13. « Le jour suprême. Ode anacréontique. A Elvire.

« Tu vois cet endroit où coule ce ruisseau baignant un myrte ? C'est là que s'élèvera la pierre de mon repos.

« Le passereau amoureux et le noble rossignol viendront reposer leur vol à l'ombre de ce myrte.

« Viens, Elvire chérie, viens à mon tombeau, et sur ma lyre muette appuie ton sein blanc.

« Sur cette pierre brune viendront les tourterelles, elles construiront leur nid autour de ma lyre.

« Et, chaque année, au jour où tu osas me tromper, infidèle ! je ferai descendre la foudre du ciel !

« Recueille, recueille la dernière parole d'un mourant. Vois cette fleur fanée ; je te la laisse, Elvire, je te la donne.

« Combien elle est précieuse ! Tu dois le savoir. Le jour où tu fus mienne, je la pris dans ton sein.

« Symbole d'affection autrefois, gage de douleur aujourd'hui, cette fleur fanée je viens la remettre sur ton sein.

« Et tu auras gravé dans ton cœur, si ton cœur n'est pas barbare, comment elle te fut ravie, comment elle te fut rendue. »

Le véritable nom de l'auteur de cette ode est Giovanni Redaelli, poète de Crémone (1785-1815).

14. *La Divine Comédie. Enfer,* chant V, vers 113-114 (épisode de Francesca da Rimini). *Purgatoire,* chant III, vers 107-108.

Chapitre XXXII

Page 109.

1. Stendhal se cite lui-même, ce passage étant tiré de la lettre XIX de la *Vie de Haydn,* première partie du livre publié en 1814 et connu sous le titre de *Vies de Haydn, de Mozart et de Métastase.*

Page 110.

2. Louis-Jules Mancini-Mazarini, duc de Nivernois (1716-1798), auteur de *Quelques vies de troubadours tirées des manuscrits de M. de Sainte-Palaye*, insérées au tome III de ses *Œuvres* (1796).

Page 113.

3. Réminiscence de *Werther* de Gœthe : « Je saisis quelquefois mon voisin par la main, je sens qu'elle est de bois, et je recule en frissonnant » (lettre du 20 janvier).

Page 114.

4. « Il semble qu'il écrit sur ces cruels souvenirs avec je ne sais quelle douceur amère [...] et je pense qu'il ne doit rien y avoir qui puisse me plaire davantage dans cette vie » (préface de l'abbé Antonio Marsand aux œuvres de Pétrarque publiées à Padoue en 1819-1820).

5. C'est l'époque où Stendhal a cru un instant que Matilde le payait de retour.

Chapitre XXXIV

Page 115.

1. On constate l'insistance avec laquelle Stendhal revient sur la calomnie dont il aurait été victime de la part de Mme Traversi. Voir aussi quatre paragraphes plus loin.

Page 116.

2. En 1819, Stendhal ne s'est pas rendu à Venise. Ce nom couvre celui de Milan.

Page 117.

3. Pierre Jéliotte (1713-1797), ténor de l'Opéra. Mme d'Epinay parle de lui au chapitre VII de ses *Mémoires*.

4. Le nom de la ville de Znaïm — c'est l'orthographe moderne — en Moravie n'est qu'un alibi dans cette note où il est question des libéraux italiens. C'est précisément en Moravie que se trouve la forteresse du Spielberg où, depuis 1821, était incarcéré le plus célèbre d'entre eux, Silvio Pellico, que Stendhal avait connu et qu'il nomme par ailleurs.

Page 118.

5. En 1811, au plus fort de sa passion pour Alexandrine Daru, Stendhal avait rédigé, en collaboration avec son ami Louis Crozet, une « consultation », la *Consultation pour Banti*.

6. Deux poètes satiriques, et licencieux, vénitiens : Giorgio Baffo (1694-1768) et Pietro Buratti (1772-1832).

Chapitre XXXV

Page 119.

1. La Montagnola, dans les environs immédiats de Bologne. Mais ce nom couvre celui de Milan.

2. « Posséder est peu de chose ; c'est jouir qui rend heureux » (Beaumarchais, *Le Barbier de Séville*, acte IV, scène I).

Page 120.

3. Réminiscence de La Rochefoucauld : « Ce qui rend les douleurs de la honte et de la jalousie si aiguës, c'est que la vanité ne peut servir à les supporter » (Maxime 446).

Page 121.

4. Aucune nouvelle de Scarron ne porte ce titre. Stendhal veut sans doute parler du conte intitulé *Plus d'effets que de paroles*, dont l'héroïne, Matilde, hérite de la principauté de Tarente.

5. La nouvelle *Le Curieux impertinent* figure dans *Don Quichotte*, première partie, chapitres 33 et 34.

Page 122.

6. « Le matin, qui s'était levé calme et brillant, donnait un aspect agréable aux montagnes désolées que l'on voyait du château en regardant à l'intérieur des terres. L'océan superbe, que ridaient et plissaient des milliers de vagues d'argent, s'étendait de l'autre côté, dans sa majesté terrible et douce, jusqu'aux confins de l'horizon. Même au moment où le trouble le plus grand l'agite, le cœur humain reçoit de paysages empreints d'un pareil calme, d'une pareille grandeur, des émotions qui le mettent en union avec eux, et plus d'un acte d'honneur et de vertu sont inspirés par leur grandiose influence » (Walter Scott, *La Fiancée de Lammermoor*).

Page 123.

7. Stendhal ne connaît ce récit de voyage que par le compte rendu publié dans le n° 48 de l'*Edinburgh Review* (février 1815).

8. Le Zodiaque du temple de Denderah (Haute-Egypte) fut transporté en France en 1822. Il est conservé depuis à la Bibliothèque nationale de Paris.

Chapitre XXXVI

Page 125.

1. Idée reprise dans le fragment 8.

Page 126.

2. « Ils aiment le glaive. » Réminiscence des *Satires* de Juvénal (VI, 112).

3. Réminiscence d'Helvétius : «... je ne sais quelle femme [...], surprise par son amant entre les bras de son rival, osa lui nier le fait dont il était témoin [...] : — Ah, perfide! s'écria-t-elle, je le vois, tu ne m'aimes plus; tu crois plus ce que tu vois que ce que je te dis... » (*De l'esprit*, discours I, chapitre II).

Chapitre XXXVIII

Page 131.

1. Le général Pablo Morillo (1777-1838), chargé par Ferdinand VII de mater la révolte éclatée à la Nouvelle-Grenade.

Page 132.

2. *Lettres à Sophie* ou *Choix de lettres à Sophie* sont les titres abrégés habituellement employés pour désigner l'ouvrage de Mirabeau, paru en 1792 : *Lettres originales de Mirabeau, écrites du donjon de Vincennes pendant les années 1777-1780, contenant tous les détails de sa vie privée, ses malheurs et ses amours avec Sophie de Monnier.* Stendhal reviendra sur cet ouvrage dans le fragment 48.

3. Pour se rendre, en 1819, de Milan à Volterra, Stendhal s'était embarqué à Gênes et avait débarqué à Livourne.

Page 133.

4. On a trouvé ce nom au chapitre XXVIII.

5. Voir sur ce général notre note au chapitre XXV.

6. La nouvelle d'Amélie Opie (1769-1853) a été traduite sous le titre *Confession d'un homme bizarre* (1819).

Chapitre XXXIX

Page 138.

1. Louis de Rouvroy, duc de Saint-Simon (1675-1755), le célèbre mémorialiste pour qui Stendhal a nourri la plus vive admiration. On connaît son mot : « Les épinards et Saint-Simon ont été mes seuls goûts durables... » (*Vie de Henry Brulard*, chap. XLIII).

Page 140.

2. Il s'agit de Mme de Staël.

Chapitre XXXIX bis

1. Cap de l'extrémité sud de l'île de Leucade (îles Ioniennes) qui portait un temple d'Apollon. C'est là que les amants malheureux venaient chercher un remède à leurs maux en se précipitant du haut du promontoire dans les flots.

2. Roman de Walter Scott déjà mentionné à la fin du chapitre XIV.

3. André Cochelet a publié en 1821 une relation du naufrage du brick la *Sophie* sur la côte occidentale d'Afrique survenu le 30 mai 1819.

Page 141.

4. Le 10 juin 1819, Stendhal a eu un entretien avec Matilde à Volterra.

Page 142.

5. En mettant en note le nom de Salviati, qui est son propre masque, Stendhal laisse entendre que Romagne désigne la Lombardie, et que c'est de Matilde qu'il parle à mots couverts.

6. « Elle a fait le vœu de ne point aimer... » (Shakespeare, *Roméo et Juliette,* acte I, scène I).

7. Début de la citation trouvée plus haut au chapitre XXXI.

Chapitre XXXIX ter

1. « Sa passion mourra comme une lampe faute de ce qui alimente la flamme » (Walter Scott, *La fiancée de Lammermoor*).

Page 143.

2. Reprise du thème de la vengeance contre la cousine de Matilde (chapitre XXXI).

3. Allusion couverte à la comtesse Alexandrine Daru, femme de son protecteur Pierre Daru, dont Stendhal avait été amoureux. C'est lors du séjour de la comtesse à Vienne, en novembre 1809, que Stendhal avait fait avec elle une excursion au Kalenberg.

Page 144.

4. Catherine-Marie de Lorraine, duchesse de Montpensier (1552-1596), ennemie mortelle d'Henri III, non seulement pour des raisons politiques, mais aussi parce que le roi avait raillé publiquement ses défauts physiques (elle boitait légèrement) et ses intrigues amoureuses.

5. Stendhal aurait dû indiquer qu'il traduit à peu près littéralement une page de *La Fiancée de Lammermoor*.

LIVRE II

Chapitre XL

Page 145.

1. Stendhal a donné dans l'*Histoire de la peinture en Italie* (1817) une description détaillée des six tempéraments d'après l'ouvrage de Cabanis dont le titre exact est *Rapport du physique et du moral* (1802).

2. L'héroïne du roman de Jean-Jacques Rousseau, *Julie ou la Nouvelle Héloïse*.

Page 146.

3. Cette anecdote sera reprise dans *Rome, Naples et Florence* (1826) : « ... lorsque M. Roland fut nommé ministre de l'Intérieur, un courtisan, le voyant arriver à Versailles, s'écria :
— Grand Dieu! Il n'a pas de boucles à ses souliers! — Ah! Monsieur, tout est perdu! répliqua Dumouriez... »

Page 147.

4. Nulle trace n'a été trouvée de ce comte. Il s'agit très vraisemblablement d'un personnage imaginaire. Quoi qu'il en soit, nous reproduisons la graphie de l'édition originale, le nom de ce prétendu comte étant imprimé dans les différentes éditions de *De l'Amour,* y compris celles qu'a données Henri Martineau, tantôt *Wolstein* et tantôt *Wolstein*.

5. Détail significatif : c'est à Volterra, en 1819, que meurt Lisio Visconti, le masque de Stendhal.

Chapitre XLI

Page 148.

1. « L'amour est rare. C'est un feu sacré dont chacun dans sa vie a senti quelques étincelles, mais le vent le plus léger dissipe ces feux passagers dont on s'exagère la violence. Les grandes passions sont aussi rares que les grands hommes. On est occupé, intéressé, mais on n'est pas amoureux » (Sénac de Meilhan, *Portraits et caractères de personnages distingués de la fin du* XVIIIe *siècle* (1813).

Page 149.

2. C'est là la théorie de l'énergie que Stendhal venait de développer dans l'introduction de l'*Histoire de la peinture en Italie*.

Page 150.

3. Allusion à la bataille que Napoléon gagna sur les troupes alliées les 11 et 12 février 1814 à Montmirail (Marne).

4. Expression déjà trouvée au chapitre XXXI.

Page 151.

5. L'impression achevée, Stendhal a été amené à modifier ainsi le texte de ce passage pour en atténuer l'outrance :

« ... au danger. Ce n'est pas purement du danger militaire que je parle. Je voudrais ce danger de tous les moments, sous toutes les formes et pour tous les intérêts de l'existence qui formait l'essence de la vie au moyen âge. Le danger tel que notre civilisation l'a arrangé et paré, s'allie fort bien avec la plus ennuyeuse faiblesse de caractère.

« Je vois dans *A voice from St. Helena* de M. O'Meara ces paroles d'un grand homme :

« Dire à Murat : Allez et détruisez ces sept à huit régiments ennemis qui sont là-bas dans la plaine, près de ce clocher. A l'instant il partait comme un éclair et, de quelque peu de cavalerie qu'il fût suivi, bientôt les régiments ennemis étaient enfoncés, tués, anéantis. Laissez cet homme à lui-même, vous n'aviez plus qu'un imbécile sans jugement. Je ne puis concevoir encore comment un homme si brave était si lâche. Il n'était brave que devant l'ennemi ; mais là, c'était probablement le soldat le plus brillant et le plus hardi de toute l'Europe.

« C'était un héros, un Saladin, un Richard Cœur de Lion sur le champ de bataille ; faites-le roi et placez-le dans une salle de Conseil, vous n'aviez plus qu'un poltron sans décision ni jugement. Murat et Ney sont les hommes les plus braves que j'aie connus » (O'Meara, t. II, p. 94).

Ayant modifié le texte, Stendhal a été obligé d'abréger la note s'y rapportant :

« ... voir les lettres de Mme de Sévigné. La présence du danger avait conservé dans la langue une énergie et une franchise que nous n'oserions plus... »

Du coup, la définition de *De l'Amour :* « un livre d'idéologie » a sauté. Et Stendhal n'a rien fait pour la rétablir.

Chapitre XLII

Page 152.

1. Revue écossaise que Stendhal a découverte en 1816 à Milan et qu'il a maintes fois mise à contribution, voire plagiée, dans ses livres.

2. Wilhelmine Enke, comtesse de Lichtenau (née vers 1752, morte en 1820), maîtresse de Frédéric-Guillaume II, roi de Prusse. Ses *Mémoires* sont considérés comme apocryphes.

Page 153.

3. « Cérémonie religieuse. »

4. Robert Semple, auteur de deux livres de voyages : *Observations on a journey through Spain and Italy* (1807), *Journey in Spain in the Spring of 1809* (1810). Stendhal a pu en avoir connaissance par l'*Edinburgh Review*, no 30 et no 44 (janvier 1810 et janvier 1814).

Chapitre XLIII

Page 155.

1. « G. Pecchio, dans ses lettres si vives à une jeune et belle Anglaise sur l'Espagne libre, qui est un Moyen Age non pas ressuscité, mais toujours vivant, dit à la page 60 : « Le but des Espagnols n'était pas la gloire, mais l'indépendance. Si les Espagnols ne s'étaient battus que pour l'honneur, la guerre aurait été finie avec la bataille de Tudela. L'honneur est d'une nature bizarre ; une fois qu'il a été taché, il perd toute force pour agir. L'armée de ligne espagnole, imbue elle aussi des préjugés de l'honneur (c'est-à-dire devenue européenne et moderne), se débandait, une fois battue, pensant que tout était perdu avec l'*honneur*, etc. »

Giuseppe Pecchio (1785-1835), impliqué dans la révolte contre l'Autriche, avait pu quitter clandestinement l'Italie, et avait été condamné à mort par contumace. Il était très lié avec Matilde. Le passage cité par Stendhal est extrait de *Six mois en Espagne*, dont la traduction a paru à Paris en 1822. Stendhal s'inspirera de cet ouvrage dans le chapitre XLVII.

Page 156.

2. Alexandre Masson, marquis de Pezay (1741-1777), bel esprit et rimeur de petits vers badins.

3. Charles-Victor Prévot, vicomte d'Arlincourt (1789-1856), auteur de romans où dominent la bizarrerie et l'emphase. Stendhal l'appelait « le vicomte inversif ».

Page 157.

4. Le comte Vittorio Alfieri avait appelé « Singes-tigres » les sans-culottes qui, en 1792, l'avaient arrêté lors de sa fuite de Paris. Stendhal a précédemment cité, dans une note du chapitre XXXVI, l'autobiographie du poète italien.

5. Thomas Moore (1779-1852), George Crabbe (1754-1832), poètes anglais ; Vincenzo Monti (1754-1828), Silvio Pellico (1789-1854), poètes italiens.

6. Stendhal lui-même.

7. Lire : Milan.

Chapitre XLIV

1. Ici aussi il faut lire Milan.

Page 158.

2. Sur le prénom Fabio, voir fragment 58.

3. On retrouve une situation analogue dans le meurtre de Vittoria Accoramboni, la chronique italienne que Stendhal découvrira à quelque dix ans de là.

4. Cf. plus haut, chapitre XXVI.

5. Réminiscence de Beaumarchais, *Le Mariage de Figaro*, acte V, scène VII.

6. « Hélas ! que ce siècle traite mal les arts maintenant ; voici que le jeune garçon a pris l'habitude de vouloir des cadeaux » (Tibulle).

Chapitre XLV

Page 160.

1. Nous avons déjà dit qu'à cette époque Stendhal n'avait pas franchi les Pyrénées. L'allusion, deux phrases plus loin, au célèbre chorégraphe de la Scala, Salvatore Viganò, atteste que le nom de Valence masque, en fait, celui de Milan.

Page 161.

2. « Négligence apprêtée. »

3. Miss Frances Burney (1753-1840), romancière anglaise, qui avait épousé un émigré français, M. d'Arblay.

Page 162.

4. Pietro Giannone (1790-1873), historien italien, vivait en exil à Paris.

5. Silvio Pellico (1789-1854), l'ancien rédacteur du journal romantique de Milan, *Il Conciliatore,* que les tribunaux autrichiens venaient de condamner à quinze ans de réclusion. C'est pourquoi Stendhal ne le désigne que par ses initiales.

6. « Naturellement. »

Page 163.

7. Imogène et Ophélie, respectivement héroïnes des deux pièces de Shakespeare *Cymbeline* et *Hamlet*.

8. Richardson est l'auteur du roman épistolaire *Clarissa Harlowe*. On se souvient que Stendhal a mentionné (au chapitre XXVIII) le personnage de Lovelace.

Chapitre XLVI

Page 164.

1. Le millésime indique que ce chapitre a été ajouté au manuscrit de l'ouvrage après le retour de l'auteur à Paris.

2. Le livre de John Chetwode Eustace (1762-1815), prêtre catholique irlandais, a été publié en 1815 sous le titre *A classical Tour through Italy*.

3. Allusion à l'ouvrage paru en 1806 *An Account of the life and writings of James Beattie*. Il sera mentionné dans une note du fragment 39.

4. Richard Watson (1737-1816), évêque de Llandaf (Pays de Galles).

5. C'est l'épithète accolée par leurs adversaires à l'école poétique de Byron et de Shelley.

Page 165.

6. Caroline de Brunswick, morte en 1821, qui avait épousé le prince de Galles, le futur George IV. Le procès en divorce que lui avait intenté son mari avait défrayé la chronique scandaleuse à Milan.

7. Nom donné aux petits propriétaires ne vivant pas sur leurs terres.

Page 167.

8. Comédie d'Arthur Murphy (1763).

9. Croydon : ville d'Angleterre, comté de Surrey.

Chapitre XLVII

Page 168.

1. D'après la note finale, ce chapitre a été inspiré par l'ouvrage de Pecchio dont il a été parlé au chapitre XLIII.

Page 169.

2. « Pays du mérite méconnu. »

Chapitre XLVIII

1. Bien que Stendhal ait fait un assez long séjour en Allemagne, ce chapitre n'est pas le fruit de ses observations personnelles, mais bien de la lecture de l'ouvrage de Louis Cadet de Gassicourt qui venait de paraître : *Voyage en Autriche, en Moravie et en Bavière, fait à la suite de l'armée française pendant la campagne de 1809.*

Page 173.

2. Le premier de ces deux ouvrages est intitulé *Mémoires de Frédérique-Sophie-Wilhelmine de Prusse, margrave de Bareith, sœur de Frédéric le Grand, écrits de sa main* (1811). Le deuxième a comme auteur Dieudonné Thiébault : *Mes souvenirs de vingt ans de séjour à Berlin ou Frédéric le Grand, sa famille, sa cour, son gouvernement* (1804).

Page 174.

3. Le nom de Steding revient à plusieurs reprises sous la plume de Stendhal, mais il est inconnu. Comme il est associé, en général, à des noms de philosophes allemands, on peut supposer que Stendhal, qui a tout ignoré de la philosophie allemande, voulait parler de Schelling (la question a été posée dans le « Carnet des lecteurs » de *Stendhal Club*, n° 8, 15 juillet 1960).

4. Sans doute la tragédie de Zacharie Werner (1786-1823), *La Croix sur les bords de la Baltique* (1806).

5. Charles-Louis Sand, jeune patriote allemand exécuté à Mannheim en 1820 pour avoir tué le poète Kotzebue qu'il accusait d'être à la solde de la Russie. L'allusion sera renouvelée dans les fragments 29 et 33.

6. Très probablement Claude Fauriel à qui Stendhal devait les chapitres sur l'amour en Provence et chez les Arabes.

7. Auguste Lafontaine, fécond romancier allemand (1758-1831).

Page 175.

8. Allusion aux procès qui accompagnèrent, en 1821, à Milan, la tentative de révolte contre l'Autriche. L'une des victimes fut Silvio Pellico, à qui Stendhal a fait allusion quelques pages plus haut.

Chapitre XLIX

1. Le nom de Florence évoque à cette époque le triste séjour que Stendhal y avait fait du 11 juin au 22 juillet 1819, après avoir quitté Volterra.

2. « Qui fréquente-t-il maintenant ? »

Page 176.

3. Lapsus au lieu de : sous la latitude de Paris.

Page 177.

4. Personnage de *La Fausse Agnès,* comédie de Destouches (1759).

Page 178.

5. « Commérage, cancan. »

6. Expression courante sous la plume de Stendhal ridiculisant cette forme exagérée de patriotisme qui porte à mentir pour flatter sa patrie.

7. Pietro Benvenuti (1769-1844), peintre toscan. — Cesare Arici (1782-1836), poète originaire de Brescia.

Page 179.

8. Louis de Potter, homme politique et écrivain belge (1786-1859). Il sera de nouveau nommé dans la première note du chapitre LVI. L'ouvrage auquel Stendhal fait allusion est intitulé *L'Esprit de l'Eglise ou Considérations philosophiques et politiques sur l'histoire des conciles et des papes, depuis les apôtres jusqu'à nos jours* (1821).

9. Vers de la fable de La Fontaine, *Le Vieillard et l'âne.*

Page 180.

10. *La Minerve française,* revue libérale publiée de février 1818 à mars 1820, et dont Stendhal a été un lecteur assidu.

Page 182.

11. « En avoir beaucoup, jouir d'un seul, et changer souvent » (Sherlock, *Nouvelles lettres d'un voyageur anglais,* 1780, lettre VII).

Chapitre L

Page 183.

1. Guillaume Penn (1644-1718), se convertit au quakerisme et s'établit dans la région de l'Amérique du Nord appelée du nom de son père Pennsylvanie.

2. « Et, pour vivre, perdre les raisons de vivre » (Juvénal, *Satires*, VIII, 84).

Chapitre LI

Page 184.

1. Ce chapitre et le suivant sont empruntés au *Choix de poésies originales des troubadours* par Raynouard (6 vol., 1816-1821). C'est sans doute Claude Fauriel qui l'a fait connaître à Stendhal. Sur ces deux chapitres consacrés à la littérature d'oc, ainsi que sur l'*Appendix*, voir l'article de Fabienne Gégou, « Stendhal et l'amour en " Provence " au Moyen Age », *Stendhal Club*, nº 72, 15 juillet 1976.

Page 185.

2. Dans le *Tableau de quelques circonstances de ma vie* (1795), Chabanon raconte l'épisode suivant : il aimait une jeune femme nommée Lucinde. Comme elle ne voulait pas se rendre, elle lui parla ainsi : « Emporte avec toi mon image ; je la livre à tes désirs à défaut de ma personne ; sois sûr que je partagerai tout le plaisir qu'elle te fera goûter. Avertis-moi par un signal du moment où le plaisir aura été porté à son comble. » Faute de mieux, l'amoureux s'empressa de mettre en pratique cet étrange conseil, et, le moment venu, il prévint Lucinde, non pas, comme l'écrit Stendhal, par les « coups de canne au plafond », mais par « mille signaux différents ».

Page 187.

3. Allusion à l'un des principes essentiels du système de Jérémie Bentham (1748-1832) : la douleur est le mal ; les souffrances sans témoins sont inutiles. Stendhal avait été renseigné sur les théories de Bentham par un article de l'*Edinburgh Review* (nº 43, octobre 1813).

Page 188.

4. Le général Choderlos de Laclos, auteur des *Liaisons dangereuses* (1782).

5. *Vie privée du Maréchal de Richelieu, contenant ses amours et ses intrigues et tout ce qui a rapport aux divers rôles qu'a joués cet homme célèbre pendant plus de 80 ans* (1791).

Page 189.

6. Ce n'est pas un lapsus, comme on l'a cru. Stendhal veut parler de *aria finale* (le mot *aria* étant, en italien, féminin).

Page 190.

7. L'ouvrage de Robert Wilson, paru à Londres en 1816 sous le titre *Sketch of the military power in Russia,* a eu deux traductions à peu près simultanées en 1817, l'une intitulée *Puissance politique et militaire de la Russie,* l'autre *Tableau de la puissance militaire et politique de la Russie en 1817.*

Chapitre LII

1. Ces remarques appartiennent sans aucun doute à Fauriel. Comme on l'a lu dans les notes précédentes, il avait conseillé à Stendhal l'ouvrage de Raynouard.

Chapitre LIII

Page 197.

1. Ce chapitre est un rapport de Claude Fauriel.

Chapitre LIV

Page 205.

1. Loin de s'en tenir à la notion traditionnelle de la femme-objet, Stendhal consacre trois chapitres à l'instruction des femmes. Dans le domaine du féminisme aussi, il est donc un précurseur. A remarquer toutefois que sa prise de position en faveur de la promotion intellectuelle de la femme est dictée par une raison essentiellement masculine : il y a bien plus de plaisir à aimer une femme instruite qu'une femme ignorante.

Page 208.

2. Juan Diaz Porlier, marquis de Matarosa, général espagnol, arrêté et condamné à mort en 1815 sous l'accusation d'avoir pris la tête d'un complot contre Ferdinand VII.

Page 209.

3. Lire : Paris. L'habitude d'avoir recours à des prête-noms orientaux remonte aux *Lettres persanes* de Montesquieu. Elle a été une pratique constante de la plupart des philosophes du XVIIIe siècle.

Chapitre LV

Page 210.

1. L'abbé Claude Le Ragois, mort vers 1685, précepteur du duc du Maine, auteur de plusieurs ouvrages didactiques.

Page 214.

2. Pietro Sarpi, dit Fra Paolo (1552-1623), surtout connu pour son *Histoire du concile de Trente* (1619).

3. Hugo De Groot, connu sous le nom de Grotius (1583-1645), jurisconsulte et diplomate hollandais. — Samuel Pufendorf (1632-1694), publiciste allemand, auteur de plusieurs ouvrages de jurisprudence.

Chapitre LVI

Page 219.

1. De Potter a été mentionné au chapitre XLIX.

2. Stendhal se réfère aux *Letters from Illinois* (1818) de Morris Birkbeck.

3. Henri Grégoire (1750-1831), évêque constitutionnel de Blois; candidat à la députation dans l'Isère, lors des élections de 1819, il fut élu, mais aussitôt invalidé. Stendhal, qui était à Grenoble à ce moment-là, vota pour lui.

Page 221.

4. Allusion à deux ministres réactionnaires. En Angleterre, le vicomte Robert Stewart Castlereagh (1769-1822), l'âme des coalitions contre Napoléon. En France, le duc Etienne-Denis Pasquier (1767-1862) qui fit voter en 1820, après l'attentat de Louvel contre le duc de Berry, la loi dite de confiance, restreignant la liberté de presse.

Page 223.

5. Enseignement mutuel : méthode par laquelle les élèves sont instruits par d'autres élèves plus avancés.

Chapitre LVI bis

Page 224.

1. « On peut dire assurément : avec l'amour on ne trouve de goût qu'à l'eau de la source préférée. La fidélité est alors naturelle.

« Avec le mariage sans amour, en moins de deux ans l'eau de cette source devient amère. Dans la nature, on a toujours besoin d'eau; les mœurs domptent la nature, mais seulement quand elles peuvent la vaincre en un instant. Ainsi la femme indienne se brûle (21 octobre 1821) après la mort du vieux mari qu'elle détestait; la jeune fille européenne égorge le tendre enfant auquel elle donna la vie. Sans l'excessive hauteur des murs des couvents, les nonnes prendraient la clef des champs. »

Chapitre LVII

Page 225.

1. Le 7 mai 1819, cinq jours avant le départ de Matilde pour Volterra, Stendhal était à Milan. Le nom de Pesaro, patrie de Rossini, n'est qu'un alibi.

Page 226.

2. « Jeanne, fille d'Alphonse V, roi de Lusitanie, fut remplie d'une telle flamme d'amour divin que, depuis l'enfance, dégoûtée des biens périssables, elle ne brûlait que du seul désir de la patrie céleste. »

3. L'anecdote est longuement racontée par Mme Roland. Grangeneuve se porta volontaire pour se faire assassiner afin que son meurtre fût le signal d'une insurrection populaire (*Œuvres*, 1800, deuxième partie, *Portraits et Anecdotes*).

4. Thème repris dans le fragment 91.

5. Personnages des *Liaisons dangereuses*. Quelques lignes plus bas, allusion au roman de Jean-Jacques Rousseau, *Julie ou la Nouvelle Héloïse*.

Chapitre LVIII

1. Destutt de Tracy n'avait pas osé publier dans son traité de l'*Idéologie* la partie consacrée à l'amour. Stendhal en a eu connaissance par la traduction italienne de Giuseppe Com.pagnoni publiée à Milan en 1818. Voir V. Del Litto, *La Vie intellectuelle de Stendhal* (Paris, P.U.F., 1959; 2e éd. 1961) et les lettres adressées par Tracy à Stendhal (A. Doyon et M.-A. Fleury, « Nouvelle correspondance stendhalienne », *Stendhal Club*, no 42, 15 janvier 1969).

Page 227.

2. Stendhal met à contribution dans ce chapitre le journal qu'il avait tenu lors de son séjour à Brunswick en 1807-1808. Il se borne à modifier, par discrétion, quelques noms propres. Ajoutons que, s'il a eu, à l'instar de la plupart de ses compatriotes, les Allemands en piètre estime, en revanche il a gardé un souvenir attendri des femmes allemandes qu'il a aimées.

3. Le *Chasseur vert*, café-concert établi dans la proche banlieue de Brunswick et qui existe encore. Il formera le décor de la première partie de *Lucien Leuwen*.

Page 228.

4. Prosper-Gabriel Chièze, avocat, puis conseiller au Parlement de Grenoble, dont Stendhal dit dans la *Vie de Henry Brulard* qu'il avait été l'ami de sa famille.

Page 229.

5. Philippine de Bülow, que Stendhal avait courtisée à Brunswick.

Page 230.

6. Cette portion du chapitre LVIII est intitulée dans l'édition originale : *La Suisse et l'Oberland.*

7. La première édition de l'ouvrage de Weiss est de 1785; la septième édition a paru à Genève en 1806. Le titre complet est : *Principes philosophiques, politiques et moraux.*

8. En fait, Stendhal n'avait fait jusque-là que traverser la Suisse sans s'y attarder.

Page 232.

9. Le texte de Weiss n'ayant jamais été reproduit, nous le donnons ci-dessous pour permettre au lecteur curieux de le rapprocher de la transcription de Stendhal :

« Encore un trait plus remarquable est le suivant, dont je puis attester la vérité. — Un homme en place assez généralement estimé fut obligé, dans une course de montagne, de passer la nuit dans le fond d'un des vallons les plus solitaires. Il logea chez le premier préposé de l'endroit, homme riche et accrédité; sa jeune fille, à peine échappée aux derniers développements de la nature, semblait lui avoir dérobé toutes ses grâces, sa fraîcheur et sa simplicité. Cette dernière ne l'empêcha pas de remarquer avec plaisir combien l'étranger lui accordait de préférence sur ses compagnes dans un petit bal champêtre. Touché, enflammé, il se hâta de la faire passer par toutes les gradations de conquête subalterne, et finit par demander s'il ne pourrait venir veiller avec elle. " Non, répondit la jeune fille, je couche avec une parente, mais je viendrai moi-même chez vous. " Le soir, elle l'éclaira dans sa chambre; il crut que c'était le bon moment : " Oh! je n'oserais, dit-elle, il faut premièrement que je demande permission à ma mère. " Qu'on juge de sa surprise. Une seule cloison de sapin séparait les deux chambres; il entendit la fille qui, d'un ton caressant, insistait auprès de la mère, qui faisait quelques difficultés, et se laissa enfin fléchir. " N'est-ce pas, vieux, dit-elle au père, qui était déjà couché, tu consens que Trineli passe la nuit avec M. le Major? — Oh! oui, répondit le père; je crois qu'à un pareil homme je prêterais encore ma femme. — Eh bien! va, dit la mère, mais sois brave fille, et n'ôte pas ta jupe. " Trineli promit, tint parole; mais on avait oublié de dire qu'il ne fallait pas la déranger... Au reste, que l'imagination du lecteur ne suppose pas plus que la réalité. Au point du jour, Trineli se leva vierge; elle arrangea les coussins, les couvertures, prépara du café, des beignets, et, pendant que son *veilleur* déjeunait au lit, elle coupa un petit morceau de son *broustpletz,* ou pièce de velours qui couvrait son sein. " Tiens, lui dit-elle, conserve ce souvenir d'une nuit heureuse; je ne l'oublierai jamais : pourquoi n'es-tu pas d'un rang à pouvoir m'appartenir? " »

Page 233.

10. « Nous avons un système de morale sexuelle grâce auquel des millions de femmes deviennent de vénales prostituées. On enseigne aux femmes vertueuses à les mépriser, tandis que les hommes gardent le privilège de fréquenter ces mêmes prostituées sans que cela soit regardé autrement que comme un péché véniel. »

Le « procès de la reine » fait allusion au procès intenté par le prince de Galles contre sa femme, Caroline de Brunswick (cf. plus haut, chapitre XLVI).

Chapitre LIX

Page 235.

1. Ce dernier chapitre est capital. Stendhal plaide avec passion en faveur de sa sincérité et de la profondeur de son amour. C'est pourquoi il oppose l'image du jeune homme passionné sacrifiant jusqu'à sa vie sur l'autel de l'amour au séducteur que n'attire que l'*odor di femmina.* Et ce n'est pas par hasard que ce chapitre vient immédiatement après celui qui a été consacré à la Suisse. C'est rappeler discrètement que Matilde avait elle aussi cédé à la passion en se réfugiant en Suisse non seulement pour échapper à la brutalité de son mari, mais encore pour y retrouver, comme le rapportaient les bonnes langues de Milan, le poète Ugo Foscolo dont elle s'était éprise. Voir sur cet épisode Adolfo Jenni, « *Matilde Dembowski Viscontini in Svizzera e il Foscolo a Berna* », *Archivio Storico Lombardo,* 1957.

Page 236.

2. Lire : Léonore, pseudonyme de Matilde.

3. Le grief d'incompréhension de la part de Matilde ne pouvait être plus clairement exprimé. Et Stendhal a été d'autant plus blessé de s'entendre traiter de « prosaïque » que son tempérament

le portait, au contraire, à cette forme de folie qu'il appelle lui-même « donquichottisme ».

4. Renvoi à l'édition des *Œuvres complètes* d'André Chénier parue en 1819.

5. Cet « aimable duc Delle Pignatelle » a-t-il vraiment existé? Ce qui est certain, c'est qu'il est ici le porte-parole de l'auteur.

6. Le nom de Munich cache celui de Milan.

Page 238.

7. *Les Mémoires* du duc de Richelieu ont été mentionnés au chapitre LI.

8. Trestaillons — c'est l'orthographe consacrée —, un des chefs des bandes royalistes qui, pendant la Terreur blanche, dévastèrent le département du Gard.

Page 239.

9. Réminiscence de Chamfort : « C'est un fait avéré que Madame, fille du roi [la future duchesse d'Angoulême], jouant avec une de ses bonnes, regarda à sa main et, après avoir compté ses doigts : " Comment, dit l'enfant avec surprise, vous avez cinq doigts aussi comme moi? " Et elle recompta pour s'en assurer » (*Caractères et anecdotes*).

10. Voir A. D'Avino et L. Solaroli, « Stendhal et le marquis Berio », *Stendhal Club*, nº 9, 15 octobre 1960.

Page 240.

11. Torun (en allemand Thorn), ville de Pologne (Poméranie), Stendhal avait failli s'y rendre au début de 1807.

Page 241.

12. Le roman de Walter Scott déjà mentionné.

13. Le 11 juin 1819, Stendhal, quittant Volterra à 4 heures du matin, avait fait à pied une partie de la descente « au milieu des bouquets de chèvrefeuilles ».

Page 242.

14. On a trouvé la même idée au chapitre XXXI.

15. Voir chapitre XXIX.

16. Nom de l'hôpital psychiatrique de Londres.

Page 243.

17. Le poème de Thomas Moore. Il a été mentionné au chapitre XIX.

FRAGMENTS DIVERS

Page 246.

2

1. Lire : Milan. Stendhal a eu recours au même alibi au chapitre XLIV.

Page 247.

7

1. Cette maxime sera réfutée par Baudelaire : « En général, pour les gens du monde — un habile moraliste l'a dit — l'amour n'est que l'amour du jeu, l'amour des combats. C'est un grand tort... » (*Choix de maximes consolantes sur l'amour*).

Page 248.

8

1. On a trouvé une idée analogue au chap. XXXVI : « ... rien n'ennuie l'amour-goût comme l'amour-passion dans son partner ».

2. L'initiale désigne Léonore, c'est-à-dire Matilde. Le nom de la ville de Forlì, qui figure au chapitre III et dans le fragment 120, masque celui de Milan ou encore celui de Volterra.

9

1. Stendhal n'est pas retourné à Brescia depuis 1800. Il faut donc lire ici aussi : Milan.

10

1. L'allusion ne saurait être plus directe : Matilde, trompée par ses paradoxes et son cynisme apparent, avait jugé Stendhal un être « prosaïque », et n'avait pas hésité à lui en faire grief.

Page 249.

12

1. Dans ce fragment et le suivant, l'initiale L. est celle du nom de Léonore (Matilde). Quant à la date, elle est vraisemblablement celle du jour où Stendhal a fait les remarques qu'il consigne ici.

Page 250.

14

1. Il s'agit toujours de Milan. A remarquer que la ville de Ravenne, où Stendhal n'avait pas eu l'occasion d'aller, n'est pas éloignée de Forlì, dont le nom revient à plusieurs reprises.

2. Tous les noms de femme qui figurent dans ce fragment sont fictifs. Quant à Mme Guarnacci, rappelons que Guarnacci était le nom de l'édifice de Volterra qui abritait le Musée étrusque (chapitre XXVI).

15

1. Nom d'un militaire que Stendhal a connu lorsqu'il était à Milan en 1800-1801. Henri-Maximilien Mathis était alors chef d'état-major du général Michaud.

Page 251.

18

1. Mme Francesca Traversi, cousine et « amie perfide » de Matilde.

19

1. On retrouve la même réaction dans la *Vie de Henry Brulard*. Stendhal, se souvenant du trouble dont il avait été saisi, tout enfant, en voyant son ennemie, Séraphie Gagnon, les jambes nues dans le jardin de Claix, écrira, à plus de dix ans de distance : « Je me figurais un plaisir délicieux à serrer dans mes bras cette ennemie acharnée » (chapitre XVII).

Page 252.

21

1. Sur le cardinal Lante, voir chapitre XXVII et notre note.

24

1. Stendhal mentionne, une fois de plus, le roman de Walter Scott.

Page 253.

25

1. « Quand on aime, a écrit La Rochefoucauld, on doute souvent de ce qu'on croit le plus. »

27

1. Salviati, on l'a vu, est l'un des masques de Stendhal.

Page 254.

29

1. Sand, le meurtrier de Kotzebue. Stendhal donne lui-même la clef de l'allusion dans le fragment 33.

30

1. Il faut comprendre qu'il s'agit d'une idée que Stendhal a eue le lendemain de son arrivée à Bologne.

Page 255.

34

1. Comment oublier que Mélanie est le nom de la petite actrice que Stendhal a aimée en 1805 et qu'il a suivie à Marseille? Moins farouche que Matilde, elle avait fini par céder, et son amant s'en était vite lassé.

Page 257.

39

1. Une allusion à Beattie figure au chapitre XLVI.

42

1. Stendhal est réellement passé à Dresde, mais en 1813. Ici, ce nom couvre celui de Milan.

Page 258.

44

1. Ainsi que dans plusieurs des chapitres qui précèdent, Stendhal reproche, dans ce fragment, à Léonore (Matilde) de n'avoir écouté que son orgueil. Le même thème est repris dans le fragment suivant et dans le fragment 52.

47

1. C'est en passant, ce jour-là, « sur le *corso di Porta Renza,* vers la prison » que Stendhal a été assailli par ces funèbres pensées.

Page 259.

48

1. D'après une note marginale de l'auteur, cette « jeune femme » serait Matilde. L'aveu est précieux.

2. Il a été question des *Lettres à Sophie* de Mirabeau au chap. XXXVIII.

52

1. Une fois de plus, c'est Milan qu'il faut lire.

Page 260.

54

1. Aucun passage de Stendhal à Modène n'est signalé en 1820. Il a dû traverser cette ville, mais sans s'y arrêter, en 1819. Encore une fois, il parle de Milan à mots couverts.

2. N'oublions pas que le collège de Volterra où les deux enfants de Matilde étaient pensionnaires s'appelait précisément San Michele. Il existe toujours (cf. notre note dans *Stendhal Club*, n° 18, 15 janvier 1963).

Page 261.

58

1. Fabio est le prénom de ce Fabio Vitelleschi nommé au début du chapitre XLIV, mais il est aussi le prénom d'un ancien collègue de Stendhal au Conseil d'Etat, Fabio Pallavicini, de Gênes (Petre Ciureanu, « Stendhal et Fabio Pallavicini », *Stendhal Club*, n° 37, 15 octobre 1967).

Page 262.

60

1. Lire : Corbeil. Stendhal désigne habituellement sous ce nom Bonneuil-sur-Marne où la comtesse Beugnot avait une maison de campagne. Stendhal y a séjourné pendant l'été de 1822.

2. Probablement allusion à la fille de Mme Beugnot, Clémentine Curial, qui deviendra à quelque temps de là sa maîtresse et le « guérira » enfin de Matilde.

Page 264.

64

1. « *Les deux Elisabeth*. Comparons les filles de deux hommes féroces, et voyons laquelle fut souveraine d'une nation civilisée, laquelle d'un peuple barbare. Toutes deux s'appelaient Elisabeth. La fille de Pierre (de Russie) régna de façon absolue et pourtant épargna concurrent et rivale; elle trouvait en outre que la personne d'une impératrice avait assez d'appas pour tous ceux de ses sujets qu'elle voulut bien honorer de leur communication. Elisabeth d'Angleterre ne sut pardonner à Marie Stuart ni ses titres à la couronne ni ses charmes, mais l'emprisonna sans générosité (comme George IV fit à Napoléon), alors qu'elle implorait sa protection et, sans avoir la sanction de la loi ni du despotisme, elle sacrifia beaucoup à ses grandes et à ses petites jalousies. Cependant cette Elisabeth se piquait de chasteté, et, alors qu'elle pratiquait tous les arts d'une ridicule coquetterie

pour se faire admirer à un âge inconvenant, elle tenait à l'écart des amants qu'elle encourageait et ne satisfaisait ni ses propres désirs ni leur ambition. Qui se pourrait défendre de préférer l'honnête, la généreuse impératrice barbare? »

66

1. Stendhal étant à cette date à Grenoble, on peut supposer que c'est là un sentiment dicté par la jalousie.

Page 265.

69

1. Reprise du thème énoncé au début du chapitre XXXII : « Le plus grand bonheur que puisse donner l'amour, c'est le premier serrement de main d'une femme qu'on aime. »

70

1. Il n'est pas impossible que Stendhal ait rencontré à Cassel, en 1808, l'historien Jean de Muller.

Page 266.

72

1. Allusion non éclaircie.

Page 267.

75

1. Sans doute la ville de Gjatsk, entre Smolensk et Moscou, que Stendhal a traversée en 1812 lors de la campagne de Russie.

77

1. Fragment extrait du chapitre *Des fiasco*. Quand Stendhal décida de retrancher ce dernier comme trop osé, il en résuma ici l'essentiel.

79

1. A la fin de 1810, le 15 décembre, Stendhal avait été informé par la duchesse de Montebello « qu'il sera présenté à S.M. l'Impératrice demain dimanche prochain 16 décembre au Palais des Tuileries après la Messe... ».

Page 268.

2. Allusion non éclaircie.

Page 269.

84

1. Nicolas Pertica (1769-1820). Le bruit courait que le chanteur avait été tué par la peur ; en effet, il avait fait l'objet de menaces de mort de la part des libéraux dont il s'était ouvertement moqué sur la scène.

87

1. Le nom de Kamensky n'est pas fictif ; c'est celui d'un domestique de Stendhal en 1810.

Page 270.

2. Stendhal a traversé Wilna lors de la retraite de Russie.

89

1. Samuel Bernard (1651-1739), spéculateur qui amassa une fortune considérable. — Joseph-Louis Lagrange (1736-1813), géomètre et physicien piémontais.

90

1. Au chapitre XXXI, Alviza désignait Mme Traversi ; ici, ce nom est le masque de Matilde. Une fois de plus, Stendhal tient à brouiller les pistes.

Page 271.

91

1. « La lionne au regard torve cherche le loup, le loup la chèvre ; le cytise en fleur est recherché par la chèvre folâtre. Chacun est entraîné par son plaisir. » On sait que l'hémistiche *Trahit sua quemque voluptas* revient maintes fois sous la plume de Jean-Jacques Rousseau.

2. L'exemple de Régulus figure déjà au chapitre LVII.

Page 272.

93

1. Le tableau de Pierre-Narcisse Guérin (1774-1883), *Didon et Enée* avait été exposé au Salon de 1817. Stendhal a pu le voir lors de son séjour à Paris cette année-là.

Page 279.

2. François-Guillaume Ducray-Duminil (1761-1819), auteur de mélodrames et de romans populaires.

Page 280.

94

1. Poème en quatre chants d'Apollonius de Rhodes (IIIᵉ siècle avant J.-C.).
2. Roman de l'abbé Prévost.

96

1. Le 20 novembre 1821, Stendhal était effectivement à Londres.
2. Gouverneur des Établissements français de l'Inde.

Page 281.

98

1. Il s'agit du peuple espagnol.

Page 282.

99

1. Donézan. Nom emprunté à la correspondance de Mme du Deffant.

Page 283.

101

1. Guy Allard (1653-1716), historien dauphinois, n'a pas laissé d'*œuvres badines*. C'est sans doute là une taquinerie de Stendhal à l'égard de ce grave savant qui était un peu son ancêtre, le fils de Guy Allard ayant épousé une demoiselle Beyle.

Page 284.

104

1. Ainsi que les fragments 106, 107, 115, cette pensée a sans doute été inspirée par des propos tenus par Matilde.

Page 285.

106

1. Lire : Matilde.

107

1. Il s'agit, comme nous venons de le dire, d'un propos que Stendhal a retenu en conversant avec Matilde.

108

1. Passage extrait de l'*Essai sur les règnes de Claude et de Néron* (1778) par Diderot.

109

1. *Notice sur Mme Deshoulières* par Pierre-Edouard Lemontey (1762-1826).

Page 286.

111

1. Giovanni Meli (1740-1815), poète sicilien.
2. Prête-nom de Stendhal qu'on a trouvé au chapitre XXIX.

Page 287.

112

1. Le nom de Morris Birkbeck est revenu au chapitre LVI, mais le contexte de ce passage montre assez que ces lignes sont sorties de la plume de Stendhal. On a beaucoup parlé des plagiats de ce dernier, mais on s'est moins attardé sur ses propres pensées que, intentionnellement, il prête aux autres.

113

1. D'après l'ouvrage de René-Louis Villermé sur les prisons qui sera cité dans le fragment 134.

Page 288.

114

1. « Après avoir passé deux heures avec lui, je fus obligée de finir la soirée dans une société qui jamais ne me parut si ennuyeuse. Je ne pouvais ni parler ni jouer. Je ne pensais qu'à Klopstock, je ne voyais que lui. Je le revis le lendemain, puis le jour suivant et nous devînmes de vrais amis. Mais il partit le quatrième jour. L'heure de son départ fut cruelle. Il écrivit néanmoins bientôt et dès ce jour notre correspondance devint très active. Je croyais sincèrement que mon amour n'était que de l'amitié. A tous mes amis je ne parlais que de Klopstock et je montrais ses lettres. Ils me raillaient et prétendaient que j'étais amoureuse. Je les raillais de mon côté, avançant qu'il leur fallait un cœur bien sec pour ignorer que l'amitié pouvait exister entre un homme et une femme aussi bien qu'entre deux femmes. Cette correspondance dura huit mois et mes amis trouvaient Klopstock tout aussi amoureux que moi-même. Je m'en apercevais bien,

mais sans vouloir y croire. Klopstock enfin écrivit qu'il m'aimait et j'en fus surprise comme si cela eût été mal. Je lui répondis qu'il n'avait point d'amour, mais seulement de l'amitié, comme j'en éprouvais moi-même pour lui; que d'ailleurs nous nous étions trop peu vus pour nous aimer (comme s'il fallait à l'amour plus de temps pour se révéler qu'à l'amitié). Je le croyais très sincèrement et je l'ai cru jusqu'au jour où Klopstock revint à Hambourg. C'était juste un an après nos premières entrevues. Nous nous revîmes, nous fûmes amis, nous nous aimâmes et je pus bientôt le lui dire. Mais nous fûmes obligés de nous séparer de nouveau et d'attendre deux ans pour nous marier. Ma mère ne pouvait consentir à me laisser épouser un étranger. J'aurais pu me passer de son consentement car la mort de mon père me permettait de n'être plus sous sa dépendance, mais cette solution me paraissait horrible. Et, grâce à Dieu, mes prières l'emportèrent. A présent qu'elle connaît Klopstock, elle l'aime comme s'il avait toujours été son fils et loue Dieu de ne s'être pas toujours obstinée. Nous nous épousâmes donc et je suis la femme la plus heureuse du monde. Dans quelques mois, il y aura quatre ans qu'a commencé mon bonheur... (*Correspondance de Richardson*, vol. III, page 156). »

Extrait d'une lettre adressée à Richardson par Mme Klopstock le 14 mars 1758.

115

1. Lire : Matilde. Ce fragment est à rapprocher du n° 104.

Page 289.

117

1. Stendhal n'a demeuré qu'un mois en Angleterre, du 19 octobre au 21 novembre 1821.

Page 290.

120

1. Lire : Cassera. Une jeune dame milanaise avec qui Stendhal était lié.

2. Stendhal a de nouveau recours, comme au chapitre III et dans le fragment 8, au nom de Forli pour éviter celui de Milan. Cependant il signe cette pensée de son propre prénom.

121

1. En 1816, Stendhal ne connaissait pas encore Matilde, mais comme c'est bien d'elle qu'il s'agit dans ce fragment, il est nécessaire d'admettre qu'il a fait exprès de l'antidater. Belgirate

se trouve sur la rive gauche du lac Majeur. Ce nom reviendra dans *La Chartreuse de Parme*.

Page 292.

2. Bentham a été mentionné au chapitre LI.

3. Lire : La Valette. Le comte de La Valette, arrêté en 1815 au second retour des Bourbons et condamné à mort, put s'échapper grâce au dévouement de sa femme qui prit sa place dans la prison.

4. Roman de Walter Scott.

Page 293.

123

1. Pietro Teulié, général milanais. Stendhal l'avait connu en 1801 lors de sa courte carrière militaire.

Page 297.

127

1. Stendhal a rempli les fonctions d'intendant à Sagan, en Silésie, du début juin à la fin juillet 1813.

Page 298.

129

1. Aucun passage de Stendhal à Varsovie n'est attesté.

Page 299.

134

1. *Des Prisons telles qu'elles sont et telles qu'elles devraient être*, par René-Louis Villermé. Stendhal a fait un emprunt à cet ouvrage, mais sans donner de référence, dans le fragment 113.

2. Au chapitre XI, Villermé employait bien le verbe *se marier*, mais en français. Stendhal le remplace par son correspondant italien. Est-ce parce que l'italien brave l'honnêteté ?

135

1. « Vivacité, légèreté, toujours prête à se piquer, souci à tout moment de ce qu'apparaît sa propre existence aux yeux d'autrui : voilà les trois grands caractères de cette plante qui réveille l'Europe en 1808. »

Page 300.

2. Léopold, grand-duc de Toscane de 1763 à 1790, ensuite empereur d'Allemagne sous le nom de Léopold II.

3. Voir chapitre XXIV.

136

1. Le 14 août 1812, Stendhal avait rejoint le quartier général près d'Orcha. Après l'évacuation de Moscou, la Grande Armée reçut, grâce à Stendhal, entre Orcha et Bobr, la seule distribution de vivres effectuée pendant toute la retraite.

137

1. Il a été question de George Crabbe au chapitre XLIII.

Page 301.

138

1. Faenza est une petite ville proche de Forli, dont Stendhal écrit le nom à plusieurs reprises. Il s'agit sans doute d'une variante du même alibi.

Page 302.

140

1. Allusion à l'ouvrage de Pietro Verri, *Discorso sull' indole del piacere e del dolore,* paru à Milan en 1818. Nous savons par ailleurs que Stendhal l'a lu au début de 1820.

Page 304.

142

1. Stendhal ne s'est pas rendu à Venise en 1819; c'est sans doute Milan qu'il faut lire.

Page 305.

143

1. Il y avait juste un an, en juin 1822, que Stendhal avait définitivement quitté Milan. Cette prétendue « lettre de Rome » n'est qu'un alibi.

Page 306.

144

1. « Une des observations quand il vint pour la première fois à Edimbourg fut qu'il voyait peu de différence entre les paysans et les gens du monde. L'homme des champs, quoique privé des manières policées et des lumières de la science, ne manquait ni de remarques ni d'intelligence; mais une femme cultivée et accomplie était pour lui presqu'un nouvel être dont il ne s'était formé qu'une idée imparfaite. »

Sur Burns, voir plus haut, chapitre XLVI.

2. Comme nous l'avons vu à propos du fragment 96, Stendhal était réellement à Londres le 1er novembre 1821.

147

1. Le 16 octobre, et non le 11 septembre, 1811, Stendhal a réellement traversé Lorette lors de son voyage en Italie. On remarquera cependant que le contexte est nettement postérieur à la chute de l'Empire.

Page 308.

150

1. On notera la similitude existant entre la scène évoquée dans ces lignes et la situation de Stendhal en 1811 par rapport à Angela Pietragrua, dont il était tombé amoureux dix ans plus tôt. Le nom d'Oginski cache celui de Louis de Joinville, amant d'Angela en 1801.

2. « Que son caractère avait changé, combien il était devenu triste, mais combien il s'était élevé ! »

Page 310.

156

1. Ercole Consalvi (1757-1824), cardinal, secrétaire d'Etat.

2. « Lutter. » Ce terme a en italien un sens très particulier.

Page 311.

161

1. Pierre Beyle, dernier représentant de la branche aînée des Beyle (1728-1799), avait été capitaine de grenadiers au régiment du Soissonnais.

2. Allusion à l'aventurier Marie-Armand Guerri de Maubreuil, marquis d'Orsvault (1782-1855) qui, en 1818, avait accusé Talleyrand de lui avoir proposé d'assassiner Napoléon.

162

1. Znaïm, nom allemand de la ville tchèque de Znojmo (Moravie). Marmont y avait remporté une victoire sur les troupes autrichiennes.

Page 312.

2. Ville d'Allemagne (Saxe).

3. Reprise des deux thèmes essentiels de *De l'Amour* : la sincérité et spontanéité de *lui*, l'orgueil irréfléchi d'*elle*.

Page 313.

164

1. « Il raconta à M. Hutchinson l'histoire très réelle d'un étranger qui était venu peu auparavant s'établir à Richmond avec l'intention d'y demeurer quelque temps. A son arrivée dans le pays, il trouva tout le monde douloureusement affecté par la perte d'une dame qui venait d'y mourir. Des regrets aussi universels excitant à la fois sa sympathie et sa curiosité, il voulut avoir quelques détails sur la vie de cette dame tant pleurée; on lui en donna, et il prit tant d'intérêt à ce qu'on lui raconta qu'il déclara tout d'abord que rien ne l'avait jamais autant charmé. Bientôt il en arriva à ne pouvoir plus souffrir aucun autre sujet de conversation, tomba dans la mélancolie la plus noire, parcourut les montagnes et la plaine pour y découvrir la trace des pas de la défunte, passa des journées entières dans la douleur et dans les larmes, et, bref, finit au bout de quelques mois par mourir de prostration. Ce récit est absolument vrai. »

Page 314.

166

1. Il s'agit, d'après Stendhal lui-même, de l'abbé de Montes-quiou.

Page 316.

167

1. Le marquis Philippe-Henri de Ségur (1724-1801), maréchal de France, ministre de la Guerre de 1781 à 1787.
2. Ce sont les dates de la composition de *De l'Amour*.

168

1. C'est en août 1817 que Stendhal a franchi pour la première fois la Manche.

Page 317.

2. Il ne semble pas que ce soit à Londres que Stendhal a entendu d'abord chanter Mme Pasta, car elle venait d'achever sa tournée quand l'auteur de *De l'Amour* y est arrivé. On doit sans doute voir ici un nouvel alibi : Henri Beyle ne veut pas dire en clair que, dès son retour à Paris, il a fréquenté assidûment la cantatrice.

169

1. Voir plus haut, chapitre XXXIV.

APPENDIX

Page 318.

1. L'essentiel de ce fragment est tiré de l'ouvrage de Raynouard déjà mis à contribution dans les chapitres LI et LII.

COMPLÉMENTS

PRÉFACE

Page 333.

1. Date fournie par Romain Colomb.
2. Le nom de Mme de Staël. On sait que Stendhal éprouvait une vive antipathie pour l'auteur de *Delphine* et de *Corinne*.

Page 334.

3. Stendhal a été l'introducteur de cet anglicisme. Addison a employé le premier, en Angleterre (1714), le terme *egotism*. Il l'a d'ailleurs attribué aux Messieurs de Port-Royal qui l'auraient créé pour dénoncer la façon d'écrire et de parler à la première personne. Quelque dix ans plus tard, en 1832, Stendhal entreprendra la composition de mémoires autobiographiques qu'il intitulera *Souvenirs d'égotisme*.

Page 335.

4. Localité des Abruzzes où le 9 mars 1821 les Autrichiens mirent en fuite les troupes napolitaines qui, sous les ordres du général Guglielmo Pepe, venaient de déposer le roi de Naples.
5. On peut se demander si cette assertion doit être acceptée sans réserves. Le refus de Matilde pesa pour beaucoup dans la détermination prise par Stendhal, vers le milieu de 1821, de rentrer en France.

Page 336.

6. On retrouve ici l'écho du pamphlet publié par Stendhal en 1825, *D'un nouveau complot contre les industriels*.

DEUXIÈME PRÉFACE

Page 340.

1. Est-il nécessaire de rappeler que Stendhal s'est toujours adressé aux « *happy few* »? On sait que la dédicace « *To the happy few* » termine les *Promenades dans Rome* et *La Chartreuse de Parme.*

TROISIÈME PRÉFACE

Page 341.

1. Romain Colomb fait erreur : entre le 15 mars, date attribuée à la présente préface, et le 23 mars, jour de son décès, Stendhal a encore travaillé à *Lamiel* et à *Suora Scolastica.*

2. On retrouve dans cette préface des pages préparées pour prendre place en tête de l'ouvrage dès 1820, mais non utilisées.

Page 342.

3. Le nom d'Angela Pietragrua joue ici le rôle d'alibi. La rupture entre elle et Stendhal était intervenue en 1815, et depuis les deux anciens amants ne s'étaient plus revus.

Page 343.

4. Tout cela n'est qu'affabulation. Qu'on veuille se reporter à notre notice sur le manuscrit de *De l'Amour.*

DES FIASCO

Page 347.

1. Stendhal avait écrit le chapitre *Des fiascos* dès 1820, mais il avait renoncé à le publier.

Page 348.

2. Montaigne. *Essais*, livre I, chapitre XXI, *De la force de l'imagination.*

Page 351.

3. C'est en 1801, au cours de sa très brève carrière militaire, que Stendhal avait rempli les fonctions d'aide de camp du général Michaud.

Page 352.

4. Elena Viganò, dite la Nina, née en 1793, cantatrice, fille du chorégraphe de la Scala, Salvatore Viganò. Stendhal parle d'elle dans les *Souvenirs d'égotisme*.

ERNESTINE

Page 369.

1. Ce récit a comme cadre Claix, le village proche de Grenoble où Stendhal a passé les seuls jours heureux de son enfance.

Page 371.

2. On reconnaît le thème qui sera développé dans *La Chartreuse de Parme :* la volière de Clélia Conti en haut de la tour Farnèse.

Page 391.

3. Joseph Gall (1758-1828), médecin allemand, inventeur de la « phrénologie ». Il se faisait fort de reconnaître les facultés d'un homme par la palpation de son crâne.

Page 394.

4. Cossey — et non Crossey — est un hameau entre Claix et Seyssins, près de Grenoble.

DOCUMENTS

NOTES PRÉPARATOIRES

Page 417.

1. Comme nous l'avons dit, c'est à Milan en 1819-1820 que Stendhal a écrit *De l'Amour*. Après son retour à Paris en 1821 il s'est livré à la refonte de son manuscrit. Seuls les fragments du brouillon du premier manuscrit, celui de Milan, sont parvenus jusqu'à nous.

Page 426.

2. Biffé avec la mention : « Emphase. »

Page 428.

3. « Les trois premières lignes dites par Léonore [Matilde] le 7 octobre 1820, quatre heures avec elle. »

NOTES ULTÉRIEURES

Page 429.

1. « Donner cet argument dans une nouvelle édition de *De l'Amour*. »

2. « Envoyé à Besançon [Adolphe de Mareste] le 25 septembre 1820 une heureuse occupation de neuf mois. » Allusion à l'envoi à Paris du manuscrit de *De l'Amour*. A retenir la précision : la composition et la gestation de ce premier manuscrit ont duré *neuf* mois.

Page 430.

3. « Je fais une nouvelle fois les dix-neuf premières pages de *De l'Amour* que tout le monde trouve inintelligibles. »

4. Candide Judex : pseudonyme du naturaliste et explorateur Victor Jacquemont (1801-1832). Stendhal venait de lui soumettre le texte du nouveau chapitre intitulé *Le Rameau de Salzbourg* qu'il se proposait d'insérer dans la nouvelle édition de son livre qu'il projetait.

5. Le pseudonyme Seyssins désigne le compatriote et camarade de jeunesse de Stendhal, Louis Crozet.

Page 431.

6. « Débris de l'ancienne préface trouvée lourde. Je fais la nouvelle le 13 décembre 1825. Aimant vraiment Curial (et les temps anciens de l'Italie) (Ah! souvenir!) » Allusion à Clémentine Curial, la maîtresse que Stendhal a aimée « avec fureur » de 1824 à 1826.

7. « Je [l'] ai trouvé très bien. »

FEUILLES DE JOURNAL

Page 433.

1. « Commencement de Matilde piazza delle Galline. » Allusion au premier logis milanais de Matilde qui se transféra bientôt piazza Belgiojoso.

2. Allusion à la cantatrice Elena Viganò, Nina pour son entourage. Le théâtre Re était une salle de spectacle de Milan.

3. « Mal écrit par modestie. »

4. « Le 29 mars il a eu un coup sensible... » L'emploi de la troisième personne pour parler de lui-même est habituel chez Stendhal.

5. « Elle n'a pas dit qu'il y avait longtemps... »

Page 434.

6. « Tous les trois jours. »

7. Corneille, *Rodogune,* acte II, scène III.

8. « L'ancien ou le nouvel amant ? »

9. Luigi Buzzi, un ami milanais à qui Stendhal a laissé ses livres lors de son départ de Milan en 1821.

10. « Un lumignon à la main. »

11. Dominique, pseudonyme habituel sous lequel Stendhal se désigne lui-même. Il a été adopté par suite de l'admiration conçue pour Domenico Cimarosa, le compositeur du *Mariage secret.*

12. « Je suis fatigué. »

13. « Dangers d'aimer. »

14. La Cadenabbia, localité sur le lac de Côme.

15. « Dîner Cassera. » La comtesse Luigia Ferrari Cassera (1796-1854) était précisément une de ces beautés peu farouches chez qui Stendhal se rendait en sortant de chez Matilde.

Page 435.

16. « Bataille de San Celso. » Bataille est le terme que Stendhal emploie habituellement pour parler d'un entretien décisif avec l'objet de sa passion. San Celso est une église milanaise proche de la porte Lodovica.

17. « (Parlant à Nina [Elena Viganò].) »

18. « Pour moi. » Formule habituelle introduisant une réflexion destinée à Stendhal lui-même.

19. « ... Vis-à-vis l'église du Giardino. »

20. « Petit serrements de mains dans dix jours. »

Page 436.

21. « Elle [Matilde] ne sera là que dans la soirée de demain. »

22. « Ce matin en venant de chez Cassera à 3 heures. Histoire de Nina [Elena Viganò] ; la nuit chez Lenina. »

23. « Que Matilde soit l'époque heureuse de mon changement. Du style au dialogue. »

24. « Aujourd'hui j'aime trop pour travailler. »

25. « Je ne puis absolument lire aucun livre, ce 27 décembre 1818, à cause de l'amour. Mais rien d'affreux comme il y

a trois ans, 27 décembre 1815. » Cette dernière date fait allusion à la rupture avec Angela Pietragrua.

26. « Trouvé et lu le 1ᵉʳ janvier 1819, beaucoup plus heureux car je pense à [Matilde]. » Note consignée en regard du journal du 16 octobre 1814.

Page 437.

27. « Lu en entier, pour la première fois, je crois, le 3 janvier 1819 [...]. Hier, je pense au long amour de Matilde. Je le trouve ici... » Note consignée sur un exemplaire de l'*Histoire de la peinture en Italie*.

28. « Du 22 décembre au 7 janvier 1819, je n'ai rien écrit à cause de mon amour, par santé et par le désir de faire des dialogues au lieu de proses. 4 janvier, je vois qu'elle m'aime. 6, je suis sans esprit et très tendre. »

29. « Ma lettre le jour de Desio. »

30. « ... C'est espérer la fidélité d'une femme. »

31. Ultra : nom donné sous la Restauration, par abréviation d'ultra-royalistes, aux partisans intransigeants de l'ancien régime.

32. « Dominique [Stendhal lui-même] va chez Matilde. »

Page 438.

33. « Elle est à Desio et peut-être aime φιλ . » L'allusion nous échappe.

34. « Dire le 15 avril 1819... »

35. « Je suis convaincu que vous ne m'aimez pas. »

36. Le comte Nicolas de Pahlen ambassadeur de Russie à Milan.

37. « Lu *René* avec la tristesse convenable en pensant à Matilde [...] Hier trop parlé. » *René*, roman publié par Chateaubriand en 1802 dans le *Génie du christianisme* et à part en 1805.

Page 439.

38. « Elle part. » Il s'agit du départ de Matilde pour Volterra.

39. « Pensant à Matilde : ... et t'appelant il tourna vers le ciel des yeux si pleins de piété que je levai moi aussi les yeux, attendant avec certitude ta venue. » (Vincenzo Monti, *La Mascheroniana*, 1800.)

40. « Je suis fou d'amour [...]. Après-demain [départ] pour Volterra. »

41. « [Départ] pour Gênes. Départ par mer. »

42. « Elle me voit. »

43. « Autel de la Fête-Dieu à Volterra. »
44. « Trois quarts d'heure avec elle. »

Page 440.

45. « Le plus grand événement de sa vie : 4 mars 1818, visite à Matilde, qui me plaît. 30 septembre 1818 au Jardin. »
46. « Désespoir et abattement, quand je suis sûr qu'elle [Matilde] est à la Porretta. » La Porretta, station thermale dans l'Apennin entre Bologne et Florence.
47. « Le [...] dit que c'est ce départ qui fut supposé pour Volterra. »
48. « Je suis blasé. »

Page 441.

49. Allusion au *Cours de littérature dramatique* de W. A. Schlegel traduit en français à la fin de 1813.
50. Il s'agit du mot « prosaïque » que Stendhal remarque en lisant l'ouvrage précité de Schlegel.
51. « Soirée avec Luigina, de 5 heures à 7 moins un quart. Elle ne me déplaît pas. Je l'aurai dans trois jours à cause du marquis. » Le terme marquis (en italien *marchese*) désigne l'indisposition périodique des femmes.
52. « Sur moi-même. »
53. « A Lutèce [Paris], les contrastes et l'absence l'enflammaient. L'année dernière, je disais : quarante jours d'absence tueront le désespoir. (Cet amour n'est pas comme celui de Dominique, hélas!) »

Page 442.

54. « Jour de génie. » C'est le jour où Stendhal a eu l'idée d'écrire *De l'Amour*.
55. « Règle de conduite : faire toujours attention à ceci : les femmes seules peuvent me distraire de Matilde. Les femmes et non le travail. »
56. « Elle part. »
57. « Elle me voit. »
58. « Je sors ivre d'espoir. »
59. « Très triste départ. »
60. Cularo est l'ancien nom de Grenoble.
61. « Le 23, enfin, après tant de soupirs je n'ai trouvé qu'une froide réception. »

Page 443.

62. « ... En demandant quatre visites par mois. »

63. « ... L'attendant, vendredi soir, je lis *La Fiancée de Lammermoor*. »

64. J'ai lu [*La Fiancée de*] *Lammermoor* et ai écrit *De l'Amour*. »

Page 444.

65. « Très amoureux. »

66. Allusion au chanteur Ranieri Remorini (1783-1827) et au duo de l'opéra de Giovanni Pacini, *Il Barone di Dolsheim* (1818).

67. « Un grand effet. Est-ce ainsi qu'on peut détruire ce qui était le 10 juin? »

68. « Sa fête. Je la vois devant ma fenêtre à 3 heures moins 15. »

69. « Je l'ai vue passer sous mes fenêtres. »

70. « Elle a été très brillante au dîner de Mme Agnello, dit la sœur de Toni. Peut-être guérie de six livres par Dominique. »

71. « J'espère la voir demain. »

Page 445.

72. « Je la vois. Je l'ai vue le 5... »

73. « Je l'ai vue après huit jours d'absence. »

74. « A prendre. » Formule que Stendhal emploie pour indiquer certaines idées qui l'ont frappé et dont il se propose de tirer parti.

75. « Pris pour *De l'Amour* le 26 avril 1820, très amoureux et très mélancolique. »

76. « J'écris *De l'Amour* et la vois seulement chaque quinzaine. »

Page 446.

77. « ... Pensant uniquement à Dominique et à Léonore qui est là. » Dans cette note et dans la note suivante Stendhal fait allusion au journal de son séjour à Brunswick (1807) qu'il est en train de relire.

78. « Fou d'amour et écrivant *De l'Amour* je prends des notes sur le mariage. »

Page 447.

79. « Fini le 18 décembre 1820... »

Page 448.

80. « Je la verrai le 2 janvier. Je lui ai fait des visites pour rien le premier jour de 1821. »

81. Je verrai Léonore [Matilde] demain et en lisant je pense à elle. »

82. « Je croyais la voir aujourd'hui; probablement demain. »

83. « Pensant à Léonore [Matilde] en attendant la lettre. »

84. « Je pars avec désespoir... »

Page 449.

85. « J'arrive à Paris ; 13 juin, départ de Milan. »
86. « Fait en 1819 et cinq mois de 1821, je suppose. »
87. « ... Jusqu'au 7 juin 1821... »

LE SOUVENIR DE MATILDE

Page 478.

1. « Mort de l'auteur. » Le 1er mai 1825 est la date de la mort de Matilde. Stendhal considère celle-ci non seulement comme l'inspiratrice de son livre, mais comme son véritable auteur.

2. Nous rappelons que les dates figurant dans *Rome, Naples et Florence* sont fictives.

Page 479.

3. Anniversaire du retour à Milan (1 000) en 1819 après un bref séjour à Grenoble. Stendhal n'a pas oublié cette date car Matilde lui réserva, contrairement à son attente, un accueil glacial.

Introduction de V. Del Litto. 9

DE L'AMOUR

Préface. 25

LIVRE PREMIER

   I. De l'amour. 27
  II. De la naissance de l'amour. 30
 III. De l'espérance. 34
 IV. 36
  V. 37
 VI. Le rameau de Salzbourg. 38
VII. Des différences entre la naissance de l'amour
     dans les deux sexes. 40
VIII. 42
 IX. 46
  X. 46
 XI. 48
XII. Suite de la cristallisation. 49
XIII. Du premier pas, du grand monde, des malheurs. 51
XIV. 53
 XV. 56

XVI.		57
XVII.	La beauté détrônée par l'amour.	58
XVIII.		60
XIX.	Suite des exceptions à la beauté.	61
XX.		64
XXI.	De la première vue.	64
XXII.	De l'engouement.	67
XXIII.	Des coups de foudre.	68
XXIV.	Voyage dans un pays inconnu.	72
XXV.	La présentation.	78
XXVI.	De la pudeur.	80
XXVII.	Des regards.	87
XXVIII.	De l'orgueil féminin.	88
XXIX.	Du courage des femmes.	96
XXX.	Spectacle singulier et triste.	99
XXXI.	Extrait du journal de Salviati.	100
XXXII.	De l'intimité.	109
XXXIII.		114
XXXIV.	Des confidences.	115
XXXV.	De la jalousie.	118
XXXVI.	Suite de la jalousie.	124
XXXVII.	Roxane.	127
XXXVIII.	De la pique d'amour-propre.	129
XXXIX.	De l'amour à querelles.	135
XXXIX *bis*.	Remèdes à l'amour.	140
XXXIX *ter*.		142

LIVRE II

XL.	Des nations par rapport à l'amour. Des tempéraments et des gouvernements.	145
XLI.	De la France.	148
XLII.	Suite de la France.	151
XLIII.	De l'Italie.	154
XLIV.	Rome.	157
XLV.	De l'Angleterre.	160
XLVI.	Suite de l'Angleterre.	163
XLVII.	De l'Espagne.	168
XLVIII.	De l'amour allemand.	169

Table 563

XLIX. Une journée à Florence. 175
L. L'amour aux États-Unis. 182
LI. De l'amour en Provence jusqu'à la conquête de Toulouse, en 1228, par les barbares du Nord. 184
LII. La Provence au XIIᵉ siècle. 190
LIII. L'Arabie. 197
LIV. De l'éducation des femmes. 205
LV. Objections contre l'éducation des femmes. 210
LVI. Suite. 219
LVI *bis*. Du mariage. 223
LVII. De ce qu'on appelle vertu. 225
LVIII. Situation de l'Europe à l'égard du mariage. 226
LIX. Werther et don Juan. 235
Fragments divers. 246
Appendix :
Des cours d'amour. 318
Code d'amour du XIIᵉ siècle. 323
Notice sur André le Chapelain. 328

COMPLÉMENTS

Préface. 333
Deuxième préface. 340
Troisième préface. 341
Des fiasco. 347
Fragment 170. 353
Le rameau de Salzbourg. 355
Ernestine ou la naissance de l'amour. 369
Exemple de l'amour en France dans la classe riche. 399

DOCUMENTS

De l'Amour :
Notes préparatoires et résidus des brouillons. 417
Notes ultérieures. 429
Feuilles de journal (1818-1821). 433

Lettres à Matilde (1818-1821).   451
Roman (1819).   471
Le souvenir de Matilde.   477

DOSSIER

Vie de Stendhal.   489
Notices.   499
Notes.   505

DU MÊME AUTEUR

Dans la même collection

LE ROUGE ET LE NOIR. *Préface de Claude Roy. Édition établie par Béatrice Didier.*

LA CHARTREUSE DE PARME. *Préface de Paul Morand. Édition établie par Béatrice Didier.*

CHRONIQUES ITALIENNES. *Édition présentée et établie par Dominique Fernandez.*

LUCIEN LEUWEN, tomes I et II. *Préface de Paul Valéry. Édition établie par Henri Martineau.*

VIE DE HENRY BRULARD. *Édition présentée et établie par Béatrice Didier.*

ARMANCE. *Édition présentée et établie par Armand Hoog.*

LE ROSE ET LE VERT, MINA DE VANGHEL, et autres nouvelles. *Édition présentée et établie par V. Del Litto.*

LAMIEL. *Édition présentée et établie par Anne-Marie Meininger.*

COLLECTION FOLIO

Dernières parutions

1685. Erskine Caldwell — *Un patelin nommé Estherville.*
1686. Rachid Boudjedra — *L'escargot entêté.*
1687. John Updike — *Épouse-moi.*
1688. Molière — *L'École des maris. L'École des femmes. La Critique de l'École des femmes. L'Impromptu de Versailles.*

1689. Reiser — *Gros dégueulasse.*
1690. Jack Kerouac — *Les Souterrains.*
1691. Pierre Mac Orlan — *Chronique des jours désespérés,* suivi de *Les voisins.*

1692. Louis-Ferdinand Céline — *Mort à crédit.*
1693. John Dos Passos — *La grosse galette.*
1694. John Dos Passos — *42ᵉ parallèle.*
1695. Anna Seghers — *La septième croix.*
1696. René Barjavel — *La tempête.*
1697. Daniel Boulanger — *Table d'hôte.*
1698. Jocelyne François — *Les Amantes.*
1699. Marguerite Duras — *Dix heures et demie du soir en été.*

1700. Claude Roy — *Permis de séjour 1977-1982.*
1701. James M. Cain — *Au-delà du déshonneur.*
1702. Milan Kundera — *Risibles amours.*
1703. Voltaire — *Lettres philosophiques.*
1704. Pierre Bourgeade — *Les Serpents.*
1705. Bertrand Poirot-Delpech — *L'été 36.*
1706. André Stil — *Romansonge.*
1707. Michel Tournier — *Gilles & Jeanne.*
1708. Anthony West — *Héritage.*

1709.	Claude Brami	*La danse d'amour du vieux corbeau.*
1710.	Reiser	*Vive les vacances.*
1711.	Guy de Maupassant	*Le Horla.*
1712.	Jacques de Bourbon Busset	*Le Lion bat la campagne.*
1713.	René Depestre	*Alléluia pour une femme-jardin.*
1714.	Henry Miller	*Le cauchemar climatisé.*
1715.	Albert Memmi	*Le Scorpion ou La confession imaginaire.*
1716.	Peter Handke	*La courte lettre pour un long adieu.*
1717.	René Fallet	*Le braconnier de Dieu.*
1718.	Théophile Gautier	*Le Roman de la momie.*
1719.	Henri Vincenot	*L'œuvre de chair.*
1720.	Michel Déon	*« Je vous écris d'Italie... »*
1721.	Artur London	*L'aveu.*
1722.	Annie Ernaux	*La place.*
1723.	Boileau-Narcejac	*L'ingénieur aimait trop les chiffres.*
1724.	Marcel Aymé	*Les tiroirs de l'inconnu.*
1725.	Hervé Guibert	*Des aveugles.*
1726.	Tom Sharpe	*La route sanglante du jardinier Blott.*
1727.	Charles Baudelaire	*Fusées. Mon cœur mis à nu. La Belgique déshabillée.*
1728.	Driss Chraïbi	*Le passé simple.*
1729.	R. Boleslavski et H. Woodward	*Les lanciers.*
1730.	Pascal Lainé	*Jeanne du bon plaisir.*
1731.	Marilène Clément	*La fleur de lotus.*
1733.	Alfred de Vigny	*Stello. Daphné.*
1734.	Dominique Bona	*Argentina.*
1735.	Jean d'Ormesson	*Dieu, sa vie, son œuvre.*
1736.	Elsa Morante	*Aracoeli.*
1737.	Marie Susini	*Je m'appelle Anna Livia.*
1738.	William Kuhns	*Le clan.*
1739.	Rétif de la Bretonne	*Les Nuits de Paris ou le Spectateur-nocturne.*

1740.	Albert Cohen	*Les Valeureux.*
1741.	Paul Morand	*Fin de siècle.*
1742.	Alejo Carpentier	*La harpe et l'ombre.*
1743.	Boileau-Narcejac	*Manigances.*
1744.	Marc Cholodenko	*Histoire de Vivant Lanon.*
1745.	Roald Dahl	*Mon oncle Oswald.*
1746.	Émile Zola	*Le Rêve.*
1747.	Jean Hamburger	*Le Journal d'Harvey.*
1748.	Chester Himes	*La troisième génération.*
1749.	Remo Forlani	*Violette, je t'aime.*
1750.	Louis Aragon	*Aurélien.*
1751.	Saul Bellow	*Herzog.*
1752.	Jean Giono	*Le bonheur fou.*
1753.	Daniel Boulanger	*Connaissez-vous Maronne ?*
1754.	Leonardo Sciascia	*Les paroisses de Regalpetra, suivi de Mort de l'Inquisiteur.*
1755.	Sainte-Beuve	*Volupté.*
1756.	Jean Dutourd	*Le déjeuner du lundi.*
1757.	John Updike	*Trop loin (Les Maple).*
1758.	Paul Thorez	*Une voix, presque mienne.*
1759.	Françoise Sagan	*De guerre lasse.*
1760.	Casanova	*Histoire de ma vie.*
1761.	Didier Martin	*Le prince dénaturé.*
1762.	Félicien Marceau	*Appelez-moi Mademoiselle.*
1763.	James M. Cain	*Dette de cœur.*
1764.	Edmond Rostand	*L'Aiglon.*
1765.	Pierre Drieu la Rochelle	*Journal d'un homme trompé.*
1766.	Rachid Boudjedra	*Topographie idéale pour une agression caractérisée.*
1767.	Jerzy Andrzejewski	*Cendres et diamant.*
1768.	Michel Tournier	*Petites proses.*
1769.	Chateaubriand	*Vie de Rancé.*
1770.	Pierre Mac Orlan	*Les dés pipés ou Les aventures de Miss Fanny Hill.*
1771.	Angelo Rinaldi	*Les jardins du Consulat.*
1772.	François Weyergans	*Le Radeau de la Méduse.*
1773.	Erskine Caldwell	*Terre tragique.*
1774.	Jean Anouilh	*L'Arrestation.*
1775.	Thornton Wilder	*En voiture pour le ciel.*

1776. XXX — *Le Roman de Renart.*
1777. Sébastien Japrisot — *Adieu l'ami.*
1778. Georges Brassens — *La mauvaise réputation.*
1779. Robert Merle — *Un animal doué de raison.*
1780. Maurice Pons — *Mademoiselle B.*
1781. Sébastien Japrisot — *La course du lièvre à travers les champs.*
1782. Simone de Beauvoir — *La force de l'âge.*
1783. Paule Constant — *Balta.*
1784. Jean-Denis Bredin — *Un coupable.*
1785. Francis Iles — *... quant à la femme.*
1786. Philippe Sollers — *Portrait du Joueur.*
1787. Pascal Bruckner — *Monsieur Tac.*
1788. Yukio Mishima — *Une soif d'amour.*
1789. Aristophane — *Théâtre complet, tome I.*
1790. Aristophane — *Théâtre complet, tome II.*
1791. Thérèse de Saint Phalle — *La chandelle.*
1792. Françoise Mallet-Joris — *Le rire de Laura.*
1793. Roger Peyrefitte — *La soutane rouge.*
1794. Jorge Luis Borges — *Livre de préfaces, suivi de Essai d'autobiographie.*
1795. Claude Roy — *Léone, et les siens.*
1796. Yachar Kemal — *La légende des Mille Taureaux.*
1797. Romain Gary — *L'angoisse du roi Salomon.*
1798. Georges Darien — *Le Voleur.*
1799. Raymond Chandler — *Fais pas ta rosière !*
1800. James Eastwood — *La femme à abattre.*
1801. David Goodis — *La pêche aux avaros.*
1802. Dashiell Hammett — *Le dixième indice et autres enquêtes du Continental Op.*
1803. Chester Himes — *Imbroglio negro.*
1804. William Irish — *J'ai épousé une ombre.*
1805. Simone de Beauvoir — *La cérémonie des adieux, suivi de Entretiens avec Jean-Paul Sartre (août-septembre 1974).*
1806. Sylvie Germain — *Le Livre des Nuits.*
1807. Suzanne Prou — *Les amis de Monsieur Paul.*
1808. John Dos Passos — *Aventures d'un jeune homme.*

1809. Guy de Maupassant   *La Petite Roque.*
1810. José Giovanni   *Le musher.*
1811. Patrick Modiano   *De si braves garçons.*
1812. Julio Cortázar   *Livre de Manuel.*
1813. Robert Graves   *Moi, Claude.*
1814. Chester Himes   *Couché dans le pain.*
1815. J.-P. Manchette   *Ô dingos, ô châteaux ! (Folle à tuer).*
1816. Charles Williams   *Vivement dimanche !*
1817. D. A. F. de Sade   *Les Crimes de l'amour.*
1818. Annie Ernaux   *La femme gelée.*
1819. Michel Rio   *Alizés.*
1820. Mustapha Tlili   *Gloire des sables.*
1821. Karen Blixen   *Nouveaux contes d'hiver.*
1822. Pablo Neruda   *J'avoue que j'ai vécu.*
1823. Mario Vargas Llosa   *La guerre de la fin du monde.*
1824. Alphonse Daudet   *Aventures prodigieuses de Tartarin de Tarascon.*
1825. James Eastwood   *Bas les masques.*
1826. David Goodis   *L'allumette facile.*
1827. Chester Himes   *Ne nous énervons pas !*
1828. François-Marie Banier   *Balthazar, fils de famille.*
1829. Pierre Magnan   *Le secret des Andrônes.*
1830. Ferdinando Camon   *La maladie humaine.*

Impression Bussière à Saint-Amand (Cher),
le 3 avril 1987.
Dépôt légal : avril 1987.
1ᵉʳ dépôt légal dans la collection : avril 1980.
Numéro d'imprimeur : 909.
ISBN 2-07-037189-1./Imprimé en France.

40611